BLIND

FÜR DIE WAHRE LIEBE

MAIN Verlag

Printausgabe, erschienen 2020
2. Auflage

ISBN: 978-3-95949-393-2

www.main-verlag.de
www.facebook.com/MAIN.Verlag
order@main-verlag.de

Text © Ashan Delon

Umschlaggestaltung: © Marta Jakubowska, MAIN Verlag
Umschlagmotiv: © shutterstock 466568297

Druck: Eisermann Media GmbH

Bibliografische Information der Deutschen Nationalbibliothek:
Die Deutsche Nationalbibliothek verzeichnet diese Publikation in der Deutschen Nationalbibliografie; detaillierte bibliografische Daten sind im Internet über http://dnb.d-nb.de abrufbar.

Ashan Delon

BLIND

FÜR DIE WAHRE LIEBE

QUEER

DIE AUTORIN

Ashan Delon, oder eher gesagt die Autorin hinter dem Pseudonym, Baujahr 1965, erblickte das Licht der Welt im tiefsten Bayern, wo sie auch heute noch mit ihrer Familie am Rande einer Kleinstadt lebt. Geschrieben hat sie schon immer, doch erst vor wenigen Jahren packte es sie richtig, als ein Verlag einen Fantasy Wettbewerb ausschrieb. Seitdem schreibt Ashan in jeder freien Minute und verliebte sich schon bald in homoerotische Geschichten, die mittlerweile ihr Lieblingsspielplatz geworden sind. Ihre Storys sind romantisch, erotisch, ergreifend und haben oft einen ernsten Hintergrund. Was als Hobby begann, ist inzwischen zu einer zeitfressenden Leidenschaft geworden, die sie einfach nicht mehr loslässt. Das Schreiben gleicht einer Zeitreise, in der sie in ihre Welten abtauchen und für wenige Stunden den Alltag vergessen kann. Am Schönsten ist es für sie, wenn sie den Leser mitnehmen kann auf einen dieser Ausflüge.

Feedback und Kommentare sind immer willkommen.

1

»Wir sehen uns dann Freitag.«

»Okay, bis dann.«

Ich legte auf und lachte erst einmal.

Greg.

Ein verrückter Kerl – aber absolut liebenswert.

Dass er mich zu einem gemeinsamen Wochenende eingeladen hatte, war an sich nichts Ungewöhnliches. Er lud mich verschiedentlich ein und ich ihn. Wir verbrachten des Öfteren gemeinsame Stunden oder gar Wochenenden, obwohl wir eigentlich nicht richtig zusammen waren. Wir waren kein Paar in dem Sinne. Das hieß … wir hatten keine Beziehung wie zwei Menschen, die sich liebten. Liebe war bei uns beiden nicht im Spiel, eher die Gier nach Lust. Wenn uns One-Night-Stands langweilten, riefen wir den jeweils anderen an. Egal wo wir uns befanden, auch am anderen Ende der Welt, versuchten wir, unsere geschäftlichen Belange so zu managen, dass wir uns irgendwo treffen und hemmungslos vögeln konnten. Da Greg über einen Privatjet verfügte, war es ein leichtes für ihn, sich einfach in die Maschine zu setzen und zu mir zu kommen.

Auf das gemeinsame Wochenende mit ihm freute ich mich regelrecht. Er hatte sich geheimnisvoll gegeben und nicht viel über seine Pläne verraten. Ich sollte mir etwas für ein paar Tage einpacken, eventuell auch eine Badehose – »Wobei …«, fügte er mit laszivem Grollen hinzu, »… wer braucht zum Baden schon eine Badehose?« Er sah mich ohnehin lieber nackt.

Greg Matthew Barnes war ein Extrem wie es im Buche stand. Der Sprössling eines US-Soldaten und einer Deutschen, aufgewachsen in den Hochmetropolen beider Welten, hochintelligent und im gleichen Alter wie ich – 26. Seinen Bachelor machte er in Harvard, lange bevor seine Altersgenossen überhaupt Highschool-Luft schnuppern konnten. Mit siebzehn war er bereits im Besitz einer erfolgreichen Softwareschmiede in New York mit internationaler Kundschaft. Ihm lag die Welt zu Füßen, dementsprechend benahm er sich. Er war lebensfroh, nahm alles mit, was er kriegen konnte, und lotete auch hin und wieder Grenzen aus.

Mit einem Grinsen im Gesicht tanzte ich förmlich durch meine Wohnung. Die drei Tage bis zum Freitag würden sich endlos in die Länge ziehen. Ich konnte es kaum noch erwarten. Das letzte Mal hatten wir uns vor zwei Wochen gesehen. Er war spontan von Australien nach Deutschland gereist, um es mit mir noch auf der Flughafentoilette zu treiben und anschließend nach New York weiter zu düsen.

Aber so war Greg nun mal. Immer auf Achse und das Angenehme mit einem noch Angenehmeren verbinden.

Ich war das krasse Gegenteil, wesentlich ruhiger, gesetzter und bodenständiger. Als jüngstes von vier Kindern in einer bayerischen Kleinstadt aufgewachsen, hatte ich es nicht ganz so leicht in meinem Leben. Meinen Uniabschluss musste ich mir hart erkämpfen und jobbte neben dem Studium gleich in mehreren Anstellungen. Ich hätte nach dem Master sicherlich eine längere Durststrecke überbrücken müssen, wenn ich nicht Greg über den Weg gelaufen wäre. Vielmehr hatte er lediglich ein paar Worte an den richtigen Stellen fallen lassen, sodass eines Tages mein Telefon klingelte und ich ein Vorstellungsgespräch hatte. Am Abend hielt ich bereits einen Arbeitsvertrag in Händen für einen Job, den ich ohne ihn wahrscheinlich erst in zehn oder fünfzehn Jahren erreicht hätte. Im Grunde verdankte ich Greg mehr als die Sicherung meiner finanziellen Existenz und den gewaltigen Anschubser meiner beruflichen Karriere. Wäre er nicht gewesen, würde ich mein Dasein noch immer in einer homophoben, bäuerlichen Umgebung fristen und als frustrierter Hiwi eines schmerbäuchigen Bleistiftschubsers versauern. Oder darum kämpfen, nicht jeden Tag verhöhnt, verdroschen oder in die Jauchegrube geworfen zu werden.

Wir hatten uns während meines Studiums in einer Bar kennengelernt, in der ich ein paar Stunden Zerstreuung in einem oder mehreren Gläsern Whiskey gesucht hatte. Auf Anhieb fanden wir uns sympathisch und landeten auch postwendend im Bett. Er war Gastdozent an der Uni München, in der ich darum kämpfte, dem Unterrichtsstoff folgen zu können und ordentliche Zensuren abzuliefern. Aber dies erfuhr ich erst ein paar Monate später, als wir uns mehr aus unserem Leben erzählten. Da ich jedoch nicht eines der Fächer belegte, die er unterrichtete, sah ich keinen Grund, nicht mit ihm zusammen zu sein. Obwohl wir so grundverschieden waren, verstanden wir uns glänzend und wussten stets, wonach dem anderen war.

Dass jemals so etwas wie Liebe zwischen uns entstehen könnte, stellte sich für mich als Unding dar. Dafür war Greg zu flatterhaft und zu extrem. Wenn wir ein Wochenende gemeinsam verbrachten, genügte uns das eine Zeit lang. Wahrscheinlich war ich für seinen Geschmack trotz aller Freundschaft zu langweilig und farblos und er fickte mich nur, weil ihm mal der Sinn nach etwas Konservativem stand.

Ich war mir dessen bewusst, trotzdem ließ ich mich immer wieder auf ihn ein. Er gab meinem eigenen Leben ein wenig Farbe und Schwung und riss mich so manches Mal aus dem zermürbenden Trott des Alltagsstresses.

Ich mochte ihn – so wie er war – so schrill, laut und launenhaft, so fröhlich, einfallsreich und risikofreudig, so unverfroren, scharf und direkt.

Greg war schon ein verrückter Kerl. Ich freute mich richtig auf das, was er sich für dieses Wochenende für uns beide hatte einfallen lassen. Die Tage bis zum Freitag kamen mir tatsächlich endlos lange vor. In kindlicher Euphorie schwelgend taumelte ich unkonzentriert von einem Termin zum anderen, in meinen Gedanken nur noch bei jenem Zeitpunkt, an dem Greg endlich wieder vor mir stand.

Pünktlich um Fünf hielt schließlich die protzige schwarze Limousine vor der Tür, um mich abzuholen. Da Greg – nicht zuletzt wegen mir – öfter in München zwischenlandete, hatte er dort eines seiner Glanzstücke aus seinem Fuhrpark deponiert, mit welchem er seine Geschäftsreisen durch Deutschland antreten konnte. Zu meiner Enttäuschung stieg nur Stephan, Gregs Chauffeur, aus, um mein Gepäck in den Kofferraum zu packen.

»Herr Barnes lässt sich entschuldigen, Herr Wengenmaier«, erklärte Stephan, ein attraktiver, großgewachsener Enddreißiger, nüchtern. »Leider kamen ihm noch einige Erledigungen dazwischen. Daher konnte er Sie nicht persönlich abholen. Er wartet in seiner Privatmaschine auf dem Flughafen auf Sie.« Er lächelte zurückhaltend.

Wäre er nicht Gregs Chauffeur, Privatpilot und individuelles Mädchen für alles, hätte ich vermutlich schon längst versucht ihn anzubaggern. Stephan sah in seiner hochgeschlossenen, enganliegenden Fahreruniform so unheimlich scharf aus, trotz der fünfzehn Jahre, die er älter war, die man ihm aber kaum ansah. Immer wenn er mich mit diesem unaufdringlichen Blick bedachte, lief mir förmlich das Wasser im Mund zusammen. Stephan war wirklich ein Leckerbissen, unter dessen tristen Uniform sich die ausgeprägten Konturen wohl antrainierter Muskeln abzeichneten. Doch er war wie alle Bediensteten, die Greg um sich scharte, tabu, ebenso wie es für sie tabu war, sich an die Gäste heranzumachen. Ich akzeptierte dies, wenn auch zähneknirschend. Zudem war er hetero, verheiratet und hatte zwei Kinder. Dennoch nagte Stephans Anblick jedes Mal aufs Neue hart an meiner Willenskraft.

»Darf ich Sie bitten, Herr Wengenmaier?« Stephan hielt mir höflich die Tür auf und wartete geduldig darauf, dass ich einstieg. Er war ein Gentleman durch und durch. Noch nie hatte ich ihn harte oder unwirsche Worte sprechen hören. Eigentlich sprach er ohnehin nur das Nötigste und verhielt sich diskret und taktvoll, wie es sich für den Angestellten eines leicht durchgeknallten, schwulen Multimillionärs gehörte.

Ich stieg ein und verbannte jeden weiteren Gedanken an den Fahrer, konzentrierte mich auf Greg und auf die Überraschung, die er mir versprochen hatte. Ein bombastisches Wochenende sollte es werden, etwas, das ich noch nie erlebt hatte. Wenn Greg Derartiges von sich gab, dann durfte man von einem wirklich Außergewöhnlichen ausgehen. Ich konnte mich also auf einen Knaller gefasst machen. Greg gab sich nicht mit Alltäglichkeiten ab. Für ihn war das Extreme gut genug. Ich konnte nur von Glück sagen, dass ihm Sachen wie BDSM oder Fetisch *zu* extrem waren. Allerdings konnte selbst ich immer wieder von ihm überrascht werden.

Die Fahrt von meinem Haus zum Flughafen München dauerte knappe zwei Stunden, inklusive eines kleinen Staus auf der Autobahn. Mit jeder Minute, die ich der Überraschung näher kam, wurde ich nervöser. Ich malte mir alle möglichen Dinge aus und verwarf sie auch wieder. Greg war zu unberechenbar, um ihn durchschauen zu können. Ich wusste nur eines: Ich würde alles andere als enttäuscht sein.

Die Limousine fuhr am General Aviation Terminal vor. Die glasüberdachte Ankunfts- und Abfahrtshalle des Privatbereiches, zwei Kilometer nordöstlich des Flughafen München beeindruckte mich stets aufs Neue. Nur wenn ich mit Greg unterwegs war, konnte ich diesen Luxus genießen. Für meine eigenen Dienstreisen musste ich den normalen Airport nutzen, zwar Business Class und mit allem Komfort, jedoch mit den regulären Linienmaschinen der Fluggesellschaften. Greg verfügte über einen Privatjet, mit welchem er auch seine Geschäftsreisen unternahm.

Stephan hielt vor dem Glasbau, ließ mich aussteigen und übergab mich samt meinem Gepäck einem Mitarbeiter des Privatflughafens, der mich durch den VIP-Bereich lotste. Am anderen Ende der Sicherheitskontrollen wurde ich in ein weiteres luxuriöses Fahrzeug gebeten, das mich zum Privatjet brachte.

Gregs Wolkenflitzer wartete mit offener Tür auf mich. Während ich langsam die Treppe zum Jet erklomm, entdeckte ich auch Stephan wieder, der aus einem anderen Wagen stieg und nach mir das Flugzeug betrat. Er nickte mir verhalten zu und folgte mir schweigend.

Aus dem Innenraum des Jets drang mir bereits Gregs Stimme entgegen. Er schien mit jemandem eine heiße Diskussion zu führen, in fließendem Französisch – eine von acht Sprachen, die er perfekt sprechen konnte. Im Alter von sieben Jahren hatte er begonnen, sich selbst Sprachen beizubringen. Neben Französisch, Spanisch, Italienisch und Englisch auch Russisch. Nach einem zweiwöchigen Ski-Aufenthalt in der Schweiz beherrschte er sogar annähernd Rätoromanisch. Später kamen noch Neugriechisch und irgendwas Slawisches hinzu. Letztes Jahr versuchte er sich in Mandarin, die einzige Sprache, die ihm etwas Kopfzerbrechen bereitete, wie er behauptete. Greg war ein absolutes Fremdsprachentalent, der Vokabeln inhalierte wie andere Nikotin. Allerdings nutzte er diese Begabung nur dazu, um sich mit Geschäftspartnern zu unterhalten oder bei seinen Reisen scharfe Kerle aufzureißen.

Neidisch auf seine Sprachkenntnisse versuchte ich, einige Fetzen der Konversation zu erhaschen. Mein Französisch stammte noch aus der Gymnasialzeit und war mittlerweile arg eingerostet. Als Greg einen rasanten Redeschwall vom Stapel ließ, gab ich es wieder auf. Außerdem geziemte es sich nicht zu lauschen. Ich nickte Stephan stumm zu, der mein Gepäck an sich nahm und in einen separaten Bereich brachte. Greg sah kurz hoch, als er mich bemerkte und die Geste erwiderte. Dann widmete er sich jedoch wieder dem Gespräch, das er über den Bluetooth-Knopf in seinem Ohr sicherlich mit jemandem am anderen Ende der Welt führte. Ich setzte mich schmunzelnd in einen der glänzenden, hellbraunen Ledersesseln der Sitzgruppe, die eher einer Sofalandschaft glich als Flugzeugsitzen, und nahm einen tiefen Atemzug, um diese besondere Atmosphäre in mich aufzunehmen.

Es war schön, wieder bei Greg zu sein. Auch wenn ich keine tiefere Verbindung zu ihm aufbringen konnte als Freundschaft, so genoss ich jeden Moment, den ich mit ihm zusammen war. Der Luxus, mit dem sich der Mann umgab, war wie ein Ausflug in einen Königspalast. Greg war für mich die Fahrkarte zu *Wonderworld*, die Fee, die mich gelegentlich nach *Fantasialand* entführte. Er war der Magier, der mich für eine gewisse Zeit aus meinem Alltag herausriss und mir unbeschreibliche Momente bescherte – ohne Verpflichtung und Vorbehalte. Dafür liebte ich ihn.

Während Greg noch immer eine hitzige Diskussion mit seinem Gesprächspartner führte, öffnete ich meine Jacke, zog sie langsam aus und legte sie auf den anderen Sitz neben mir. Diese Bewegung erregte Gregs Aufmerksamkeit, weswegen er kurz hoch sah und mich mit einem gedanklich abwesenden Blick bedachte. Doch rasch wurde sein Blick fokussierter. Eine seiner sorgsam gezupften Augenbrauen hob sich und er presste für einen kurzen Moment die Lippen fest zusammen, ehe er sich gewaltsam von meinem Anblick losriss und sich wieder dem Gespräch widmete. Demonstrativ drehte er sich in dem Sitz zur Seite und palaverte hektisch weiter.

Ich grinste wissend.

Absichtlich hatte ich das eng anliegende, weiße Hemd angezogen, dessen Stoff so dünn war, dass die Nippel hindurch schienen. Die Tatsache, dass meine spontane Idee seine Wirkung nicht verfehlt hatte, ließ die Hitze in mir ebenso ansteigen, die Nippel hart werden und noch stärker durch den Stoff drängen. Auch trug ich die knallenge Jeans, die meine sexuelle Erregung unverhohlen der Öffentlichkeit präsentierte. Mit nichts drunter. In meiner sitzenden Position war dies etwas unangenehm. Der Reißverschluss drückte direkt auf den Schwanz und die Nähte auf die Hoden, weswegen ich ein Stückchen tiefer rutschte und die Knie weit spreizte. Dies verursachte ein knarrendes Geräusch auf dem glatten Leder, das wiederum Greg von seinem Gespräch ablenkte. Mitten im Satz knurrte er leise, schnappte sich ein Stück Papier, das vor ihm auf dem kleinen Tisch lag, zerknüllte es und warf es blindlings in meine Richtung.

Er traf mich sogar. Ich lachte leise, nahm die Papierkugel auf und legte sie gedämpft lachend zu meiner Jacke.

Ich liebte diese besondere Beziehung zwischen uns. Sie war rein körperlich.

Noch immer amüsiert und mit einem Schmunzeln auf den Lippen lehnte ich mich bequem zurück und legte den Kopf an die weich gepolsterte Rückenlehne. Ich schloss für einen Moment die Augen und versuchte, die in mir aufquellende Hitze zu unterdrücken. Auch wenn ich die Klamotten Greg zuliebe angezogen hatte, verwünschte ich mich in diesem Augenblick für diesen Einfall. Ich hatte keine Ahnung, wie lange der Flug dauern würde, aber dass ich es in meiner engen Jeans nicht sonderlich bequem haben würde, das wurde mir leider eben erst klar.

Greg verabschiedete sich von seinem Gesprächspartner. Ich öffnete die Augen und hob den Kopf wieder an. Während er den Tisch von sich schob und sich erhob, hievte auch ich mich von meinem Sessel hoch.

»Lenny, du fiese Ratte«, empfing er mich lachend und gleichzeitig mit einem finsteren Blick. »Ich versuche verzweifelt unseren neuen Kunden von den Vorzügen einer Kooperation mit uns zu überzeugen und du hast nichts Besseres zu tun, als mich mit deinem sexy Outfit aus dem Konzept zu bringen.« Er riss mich in seine Arme und drückte mich herzlich an sich. Seine Hände landeten zielstrebig auf meinem Hintern und kniffen frech hinein. Ich quittierte dies mit einem wohligen Laut und küsste ihn auf den Mund.

Unsere Zungen verfingen sich für einen leidenschaftlichen Moment zu einem innigen Willkommenstanz, ehe sie sich wieder trennten. Greg lächelte mich glücklich an, strich mit seinen langen, dünnen Fingern zärtlich über meinen Rücken und den Nacken und vergrub sich dann in den erst gestern frisch vom Friseur kurz getrimmten, hellbraunen Locken.

»Extra für mich chic gemacht«, stellte er lachend fest und zupfte keck an einer der lockigen Strähnen. Als wir uns das letzte Mal gesehen hatten, ähnelte meine Mähne stark dem in den fünfziger Jahren beliebten Afrolook. Es war ein Gräuel mit der Lockenmähne. Ich hasste sie und hielt sie daher meist ziemlich kurz, da ich sonst kaum mit dem Kamm durchkam. Bei unserem letzten Treffen waren sie viel zu lang, da ich aufgrund des andauernden Stresses in der Arbeit nicht die geringste Lust hatte, noch zum Friseur zu gehen. Aber da war meine Frisur auch absolut nebensächlich gewesen. In der engen Kabine der Flughafentoilette hatte mich eh keiner gesehen.

Ich grinste breit. »Für dich doch immer.«

Er lachte und küsste mich noch einmal flüchtig auf den Mund. »Tut mir leid, dass ich schon wieder abblocken muss. Ich würde diesen sexy Body gerne vernaschen … auf der Stelle. Aber ich erhielt heute Morgen noch einen Auftrag, für den ich noch ein wenig anleiern muss, ehe ich am Montag in die Vollen gehen kann. Sorry, mein Süßer.«

Ich zog eine beleidigte Schnute, konnte jedoch nicht lange den Schmollenden spielen. Greg war meistens viel beschäftigt. Selten, dass er nicht mit irgendjemandem am Telefon hing. Nur wenn wir beide intensiv zusammen waren, schaltete er sein Handy aus. Dann gab es nur uns.

Stephan tauchte im luxuriös ausgestatteten Passagierraum auf und zog mit einem diskreten Räuspern die Aufmerksamkeit auf sich. »Wir starten in fünfzehn Minuten«, informiert er uns mit seinem gewohnt nüchternen Ton, ehe er in sein Cockpit zurückkehrte.

Wir nickten beide und setzten uns auf unsere Plätze. Greg nahm noch den zusammengeknüllten Zettel an sich, strich ihn glatt und legte ihn zu den anderen Papieren auf den Tisch.

Ich sah Stephan hinterher, bis die Schiebetür hinter ihm zuging. Eigentlich nur, weil ich mich darüber wunderte, dass er anstatt der schwarzen Fahreruniform nun eine dunkelblaue Pilotenmontur trug. Wann hatte er sich umgezogen? Und wo? Im Cockpit? War Greg so penibel, dass er auf korrekte Kleidung seiner Angestellten bestand? Das war mir noch nie aufgefallen. Ich wusste, dass Stephan mehrere Tätigkeiten absolvierte, der Wechsel der Uniform war mir jedoch stets entgangen. Ich hatte aber vorher nie darauf geachtet. Hatte sich jetzt etwas geändert?

Meine Gedanken wechselten abrupt zu einem halb nackten Stephan, der eben dabei war, in der Enge der Pilotenkanzel in seine Hose zu steigen. In meiner spontan aufkeimenden Fantasie entstand ein Film vor den Augen. Wie hypnotisiert beobachtete ich das Spiel seiner Muskeln im Sonnenlicht, das durch die Frontscheiben auf ihn traf. Das Licht brachte seinen wundervollen Körper wie in einer Reklame für Duschshampoo zum Strahlen. Immer wieder spulte sich der Film in meinem Kopf ab, wie in einer Dauerschleife.

»Weißt du, dass Stephan auf dich steht?«, riss mich Greg aus meinen Gedanken.

Ich blinzelte verwirrt. »Wie? Was?« Rasch holte ich mir ein anderes Bild vor Augen: Ein glücklich verheirateter Stephan, der seine beiden Kinder im Arm hielt und seiner Frau einen liebevollen Kuss gab. »Wie meinst du das?«, fragte ich irritiert nach. »Stephan, auf mich? Du machst wohl Witze?«

Greg lachte und zwinkerte mir schelmisch zu. »Keineswegs. Hat er mir selbst gestanden. Letztes Silvester, nach der kleinen Party auf meiner Jacht. Er war stark angetrunken, musste vermutlich seinen Frust ertränken. Er lässt sich selten gehen, aber da scheint er es gebraucht zu haben. Es scheint auch irgendwelche private Probleme gegeben zu haben. Viel brachte ich nicht aus ihm heraus, nur, dass er dein Lächeln süß findet.«

Hitze quoll in meine Wangen. Ich drehte den Kopf zur Seite, damit Greg es nicht sehen konnte.

»Ist er bisexuell?«, brachte ich krächzend hervor. Es waren wahrscheinlich nur ein paar nette Worte gewesen, um seinem Chef zu schmeicheln. Anders konnte ich es mir nicht erklären.

»Scheint so.« Ein Schmunzeln huschte um Gregs Mundwinkel, aus dem jedoch rasch mehr wurde, als ich ihn offenbar wie paralysiert anglotzte. Er nahm den Bluetooth-Knopf in die Hand und drehte ihn mit einem Grinsen zwischen seinen Fingern herum. »Vielleicht sollte ich euch beiden eine Hotelsuite spendieren.«

»Spinner«, warf ich ihm entrüstet an den Kopf. »Ich würde niemals was mit deinen Angestellten anfangen.«

»Ich finde dein Lächeln auch süß«, gab Greg gespielt schmollend zurück.

»Ich weiß«, entgegnete ich, ließ mich wieder bequem in die Lehne zurücksinken und spreizte die Knie, weil die enge Hose auf die Hoden drückte.

»Du provozierst!«, ermahnte mich Greg mit einem gefährlichen Grollen in der Stimme.

Natürlich provozierte ich ihn. Das tat ich immer, wenn wir zusammen waren. Es war nicht schwer, Gregs Lust anzuheizen. Dazu brauchte ich nur einfache Gesten oder Dinge wie das dünne Hemd oder meine Beine leicht zu spreizen. Es genügte auch nur ein Lächeln im entscheidenden Moment oder eine Berührung an der richtigen Stelle. Ich kannte all seine empfindlichen Regionen, an denen unsichtbare Schalter dafür sorgten, dass es in ihm rasch zu brodeln begann. Meist geschah es absolut unbewusst. Wir waren nach den vier Jahren, in denen wir uns regelmäßig trafen, bereits ein eingespieltes Team. Wir kannten uns genau, waren mit den Schwächen und Stärken des anderen vertraut, und wussten sie auch entsprechend einzusetzen und zu nutzen – eigentlich wie ein richtiges Paar, das in einer engen Beziehung lebte. Nur mit dem Unterschied, dass wir kein Paar waren.

Frech verzog ich meine Mundwinkel zu einem selbstgefälligen Grinsen.

»Du bist unfair«, schimpfte Greg mit einem Glitzern in den Augen, das seinen Protest wieder herunterspielte. »Ich muss noch ein paar dringende Telefonate führen, ehe ich ins wohlverdiente Wochenende gehen kann. Verzieh dich aufs Klo oder sonst wohin, damit ich arbeiten kann, ohne den Kerl am anderen Ende der Leitung zwangsläufig mit meiner Geilheit anmachen zu müssen.«

Ich kicherte amüsiert, stand jedoch auf und begab mich auf die Toilette. Erst als ich die Tür hinter mir schloss, fiel mir wieder ein, dass wir bald starten würden. Also sollte ich mich beeilen, wenn ich pinkeln wollte, was allerdings mit einem Ständer nicht gerade einfach war.

Kaum dass ich es geschafft hatte, das vorwitzige Ding in meiner Hose zum Abschwellen zu überreden und ein paar Tropfen von mir zu geben, klopfte es auch schon an der Tür. Gregs Worte über Stephan und das immer wieder aufkeimende Bild des nackten Piloten vor meinem geistigen Auge waren nicht gerade hilfreich.

»Herr Wengenmaier?«, rief Vicky, Gregs Stewardess, besorgt. »Verzeihen Sie bitte, wir starten in wenigen Minuten.«

Postwendend verkrampfte sich meine Blase und ich fluchte leise. »Komme gleich«, presste ich zwischen den Zähnen hervor. Rasch beendete ich die Aktion und kämpfte den Reißverschluss hoch. Die Jeans war so eng, dass ich akrobatische Verrenkungen machen musste, um die beiden Hälften zusammenzufügen. In der Enge der Flugzeugtoilette beinahe ein Ding der Unmöglichkeit. Der Waschraum in Gregs Privatflieger war zwar doppelt so groß wie die der normalen Fluggesellschaften. Wenn man aber die Ellbogen zur Seite strecken musste, um zwei Stoffteile zusammenzuziehen, stellte er sich trotzdem als zu eng heraus. Was hatte ich mir nur dabei gedacht, eine solche Hose für einen Flug – gleich wie lang er dauern mochte – anzuziehen? Dennoch gelang es mir, mich wieder gesellschaftsfähig zu machen, wusch mir hektisch die Hände und kehrte in den Passagierraum zurück.

Greg war bereits in das nächste Telefongespräch verwickelt, als ich zurückkehrte, mich brav in meinen Sessel fallen ließ und mich anschnallte. Vicky, die blonde Stewardess mit dem auffallend freundlichen Lächeln und Augen, die so groß waren, dass man sich darin verlieren konnte, tauchte wie aus dem Nichts auf. Lächelnd vergewisserte sie sich, dass ich ordnungsgemäß angeschnallt war, und räumte meine Jacke in einen Wandschrank.

Viktoria Kerner sah wahrlich nicht wie eine übliche Stewardess aus. Mit ihren knapp eins sechzig entsprach sie ganz und gar nicht den Idealmaßen einer Flugbegleiterin. Zudem besaß sie kaum Busen, aber ein hübsches Gesicht und ein so einnehmendes und freundliches Wesen, dass man sie einfach gern haben musste. Neben Greg, der gute eins neunzig maß, und mir, der nur ein paar Zentimeter kleiner war, wirkte sie wie ein Zwerg. Sie wusste jedoch ihren Boss zu handhaben, wenn er sich weigerte oder schlichtweg vergaß, sich für den Start ordnungsgemäß anzuschnallen. So griff sie einfach kurzerhand an seine Taille und schnallte ihn wortlos an. Greg hob sogar seine Arme, damit sie besser an den Gurt herankam. Ich beobachtete sie amüsiert.

Greg suchte sich seine Belegschaft selten nach dem Aussehen aus – meistens zumindest. Ihm kam es auf die inneren Werte an, die er besser zu erkennen wusste, als ich es je vermochte. Als ich Vicky das erste Mal gesehen hatte, war ich ziemlich überrascht. Ich lernte sie jedoch rasch kennen und lieben. Ihre ruhige Art sorgte dafür, dass man selbst auf dem turbulentesten Flug nicht in Panik ausbrach.

Sie strich sich eine Strähne ihres naturblonden Haares hinters Ohr, lächelte mich freundlich an und kredenzte mir in einer kleinen Schale Kaugummis und Bonbons für den Start.

Obwohl ich keinerlei Lust auf Süßes verspürte, bediente ich mich daraus, da ich wusste, dass ich es für den Abflug brauchen würde. Vollkommen gleichgültig, ob ich mit einem Charterflug unterwegs war oder mit Gregs Privatflieger, der Start und die Landung brachten meinen Gleichgewichtssinn ordentlich durcheinander. Abgesehen davon, hatte ich stets alle Mühe, den Druck in den Ohren auszugleichen.

Greg amüsierte sich dabei jedes Mal köstlich, wenn ich mich mit bleichem Gesicht im Sessel verkrampfte oder ständig abwechselnd schluckte und gähnte, um mein Trommelfell zu entlasten.

Die Minuten, die ich überstehen musste, bis wir endlich die erforderliche Flughöhe erreicht hatten, kamen mir bei jedem Mal unendlich lange vor. Greg telefonierte die ganze Zeit, während ich schon drei Bonbons intus hatte.

Endlich riss er sich den Bluetooth-Knopf aus dem Ohr und warf ihn auf den Tisch. Mit einem tiefen Seufzen streckte er seine langen, schlanken Beine aus und reckte die Arme in alle Richtungen, um seinen Körper aus der Starre zu befreien. Während seines konzentrierten Telefonats musste er sich ziemlich verkrampft haben.

Die Maschine brummte kaum hörbar vor sich hin. Vicky werkelte leise klappernd in der Küche nebenan. Wahrscheinlich bereitete sie die Bordmahlzeit vor.

Ich musterte Greg bis sich unsere Blicke trafen und ein wissendes Grinsen auf seinem Gesicht erschien. Im Grunde war dieser gut aussehende Kerl genau der Typ Mann, der mich um den Verstand bringen konnte. Ich mochte seine dunklen Augen, mit denen er mich so herrlich lasziv ansehen konnte, sodass sich allein schon bei seinem Blick etwas in meiner Hose regte. Ich mochte es, durch seine dunkelbraunen Haare zu fahren, die stets sorgsam gestylt waren. Er bezahlte eine ganze Heerschar an Coiffeuren und Schneidern, die nur für ihn tätig waren. Ich beneidete ihn um seine Erscheinung, die eine gelungene Mischung aus verruchter Erotik und natürlicher Exotik war. Als Kind eines Latinos und einer Mutter, deren Wurzeln bis nach Sizilien reichten, war er mit einem südländischen Flair geboren worden. Seine Haut bräunte sich rasch. Zudem konnte er auch viel länger in der Sonne braten, ohne Blasen zu werfen. Ich hatte da wesentlich mehr Probleme und musste fast schon ein Vermögen in Sonnencremes und schattenspendende Schirme investieren, um nicht irgendwann als überdimensionierter Krebs herumzulaufen. Auch faszinierten mich der gleichmäßige Schwung seiner Gesichtszüge und der wohlgeformte Körper, der seine Proportionen da hatte, wo man sie gerne an ihm sehen wollte. Unter der Anleitung von Personaltrainern hatte dieser Mann einen wahren Traum aus sich gemacht. Etwas, was ich ebenso, jedoch mit weniger Erfolg praktizierte. Ich trieb zwar ebenfalls Sport, allerdings nicht regelmäßig und auch erst intensiver, wenn ich bemerkte, dass sich ein Speckring um meine Hüften anzusiedeln drohte.

Greg sah einfach nur umwerfend gut aus und so manches Mal wünschte ich mir, ich könnte mehr für ihn aufbringen als Freundschaft. Weder in meinem Bauch noch in meinem Herzen wollte sich etwas regen, wenn ich mit ihm zusammen war.

»Wohin willst du mich eigentlich entführen?«, erkundigte ich mich, um meine Neugierde zu befriedigen.

»Wird nicht verraten.« Ein freches Grinsen traf mich. »Aber du wirst nicht enttäuscht sein.«

»Dessen bin ich mir sicher.« Ich nickte bestimmt. »Ein kleiner Tipp?«

Greg grinste noch breiter. »Havanna.«

Ein Ruck ging durch mich. »Havanna? Kuba?« Was zum Teufel wollte er da mit mir?

Er nickte nur und streckte seine Beine ein weiteres Mal. Dabei berührte er mich leicht. »Wir haben alle Zeit der Welt.«

»Und was machen wir da?«

Sein Grinsen wurde diabolischer. »Wird nicht verraten. Sonst ist es keine Überraschung mehr.«

Er hob eine seiner Augenbrauen. Für einen Moment wanderte sein Blick in meinen Schoß. »Ist dir die Hose nicht ein wenig zu eng, um zehn Stunden sitzen zu bleiben?«

Unwillkürlich rutschte ich ein Stückchen tiefer, als mir sein Blick regelrecht einen heißen Blitz in den Unterleib fahren ließ. Ich räusperte mich leise und griff nach dem Glas Wasser, das Vicky vor einigen Minuten serviert hatte, um es fast auf Ex zu leeren.

»Schon möglich«, antwortete ich ausweichend und stellte mich auf die Beine. Greg starrte mir unverhohlen auf den Schritt. Ich wusste genau, was er da sah. Im Gegensatz zu Gregs bequemer Bundfaltenhose fiel mir meine verräterische Hose unverblümt in den Rücken und präsentierte offen und mehr als deutlich, wie es um meine Erregung stand.

»Bin gleich wieder da«, gab ich etwas heiser von mir. Bevor Gregs Blick die Kapazität meiner Hose weiterhin ausreizen konnte, musste ich noch einmal die Blase entleeren. Nur dumm, dass ich schon wieder einen

Ständer hatte, der sich diesmal nicht so bald beruhigen wollte. Doch irgendwie gelang es mir, ihn in seine Schranken zu weisen und mich von dem Druck im Unterleib zu befreien – zumindest den meiner Blase. Um den anderen würde sich Greg sicherlich bald kümmern – hoffte ich, wenn ich seinen lüsternen Blick richtig gedeutet hatte.

Als ich zurückkehrte, stand Greg inmitten des Raumes und sah in meine Richtung, als hätte er die ganze Zeit nur auf diesen Anblick gewartet. Ein Schmunzeln huschte über meine Lippen.

Er kam näher, als ich auf ihn zuschritt, und nahm mich sofort in seine Arme.

»Warum ziehst du dieses Eier zerquetschende Ding nicht einfach aus?«, schlug er mit laszivem Grollen in seiner Stimme vor. Seine Lippen knabberten an meinem Kinn und arbeiteten sich langsam am Hals entlang herunter bis zum Kehlkopf. Bereitwillig hob ich das Kinn an.

»Was ist mit Vicky?«, erinnerte ich ihn.

»Ich hab ihr eben aufgetragen, sich Zeit zu lassen«, hauchte er an meinem Hals. »Ich brauche erst noch einen anderen Aperitif, ehe ich mich auf die Hauptmahlzeit stürze.« Seine Hände machten sich bereits an meinem Hemd zu schaffen, knöpften es hektisch auf und zerrten es anschließend gierig vom Körper. Noch ehe ich mich's versah, hatten seine Lippen eine meiner Brustwarzen in ihre Fänge gesaugt. Mir entkam ein leises Seufzen. Ich vergrub die Finger in seinem Haar und streichelte die Kopfhaut sanft. Normalerweise mochte er es nicht, wenn man seine Frisur ruinierte, doch beim Sex war beinahe alles erlaubt.

Er knurrte leise, als meine Fingerkuppen über seinen Hinterkopf strichen und ihn im Nacken streichelten. Dies hinderte ihn jedoch nicht daran, meine Brustwarzen noch härter zu machen, als sie ohnehin schon waren. Sie waren bereits so hart, dass ich glaubte, sie seien aus purem Stein, doch Greg schaffte es, sie noch etwas mehr anspannen zu lassen. Ich stöhnte lustvoll, denn jede seiner Berührungen, jedes heftige Saugen, jedes sanfte Streicheln seiner Zungenspitze verursachte einen kleinen Vulkanausbruch in meiner Leibesmitte.

Aber genau das war das Problem.

Verdammt! Scheiß Hose! Sie war viel zu eng. Der Stoff quetschte den anschwellenden Penis regelrecht an den Unterleib. Doch zum Glück schien Greg meine Gedanken erraten zu haben und öffnete den Reißverschluss. Sofort sprang ihm das harte Glied in die Hand, das er bereitwillig auffing und mit einem fürsorglichen Druck liebkoste.

Ich wollte gerne meine aufkeimende Lust etwas lauter heraus stöhnen. In Anbetracht dessen, dass Vicky uns durch die dünnen Wände hören könnte, biss ich mir auf die Lippen und unterdrückte meinen Laut.

»Oh Gott, Greg«, entkam es mir dennoch mit einem Keuchen. Er schaffte es immer wieder, mich in kürzester Zeit von null auf zehntausend zu bringen. In seiner Nähe war ich absolut triebgesteuert. Da konnte ich nur noch an das Eine denken.

Er grummelte zur Antwort, ging in die Knie und zog dabei meine enge Jeans über die Hüften. Merkwürdigerweise hatte er damit nicht so viel Probleme, wie ich heute Morgen beim Anziehen. Nur ganz kurz ließ er die glänzende Eichel in seinem Mund verschwinden, ehe er sich mit einem leisen schmatzenden Geräusch wieder davon trennte, als wollte er nur eine kleine Kostprobe nehmen. Bevor mein Verstand auch nur ansatzweise in den Normalzustand kommen konnte, verpasste er mir einen harten Schubs, sodass ich rückwärts taumelte und in den Ledersessel plumpste. Die Entscheidung zwischen Protestlaut und wohligem Stöhnen wurde mir prompt abgenommen. Denn er war sofort wieder über mir und stülpte seinen Mund abermals über meinen Penis. Ich verkrampfte mich kurz, als diese heiße Berührung in mir den Vulkan explosionsartig anschwellen ließ.

»Scheiße«, entkam es mir überwältigt. Ich bäumte mich seinem Rachen gierig entgegen.

Greg kicherte in meinem Schoß. Seine Hände streichelten meinen nackten Bauch und die Hüften, während seine Lippen eine ganz andere Art von Streicheleinheiten ausübten. Ich presste meinen Kopf in das weiche Leder. Im Nacken knirschte es, ich ignorierte es jedoch. Es war eine etwas unbequeme Haltung, doch nichts in der Welt hätte mich nun davon abhalten können, still zu halten und diese Prozedur über mich ergehen zu lassen.

Das konnte er wirklich gut. Ich genoss es jedes Mal aufs Neue.

Seine Lippen waren so heiß. Sein Rachen kochte förmlich. Immer wenn er sich tief über meinen Penis stülpte, dachte ich, direkt in loderndes Feuer getaucht zu werden. Es war einfach fantastisch … und Greg wusste, dass es mir gefiel.

Mein Atem wurde schneller. In mir brodelte es höher und höher. Ich spürte schon das brennende Ziehen des drohenden Ausbruchs. Die Schenkel zuckten vor Lust.

Kurz bevor es zum alles entscheidenden Moment gekommen war, ließ er von mir ab. Ich keuchte enttäuscht, krallte die Finger in seine Schulter und wollte ihn unbewusst wieder auf seinen Platz zurück drücken, doch

Greg reagierte schneller und schob sich hoch. Seine heißen, pulsierenden Lippen legten sich auf meine. Unsere Zungen fanden sich sofort. Ich presste ihn an mich, wollte mich an ihm reiben, um mir den rettenden Kick zu stehlen, um endlich kommen zu können, doch abermals sträubte sich Greg gegen meinen Willen.

Er grummelte leise. Seine Hände umfassten mein Gesicht, hielten es fest, als ich mich von ihm losreißen wollte.

»Greg«, flehte ich in seinen Mund und drehte den Kopf zur Seite, als er nicht reagierte, sondern einfach weiter küsste.

Ich sah nur sein Grinsen, das schelmische Aufblitzen in seinen Augen, ehe er sich küssend, knabbernd und saugend meinem Hals widmete. Er trieb ein durchtriebenes Spielchen mit mir. Er wusste genau, wie weit er gehen durfte, um mich kurz vor dem Ziel im kalten Wasser stehen zu lassen. Doch mir war ebenso bewusst, dass er diesen einen entscheidenden Schritt irgendwann tätigte. Er ließ mich nie im Stich. Wenn er mir einen blies, war es sein Spiel, nicht meines. Aber er brachte mich jedes Mal zum Ziel.

Ich keuchte erregt. Mein ganzer Körper zitterte vor Anspannung. Mein Becken hob sich ihm automatisch entgegen, versuchte, sich an ihm zu reiben, doch er wich immer wieder zurück. Stattdessen strichen seine Hände über meinen nackten Oberkörper, spielten keck mit den Brustwarzen und berührten hin und wieder, als wäre es reiner Zufall, den erwartungsvoll zuckenden Penis.

Beinahe verzweifelt versuchte ich, seinen Schoß auf meinen zu ziehen, doch Greg sträubte sich. Er rutschte tiefer, küsste meine Brust, saugte sich kurz an den Brustwarzen fest, ehe er sich noch tiefer schob und sich endlich dem schmerzenden Penis widmete. Ein keuchender Laut entkam mir, als mich sengende Hitze erfasste. In meinem Unterleib zog sich alles zusammen. Das Brennen kehrte sofort zurück, nachdem es sich bei Gregs Zwischenspiel etwas beruhigt hatte.

Seine Lippen saugten die Erregung förmlich an die Oberfläche. Es loderte und kochte in mir. Meine Adern füllten sich mit Hitze. Ich fühlte den Schweiß aus den Poren sickern. Immer wieder schob sich die Hitze über meinen Penis, doch ein weiteres Mal ließ er mich kurz vor dem Absprung stehen.

Ich protestierte grollend und keuchte atemlos.

»Greg, bitte«, floss es verzweifelt über meine Lippen. Er liebte es, mich zum Betteln zu bringen. Dann lachte er hämisch und genoss es in vollen Zügen, dass ich mich in meiner schmerzenden Geilheit wand. Er liebte es, mir ins Gesicht zu sehen, wenn ich glaubte vor überschäumender Lust sterben zu müssen.

»Lenny«, raunte er in meinen Schoß und nahm ein paar der Schamhaare zwischen die Lippen, um kurz daran zu ziehen. Das mochte ich überhaupt nicht und kommentierte dies mit einem missmutigen Grollen. Doch bevor ich ihn von mir fortschieben konnte, hatte er die harte Eichel wieder in den Mund genommen und saugte heftig daran. Sofort war meine Gegenwehr gestorben. Ich konnte nur noch scharf die Luft zwischen den zusammengebissenen Zähnen einsaugen, dann brach es auch schon aus mir heraus. Ich bäumte mich mit einem unterdrückten Laut auf. Trotz allem war ich mir immer noch bewusst, dass die Wände sehr dünn waren und Vicky nebenan ein extravagantes Hörspiel geboten bekam.

Greg saugte den Orgasmus aus mir heraus. Meine Finger krallten sich in seine Schulter. Ich drückte ihn förmlich in meinen Schoß, doch nicht weil ich ihn daran hindern wollte aufzuhören, sondern weil dieses Gefühl so intensiv war, dass ich es kaum verkraften konnte.

Sex mit Greg war meistens überragend, genauso wie er selbst. Es gab wenig Momente, in denen wir uns langweilten. Dadurch, dass wir auf keine Gefühle Rücksicht nehmen mussten, konnten wir unsere Grenzen ausloten. Greg liebte es, an Grenzen zu gehen.

Als ich keuchend versuchte, meinen aufgewühlten Organismus zu beruhigen, musste ich daran denken, wie sehr ich mich auf dieses Überraschungswochenende freute. Nicht nur, dass ich es mit Greg verbrachte, er hatte sich auch etwas Besonderes für mich einfallen lassen.

Brennende Neugier erfasste mich.

Ich packte ihn und zog ihn zu mir auf den Schoß.

»Was hast du mit mir vor?«, wollte ich wissen. Ich fing sein Gesicht ein, zog es zu mir heran und küsste die letzten Reste meines Höhepunktes von seinen Lippen. »Was hast du dir für mich einfallen lassen?«

Greg grinste breit. In seinen Augen glitzerte es schelmisch. »Auch wenn du absolut scharf aussiehst, wenn du kommst, aber ich verrate es dir trotzdem nicht.« Unsere Zungen fanden sich ein weiteres Mal zu einem wilden Tanz, ehe er sich von mir löste. Rasch riss er sich sein Hemd vom Leib, worauf ich entsetzt die Luft anhielt.

Das billigste Stück seiner Garderobe kostete mehr als die Leasingrate für meinen Wagen. Daher verzog ich erschrocken das Gesicht, als die Knöpfe wegflogen und er das gute Designerstück achtlos hinter sich auf den Boden warf.

»Du bist an der Reihe«, raunte er an meinem Hals. Damit brachte er mich rasch zum Geschehen zurück.

Ich packte ihn, warf ihn zur Seite, sodass er auf dem Nebensitz zu liegen kam, und wollte mich eigentlich rittlings auf seinen Schoß setzen. Doch die enge Hose, die mir knapp unterhalb des Hinterns hing, ließ das Unterfangen eher lächerlich und unbeholfen aussehen. Zu meinem Leidwesen vereitelte sie den Versuch, noch ehe ich ihn vollenden konnte. Dabei zog ich mir quasi selbst das Bein weg, auf das ich mich gestützt hatte, um mich auf Greg zu wälzen. In dem Moment, in welchem ich das andere mit Schwung nach oben riss, um es auf die andere Seite der Schenkel zu legen, war es aber schon zu spät. Ich rutschte auf dem glatten Parkett ab und landete auf dem Boden, mit dem Gesicht auf seinem Knie.

Mit einem herzhaften Fluch rappelte ich mich wieder auf.

Greg brach in Gelächter aus. »Zieh das Ding komplett aus«, riet er, als er mir hoch half.

Tatsächlich befolgte ich seinen Rat, denn ich hatte absolut die Schnauze voll. Es war eine blöde Idee, so edel oder verrucht sie auch gewesen sein mochte.

»Scheiße!«, fluchte ich abermals, fiel aber in sein Lachen ein. »So was Blödes.«

»Das liebe ich an dir.« Greg kicherte und schob mich näher an sich heran, als ich endlich auf seinem Schoß saß. »Da passiert ständig etwas Unerwartetes.«

»Auf so was kann ich getrost verzichten.« Ich hatte mir das Kinn an seinem Knie angeschlagen und dabei auf die Zunge gebissen. Der Geschmack von Eisen breitete sich in meinem Mund aus. Als ich die Lippen für eine Antwort geöffnet hatte, rann ein kleiner Blutstropfen heraus. Greg zog mich hastig am Nacken an sich und leckte den Tropfen auf.

Ich versuchte, das Gesicht zur Seite zu drehen und ihn daran zu hindern, doch er war schneller und stärker und hatte ihn aufgeleckt, noch ehe ich es verhindern konnte.

»Hast du vor gar nichts Angst?«, fragte ich ihn. »Ich könnte HIV haben, oder so.«

Er lachte unbekümmert. »Hast du nicht, ich ebenso wenig. Außerdem haben wir schon so oft unseren Saft geschluckt, dabei hätte auch etwas passieren können.« Er saugte meine Zunge in seinen Mund und hielt sie vorsichtig mit den Zähnen fest, während er bedächtig an der Wunde nuckelte.

Ich machte mich mit einem protestierenden Grummeln frei.

»Du kannst mir vertrauen, Lenny. Ich bin getestet und negativ.«

»Ich bin auch negativ. Trotzdem …« Ich wischte mir das Blut von den Lippen, ließ mich aber dennoch wieder von ihm küssen. »Wir vögeln auch mit anderen«, erinnerte ich ihn. »Und wer weiß, was wir uns dabei einfangen könnten.«

Greg lachte abermals, zog mich nahe an sich und küsste sich von meinem Ohr entlang zur Schulter.

»Auf mich trifft das bestimmt zu, aber du hattest schon lange keinen Sex mehr«, sagte er mir auf den Kopf zu und kicherte leise an meinem Hals. »Sonst wärst du vorhin nicht so abgegangen wie eine Rakete.«

Ich wollte schon protestieren, ließ die Entrüstung jedoch noch rechtzeitig verpuffen, ehe ich ihr Ausdruck verschaffen konnte. Denn im Grunde hatte er Recht. Das letzte Mal, dass ich so richtigen Sex hatte, war der schnelle Fick auf der Flughafentoilette gewesen, als Greg in München zwischenlandete. Die verzweifelte Handarbeit, die ich nachts allein in meinem Bett absolvierte, um den Druck abzulassen und mich auf andere Gedanken zu bringen, zählte nicht. Nach einem anstrengenden Zehn- oder Zwölf-Stundentag verspürte ich wenig Lust, mir noch etwas Zerstreuung zu holen. Zudem konnte ich nach Gregs Anruf ohnehin an nichts anderes mehr denken, als an dieses Überraschungswochenende. Dabei war ich wirklich kein Kind von Traurigkeit und wahrlich nicht scheu, mir irgendjemanden einzuladen.

Seine Hände glitten langsam an meinem Rücken herunter und umfassten den Hintern, um mich näher an sich heranzuschieben. Meine Hoden strichen dabei über seine Härte, was uns beiden ein wohliges Keuchen entlockte. Unsere Lippen fanden sich zu einem wilden Kuss. Als er an meiner wunden Zunge saugte, zuckte ich vor Schmerz zusammen und löste mich von ihm.

»Wie hättest du es denn gerne?«, wollte ich wissen und bewegte ein wenig mein Becken vor und zurück, rieb damit über seine Erregung und heizte die ohnehin schon angespannte Stimmung in ihm noch mehr an.

Greg brummelte wohlig und blickte mich mit lustverhangenen Augen an. »Tief und innig«, gurrte er kehlig.

Ich lächelte wissend, schob mich von seinem Schoß und ging zu einem Wandschrank. Inzwischen kannte ich mich in diesem Flugzeug gut genug aus, um zu wissen, wo der Eigner die Utensilien für die sexuellen Aktivitäten über den Wolken versteckt hatte. Währenddessen befreite sich Greg aus seiner Hose und funktionierte mittels Fernbedienung die Sitzgarnitur zu einem Bett um. Die Armlehnen versanken in dem hellbraunen

Lederpolster. Die Rückenlehnen kippten nach hinten und bald war aus den vier nebeneinander installierten Sitzen eine einzige gerade Fläche geworden, die man als großzügiges Bett benutzen konnte.

Er legte sich mit dem Rücken auf das weiche Leder und verschränkte erwartungsfroh grinsend die Arme hinter dem Kopf. Seine Erregung ragte wie ein Monument von seinem Bauch empor.

Mit Kondompäckchen, einer Tube Gleitmittel und einer Schachtel Kosmetiktüchern bepackt kehrte ich zurück und setzte mich rittlings auf Gregs Oberschenkel. Ich spürte sein ungeduldiges Zittern und hielt mich nicht mehr lange mit Spielchen auf, sondern streifte ihm sogleich eines der Gummis über und ließ reichlich von dem Gleitgel darübertropfen. Ich konnte es kaum noch erwarten, massierte selbst ein wenig meinen Anus, um ihn etwas geschmeidiger zu machen, und führte Gregs hartes Glied auch schon ein.

Er keuchte verhalten und hielt immer wieder mal für einen Moment die Luft an, bis ich es geschafft hatte, ihn gänzlich in mir verschwinden zu lassen. Schließlich beugte ich mich vor, küsste ihn und begann, mich langsam auf ihm zu bewegen.

Seine Hände kamen hervor, legten sich auf meinen Hintern, um die Aktivitäten sozusagen aus erster Hand zu spüren. Er keuchte und stöhnte leise und bewegte sein Becken synchron zu meinen Bewegungen. Um den Druck zu verstärken, stellte er seine Beine leicht auf und krallte hin und wieder seine Finger in mein Fleisch. Doch plötzlich fuhr er hoch, packte mich und warf mich herum. Nun lag er in Missionarsstellung auf mir. Ich spreizte die Beine, um ihn tief einzulassen. Greg schob seine Hände unter meine Knie und drückte sie bis auf meine Brust. Dadurch kam mein Hintern noch weiter hoch und bot sich ihm willig an. Sein Atem ging heftig und strich in schnellen Stößen über meinen Hals.

Gregs Penis fuhr in immer rascher und härter aufeinander folgenden Stößen in mich. Als er einmal von Gier gepackt in mich stieß, schoss ein tausend Grad heißer Blitz durch mich und ich bäumte mich mit einem erstickten Schrei unter ihm auf. Trotz allem war ich mir der dünnen Wände und der potenziellen Mithörer bewusst und biss mir hastig auf die Zunge, um den Schrei gänzlich zu unterdrücken. Dabei begann die Wunde wieder zu bluten. Eisengeschmack überflutete meinen Gaumen. Die Hitzewelle schwappte mit jedem weiteren Stoß mehr und mehr über mich hinweg.

Ich packte Greg am Nacken und zog ihn zu mir, um mir einen Kuss zu rauben.

»Ich brenne, Greg«, keuchte ich atemlos. »Tu was!«

Er leckte das Blut von meinem Mundwinkel und verwickelte mich in einen wilden Zungenkuss. Zeitgleich erhöhte er die Frequenz. Ein weiteres Mal zuckte der heiße Blitz, der direkt aus der Hölle der Lust zu kommen schien, durch mich hindurch. Ich gab einen abgehackten Schrei von mir, der jedoch diesmal durch den Kuss etwas gedämpft wurde. Einen Augenblick später kam es mir zum zweiten Mal. Ich bäumte mich unter ihm auf, krallte mich in seinen Rücken und spürte, wie sich heiße Flüssigkeit auf meinem Bauch ausbreitete. Greg brauchte noch ein paar Stöße, dann kam auch er.

Mit einem lang gezogenen Stöhnen riss er sich von mir los und warf den Kopf in den Nacken, als sich sein Höhepunkt pulsierend und pochend in mir austobte. Danach sank er kraftlos auf mir nieder.

Mein ganzer Körper war total aufgewühlt. Das Herz schlug rasend schnell. Schweiß hatte sich in den Kuhlen auf meinem Bauch gesammelt und mit dem Sperma vermischt. Das glatte Leder unter mir war nass geschwitzt und fühlte sich seltsam auf meiner Haut an. Gänsehaut machte sich auf mir breit.

Greg öffnete seine Augen und blickte mich mit einem vor Lust verschleierten Blick an. Wir fanden uns wieder zu einem Kuss. Meine Zunge schmerzte, als sie auf die von Greg traf und er mehrmals über die Bisswunde strich. Ich ignorierte es diesmal.

Auf einmal wurden meine Lider schwer. Ich schloss die Augen und ließ mich in die wohlige Erschöpfung nach diesem Höhepunkt fallen. Irgendwie Halt suchend umschlang ich noch Gregs Körper, dann glitt ich haltlos davon.

Eine Erschütterung, die sich im Schlaf wie ein Erdbeben anfühlte, holte mich aus dem Schlummer zurück. Greg hatte sich neben mich gelegt und musterte mich mit ausdruckslosem, aber entspanntem Gesicht. Als er merkte, dass ich wieder wach war, kam er näher und küsste meine Nasenspitze.

»Du siehst so herrlich süß aus, wenn du gleich nach dem Orgasmus wegpennst«, sagte er leise. In seiner Stimme schwang Belustigung mit, aber auch ein Hauch von Zuneigung. In den vier Jahren, in denen wir schon mehr oder weniger regelmäßig vögelten, hatten wir eine besondere Art der Beziehung entwickelt. Es war uns wichtig, was der andere beim Sex empfand.

Er strich mir sanft über die Wange und zupfte dann ein paar Strähnen an meinem Haaransatz zurecht, die ihn offenbar gestört hatten.

Ich lächelte glücklich, erwiderte den Kuss und kuschelte mich an ihn. Greg zog eine dünne Decke um uns. Wohlige Wärme umgab mich. Seine Arme legten sich um mich, drückten mich fest an seinen Leib. Dann gab ich mich ein weiteres Mal dem Schlaf der Erschöpfung hin.

2

In den zehn Stunden, die der Flug andauern würde, wussten wir uns wohl zu beschäftigen. Vicky servierte irgendwann die Bordmahlzeit und störte sich kein bisschen an unserem Aufzug. Greg saß nur mit seiner Unterwäsche auf dem Bett. Ich hatte mir in Ermangelung eines solchen die Decke übergeworfen, als sie endlich in den Passagierraum kommen durfte. Sie kannte das inzwischen von uns beiden. Dennoch bemerkte ich die leichte Färbung ihrer Wangen. Die Geräusche und das Wissen darüber, was wir dort getrieben hatten, gingen auch an ihr nicht spurlos vorüber.

Plötzlich musste ich daran denken, ob Stephan, der vorne im Cockpit saß, ebenfalls etwas davon mitbekam. Meine Schreie hatte er auf jeden Fall gehört, dessen war ich mir sicher. Mit dieser Erkenntnis schoss Hitze in meinen Unterleib und ich fühlte mich unwohl. Eigentlich konnte es mir gleichgültig sein, was Gregs Angestellte von mir dachten. Vickys wissende Blicke konnte ich doch ebenfalls mit einem Lächeln quittieren. Dass es mir auf einmal peinlich war, dass auch der Pilot mithören konnte, verwirrte mich. Ich schob es jedoch auf die Seite und ließ mich von Greg mit Hummerstückchen und warmem, duftendem Weißbrot füttern.

Greg hatte wie gewohnt weder Kosten noch Mühen gescheut und uns eine Suite in dem besten Hotel in Havanna gebucht. Das Appartement war mit dem Exklusivsten der Architekturkunst ausgestattet, inklusive vergoldeter Wasserhähne und einer Badewanne aus weißem, schimmerndem Marmor, der so blank poliert war, dass sich die Beleuchtung des Zimmers darin spiegelte. Das Bett glich einer üppigen Spielwiese, reichlich ausstaffiert mit roten Samtkissen und weichen duftigen Laken. Mein Einrichtungsgeschmack war es nicht unbedingt. Es wirkte zu protzig auf mich. Aber Greg stand auf solch einen Luxus und ich war der Letzte, der sich deswegen beschweren würde. Ich war mir sicher, dass Greg uns nicht nur wegen der Marmorbadewanne nach Havanna entführt hatte.

Greg packte mich, als uns der Page endlich allein gelassen hatte, und riss mich mit sich auf das Bett, um mich leidenschaftlich zu küssen und mir zielstrebig an die Wäsche zu gehen. Ich ließ ihn gewähren, da ich keinerlei Ahnung hatte, was er für dieses Wochenende geplant hatte, und für alles offen war, was er mir bot.

Als er sich mit einem tiefen Seufzen von mir löste, blickte ich ihn irritiert an.

»Ich würde dich gerne vernaschen«, gab er kehlig von sich und küsste mich abermals. »Aber ich habe noch etwas anderes mit dir vor.« Er schob sich mit sichtlichem Widerwillen vom Bett und ordnete flüchtig seine Kleidung. Ich blieb liegen, bis ich erfahren durfte, was ich als Nächstes zu tun hatte.

»Und was?«, hakte ich nach, als er schwieg und stattdessen begann in seinen Koffern zu wühlen.

»Wir werden um Acht abgeholt«, erklärte er etwas abwesend und legte einen in Zellophan eingeschweißten schwarzen Anzug neben mich auf das Bett. »Zieh das an!«

Ich hob verwirrt eine Augenbraue. Es war nicht ungewöhnlich, dass mich Greg mit Klamotten versorgte, wenn wir zusammen unterwegs waren. Wir hatten dieselbe Konfektionsgröße, obwohl ich mir etwas grobschlächtiger vorkam, wenn ich neben ihm stand. Während ich meinen Körper in der Kindheit und Jugend bei anstrengender Arbeit auf dem Bauernhof stählte, hatten Personaltrainer gezielt seine körperlichen Reize schulen können. Er war eineinhalb Zentimeter größer als ich, was sich aber in Bezug auf die Klamotten nicht weiter auswirkte. Nur der Saum der Hosen stülpte sich bei mir ein klein wenig mehr auf als bei ihm. Mich störte es nicht, ihn ebenfalls nicht und so trug ich öfter seine Smokings.

Ich musterte kurz den Anzug. »Gehen wir in die Oper oder so was?«

»Oder so was«, wiederholte er nickend und grinste vielsagend. »Ich habe uns Plätze in einer einzigartigen Show gebucht. Du wirst begeistert sein.«

»Um was geht es da?«, wollte ich neugierig wissen. Ich richtete mich auf und begann mich zu entkleiden.

»Eine Überraschung«, sagte er grinsend, riss sich seine eigene Kleidung vom Leib und verschwand im Badezimmer.

Wenig später standen wir wie ein Zwillingspaar vor dem Spiegel und begutachteten uns. Frisch geduscht, rasiert und gestylt und in sündhaft teure schwarze Smokings gehüllt, waren wir beide mit dem Ergebnis zufrieden.

Greg strich mit der flachen Hand über seine sorgsam kreierte Frisur und grinste sich selbstverliebt an. Schließlich wanderten seine Augen auch über meine Statur. Was er sah, schien ihm mehr als zu gefallen. Er leckte sich gierig die Lippen, beugte sich zu mir und küsste mich sanft auf die Wange.

»Du siehst zum Anbeißen aus«, gurrte er und kniff mir frech in den Hintern.

Ich lachte. Das kannte ich bereits von ihm. Er fand mich in so ziemlich jedem Outfit zum Anbeißen. Am besten gefiel ihm jedoch das Adamskostüm.

Kichernd erwiderte ich den Kuss und hätte mich gerne zu mehr überreden lassen, doch Greg löste sich von mir und blickte auf die Uhr.

»Der Wagen kommt gleich. Wir sollten uns beeilen.«

»Mir wäre etwas leichter, wenn du mir verraten würdest, um was für eine Überraschung es sich handelt.« Ich seufzte theatralisch, überzeugte mich mit einem letzten Blick in den Spiegel, dass alles perfekt saß, und folgte Greg aus dem Appartement. »Ich liebe zwar Überraschungen, aber bei dir muss man höllisch aufpassen, dass es nicht ausartet.«

Greg lachte heiter, hakte sich bei mir ein und geleitete mich zum Aufzug. »Keine Angst, mein Liebster. Ich werde dich schon nicht überfordern.«

Der Liftboy sah beflissentlich über unsere innige Haltung hinweg und drückte schweigend den Knopf, als Greg ihm das Stockwerk nannte, bei welchem wir aussteigen wollten. Draußen vor dem Eingang wünschte uns ein älterer Herr in einer altertümlich wirkenden Uniform einen schönen Abend. Nicht einmal eine Minute später hielt eine schwarze Limousine am sorgsam gefegten Rinnstein. Ein Bulle von Mann in einer dunklen Fahreruniform, trotz der nächtlichen Stunde mit Sonnenbrille und einer Chauffeursmütze, die er tief in die Stirn drückte, stieg aus und hielt uns die Tür auf. Für einen Moment dachte ich, der Fahrer sei aus einem Science-Fiction-Spektakel entsprungen. Doch als er den Wagen eine gute halbe Stunde ohne einen weiteren Zwischenfall und ohne an der Decke einer Unterführung entlang zu fahren vor einem Gebäude anhielt, musste ich über mich selbst schmunzeln. Das Ganze war schon mysteriös, aber interessant. Ich wurde immer neugieriger auf die Überraschung. Meine Hände zitterten vor Anspannung. Greg nahm meine Hand und drückte sie lächelnd auf sein Knie.

Der Wagen hielt vor einem weitläufigen, weißen Gebäude an. Weißer Kies bedeckte die von Palmen und üppig blühendem Oleander gesäumte Zufahrt. Noch bevor der Fahrer ausstieg, drehte er sich zu uns um.

»Die Herren Gäste sind gebeten, die Masken aufzusetzen, ehe Sie den Wagen verlassen«, sagte er in nüchternem, jedoch betont höflichem Englisch.

Während Greg sich vorbeugte, eine Klappe an der Rückseite der Vordersitze öffnete und zwei unförmige, weiße Plastikteile hervorholte, wurde es mir plötzlich eiskalt. Er reichte mir eine davon und setzte die andere ohne zu zögern auf.

»Mach schon!«, wies er mich an, als ich zögerte.

»Was soll das?«, fragte ich unsicher.

»Sicherheitsmaßnahme«, erklärte Greg kurz. Er nahm mir die Plastikmaske aus der Hand und setzte sie mir aufs Gesicht. »Du kommst sonst nicht in das Gebäude, darfst sogar den Wagen nicht verlassen.«

»Und warum?« Mir war das absolut nicht geheuer. Warum musste ich mich maskieren? Gingen wir etwa auf einen Maskenball?

»Damit dich niemand erkennt.« Er öffnete die Tür und stieg aus. Der Fahrer blieb diesmal sitzen und wartete geduldig darauf, dass wir ausstiegen.

Widerwillig und umständlich kletterte ich aus dem Fond und stellte mich neben Greg.

»Erklär mir bitte, was das soll!«, bat ich ihn. Mein Blick überflog das Gelände. Hier roch es buchstäblich nach Geld, nein, es stank regelrecht danach. Die Besitzer dieses Anwesens mussten förmlich darin schwimmen. Der sorgsam getrimmte, parkähnliche Garten hatte sicherlich ein Vermögen gekostet. Schon der gesamte Vorplatz mit seinem strahlend weißen Marmorkies und den zahlreichen Bepflanzungen, zeugte davon, dass hier betuchte Leute wohnten. Die Bäume und Sträucher standen allesamt in üppigem Grün und wurden von geschickt installierten Lichtern in Szene gesetzt. Und das Haus erst … Ich kam mir vor wie in »Vom Winde verweht« oder gar vor dem Weißen Haus. Es war ein wahrer Palast, mit sicherlich Tausenden von Zimmern mit exklusiver Ausstattung. Überwältigt von all dem, blieb mir der Mund offen stehen. Eigentlich sollte ich es längst gewöhnt sein. Greg gab sich nur mit dem Besten zufrieden.

Als der Wagen mit schnurrendem Motor davonfuhr, glaubte ich mich inmitten eines Krimis zu befinden. *Vielleicht war das mit dem Fahrer der Alienüberwachungsbehörde doch nicht so abwegig*, dachte ich mit einem unhörbaren Seufzen und einem eisigen Kribbeln in Nacken. Und warum hatte uns Stephan nicht fahren können?

»Keine Bange«, gab Greg unbekümmert von sich, hakte sich bei mir ein und zog mich mit sich zu dem großen, weißen Haus, dessen gigantisches Flügeltor sich wie von Geisterhand öffnete, als wir näher traten. »Dies ist ein ganz exklusiver Club. Die Masken dienen dazu, unsere Identität zu verbergen.«

»Warum muss unsere Identität verborgen werden?« Neugier und ein ungemütliches Gefühl in meinem Inneren nagten an mir. Greg war zwar ein gefragter Geschäftsmann, dessen Kundschaft aus der ganzen Welt stammte, doch nicht so berühmt, dass er sein Gesicht verbergen musste.

»Wenn du drin bist, wirst du es verstehen.« Er zog mich enger an sich. »Es ist einfach gigantisch. Ich wurde vor einem halben Jahr von einem Geschäftspartner zu solch einer Veranstaltung eingeladen und dachte mir, dass ich das auch mit dir besuchen muss. So was hast du noch nicht erlebt. Einfach großartig.«

»Mir wäre wohler, wenn ich wüsste, um was es sich dabei handelt.« Ich begann bereits unter der Maske zu schwitzen. Es juckte und ich wollte sie am liebsten abnehmen. Doch ich hielt mich zurück und ließ mich von Greg ins Innere des Hauses ziehen.

Das Foyer übertraf meine Erwartungen noch um ein Vielfaches. Hier waren jede Menge Geld und Gold in unbezahlbare Kostbarkeiten, Wandgemälden, dicken Perser-Teppichen und goldenen Stuckverzierungen investiert worden. Dank Greg, der stets in den höchsten Kreisen verkehrte und mich so manches Mal mitschleppte, hatte ich bereits einiges an Prunk gesehen, doch hier schien der Besitzer jeden Gast förmlich erschlagen zu wollen.

Für mich war es nichts. Es beeindruckte mich keineswegs. Ganz im Gegenteil. Mir wurde immer unwohler.

Ein Mann mit unpersönlicher, steifer Haltung und schwarzer Plastik-Gesichtsmaske kam uns entgegen und verbeugte sich leicht vor uns. Ebenso hölzern wie seine Bewegungen beim Gehen. Ich verkniff mir eine Bemerkung und biss mir abermals auf meine noch immer wunde Zunge.

»Herzlich willkommen, die Herren«, begrüßte er uns in nüchternem Englisch. »Würden Sie mir bitte folgen?« Er machte eine einladende Handbewegung in den hinteren Teil des Foyers, wo eine weitere große Flügeltür darauf wartete, sich ebenso wie von Geisterhand öffnen zu dürfen, um uns einzulassen. Es folgte ein langer, breiter Korridor, ausgelegt mit dicken, roten Teppichen, gesäumt von einem Spalier aus kunstvollen Vasen auf vergoldeten Sockeln, in denen üppige Blumenbuketts die Atmosphäre aufzuheitern versuchten. Mir war das Ganze entschieden zu viel Schmuck und ich konzentrierte mich daher auf Greg und darauf, die juckende Maske zu ignorieren.

Hinter der nächsten Flügeltür erwartete uns ein weiterer Mann. Neben ihm stand ein breiter Tisch, auf welchem kleine, weiße, handtellergroße Täschchen zu einem kunstvollen Fächer auf einem roten Samttischtuch aufgereiht waren.

»Guten Abend, die Herren«, begrüßte er uns ebenso sachlich wie die Männer zuvor. Er musterte uns kurz, als wollte er durch unsere Masken blicken. Dann griff er zielstrebig einige Täschchen aus dem Fächer heraus und reichte sie uns. »Bitte legen Sie Ihre Wertsachen in diese Taschen. Geldbörse, Telefone, Schlüssel, auffälligen Schmuck. Ihnen sei versichert, dass Sie Ihre Habseligkeiten am Ende der Vorstellung vollständig zurückerhalten.«

Erst in diesem Moment entdeckte ich hinter ihm einen großen Safe, der einen Spalt breit offen stand.

Ich zögerte, während Greg bereits bereitwillig seine Taschen leerte und das weiße Täschchen damit füllte. Als er mich anstieß, gehorchte ich endlich – jedoch mit höchst ungutem Gefühl. Mir gefiel das ganz und gar nicht. Es wurde immer seltsamer. Am liebsten hätte ich kehrtgemacht und wäre davongelaufen. Doch diese Blöße wollte ich mir nicht geben. Daher räumte ich ebenso die Taschen leer und legte Portmonee, Armbanduhr, Mobiltelefon und meinen Schlüsselbund in die kleine Tasche. Als ich sie verschloss, bemerkte ich die Nummer darauf. Ein Omen? 13, las ich und blickte hoch zu Greg. Auf der Stirn seiner Maske und seiner Tasche stand eine schwarze 12.

Der Mann nahm die beiden Taschen entgegen, vergewisserte sich, dass sie ordnungsgemäß verschlossen waren, und legte sie sorgsam in den Safe. Die Flügeltüren gingen abermals auf und weitere Herren mit weißen Masken traten ein.

»Komm!«, raunte mir Greg zu, hakte sich wieder bei mir ein und zog mich weiter.

Vor der nächsten Tür war ein großes Schild mit goldenen Lettern in mehreren Sprachen angebracht. Meine Kinnlade fiel herunter, als ich den Text überflog. Dort standen Verhaltensregeln der besonderen Art. Masturbieren, selbst oder bei anderen sei erlaubt, las ich. Es wurde ausdrücklich darauf hingewiesen, dass Penetration jeglicher Art unter den Gästen nicht erwünscht sei und das Personal angehalten sei, dies zu unterbinden. Ebenso seien Fotografieren und Aufzeichnungen jedweder Art untersagt.

Ich blieb wie angewurzelt davor stehen und starrte ungläubig darauf.

»Greg«, keuchte ich entsetzt. »Wo zum Henker hast du mich hingeschleppt? Was soll das hier? Wo sind wir?«

»Beruhige dich!«, versuchte er mich zu besänftigen. »Es ist alles halb so schlimm. Es ist nichts weiter als eine Peep-Show.«

»Eine Peep-Show?« Meine Stimme wurde leicht schrill. Ich bezweifelte, dass dies eine normale Peep-Show war, die ich gleich zu sehen bekäme. Was sollte die Maske? Warum mussten wir unsere Wertsachen abgeben? Das kam mir alles mehr als suspekt vor.

»Eine Real-Life-Peep-Show«, erklärte er kichernd. »Komm schon!« Er zog mich einfach weiter.

Die Tür öffnete sich und entließ uns in einen großen Saal. In der Mitte des Raumes befand sich ein silberfarbenes Gestell, das arg an das Eisengestänge erinnerte, das bei uns hinten im Hof stand und über dem meine Mutter die Teppiche ausgeklopft hatte. Drum herum reihten sich mehrere Reihen gepolsterte Ledersessel. Einige Gäste waren bereits vor uns eingetroffen und hatten ihre Plätze eingenommen. Als ich an Gregs Seite durch die Reihen ging, bemerkte ich, dass auch die Sessel Nummernaufdrucke hatten.

Greg suchte unsere Plätze und ließ sich mit einem zufriedenen Seufzen auf seine Nummer 12 niedersinken. Ich blieb etwas unschlüssig stehen und blickte mich unsicher um. Wir befanden uns in der ersten Reihe. Hinter uns gab es noch zwei weitere. Insgesamt musste es bestimmt fünfzig Sitzplätze geben. Die anderen Gäste hatten es sich in ihren Sesseln gemütlich gemacht, ihre Jacketts ausgezogen, die Krawatten oder Fliegen gelockert und ihre Hemden geöffnet.

Mir wurde beinahe übel.

Mit zitternden Knien setzte ich mich schließlich.

»Mir gefällt das nicht, Greg«, raunte ich ihm zu.

Er nahm meine Hand und drückte sie an seine Seite. »Es wird dir bestimmt gefallen. Dir wird eine einzigartige Mega-Show geboten. So was hast du noch nicht gesehen.«

Die silberne Teppichstange misstrauisch musternd, wiegte ich meinen Kopf wenig überzeugt hin und her. Mir schwante bereits Übles und mir gefiel schon jetzt nicht, was ich zu sehen bekäme. An der silbernen Stange waren Haken angebracht, ebenso am Boden – genau richtig, um etwas oder besser gesagt, jemanden dort mit gespreizten Händen und Füßen festzuschnallen. Was auch immer das werden sollte, so nahe am Geschehen zu sein missfiel mir absolut. Einen SM-Porno auf der Leinwand oder auf dem Fernseher anzusehen, war etwas anderes, als gerade mal fünf Meter vom Ereignis entfernt zu sitzen.

Ich begann zu zittern und presste die Knie gegeneinander. Natürlich bemerkte Greg meine Anspannung.

»Sei locker!«, flüsterte er mir zu, beugte sich zu mir und hauchte mir einen Kuss auf die Schulter, der dank der Maske nur angedeutet werden konnte. »Vertrau mir, du wirst es genießen.«

Ich presste meine Lippen zusammen und versuchte an gar nichts mehr zu denken. Außerdem störte mich die Maske ungemein. Am liebsten hätte ich sie mir heruntergerissen. Doch das Risiko von den anderen Gästen gesehen und erkannt zu werden wollte ich nicht eingehen. Wer wusste schon, wer das war. Nicht umsonst verbargen sich alle hinter unschuldig grinsenden Masken.

Ich rang mit mir und blickte mich erneut um. Der Saal füllte sich langsam. Immer mehr Männer in schwarzen Smokings und weißen Gesichtsmasken traten ein und nahmen ihre Plätze ein. Teils schwatzten sie leise miteinander, teils eilten sie schweigend zu ihren Plätzen und rührten sich nicht mehr vom Fleck. Von irgendwo her kam dezente Beschallungsmusik, wie in einem Aufzug, die uns wahrscheinlich bis zum Beginn unterhalten sollte. Mir gefiel das Ganze absolut nicht. Aber gehen konnte ich auch nicht, ohne Greg dermaßen zu verletzen, dass unsere Freundschaft daran zugrunde ging.

Mir blieb nichts anderes übrig, als bis zum Schluss auszuharren. Das musste ich jetzt durchstehen wie ein Mann. Die Aufregung und das ungute Gefühl in mir stiegen mit jedem weiteren Ankömmling.

Dann endlich, als der letzte Gast auf seinem Sessel Platz genommen hatte, schien die Show zu beginnen. Ein Mann mit schwarzer Maske und ebensolchem schwarzer Smoking-Uniform wie die Männer, die uns bereits am Eingang begrüßt hatten, trat in den Saal. Er stellte sich vor die silberne Stange und räusperte sich laut, um die Aufmerksamkeit der Gäste auf sich zu lenken. Sein Räuspern wurde per nicht sichtbarem Mikro zu ebenso nicht sichtbaren Lautsprechern getragen, weswegen es viel lauter wirkte, als es war.

Das leise Tuscheln der Gäste verstummte augenblicklich.

»Einen wunderschönen Abend, die Herren«, begann der Mann mit einer tiefen, sonoren Stimme in feinstem Englisch und räusperte sich abermals. Ich blickte mich rasch um. Die Gästeschar bestand tatsächlich nur aus Männern. »Ich darf Sie herzlichst zur heutigen Show begrüßen. Ich bitte Sie dringend, Ihre Masken nicht abzunehmen und sämtliche Äußerungen zu unterlassen, die auf Ihre Identität hinweisen könnten. Diskretion ist uns wichtig. Daher ist das Personal angewiesen, jegliche Verstöße zu unterbinden.« Er zeigte kurz auf einige Männer, die sich unbemerkt in den Hintergrund gestellt und am Ausgang und an den Seiten postiert hatten, wie eine Mini-Armee von Weltraumagenten.

Ich unterdrückte einen Kälteschauer.

»Selbstverständlich ist Ihnen jederzeit erlaubt den Saal zu verlassen«, redete er weiter. »Die Waschräume befinden sich hinter diesem Ausgang.« Er zeigte auf eine breite Tür mit kunstvollen Goldinsignien. »Erfrischungen und Hygieneartikel stehen Ihnen ebenfalls jederzeit zur Verfügung. Die Stewards werden Ihnen all Ihre Wünsche erfüllen.« Er deutete auf eine Theke im hinteren Bereich des Saales, der nun durch das Öffnen eines roten Samtvorhanges offenbart wurde. Mit dem Ausschank erschienen auch ein Dutzend weitere Männer in hochgeschlossenen Uniformen und mit versteinerten Masken-Gesichtern, die Tabletts trugen, auf denen bereits zahlreiche Gläser mit prickelnder Flüssigkeit bereitstanden.

»Bitte unterlassen Sie aus Hygienegründen jede gegenseitige Penetration«, bat er die Gäste noch einmal eindringlich. »Wechselseitige Hilfestellung ist ausdrücklich erlaubt. Und nun wünsche ich Ihnen viel Vergnügen.« Er verbeugte sich leicht und wandte sich zu dem Ausgang, durch den er in den Saal getreten war. Daraufhin öffnete sich die Tür wie auf ein unsichtbares Kommando und mehrere Männer traten ein, ebenso in schwarze Uniformen gehüllt und mit schwarzen Gesichtsmasken. In ihrer Mitte befand sich ein weiterer Mann.

Mein Herz blieb beinahe stehen, als ich ihn sah.

Der junge Mann war nackt, bis auf die ledernen Manschetten an Hand- und Fußknöcheln und der ledernen Maske, die sein Gesicht fast vollständig verdeckte. Im Gegensatz zu den anderen Masken besaß diese keine Sichtlöcher für die Augen, sodass er vollkommen blind war. Er wurde an einer langen Kette in den Saal geführt, oder eher geschleppt, denn er wehrte sich heftig und jammerte und bettelte durch einen Knebel gedämpft. Seine Bewacher hatten kein Erbarmen mit ihm, schleppten ihn ungerührt seiner Bemühungen zu dem Eisengestänge und ketten ihn dort so an, wie ich es bereits befürchtet hatte.

Ich rutschte in meinem Sessel ein Stückchen tiefer. Greg presste die Hand, die er noch immer hielt, fester an sich.

»Gentlemen!«, rief der maskierte Mann, der vorhin seine Empfangsrede gehalten hatte, und breitete leicht seine Arme aus. »Ich darf Sie herzlichst zu der heutigen Versteigerung begrüßen. An diesem Abend bietet uns eine europäische Schönheit seine Unschuld an. Er ist vor zwei Monaten achtzehn Jahre alt geworden und wandte sich an mich, um aus seiner Defloration etwas ganz Besonderes zu machen. Als es schließlich so weit war, fühlte sich unser junger Mann hier etwas überfordert, wie Sie sehen. Aber ich bin zuversichtlich, dass derjenige unter Ihnen, der das Glück besitzen wird, die Unschuld zu ersteigern, ihn zu besänftigen weiß.« Er lachte kurz und trat dichter an den jungen Mann heran.

Ich rutschte indessen noch tiefer in meinen Sessel und war nahe dran, trotz aller Freundschaft fluchtartig den Saal zu verlassen. Doch Gregs Hand hielt mich davon ab. Ich hätte mich losreißen müssen, was ich ganz und gar nicht wollte.

Der Brustkorb des jungen Mannes hob und senkte sich hektisch. Er zerrte an den Fesseln und versuchte sich zu befreien, doch die Manschetten und die Haken hielten ihn beharrlich an Ort und Stelle. Aus dem Knebel drangen erstickte Laute. Immer wieder warf er den Kopf hin und her, vor und zurück und schien damit die Maske abschütteln zu wollen, doch ergebnislos. Sie saß bombenfest und verbarg die Hälfte des Gesichtes, wie auch den Großteil des Kopfes.

Das Gestell begann sich plötzlich zu drehen. Erst da bemerkte ich, dass es auf einer ebenen, kaum sichtbar in den Boden eingelassenen Plattform stand, die nun langsam zu rotieren begonnen hatte. So konnte man das heutige Objekt von allen Seiten begutachten, ohne um ihn herumgehen zu müssen.

Ein Raunen ging durch die Sitzreihen. Einige erhoben sich, um ihn besser in Augenschein nehmen zu können.

»Sie sind eingeladen, näher zu treten und das Versteigerungsobjekt einer persönlichen Begutachtung zu unterziehen«, sagte der Auktionator. Dessen Stimme hallte von allen Wänden wieder. Einige Männer folgten der Einladung prompt, sprangen von ihren Sesseln und kamen näher.

Zahlreiche Hände streckten sich nach dem Gefesselten aus, berührten ihn, betasteten ihn, auch an unsittlichen Stellen, denn seine Blöße wurde unverhüllt zur Schau gestellt. Bei jeder Berührung zuckte der junge Mann sichtlich zusammen und begann hektischer und lauter in den Knebel zu schreien. Er wand sich und zappelte hilflos wie ein Fisch im Netz, zerrte panisch an den Fesseln und versuchte die gierigen Finger von sich zu stoßen oder ihnen zu entkommen. Doch er besaß nicht die geringste Chance.

Übelkeit stieg in mir auf.

»Müssen wir das wirklich tun?«, flüsterte ich Greg verzweifelt zu.

»Beruhige dich! Alles nur Show«, wisperte er besänftigend zurück.

»So sieht das für mich nicht aus.« Ich seufzte leise. Meine Beine zuckten, wollten den Saal auf schnellstem Wege verlassen, doch ich war plötzlich wie versteinert.

»Es ist nur Show«, versicherte er mir betont. »Ich hatte dieselben Befürchtungen beim ersten Mal. Aber es ist wirklich nur Show. Public Viewing«, erklärte er wissend. »Diese Shows finden an wechselnden Standorten mehrmals im Jahr statt. Das Versteigerungsobjekt verpflichtet sich freiwillig. Glaube mir, ich habe das alles bereits hinterfragt.«

»Das kann doch nicht legal sein«, raunte ich ihm zu und kratzte die juckende Plastikschale über meiner Wange. Beinahe hätte ich sie abgenommen, um mich richtig kratzen zu können. Doch im letzten Moment erinnerte ich mich noch an das Verbot.

»Solange alles auf freiwilliger Basis geschieht, wer soll da was dagegen haben?« Er lachte leise und drückte meine Hand wieder etwas fester. »Beruhige dich. Entspann dich und genieße es. Und vielleicht haben wir Glück und können die Unschuld dieses schönen Knackarsches ersteigern.«

Ich fuhr herum und richtete mich augenblicklich gerader. Nichts um alles in der Welt würde mich dazu bringen, Geld hierfür auszugeben. Abgesehen davon, dass ich es mir wahrscheinlich gar nicht würde leisten können. Die Gesichter hinter den anderen weißen Masken hatten bestimmt mehr auf ihren versteckten Konten liegen, als ich in meinem ganzen Leben zusammen verdienen konnte.

»Nie im Leben«, keuchte ich entsetzt und entzog Greg meine Hand. Sie war nass geschwitzt. Hastig wischte ich sie an dem empfindlichen Stoff der teuren Hose ab. Es würde vermutlich hässliche Flecken hinterlassen, aber das war mir vollkommen gleichgültig. Das war die Strafe dafür, dass er mich in eine solche Show geschleppt hatte.

Greg lachte leise, während die anderen Gäste nacheinander oder gleichzeitig an dem wimmernden Mann herumfingerten. Er hing mittlerweile nur noch kraftlos in seinen Fesseln und schien es aufgegeben zu haben. Erst als ein besonders dreister Gast die Hinterbacken auseinanderzog und sich das persönlich ansehen wollte, was er zu ersteigern gedachte, kam wieder Leben in ihn. Er quietschte erschrocken auf und entzog sich den frechen Händen.

Der Gast lachte nur unter seiner Maske und klatschte dem hilflosen jungen Mann hart auf den Hintern, bevor er zu seinem Sessel zurückkehrte.

»Beginnen wir mit der Versteigerung«, schloss der Auktionator die Besichtigungstour ab und bat sämtliche Gäste auf ihre Plätze zurück. »Das Erstgebot liegt bei hundert.«

Ich beugte mich zu Greg. »Hundert *Dollar*?«, erkundigte ich mich. Die Summe kam mir für das Ambiente entschieden zu gering vor.

»Hundert*tausend* Dollar«, verbesserte Greg, bestätigte damit meine Vermutung und hob eine Hand.

Ich knuffte ihm heftig in die Seite, als der Auktionator auf Greg aufmerksam wurde und dies als Annahme des Gebotes deutete.

»Das erste Gebot ist angenommen. Der Herr mit der Nummer 12 ist der Erstbieter.«

»Greg!«, flehte ich leise. »Lass das!«

Doch er lachte nur und legte eine Hand auf meinen Schenkel.

Ein anderer Maskenmann hob die Hand. »110.«

Greg setzte nach. »120.«

Der andere ließ sich das nicht bieten. »130.«

So ging das weiter, bis zu einem Gebot von 300.

Ich musste es mir immer wieder vor Augen halten, dass nicht von dreihundert amerikanischen Dollars, sondern von dreihundert*tausend* davon die Rede war – und das für einen einzigen Fick mit einer absolut wehrlosen männlichen Jungfrau. Das war echt Wahnsinn. *Vollkommener und beschissener und verrückter Wahnsinn.*

Als Greg 310 bot, hieb ich ihm so heftig in die Seite, dass er aufjammerte.

»Hör sofort auf damit, oder ich mache augenblicklich mit dir Schluss!«, drohte ich ihm mit gedämpfter Stimme. Ich war froh, dass mein Gesicht von einer undurchsichtigen Maske verdeckt war. So hatte er das Wechselspiel von bleicher Starre und knallroter Scham nicht bemerken können.

Ich wollte nur noch hier raus. Aber um diesen Wunsch wahr zu machen, besaß ich nicht genug Courage. Ich war auf dem Stuhl wie festgewachsen.

»Spielverderber«, schalt mich Greg. Er schien meiner Drohung nicht zu glauben, denn er hob abermals die Hand. »330.«

Ich stöhnte hörbar.

Der andere Mitbieter schien aufzugeben, denn er rührte sich nicht mehr.

Großer Gott, flehte ich inständig. *Lass das nicht wahr werden.* In mir hatte sich eine grauenvolle Ahnung gebildet. Eine Überraschung für mich, hatte Greg bei seinem Anruf gesagt. Eine Überraschung für *mich*. Er wollte den armen Kerl doch nicht etwa für mich ersteigern …?

Ich brauchte Gewissheit.

»Tust du das für mich?«, flüsterte ich ihm hektisch zu. »Ersteigerst du den Kerl für mich?«

Greg lachte, nahm meine Hand an sich und drückte sie fest. »Als Geburtstagsgeschenk.«

Ich schnaufte laut. Abgesehen davon, dass ich erst in drei Wochen Geburtstag hatte, wollte ich ein solches Geschenk ganz und gar nicht. »Hör sofort damit auf!«, verlangte ich energisch.

Zu meiner grenzenlosen Verzweiflung meldete sich kein weiterer Bieter mehr. Wenn der Auktionator aufgab, würde Greg den Kerl ersteigern und von mir verlangen, dass ich ihn entjungferte. *Nie im Leben!*, schrie ich innerlich.

»Ich will das nicht!«, raunte ich ihm eindringlich zu.

»Sieht aus, als hättest du keine andere Wahl mehr«, gab Greg ebenso zurück und deutete auf die übrigen Gäste im Saal. Einige schienen sich erst beraten zu müssen, andere saßen gelangweilt in ihren Sesseln. Eine Handvoll war von ihren Sitzen aufgesprungen und standen nun nervös in den Reihen, als warteten sie auf etwas, als wollten sie weitersteigern, trauten sich aber nicht so recht.

Bitte, flehte ich inständig. *Lass es noch einen weiteren Bieter geben.*

Der Auktionator begann damit, die Vorzüge des jungen Mannes aufzuzählen. So erfuhren wir, dass er erst kürzlich seiner Homosexualität gewiss geworden war. Dass er dies als Beginn einer neuen Ära in seinem Leben ansah. Er berichtete, dass er ein Studium begonnen hätte und aus einer gut situierten Familie stammte. Auch hätte er sportliche Leistungen aufzuweisen, die detailliert aufgezählt wurden.

Ich wollte das alles nicht hören, widerstand aber der Versuchung, mir meine Ohren zuzuhalten.

Offenbar war dem Auktionator das erreichte Gebot noch zu niedrig, denn er pries den jungen Mann weiterhin in höchsten Tönen an. Wie eng und heiß, wie stramm und gut entwickelt er sei.

Mir war hundeelend.

Als er auch noch – wie der andere Bieter zuvor – die Hinterbacken des Versteigerungsobjektes auseinanderzog, damit wir Gäste einen guten Einblick bekamen, drehte sich mir beinahe der Magen um. Auch wenn ich es nicht wollte, ich kämpfte förmlich darum, dass ich den Blick von ihm abwenden konnte. Doch die Grübchen, die sich knapp oberhalb des Steißes bildeten, sobald er den Hintern fest zusammenkniff, fielen mir deutlich auf. Auch war mir die prägnante Blinddarmnarbe an der Vorderseite aufgefallen, die neben dem glatt rasierten Schambereich prangte.

Als endlich einer der anderen Gäste die Hand hob und das Gebot erhöhte, fiel ein ganzes Riesengebirge von mir ab. Ich packte Gregs Hand und zerquetschte sie förmlich, damit er nicht weiter bot.

Er jammerte leise, schien die Drohung aber endlich ernstzunehmen und fügte sich.

»Spielverderber«, raunte er mir abermals zu.

Lieber vermasselte ich Gregs Pläne, als dass ich diesem ohnehin schon aufgelösten Kerl die Unschuld rauben musste – auch wenn er sie wirklich freiwillig zum Besten geboten hatte. Aber das interessierte mich nicht. Ich wollte nicht derjenige sein, auf den diese Aufgabe fiel.

Am Ende dieser Versteigerung war die Deflorierung des heutigen Opfers für fünfhunderttausend amerikanische Dollar über den Ladentisch gegangen. An den Kerl mit der Nummer sieben, der ihm bereits bei der Besichtigung die Arschbacken auseinandergezogen hatte.

Ich war nur noch froh, es überstanden zu haben. Doch wenn ich je gedacht hätte, dass es nun vorbei war, wurde ich schnell eines Besseren belehrt. Denn nun kam die öffentliche Deflorierung.

»Lass uns gehen!«, bat ich Greg.

»Nein«, weigerte er sich und rührte sich nicht vom Fleck. »Dieser Abend hat mich zwanzigtausend Dollar gekostet. Ich werde jede einzelne Minute davon auskosten.«

Ich schluckte hart.

Seine Hand wanderte meinen Schenkel hoch und blieb auf meinem Schoß liegen. »Anscheinend gefällt es dir doch ganz gut«, bemerkte er abschätzend.

Ich fluchte leise. Der Ständer war nicht entstanden, weil ich es geil fand, wenn einer männlichen Jungfrau der Arsch aufgerissen wurde, sondern weil ich mit den Gedanken bereits mehrere Schritte weiter war. In meinem persönlichen Kopfkino befand ich mich schon in unserem Hotelzimmer. Dort, wo ich Greg dafür entschädigen wollte, was er verpasste, wenn er bereit war, die Veranstaltung vorschnell zu verlassen. Ich hatte mich lediglich ablenken wollen von dem, was nun kam.

Er rieb meinen angeschwollenen Penis sanft und beugte sich zu mir. »Du verruchter kleiner Scheißkerl«, grollte er leise und packte die Härte in meiner Hose kurz fester. Ich fuhr erschrocken zusammen und blickte mich beschämt um.

Einige der Sitznachbarn hatten ihre Hände bereits in ihrer eigenen Hose und schienen gebannt auf das nun Kommende zu warten. Keiner interessierte sich dafür, was hier bei uns beiden abging.

»Bitte«, flehte ich.

»Lehn dich zurück und genieße es!«, flüsterte Greg und streichelte sanft meine Erektion, die unter seinen Händen stetig weiterwuchs. Mit der anderen winkte er einem Steward, der prompt angelaufen kam und uns zwei vollgefüllte Gläser kredenzte. »Trink einen Schluck Champagner! Vielleicht geht es dir dann besser.«

Alkohol war wahrlich keine Lösung für derartige Probleme, dennoch nahm ich das Glas an und leerte es hastig. Dabei kümmerte ich mich kaum um das neue Erlebnis, Champagner mit dem Strohhalm trinken zu müssen, denn anders ging es mit der Maske nicht. Der stark kohlensäurehaltige Schaumwein prickelte sofort in meiner Nase. Nur mühsam konnte ich einen Niesreiz unterdrücken. Greg bestellte sogleich nach. Ich nahm auch das zweite Glas und saugte es entgegen aller Vorsicht und Vorsätze in mich hinein. Es war mir inzwischen egal. Dann trank ich mir eben einen Champagnerrausch an. Vielleicht konnte ich damit das Erlebnis besser überstehen.

Es brauchte noch zwei weitere Gläser mit dem Prickelwasser, ehe etwas Ruhe in mich kam. Der Alkohol nahm Besitz von mir und begann sich wohlig und berauschend in mir auszubreiten. Ich driftete leicht ab. Meine Umgebung rückte ein Stückchen von mir weg. Während dessen streichelte Greg weiterhin meinen Penis. Wohlige Gefühle keimten in mir auf. Ich spreizte die Beine, um den angeschwollenen Genitalien ausreichend Platz zu bieten. Gregs Kichern hörte ich in weiter Ferne, als stünde er am anderen Ende des Raumes.

»So ist es besser!« Er lachte leise und rieb fester.

Der Ersteigerer hatte sich inzwischen untenrum leicht entblößt, sprich seine Hose geöffnet, und positionierte sich hinter seinem erstandenen Objekt. Der Gefesselte hatte wieder begonnen sich zu wehren. Er zerrte jammernd und in den Knebel brüllend an den Ledermanschetten, die jedoch erbarmungslos waren. Genussvoll streichelte der Meistbietende über die Lenden des Mannes und betastete die Muskeln und die Extremitäten. Natürlich bezog er auch den schlaff herunterhängenden Penis des jungen Mannes mit ein, der sich unter der gekonnten Handarbeit allmählich aufrichtete. Jede einzelne Sekunde kostete der Glückliche aus, der nun um fünfhunderttausend Dollar ärmer, jedoch bald um eine Erfahrung reicher sein würde. Er rieb seine Erektion an den Hinterbacken des Mannes, scheuerte sich an dem schmalen Spalt und lachte amüsiert, als sich die Muskeln panisch anspannten.

Gehilfen des Auktionators brachten ein Tablett mit Kondompäckchen in allen Varianten und Ausführungen und einen Tiegel mit Gleitgel heran. Der Bieter bediente sich daraus und salbte den Hintern und den Spalt großzügig damit ein.

Der Gefesselte wimmerte. Seine Gliedmaßen wurden von Weinkrämpfen durchgeschüttelt. Er ließ den Kopf hängen, hing nur noch schlaff in den Fesseln. Ein weiteres Mal schien er sich seinem Schicksal zu ergeben.

Langsam und genüsslich stülpte Maskenmann Nummer sieben das Präservativ über seinen Penis und rieb ihn sorgsam mit dem Gleitmittel ein. Dann begann er den Muskel vorzubereiten, worauf plötzlich wieder Leben in den Gefangenen kam, und bohrte in grausamer Gemächlichkeit immer mehr Finger in den Anus. Bei jedem weiteren begann der junge Mann lauter in den Knebel zu kreischen. Dann folgte endlich der entscheidende Moment, in welchem Nummer sieben seinen Preis einforderte und sich in sein ersteigertes Objekt versenkte. Langsam, vorsichtig, sich dessen bewusst, dass er der erste Mann war, der sich dort Einlass verschaffte und den engen Ring dehnte und weitete. Der Gefesselte kreischte in den höchsten Tonlagen, wand sich und zerrte abermals an den Fesseln. Es gab jedoch kein Erbarmen. In immer heftigeren Stößen peitschte sich der Bieter seinem Höhepunkt entgegen, während er den zappelnden Körper festhielt und sich schließlich in ihm ergoss.

Ich wand mich fast genauso wie der junge Mann an dem silbernen Gestänge. Am liebsten hätte ich Reißaus genommen, denn eine Vorstellung dieser Art gehörte keineswegs zu meinen Vorlieben. Es war mir trotzdem nicht möglich, die Veranstaltung zu verlassen, ohne mein Gesicht zu verlieren – auch wenn dieses hinter einer Maske verborgen lag. Greg wäre mir unendlich böse deswegen. Er hatte sich sehr viel Mühe gegeben, um mir einen Gefallen zu tun oder eine Freude zu bereiten. Die Freundschaft zu ihm war mir in diesem Moment wichtiger als dieses Schauspiel, so unangenehm es mir war und je unerträglicher es mit jeder Minute wurde.

Zudem hatte Gregs Hand inzwischen den Weg in meine Hose gefunden und umfasste das harte Fleisch, um es ebenso auf den Weg zur Erlösung zu bringen. Ich versuchte, meine Gedanken zu leeren und meine Umgebung sich in Luft auflösen zu lassen, zu vergessen, wo wir uns befanden und was eben geschah. Dabei wichsten sich die Kerle um uns herum beinahe vollständig selbst oder besorgten es ihrem Sitznachbarn, so wie es Greg mit mir machte.

Es war nichts Ungewöhnliches, dass mir Greg in aller Öffentlichkeit einen runterholte. Einmal in der Oper, mehrmals im Kino und sogar in der Disko, während wir eng umschlungen auf der Tanzfläche tanzten. Ich war dabei ebenso nie untätig gewesen und tat es ihm stets gleich. Doch diesmal weigerte sich meine Hand, nach nebenan zu wandern. Bleischwer lag sie auf meinem Schenkel. Greg musste sie nehmen und auf seinen Schoß legen.

Er öffnete den Hosenbund mit einer Hand und schob meine Finger in seine Unterhose. Dort empfing mich ein bereits steinhartes Ding. Als wäre diese Berührung der Schlüssel für die Blockade, konnte ich mich endlich aus der Starre lösen und legte die Finger um seinen Penis, um ihn sanft zu stimulieren.

»Ich freue mich schon auf später im Hotel«, raunte mir Greg zu und pumpte etwas schneller.

Ich nickte nur und hoffte, dass er mir ordentlich das Gehirn herausfickte, damit ich das Geschehene bald vergessen konnte.

»Mach so was nie wieder mit mir«, gab ich drohend von mir.

Greg lachte leise und beugte sich weiter zu mir herüber. »Es ist nur Show. Eine überwältigende Show. Alles gestellt. Der Kerl ist in Wahrheit ein Pornodarsteller und macht dies nicht zum ersten Mal.«

»Bist du dir da so sicher?« Mein Atem ging heftiger, als sich die Hitze, die Greg mit seinen Bemühungen verursachte, immer mehr in mir ausbreitete.

Er nickte. »David …« Er deutete flüchtig mit dem Kinn der Plastikmaske in Richtung des Auktionators, »… gestand es mir beim letzten Mal. Das war in Miami. Aber sag es bitte nicht weiter, sonst bekomme ich Ärger mit ihm.« Er stöhnte leise, als die Erregung auch in ihm emporstieg und sich Ausdruck verschaffte. »Alles auf freiwilliger Basis. Am Ende der Veranstaltung kannst du dich persönlich davon überzeugen. Dann tritt der angebliche Deflorierte noch einmal auf und berichtet, wie glücklich er jetzt sei.«

»War es damals derselbe?«, interessierte es mich brennend.

»Nein. David hat ja mehr als einen Angestellten.« Damit ließ er seinen Blick durch den Raum schweifen. Der eine oder andere der Stewards könnte durchaus ebenfalls als Jungfrau durchgehen. So wie der Kerl an der Teppichstange, dessen Rippen man deutlich sehen konnte. Sein Körper war noch nicht gereift genug und kantig. Er war ohne Zweifel bereits ein Mann, stand jedoch erst am Anfang dieses Entwicklungszyklus.

Endlich verstummten die Schreie des Deflorierten. Der Bieter hatte bekommen, wofür er teures Geld bezahlt hatte. Zufrieden und breit grinsend rieb er die abflauende Erregung am Hintern seines Opfers und streichelte die Vorderseite. Als David den Gefesselten von der Stange nehmen ließ, fiel dieser wie ein nasser Sack in sich zusammen. Mühsam rappelte er sich auf alle viere wieder hoch und versuchte, blindlings davon zu krabbeln.

»Zur Feier des Tages, weil heute so ein wunderschöner Abend war«, ertönte Davids Stimme laut durch den Saal, »gibt es heute eine Besonderheit.« Er zerrte den wimmernden Mann näher an sich heran und nahm ihm den Knebel aus dem Mund. Sofort keuchte und ächzte dieser laut und begann kläglich zu jammern. David packte ihn hart am Kinn und zwang ihn dazu, den Mund zu halten. »Es war doch dein Wunsch, den Gästen noch etwas zu Willen zu sein … Erinnere ich mich richtig?«

Der junge Mann versuchte sich dem festen Griff zu entwinden, doch die Klammer um sein Kinn war hart wie Stahl. Schließlich nickte er kraftlos.

»Dann leg los!« Mit einem hämischen Lachen gab David ihn endlich frei. Abermals sackte der Gepeinigte in sich zusammen und kam nur mühsam auf die Beine. An der Kette wurde er zum ersten Gast gezerrt und wieder auf die Knie gezwungen. Gehorsam rieb er seine Wange am Schienbein des Mannes, der begeistert zu kichern begann. Doch bevor dieser mehr holen konnte, wurde er auch schon stehen gelassen, denn David zerrte den jungen Mann an der Kette bereits zum nächsten Gast.

Irgendwann kam die Reihe an uns beide. Mein Herz klopfte heftig, als er näher kam. Ich wollte am liebsten zurückweichen, aufspringen oder in einem Loch im Boden versinken. Doch ich war wie erstarrt.

Greg war noch immer damit beschäftigt, mich per Hand zum Kommen zu bringen. Ich stand kurz davor. Mein Unterleib kochte bereits. Mein Penis zuckte unter Gregs Fingern erwartungsfroh. Die Eier hatten sich mit einem brennenden Ziehen zusammengezogen. Ich konnte nichts mehr tun, als den Dingen ihren Lauf zu lassen.

Plötzlich verkrampften sich die Finger um meinen Penis. Zeitgleich, wie sich die Wange an seinem harten Geschlecht rieb. Ich hörte sein lustvolles Stöhnen, spürte die Wange an meiner eigenen Hand, denn ich hatte sie noch immer in Gregs Hose. Für einen Moment presste ich fester zu, schließlich füllte sich meine Hand mit heißer Flüssigkeit und er stöhnte laut.

Einen Augenblick später war ich an der Reihe. Ich versuchte krampfhaft an alles Mögliche zu denken, was es mir ermöglichte, meinen Höhepunkt hinauszuzögern – tote, bestialisch stinkende Fische ... Vicky vor der Klotüre des Privatjets ... einen dicken, vor Fett triefenden Hamburger ... was mir in meiner Panik so eben in den Sinn kam – denn Gregs Ausbruch hatte auch dafür gesorgt, dass ich einen ordentlichen Schub bekam. Die heiße Wange und Gregs zitternde Finger, wie auch der absolut überraschende Gedanke an Stephan und seinen kühlen Blick besorgten mir schließlich ebenfalls den Rest und ich kam.

Ich konnte es nicht mehr unterdrücken. Es brach haltlos aus mir heraus. Mit einem lauten Stöhnen bäumte ich mich im Sessel auf.

Am liebsten wäre ich auf der Stelle gestorben.

Mit einem Lachen zog David seinen Gefangenen weiter. Gregs Finger verkrampften sich um meinen nassen Penis. Er beugte sich zu mir und legte sein Gesicht unter der Plastikmaske auf meine Schulter.

»Ich liebe dich«, raunte er mir ins Ohr. Durch das Plastikding klang es verzerrt und beinahe lächerlich.

»Ich weiß«, presste ich mühsam hervor. Wir warfen uns dieses L-Wort öfter an den Kopf, jedoch ohne einen ernsthaften Hintergrund oder Gefühlsduselei. Wir waren lediglich zwei Kerle, die gerne miteinander fickten. Mehr nicht. Dennoch versuchte ich verzweifelt, Fassung zu bewahren. Ich hatte mich eben zum absoluten Affen gemacht und meine vorherige Aufruhr Lügen gestraft. Greg würde es mir niemals mehr abnehmen, wenn ich wegen etwas Gleichartigem ein weiteres Mal die Fassung verlor und einen ähnlichen Aufstand probte.

»Scheiße«, fluchte ich ungehemmt. Neben mir stand plötzlich einer der Stewards und drückte mir ein warmes, feuchtes Tuch in die Hand. Obwohl mir mein Ausbruch mehr als peinlich war, nahm ich das Tuch dankbar entgegen und machte mich sauber. Gregs teurer Smoking war damit endgültig ruiniert. Aber das schien ihn ebenso wenig zu interessieren, wie die Tatsache, dass ihn zahlreiche Augen dabei beobachteten, wie er seine Hose weiter öffnete und sich säuberte.

Public Viewing ...

Ich konnte sein breites, zufriedenes Grinsen unter der Maske förmlich sehen. Ungeniert aller Zuschauer machte ich mich sauber und warf dem Steward das Tuch zurück. Mir war trotz allem kotzübel. Der Champagner würde bald seinen Tribut fordern. Ebenso die nicht gerade angenehmen Eindrücke. Dass der Hauptdarsteller nach einer kleinen Pause tatsächlich wieder auftauchte, sorgte nicht wirklich dafür, dass ich Gefallen an weiteren solcher Besuchen bekommen könnte. Auch wenn er sich, diesmal mit schwarzer Gesichtsmaske, offensichtlich rasch erholt hatte und sich freudig und überschwänglich bei allen bedankte, konnte dies nicht fördern.

Ich hatte genug von Public Viewing. Die abonnierten Webseiten würden schnellstens meine Kündigung erhalten.

3

Zurück im Hotel wollte Greg so bald wie möglich zur Sache kommen. Für mich war die Angelegenheit jedoch noch lange nicht erledigt.

»Wie kannst du mich nur in so eine Sache schleifen?«, zeterte ich, während ich verzweifelt versuchte seinen Händen zu entkommen, die mich entkleiden wollten.

»Ich weiß nicht, was du hast«, gab er unschuldig zurück und zerrte mir mit Nachdruck das Hemd vom Leib. »Du hattest doch deinen Spaß. Du bist vor den Augen aller gekommen.« Er lachte und machte sich an meinem Hosenbund zu schaffen. Ich schlug seine Hand weg.

»Ja, aber nur, weil …« Ich bremste mich abrupt. Denn ich war kurz davor gewesen, ihm zu gestehen, dass ich im letzten entscheidenden Moment seltsamerweise an Stephan gedacht hatte und nicht an ihn. Das konnte ich nicht tun. Das war eine absolut absurde Idee gewesen und Greg gegenüber nicht fair. »Scheiße«, stieß ich hilflos hervor.

»Seit wann bist du denn so prüde?«

»Prüde?« Ich spuckte ihm dieses Wort entrüstet entgegen. »Ich bin nicht prüde«, protestierte ich lautstark. »Ich mag es nur nicht, wenn man mich in solche Situationen bringt.«

»Also doch prüde.« Er grinste breit. »Hey!«, rief er schließlich und zog mich an sich. »Wie lange kennen wir uns nun schon, Lennart?« Beinahe zärtlich strich er mir eine Haarsträhne aus der Stirn, obwohl sie überhaupt nicht störte.

»Vier Jahre«, gestand ich kleinlaut. Inzwischen sollte ich ihn eigentlich gut genug kennengelernt haben, um auf solche Aktionen vorbereitet zu sein.

»Und was für einen Scheiß haben wir schon alles zusammen gemacht.« Er lächelte sanft und streichelte zärtlich über meine Wange. »Ich wollte nur was ganz Besonderes mit dir machen. Ich wollte dies mit dir teilen. Du bist mein einziger richtiger Freund. Du willst dir nicht durch mein Bett einen Vorteil für dich erschlafen, sondern willst einfach nur mich. Und das ist mir jeder Scheiß wert, den ich mit dir machen kann.«

»Ich hatte mir bereits meinen Vorteil erschlafen«, erinnerte ich ihn. »Ohne dich hätte ich meinen Job nicht und könnte dadurch auch nicht das Leben führen, das ich jetzt habe.«

Greg überlegte kurz, schüttelte schließlich den Kopf, als ihm meine Worte einleuchteten, und lachte anschließend. »Okay, eins zu null für dich. Trotzdem …« Er schmiegte sich an mich. »War es denn so schlimm für dich?«

Ich wand mich. »Nun ja. Mir missfiel die Vorstellung, dass alles echt sein könnte.«

»Und was genau? Dass da jemand vergewaltigt wird?«

»Auch … vor allem«, fügte ich rasch hinzu. Die Vorstellung ließ eiskaltes Grauen in mir emporkriechen. Ich versuchte mich freizumachen, doch Greg hielt mich fest. »Auch die Gewalt und … Er hatte nicht die geringste Chance, sich zu befreien, wusste nicht, wer ihn dann entjungfern wird. Ich weiß gern, mit wem ich Sex habe und was dabei passiert.«

»Wenn es wirklich echt gewesen wäre, hätte ich dich nicht dort hingeschleift. Ich mag so etwas auch nicht«, versicherte mir Greg. Ich glaubte es ihm sogar, denn ich bezweifelte, dass er mich absichtlich in eine solche Situation brachte. »Wir haben doch auch schon mal Blinde Kuh gespielt«, half er meinem Gedächtnis auf die Sprünge. »Das hat dir meines Wissens ganz gut gefallen.«

»Ja, schon. Aber die ganze Atmosphäre. Sie war beängstigend.« Ich biss mir auf die Lippe. Ich und Angst, pah! Das klang wie aus dem Mund einer Memme.

»Weil du keine Kontrolle darüber hast, was geschieht. Und du verlierst nicht gern die Kontrolle.«

Ich gab ein verächtliches Geräusch von mir. »Sag mir bitte, wie ich in deiner Anwesenheit die Kontrolle über das behalten soll, was mit mir geschieht? Du bist wie ein Wirbelsturm. Wenn du da bist, bleibt kein Stein mehr auf dem anderen stehen.«

»Die Hausmädchen haben sich schon in meiner Kindheit darüber aufgeregt, dass ich keine Ordnung halten kann.« Er lachte unbekümmert und schmiegte sich noch näher heran. Die nackte Haut meines bereits entkleideten Oberkörpers traf auf den kühlen Stoff seines Hemdes. Gänsehaut überkam mich an den Stellen, an denen wir uns berührten. »Aber ist das nicht das Wunderbare an uns? Wir haben beide so ein eingefahrenes Leben, beherrscht von Regeln und Alltagstrott, dass wir diese Stürme brauchen. Ich genieße es jedenfalls, wenn ich mit dir zusammen bin. Ich fühle mich entspannt, frei, ungehemmt, weil ich weiß, dass es dir genauso geht wie mir. Ich werde rausgerissen aus meinem festgefahrenen Leben und kann mich einen Moment so richtig fallen lassen. Ich weiß, dass du da bist, um mich aufzufangen.«

Ich beäugte ihn skeptisch. »Soll das eine Liebeserklärung werden?«

Greg prustete so plötzlich los, dass ich regelrecht zusammenschrak. Dann verpasste er mir einen heftigen Schubs, sodass ich rückwärts taumelte. Zum Glück befand sich einige Schritte hinter mir das Bett und ich plumpste auf die weiche Unterlage. Noch ehe ich mich wieder aufraffen konnte, war er rittlings auf mich gesprungen, hatte meine Arme gepackt und sie mir über den Kopf gedrückt.

»Oh, Lenny!«, rief er und lachte noch immer. »Du bist so herrlich naiv. Liebe ist nur was für Weicheier und hoffnungslose Romantiker. Es ist doch viel schöner ohne, findest du nicht?«

Ich schnaufte tief durch. »Uff, ich dachte schon, du machst mir einen Antrag.«

Mit der einen Hand hielt er meine Arme über dem Kopf fest, obwohl ich gar keine Gegenwehr anstrebte. Mit der anderen zog er sich die Fliege vom Kragen und öffnete anschließend sein Hemd, das er zu einem langen Strang wickelte und meine Hände über dem Kopf zusammenband. Es war kein geeignetes Material und lockerte sich sofort wieder, ich hielt dennoch still und ließ mich von ihm willig fesseln.

Gregs grinsendes Gesicht war genau über meinem. »Ein Antrag? Da kennst du mich aber schlecht.«

»Dein Leben ist mir auf Dauer auch etwas zu anstrengend.«

»Sagt der Bauernlümmel, der um vier Uhr früh aufgestanden ist, um die Kühe zu melken.«

»Ich habe nie … Kühe gemolken«, wies ich entschieden zurück. »Jedenfalls nie mit der Hand, sondern lediglich an die Melkmaschinen angeschlossen.«

Währenddessen befreite er mich kichernd von meiner Hose. Ich hob sogar das Becken an, damit er sie mir besser abstreifen konnte. Hose und Schuhe fielen zusammen zu Boden. Dann nahm er seine Fliege und verband mir die Augen.

»Was soll das werden?«, erkundigte ich mich interessiert, während er die Socken von meinen Füßen zupfte.

»Wir werden hier unsere ganze eigene Versteigerung veranstalten«, antwortete er. Seine Stimme klang weiter entfernt, als holte er etwas aus dem anderen Ende des Raumes. Ich widerstand der Versuchung, die zweckentfremdete Binde von den Augen zu nehmen, um mich von dem Zutreffen meiner Vermutung zu vergewissern. Längst hatte ich gemerkt, dass Greg bereits zum Vorspiel übergegangen war. In mir hatte es zu brodeln begonnen. Ich spürte deutlich das ungeduldige Zucken meines Glieds, das sich schon wieder auf Beschäftigung freute.

»Wenn du auf meine Unschuld anspielst, dann muss ich dich leider enttäuschen. Die hat bereits jemand anderer geraubt.«

Das Bett bebte, als er zurückkehrte und sich darauf fallen ließ.

»Ich weiß … ich.« Er lachte leise.

»Stimmt nicht ganz«, korrigierte ich ihn. »Der Finger von Oskar Brauer war schon vor dir drin.«

greg kicherte in kindlicher Freude.

Plötzlich schnitt etwas Eiskaltes, Hartes in meinen Bauchnabel. Ich schrie erschrocken auf und hätte fast die lächerlichen Fesseln von mir geworfen, bis ich registrierte, was Greg wirklich in meinen Nabel gelegt hatte – einen Eiswürfel. Ich keuchte vor Schreck.

»Wir drehen den Spieß ein klein wenig um«, hörte ich seine Stimme nahe an meinem Ohr. »Wie viel würdest du dafür bezahlen, wenn ich darauf verzichte, dir dieses Ding in den Hintern zu stecken.«

Ich lachte leicht gequält. »Das wagst du nicht.«

»Es soll ein ergreifendes Gefühl sein …« Etwas anderes Kaltes berührte meinen Penis. Es war nicht ganz so kalt, aber härter. »Der Griff eines Frühstücksmessers«, erklärte er. »Was ist dir das wert?« Ein weiteres kühles Teil wanderte den Schenkel herunter. Es war viel größer und glatt. »Eine Flasche Champagner … noch ungeöffnet. Wenn ich heftig schüttle, springt der Korken vielleicht in deinem Unterleib heraus.«

»Du bist verrückt.« Ich stöhnte, als der Griff des Messers abermals über meinen Penis strich. Es fühlte sich auf eine seltsame Weise grausam an. Obwohl es nur der stumpfe Griff war, schienen meine Empfindungen zu denken, das wäre die Klinge. »Wie viel kostet es mich, dass du deinen Schwanz in mich steckst?«

»Steht nicht zur Debatte«, gab er kurz angebunden von sich. »Wie wäre es mit allen dreien?« Eine Hand fuhr zwischen meine Beine. Noch ehe ich mich verkrampfen konnte, hatte er zielstrebig den Griff des Messers in mir versenkt. Ich schrie auf, nicht weil ich befürchtete, geschnitten zu werden. Ich wusste, dass Frühstücksmesser stumpf waren, und dass er mich nicht absichtlich verletzten würde. Ich war lediglich überrascht, dass er es tatsächlich machte.

»Du bist ja wahnsinnig«, schimpfte ich, als ich meine Emotionen endlich unter Kontrolle hatte. »Du gehst nie wieder auf so ein bescheuertes Public Viewing. Da kommst du auf ganz blöde Ideen.«

Er zog das Messer wieder heraus. Ich hörte es dumpf auf den Boden poltern. Dann drückte er meine Beine auseinander und legte die kalte Flasche dazwischen.

»Soll ich?«

»Wage es nicht!«

Er schob die Flasche trotzdem so nahe an meinen Anus heran, dass der Korken am Ringmuskel anklopfte.

Da hielt ich es nicht mehr aus, nahm die Hände herunter, richtete mich hastig auf und schob die Champagnerflasche von mir. Ich hatte ihr einen heftigen Schubs verpasst, worauf sie bis an den Bettrand rutschte, dort einen Moment verharrte, dann schließlich doch abstürzte und mit einem dumpfen Poltern auf dem Boden aufkam. Ich sah ihr kurz nach, weil ich einerseits froh war, die Gefahr abgewandt zu haben. Andererseits musste ich einen Schauer bei den Gedanken unterdrücken, dass die Flasche womöglich in meinem Inneren hätte losgehen können. Dadurch war ich abgelenkt. Dies genügte Greg, um wieder die Initiative zu ergreifen. Er warf mich zur Seite, drückte mich mit seinem Gewicht auf den Bauch, kniete sich zwischen meine Beine und zwang sie auseinander. Als Nächstes fühlte ich die Eiswürfel auf meinem Rücken. Ich jammerte und versuchte mich herauszuwinden, denn es war wirklich eiskalt. Zudem erfüllte mich die Vorstellung, diese Dinger im Anus zu haben, mit Grauen.

»Greg, bitte lass mich los!«

Der Eiswürfel wanderte bedächtig meine Wirbelsäule entlang aufwärts und wieder herunter. Kalte Tropfen blieben zurück und rannen langsam an der Seite nach unten. Ich begann zu frieren.

»Hast du das schon mal gemacht?«, wollte er wissen.

»Nein. Und ich habe auch nicht vor, dies nachzuholen.« Ich hob den Körper an, versuchte mich aufzurichten, doch er verlagerte sein Gewicht auf meinen Rücken und drückte mich wieder zurück.

»Ich schon. Ist ein geiles Gefühl.«

»Greg!«, flehte ich. »Ich hatte für heute schon genug Experimente.«

»Was bietest du mir dafür, dass ich es nicht mache?«

»Was schwebt dir denn so vor?«, fragte ich zurück.

Ich hörte ein leises Lachen, als der Eiswürfel langsam meinem Steiß nahe kam und das kalte Schmelzwasser zwischen die Pobacken rann.

Die Härchen am Hintern stellten sich auf. *Es muss ein lächerliches Bild abgeben*, dachte ich zerknirscht. Aber Greg schien sich nicht daran zu stören. Der Eiswürfel wanderte tiefer, benetzte meine Kehrseite mit eiskaltem Wasser. Die Tropfen rannen an der Seite und in dem Spalt herunter und sammelten sich an meinem Becken und den Hoden, die auf der Matratze auflagen.

Ich musste lügen, wenn ich in diesem Moment behaupten würde, es machte mich nicht an. Tatsächlich wurde das Pochen in meinem Unterleib stärker. Brennende Lust kroch in mir empor.

Gregs Lippen setzten heiße Brandmale auf die kalte Haut, die vom Eiswasser schockgefrostet worden war. Ich unterdrückte ein Schaudern.

»Was verlangst du von mir?«, hakte ich nach, als Greg nicht antwortete.

»Ich will dich genau so sehen, wie den Kerl auf dem Drehpodest. Blind und wehrlos.«

Ich stutzte. »Seit wann bist du so sadistisch veranlagt?«

»Man entdeckt immer wieder neue Seiten an sich«, raunte er kehlig und küsste weitere Stellen, die vom Eiswürfel abgekühlt worden waren.

»Dann habe ich also die Wahl zwischen *wie ein alter Teppich an eine Stange gekettet und von dir hemmungslos gevögelt zu werden* und *Eiswürfel in den Hintern geschoben zu bekommen und ebenfalls gevögelt zu werden.* Hab ich das richtig verstanden?«

»Nicht ganz«, kicherte er. »Das mit dem Teppich ist schon richtig kombiniert. Aber das mit den Eiswürfeln nicht. Ich bin doch nicht blöd und stecke meinen Schwanz in ein Loch, das mit Eiswürfeln gefüllt ist. Da friert mir das gute Teil doch ab.« Er lachte grollend, schob den gefrorenen Würfel tiefer zwischen meine Pobacken und strich vorsichtig über den Anus.

»Greg!«, beschwerte ich mich und versuchte dem kalten Ding auszuweichen. Doch er hielt mich fest und schien es nun tatsächlich reinschieben zu wollen. Meine Stimme wurde lauter.

Fürwahr ließ er sich von dem Protest abhalten und erstarrte.

»Was ist nun?«

Ich überlegte kurz. »Also gut.«

»Also gut … was?«

»Ich wollte schon immer mal Teppich spielen«, gab ich leicht zerknirscht von mir.

Der Eiswürfel glitt von meinem Hintern und landete postwendend auf den Hoden. Ich quietschte erschrocken und rutschte ein Stück hoch.

»Bist du dir sicher?«, fragte Greg hoffnungsvoll.

Ich drehte mich zur Seite. Diesmal ließ er mich gewähren.

»Wie lange kennen wir uns schon?«, erkundigte ich mich. Eine Antwort erwartete ich nicht unbedingt. Dies wussten wir beide zur Genüge. Meine Frage war auch rein rhetorisch.

Er lächelte nur.

»Um an deine Rede von vorhin anzuknüpfen …«, begann ich und machte einen tiefen Atemzug, ehe ich weitersprach, »wir kennen uns schon ziemlich lang und haben schon eine Menge Scheiß gemacht. Und du hast Recht, dieses Blinde-Kuh-Spiel ist auch nicht neu. Wir lagen dabei aber meist im Bett. Also eine Teppichklopfstange ist mal was Neues, solange du nicht mit dem Teppichklopfer kommst.«

Ein Kichern entkam ihm, während er den Eiswürfel nahm und in den Champagner-Kühler zu den anderen warf.

»Ich vertraue dir, auch wenn es manchmal anstrengend ist«, fuhr ich fort. »Du bist der frische Wind in meinem Leben und ohne dich wäre es trostlos. Ohne dich würde ich noch auf dem Bauernhof meiner Eltern herumlungern und hoffen, dass niemand meine wahre sexuelle Gesinnung bemerkt.«

»Und Kühe melken«, fügte Greg grinsend an. »Bis sie cremige Sahne von sich geben.«

Unwillkürlich musste ich lachen, packte spontan das Kissen über meinem Kopf und bewarf ihn damit. Greg schnappte sich das andere und bald verprügelten wir uns lachend mit den Kissen. Bis einer von uns vor lauter Überschwang vom Bett fiel und um sich abzufangen nach dem anderen griff und ihn mit sich riss. Der Behälter mit den halb geschmolzenen Eiswürfeln fiel hinterher und duschte uns regelrecht mit Eiswasser.

So hockten wir beide erst einmal perplex auf dem Boden. Es brauchte nur einen weiteren Moment, in welchem wir uns tief in die Augen blickten. Dann fielen wir übereinander her. Unsere Zungen fanden sich zu einem wilden Kuss und verschlangen sich regelrecht. Gefangen in unserer Lust wälzten wir über den Boden, mitten durch die Pfütze aus Eiswasser, doch das war inzwischen warm geworden und störte uns längst nicht mehr.

Irgendwann kam Greg auf mir zu liegen. Er setzte sich auf mich und rieb seinen Unterleib an meiner Härte. Meine Arme legte er wieder wie zuvor über meinen Kopf und hielt sie dort fest. Sein Gesicht näherte sich mir. Sein Atem strich in raschen Stößen an meiner Wange entlang. Heißes Kribbeln ging von dieser hauchfeinen Berührung aus und breitete sich schnell über den gesamten Körper aus.

»Werde ich jetzt gefesselt und von dir vernascht?«, fragte ich sinnlich. Der Blick aus seinen dunklen Latino-Augen verzehrte mich beinahe. Er schien mich zu erdolchen und ganz tief in mich einzudringen. Ich fühlte mich ihm in diesem Moment ausgeliefert und unterlegen. Dabei hielt er mich nur locker fest und bannte mich mit seinem Körper auf den Holzboden. Es wäre ein Leichtes gewesen, ihn abzuwerfen, doch dies wollte ich gar nicht.

»Ich suche mir das passende Ambiente dafür aus«, flüsterte er. Sein Gesicht kam noch näher. Seine Lippen streiften mich wie der Flügel eines Schmetterlings. »Ich weiß auch schon wo. Bei mir in New York, da gibt es ein ganz nettes Örtchen hierfür. Wenn du das nächste Mal zu mir kommst.«

Ich hob meinen Kopf an und küsste ihn. »Ich freu mich schon jetzt drauf.«

Er grinste breit. »Würde ich an deiner Stelle nicht. Ich werde keine Gnade walten lassen und dich erbarmungslos entjungfern.«

Die Drohung konnte mir keine Angst machen. Ich wusste genau, dass er nicht so hart war, wie er sich gerne gab. Was konnte er mit mir vorhaben, was wir nicht schon miteinander gemacht hatten? Mir meine Augen verbinden und mich verführen oder hart zu ficken, hatten wir bereits mehrmals. Daher lächelte ich selbstgefällig. »Etwas anderes erwarte ich auch nicht von dir.«

»Und dann würdest du dir wünschen, du hättest die Eiswürfel gewählt.«

Ich grinste nur zurück. »Das Ding, auf welchem du gerade so herumrutscht«, sagte ich leise und stellte die Beine leicht auf, sodass er zwangsläufig auf meinen harten Penis rutschte. »Gehört an einen ganz bestimmten Platz.«

»Ach ja?« Er bewegte sein Becken provokativ vor und zurück und entlockte mir damit ein leises Stöhnen. Doch anstatt weiterzumachen, erhob er sich, stellte sich über mir auf seine Beine und blickte auf mich herab. »Nicht bewegen«, formten seine Lippen lautlos. Schließlich stieg er über mich hinweg und verschwand aus meinem Sichtfeld. Noch ehe ich den Kopf drehen und nachsehen konnte, wohin er sich auf einmal verzogen hatte, hörte ich auch schon die Tür des Badezimmers zuschnappen.

Ich blieb reglos liegen, denn ich wusste, dass er zurückkehrte. Wahrscheinlich musste er nur eben mal seinen Darm oder seine Blase entleeren. Es dauerte nicht lange, bis er wieder auftauchte. In seiner Hand hatte er ein Kondompäckchen und eine Tube. In aller Ruhe entfernte er die Verpackung um das Präservativ, stülpte es über meinen Penis und rieb ihn dabei, bis er wieder stramm stand und verteilte reichlich Gel auf meinem Glied und seinem Hintern. Zuletzt positionierte er sich richtig über meinem Schoß und schob sich ohne zu zögern auf mich.

Aber anstatt heißer Enge empfing mich Eiseskälte.

»Scheiße, Greg«, keuchte ich und versuchte ihn von mir zu stoßen. Er klammerte seine Beine um mich und ließ mich nicht los. Das dreiste Grinsen auf seinem Gesicht ging beinahe von einem Ohr zum anderen. »Du bist so was von unfair.« Mein Penis war ebenso erschrocken wie ich und wollte sich am liebsten zurückziehen, doch Greg ließ es nicht zu.

»So was kann nicht gesund sein«, japste ich, als er ganz normal mit seiner Arbeit begann. »Erfrierst du dir nicht deine Innereien?«

»Dann sorg dafür, dass es schnell schmilzt.«

»Scheiße, Mann. Du verrückter Kerl. Wenn du Krämpfe kriegst oder was auch immer, bin nicht ich schuld. Dass dies klar ist.«

Greg lachte nur und machte unbeirrt weiter. Das geschmolzene Wasser rann an meinem Penis entlang herunter und sorgte bald für kalte und heiße Schauer, die durch den Körper jagten. Dieses Wechselbad der Gefühle und das Vorspiel waren die Ursache dafür, dass Greg nicht viel tun musste.

Typisch Greg. Immer für Überraschungen gut.

4

Glücklicherweise hatte der Eiswürfel keine bleibenden Schäden in Greg hinterlassen. Es war geil gewesen. Trotzdem wollte ich das nicht unbedingt wiederholen. Ich hatte schon böse Dinge darüber gehört, weswegen ich ihn in der Woche danach ein paar Mal anrief und mich nach seinem Befinden erkundigte. Aber er lachte und schalt mich ein Weichei. Ihm ging es gut und ich war erleichtert. Das Erlebnis in Havanna blieb jedoch unvergessen. Ich nahm Greg das Versprechen ab, mich niemals wieder zu solch einer Veranstaltung zu schleppen. Ob gestellt oder nicht, derartige Vergnügungen gefielen mir ganz und gar nicht. Ebenso unvergessen war auch die Idee, mich an die Teppichstange oder eher an das Fixiergestell zu fesseln. Ich freute mich darauf im selben Maße, wie mich allein die Vorstellung, Greg absolut hilflos ausgeliefert zu sein, in Unbehagen versetzte. Greg konnte manchmal sehr unberechenbar sein, vor allem, wenn er wie ein kleines Kind Neues ausprobieren musste, wie das Public Viewing.

Meinen Geburtstag verbrachte ich allein mit einer Tiefkühlpizza und einem Schokotörtchen aus dem Kühlregal. Greg konnte mich wegen dringlicher Geschäfte nicht besuchen. Ich wollte meine 27 Lenze eigentlich auch gar nicht groß feiern. Das hatte ich noch nie. Es war mir peinlich, deswegen so ein Aufheben zu machen. Meine Mutter rief mich am Abend an und ratterte ihre paar belanglosen Standardsätze herunter, die einzig dazu dienten, ihr selbst die Genugtuung zu verschaffen, dass sie sich wenigstens halbwegs um mich kümmerte. Seit meinem Outing war ich nur noch zu einer verblassten Erinnerung in ihrem Fotoalbum geworden. Mein Vater sprach seit diesem Tag nicht mehr mit mir. Und meine Brüder hatten in vorderster Reihe gestanden, wenn es geheißen hatte, die Schwuchtel in die Jauchegrube zu werfen. Ich war auch ganz froh darüber, dass ich für sie nicht mehr existierte und dass ich dieses Leben nun hinter mir gelassen hatte. Ich fühlte mich freier und konnte endlich so leben, wie ich es wollte.

Es dauerte beinahe fünf Wochen, ehe ich Greg wiedersehen konnte, und das eher per Zufall. Ich sollte einen Entwickler für Maschinenbau für ein neues Projekt in der Nähe von Philadelphia kontaktieren. Doch der Termin fiel kurzfristig aus, da die Maschine, die den Mann von Kanada einfliegen sollte, wegen der Wetterverhältnisse dort nicht starten konnte. Also musste ich einen Tag auf ihn warten – oder noch länger, je nachdem wie das Wetter mitspielte. Kurzerhand flog ich nach New York zu Greg, da ich jederzeit bei ihm unterkommen konnte, egal, ob er nun zu Hause verweilte oder nicht. Ich hätte auch in langweiligen Hotelzimmern ausharren können. Die Vorstellung, die Wartezeit mit Greg zu versüßen, gefiel mir jedoch besser als die Einsamkeit unpersönlicher Hotels. Die Angestellten kannten mich und hofierten mich wie ein Mitglied der Familie – was ich eigentlich schon beinahe war. So kam ich am späten Nachmittag in Gregs Villa an. Er war noch unterwegs und wurde nicht vor acht Uhr zurückerwartet.

Es machte mir nichts aus auf ihn zu warten. In Gregs Anwesen gab es jede Menge, mit dem ich mir die Zeit vertreiben konnte. Da es ein verregneter Tag war, freute ich mich schon auf die Sauna. Allerdings war nur die Gästesauna in Betrieb. Gregs persönlicher Wellnessbereich wurde nur aktiviert, wenn er längere Zeit zu Hause war.

Die Gästesauna zu benutzen war für mich kein Problem. Sie war sogar größer als Gregs und bot zudem noch einen ausgedehnten Bereich mit Fitnessgeräten, Tauchbecken, Whirlpool und ein Schwimmbad mit fünfzig Metern Länge und zehn Metern Breite. Ein solch großes Planschbecken konnten nicht einmal manche Badeanstalten in Deutschland bieten.

Juliana, die puerto-ricanische Haushälterin, stattete mich noch mit einem großen Handtuch aus. Mit dem weichen, nach Veilchen duftenden Tuch um die Hüften betrat ich die Sauna. Hitze schlug mir entgegen und raubte mir für einen Augenblick die Sicht. Es roch stark nach Fichtennadeln, weswegen ich mich sofort in einen großen Wald versetzt fühlte. Mit meinen Gedanken war ich bereits bei Greg und was er mit mir bei diesem bestimmten Örtchen anstellen würde, von dem er erzählt hatte – sofern es während meines kurzen Besuches dazu kommen würde – und bemerkte daher nicht gleich, dass ich mich nicht allein in der Schwitzbox befand.

Mir schräg gegenüber lag ein Mann auf den oberen Bänken, scheinbar schlafend. Als ich erkannte, um wen es sich handelte, zuckte bereits der Fluchtreflex in mir hoch. Der Anblick eines nackten Stephan riss mich prompt in seinen Bann und ich blieb sitzen. Eigentlich wollte ich mich bequem ausstrecken und eine Weile dösen, den Stress der vergangenen Tage ablegen. Stephans Anwesenheit sorgte allerdings dafür, dass die Anspannung nicht von mir weichen wollte, ich das Handtuch um meine Hüften nicht abnehmen konnte und mich sicherheitshalber nach vorn beugte.

Die Gästesauna durfte auch von den Angestellten benutzt werden, so war es nicht verwunderlich, ihn hier zu treffen. Da Greg derzeit außer Haus war, schien es für den Fahrer keine Arbeit zu geben, sodass er sich getrost ein paar geruhsame Minuten oder Stunden im Wellnessbereich gönnen konnte. Dagegen war nichts einzuwenden und ich war der Letzte, der ihm das verbieten konnte. Dennoch hatte ich nun ein stark anwachsendes Problem – im wahrsten Sinn des Wortes.

Es war mir nicht möglich, den Blick von ihm abzuwenden. Nach vier Jahren erhielt ich endlich die Gelegenheit, ihn mir genauer anzusehen. Dies ließ ich mir nicht entgehen, obwohl ich wusste, dass es mich in Erklärungsnot bringen konnte. Wie oft ich ihn heimlich betrachtet hatte, konnte ich nicht mehr zählen. Stephan übte von Anfang an eine merkwürdige Faszination auf mich aus. Ob es daran lag, dass er sich mir gegenüber stets kühl und unnahbar verhielt, oder dass ich ihn nicht haben konnte, wusste ich nicht. Ein Blick aus diesen hellen Augen und mein Herz schlug augenblicklich schneller. Der Klang seiner Stimme ließ meine Knie weich werden und einen ganzen Schwarm an Schmetterlingen, Fledermäusen oder auch Krähen wild durcheinander flattern. Manchmal träumte ich sogar von ihm. Träume, die mich mit einer nassen Pyjamahose aufwachen ließen.

Er lag ganz ruhig auf der oberen Bank. Sein Brustkorb ging langsam und gleichmäßig auf und ab. Wahrscheinlich schlief er wirklich. Eine Hand lag locker neben ihm. Die andere hatte er unter den Kopf gelegt. Ein Bein war aufgestellt, das hintere, sodass sich mir ein erstklassiger Blick auf seinen schlaffen Penis bot, der entspannt auf seinem Bauch lag.

Mein Augenmerk blieb einen Moment darauf ruhen, als wollte ich mir jede Einzelheit einprägen. Meine Finger zuckten und würden ihn gerne berühren, ich konnte mich jedoch beherrschen.

Schweißtropfen bedeckten seinen gesamten muskulösen Körper wie schimmernde Perlen. Einige von ihnen rollten gelassen an ihm herunter, fingen sich in den seichten Kuhlen des flachen Bauches oder tropften an der Seite auf das weiße Handtuch. Auf seiner Brust kräuselte sich ein feiner Haarflaum. Auch dort hatten sich einige glitzernde Tropfen verfangen und verpassten ihm einen Hauch von Glimmer.

Sein stets militärisch kurz gehaltenes Haar war nass von Schweiß oder auch von der Dusche, die er höchstwahrscheinlich vor dem Saunagang getätigt hatte. Einzelne Strähnen standen wie zu einer gestylten Igelfrisur ab und ließen ihn verwegen und noch unwiderstehlicher wirken, als er ohnehin schon war.

Von Greg wusste ich, dass sich Stephan körperlich fit hielt, sich sogar regelrecht schindete, um in Form zu bleiben. Greg und er lieferten sich so manches Rennen im Schwimmbad oder auf der Joggingstrecke, aber meist, wenn ich nicht dabei war – denn da hatte Greg anderes zu tun.

Diese Strapazen hatten sich sehr positiv auf Stephans Körper ausgewirkt. Sein Körperbau glich nicht gerade einem Mister Universum, jedoch war er genau das, was ich unter den strengen Uniformen vermutet und was ich mir in meinen Träumen auch vorgestellt hatte. Ich lechzte danach, die kräftigen Oberarme zu berühren und mich selbst von der Kraft zu überzeugen, die er mit seiner Erscheinung ausstrahlte. Meine Finger zuckten erneut, als ich mir vorstellte, wie ich sanft über den Hügel seines Hinterns streichelte, den Konturen bis in die Tiefen des Spalts folgte und mich selbst davon überzeugte, dass er ein richtiger Mann war. Die Hoden konnte ich von meiner Position aus nicht sehen. Ich war mir allerdings sicher, dass es sich großartig anfühlen würde, sie in meinen Mund zu saugen.

Mit einem unterdrückten Stöhnen beugte ich mich weiter vor, stützte mich mit den Ellbogen auf den Knien ab und kämpfte die Erregung nieder, die sich in meinem Unterleib aufgebäumt hatte.

Verflucht noch einmal! Warum musste Stephan ausgerechnet an dem Tag hier saunieren, an dem ich unangekündigt hier hereinplatzte?

Mein Laut war nicht unbemerkt geblieben. Er hob seinen Kopf an und sah, wer sich da zu ihm gesellt hatte. Zum Glück hatte ich mich weit genug vornübergebeugt, um mein Gesicht in den Händen verbergen zu können – und auch die mehr als deutliche Beule im Handtuch. Es sah bestimmt lächerlich aus, aber das war mir egal. Noch viel lächerlicher hätte es ausgesehen, wenn er meinen Ständer bemerkt hätte.

Stephan richtete sich auf, raffte das Frotteehandtuch um seinen Leib und verließ wort- und grußlos die Sauna.

Mit pochendem Herzen blieb ich zurück. Die Hitze allein war sicherlich nicht dafür zuständig, dass ich kochte. In mir brodelte und zischelte es. Jeder Nerv in mir knisterte vor Verlangen.

Es war ein Fehler gewesen, Stephan genauer in Augenschein zu nehmen.

Verzweifelt versuchte ich wieder zu mir zu kommen. Der Dampf und die Hitze waren jedoch nicht sonderlich hilfreich, daher verließ ich die Schwitzstube mehrere Minuten später ebenfalls. Ich hätte wahrscheinlich einen Kreislaufkollaps bekommen, wenn ich noch länger geblieben wäre. Stephan und sein absolut leckerer Anblick waren einfach nicht aus meinem Kopf zu bringen.

Ich flüchtete regelrecht unter die kalte Dusche. Doch sie schaffte es nur annähernd, mich abzukühlen. Meine Gedanken kreisten ständig um ihn. Unbewusst hielt ich nach ihm Ausschau. Stephan befand sich weder im Tauchbecken noch im Whirlpool. Ich rechnete fest damit, dass er aus Pietätsgründen den Gästebereich verlassen hatte, nachdem er mich bemerkt hatte.

Daher ging ich in das Schwimmbad, weil ich mir dort erhoffte mich genug auspumpen zu können, um meinen Kopf auf andere Gedanken zu bringen. Zu meinem Entsetzen und meiner Freude gleichzeitig entdeckte ich ihn dort, in aller Ruhe seine Bahnen im Wasser ziehend. Lautlos setzte ich mich auf einen der weißen Korbstühle und beobachtete ihn.

Es war absolut faszinierend, mit welcher Präzision und Kraft er durchs Wasser kraulte. Dabei spritzte er kaum. Mir war, als seien die beiden Elemente miteinander verschmolzen. Es war einfach nur schön, ihn beim Schwimmen zu beobachten.

Doch leider bemerkte er mich, als er zurückkehrte. Er kam aus dem Rhythmus und tauchte ab. Viele lange Augenblicke blieb er unter der Oberfläche verschwunden. Nur ein dunkler Schatten verriet ihn. Langsam kam er an den Rand geschwommen, an dem ich saß. Ich erhob mich und stellte mich an die Kante.

Nur knapp einen Meter von mir tauchte er aus dem Wasser wieder auf.

»Beeindruckend«, gab ich anerkennend von mir. Er hatte beinahe das ganze Becken durchtaucht.

Er hielt sich am Rand fest und sah hoch. »Danke«, gab er vor Atemlosigkeit knapp von sich. Wasser lief ihm über das Gesicht. Er schüttelte den Kopf, worauf sich seine Haare in eine witzige Igelfrisur verwandelten. Es gefiel mir auf Anhieb, ließ ihn nicht ganz so streng wirken.

»Lust auf ein Wettschwimmen?«, fragte ich spontan. Ich wusste bereits jetzt, dass ich es haushoch verlieren würde. Ich war zwar ein guter Schwimmer, aber gegen diese Präzisionsarbeit, die Stephan an den Tag gelegt hatte, würde ich keine Chance haben.

Er wand sich sichtlich unter meinem Blick und rang nach einer Antwort. Als Angestellter konnte er einem Gast des Hauses keinen Wunsch verwehren. Andererseits würde es wahrscheinlich ein schlechtes Licht auf ihn und seinen Chef werfen, wenn er mich verlieren ließ. Ich sah ihm deutlich an, dass er mit sich kämpfte.

»Ich hatte die ganze Woche in staubigen, überheizten Büroräumen zu tun und brauche jetzt etwas zum Auspowern. Wie ginge das besser, als sich mit jemandem zu messen?« Ich tat belanglos, schlenderte gelassen zum Korbstuhl und ließ dort mein Handtuch fallen. Nackt kam ich zurück. Ich wusste, dass er ebenso nackt war – hoffte es zumindest. Ein Risiko, das ich gerne einging. Außerdem hatte ich ihn vorhin in der Sauna derart unverhohlen betrachtet, dass ich ihm nun eine kleine unbewusste Entschädigung dafür bieten wollte. Zum Glück hatte sich meine Erregung inzwischen wieder schlafen gelegt. Sonst hätte ich mich nicht dazu hinreißen lassen, mich ihm hüllenlos zu präsentieren. Die Lust brodelte jedoch noch immer in mir. Ich musste aufpassen, dass sie nicht wieder die Oberhand gewann.

Erwartungsgemäß wurden Stephans Augen groß, als ich mich umdrehte und ihm meine Vorderseite präsentierte.

Ich war mir bewusst, dass ich mich körperlich nicht mit ihm messen konnte. Er trainierte wahrscheinlich jede freie Minute an den Geräten im Fitnessraum oder schwamm seine Bahnen. Ich für meinen Teil musste froh sein, wenn ich es alle Jubeljahre mal ins Schwimmbad schaffte. Das Abo des Fitness-Centers lief seit Monaten ungenutzt.

Dennoch konnte ich von mir behaupten, eine Augenweide zu sein – zumindest eine abgespeckte Version davon. Auch wenn ich mich nicht täglich mehrere Stunden an Kraftmaschinen abmühte, hatten sich unter meiner Haut kaum Fettpolster angesammelt. Ich ernährte mich gesund und achtete darauf, dass ich nicht aus der Form geriet. Greg hatte einmal von mir behauptet, ich sei der hübscheste Naturbursche, der ihm je untergekommen sei. Ich bezweifelte zwar, dass ihm überhaupt jemand vom Lande unter die Lenden geraten war, trotzdem schmeichelte mir dieses Kompliment. Ich kannte meine beeindruckende Wirkung auf andere, Männer wie Frauen, die offensichtlich denselben ansehnlichen Bauernsohn in mir sahen. Für den Jungbauernkalender würde ich mich vielleicht gerade noch eignen, sagte ich mir auf mich selbst stolz, für Werbeplakate namhafter Modefirmen höchstwahrscheinlich nicht. An mir war nicht viel Kerniges, wie man es von jemandem erwartete, der mit Mistgabel, Schubkarren und Traktor ebenso gut umgehen konnte, wie mit einer Computertastatur. Da kam ich sehr nach meiner Mutter, die auch noch nach vier Kindern eine schlanke Statur behalten hatte. Meist taten die Leute sogar überrascht, wenn ich ihnen erzählte, mit harter Arbeit zwischen Kühen und Hühnern aufgewachsen zu sein.

Ob Stephan gefiel, was er sah, konnte ich nicht sagen. Er drehte den Kopf weg, so als beschämte ihn meine Unverfrorenheit, mit der ich meine Genitalien einem Fremden gegenüber offenbarte. Ganz kurz keimte Scham in mir auf und der Ärger über mich selbst, dass ich ihn in diese prekäre Lage brachte. Doch dann hievte er sich unerwartet aus dem Wasser und setzte sich auf den Beckenrand.

Er trug tatsächlich keine Badehose. Eigentlich etwas höchst Ungewöhnliches im prüden Amerika. In einem öffentlichen Schwimmbad wären wir beide längst wegen unsittlichen Verhaltens verhaftet worden. Auf Gregs Anwesen herrschte jedoch eine gewisse europäische Gelassenheit, nicht zuletzt dank dessen ungezügelten Sexuallebens, da sich der Besitzer auch nicht von strengen konventionellen Regelungen einschränken ließ. Die Angestellten kannten seine Vorlieben. Zudem suchte sich Greg seine Mitarbeiter sehr genau aus.

»Wie Sie meinen, Herr Wengenmaier«, sagte Stephan in gewohnt nüchternem Ton.

»Vier Bahnen, zweimal hin und zurück«, entschied ich. Eine Distanz, die ich noch locker schaffen konnte, ohne am Ende zusammenzubrechen oder vor Atemlosigkeit zu ertrinken.

Er nickte und stand auf. Ich zwang mich, nicht nach unten auf seine Leibesmitte zu sehen, um nachzuschauen, ob sein Glied noch immer schlaff an ihm herunterhing. Im Augenwinkel schielte ich trotzdem danach und drehte mich demonstrativ um, als ich es bemerkte. Es wäre ein fataler Fehler gewesen, ihm auf den Schwanz zu starren. Das hätte meine leise köchelnde Gier schneller zum Übersprudeln gebracht, als ich das Schwimmbad hätte verlassen können.

»Drei, zwei, eins«, zählte ich. Zeitgleich sprangen wir ins Wasser.

Während ich nach wenigen Metern wieder an die Oberfläche kam, tauchte Stephan beinahe das ganze Becken durch. Ich musste mich tüchtig anstrengen, um die Distanz aufzuholen. Er machte es mir aber auch sehr leicht. Denn entgegen meinen Erwartungen kraulte er so langsam, dass ich schnell aufholte. Er war gewillt mich gewinnen zu lassen.

Aber so hatte ich nicht gewettet.

Am Ende der zweiten Bahn hielt ich an und wartete auf ihn. Eigentlich hatte ich es insgeheim erwartet, doch so einfach wollte ich nicht das Rennen für mich entscheiden. Das tat mehr weh, als haushoch zu verlieren.

»Was soll das?«, wetterte ich, als er hochkam und sich gerade für die dritte Bahn abstoßen wollte. Er hielt an und schwamm zurück, um an den Beckenrand zu kommen und mich fragend anzusehen.

»Es ist überaus rühmlich, wenn Sie sich zurückhalten«, schalt ich ihn. »Doch ich weiß, dass Sie mehr zu bieten haben. Ich hatte nicht vor, hier ein Babyschwimmen abzuhalten. Ich wollte gefordert werden.«

Ich blickte ihn scharf an und hätte beinahe zurückgefahren, als er mich fast schon schuldbewusst ansah. Natürlich hatte er sich absichtlich zurückgehalten. Ich war ein Gast des Hauses. Wenn ich mich über die Unverschämtheit seiner Angestellten beschwert hätte, wäre das ungünstig auf ihn zurückgefallen. Ich hatte jedoch nicht vor, ihn bei seinem Chef anzuschwärzen. Abgesehen davon, dass es nicht meine Art war, diente dieses ganze Rennen einzig dazu, Stephan etwas aus der Reserve zu locken.

»Auf ein Neues?«, fragte ich wesentlich sanfter.

Er nickte zustimmend.

»Ich will sehen, was Sie können«, forderte ich ihn heraus, auch wenn ich genau wusste, dass ich mit Pauken und Trompeten unterging. Aber ich wollte ihn in Aktion sehen. Ich wollte ihn keuchen hören und schwitzen sehen, so wie vorhin in der Sauna. Ein Gedanke, der das Brodeln in mir dezent anfachte.

Ich hievte mich aus dem Wasser und brachte mich in Absprungposition. Stephan kletterte hinterher und stellte sich ebenfalls auf.

»Drei, zwei, eins«, zählte ich abermals. Wieder sprangen wir zeitgleich ins Wasser. Wie beim ersten Mal tauchte er bis fast zum anderen Ende des Beckens. Wie er das schaffte, war mir echt ein Rätsel, beeindruckte mich jedoch enorm. Ich hatte nach einigen Metern mit meiner Lunge zu kämpfen und kam wieder hoch, um mich kraulend durch das Wasser zu quälen.

Ein weiteres Mal erkannte ich, dass er nicht voll durchzog, dennoch blieb er vorne dran. Stets einige Augenblicke vor mir kam er am Beckenrand an, tauchte ab, drehte sich unter Wasser und stieß sich kraftvoll ab. Ich hatte wirklich alle Hände beziehungsweise alle strampelnden Beine voll zu tun, um mit ihm mithalten zu können. Er forderte mich, genau das, was ich wollte.

Ich intensivierte meine Bemühungen. Auch wenn ich morgen einen Muskelkater am ganzen Körper haben würde, ich wollte ihn ebenso fordern. Er sollte nicht denken, dass er mich so leicht übertrumpfen konnte – dabei war mir bewusst, dass es nicht viel hierfür brauchte.

Ich war einfach zu sehr aus der Übung. Noch während ich mich die letzte Bahn entlang kämpfte, entschied ich mich, künftig öfter schwimmen zu gehen und meinen vernachlässigten Körper wieder mehr auf Trab zu bringen. Irgendwann würde ich es schaffen, ihn richtig zum Keuchen zu bringen.

Stephan gewann das Match. Einige Augenblicke vor mir kam er am Beckenrand an und legte den Arm über die Kante, um sich festzuhalten. Schwer atmend drehte er sich nach mir um und beobachtete mich bei meinen finalen Zügen. Ich tauchte beim letzten Zug unter und wich leicht vom Kurs ab. Es sah hoffentlich so aus, als hätte ich bei dem restlichen Meter noch verzweifelt ein Tausendstel herausholen wollen. Doch tatsächlich wollte ich beim Auftauchen so nahe bei ihm herauskommen, dass wir uns unweigerlich berühren mussten. Zu meinem Leidwesen wich er aus, sodass ich ihn nur leicht streifte.

»Sorry«, keuchte ich und schüttelte das Wasser aus den Haaren.

Er lächelte angestrengt. Seine hellen Augen betrachteten mich amüsiert. Hinter seiner Stirn schien er sich über mich lustig zu machen für den kläglichen Versuch, ihn übertrumpfen zu wollen. Doch er war anständig genug, seine Gedanken für sich zu behalten.

Ich sagte nichts zu seinem Sieg. »Danke, das hab ich gebraucht«, schnaufte ich und lächelte zurück. »Machen Sie das öfter?« Ich krallte mich in die Rinne am Beckenrand. Unter mir war ein halber Meter Wasser und nichts, worauf ich meine Füße stellen konnte, um den Smalltalk, den ich beginnen wollte, gelassen zu führen.

Er nickte. »Jeden Tag.«

»Wie viele Bahnen?«, erkundigte ich mich interessiert.

»35. Mein Ziel ist aber 50.«

»Wow! Haben Sie vor, für Olympia zu trainieren?«

Ein Lächeln huschte über seine Lippen. Ein ehrliches, aufrichtig amüsiertes, was mich so freute, dass mein Herz einen Sprung machte. Eine erste Regung seiner Gefühle, eine erste Bestätigung, dass er kein Roboter, sondern ein Mensch war.

»Nein«, antwortete er mit einem Lachen in der Stimme. »Ich will nur fit bleiben. Als Fahrer hat man nicht viel Bewegung.«

»Kann ich mir denken.« Ich nickte anerkennend und strich mir ein paar Wassertropfen aus dem Gesicht. »Was haben Sie sonst noch so für Ziele?«, erkundigte ich mich ungeniert.

Er biss kurz die Lippen zusammen und schien über eine passende Antwort nachzudenken. »Gesund bleiben«, antwortete er schließlich. Eine Auskunft, die so neutral war, dass sie mich ärgerte.

Ich grummelte innerlich. Es würde nicht leicht sein, mehr Informationen aus ihm herauszulocken.

Gelassen hievte ich mich aus dem Wasser, schnaufte tief durch, während ich mich an den Beckenrand setzte und ließ meinen Blick über das Schwimmbad schweifen. Verzweifelt suchte ich eine passende Gegenantwort, um an seine anzuknüpfen.

»Nachvollziehbar«, sagte ich schließlich. »Immerhin müssen Sie für eine Familie sorgen.«

Er drehte den Kopf zur Seite und kletterte behäbig aus dem Becken. In angemessenem Abstand setzte er sich ebenfalls an den Rand und ließ die Füße im Wasser baumeln. Dass wir beide nackt nebeneinandersaßen, schien ihn nicht mehr zu stören.

»Ja«, sagte er knapp. Irgendwie klang das, als gefiel es ihm nicht, darüber zu reden. Entweder war es ihm unangenehm oder er wollte sein Privatleben nicht mit den Gästen seines Chefs ausdiskutieren.

Ich entschied, nicht weiter darauf einzugehen. »Danke für das Match«, sagte ich. »Wie wäre es mal mit einer Revanche … irgendwann später?«

Er sah mich an, schien abermals nach einer Antwort zu sinnen. »Gern«, erwiderte er tonlos. »Stets zu Diensten.« Er war so höflich und zurückhaltend, dass es schon wehtat.

»Wissen Sie zufällig, wann Greg zurückkommt?«, erkundigte ich mich interessiert. Eigentlich wollte ich nur erfahren, wie viel Zeit mir blieb, noch etwas mehr aus ihm herauszukitzeln. Als ich die versteinerte Miene entdeckte, die er auf meine Frage bekam, hätte ich mich beinahe selbst geohrfeigt.

»Mister Barnes wünscht in drei Stunden vom Flughafen abgeholt zu werden«, erklärte er gewohnt nüchtern.

»Er ist diesmal nicht mit seinem Privatflieger unterwegs?«

»Nein. Mister Barnes reist mit Geschäftskollegen im Jet der Firma und wird gegen acht Uhr eintreffen.«

»Gut.« Ich nickte. »Dann haben wir ja noch etwas Zeit.«

Er sah mich erstaunt an. »Zeit für was?«, wollte er leicht erschrocken wissen.

Ich lachte, tat unbekümmert. »Um noch einmal in die Sauna zu gehen. Ich musste mich vorhin ganz schön anstrengen, um Ihnen hinterherzukommen. Wenn ich morgen keinen Muskelkater haben möchte, sollte ich mir noch ein wenig Entspannung gönnen.« Dabei war mir etwas ganz anderes im Sinn, doch das behielt ich für mich. Ich stellte meine Beine auf und erhob mich. »Wie sieht es mit Ihnen aus? Auch eine Runde Sauna?«

Er schüttelte den Kopf und presste die Lippen zusammen. Seine Hände lagen auf dem Schoß und verbargen sein Geschlechtsteil. »Ich werde noch ein paar Bahnen abspulen.«

Enttäuschung machte sich in mir breit. Doch ich klammerte mich an die Tatsache, dass ich ihm zumindest ein aufrichtiges Lächeln und mehr Wörter, als wir je zusammen in persönlichen Gesprächen zustande gebracht hatten, hatte entlocken können.

Ich nickte mit innerlichem Widerstand, drehte mich um und ging davon. Hinter mir klatschte es, als er sich ins Wasser fallen ließ. Enttäuscht verzog ich mich wieder in die hölzerne Sauna, kippte eine Kelle Fichtennadelwasser über die heißen Steine und setzte mich auf eine der unteren Bänke.

Frustriert lehnte ich mich an die rückseitige Bank und schloss die Augen.

Stephan war wirklich eine harte Nuss. Es würde nicht leicht sein, einen gemeinsamen Nenner oder auch nur einen Punkt zu finden, der uns etwas näher zusammenbringen konnte. Irgendetwas musste ich unternehmen. Ich wollte mehr von ihm, als er mir derzeit zu bieten bereit war. Ich war ja schon zufrieden, wenn er sich mir gegenüber etwas mehr öffnete.

Über seine Familie redete er nicht gerne, das hatte ich inzwischen kapiert. Ihn bei seinem sportlichen Ehrgeiz zu packen, wäre keine gute Idee, denn hierfür hätte ich etwas fitter und konditionell besser vorbereitet sein müssen. Aber viel mehr wusste ich auch nicht über ihn. Ich schalt mich nun dafür, mich stärker für Greg, als für seine Angestellten interessiert zu haben.

Aber warum wollte ich mehr über ihn wissen?

Diese Frage keimte in mir auf und nahm meine Gedanken ein, ohne dass ich es verhindern konnte. Warum nur wollte ich das?

Weil ich ihn attraktiv fand und meine Jägerehre es nicht erlaubte, wenn sich mir eine Beute entzog?

Weil ich jemanden etwas damit beweisen wollte, indem ich einen von Gregs Angestellten anbaggerte?

Wem wollte ich etwas beweisen?

Mir?

Oder Greg, der in seinen Eroberungen einen besseren Schnitt vorweisen konnte?

Ich schnaufte frustriert. Es war mir noch nie wichtig, mich mit ihm zu messen. Das wäre mir auch gar nicht möglich gewesen. Greg saß aufgrund seiner Erscheinung und seines Bankkontos eindeutig am längeren Hebel. Es lag mir auch fern, Greg eins auszuwischen oder mit dem Finger auf ihn zu zeigen: *Ätsch, ich hab mir einen deiner Angestellten gekrallt.*

Das war lächerlich und kindisch.

Mir ging es nicht darum, mich auf Teufel komm raus mit Greg anzulegen. Da würde ich wahrscheinlich ganz schnell den Kürzeren ziehen. Es ging mir einfach nur um Stephan.

Während meiner Überlegungen wurde mir aber auch noch etwas Weiteres klar: Mir blieb nicht mehr viel Zeit. Sobald Stephan aufbrach, um Greg abzuholen, war es vorbei. Ich hatte also noch knapp zwei Stunden – die Zeit abgerechnet, die Stephan brauchen würde, um sich anzukleiden, den Wagen startklar zu machen und rechtzeitig am Flughafen zu sein.

Zudem fiel mir wieder ein, was Greg zu mir gesagt hatte, dass Stephan auf mich stehen, mein Lächeln süß finden würde. War er tatsächlich bi?

Ich sprang auf die Beine und verließ die Schwitzzelle. Mein erster Weg war der in Richtung Schwimmbad, doch ich bremste mich abrupt ab, als ich Wasserrauschen aus den Duschräumen hörte, und machte eine Kehrtwendung. Langsam näherte ich mich dem Eingang und verharrte, als ich ihn unter der Dusche stehen sah.

Er hatte mir den Rücken zugewandt, stand leicht breitbeinig unter dem heißen Strahl und seifte sich genüsslich ein. Dabei legte er immer wieder kurz den Kopf in den Nacken, um sich das Wasser über das Gesicht laufen zu lassen. Die Rückansicht hatte nicht weniger zu bieten als die Vorderansicht. Sein breiter Rücken und sein schöner Hintern boten einen Anblick, der mir das Wasser im Mund zusammenlaufen ließ. Eine gleichmäßige Linie führte vom Nacken zum Steiß, flankiert von Muskelpaketen, die ein erotisches Wechselspiel spielten, als er sich langsam und mit Genuss einseifte. Die unteren Rückenmuskeln bildeten zwei schräg verlaufende Rinnen, die geradewegs auf den Spalt inmitten seines Hintern deuteten. Sein Hintern hatte eine ideale Form, um in einer engen Hose mehr als sexy auszusehen, rund mit zwei kleinen Dellen an den Seiten, wenn er ihn anspannte. Sein einladender Hintern krönte zwei kräftige Schenkel, die er sich sicherlich mit reichlich Sport gestählt hatte. Dunkler Flaum beugte sich den Gewalten des fließenden Wassers und bildete immer wieder neue Muster auf den Schenkeln und den Waden.

Fasziniert beobachtete ich ihn, ehe ich mir einen Ruck gab, lautlos näher kam und mich nach einer Eingebung umsah. Als ich das Handtuch auf ein Glasregal warf, fiel es mir ein.

In Gregs persönlicher Sauna standen jede Menge Tiegel und Tuben herum, mit Shampoo, Seife, Duftölen und dergleichen, aus denen ich mich nach Belieben bedienen durfte. Doch hier gab es nichts. Die Gäste und die Angestellten hatten ihre Hygieneartikel selbst mitzubringen, was ich natürlich nicht getan hatte.

»Darf ich mir das ausleihen?«, fragte ich daher.

Er fuhr so hastig herum, dass er auf dem nassen Boden ausrutschte und sich rasch an der Armatur festhalten musste. Seine Augen waren so groß, als hätte er sich heftig erschrocken. Sein Mund war aufgegangen und er starrte mich entsetzt an. Ich hatte ihn absolut überrascht.

Erst einen Augenblick später, als ich eigentlich mit einem Blick auf das Duschshampoo in seiner Hand deuten wollte, erkannte ich, warum er so entsetzt guckte.

Sein Penis war stramm aufgerichtet und stand wie ein dicker Haken von ihm ab. Die rechte Hand umfasste den massigen Schaft, als müsse er ihn festhalten. Mir wurde schlagartig bewusst, wobei ich ihn eben gestört hatte.

Hitze stieg explosionsartig in mir empor. Meine Hand war hoch gekommen und wollte eigentlich das Duschshampoo aus seiner linken Hand nehmen. Sie hielt jedoch inne. Unsere Finger berührten sich.

Schließlich nahm ich ihm doch die Shampooflasche aus der Hand und ließ sie einfach auf den Boden fallen. Dann verschränkte ich meine Finger mit seinen, ganz langsam, beinahe wie in Zeitlupe. Er ließ es geschehen, gestattete es, dass ich ihn berührte, meine Finger mit seinen verband. Das Entsetzen in seinem Gesicht hatte sich allmählich in Überraschung und einer Art ausdruckslose Neugier verwandelt. Anders konnte ich es nicht deuten, denn seine Lippen öffneten sich, ohne dass ein Laut hervorkam und er starrte mich an, abwartend, zitternd, während das Wasser weiterhin über ihn rieselte.

Meine Gedanken fühlten sich an, als würden sie vom warmen Wasser aufgeweicht werden, als hätten sie sich verflüssigt und seien nur noch als hauchfeine Spur in meinem Gehirn vorhanden. Ich war seltsam leer. Ich konnte ihn nur noch ansehen, ihm direkt in die hellen Augen starren, nicht fähig, auch nur einen Ton herauszubringen.

Dafür schien mein Körper zu wissen, wie weiterverfahren werden musste. Langsam zog ich ihn an den verschränkten Fingern dichter an mich. Er gehorchte widerwillig und bebend vor Anspannung. Die rechte Hand nach wie vor um seinen Schwanz. Ich kam ihm ein kleines Stück näher. Wir waren nur noch ein paar Zentimeter entfernt. Unsere Nasen verharrten kurz voreinander. Ich konnte seinen heftigen Atem auf meinem Kinn förmlich spüren – oder bildete ich mir das nur ein?

Oder kam die Hitze von mir selbst?

In mir kochte es gewaltig. Was auch an meiner anschwellenden Härte zu erkennen war.

Stephan so nahe bei mir. Nur noch einen knappen Zentimeter …

Viele schier endlos lange Momente standen wir einfach nur so da, starrten uns an. Mein Herz klopfte wild und schmerzhaft im Brustkorb. Ob es entfliehen oder nach vorn preschen wollte, war mir nicht so ganz klar. Meine Knie wurden weich. Doch ich streckte sie krampfhaft durch.

Ich wich mit meinem Gesicht leicht zur Seite und näherte mich ihm. Mich lechzte es plötzlich danach, seine Wange mit meiner zu berühren, einen leichten Kuss darüber zu hauchen, seinen Duft einzuatmen und an seiner Haut zu saugen. Als ich ihn endlich mit den Lippen berühren konnte, ging ein elektrisierender Blitz durch mich hindurch. Ich unterdrückte den Impuls, zurückzuzucken. Stattdessen rückte ich noch etwas näher und drückte ihm einen Kuss auf die Schulter.

Ein leises Stöhnen entwich ihm.

Ich wagte mich weiter vor und küsste die Stelle, die neben der eben geküssten lag, und arbeitete mich langsam bis hin zum Schultergelenk vor. Er hielt still. Doch über die Berührung meiner Lippen während des Kusses spürte ich, wie er bebte.

Vorsichtig machte ich mich küssend auf den Rückweg. Als ich den Hals erreichte, entkam ihm abermals ein leises Stöhnen.

Ich schielte flüchtig nach unten. Sein Penis hatte sich noch weiter aufgerichtet und stand nun hart und prall von ihm ab. Die Eichel glänzte im Dauerregen der Brause, eingebettet in seiner Hand, die sich leicht gelöst hatte und nun eine halbrunde Schale bildete. Fast so, als müsse er das schwere Gerät stützen.

Ein äußerst verlockender Anblick.

Langsam und jeden einzelnen Zentimeter auf dem Weg nach unten küssend, sanft in meinen Mund saugend und leckend, bewegte ich mich seinem Penis entgegen. In mir hatte sich ein nicht zu bändigender Drang aufgebaut. Ich musste ihn einfach berühren. Doch nur mit der Hand erschien mir in diesem Moment als zu billig. So arbeitete ich mich tiefer und tiefer, küsste und knabberte an jedem Fleckchen Haut, das mir auf meinem Weg begegnete. Genüsslich saugte ich mich für einige genussvolle

Augenblicke an einer der harten, dunklen Brustwarzen fest, ehe ich mich gewaltsam losriss und tiefer ging.

Sein Brustkorb bewegte sich heftig auf und ab. Sein Bauch bebte vor Anspannung, als ihn meine Lippen trafen. Seine Hand wich zurück, als ich seinem Geschlechtsteil näher kam. Als ich seinen harten Penis nur ganz kurz berührte, zuckte er zusammen und wäre wahrscheinlich zurückgewichen, wenn unsere Finger nicht noch immer miteinander verschränkt gewesen wären.

Die Haut spannte sich fest über die Eichel. An der Spitze entwich ein kleiner milchiger Tropfen, der jedoch sofort fortgespült wurde. Ich leckte ihn auf, bevor die Dusche ihn gänzlich hinfort spülen konnte.

Von oben kam ein lustvolles Zischen, als er die Luft zwischen die Zähne einsog.

Vorsichtig berührte ich die harte Eichel mit der Zunge und leckte nur mit der Spitze darüber, als sei sie mir zu heiß. Schließlich ließ ich sie ganz langsam und genüsslich in den Mund gleiten.

Hartes, pralles, samtiges Fleisch strich über meine Zunge. Die dick angeschwollene Eichel glitt spürbar über den Gaumen. Ich schmeckte seine salzige Lust auf den Zunge, ließ diesen köstlichen Geschmack auf mich einwirken und schloss dann meine Lippen, um ihn gänzlich in mich einzusaugen. Sein vor Verlangen pralles Glied war zu lang für meine Mundhöhle, doch das war mir egal. Ich schob mich so weit es mir möglich war über ihn und entließ ihn dann wieder so langsam und genussvoll, wie ich ihn in mir aufgenommen hatte.

Oh Gott, diesen Prügel würde ich gerne an einer anderen Stelle meines Körpers in mich aufnehmen!

Er war so hart und groß, dennoch so weich und geschmeidig. Ich spürte die strammen Sehnen unter der samtigen Haut, bemerkte das Pulsieren seiner Lust, fühlte das Pochen seiner Ungeduld. Unter meinem innigen Kuss schwoll er noch mehr an, füllte meinen Mund vollends aus, als wollte er mich sprengen. Meine Lippen schlossen sich fest um ihn, liebkosten ihn, streichelten ihn sanft. Meine Zunge umspielte den Schaft, folgte den angespannten Sehnen und fuhr die Konturen der Eichel nach, bis hin zu dem kleinen Loch. Keck bohrte sie sich hinein, um den nächsten salzigen Tropfen direkt aus der Quelle zu lecken.

Ein ums andere Mal gab Stephan ein Seufzen von sich. Seine Lenden zuckten, doch er hielt still. Die Geräusche, die er mit jeder meiner Bewegungen machte, wurden vernehmlicher, das leise Stöhnen lustvoller. Als ich mich von ihm trennte, stieß er einen letzten Laut aus. Ich sah hoch und direkt in seine Augen. In ihnen konnte ich Sehnsucht erkennen, unerfülltes Verlangen.

Langsam richtete ich mich auf, bis wir uns wieder Auge in Auge gegenüber standen. Schließlich hob ich die Hand und legte sie behutsam auf seine Brust. Ich spürte sein Herz schlagen. Es schlug so schnell und heftig wie meines. Mein Daumen berührte zufällig die Brustwarze, worauf ein weiterer seufzender Laut über seine Lippen floss.

Ich näherte mich ihm mit meinen Lippen, suchte die seinen, um sie mit einem Kuss zu beschenken. Wir sahen uns in die Augen, konnten nicht voneinander lassen. Ich versank in diesen hellgrauen Augen, fühlte mich wie im Nebel verloren, rettungslos, hilflos, gefangen im Bann dieses sehnsüchtigen Blickes.

Seine Lippen waren weich und warm. Ich spürte das Blut durch sie hindurchpulsieren. Sein Kreislauf musste auf Hochtouren laufen – so schnell, wie das Herz schlug, war es kein Wunder.

In mir musste es nicht anders sein. Ich spürte es jedoch kaum, denn ich fühlte mich wie auf Watte. Ich glaubte zu schweben, schwerelos zu sein. Ein Weltraum, in dem es nur ihn und mich gab.

Sanft streichelte ich erst über seine Lippen, ehe ich sie zu einem Kuss aufsetzte. Stephan zögerte zunächst, doch dann kam er mir näher.

Ich nahm mit der freien Hand – wir hatten noch immer unsere Finger miteinander verschränkt – seine freie und legte sie auf meinen Leib. Er zierte sich, mich zu berühren, doch dann wagte er es. Als mich seine Fingerspitzen berührten, ging ein weiterer elektrisierender Blitz durch mich hindurch. Es fühlte sich so verdammt gut an, seine Finger auf mir zu fühlen.

Von Ungeduld animiert drückte ich ihn fester an mich, schob die Hand dichter an meinen Penis heran. Wieder zierte er sich, weigerte sich, der Region näher zu kommen, die nach seiner Berührung lechzte. Als er es schließlich wagte, jagte ein dritter Blitz durch mich hindurch. Ich fuhr merklich zusammen und konnte das Stöhnen nicht unterdrücken, das meine Kehle emporgekrochen war und nach draußen drängte.

Seine Hand an meinem Penis … Die Finger umfassten ganz langsam den Schaft, trauten sich zunächst nicht, doch als ich seine Hand näher schob, wurde Stephan mutiger.

Fast schon automatisch schloss ich meine Augen, um dieses Gefühl, diesen Moment vollends auszukosten und zu genießen. Die Welt um mich herum verschwamm. Das Prasseln der Dusche wurde zu einem atmosphärischen Rauschen, das aus dem Nirgendwo zu kommen schien. Noch immer glaubte ich, schwerelos zu sein, konnte mich kaum daran erinnern, wo ich war. Es war ein herrliches, so ergreifendes Gefühl.

Unsere Lippen trennten sich für einen winzigen Moment, fanden sich jedoch sogleich wieder zu einem weiteren Kuss. Ich gierte nach mehr. Ich wollte ihn an meinem ganzen Körper spüren, nicht nur an einzelnen Stellen. So drängte ich mich näher, schmiegte mich an seine Hüfte und seine Brust, während sich der Kuss automatisch intensivierte.

Ich zog die Hand zwischen uns heraus und legte sie auf seinen Rücken. Die Partien, die ich dabei berühren musste, spannten sich erschrocken an, lockerten sich aber sogleich wieder.

Dann tat er etwas, was ich nicht zu glauben, nicht einmal zu hoffen gewagt hatte. Er fügte unsere beiden Glieder zusammen, nahm sie in seine Hand und streichelte und massierte beide gleichzeitig.

Meine Knie drohten weich zu werden.

Das Gefühl seines prallen Schwanzes an meinem ließ die brodelnde Hitze in mir beinahe explosionsartig emporschießen. Ich stöhnte kehlig und lehnte die Seite, mit der ich ihn ohnehin schon berührte, noch fester an ihn. Im Rhythmus seiner Bewegungen rieb ich die Hüfte an ihm und ließ die Hand tiefer gleiten, bis hin zu der kleinen Kerbe am Ende seines Rückens, die geradewegs in den Spalt zeigte. Langsam folgte ich der Vertiefung und erreichte den Ritz, stahl mich keck ein kleines Stück hinein und zog mich wieder zurück.

Er quittierte dies mit einem grollenden Laut. Deutlich spürte ich, wie er die Muskeln in seinem Hintern angespannt hatte, als ich ihn in dieser sehr intimen Region seines Körpers berührt hatte. Daher ich traute mich nicht weiter hinein, wollte seine Geduld und seine Beherrschung nicht noch mehr herausfordern. Es war ohnehin schon die Erfüllung einer meiner Träume, ihn so nahe bei mir zu wissen, ihn zu berühren und seine Härte in meiner Hand gespürt zu haben. In einem meiner Träume hatte ich sogar seinen Penis im Mund, doch dieses Gefühl, das ich währenddessen glaubte zu haben, war nichts im Vergleich mit der Realität gewesen. Liebend gern würde ich es wiederholen, doch ich blieb stehen.

Vorerst war ich in diesem Kuss verloren. Seine Lippen hatten sich geöffnet und seine Zunge war hervorgekommen, hatte die meine zu einem Tanz aufgefordert und umgarnte sie nun mit leichten Schlägen und Streicheleinheiten.

Es war besser als meine Träume. Besser, intensiver, erotischer und prickelnder. Es war Realität.

Ich wollte mehr von der Realität. Ich wollte sie ganz, sie mit all meinen Sinnen aufnehmen. Doch als ich meine Finger aus seinen befreien wollte, hielt er mich fest. Es schien für ihn ein Rettungsanker zu sein, eine Verbindung, die nicht mehr zu trennen war. Er hielt mich fest und drückte sie sogar noch stärker, als glaubte er, dass es vorbei war, sobald wir uns trennten.

Vielleicht bildete ich es mir auch nur ein. Doch er seufzte leise, als ich es aufgab, drückte die Hand fester und streichelte sogar mit dem Daumen über meinen Daumenballen, während die andere ihre Bemühungen verstärkte.

Sein Penis war so hart, dass ich glaubte, an einem Stück Stahl entlang gerieben zu werden. Der Druck seiner Hand, die uns beide rieb, so heftig, dass ich annahm, er wollte mich ausquetschen und auswringen wie einen Putzlappen. Doch nichts auf der Welt hätte mich dazu veranlasst, die Hand von da weg zu zwingen. Sie war in diesem Moment das Schönste, was mir je untergekommen war. Also ließ ich ihn weiter walten, während ich seine Rückseite erkundete, die Konturen der Muskelpakete nachfuhr und der Wirbelsäule bis nach oben zum Hals folgte. Als sie sich im Nacken ausbreitete und mit dem Haaransatz spielte, entkam ihm ein weiteres wohliges Grollen.

Ich wanderte nach unten, betastete beinahe jeden einzelnen Wirbel, bis ich wieder bei dem Spalt landete. Die Muskeln an seinem Hintern zuckten verkrampft, als ich meinen Finger vorsichtig am Eingang des Spalts liegen ließ, ehe ich über seine Hinterbacken streichelte und die Rundung erfasste.

Sein Stöhnen wurde plötzlich lauter, die Bewegungen seiner Hand zwischen uns unkontrolliert und als der Schwanz neben meinem zu zucken begann, durchfuhr mich ein angenehmes, wohliges Gefühl von Glück und Zufriedenheit. Es war, als hätte ich einem Freund ein Geschenk gemacht, das er sich schon lange ersehnte. Ich ließ mich in diese Empfindung fallen, denn auch in mir wollte sich der nahende Höhepunkt entfalten. Das Brennen nahm rasch zu. In meinem Unterleib zog sich alles zusammen. Mit ein paar weiteren gekonnten Bewegungen seiner Hand ergoss ich mich schließlich in ihr. Meine Finger vergriffen sich in seinem Hintern, als es aus mir herausbrach. Erschrocken versuchte ich loszulassen, weil ich ihm keine Wunden zufügen wollte. Doch ich konnte nicht. Stattdessen krallte ich mich im Rhythmus meines Ausbruchs noch fester in ihn.

Bis der Höhepunkt schließlich abflaute und grenzenloser Erleichterung Platz machte.

Wie ein Feuerwerk der Gefühle überflutete es mich, überschwemmte mich mit Glückseligkeit und Freude, vereinnahmte mich. Es ließ mich förmlich darin ertrinken und brachte ganze Vogelschwärme in meinem Bauch dazu, alle gleichzeitig aufzuflattern und wild durcheinander zu fliegen.

Ich keuchte an seinen Lippen, saugte mich kurz an seiner Zunge fest und drückte ihn an mich, als wollte ich mit ihm verschmelzen.

Es war so wunderschön, so ergreifend, so überwältigend, dass ich glaubte, das Paradies gefunden zu haben.

Als sich die Erregung in mir allmählich legte, stürzte ich jedoch in ein dunkles Loch.

Mein Verstand kehrte schlagartig zu mir zurück.

Ich hatte einen fatalen Fehler begangen.

Ruckartig riss ich mich von ihm los und starrte ihn entsetzt an.

Unsere Finger wurden auseinandergerissen. Ich machte einen Schritt rückwärts, wich noch einen zurück, murmelte ein gestammeltes »Entschuldigung« und flüchtete nach draußen.

Oh, verdammte Scheiße. Was hatte ich nur getan?

Ich hatte Sex mit einem von Gregs Angestellten …

Unverzeihlich.

5

Mein Kreislauf ging auf hundertachtzig. Ich hyperventilierte fast. Wie ein Fisch an Land schnappte ich nach Luft und lief in Gregs Schlafzimmer auf und ab wie ein Tiger in seinem Käfig.

Greg wird mich umbringen!

Ich habe eben den größten Fehler meines Lebens begangen.

Am liebsten würde ich mich dauerohrfeigen oder noch besser, gleich aus dem Fenster werfen. Ich schielte auch schon zu selbigem doch abgesehen davon, dass es die Tat nicht ungeschehen machen würde, würde ich mir außer Prellungen wahrscheinlich nicht viel mehr Verletzungen holen. Gregs Haus, das aus lang gestreckten, niedrigen, miteinander verbundenen Gebäuden bestand, besaß nur zwei Stockwerke. In der oberen Etage befanden sich einige Schlafzimmer und dazugehörige Bäder, dazu etliche Wohnzimmer und noch ein paar andere Räume. Im Erdgeschoss fand man den weitläufigen Wellnessbereich und eine Bibliothek, wie auch die Küche. Dies alles war auf einem Gelände untergebracht, das sich auf mehrere Tausend Quadratmetern erstreckte.

Als ich daran dachte, dass ich viele Minuten brauchte, um vom Wellnessbereich am anderen Ende des Grundstücks in Gregs Privaträume zu gelangen und das im Laufschritt und dazu noch nackt, musste ich schon fast lachen. Wie ein Flitzer war ich mir vorgekommen und daher heilfroh, dass mir niemand begegnet war. Gregs schwarzer Kimono-Bademantel, den ich getragen hatte, als ich mich in den Gäste-Wellnessbereich begab, hing noch immer im Umkleideraum. Darum sollten sich die Angestellten kümmern. Ich hatte derzeit andere Probleme – nämlich, wie ich aus dieser Scheiße wieder rauskam.

Vielleicht half eine Dusche, dachte ich hoffnungsvoll und stellte mich unter den heißen Strahl. Sofort keimte die Erinnerung an meine letzte Dusche wieder auf, die mit Stephan. Mit einem Fluch nahm ich die Badebürste und schrubbte mich ab. Es tat weh, das Gefühl von Stephans Berührungen von mir zu waschen, die Eindrücke des unglaublichen

Erlebnisses von vorhin im Abfluss davonfließen zu lassen. Doch ich wusste mir nicht mehr anders zu helfen. Es ging nicht anders. Es schmerzte, tief in mir drin jammerte etwas qualvoll auf, versuchte sich an den Erinnerungen festzuklammern und sie nicht loszulassen, doch ich war stärker. Es musste weg.

Als ich irgendwann trotz heißem Wasser zu schlottern begann, legte ich mich ins Bett, zog die Beine wie ein Embryo an mich und die Decke über meinen Kopf. Ich benahm mich kindisch, das wusste ich selbst. Aber irgendetwas musste ich tun, um diese letzten Stunden aus dem Kopf zu kriegen. Das war nicht leicht. Der Kuss schwirrte noch immer durch meine Gedanken. Der Geschmack seiner salzigen Lust lag nach wie vor auf meiner Zunge, obwohl ich mir eine halbe Stunde lang die Zähne geputzt hatte. Den Druck seiner Hand konnte ich noch immer an meinem Schwanz spüren, das Pochen seines Höhepunkts, wie es an meinem anklopfte, ebenso wie sein lustvolles Stöhnen, als es ihm kam. Der sehnsuchtsvolle Blick aus diesen hellblauen Augen, verfolgte mich. Augen, die mich ansahen, als sei ich ein Engel, der vom Himmel geschwebt kam, um ihn endlich zu erlösen – von was auch immer.

Ich stöhnte laut.

Was zum Henker hatte ich getan?

Erschöpfung überkam mich. Ich wusste nicht warum.

Die letzten Tage waren zwar anstrengend gewesen, viel Arbeit und wenig Zeit zum Erholen, ich hatte aber nicht den Eindruck, dass es mich überforderte. Der Wettbewerb mit Stephan? Gut, ich war nicht in Übung und nach den sechs schnellen Bahnen etwas außer Puste, aber nicht so, dass ich jetzt schlappmachen musste. Der Orgasmus?

Ein tiefes Seufzen entkam mir bei diesem Gedanken.

Mein ganzer Körper begann wieder zu beben, als die Erinnerung daran zu mir zurückkehrte. Hitze quoll in mir auf. In meinen Lenden zuckte es erwartungsvoll und mein Penis richtete sich hoffnungsvoll auf.

Das durfte einfach nicht sein! Ich musste davon loskommen, musste vergessen, dass es sich so wahnsinnig gut angefühlt hatte, von seiner Hand umfasst zu werden. Dass sich seine Lippen so perfekt an meine geschmiegt hatten, als seien sie füreinander geschaffen. Dass ich mich nach seiner Nähe sehnte, seine Stimme hören und seinen heißen Atem auf meiner Haut fühlen wollte.

Ein Schrei entkam mir. Ich erstickte ihn im Kissen, schrie es aus mir heraus, brüllte, bis ich heiser wurde.

Es musste unbedingt aus meinem Kopf verschwinden.

Verdammt, er war Gregs Mitarbeiter und für mich absolut tabu.

Dass ich eingeschlafen war, bemerkte ich erst, als sich kalte Lippen in meinen Nacken legten und eine Stimme an mein Ohr säuselte.

»Hallo, mein Hübscher«, hörte ich Gregs Stimme. Freche Finger zupften an ein paar Strähnen meiner Haare herum, wollten offenbar die vom Schlaf zerzauste Frisur wieder einigermaßen in Ordnung bringen. Mich störte weniger das Zupfen, eher die direkte, körperliche Nähe eines Mannes, den mein Unterbewusstsein in diesem Moment gar nicht bei sich haben wollte.

Ich fuhr merklich zusammen und wollte ihn im ersten Moment zurückstoßen. Gerade noch rechtzeitig konnte ich mich zurückhalten und knurrte missmutig.

»Ja, ich freue mich auch dich zu sehen«, säuselte Greg an mein Ohr und knabberte sanft daran.

Mies gelaunt drehte ich den Kopf zur Seite und verkroch mich wieder unter die Decke. »Hör auf damit!«, knurrte ich. »Ich bin noch nicht ganz wach.«

Greg lachte, zog die Decke weg und begann meine Schulter und den Rücken mit Küssen zu bedecken.

»Greg!«, keifte ich gereizt, wandte den Kopf in seine Richtung und funkelte ihn finster an.

Er ließ sich davon nicht beeindrucken. Die Lippen wanderten zielstrebig Richtung Steiß. Da mir nicht nach Liebkosungen war, versuchte ich die Decke zurückzuerobern. Greg hielt sie fest, worauf ich missmutig knurrte und ein Stückchen wegrückte. Er folgte jedoch sofort und machte ungerührt weiter.

»Lass mich. Ich bin müde«, murrte ich, als Greg einen Kuss auf eine empfindliche Stelle meines Rückens setzte. Ein protestierender Laut entkam mir.

»So eine anstrengende Woche gehabt?«, fragte er unschuldig, ließ aber endlich von mir ab und setzte sich neben mich. »Was verschafft mir die Ehre deines Besuches?«

Es war zwecklos. Greg würde nicht wieder verschwinden. »Ein Termin hat sich verschoben. Jetzt sitze ich fest, bis es in Kanada besseres Wetter gibt und mein Kontakt nach New York kommen kann«, erklärte ich und versteckte das Gesicht im Kissen. Der Rest meiner Erläuterung konnte nur noch schwer verständlich sein. Da dadurch auch das Atmen unmöglich war, drehte ich den Kopf zurück und blickte unvermittelt Greg an. Ein breites Grinsen war zu erkennen.

»Dann weiß ich genau das richtige Gegenmittel dafür. Erinnerst du dich noch an den Eiswürfel? Der Raum ist heute Abend frei. Was hältst du davon, wenn wir einen kleinen Ausflug machen?«

»Ausflug? Wohin?« Ich rieb die Müdigkeit aus meinen Augen und blinzelte ihn anschließend verwirrt an.

Greg grinste nur vielsagend und zog die Decke gänzlich von mir herunter. Seine Augen wurden groß. Der Anblick meines nackten Hinterns schien ihm sein Vorhaben über Bord werfen zu lassen. Ein gefundenes Fressen für Greg, das er sich scheinbar nicht entgehen lassen wollte. Seine Augenbrauen zuckten, als er meine Körpermitte taxierte. Doch dann schüttelte er den Kopf. »Komm, steh auf! Der Abend hat eben erst angefangen. Es ist erst kurz vor neun.«

Schwerfällig krabbelte ich aus dem Bett. »Wohin gehen wir?«

»Ich hab dir doch gesagt, dass ich das passende Ambiente dafür suche«, erklärte Greg, während er seinen schwarzen Armani gegen eine einfache Jeans und ein Hemd tauschte – wobei die blaue Denim wahrscheinlich nicht viel weniger gekostet hatte als der Anzug. Greg legte großen Wert auf seine Garderobe.

»Und ich habe es auch gefunden«, fuhr er fort, während er die letzten Knöpfe schloss. »Nicht weit von hier gibt es einen netten, sauberen Laden, die sich auf so etwas spezialisiert haben. Als ich erfahren habe, dass du hier bist, hab ich gleich angerufen. Es ist alles vorbereitet. Sie warten auf uns.«

Mir wurde es schlagartig eiskalt. *So etwas* … diese Bezeichnung machte mir auf einmal eine Höllenangst.

»Ich weiß nicht …«, gab ich schließlich zögerlich von mir. »Muss das heute sein?«

»Wann dann?« Greg sah mich fragend an. »Warum nicht heute?«

Ich zuckte nur mit den Schultern. Ich wusste es selbst nicht. Oder besser gesagt: Ich wusste es genau, weswegen mir für heute die Lust an der Lust vergangen war.

»Komm schon!«, rief er zuversichtlich, legte seinen Arm über meine Schulter und zog mich einfach mit sich. »Es wird bestimmt ein außergewöhnliches Erlebnis.«

Dessen war ich mir sicher. Gefesselt und blind in einem Eisengestell zu hängen, nicht zu wissen, nicht zu erkennen, was mit einem geschah ... Dies bereitete mir auf einmal Grauen.

Aber da ich mich dazu bereit erklärt hatte, musste ich es nun mal durchziehen. Ich seufzte tief, zog mich rasch an und folgte ihm.

Unten im weitläufigen Eingangsbereich trat Stephan aus einer der angrenzenden Türen. Als er uns sah, machte er sofort kehrt und wollte verschwinden, bevor wir ihn bemerken konnten, doch Greg hatte ihn bereits gesehen.

»Stephan!«, rief er ihn zurück.

Reumütig kam der Fahrer heran, mit leicht gesenktem Kopf, und schlurfte mühselig ein paar Schritte näher. Ich versuchte mich hinter Gregs Rücken zu verstecken – warum, konnte ich selbst nicht sagen. *Feigling*, schalt ich mich dafür. *Nicht genug Rückgrat, um für das einzustehen, was du angerichtet hast ...*

Manchmal wünschte ich, ich könnte so selbstverständlich und erhaben über die Dinge hinwegsehen, wie es Greg oft tat. Aber das war nicht mein Stil und ich fühlte mich unwohl dabei.

»Mister Barnes?«, erwiderte Stephan höflich. Seine Stimme zitterte leicht.

Mein schlechtes Gewissen drohte mich zu erdrücken.

»Ist der Porsche aufgetankt?«, wollte Greg wissen.

»Ja, Mister Barnes. Soll ich ihn vorfahren?«

»Nein, nicht nötig. Du kannst für heute Feierabend machen. Ich werde selbst fahren.«

»Ja, Mister Barnes«, gab Stephan tonlos von sich. Das Zittern in seiner Stimme klang in meinen Ohren noch deutlicher.

»Einen schönen Abend Ihnen beiden«, schickte er uns hinterher, während wir an ihm vorbeigingen.

Ich glaubte bissigen Sarkasmus aus seinen Worten herauszuhören – oder hatte ich mir das nur eingebildet? Ich widerstand jedoch der Versuchung, mich umzudrehen und in seinem Gesicht nach einer Bestätigung zu forschen. Es sollte mir egal sein, was er dachte oder was er von mir hielt. Ich war ein Gast des Hauses, und hatten Gäste nicht Narrenfreiheit ...?

Ich ohrfeigte mich innerlich selbst. *Arschloch*, schalt ich mich in Gedanken. *Du bist ein gottverdammter Feigling!*

»Danke. Dir ebenso, Stephan. Gruß an Miriam.« Greg schob mich an der Schulter durch die Tür. Seine Worte waren voller Unbekümmertheit und Frohmut. *Wenn der wüsste ...*

»Danke, werde ich …« Mehr hörte ich nicht von seiner Antwort. Die letzten Worte wurden von der zuschnappenden Haustür abgeschnitten. Ich verkrampfte mich und wäre beinahe die beiden Stufen hinuntergefallen, die von der Tür auf den Vorplatz führten. Greg fing mich auf und hakte sich bei mir unter.

»Na, dann wollen wir mal!«, stieß Greg gut gelaunt aus und marschierte beschwingt Richtung Garage, mit mir an seinem Arm. Wenig später saßen wir in einem knallroten PS-Geschoss und düsten der Großstadt New York entgegen.

Mit jedem Meter, den wir uns von dem Haus und damit von Stephan entfernten, wurde es mir leichter. Ich blickte aus dem Fenster, ohne mich für die vorbeirauschende Landschaft wirklich zu interessieren, geschweige denn überhaupt etwas davon zu sehen. Es interessierte mich auch nicht, wohin wir fuhren. Als Greg den Wagen irgendwann abstellte, standen wir vor einem unscheinbaren Laden mit geschwärzter Schaufensterfront, über welcher ein Neonschild hing. Der aussagekräftige Name *Swatter* kündigte an, was es hinter der Ladentür zu bieten gab.

Mir wurde schlecht, als die blinkende Schrift penetrant zu mir herunterleuchtete und mich mit jedem Aufflackern daran erinnerte, dass ich mich auf ein wahnwitziges Experiment eingelassen hatte.

Greg hakte sich wieder bei mir unter und zog mich dem Eingang entgegen.

»Angst?«, erkundigte er sich, als er das Zittern meiner Gliedmaßen bemerkte.

Ich wollte »Ja« sagen, konnte mich aber noch zurückhalten. »Das sag ich dir, wenn wir wieder draußen sind.«

Mit einem Lachen öffnete Greg die Tür und zog mich einfach hinterher. Es gab nun kein Zurück mehr. Das hatte es schon nicht mehr gegeben, als wir losgefahren waren.

Wenn ich gedacht hatte, dass wir mit dem Durchschreiten der Pforte sofort in ein SM-Land eintraten, in welchem es nur noch so von willigen Sklaven und unbarmherzigen Dominas wimmelte, lag ich absolut falsch. Der Raum, in dem wir uns nun befanden, ähnelte einem Sexshop mit Lounge und Flachbildschirm, auf der ein stumm geschalteter Softporno lief. Auf der einen Seite standen Regale mit SM-Materialien hinter Glas. Auf der danebenliegenden erstreckte sich eine einfache Empfangstheke aus hellem, poliertem Holz von einer Wand zur anderen. Ein goldenes Absperrband in einer Lücke in der Theke, versperrte den Weg zu einem

Durchgang, der mit einem schwarzen Tuch verhängt war. Der ganze Raum war stilvoll mit alten Tonsteinen, dunklen Hölzern und vielen indirekten Lichtquellen gestaltet. Es gab nur wenig Schmuck. Die altertümlichen Ziegelsteine und die glänzenden dunklen Holzplanken bildeten ohnehin schon ein ansehnliches Ambiente.

Kaum war die Tür hinter uns zugefallen, erschien ein Mann mittleren Alters. Er war höchstens vierzig, mit längerem, hellblondem Haar, das er im Nacken zu einem Zopf zusammengebunden hatte, einem schmalen Schnauzer und listigen Augen, die uns sogleich fachmännisch fixierten. Ein Lächeln machte sich auf seinem Gesicht breit, als er das Absperrband öffnete und uns entgegenkam. Sein glänzendes rotes Hemd schimmerte bei jeder Bewegung. Die eng anliegende, an den Seiten geschnürte, schwarze Lederhose gab leise, knarrende Geräusche von sich, als er näher kam.

»Welcome«, begrüßte er uns und ergriff Gregs Hand sogleich, um sie freundlich zu schütteln. Er war etwas stämmiger als Greg, jedoch genauso groß und wirkte wie ein Mann, der sich nicht so leicht umhauen ließ. Vielleicht brauchte er diese Masse, um die Dominanz zu repräsentieren, die er bei seinen *Spielchen* darstellen musste.

Ich verkniff mir ein Schmunzeln, als ich ihm ebenfalls die Hand reichte. Sein Händedruck war ziemlich fest, vermutlich ein weiteres Indiz dafür, dass er hier ein eisernes Regiment führte.

»Ich bin Rick«, begann er in feinem britischem Akzent. »Es freut mich, dass ihr beide zu mir gefunden habt. Ist es euer erstes Mal?«

Greg nickte. »Greg und Lenny«, stellte er uns vor und schob süffisant lächelnd »Ein Schnuppertag, sozusagen«, hinterher.

Rick erwiderte das Lächeln. »Es ist alles vorbereitet. Wenn ihr mir folgen wollt …?« Er deutete hinter sich auf den schwarzen Vorhang und ging dann voran, als wir uns in Bewegung setzten.

Hinter dem Store empfing uns ein weiterer Raum in ähnlicher Optik wie der erste, nur dass wir hier mitten in der Umkleide standen. Es gab mehrere Reihen silberfarbener Spinde auf der einen Seite, davor einige Bänke und kleine Tischchen aus rotbraunem Mahagoni. Gegenüber ging es zu den Duschen. Der Boden bestand ebenfalls aus dunklem Holz. Er harmonierte auch hier mit den alten Ziegelsteinen, die von hellgelben Wandstellen unterbrochen wurden, als wäre man in diesem Raum nicht mehr mit den Umbauarbeiten fertig geworden. Tatsächlich war dies eine architektonische Spielweise mit Einrichtung, Farbe und Materialien.

»Hier könnt ihr euch entkleiden«, erklärte Rick und öffnete einen unbenutzten Spind. »Wenn ihr vorher duschen möchtet …« Er zeigte hinter sich. »Lasst euch Zeit. Wenn ihr fertig seid, kommt einfach durch den roten Vorhang.« Er lächelte freundlich, nickte uns noch einmal zu und entschwand hinter besagtem roten Vorhang.

Ich schnaufte tief durch.

»Angst?«, fragte mich Greg ein weiteres Mal.

»Ehrlich gesagt geht mir allmählich die Muffe«, gestand ich aufrichtig. »Als du sagtest, du suchst dir das passende Ambiente, hab ich nicht wirklich einen SM-Club vermutet.«

»Wäre dir ein großer Saal mit fünfzig und mehr Zuschauern lieber?«

Ich unterdrückte ein Schaudern und schüttelte stumm den Kopf. Mit einem Seufzen ließ ich mich auf eine der Bänke nieder und knöpfte langsam mein Hemd auf.

»Es wird großartig, glaub mir«, versicherte mir Greg. »Ich hatte ein langes Gespräch mit Rick und seinen Mitarbeitern und habe mich ausführlich über alles informiert. Ich habe nicht vor, dich zu *erniedrigen*«, fuhr er fort und betonte das letzte Wort ausdrücklich, als sei es ihm selbst zuwider. »Ich will lediglich unser kleines Blinde-Kuh-Spiel etwas aufpuschen.«

»Du hattest Recht«, gab ich zerknirscht von mir und verzog leicht das Gesicht. »Ich wünschte jetzt, ich hätte die Eiswürfel gewählt.«

Greg entkam ein Lachen. Er setzte sich zu mir, legte eine Hand auf mein Knie und streichelte es sanft. »Das mit den Eiswürfeln war auch nicht so lustig. Als ich sie endlich drin hatte, verfluchte ich meine Idee. Es war absolut unangenehm.«

Ich fauchte missmutig und schenkte ihm einen bösen Blick. »Hat dir schon mal jemand gesagt, dass du manchmal unmöglich bist?«

Er lachte erneut, beugte sich zu mir und küsste mich auf die Wange. Dann stand er wieder auf, öffnete sein Hemd und ließ es über die Schultern rutschen. Anstatt es sorgsam auf den Kleiderbügel zu hängen, der dort für derartige Dinge hing, knüllte er es zusammen und katapultierte es in den angebotenen Spind.

Als ich mein eigenes Hemd auf den Bügel drapierte, tat ich das gleiche auch mit dem von Greg. Er warf mir einen belustigten Blick zu, während er aus seinen Schuhen und den Strümpfen schlüpfte, sie in den Metallschrank stellte und dann zum roten Vorhang ging, um auf mich zu warten. Da ich nicht wusste, was ich tun musste, machte ich es ihm einfach nach und folgte ihm barfuß und nur noch mit Jeans bekleidet in den nächsten Raum.

Hier ging es schon ganz anders zur Sache. Wir wurden sogleich von sanfter Musik erwartet, die der rote Vorhang erstaunlich gut kompensiert hatte. Tatsächlich hatte sich der Gardinenstoff angefühlt, als hätte man die dicken Plastikstreifen, die gerne in Schwimmbädern als Temperaturbarriere benutzt wurden, einfach mit rotem Samt überzogen. Offenkundig konnte er auch gut Geräusche dämpfen.

Wir traten in einen Raum mit gemütlichen dunkelroten Sitzgruppen und einer großen Bar an der einen Seite. Auf der gegenüberliegenden Seite führten mehrere Türen, Vorhänge und Durchgänge in andere Räumlichkeiten. Ein fast raumhoher Vogelkäfig am Ende der Bar schien als Kostprobe darauf hinzuweisen, was man in den übrigen Räumen erwarten konnte. Ein älterer Mann saß darin und rüttelte an den Gitterstangen, während eine Frau einfach daneben stand und ihn frech angrinste. Erst als ich tiefer in den Raum getreten war, vernahm ich die in einem solchen Etablissement erwarteten Geräusche, wie Stöhnen, das Rasseln von Ketten, dem Klatschen auf nackter Haut und gedämpfte Schrei von gepeinigten Sklaven. Nach einem Rundumblick kam ich zu dem Schluss, dass die Hintergrundbeschallung zusätzlich zur Musik über Lautsprecher erfolgen musste. Denn außer uns gab es nur noch ein paar weitere Gäste, meist Männer und Frauen in aufreizender Garderobe. Nur kurz wurden wir mehr oder minder interessiert gemustert, ehe sie sich wieder ihren eigenen Vergnügungen widmeten.

An der Bar saßen zwei Männer in äußerst knappen Latexhöschen und mit schwarzen Augenmasken, die einen Großteil ihres Gesichts verbargen. Ihre wohlgenährten Bäuche und die sichtliche Musterung des Frischfleisches, das eben durch den Vorhang hereingekommen war, konnte es allerdings nicht verbergen. In einer der Sitzgruppen waren zwei Frauen gerade dabei, einen Mann zu verwöhnen. Hinter der Theke lächelte uns eine Frau mit strohblonder Hochsteckfrisur entgegen, die im roten Rüschenkorsett und einem schwarzen Lederhalsband mit spitzen Stacheln Cocktails mixte. Die langen rot lackierten Fingernägel wirkten im ersten Moment wie Krallen, als sie den Mixer umschlangen und ihn heftig schüttelten. Rick kam hinter der Theke hervor und ihnen entgegen.

»Seid ihr so weit?«, erkundigte er sich freundlich.

Wir nickten beide.

»Noch einen Drink, bevor ihr loslegen wollt?« Er deutete auf die Bar.

Wir schüttelten zeitgleich die Köpfe, ohne uns abgesprochen zu haben. Ich für meinen Teil konnte jetzt nichts gebrauchen, das meinen Verstand zu vernebeln drohte. Auch wenn der Alkohol dafür bekannt war, Nervosität zu besänftigen, verzichtete ich drauf.

»Dann kommt mal mit!« Er deutete auf einen Zugang zu seiner Rechten, der geradewegs zu einer Wendeltreppe führte. Wir setzten uns in Bewegung.

Die Frau stellte die vollgefüllten Gläser vor die beiden Männer an der Bar und folgte uns auf hochhackigen Schuhen. Als sie hinter uns die Wendelstiege hinunterstakste, gaben die Absätze klackende Geräusche von sich. Sie musste sehr vorsichtig gehen, da die Stufen eng waren und offenbar rutschig. Unter meinen nackten Füßen fühlte sich das glatte schwarze Metall seltsam angenehm an. Die Treppe wie auch der dunkle Holzboden schien beheizt zu sein.

Meine Nervosität stieg mit jeder Stufe, die wir tiefer kamen, und mit jedem Klacken der High Heels. Mein Herz schlug rasend schnell. Ich blickte hinter mich, wo mir die Frau zuversichtlich zulächelte, als befürchtete sie, ich würde gleich vor Angst in Ohnmacht fallen.

Vielleicht lag das auch gar nicht so fern, denn mir ging der Arsch gehörig auf Grundeis.

Aber ich war gewillt, mir nicht die Blöße zu bieten und trottete hinter Rick und Greg her.

Die Wendeltreppe führte in einen weiteren Raum, in welchem es von *Folterinstrumenten* nur so wimmelte. Ich wandte meinen Blick ab und hielt ihn starr am Boden, denn ich wollte das alles gar nicht sehen. In meinem Videoschrank lagen genug Bildbeweise darüber, was man mit Peitschen, Ketten, Knebeln, Handfesseln, Käfigen, Dildos und dergleichen anstellen konnte. Wie ich beim Public Viewing bitter festgestellt hatte, war es ein himmelweiter Unterschied, ob man das Ganze auf Großbildschirm verfolgen konnte, oder im wahrsten Sinne des Wortes hautnah erlebte.

Rick führte uns in einen kleineren Raum, der entgegen des übrigen Bodenbelages mit angenehmen, anthrazitfarbenen Schiefersteinen ausgelegt war, der sich unter meinen blanken Füßen merkwürdigerweise warm und weich anfühlte. Hier gab es neben einem antik aussehenden wuchtigen Schrank aus hell gebeiztem Holz und dicken, schwarzen Eisenbeschlägen gleich neben der Tür ein massives hölzernes Gestell, das stark an die Teppichklopfstange von Havanna oder auch an einen Galgen erinnerte. Zwei schwarz gehaltene Pfosten ragten in einem Abstand von ungefähr eineinhalb Metern aus dem dunklen Boden. Ein Querholm, der an der einen Seite etwas weiter herausragte, krönte die beiden Pfosten. Die Ösen mit den Karabinerhaken nah an jeder Ecke des Rechteckes, das die Träger und der Querbalken bildeten, fielen mir besonders auf. Sie waren sicherlich sehr gut dafür geeignet, jemanden dort mit gespreizten Gliedmaßen zu fixieren.

Ein Schauer rann meinen Rücken hinab und ich riss mich gewaltsam von dem massiven Teil los. Der Raum bot noch eine mit schwarzem Leder überzogene Massageliege und ein gemütlich aussehendes Dreiersofa, mit einem Überzug aus demselben Material. Dahinter hingen an der Wand, an zig Haken zahlreiche Peitschen, Gerten, Stricke, Lederbänder und Ketten zum allgemeinen Gebrauch. Es gab noch eine Sprossenwand und raumhohe Spiegel. Dazwischen waren immer wieder mal kleine Fragmente der innengestalterischen Deko wie einen dünnen Streifen hellgelber glatter Wand und ein kurzer Saum aus alten roten Ziegelsteinen eingesetzt, um an den übrigen Flair des Etablissements anzuknüpfen. *Der Designer dieses Clubs hatte sich viel Mühe gegeben*, dachte ich. Ob er sich hier ebenfalls vergnügte?

Rick erklärte kurz die Gerätschaften und öffnete den massiven Eichenholzschrank, der uns einen Blick auf weitere Spielgeräte kleinerer Art bot. Dildos in allen Varianten, Farben und Größen, Kugeln, Ketten und Fesseln. Mir wurde fast schlecht, als Greg große Augen bekam und sich dem Schrank interessiert näherte.

»Wenn ihr irgendetwas braucht«, fuhr Rick fort, nachdem er uns erläutert hatte, dass wir die benutzten Geräte nach Gebrauch ordnungsgemäß zu säubern und zu desinfizieren hatten. »Hier ist der Notknopf, für alle Fälle«, sagte er und legte den Finger leicht auf einen roten Knopf neben dem Eingang. »Wenn ihr die Tür offen stehen lasst«, fügte er an, »heißt das: Besucher und Zuschauer erwünscht. Schließt ihr sie, bedeutete das: Geschlossene Gesellschaft.« Er nickte uns beiden zu, als wir die Regeln verinnerlicht hatten. »Dann wünsche ich euch viel Vergnügen. Meine Frau Bridget wird sich in der Nähe aufhalten. Ihr braucht nur zu rufen.«

»Vielen Dank«, verabschiedete Greg den Mann und geleitete ihn zur Tür.

Rick und Bridget verschwanden aus meinem Sichtfeld. Greg drehte sich zu mir um, legte eine Hand an das Türblatt und sah mich fragend an. »Auf oder zu?«

»Zu«, antwortete ich. Zuschauer konnte ich bei dieser bizarren Premiere nicht gebrauchen.

»Nun denn!«, rief Greg, als er die Tür geschlossen hatte und wieder zu mir zurückkam. »Mit was fangen wir an?«

»Woher soll ich das wissen?«, fauchte ich ungehalten. Wenn ich mich hier so umsah, wurde ich eher an eine mittelalterliche Folterkammer erinnert, als an ein Spielzimmer.

Lachend begab sich Greg zu dem Schrank und überflog den Inhalt. Ihn schienen diese besonderen Spielzeuge in seinen Bann zu ziehen.

»Woher kennst du dieses Etablissement?«, erkundigte ich mich interessiert.

»Ich war schon mal mit einem Kerl hier«, berichtete Greg bereitwillig. »Wir haben nur gevögelt … ich schwör's … Auf einer der Liebesschaukeln in einem der anderen Räume. Aber als er damit anfing, er würde mich gerne mal fisten, war es für mich aus und ich suchte regelrecht das Weite. Das ging mir dann etwas zu weit.« Er nahm einen dicken, fetten, schwarzen Gummidildo heraus und hielt ihn mir fragend entgegen. Ich hob nur eine Augenbraue und unterdrückte den eiskalten Schauer, der mir bei dem Anblick dieses Mordinstrumentes den Rücken herunterlief.

»Mir hat der Flair dieses Clubs gut gefallen, und als wir letztens darüber sprachen, ist es mir spontan wieder eingefallen«, fuhr Greg fort und wühlte weiter in den künstlichen Penissen herum, konnte sich aber für keinen davon entscheiden. Stattdessen präsentierte er mir mit einem fragenden Blick einen per Blasebalg zu vergrößernden Analplug. Er kicherte leise, nachdem er ein paar Mal auf den kleinen Pumpball gedrückt hatte und dieser komische, quietschende Geräusche von sich gegeben hatte. Fast angewidert warf er ihn wieder zurück. Wenig später hatte er eine Gesichtsmaske in der Hand. Mit der anderen Hand angelte er sich einige lederne Handfesseln heraus und kam näher. Ich wich spontan zurück, stieß an einen wuchtigen Stuhl und ließ mich darauf niederplumpsen.

Mit quälender Gemächlichkeit zog Greg die Riemen und Schnallen der Handfesseln auseinander, überprüfte sorgfältig und beinahe wissend die weiche Polsterung auf der Innenseite. Schließlich nahm er meine Hand, um sie um das Handgelenk zu legen. Als er die Riemen festzog und den Docht der Schnalle in das Loch einfädelte, konnte ich mein Zittern nicht mehr unterdrücken.

»Dir ist kalt«, sagte Greg feststellend.

Ich nickte. Unsere Blicke trafen sich.

Der Boden war warm, wurde wahrscheinlich per Fußbodenheizung auf einer idealen Barfußtemperatur gehalten. Ebenso herrschte im Raum eine wohlige, angenehme Wärme. Ich schwitzte. Schweiß bildete sich auf meiner nackten Brust und rann in kleinen Bächen am Körper herunter, um sich im Bund meiner Jeans zu fangen. Ich war mir bewusst, dass auch

Greg wusste, dass ich alles andere als fror, und war ihm dankbar, dass er genug Pietät besaß, meine Angst absichtlich anders zu interpretieren.

»Vertraust du mir?«, fragte er mich sanft.

Abermals nickte ich.

Keinem Menschen vertraute ich so sehr wie Greg. Auch wenn es so manches Mal nicht einfach war. Aber ich wusste, dass Greg mir nicht absichtlich Schaden zufügen würde.

»Kennst du das Ampelsystem beim SM?«, wollte er wissen, als er die zweite Manschette an das andere Handgelenk anlegte.

Ein weiteres Mal nickte ich.

»Ich wäre dir dankbar, wenn du dir mit dem *Gelb* nicht allzu viel Zeit lassen würdest«, bat er mich.

»Hast du das schon mal gemacht?« Meine Stimme hörte sich auf einmal kläglich an. Ich räusperte mich und rückte mich auf dem Stuhl bequemer zurecht.

»Nein«, gestand Greg. »Ehrlich.« Er erhob sich und holte noch zwei Manschetten aus dem Schrank. »Zieh dich aus!«, befahl er schließlich in etwas gefestigterem Ton, als übte er schon mal den Foltermeister.

Ich erhob mich, musste mich an der Stuhllehne abstützen, weil meine Knie aus Pudding zu sein schienen. Gefügig öffnete ich die Hose und stand wenig später nackt vor ihm. Die zwei anderen Manschetten befestigte er an meinen Fußgelenken. Dann nahm er mich bei der Hand und führte mich zu dem Holzgalgen. Er positionierte mich genau unter dem Querbalken, hob vorsichtig meine rechte Hand hoch und ließ den Karabinerhaken an der Öse an der Manschette einklinken.

Ich schnaufte tief durch. Mein Herz pochte wie wild. Für einen Moment schloss ich die Augen, um mich kurz zu fassen und riss sie schließlich panikartig wieder auf. Er hatte meine andere Hand genommen und sie an den gegenüberliegenden Haken geschlossen. Die Manschetten an den Füßen klinkte er an die Karabiner am unteren Ende der Pfosten. Nun hing ich wie Ausstellware an diesem Gestell, ganz ähnlich … nein, ganz genauso wie der Kerl auf der Auktion.

Meine Gliedmaßen schlotterten. Die Metallringe an den Manschetten klirrten leise in den metallenen Karabinern.

Greg schlang seine Arme von hinten um mich und drückte seine Brust an meinen Rücken. »Ganz ruhig! Genieße es! Es wird wunderschön.« Seine Lippen küssten sanft mein Schulterblatt. »Wir können immer noch abbrechen«, erinnerte er mich. »Wenn du …?«

»Nein«, unterbrach ich ihn. »Wir ziehen das durch.«

»Ich wäre dir nicht böse, wenn du …«

»Nein«, unterbrach ich ihn abermals. »Ich will es!«, fügte ich bestimmt hinzu. Ich wollte es wirklich. Ich wollte dieses Erlebnis, für mich und für Greg. Auch wenn ich vor Angst fast verging. Ich wollte es unbedingt.

Er küsste wieder mein Schulterblatt und die Schulter, arbeitete sich sanft höher bis hin zum Nacken und knabberte vorsichtig dran. Doch plötzlich löste er sich von mir und ließ mich allein. Da ich mit dem Gesicht zur Wand stand und mich nicht umdrehen konnte, konnte ich auch nicht sehen, was er dort hinter mir trieb. Doch rasch kehrte er zurück, schmiegte wieder seine warme Brust an meinen nassgeschwitzten Rücken und hob die Arme über meinen Kopf.

Ich riss die Augen auf, als er mir die Ledermaske vor das Gesicht hielt.

»Du bist etwas ganz Besonderes, Lenny«, sagte er sanft. Seine Stimme war fast nur noch ein Flüstern. Der Atem, den er beim Sprechen ausstieß, strich heiß an meinem Nacken vorbei. Gänsehaut machte sich über meinem Körper breit. »Derjenige, der dich einmal abbekommt, ist ein wahrer Glückspilz.«

»Das Kompliment kann ich zurückgeben«, erwiderte ich und schmiegte mich an seine Wange, die direkt neben meinem Ohr war. »Du bist ein grandioser Lehrmeister.«

Er lachte leise und legte schließlich die Maske auf meine Augen. Dunkelheit umschloss mich. Für einen Moment zuckte Panik in mir auf. Es war ein verdammt seltsames Gefühl, so aufgehängt zu sein, die Gliedmaßen so weit von einem weggespreizt zu haben. Ich kam mir hilflos, wehrlos und in der Dunkelheit gefangen vor. Es war beängstigend, nicht zu wissen und nicht zu sehen, was auf einen zukommt.

Greg schien meine Not erkannt zu haben. Er hielt inne damit, das Band um meinen Kopf zurechtzurücken.

»Geht es?«, erkundigt er sich besorgt.

Ich nickte. »Alles im grünen Bereich. Es ist nur ungewohnt.«

Heiße Lippen berührten meinen Nacken. Ich fuhr leicht zusammen, denn die Berührung war auf einmal viel intensiver – zumindest kam es mir so vor. Um einen wichtigen Sinn beraubt, schienen sich die anderen automatisch zu intensivieren.

»Ich werde nichts tun, was du nicht möchtest«, versicherte mir Gregs Stimme. Auch diese kam mir auf einmal verändert vor, viel tiefer, viel gefühlvoller. »Ich werde dir alles erklären, was ich mache. Okay?«

»Okay«, keuchte ich nervös. Ich fühlte, wie seine Hände an meiner Seite entlangstrichen und über die Schenkel streichelten. Dann kamen sie wieder an der Seite hoch, strichen sanft über die Brust, hielten kurz an den Brustwarzen an, um sie zu zwirbeln und zu liebkosen, und sanken langsam nach unten. Als sie meinen Schwanz berührten, zuckte ich abermals zusammen, denn obgleich ich fühlen konnte, wo sich seine Hände an mir befanden, hatte mich diese Berührung überrascht.

Zeitgleich übersäten mich seine Lippen mit zarten Küssen, an der Schulter, den Schulterblättern und dem Nacken. Jeder Kuss hinterließ einen brennenden Punkt, der lange nachhallte und sich in meiner Erinnerung festhielt. Eine Hand liebkoste meinen Penis und meine Hoden, die andere ging weiterhin auf Wanderschaft. Seine Brust rieb sich an meinem Rücken, sein Becken an meinem Hintern. Dabei kratzte der raue Stoff seiner Denim an meinem Gesäß und verursachte ein merkwürdiges Kribbeln. Aber deutlich konnte ich spüren, dass sich unter dem blauen Baumwollstoff etwas regte, das sich hart und pochend in meinen Spalt zwängte.

Ein Keuchen entkam mir. Ich biss mir auf die Unterlippe, als ich merkte, dass diese Berührungen auch an mir nicht spurlos vorübergingen.

Die heißen Küsse wanderten langsam tiefer, hinterließen auf meinem Rücken brennende Punkte. Immer mehr pflasterten den Weg bis hin zur Lendenwirbelsäule und hielten sich kurz am Steiß auf, um links und rechts davon heiße Male zu hinterlassen. Vorsichtig knabberten Zähne an meinem Hintern, bissen mal fester, mal leichter hinein, umrundeten ihn fast bis zur Hüfte und kehrten wieder zurück zu dem schmalen Spalt. Eine feuchte Zunge stieß hinein, fuhr das dunkle Tal auf und ab, als wollte sie den Schweiß ablecken, den ich ununterbrochen produzierte. Kurz drängte sich die Zunge tiefer, dort wo ein wulstiger Eingang darauf wartete, erobert zu werden, doch nur flüchtig bedachte die Zunge diesen Ort mit ihren Liebkosungen, ehe sie wieder langsam nach oben wanderte.

Für einen kurzen Moment war Greg verschwunden. Ich erschrak, als sich plötzlich heiße Lippen auf meine legten. Beinahe automatisch öffnete ich den Mund, ließ ihn ein, empfing seine Zunge zu einem leidenschaftlichen Tanz, ehe er sich losriss und sich küssend, knabbernd, saugend und leckend tiefer und tiefer arbeitete. Meine Brustwarzen richteten sich kribbelnd auf, als sie zwischen die Lippen gesaugt wurden und sich scharfe Zähne vorsichtig daran zu schaffen machten. Meine Bauchmuskeln verkrampften sich fast, als sie mit heißen Küssen gepflastert wurden. Dann erreichte er auch endlich den Penis, der sich ihm sicherlich freudig entgegenreckte. Ich spürte die Spannung in meinem Unterleib, konnte direkt fühlen, wie er erwartungsfroh vor dem Bauch wippte. Als sich ein heißer Rachen über ihn stülpte und ich glaubte, von Hitze überschwemmt zu werden, erhielt ich die prompte Bestätigung.

Dieses Spiel machte mich scharf. Nicht zu wissen, was Greg als Nächstes beabsichtigte, war interessant, erotisch und stark aufreizend. In mir prickelte es und ich schob mich näher an diese Empfindung heran. Doch weit kam ich nicht. Die Fesseln hielten mich an Ort und Stelle, ließen nicht zu, dass ich mich ihm weiter näherte, als er zuließ.

Greg hatte das Spiel in der Hand.

Er konnte bestimmen, was ich empfand und wo es mich als Nächstes treffen würde.

Seine Zunge leckte genussvoll über meine Eichel, drückte sie sanft gegen seinen Gaumen und saugte sich kurz daran fest.

Für einen Moment erschien mir wieder das Bild von Stephan und mir in der Gästedusche vor Augen. Diesen Schwanz in meinem Mund zu fühlen, war die Erfüllung schlechthin gewesen. So prall und hart. Er hatte so köstlich geschmeckt.

Ich stöhnte lauter, als mich diese Erinnerung übermannte. Oh Gott, was würde ich drum geben, diesen Penis noch einmal auf meiner Zunge zu spüren …?

»Hattest du schon mal einen Dildo im Hintern?«, wollte Greg von mir wissen und riss mich abrupt aus meinen Erinnerungen.

Ich erschrak innerlich und nickte.

»Und wie war das?«

»Ein Schwanz ist mir lieber«, gab ich zu. Das Erlebnis mit dem harten Gummiding blieb mir nicht gerade erquickend im Gedächtnis zurück. Greg war bisher noch nie auf die Idee gekommen, mich mit einem Kunstpenis zu penetrieren. Aber wo wir beide gerade beim Experimentieren waren, schien er die Gelegenheit beim Schopf packen zu wollen.

»Sollen wir mal was davon ausprobieren?«, erfüllte er meine Befürchtungen.

Ein anderes Bild schoss plötzlich in mein Gedächtnis. Das Bild von einem strammen Glied, das sich so samtig und hervorragend in meiner Hand angefühlt und meinen Mund ausgefüllt hatte und dessen salzige Lust prickelnd auf meiner Zunge zerflossen war.

»Ja«, keuchte ich, als mir dieses Bild einen Schub an Hitze verpasst hatte.

»Bist du dir sicher?«

Ich überlegte für einen Moment, was genau Greg meinte. Als ich mir endlich dessen bewusst wurde, gab es kein Zurück mehr. »Ja«, wiederholte ich, worauf er sich mit einem Kuss auf meinen Oberarm von mir löste und mich für einige Augenblicke in der Dunkelheit allein ließ.

Kälte überkam mich auf einmal, obwohl es im Raum angenehm warm war. Als er endlich zurückkehrte, sich seine Hände auf meinen Körper legten, verschwand diese Kälte sogleich wieder.

»Ich fang mal klein an«, erklärte er.

Etwas Hartes berührte meine Wirbelsäule knapp oberhalb des Steißes. Ich zuckte zusammen.

Die Berührung fuhr langsam die Linie des Rückgrats entlang nach unten, verharrte am Eingang zum Spalt und schob sich behutsam zwischen die Backen. Plötzlich fühlte ich auch etwas Kühles, Glitschiges. Es rann von meinem Steiß in die Spalte und sorgte dafür, dass dieses harte Ding schneller abrutschte. Abermals fuhr ich zusammen.

»Zu schnell?« Er machte langsamer.

Der Gummidildo bewegte sich nun noch gemächlicher und bohrte sich mit aller Gemütlichkeit in die Öffnung. Schließlich rutschte er einige Male auf und ab, ehe er die richtige Position gefunden hatte und sich an der exakten Stelle tiefer in den Spalt zwischen meinen Pobacken drückte. Er traf genau den Eingang. Langsam und gut eingerieben mit Gleitmittel versank er in mir. Greg ging absolut vorsichtig vor, hatte eine Hand auf meine Brust gelegt, schien meine Atmung überwachen zu wollen. Seine Wange lag an meinem Oberarm, hin und wieder küsste er mich, während er den Dildo mit äußerstem Bedacht in mich schob.

Ich stöhnte leise und versuchte mich zu entspannen.

Den Gummiknüppel, den ich mal von einer Zufallsbekanntschaft in meinen Hintern geschoben bekommen hatte, war wesentlich dicker gewesen und er hatte ihn mit weitaus weniger Gefühl in mir versenkt.

Langsam schob Greg ihn tiefer, bis er auf Widerstand zu stoßen glaubte. Ich keuchte verhalten. Es war erträglicher, als ich angenommen hatte. Das natürliche Brennen während einer Penetration war weitgehend ausgeblieben. Greg musste wirklich ziemlich klein angefangen haben.

»Gefällt dir das?«, wollte er an meinem Arm wissen.

»Halb so schlimm«, gab ich von mir.

»Sieht jedenfalls geil aus, wie das in deinem Hintern steckt.« Ich hörte ein Kichern in meinem Rücken. Langsam zog Greg den Gegenstand wieder heraus. Ich hielt so lange den Atem an und musste schließlich nach Luft schnappen.

»Etwas Größeres?«, fragte er als Nächstes.

Ich atmete hörbar aus. »Ich hatte eigentlich erwartet, dass du dich an mir persönlich auslässt und nicht die Arbeit einem leblosen Spielzeug überlässt«, gab ich von mir. Längst hatte ich bemerkt, dass Greg das Spiel zu genießen begann, dass das kleine Kind in ihm zum Vorschein kam und er nun ein Spielzeug nach dem anderen auszuprobieren gedachte.

»Wir haben alle Zeit der Welt«, antwortete er und ließ mich los.

Ich keuchte erschrocken, als ich plötzlich wieder allein in der Dunkelheit stand. Kurze Zeit später kam er zurück und legte tatsächlich etwas Breiteres an meinem Rücken an. Er fuhr zunächst erst an meiner Rückseite damit entlang, streichelte mich mit der Gummirolle an den Seiten, den Schenkeln und meinen Armen. Dann glitt er nach vorn und liebkoste meinen Bauch und die Brust. Als er es an meine Lippen legen wollte, drehte ich mit einem schnaubenden Laut den Kopf zur Seite. Dieses Ding wollte ich nicht in meinem Mund.

»Ich wollte nur, dass du spürst, wie dick es ist«, erklärte er besänftigend. »Es ist fast doppelt so groß.«

»Wolltest du nicht mit mir reden?«, warf ich ihm vor.

»Entschuldigung.« Er ließ den Dildo wieder über meine Brust sinken. Sanft strich er an den Schenkeln nach unten und fuhr mir damit zwischen die Beine, um es vorsichtig an den Hoden und meinem leicht aufgerichteten Penis entlang zu führen.

»Könnte passen«, hörte ich ihn, als er es von da wegnahm und wieder an meinem Spalt anlegte.

»Was passt?«, fragte ich.

»Deine Größe«, kam es zurück. »Jetzt spürst du gleich, wie es ist, von dir gefickt zu werden.«

»Was meinst du damit?«, erkundigte ich mich verwirrt. Der Dildo erhielt wieder eine gehörige Portion Gleitmittel, das mir sogleich zwischen die Beine lief und ein Kribbeln hinterließ, als es langsam an den Innenseiten meiner Schenkel herunterrann.

War das Öl, was er als Gleitmittel benutzte? Normales Gel oder Creme tropfte nicht so schnell, oder kam mir das auch nur so vor?

Der Dildo glitt langsam zwischen meine Backen, genauso bedächtig wie der vorherige, doch diesmal musste sich mein Eingang etwas mehr weiten. Greg drängte zunächst nicht gegen den natürlichen Widerstand nach innen. Vorsichtig massierte er den Muskel, drückte immer wieder ein klein wenig ins Innere und zog sich dann erneut zurück, um den festen Ring zu lockern und zu öffnen.

Was hatte er vorher reingesteckt? Einen Bleistift? Es hatte sich jedenfalls so angefühlt, als wäre es höchstens daumendick gewesen.

Immer wieder rieb er die Spitze des Dildos an meinem Muskel, schob ihn leicht in den Spalt und zog sich kurz zurück. Bis der Ring endlich so weit gelockert war, dass er weiter vordrängen konnte.

Langsam drang er in mich ein.

Ich hielt die Luft an, versuchte, mich zu entspannen, als ich es merkte, und stieß sie hörbar wieder aus. Dabei streichelte Greg abermals mit der anderen Hand liebevoll über meinen Bauch, wanderte tiefer zu meinem Schwanz und nahm ihn in seine Finger, um ihn sanft zu liebkosen. Immer tiefer versank das Gummiding in mir. Ein gewisser Druck baute sich in meinem Inneren auf. Ich verkrampfte meine Arme, zog an den Fesseln, dass es leise klirrte, und musste einen Moment auf die Lippen beißen, als mich ein gleißender Schmerz durchfuhr.

Greg stoppte sofort. »Alles in Ordnung?«, erkundigte er sich bei mir.

»Ja«, keuchte ich.

In seiner Stimme schwang ein Lachen mit. »Jetzt weißt du, womit ich es immer zu tun habe.«

»Idiot«, entkam es mir leicht ungehalten.

»Soll ich weitermachen?«

Meine Stimme war nur noch ein Flehen. »Ja.« In der Dunkelheit hörte sich sogar meine eigene Stimme vollkommen anders an. Ich schluckte hart und umfasste die Karabinerhaken mit den Händen. Allmählich machte es sich bemerkbar, dass meine Arme die ganze Zeit nach oben gehalten wurden. Ich glaubte, ein gewisses Taubheitsgefühl in den Fingerspitzen zu spüren. Daher drückte ich die Haken fest, um das Blut nach oben zu pumpen. Auch war die weit gespreizte Haltung meiner Füße alles andere als bequem. Die Oberschenkelmuskeln meldeten sich bereits dezent. Doch nichts in der Welt konnte mich dazu bringen, abzubrechen. »Mach weiter«, hauchte ich.

»Dir gefällt das?« Er schien begeistert zu sein, mir jedoch nicht wirklich zu glauben.

Plötzlich tauchte er wieder vor mir auf. Seine Lippen hauchten einen heißen Kuss auf meine Lippen. Doch ehe ich sie zu einem längeren Kuss überreden konnte, waren sie auch schon wieder verschwunden. Dafür erschienen sie ein Stückchen weiter unten, bedachten meinen Kehlkopf mit einem dicken Schmatzer. Ich ließ den Kopf langsam in den Nacken fallen, damit er besser rankam.

»Das macht dich geil«, erkannte er.

Sein Körper schmiegte sich an meinen. In meiner Rückseite steckte noch immer der Dildo, den Greg nun ein kleines Stückchen tiefer schob. Ich stöhnte leise, als mit dem Brennen auch wieder die Lust in mir angefacht wurde. In meinem Unterleib brodelte es auf leiser Flamme. Ich öffnete die Lippen und atmete tief ein.

»Mach weiter«, bettelte ich abermals und versuchte meinen Hintern dem Dildo entgegenzustrecken. Doch mit dieser Bewegung schob ich Gregs Hand von mir und er rutschte wieder etwas heraus. Rasch presste ich die Backen zusammen, damit er nicht gänzlich rausflutschte.

Greg lehnte sich an mich und schob ihn wieder vorsichtig rein, während er sich zeitgleich an meiner Vorderseite rieb. Der raue Stoff der Jeans kratzte über meinen Schwanz. Ich seufzte leise.

»Was möchtest du, dass ich jetzt mache?«, wollte er wissen. Seine Lippen unterbrachen ihre Arbeit nur kurz. Mein Hals, meine Schulter, mein Kehlkopf brannten unter seinen Küssen.

»Nimm ihn wieder in den Mund«, antwortete ich.

Prompt ging Greg in die Knie und ließ meinen Penis in seiner Mundhöhle versinken. Ich warf den Kopf in den Nacken und stöhnte lang gezogen, als mich die Hitze seiner Lippen umfasst und in ein regelrechtes Fegefeuer geworfen hatte. Seine Zunge leckte und kokettierte meine Eichel, bohrte sich frech in das kleine Loch. Für einen Moment saugte er sich daran fest, schien die Lust aus mir heraussaugen zu wollen. Augenblicklich erinnerte ich mich wieder an die salzige Lust, die mich überflutet hatte, als ich Stephans Lusttropfen aufgenommen hatte.

Ich knurrte erregt. Mein Atem ging schneller. In mir rauschte das Blut lauter durch die Adern. Ungeduldig zerrte ich an den Fesseln.

Greg bewegte den Gummidildo vorsichtig vor und zurück, schob ihn weit hinein und zog ihn langsam wieder heraus. Jedes Mal, wenn er ihn in meinen Unterleib drückte, kochte das Feuer höher in meinen Lenden empor.

Mein Keuchen wurde lauter.

Schlagartig war Greg von mir verschwunden. Seine Lippen hatten sich quasi in Luft aufgelöst. Der Dildo war aus mir entwichen und das Feuer, das gerade in mir ein loderndes Brennen sammeln wollte, verpuffte in einer heißen Dampfwolke.

»Greg!«, rief ich panisch.

»Ich bin da.« In seiner Stimme schwang Belustigung mit. Machte er sich etwa über mich lustig?

Ich knurrte missmutig.

»Warum hörst du auf?«

»Weil sonst das ganze Spiel vorbei wäre«, erklärte er in aller Ruhe.

Seine Finger tauchten wieder auf, berührten mich sanft an der Brust. Ich fuhr erschrocken zusammen. Liebevoll streichelten sie über meinen Bauch, spielten kurz mit den Brustwarzen. Auch seine Lippen erschienen wieder, saugten sich abwechselnd an den Nippeln fest und arbeiteten sich langsam höher.

»Du Sadist«, schimpfte ich, als die Erregung in mir wieder so weit abgeflaut war, dass ich einigermaßen klar denken konnte.

Er lachte leise, biss mir neckisch ins Ohr und umfasste meinen Schwanz für einen herrlichen Moment. Ein Stöhnen entkam mir.

»Der Schrank bietet noch so viele interessante Spielzeuge. Ich würde gerne noch ein paar mehr an dir ausprobieren.« Er küsste mich auf den Mund, verwickelte meine Zunge in ein leidenschaftliches Spiel. Seine Finger vergruben sich in meinem Haar und zogen den Kopf daran in den Nacken, sodass ich ihm den ungeschützten Kehlkopf darbieten musste. Ich hätte ihn auch so nach hinten fallen lassen, denn ich mochte es, wenn er mich dort küsste und liebkoste.

Die andere Hand machte sich ebenfalls an meinem Penis zu schaffen. Ich spürte, wie er mit etwas daran herumfummelte, dann fühlte es sich um meine Genitalien an, als hätte er ein Gummiband drumherum geschnallt. Es schnitt leicht in meine Hoden und drückte von oben auf die Wurzel meines Glieds.

»Was ist das?«, keuchte ich erschrocken.

Er lachte leise. »Ich glaube, das nennt man Cock Ring. Sieht aus wie ein Hundehalsband für deinen Schwanz.«

»Nimm es ab!«, verlangte ich. Es fühlte sich unangenehm an.

»Es sieht echt geil aus.«

»Nimm es trotzdem ab!«

Anstatt mir meinen Wunsch zu erfüllen, begann er meinen Penis zu bearbeiten. Mit gekonnten, gleichmäßigen Bewegungen massierte und pumpte er daran herum und brachte es fertig, ihn binnen kurzer Zeit wieder in seine voll ausgefahrene Größe zu bringen.

Der Ring um meine Genitalien schnitt immer fester ein.

»Greg, nimm dieses Ding da weg!«, verlangte ich herrischer.

»Es gefällt mir ganz gut«, raunte er mir ins Ohr und küsste sanft das Ohrläppchen.

»Bitte«, flehte ich diesmal. »Das fühlt sich absolut beschissen an.«

Er lachte nur und pumpte weiter. Ich versuchte, seiner Hand zu entkommen, auszuweichen, damit er aufhörte, mich noch schärfer zu machen.

»So etwas Ähnliches habe ich auch schon mal getragen und mir gefiel es ganz gut. Es gibt ein intensiveres Gefühl, weil …«

»Verdammt, Greg!«, rief ich. »Du begibst dich gerade in die absolut rote Zone. Nimm es ab oder wir brechen das Ganze hier ab.«

Er küsste mich besänftigend, während sich seine Finger endlich an meinem Schwanz zu schaffen machten und es abnahmen. Schier grenzenlose Erleichterung überkam mich, als das Blut wieder zu fließen begann.

Verdammte Scheiße, warum musste der kleine Greg ausgerechnet heute mit der neuen Lokomotive spielen? Ich fluchte leise.

»Schade«, flüsterte er. »Es sieht so scharf an dir aus.«

»Mag sein«, keuchte ich erleichtert. »Such dir ein anderes Spielzeug aus!« Trotz dieses Zwischenfalles, wo mir der Spaß fast ein wenig zu weit gegangen war, war ich nicht gewillt, die Sache abzubrechen. Ich kannte Greg. Er hatte das nicht mit Absicht gemacht, sondern lediglich seinem Spieltrieb zu viel Spielraum gelassen. Wenn er mit seinen anderen Eroberungen derartige Spiele treiben wollte, gerne, aber nicht mit mir.

»Welches?«, erkundigte er sich diesmal vorsichtshalber. »Wonach stand dir schon immer der Sinn? Was wolltest du schon immer mal ausprobieren.«

Am liebsten hätte ich etwas ganz Bestimmtes gesagt. Doch im letzten Moment war es mir noch gelungen, diesen Gedanken halbwegs aus meinem Kopf zu verbannen und an etwas vollkommen Idiotisches zu denken. Mir kamen zwei pralle runde Kugeln in den Sinn, die unterhalb eines wunderschönen Schwanzes gebaumelt hatten, als ich ihn langsam in meinen Mund gleiten ließ.

»Kugeln«, floss es haltlos über meine Lippen.

Ein Kichern war zu hören. »Ist nicht dein Ernst …?«

»Nein, ist es nicht«, versuchte ich den Schaden abzuwehren, den ich in Gang gesetzt hatte. »Fick mich!«, verlangte ich daher.

»Mit oder ohne Kugeln?«

»Ohne.« Ich schnaufte tief durch und bewegte meine Finger, die allmählich immer tauber wurden. »Ich will dich in mir spüren. Ganz langsam und intensiv.«

»Ich hab hier noch so viele Sachen …«

»Beim nächsten Mal vielleicht«, wurde ich ungeduldig. Ich war mir sicher, dass Greg nicht einmal angefangen hatte zu spielen, noch nicht einmal annähernd die Kapazität des Schrankinhaltes hatte ausreizen können. Da gab es sicherlich noch etliches an Zeugs, das Greg gerne an mir ausprobiert hätte, doch ich hatte genug. Dieses Spiel zerrte an meinen Nerven, nagte an meiner Geduld und schürte das brodelnde Feuer in mir. Je heftiger ich versuchte, die Erinnerung an das Intermezzo mit Stephan aus meinem Kopf zu verbannen, desto vehementer verankerte es sich in mir. Es wollte sich nicht vertreiben lassen. Dafür war es einfach zu ergreifend gewesen.

»Fick mich«, flehte ich. »Ich will es.«

Greg war bei mir, legte seine Arme um mich und rieb seinen Körper an mir, während sich unsere Münder zu einer anderen Vereinigung gefunden hatten. Seine Hände fuhren an meiner Rückseite entlang, nahmen meinen Hintern in Besitz und krallten sich ins pralle Fleisch.

»Du bist absolut scharf, wenn du so bettelst«, hauchte er an meinen Lippen, stahl einen Finger in den Spalt, der dank des Gleitmittels glitschig war, sodass er leicht eindringen konnte.

Seine Härte drängte sich an meine, rieb sich rau an mir. Heißer Atem strich an meiner Wange entlang. Ich drückte mich ihm entgegen, doch Greg wich aus und war plötzlich wieder verschwunden.

Ich wimmerte, denn die Erregung war durch dieses Reiben rasch wieder bis kurz vor den Ausbruch getrieben worden.

Keuchend lauschte ich in die Dunkelheit, versuchte, etwas auszumachen, doch kein Geräusch drang an meine Ohren. Stand er einfach nur vor mir und beobachtete mich? Wie konnte er da stehen und nichts tun? Wie konnte er mich leiden lassen, mich in meiner Erregung stehen und Qualen leiden lassen?

»Greg?«, rief ich besorgt.

Keine Antwort.

Ich versuchte es lauter.

Als mich seine Finger an der Wange berührten, fuhr ich erschrocken zusammen.

»Warum tust du das?«, schnaufte ich entrüstet.

»Weil du so scharf aussiehst«, antwortete er besonnen. »Ich musste dich einfach beobachten. Du bist so geil, dass du fast platzt. Es gibt keinen schöneren Anblick. Den wollte ich einfach nur genießen.«

Krampfhaft versuchte ich, wieder die Fassung zu erlangen. Er spielte einmal mehr sein Spielchen mit mir, hatte die Fäden in der Hand. Er war der Herr, der entschied, wann ich meine Erlösung finden durfte.

Es gab nur wenige Momente, in denen mir dieses Spiel absolut nicht gefiel. Dieser war so einer. Ich war wirklich am Platzen. Dieses ganze Vorspiel, die Wut, der Schmerz, die Hilflosigkeit sorgten dafür, dass ich die Kontrolle über mich verlor.

In meiner Verzweiflung wusste ich nichts anderes zu tun, als an den Fesseln zu zerren. Greg ließ mich stehen, wartete geduldig ab, bis ich mich wieder einigermaßen beruhigt hatte, ehe er den nächsten Schritt machte. Bei anderer Gelegenheit hatte ich noch versuchen können, ihn zu überreden, ihn an mich zu ziehen, mir das zu holen, wonach es mich lechzte. Doch jetzt war ich machtlos.

»Greg, du Sadist!«, schimpfte ich und zerrte heftiger an den Fesseln.

Heißer Atem streichelte meine Wange. Ich drehte den Kopf in die Richtung, aus der ich die Quelle vermutete, und traf geradewegs seinen Kiefer. Ich hatte vor, ihn heftig zu beißen, doch er entkam mir.

Als seine Finger wieder an meinem Penis waren, starb meine Wut augenblicklich. Sie wurde von aufkeimender Lust überschwemmt. Ich stöhnte leise.

»Jetzt mach!«, flehte ich. »Ich will dich endlich in mir spüren.« Ich verschluckte mich fast, als mir ein bestimmter Name auf der Zunge lag. Beinahe hätte ich ihn Stephan genannt.

Verflucht, dieser Kerl musste endlich aus meinem Kopf verschwinden. Er hatte beim Sexspiel mit Greg nichts zu suchen. Dieser Moment, dieser Abend gehörte nur uns beiden. Auch wenn ich es nach wie vor für etwas Verbotenes hielt, das niemals publik werden durfte.

Greg umrundete mich, ließ dabei aber eine Hand auf meinem Penis und liebkoste und massierte ihn weiter sanft. Ich hörte das leise Zippen eines Reißverschlusses, dann legte sich etwas Heißes an meine Hinterbacken.

Bereitwillig reckte ich ihm den Hintern entgegen. Doch Greg rieb sich nur an mir, presste die Härte der Länge nach in meine Spalte und bewegte sich auf und ab. Hin und wieder rutschte er sogar so weit ab, dass er anstatt nach oben durch den Spalt geradewegs zwischen meine Beine fuhr und die Hoden traf.

Es stimulierte mich zwar ebenfalls, doch es war mir nicht genug.

»Nun stülp dir schon ’nen Gummi drüber und komm rein!«, fauchte ich und drückte meinen Hintern in seinen Unterleib.

Diesmal schien Greg Erbarmen mit mir zu haben. Er löste sich kurz von mir. Ich hörte es rascheln, schließlich legte er an meinem Anus an.

Ich hielt einen Moment den Atem an, versuchte mich zu entspannen und ihn locker und leicht einzulassen. Ich war durch meine Erregung so angespannt, dass es ohnehin kein einfaches Unterfangen war. Langsam und vorsichtig, wie vorhin die Dildos, drang er in mich ein. Tiefer und tiefer schob er sich in mich, bis seine Hüfte an meinem Hintern anstieß.

Ich atmete langsam ein und versuchte mich zu entkrampfen.

Seine Hände umfassten mich, zerrten mich noch fester an sich, als wollte er mich aufspießen. Seine Finger krallten sich in meine Seite. Nur widerwillig schien er meinen Leib loslassen zu wollen, griff um mich und begann im simultanen Rhythmus zu seinen Stößen meinen Penis zu pumpen. Mit jedem Stoß, mit jedem Pumpen, puschte er mich stetig höher. Die Empfindungen auf das reine Fühlen ausgerichtet, empfand ich es absolut intensiv.

Es gab nur noch diese Berührung, innen wie außen. Der Druck, den er ausübte, das Keuchen, das heiß und brennend über meinen Rücken strich, die Finger, die sanft und gekonnt mein Glied bearbeiteten …

Die Hitze brodelte in mir empor. Mein Herzschlag ging rascher. Mein eigener Atem ging heftiger. Die Stöße, mit denen Greg seine Geilheit in mich prügelte, wurden schneller, hektischer und derber. Ich konnte es mit jedem Stoß spüren, wie auch seine Erregung hochkochte, wie sie stieg und stieg, wie sie beinahe am Übersprudeln war …

Doch plötzlich hielt er inne und verharrte regungslos hinter mir.

Ich schnaufte heftig.

Seine Hand war ebenfalls stehen geblieben, als sei ihm der Saft ausgegangen, als hätte jemand einen Schalter umgelegt und ihn einfach ausgeknipst. Doch ich fühlte, dass er noch lebte. Sein Herz schlug heftig gegen meinen Rücken. Sein Atem ging stoßweise und rasend schnell.

Für einen Moment verharrten wir in dieser Position, genossen die Ruhe vor dem Sturm und das Sammeln der Kräfte, ehe es zum Finale kommen konnte. Wir genossen es, dass unser Höhepunkt wieder für einen kleinen Moment von uns wegrückte. Ich ließ den Kopf in den Nacken fallen und schmiegte meine Wange an die von Greg.

Das Beben seiner Glieder ging auch auf mich über. Er roch nach Schweiß und der dezenten Duftnote seines Aftershaves. Kleine Tropfen rannen von mir ab. Ich konnte den Weg über meinen Körper förmlich sehen. Sie bildeten kleine Spuren, kleine Rinnsale, die sich ihren Weg von ganz oben bis zu den Zehenspitzen bahnten.

Schließlich bewegte sich Greg wieder. Seine Stöße begannen langsam und gleichmäßig, wurden allmählich schneller und heftiger, bis er abermals geil in mich einprügelte … nur um ein weiteres Mal bewegungslos zu verharren.

»Das ist so geil«, flüsterte er an meinem Ohr. »Lass uns zusammen kommen. Ein gemeinsamer Orgasmus. Sag mir, wenn du so weit bist.«

Ich nickte und genoss ein weiteres Mal den Rückzug der tosenden See. In mir kochte und brannte es heftig und eigentlich wollte ich nur noch eines – kommen. Doch durch dieses Innehalten fühlte es sich an, als wollten wir noch einmal Anlauf nehmen, ehe wir mit Schwung über die Klippe rasten. Nur um dann auf der Welle unseres Höhepunktes noch höher in den Wolken zu schweben.

»Lenny?«

Ich nickte abermals, worauf er erneut mit seiner Arbeit begann. Langsam steigerte er sich. Stoß um Stoß, simultan mit seinen Händen. Wie ein Schraubstock zog es sich um meinen Unterleib zusammen. Bedächtig und gleichmäßig, ehe er behutsam den Takt erhöhte.

Anhand des Tempos, das er vorlegte, konnte ich mir ausmalen, wann er so weit war.

»Langsamer«, keuchte ich, als ich merkte, dass sich in mir alles zu einem finalen Schuss zusammenzog, aber Greg noch nicht so weit war. Er gehorchte, ließ den Griff um meinen Penis lockerer. Weitere Stöße … Allmählich nahm der Druck wieder zu, dann …

… ein Blick aus hellen, blauen Augen, unnahbar und zurückhaltend, erschien vor meinem geistigen Auge.

Es brach aus mir heraus, haltlos, nicht vorhersehbar. Unmerklich verzögert explodierte es auch in Greg. Sein Griff wurde für einige Augenblicke schmerzhaft und fest, so fest, dass ich zu jammern begann und dachte, dass er mich abquetschen wollte.

Fast hätte ich es geschafft, zeitgleich zu kommen. Fast … wenn nicht …

Verfluchter Stephan!

Greg stöhnte laut, krallte die Finger seiner freien Hand in meine Hüfte. Ich warf mich meinem Orgasmus entgegen, glaubte für einen Moment auseinanderzubrechen, den Strom nicht aushalten zu können, der aus mir herausströmte. Dann sackte alles in mir zusammen und ich hing kraftlos in den Fesseln, schwer atmend und erschöpft.

Zurückgelassen in der Dunkelheit.

Einzig das heftige Schnaufen hinter mir verriet mir, dass ich nicht allein in einem riesigen Meer schwamm.

Greg hievte mich hoch und nahm mich von den Fesseln. Zusammen sanken wir auf den Boden. Meine Beine waren zu schwach, um mich zu tragen. Meine Arme waren schwer wie Blei. Ich hätte mich nirgendwo festhalten können, wenn sich mir etwas geboten hätte. Ich ließ mich von Greg auf den Boden legen. Er fing meinen Kopf auf und bettete ihn vorsichtig auf seine schweißnasse Brust.

6

Nasse Lippen legten sich auf meine.

Ich wollte gerne meine Arme um ihn legen, ihn an mich ziehen und festhalten, doch sie waren schwer wie Blei. So konnte ich nur liegen bleiben, mich küssen lassen und hoffen, dass dieser Moment noch lange nicht vorbei war.

Greg hatte auch nicht vor, mich einfach dort zurückzulassen. Er küsste mich voll Leidenschaft, voller Gier und Hunger. Er hatte noch lange nicht genug von meinem Körper. Seine Hände waren überall an mir, streichelten mich, liebkosten mich, auch meine Genitalien, die sich unter seinen Händen wohlfühlten und wieder leicht anzuschwellen gedachten. Wohlige Wärme hatte sich in mir ausgebreitet. Erschöpfung überkam mich, doch ich kämpfte darum, nicht in die Dunkelheit zu versinken. Ich musste bei Greg bleiben … Ich wollte bei Greg bleiben.

Ein weiteres Mal war ich über mich selbst enttäuscht und schalt mich dafür, für Greg keine wirkliche Liebe aufbringen zu können. Ich war nicht in der Lage zu bestimmen, ob wir überhaupt eine Beziehung führten. Wahrscheinlich war es irgendetwas Undefinierbares in der Mitte, im Niemandsland, unfähig sich für eine der Seiten zu entscheiden. Vielleicht liebten wir auch zu sehr unsere Unabhängigkeit, sodass wir uns etwas vormachten. Doch wenn ich daran dachte, für immer mit Greg zusammen zu sein, ihm mein Herz voll und ganz zu schenken, überkam mich ein Gefühl des Unbehagens. Mir war, als ob ich einen Fehler begehen würde. Wie ein siebter Sinn redete eine Engelszunge auf mich ein, auf den Richtigen zu warten.

Aber wer war der *Richtige* für mich?

Wer war mein *Mister Perfect*?

Stephan Dillinger, der Chauffeur und Pilot von Greg Barnes?

Ich knurrte ungehalten, als mit diesem Gedanken auch wieder der Zwischenfall mit dem Kerl in meinen Kopf zurückkehrte. Greg interpretierte das fehl, verharrte und wollte mir die Maske abnehmen, doch mit einem Laut des Widerwillens hielt ich ihn davon ab.

»Mir gefällt es besser so«, antwortete ich atemlos von dem leidenschaftlichen Kuss.

»Ist dir mein Anblick unerträglich?«, witzelte Greg.

»Ganz im Gegenteil. Damit sehe ich dich noch einprägsamer.« Endlich gehorchten die Arme wieder. Ich legte sie um seinen Körper, zog mich an ihn und rollte mich mit ihm herum. Dabei stießen wir gegen irgendetwas, das mit einem Krachen umfiel. Greg jammerte kurz auf, doch er erholte sich rasch und ging auf meinen Überfall ein. Nun saß ich rittlings auf seinem Schoß, beugte mich vor und fand zielstrebig seine Lippen, um ihn meinerseits in einen Kuss zu verwickeln. Seine Hände strichen unbeirrt weiter über meinen Körper, zwirbelten meine Brustwarzen und kniffen leicht hinein – ein kleiner süßer Schmerz, der dezente Blitze durch mich hindurch jagte, direkt zwischen meine Beine.

Bei jedem dieser Blitze zuckte ich leicht zusammen. Sie waren angenehm und beängstigend zugleich. Ich sehnte mich nach ihnen und fürchtete sie im selben Maße. Sie fachten die Lust in mir erneut an, stachelten meine Erregung an, puschten mich auf, bis es in mir abermals kribbelte und brodelte. Mein Unterleib rutschte dabei über den von Greg. Nach dem eben erlebten Orgasmus war Gregs Erektion nicht so einfach wieder in Gang zu setzen, doch ich gab mir Mühe und rieb mich an ihm.

Er stöhnte leise. Seine Hände ließen von meiner Vorderseite ab und wanderten auf meinen Hintern, nahmen die Backen in Besitz und drückten fest zu. Ich widerstand einem Laut, denn seine Finger hinterließen kleine schmerzhafte Spuren, die sich tief in mein Fleisch bohrten.

»Kannst du noch einmal?«, wollte ich wissen, als ich mich einem Impuls folgend von ihm löste und nach unten rutschte. Plötzlich war mir danach, seine Erregung direkt in meinem Mund zu spüren.

»Ich geb mir Mühe«, schnaufte er. Seine Hände glitten nicht nur dank des Gleitmittels, das er großzügig auf meinem Hintern verteilt hatte, von meinem Gesäß. Ich drängte tiefer, bis hin zu seinen Knien und suchte blind, noch immer von Dunkelheit umgeben, nach seiner Erektion. Sie sprang mir förmlich entgegen. Bereitwillig öffnete ich den Mund und nahm ihn auf.

Sogleich überflutete mich der Geschmack des vorherigen Höhepunktes. Wir hatten uns noch nicht die Möglichkeit gelassen, uns zu säubern. So musste er einfach das gebrauchte Kondom heruntergezupft haben, ehe er sich mir gänzlich widmete.

»Warte mal!«, rief er plötzlich, hielt meinen Kopf fest und schob ihn von sich. »Ich hab eine Idee.«

Widerwillig gehorchte ich. Ich kam mir schon fast schäbig vor, dass ich ihn dazu benutzte, ein ganz bestimmtes Gefühl von meiner Zunge zu spülen – nämlich das von Stephans Schwanz. Noch immer glaubte ich, ihn in meinem Mund fühlen zu können.

Greg nahm meine Hand und half mir hoch. »Komm mit!« Er führte mich zu einem Gerät, das ich nach kurzem Ertasten als die Massageliege erkannte, die in der Ecke des Raumes stand. Behutsam drapierte er mich rücklings darauf, sodass mein Kopf leicht nach unten hing, und klopfte mit seinem harten Penis an meinem Mund an.

Langsam schob er sich in meinen Rachen. Meine Lippen umschlossen den geschwollenen Schaft, saugten ihn förmlich in mich. Ich nahm meine Hände hoch, umfasste seinen Hintern, um ein besseres Gefühl dafür zu bekommen, wie Greg sich bewegte. Vorsichtig glitt er tiefer, bis es schließlich unangenehm wurde, dann zog er sich wieder zurück und begann behutsam mich in den Mund zu vögeln.

Meine Nase stieß dabei bei jedem seiner Stöße an seinen Hoden an. Stoppeln kitzelten und kratzten an meinem Kinn. Normalerweise rasierte sich Greg an dieser Region stets sorgsam. Wahrscheinlich war er vor meinem Überraschungsbesuch nicht dazu gekommen.

Hin und wieder wurde er schneller, dann machte er eine Weile ganz langsam. Ab und zu mussten wir eine Pause einlegen, weil meine Kiefermuskeln schlappmachten und ich eine Verschnaufpause brauchte. Einige Male beugte er sich über mich, streichelte meinen Bauch und den Penis und spielte mit meinen Brustwarzen, zwickte vorsichtig hinein, sodass sich erneut kleine, süße Blitze in mir entluden.

Ich musste zugeben, dass es das erste Mal war, dass ich etwas Derartiges tat. Als ich seine Absicht erkannt hatte, war ich unschlüssig, ob ich mitmachen oder mich wehren sollte. Doch ich vertraute Greg. Ich wusste, dass er mir nicht wehtun, dass er vorsichtig sein und sich rechtzeitig zurückziehen würde, ehe es für mich zu unangenehm wurde.

Er enttäuscht mich nicht. Es war zwar extrem anstrengend für mich, aber ich zog es durch. Mein Kiefer war nach einer Weile nicht mehr zu spüren, ebenso wenig mein Nacken. Es fühlte sich wie taub an. Morgen würde ich wahrscheinlich am ganzen Körper gehörigen Muskelkater haben und jammern wie ein Waschlappen, den man zu fest ausgewrungen hatte. *Vielleicht sollten wir danach noch in die Sauna gehen*, dachte ich und schalt mich sogleich dafür, mich selbst daran erinnert zu haben.

Sauna … verflucht. Vielleicht sollte ich nie wieder in eine Sauna gehen.

Greg genoss es offensichtlich. Sein kehliges Stöhnen, das mit einem Grollen bis zu mir herunter zu fühlen war, ließ seinen ganzen Körper beben. Ich hätte die Aktion bis zum Ende durchgezogen, auch wenn ich hinterher meinen Kiefer, meine Lippen und meinen Nacken in der Mülltonne hätte entsorgen können. Denn schließlich hatte ich damit angefangen, ihn abermals aufgegeilt und in Anbetracht des Ambientes dazu animiert, entsprechend voll drauf einzugehen. Doch Greg schien plötzlich etwas anderes im Sinn zu haben.

Er entzog mir seinen Penis. Für einen Moment dachte ich, er wollte mir eine weitere kleine Pause gönnen. Ich entspannte meinen Kiefer, leckte mir über die wunden Lippen und atmete einige Male tief durch. In dieser Position zu atmen war nicht einfach, zumal die freie Luftzufuhr durch meine Nase immer wieder durch Gregs Stöße beeinträchtigt wurde.

Er löste sich gänzlich von mir, nahm meine Arme, legte sie an meine Seiten und wenig später hörte ich leises Klicken. Reflexartig riss ich meine Hände hoch, kam aber nicht weit, da ich nun an die Liege gefesselt war.

»Das gefällt dir wohl, du kleiner Perversling?«, kommentierte ich sein leises, schadenfrohes Kichern. Ich war noch immer atemlos und hörte mich daher an wie ein Marathonläufer kurz nach dem Zieleinlauf.

»Hab eben die Haken entdeckt und konnte nicht widerstehen«, erwiderte er lachend. Heiße Lippen berührten meine rechte Brustwarze. Erschrocken über diese unerwartete Berührung fuhr ich leicht zusammen. Gleichzeitig erfüllte sie mich jedoch auch mit einem angenehmen Prickeln in meiner Leistengegend.

»Wie ist das mit den Kugeln?«, wollte er zwischen zwei Küssen auf meine Brust wissen. »Sollen wir das jetzt ausprobieren?«

Mir entkam ein Knurren. »Ich schätze, ich werde dich nicht davon abhalten können.« In den Pornos sah das sehr einfach aus, auch wenn die Protagonisten vor Wonne laut dabei stöhnten. Aber dies hatte ich stets als zusätzlichen Anheizer gesehen. Stöhnen, Keuchen und Schreie waren ein Mittel, um die geilen Typen vor der Glotze darüber hinaus noch akustisch zu stimulieren. Nun, da ich wahrscheinlich bald leibhaftig die Erfahrung machen würde, kam mir die Not der Akteure gar nicht mehr so abwegig vor. Denn ich bezweifelte, dass sich Greg durch irgendetwas davon abhalten lassen würde. Der Dildo vorhin war schon eine Herausforderung gewesen. Wie würden sich Analkugeln oder andere Sachen anfühlen? Trotz eines inneren Widerstandes kam Neugier in mir hoch. Manche Gimmicks musste man einfach erst ausprobiert haben, um mitreden zu können.

Er entfernte sich von mir. Ich vernahm ein leises Knarren – vermutlich die Schranktür, die von Greg geöffnet worden war. Kurze Zeit später kehrte er zurück, stellte meine Beine auf und spreizte die Knie ein wenig. Kühle Flüssigkeit rann über meinen Eingang. Ich erschrak. Als jedoch sofort Gregs Finger dort ankamen und mich sanft massierten, entspannte ich mich wieder.

Vorsichtig bearbeitete er meinen Anus abermals, der von der vorherigen Penetration ohnehin schon weich war. Es fühlte sich wund an, als seine Finger über die Innenseiten des Spalts strichen. Greg legte etwas auf meinen Bauch und zog es langsam über meinen Unterleib zwischen die Beine.

»Wie groß sind die Dinger überhaupt?«, interessierte es mich plötzlich. Ich konnte mir aus den Berührungen nichts zusammenreimen. Es fühlte sich eher an wie ein langer Schlauch.

»Etwa so groß wie Tischtennisbälle«, erklärte er und legte mir etwas Rundes in die Hand, damit ich es befühlen konnte.

Ich nahm die Kugel in die Finger und stellte rasch fest, dass es sich um eine Kette von Kugeln mit unterschiedlicher Größe handelte. Die letzte fühlte sich in meiner Hand an wie ein Straußenei, dabei wusste ich aber, dass meine Wahrnehmung von meiner Aufregung getäuscht wurde.

Greg nahm sie wieder an sich und legte die erste Kugel an meinen Anus, strich sanft darüber und ließ sie einen Moment auf dem Eingang verharren.

»Bereit?«

Ich nickte nur. Davonkommen würde ich ohnehin nicht mehr. Ich rief mir in diesem Moment in Erinnerung, wie ich mir vorgestellt hatte, wie sich diese Dinger wohl anfühlen mochten, wenn auf der Mattscheibe einer der Akteure damit penetriert wurde. Jetzt erhielt ich eine Kostprobe davon.

Jetzt oder nie, sprach ich mir Mut zu und biss die Zähne zusammen, als Greg die erste Kugel langsam in mich schob. Mit der erneuten Dehnung des Muskels erfüllte auch sogleich ein ziehendes Brennen meinen Unterleib. Ich keuchte angespannt.

»Wie fühlt sich das an?«, wollte Greg wissen und streichelte sanft über meinen Anus, den Damm und die Schenkel, um meine verkrampfte Muskulatur zu entspannen.

»*Strange*«, antwortete ich. Etwas anderes war mir in diesem Augenblick nicht eingefallen. Es war ein seltsames Gefühl, das sich schwer beschreiben ließ. Wie ein Fremdkörper fühlte es sich an, wie etwas, das wieder nach außen drängte. Doch ich wusste, dass dieser Vorgang ein ganz natürlicher war und versuchte, mich so gut wie möglich zu entspannen. Ich wollte mich aber jetzt nicht erleichtern, sondern noch mehr davon.

»Noch eine?«, schien Greg meine Gedanken erraten zu haben.

Ich nickte.

Die nächste Kugel war schon etwas größer und das brennende Ziehen wesentlich stärker. Ich musste die Zähne zusammenbeißen und für einen Moment die Luft anhalten, bis Greg es endlich geschafft hatte, sie durch den engen Eingang zu drücken. Wieder streichelte und massierte er anschließend den Muskelring, den darunterliegenden Damm und die Schenkel, die vor Anspannung zuckten.

»Geht's?«, erkundigte sich Greg besorgt bei mir.

»Noch im grünen Bereich«, antwortete ich schwer atmend. Der Drang war mit der zweiten Kugel ebenfalls angestiegen. Ich kämpfte mit den Kontraktionsversuchen meines Unterleibs.

»Entspann dich!«, raunte Greg und strich sanft über meinen Bauch, die Seiten und die Brust. Massierend, die Verkrampfung in mir lösen wollend, streichelte er immer stetig meine Vorderseite und nahm auch hin und wieder den Penis in die Hand, um ihn ebenfalls zu liebkosen.

»Noch eine?«, fragte er abermals.

Obwohl in mir etwas dagegen rebellierte, nickte ich. Dabei war ich mir wohl bewusst, dass die nächste noch größer sein und ich dann drei Kugeln in meinem Unterleib haben würde, die den Druck immens verstärkten. Doch ich war gewillt, mir nun die volle Dröhnung zu verpassen.

Greg setzte die nächste Kugel an der Kette auf den Muskelring und drängte ihn gefühlvoll ins Innere. Ich kämpfte mit meiner Fassung, knirschte mit den Zähnen und versuchte verzweifelt mich zu entspannen. Die letzte war eindeutig dicker als Gregs Penis, dicker als der Dildo.

Verflucht! Bitte erkläre mir einer, warum ich das unbedingt wollte!

Ich keuchte vor Schmerz. Das brennende Ziehen war so stark, dass ich am liebsten abgebrochen hätte, doch der Ehrgeiz hatte mich gepackt. *Weichei*, schalt ich mich selbst. *Fickst rum wie ein Kaninchen auf Viagra und machst bei so blöden Kugeln schlapp!*

Ich hechelte wie eine Schwangere in den Wehen. Dabei versuchte ich vehement zu verdrängen, dass diese Dinger auch irgendwann wieder raus mussten. Dann erlebte ich am eigenen Leib, wie es war, ein Kind auf die Welt zu bringen.

Eine blöde Idee. Eine hirnrissige, absolut bescheuerte, saublöde Idee.

Warum hab ich mich nur auf so etwas Wahnwitziges eingelassen?

Meine Finger krallten sich automatisch in den Lederbezug, als ich mich am Rand der Liege festzuhalten versuchte. Die metallenen Haken klirrten leise, als ich daran zerrte. Am liebsten wäre ich von der Liege gesprungen, doch das Klirren der Haken erinnerte mich, dass ich nicht weit kommen würde. Auch gelang es mir nicht, meine Beine zu schließen, da Greg zwischen ihnen stand.

Als sie endlich drin war, stieß ich ein lautes Zischen aus, das am Ende zu einem herzhaften »Shit!« wurde, nachdem der Schmerz nachgelassen hatte.

»Gelb?«, erriet Greg und streichelte besänftigend über meinen Bauch.

Ich nickte heftig. Selbst hätte ich es nie ausgesprochen und war dankbar, dass mich Greg so gut kannte, um meine Empfindungen erahnen zu können und mich vor der Blamage des Versagens bewahrte.

Sanft massierte er den gepeinigten Muskelring und den gedehnten Damm. Behutsam strich er über die Innenseiten meiner Schenkel und den Unterleib, nahm meine Hoden in die Hand und liebkoste sie zärtlich und küsste immer wieder mal nassgeschwitzte Stellen an mir.

»Du siehst einfach scharf aus, wenn du so geil bist«, sagte er und streichelte liebevoll über meinen harten Penis.

»Ich fühle mich alles andere als geil im Moment«, keuchte ich.

»Dein Schwanz steht jedenfalls wie eine Eins.« Heiße Lippen legten sich an den hart geschwollenen Schaft. »Du tropfst wie ein undichter Wasserhahn.« Urplötzlich verschwand die Eichel in einer heißen Höhle und Greg saugte daran, als wollte er seinen Durst an den milchigen Tropfen löschen. Unwillkürlich zerrte ich vor Schreck an den Fesseln. Die Ringe klirrten. Das Gestänge ächzte.

»Und du glühst vor Geilheit. Das sieht absolut scharf aus«, gab Greg begeistert Vvon sich.

Nur kurz stellte ich mir vor, wie ich einer Glühbirne gleich auf dem schwarzen Polster lag und keuchend versuchte, den unangenehmen Drang zu überstehen, der sich stetig in meinem Unterleib aufbaute. Ich hatte das ungeduldige Beben in seiner Stimme wohl bemerkt. Wenn ich nicht bereits in Nöten gewesen wäre, hätte er mich wahrscheinlich ziemlich grob genommen.

Etwas Feuchtes traf meine Wange. Ich drehte den Kopf in die Richtung der Berührung und fühlte Gregs Schwanzspitze an meinen Lippen. Bereitwillig öffnete ich den Mund und ließ ihn ein, obwohl ich selbst schon genug mit dem Druck in meinem Unterleib zu tun hatte.

Seine Hände strichen derb über meinen Brustkorb und den Bauch, drückten hart die Fingerkuppen in meine Haut, als wollte er die erste Schicht abrubbeln. Ich unterdrückte einen Schmerzlaut, da ich wusste, dass Greg sich arg zurückhalten musste, um mir in seiner eigenen Geilheit nicht weh zu tun. Es kostete ihn sicherlich beachtliche Selbstkontrolle, sich in meinem Mund vorsichtig und behutsam zu bewegen, da ließ ich ihm die groben Streicheleinheiten durchgehen. Sie hinterließen auf meinem schweißnassen Körper bestimmt Striemen, die ich jedoch gerne in Kauf nahm.

Hin und wieder nahm er sogar meinen Penis in die Hand und bearbeitete ihn leicht, oder griff noch tiefer zwischen meine Beine und massierte den Anus.

Abrupt riss er sich von mir los und entzog sich meinem Mund. Einen Augenblick später spürte ich seine Lippen an meinen. Seine Zunge drängte unbarmherzig in meinen Mund, eroberte die Zunge und focht mit ihr einen wilden Tanz, um sich nach einem harten, leidenschaftlichen Kuss wieder von mir zu trennen.

»Sag es mir, wenn du es nicht mehr aushältst«, flüsterte er an meiner Wange, küsste und knabberte an meinem Kinn und arbeitete sich langsam über meinen Kehlkopf auf die Brust. Als er bei den Brustwarzen ankam, die er abwechselnd in den Mund nahm und daran saugte, entkam mir ein leises Stöhnen.

»Es ist ziemlich nahe dran«, gab ich atemlos von mir.

»Ein paar Minuten noch.« Wieder rieben seine Fingerkuppen grob über meine Vorderseite. Ich keuchte vor Schmerz.

Eigentlich stand ich nicht sonderlich drauf. Allzu großer Schmerz bewirkte bei mir eher das Gegenteil, sorgte dafür, dass die Lust in mir abflaute und schneller verpuffte als ein zerplatzter Luftballon. Doch das, was Greg mit mir machte, fühlte sich nicht direkt wie Schmerz an. Zusammen mit dem unangenehmen Druck in meinem Hintern, dem Pochen und Pulsieren in meinen Lenden, der Hitze, die bei jeder seiner Berührungen in mir aufstieg, fühlte es sich eher an wie das dumpfe Aufwühlen einer peitschenden Gischt. Es vermischte sich alles miteinander. Ich konnte es nicht mehr trennen. Die Dunkelheit, die mich nach wie vor umgab, trennte den einzigen Sinn ab, der dazu in der Lage gewesen wäre, diese einzelnen Eindrücke zu differenzieren.

Ich schwamm auf einer phänomenalen Welle aus Schmerz, Druck und Hitze, die sich stetig mehr aufbaute und unter der Oberfläche meiner schwitzenden Haut immer höher brodelte.

Gregs Finger schienen an dieser Oberfläche, die von Augenblick zu Augenblick dünner wurde, kratzen zu wollen, einen Riss zu erzeugen und die aufgestauten Empfindungen herauszulassen. Doch es gelang ihm nicht. Stattdessen wühlte er sie weiter auf.

Rhythmisch schob er seinen Penis in meinen Mund, vollführte einige langsame Stöße, ehe er sich wieder entzog und dann mit den groben Streicheleinheiten weitermachte.

Doch irgendwann war es in mir so gespannt, dass ich heftig zu zittern begann.

»Ich befreie dich davon«, flüsterte er sanft und löste sich von mir. Kurze Zeit später spürte ich, wie der Druck in meinem Hintern stark zunahm. Er zog an der Schnur.

Ich krallte die Finger in die Liege und verkrampfte mich panikartig. Greg verteilte noch Gleitmittel auf dem Eingang, weitete ihn vorsichtig und spritzte auch etwas hinein, damit die Kugel leichter rutschte. Es kam mir tatsächlich wie die Geburt eines Kindes vor, als sie endlich draußen war. Ich hechelte abermals in kurzen heftigen Stößen, merkte aber, dass mit der ersten – der größten Kugel von den dreien, die in mir waren – der Druck rapide abgenommen hatte. Die zweite war nicht mehr ganz so unangenehm. Die letzte flutschte wie von selbst heraus.

Erleichtert stieß ich ein lang gezogenes Stöhnen aus.

»Ich würde dich gerne wieder vögeln«, gestand Greg, beugte sich über mich und küsste mich auf mein Kinn. »Ich bin mir aber nicht sicher, ob du das durchhältst, nachdem …« Er verstummte und küsste mich wieder. »Ich will dir nicht wehtun.«

»Tu es!« Ich war mir bereits jetzt schon sicher, dass ich die nächsten Tage weder sitzen noch richtig laufen können würde, aber das war es mir wert.

»Bist du dir sicher?« Seine Stimme klang flehend. Er wollte es so sehr und ich wollte es ihm gönnen. Mich sehnte es ebenso wieder danach, ihn in mir zu spüren, mich von ihm streicheln und verwöhnen zu lassen, für das, was er mir an Gefühlen geschenkt hatte.

»Mit oder ohne Gummi?«, wollte er zu meinem Erstaunen wissen.

»Mit«, antwortete ich bestimmt. »Solange wir noch mit anderen Typen ins Bett gehen: mit.«

Seine Lippen fingen mein Kinn ein. »Dann gehen wir eben nicht mehr mit anderen Typen ins Bett«, entschied er und verbiss sich keck an meinem Kinn.

Ich entzog es ihm. »Du hältst es keine drei Tage aus, ohne jemanden abzuschleppen.«

»Beim Blowjob kann man sich auch schnell was holen«, wusste er entgegenzusetzen.

Ich wurde wütend. »Was soll diese Diskussion auf einmal? War doch sonst kein Thema für dich? Warum jetzt?« Es war der denkbar schlechteste Augenblick, um eine Grundsatzdebatte über Safer-Sex zu führen.

»Hätte ja sein können«, gab Greg grummelnd von sich. Er schmollte, das war seiner Stimme deutlich anzumerken. Aber in dieser Angelegenheit kannte ich keine Nachsicht. Greg war der einzige Kerl, dessen Penis ich ohne Kondom in den Mund nahm … wenn überhaupt.

Halt, stopp. Meine Gedankengänge machten eine Vollbremsung.

Es gab noch einen, dem ich ohne zu zögern ohne Schutz einen blasen würde oder es bereits getan hatte – Stephan.

Bei diesem Gedanken schossen die Erinnerungen zu mir zurück und ich glaubte, den harten Penis direkt auf meiner Zunge zu spüren.

Verflucht, warum ausgerechnet jetzt. *Du hast hier nichts verloren, Stephan!*

Doch so einfach ließ er sich nicht mehr aus meinem Kopf vertreiben. Es kam alles hoch, als sei es eben erst passiert. Ich stöhnte leise, versuchte, mich an die Kugelpenetration von vor wenigen Minuten zu erinnern, um das andere Erlebnis zu verdrängen.

Greg löste sich von mir. Ich hörte etwas rascheln, dann kam er zurück, tropfte eine große Portion Gleitmittel zwischen meine Beine und lehnte sich an mich.

Langsam drang er ein. Nach der letzten Behandlung mit Gregs Spielzeug war das heiße Ziehen beim Dehnen des Schließmuskels nicht mehr ganz so schlimm und ich konnte mich entspannen. Allerdings war mein gesamter Unterleib so überreizt, dass es rasch in ein unangenehmes Brennen überging. Ich biss die Zähne zusammen, denn ich wollte es im Grunde. Ich wollte endlich mal so gefickt werden, dass mir Hören und Sehen verging, meine Knie weich wie Wackelpudding waren und ich die nächsten Tage ein Kissen unter dem Hintern brauchte, wenn ich mich setzen wollte. Dieses *Vergnügen* hatte ich noch nie genießen können. Jetzt schien es mir endlich gegönnt zu sein.

Greg bewegt sich sehr vorsichtig und behutsam. Ich krallte mich in die Liege, wenn er sich in mich schob und schließlich seine Hüfte an meine Hinterbacken anstieß. Er nahm meine Beine hoch, legte sie über seine Schultern und begann mit seinen Stößen.

Erst langsam, dann immer schneller, wobei ich bemerkte, dass er versuchte, es gemächlich angehen zu lassen. Vermutlich würde er vorschnell kommen, wenn er zu forsch vorging.

Ich gönnte ihm dieses Vergnügen, auch wenn es gerade nicht so angenehm für mich war, aber es gefiel mir trotzdem. Wieder einmal hatten wir Extreme ausprobiert, Grenzen abgetastet, ob wir sie überschritten hatten, musste sich noch herausstellen.

Zu meiner Verärgerung wollte sich Stephan immer noch nicht aus meinem Kopf vertreiben lassen. Mit jedem Stoß wurde der Blick aus den hellen Augen intensiver, bis sie schließlich so deutlich in meine Dunkelheit stachen, dass ich die Lider zukniff. Doch auch dies half nicht, um ihn zu verscheuchen.

Es schien, als wollte er bei diesem finalen Fick dabei sein, als wollte er seinen Anteil daran haben. Je heftiger Greg in mich stieß, desto deutlicher wurde Stephans Gesicht vor meinem geistigen Auge und bald glaubte ich, er vögelte mich anstatt Greg.

Heiße Lust stieg in mir empor. Mein Unterleib begann zu brennen. Mein Penis schmerzte, lechzte nach Erlösung, wollte von dieser Hand, die mich in der Dusche umfasst hatte, wieder gestreichelt und gedrückt werden. Ein kehliges Stöhnen entkam mir, als sich tatsächlich Finger um mein Glied legten und es sanft pumpten. Der kräftige Druck seiner Hand, die ein Lenkrad ebenso sicher hielt wie den Steuerknüppel des Jets, rieb stetig auf und ab. Mit jedem Reiben wurde mein Laut heftiger. In mir baute sich ein Ziehen auf, das den nahen Orgasmus ankündigte. Ich blickte in helle Augen, ließ mich von ihnen einnehmen. In meiner Vorstellung, berauscht von Lust und Begehren, sah ich mich der Realität entrückt. Ich driftete ab, bemerkte es jedoch nicht. Über mir lag Stephan, die Stöße seiner kräftigen Lenden fuhren tief in mich. Sein beachtlicher Schwanz drängte in meine tiefsten Tiefen, schien mich aufspießen zu wollen, füllte mich aus, riss mich förmlich auseinander. Ein Schrei entkam mir, als mich plötzlich ein gleißender Blitz durchfuhr und tausend Grad heiße Lava über mich hinwegraste. Die Ketten rasselten. Die Liege erbebte und ächzte unter meinem Griff. Das harte Leder der Manschetten schnitt in mein Handgelenk, als ich heftig daran zerrte. Ich wollte meine Hände hochreißen, um Stephan an mich ziehen, ihn intensiver zu spüren, diesen durchtrainierten Körper und diese Kraft, die er ausstrahlte, direkt auf meiner Haut wahrzunehmen. In meiner Vorstellung trieb er genauso konsequent und stetig sein Verlangen in mich, wie er seine Bahnen in der Schwimmhalle zog. Er gab erst auf, wenn er sein Ziel erreicht hatte. Und dieses Ziel war ich.

Er und ich unter der Dusche. Sein massiver Ständer ragte steil von ihm ab, er rieb ihn, während ich mich von hinten anpirschte. Schließlich drehte er sich um. Sein erschrockener Blick wich bald einer Leidenschaft, die mich ebenso erfassen und einnehmen würde. Er rieb sich an mir, rieb seine pralle Härte an mir, fand zielstrebig die Pforte in mein innerstes Reich und ließ dort seine Sehnsucht toben.

Als mich dieser heiße Lavastrom ein zweites Mal überrannte, kam ich – direkt in Stephans Hand. Heiße milchige Flüssigkeit tropfte von seinen Fingern.

Er sah hoch, unsere Blicke trafen sich, dann ergoss sich auch er in mich. Ich schrie ein zweites Mal auf, ergriffen von diesem Erlebnis. Mein gesamter Leib brannte lichterloh.

Heiße Lippen fingen die meinen ein. Ich öffnete meinen Mund, saugte ihn förmlich ein. Ich wollte ihn, wollte ihn ganz, hätte ihn am liebsten inhaliert.

Die Maske wurde von meinem Gesicht gerissen. Obwohl das Licht im Raum leicht gedämpft war, stach es in meine Augen und ich blinzelte verwirrt. Als ich es schaffte, gegen das Licht anzukämpfen und die Augen zu öffnen, war da nicht Stephan, sondern Greg …

7

»Scheiße!«

Dieser derbe Fluch war mir entwichen, als ich Gregs Gesicht direkt vor meinem sah. Ich erschrak heftig. Meine Hände zuckten hoch, wollten ihn von mir stoßen. Doch sie waren noch immer an die Massageliege gekettet. Es gab einen lauten, metallischen Klang, als die Ösen an den Manschetten um meine Handgelenke gegen das Metallgestell der Liege schlugen. Ich erschrak ein weiteres Mal und keuchte entsetzt. Fast hätte ich mein Gesicht angewidert zur Seite gedreht, ehe mir gerade noch rechtzeitig bewusst wurde, was hier eigentlich geschah.

Verzweifelt kämpfte ich darum, mir nichts anmerken zu lassen. Das eben war so real gewesen, dass ich ihn immer noch auf und in mir spüren konnte. Ich musste mir mit Gewalt vor Augen halten, dass dies Greg und nicht Stephan war.

»Du bist unglaublich«, raunte Greg an meinen Lippen.

Er lag noch immer auf und in mir, rieb seinen Unterleib vorsichtig an meinem. Sein ganzer Körper bebte und war ebenso schweißnass wie meiner. Es fühlte sich unangenehm eklig und klebrig an. Der Drang, mich sofort von ihm zu lösen und unter die Dusche zu flüchten, wurde beinahe übermächtig. Krampfhaft kämpfte ich diesen Drang nieder. Ich konnte nicht flüchten. Ich war gefesselt, von den Ledermanschetten ebenso wie von Gregs Leib, der mich noch immer auf das Polster bannte. Außerdem konnte ich ihm das nicht antun.

Mein Atem ging rasend schnell. Das Herz polterte vor Aufregung in der Brust. Ich zitterte vor Erschöpfung und dem Schreck, der mir nach wie vor in den Gliedern saß. Als er sich bewegte und ein Schmerz wie ein Blitz durch mich hindurchzuckte, fuhr ich merklich zusammen.

Greg küsste mich ein letztes Mal und zog sich dann vorsichtig aus mir zurück. Es war die Befreiung schlechthin, als mich sein Schwanz verließ. Der ganzer Unterleib brannte, wummerte dumpf im Takt meines Herzschlages. Ich beobachtete mit verschleiertem Blick, wie Greg das Präservativ von seinem Glied zog und es in einen Müllbehälter warf. Dann nahm er eines der bereitgelegten Tücher und begann uns beide vom Gleitmittel und dem Sperma zu säubern. Anschließend befreite er meine Handgelenke, löste sogar die Ledermanschetten von meinen Knöcheln und säuberte sie und die anderen Geräte, mit denen er mich penetriert hatte, mit dem Desinfektionsmittel, um sie zurück in den Schrank zu räumen.

Ich blieb liegen, erschöpft, ausgelaugt, fertig mit mir und der Welt. Am liebsten wäre ich sofort eingeschlafen, hätte mir die Erholung geholt, nach der es mich lechzte. Ich hielt mir jedoch immer wieder vor Augen, dass dies der denkbar schlechteste Platz war, um den Schlaf der Gerechten abzuhalten. Zudem war es auch unbequem. Die Liege war kurz. Wenn ich meine Beine ausstreckte, ragten sie über den Rand, baumelten in die Tiefe und zwangen mich ins Hohlkreuz. Also richtete ich mich auf, wollte mich erst im Schneidersitz auf die Liege setzen, doch als sich mein Hintern dadurch mit einem schmerzhaften Stich meldete, drehte ich mich auf die Seite.

Greg kam heran, schmiegte sich an meinen Rücken und legte einen Arm um meinen Oberkörper. Seine Finger auf meiner nackten Brust waren trotzdem eine Wohltat.

»Das war echt der Wahnsinn.«

Ich tat mich schwer, seine Begeisterung zu teilen, denn ich fühlte mich elend. Ich glaubte ihn hintergangen, mit Stephan betrogen zu haben. Obwohl ich wusste, dass das nicht wahr war und dieser *Seitensprung* eigentlich nur in meiner Fantasie stattgefunden hatte, fühlte ich mich schäbig.

Verflucht, was spukte dieser Stephan auch immer in meinem Kopf herum. Er hatte dort nichts zu suchen. Unser gemeinsames Tête-à-tête hatte nichts zu bedeuten – absolut rein gar nichts.

Meine Kehle war trocken und schien mit einem Reibeisen bearbeitet worden zu sein. Ich schluckte einige Male, bekam es jedoch nicht in den Griff.

»Ich bräuchte etwas zu trinken«, sagte ich rau und räusperte mich.

»Das brauchen wir beide.« Greg lachte und küsste mein Ohrläppchen. »Einen richtigen Drink.« Er löste sich von mir und kam um den Tisch herum. Erst jetzt bemerkte ich, dass er sich bereits wieder angezogen hatte. Seine Hose saß ordnungsgemäß an seinen Hüften. Sein Oberkörper glänzte jedoch noch immer vor Schweiß im leicht gedämpften Licht des Raumes. Die Schweißperlen glitzerten wie Glimmer auf seiner gebräunten Haut.

Eigentlich sah er umwerfend aus. Ich war schon immer von seiner sorgsam gestylten Erscheinung beeindruckt. Von der adretten Frisur, die aussah, als würde er alle fünf Minuten zum Friseur gehen, bis hin zu den Zehennägeln, die einmal pro Woche eine ausgiebige Pediküre erhielten. Er machte immer viel Aufheben um seinen Körper und bezahlte eine Menge Geld dafür. Anfangs war ich geehrt, mich mit so einem tollen Kerl abgeben zu dürfen, doch heute …?

Ich musste mir Mühe geben, ihn so attraktiv und unwiderstehlich zu finden wie früher – wie noch vor wenigen Minuten. Er kam mir auf einmal langweilig vor. Mit einem Mal sah ich ihn mit anderen Augen, maß ich ihn mit anderen Maßstäben, mit anderen Personen – mit einer ganz bestimmten Person. Was war geschehen? Was hatte sich verändert?

Hatte ich mich verändert?

Beeinflusst von diesem Intermezzo in der Dusche der Gästesauna?

Ich fluchte leise und strich mir mit der Hand über das Gesicht.

»Sehen wir zu, dass wir ins Bett kommen«, hörte ich Greg verständnisvoll sagen.

Ich kniff die Augen zu, versuchte, für einen Moment zu dem Augenblick zurückzukehren, wo noch alles in Ordnung war und wo Greg mein bester Kumpel war, mit dem ich allen Spaß der Welt haben konnte. Zu einem Zeitpunkt, wo ich mich einen Dreck darum scherte, wie sich so ein Kerl wie Stephan Dillinger anfühlen könnte.

Ein Seufzen entkam mir, als ich die Augen öffnete und von der Liege kletterte. Ich blieb noch kurz sitzen, bis sich mein Kreislauf einigermaßen stabilisiert hatte und die kleinen Sternchen vor den Augen verschwunden waren, und stellte mich dann auf die Beine. Sie waren wacklig und weich, hielten jedoch mein Gewicht aus. Die Aktion hier hatte mich absolut gefordert, wenn nicht gar überfordert.

»Ich mach noch kurz hier sauber«, berichtete Greg und wischte mit einem Tuch über das Leder der Liege. »Dann gehen wir an die Bar, kippen uns noch einen Drink hinter die Binde und gehen. Was meinst du?«

Ich nickte müde. Auch wenn ich am liebsten sofort ins Bett fallen würde, brauchte ich noch etwas Flüssigkeit. Ich war ausgedörrt. Meine Kräfte waren am Ende. Dankbar, dass Greg so selbstverständlich unsere Sauereien wegwischte, nickte ich abermals. Dies war ungewöhnlich für ihn, denn Reinigungsarbeiten gehörten noch nie zu seinen Lieblingsbeschäftigungen. Dafür besaß er genug Personal. Ich ließ mir von ihm sogar die Unterwäsche überziehen und mich nach oben in die Duschräume bringen. Rasch spülten wir Schweiß, Dreck und andere Körperflüssigkeiten von uns, ehe wir uns an die Bar setzten. Mir fielen fast die Augen zu und ich gähnte ununterbrochen, aber das Getränk ließ ich mir nicht entgehen.

Ich war mir sicher, dass ich noch selbst ins Bett gefunden hatte, konnte mich jedoch nicht daran erinnern, wie. Als ich am nächsten Morgen die Augen öffnete, fand ich mich in Gregs Bett wieder – nackt.

Meine Klamotten lagen in einem ungeordneten Haufen neben dem Bett – da war ich mir sicher, dass Greg mich ausgezogen und ins Bett gebracht hatte. Denn es war nicht meine Art, meine Kleidung einfach auf den Boden zu werfen. Zumindest dachte ich, dass ich dies nicht einmal in absolut erschöpftem Zustand gemacht hätte.

Unweit von mir klingelte mein Handy. Ich schrak zusammen, richtete mich sofort auf und streckte eine Hand danach aus, nur um mit einem lauten Stöhnen wieder zusammenzusacken. Mein ganzer Körper war eine einzige Schmerzquelle, am schlimmsten wütete es in den unteren Regionen des Torsos.

Als das Telefon ein weiteres Mal klingelte, hob ich den Kopf an und sah mich um. Ich lag allein in diesem riesigen Bett. Greg war bereits aufgestanden. Ich lauschte in das Zimmer. Außer dem Klingeln des Handys war es still. Also befand er sich nicht mehr im angrenzenden Badezimmer.

Endlich ging ich ran. Es war mühsam, meinen Arm zu heben und das kleine Gerät vom Nachttisch zu angeln. Doch ich schaffte es und nahm das Gespräch an.

Nach einer ausgiebigen Dusche erschien ich im Frühstücksraum. Greg saß am Tisch, ein breites Grinsen auf dem Gesicht, als ich eintrat. Er schob die Zeitung zur Seite, in welcher er eben gelesen hatte, und bot mir mit einem Blick einen Platz an, der extra für mich gedeckt worden war.

»Guten Morgen, Sonnenschein«, grüßte er fröhlich. »Gut geschlafen?«

Ich stöhnte missmutig. »Ich fühle mich wie von einem Bus überrollt.« Ich zwang mich dazu, ihm einen Kuss auf die Wange zu hauchen, ehe ich mich setzte und mir sogleich einen Kaffee einschenkte. Entgegen meiner sonstigen Gewohnheit trank ich ihn an diesem Morgen schwarz, denn ich brauchte dringend einen Energiekick.

Greg lachte unbekümmert. »Danke der Ehre. Als Bus bezeichnet zu werden, ist eine außerordentliche Auszeichnung.«

Ich verzog das Gesicht. »Wie viel Mann hast du gebraucht, um mich ins Bett zu bringen?« *Als ob wir von einem Saufgelage zurückgekommen wären*, dachte ich sarkastisch. Dabei hatte ich nur ein Glas Wasser, um die Trockenheit in mir zu bekämpfen, und einen Tequila, um wieder halbwegs auf Touren zu kommen. Meine Frage war auch eher selbstironisch gemeint und bedürfte eigentlich keiner Antwort.

»Nur mich«, schmunzelte Greg. »Und Stephan, der noch auf uns gewartet hatte, um den Porsche zu parken.«

Ich verschluckte mich am Kaffee. Eine Hand legte sich auf meine. Greg beugte sich zu mir rüber und küsste den Kaffeetropfen weg, der an meinem Kinn herunterlief, ehe ich ihn wegwischen konnte.

»Keine Sorge«, flüsterte er unbekümmert. »Er hat nichts von dir gesehen, was er nicht schon vorher von dir gesehen hätte. Ausgezogen hab ich dich selbst.«

Erleichterung machte sich in mir breit. Gleichzeitig schoss Hitze in mir hoch. Ebenso breitete sich auch das schlechte Gewissen in mir aus. Greg konnte nicht wissen, dass Stephan von mir bereits *alles* gesehen hatte – inklusive eines massiven Ständers, den er gefühlvoll und gekonnt zu bearbeiten gewusst hatte. Es war mir absolut peinlich, dass Stephan mich in diesem Zustand gesehen hatte. Ich hoffte nur, dass er eher an ein Saufgelage dachte, als an exzessiven Sex und war froh, den Tequila noch in mich hineingekippt zu haben. So hatte ich sicherlich eine merkliche Alkoholfahne, die diese Annahme hätte bestätigen können.

»Ich muss nach Philadelphia«, platzte es aus mir heraus, als ich verzweifelt versucht hatte mich von diesen Gedanken abzulenken. »In drei Stunden geht mein Flieger. Könntest du mir ein Taxi rufen …?«

»Kommt nicht infrage. Stephan wird dich zum Flughafen bringen.«

Ich schüttelte energisch den Kopf. Das wollte ich ganz und gar nicht. »Nicht nötig, ich kann ein Taxi nehmen.«

»Red' keinen Unsinn!« Greg blickte mich beinahe böse an. »Ich hab leider nachher eine längere Videokonferenz mit einem Kunden in Taiwan. Daher kann ich dich nicht fahren. Und bevor Stephan meine Fahrzeuge aus Langeweile kaputt poliert, schicke ich ihn lieber mit dir zum Flughafen.« Er schenkte mir ein nettes Lächeln, sodass jegliches weitere Gegenargument verpuffte, ehe ich es hervorbringen konnte.

Daher nickte ich nur und genoss schweigend mein Frühstück, während Greg noch einige Anekdoten von unserer gestrigen Aktion erzählte. Ich sah mich ein paar Mal um, doch wir waren allein. Von der Haushälterin,

Juliana, mit dem gütigen Lächeln und rundlichem Gesicht, war weit und breit nichts zu sehen. Greg war vom vorangegangenen Abend mehr als begeistert und berichtete noch einmal davon, wie gut ich in meiner Geilheit ausgesehen hatte. Es war mir absolut peinlich und ich wünschte, er würde dieses Thema endlich abschließen. Daher sagte ich nichts dazu, nickte nur hin und wieder und ließ ihn reden.

Eine Stunde später saß ich auf der Rückbank des Rolls Royce und wurde von einem sehr schweigsamen, grimmig dreinblickenden Stephan Richtung Flughafen kutschiert. Entgegen seiner sonstigen Gewohnheit, mich mit zumindest einem höflichen Satz zu bedenken, begrüßte er mich diesmal nur mit einem steifen Nicken und hievte stoisch stumm mein Gepäck in den Kofferraum.

Am Flughafen angekommen stieg er einfach aus, öffnete den Kofferraum und stellte meinen Koffer auf dem Gehsteig ab, um sich gleich wieder in den Wagen zu verziehen und loszufahren.

Etwas in mir drängte danach, etwas zu sagen.

»Stephan?«, rief ich beinahe verzweifelt. Ich wusste nicht, was ich sagen oder tun sollte. Mein Kopf war leer. Aber irgendetwas musste ich sagen. Ich konnte ihn nicht mit dieser Bittermiene davonfahren lassen.

Er blieb stehen und blickte mich über das Wagendach hinweg an. Sein Blick war absolut unnahbar und kühl, äußerst ausdruckslos, ohne eine Spur von Gefühl.

»Danke«, presste ich hervor.

»Stets zu Diensten, Herr Wengenmaier«, gab er kalt von sich und verschwand einen Augenblick später auch schon im Wagen. Der Motor sprang an, er fuhr los und musste sofort wieder bremsen, da von hinten ein anderes Auto angefahren kam. Der andere bremste ebenso scharf, hupte einmal zur Warnung und fuhr weiter, als er erkannte, dass der Rolls Royce ihn doch noch bemerkt hatte. Wenig später brauste das schwarze Ungetüm mit heulendem Motor davon und ließ mich am Gehsteig der Abflughalle zurück.

Eine gähnende Leere machte sich in mir breit. Aus irgendeinem Grund musste ich plötzlich mit den Tränen kämpfen.

Wusste Stephan doch, was Greg und ich am gestrigen Abend getan hatten?

War er daher so sauer?

Aber warum war er überhaupt sauer?

Er hatte doch gar keinen Grund dazu. Was wir beide in der Dusche getan hatten, war bedeutungslos gewesen. Ein Ausrutscher, ein harmloses Techtelmechtel.

Hastig wischte ich über meine Wange, auf der ich etwas Nasses zu spüren glaubte. Ich sah nach oben. Der Himmel war zwar grau, aber es regnete nicht.

Verflucht!

Fing ich jetzt wegen dieses eingebildeten Kerls auch noch zu heulen an?

Wütend schnappte ich mir meinen Koffer und stapfte in die Halle. Beinahe rempelte ich mit einem Passanten zusammen, der mir entgegengekommen war. Der Mann schimpfte und schalt mich, besser aufzupassen. Ich tat dies mit einem Schulterzucken ab und flüchtete Richtung Flugzeug, das mich hoffentlich weit weg von New York und Stephan brachte. Die nächsten Tage und Wochen stürzte ich mich in so viel Arbeit, dass mir kaum Zeit zum Nachdenken blieb.

8

Berlin.

Eigentlich mochte ich die Stadt ganz gern, auch wenn sie mir zu laut, zu voll, zu groß, zu dreckig und zu schrill war. Es war etwas Bedeutsames, hier zu sein, in der Hauptstadt des Landes. Die Leute hier waren etwas Besonderes, ebenso die Bauten, die Luft, die man hier einatmete, auch wenn sie einem Atemprobleme bereitete. Als mein geschäftlicher Termin erledigt war, entschloss ich mich, nicht sofort zurückzufahren, sondern mir noch einen weiteren Tag zu gönnen. Zunächst liebäugelte ich damit, mir einige Bauwerke oder Museen anzusehen. Doch dann entschied ich mich für eine dieser berühmt-berüchtigten Herrensaunen, von denen es hier in Berlin so viele gab, wie in keiner anderen Stadt Deutschlands. Berlin war in mancher Hinsicht ein Paradies für Homosexuelle. Sie bot ihnen zahlreiche Gelegenheiten, sich zu entfalten und ihr *etwas anderes* Leben zu genießen.

Mich überkam ein merkwürdiges Gefühl, als ich nur mit einem Handtuch bekleidet die Sauna betrat. Sofort keimten die Erinnerungen an mein letztes Erlebnis auf. Ich schob sie jedoch sogleich wieder zur Seite und beäugte die anderen Gäste.

Auf einer der weißen Liegen fläzend musterte ich die Männer, die in Handtüchern oder unbekleidet an mir vorbeiflanierten. Insgeheim suchte ich nach jemandem, den ich mit in mein Hotelzimmer nehmen konnte. Mein letztes sexuelles Erlebnis war zwar heftig gewesen, lag aber schon drei Wochen zurück.

Dabei fiel mir an einem der Männer etwas Merkwürdiges auf, eher gesagt, mir stachen zwei Grübchen ins Auge, die sich über seinem Hintern bildeten, sobald er sie leicht anspannte. Als er sich umdrehte, nachdem er sein Handtuch auf einer der anderen Liegen ausgebreitet hatte und mir seine blanke Vorderseite präsentierte, wusste ich es. Ich kannte den Kerl.

Sofort erhob ich mich und ging zu ihm.

»Entschuldigung«, sprach ich ihn an. »Ich denke, wir kennen uns.« Es war eine absolut billige Anmache, ungeschickt und plump. Aber ich wollte ihn auch nicht anbaggern, sondern mich mit ihm unterhalten. Er war wahrlich nicht der Typ Mann, der meine Knie weich werden ließ. Dafür war er zu hager und zu schmächtig und wäre mir wahrscheinlich auch gar nicht aufgefallen, wenn ich ihn nicht an den Grübchen und der sichtbaren Blinddarmnarbe wiedererkannt hätte.

Der Kerl sah hoch. Seine rotblonden Haare klebten ihm noch feucht am Kopf. Seltsame bernsteinfarbene Augen blickten mich skeptisch, beinahe abweisend an.

Ich setzte mich unaufgefordert auf die Liege neben ihn.

»Von Havanna«, erklärte ich.

Sogleich schoss Röte in sein Gesicht. Eine mehr als deutliche Bestätigung, dass ich mich nicht geirrt hatte.

Er schluckte hart und hörbar und legte seine Hände in den Schoß, um seine Blöße zu verbergen.

»Woran?«, wollte er mit belegter Stimme wissen.

»An der Narbe«, erwiderte ich und deutete mit einem Blick auf seinen Bauch.

»Mist«, presste er hervor. »Ich sollte sie vielleicht doch wegmachen lassen. Ich dachte, das fällt keinem auf, gucken doch alle auf meinen Schwanz und meinen Arsch.«

Ich lachte auf. »Und an den Grübchen auf deinem Rückenende.«

Er schluckte abermals und sah mich verzweifelt an. »Ist mir noch nie passiert, dass ich einem von ihnen begegne.«

Einem von ihnen … ich musste einen Moment darüber nachdenken, was genau er damit meinte, ehe ich begriff. Die Zuschauer, die Käufer seiner Unschuld. Doch je mehr ich versuchte, mir dieses zu verinnerlichen, desto intensiver bildete sich in mir auch eine andere Erkenntnis.

»Du hast das nicht zum ersten Mal gemacht?«, fragte ich überrascht.

»Nö, in Havanna war es das fünfte Mal. Bringt gutes Geld. Damit finanziere ich mir mein Studium.«

So viel zum Thema Unschuld verkaufen. Es war tatsächlich alles nur Theater. Die Leute dort waren nach Strich und Faden verarscht worden, wurde mir auf einmal klar.

»Dann nehme ich mal an, diese ganze Show, die du da abgezogen hast, war nur gespielt, oder?«

Der rothaarige Kerl, von dem ich mir nun sicher war, dass er nicht erst vor Kurzem achtzehn geworden war, lächelte schief. »War gut, he? Das kann ich. David ist begeistert. Je lauter ich schreie, desto besser fließen die Moneten.«

Ich schnaufte ungehalten. »Und das gefällt dir? So hart genommen zu werden? Der Kerl war ja nicht gerade nett zu dir.«

»Es gehört zur Show.« Er zog kurz seine Schultern hoch. »So ein gewisser Kick«, gestand er. »Nicht zu wissen, von wem man gefickt wird. Ich bin aber auch nicht aus Zucker. Außerdem achten Davids Leute darauf, dass die Kunden nicht übertreiben, und bremsen schon mal jemanden, wenn er es zu gut meint. Mir kann nichts passieren. Und die Kohle, die ich dafür kriege, entschädigt mich großzügig.« Seine Mundwinkel zogen sich zu einem breiten Grinsen auseinander. »Havanna …?«, sagte er fragend und blickte mich nachdenklich an. »Da waren doch diese beiden notgeilen Typen, denen einer abging, als ich mich an ihnen rieb.«

Ich verzog mein Gesicht und drehte es kurz weg, als ich bemerkte, wie die Scham hochkochte. »Mein Kumpel und ich«, gestand ich aufrichtig und fiel in sein Lachen ein.

»Wir haben uns aber auch schon vorher ziemlich aufgegeilt«, schob ich hinterher.

»War das dein erstes Mal … in Havanna?«, wollte er wissen. »Ich meine, dass du bei einem solchen Event gewesen bist.«

Ich nickte. »Und ich denke, es wird auch das letzte Mal gewesen sein. Mir hat es nicht sonderlich gut gefallen. Aber falls, dann weiß ich, dass du nur eine Show abziehst.«

»Mich wirst du nicht mehr live erleben«, sagte er wissend. »David achtet drauf, dass dieselben Kunden und Akteure nicht mehr zusammenkommen. Sonst passt es mit dem Konzept nicht mehr. Eine Unschuld kann man ja nur einmal verkaufen.« Ein Grinsen machte sich auf dem Gesicht breit.

Ich begriff, was er damit sagen wollte, weswegen Greg uns anmelden und auch meinen Namen angeben musste, um eines der teuren Tickets zu bekommen. *Mist*, fluchte ich gedanklich. Mein Name stand nun irgendwo in Zusammenhang mit dieser perversen Show.

Das gefiel mir ganz und gar nicht.

»Mein Name ist Anthony«, stellte er sich vor und hielt mir die Hand zur Begrüßung hin. »Hast du auch für mich geboten?«

»Lennart«, gab ich meinen Namen preis. Er wusste ihn wahrscheinlich ohnehin schon und wenn nicht, machte es auch nichts mehr aus. »Nein, aber mein Kumpel.« Ich schnaufte tief durch. »Ich nehme mal an, dass das, was David über dich erzählt hat, ebenso gelogen war.«

»Nicht ganz. Ich studiere wirklich … Jura … in Cambridge. Ich bin in Berlin geboren, in einem Vorort von London aufgewachsen und war kurz davor, in die Jugendolympiamannschaft im Rudern zu kommen, wenn ich nicht mit Blinddarmdurchbruch ausgefallen wäre. Ist erst ein paar Jahre her. Es gab ziemliche Komplikationen. Ständig entzündete sich die Narbe. Ich musste sogar noch mal operiert werden, daher sieht es jetzt so unmöglich aus.« Er strich abfällig mit dem Daumen über die sichtbare, silbern schimmernde Narbe auf seinem sonst makellosen, säuberlich rasierten Unterbauch. »Hat mich ziemlich viel Kraft und Körpermasse gekostet, das Ganze. Was aber wiederum gut für das Geschäft ist. Solange ich so bleibe, kann ich als Achtzehnjähriger durchgehen.«

»Wie alt bist du wirklich?«

»22«, erklärte er und lachte leise. »Und du?«

»27.« Ich sah keinen Grund, es ihm nicht zu erzählen.

»Und was machst du sonst so?«, erkundigte er sich interessiert.

»Ich bin Maschinenbauingenieur und gerade geschäftlich in Berlin. Ein Zufall, dass wir uns hier begegnen.«

Anthony nickte lächelnd. »David findet das zwar nicht so gut, weil es dem Konzept schaden könnte, weißt du. Aber ich finde es geil. Ich hab noch nie einen von den Typen getroffen. Weiß gar nicht, was das alles für welche sind. David erzählt wenig. Was sind das für Typen, die sich so was reinziehen und ein Schweinegeld bezahlen?«

»Alles Typen, die auch Schweinegeld haben«, entgegnete ich. *Bis auf mich*, fügte ich im Stillen hinzu. »Aber wir trugen alle Masken, daher konnte ich keinen erkennen.«

Anthony nickte wissend. »Interessant wäre es schon.« Er sah hoch und blickte mich neugierig an. Ich merkte mehr als deutlich, dass er mich im Visier hatte. Ich war für ihn fette Beute. Für ihn war ich einer der Geldsäcke, die ein Vermögen für eine Entjungferung hinblätterten, die keine war – ob sie sich dessen bewusst waren oder nicht.

Plötzlich überkam mich die Jägerlust und ich war nicht mehr gewillt, ihn aufzuklären. Nun ja, arm war ich nicht. Mein Job ermöglichte es mir, ein annehmbares Leben zu führen und auch Rücklagen für später auf die Seite zu schieben. Aber so in Saus und Braus wie Greg konnte ich nicht leben. Den BMW hatte ich leasen müssen. An meinem Haus in Germering zahlte ich noch die nächsten zwanzig Jahre ab. In meinem Schrank hingen auch etliche Klamotten, die nicht vom Schneider maßgefertigt worden waren oder ein Label trugen, für die ich ein Monatsgehalt hatte hinlegen müssen.

Trotz allem konnte ich mich als vermögend bezeichnen. Jedoch nicht so wohlhabend, um mir eine Deflorierung für fünfhunderttausend US-Dollar leisten zu können, die der glückliche Bieter sicherlich aus der Portokasse bestritten hatte. Das war eine Wahnsinnssumme, die mir immer noch Atemnot bereitete.

»Wie lange bist du in Berlin?«, wollte Anthony wissen.

»Nur noch bis morgen«, antwortete ich und erwiderte sein aufreizendes Lächeln. »Was hast du nachher noch vor?«

»Nichts Besonderes. Eine Idee?«

Natürlich hatte ich eine.

Nach der Sauna gingen wir essen. Danach schlenderten wir durch die Innenstadt von Berlin, flanieren und ein wenig shoppen, wobei ich gerne die Kreditkarte zückte, um ihm den Glauben nicht zu nehmen. Es war nicht ganz fair, gab ich zu. Doch der Kerl interessierte mich. Er faszinierte mich, vor allem, weil er so unbekümmert und sorglos war, so frisch und jugendlich. Gut möglich, dass ich ihn benutzte, um etwas Energie in mich und mein Leben zu bringen. Doch ich brauchte es. So wie er uns benutzte, indem er vorgab, jung und unschuldig zu sein, so benutzte ich ihn, um mir einen Kick zu holen und mich abzulenken.

Abzulenken von Stephan.

Natürlich landeten wir am Ende des Tages im Bett. Es war nicht ganz das, was ich mir von einer hemmungslosen Vögelei, wie ich sie mit Greg absolvierte, versprach, aber es war annehmbar und ein netter Zeitvertreib. Sein Körper war dünn und manches Mal befürchtete ich, ich würde ihn in meiner wilden Leidenschaft zerbrechen. Doch Anthony hielt durch und wir verbrachten die ganze Nacht miteinander. Ich gab ihm sogar meine Telefonnummer und meine Adresse. So war ich nicht überrascht, dass er einige Zeit später bei mir in Germering aufkreuzte, wo wir da weitermachten, wo wir in Berlin aufgehört hatten.

Jetzt hatte ich einen Liebhaber, so wie Greg mich als gelegentlichen Lover nutzte. Ich wusste von vornherein, dass dies nichts auf Dauer sein würde. Spätestens, wenn die Semesterferien zu Ende waren, sein Studium wieder begann und er nach Cambridge abreiste, war es vorbei. Der Zeitpunkt stand bereits fest – eine Woche noch. Daher nahm ich mit, was ich kriegen konnte, und genoss es in vollen Zügen.

Von Greg hörte ich lange nichts mehr. Ich war auch zu beschäftigt, um daran zu denken, ihn anzurufen. Es war nicht ungewöhnlich bei uns. Greg umrundete im Jahr wahrscheinlich ein paar Mal den Globus und war ständig woanders. Seine Firma hielt ihn ziemlich auf Trab. Ich hingegen versuchte, den Anforderungen meines anspruchsvollen Jobs gerecht zu werden, als Leiter der Abteilung für Entwicklungen, der dafür Sorge tragen musste, dass das Unternehmen ständig mit technischen Neuheiten aufwarten konnte. Aus diesem Grund summierten sich meine Flugmeilen ebenso, zwar nicht so rasch wie die von Greg, aber doch stetig und konsequent. Wir hatten es uns zur Angewohnheit gemacht, wenn wir in der Nähe des Wohnortes des anderen waren, einfach anzurufen und nachzufragen, ob Besuch erwünscht sei.

So klingelte an einem Sonntagmorgen mein Mobiltelefon. Ich blinzelte verwirrt, noch übermüdet von der Nacht mit Anthony und angelte halb blind nach dem nervenden Teil auf dem Nachtschrank.

Als ich die Nummer auf dem Display erkannte, war ich hellwach … Greg.

»Hey, altes Haus!«, rief er mir sogleich froh gelaunt entgegen. »Man hört von dir gar nichts mehr. Gibt es dich noch?«

Unser letztes Treffen war bestimmt schon fünf oder sechs Wochen her. Ich wusste es nicht mehr so genau, vor allem in aller Frühe, wo meine Gehirnzellen noch mit ihrem Langschläfersyndrom zu kämpfen hatten.

»Dasselbe könnte ich auch von dir sagen«, brummelte ich.

»Hab ich dich geweckt?«, kam es lachend zurück.

Ich schielte auf die Uhr. Sieben Uhr morgens. Im Geiste lagen meine Hände bereits um Gregs Kehle. »Tu nicht so scheinheilig. Was ist denn los?«

Greg lachte herzhaft. Er wusste genau, dass er mich geweckt und damit geärgert hatte. Sein früher Anruf war mit hundertprozentiger Wahrscheinlichkeit Absicht.

»Ich bin gerade in Hannover und könnte meinen Rückflug nach New York um einen halben Tag verschieben«, berichtete er. »Was meinst du? Kann ich bei dir reinschneien?«

Ich richtete mich auf und drehte den Kopf auf die andere Seite, hinter mich, wo Anthony noch im süßen Schlummer versunken war. Sein rotblondes Haar war total verstrubbelt. Auf seinem Bauch klebten noch die Reste unserer Nacht. Ich hatte ihn heute Nacht ein paar Mal zum Kommen gebracht.

»Ich … ähm …«, stammelte ich, »bin nicht allein.« Greg sagte nichts auf meine Erklärung. Ich richtete mich gänzlich auf, schwang die Beine aus dem Bett und verzog mich ins Badezimmer. »Du glaubst mir nicht, wer das ist«, fuhr ich fort, als ich leise die Tür hinter mir geschlossen hatte. Ich wollte Anthony nicht wecken. »Kannst du dich an Havanna erinnern?«

Ich wartete kurz auf eine Antwort, als sie nicht kam, plauderte ich einfach weiter.

»Der Kerl an der Teppichstange. Ich bin ihm zufällig in Berlin in der Herrensauna begegnet. Du hattest Recht. Das ist alles Schauspielerei. Von vorn bis hinten eine gigantische Show. Alles Betrug. Da gab es nichts mehr zu deflorieren. Der Kerl ist auch keine Achtzehn mehr.«

Plötzlich prustete Greg los. »Ach!«, stieß er lachend hervor. »Du hast wirklich noch an den Weihnachtsmann geglaubt? Oh, Lenny, ich dachte, du wärst da schon lange drüber hinweg.«

Ich überging seinen Hohn. »Jedenfalls ist er jetzt hier und …«

»Prima«, schnitt er mir begeistert das Wort ab. »Frag ihn doch, ob er Lust auf einen Dreier hat.«

»Ähm …« Ich kämpfte mit mir.

»Verstehe«, kam es sogleich. »Aber du nicht. Okay. Schon verstanden. Schade, hätte sicherlich Spaß gemacht. Dann wünsche ich euch viel Vergnügen, euch beiden. Ich lasse wieder was von mir hören, wenn ich in der Nähe bin, und du auch, wenn du rüberkommst.«

»Ja, mach ich.« Ich fühlte mich plötzlich absolut unwohl. Greg hatte enttäuscht geklungen, als ob er fest damit gerechnet hatte, dass ich ihn zu einem Trio einladen würde.

»Bis dann.« Es klickte, Greg hatte aufgelegt.

Einen Moment hielt ich mir noch verwirrt das Telefon an das Ohr, ehe ich es langsam sinken ließ.

Warum fühlte ich mich schon wieder schäbig? Ich konnte doch ebenfalls ungehemmt meinen Spaß haben, genauso wie Greg, der sich beinahe jede Nacht ein anderes Opfer suchte.

Irritiert schüttelte ich den Kopf. Ich machte mir einfach zu viele Gedanken, entschied ich. Greg war wesentlich unbekümmerter, was diese Sache anging. Warum nicht auch ich?

Als ich ins Schlafzimmer zurückkehrte, regte sich Anthony müde. Er zuckte zurück, als er seine Augen öffnete und mich nahe vor seinem Gesicht erblickte.

»Hey«, keuchte er erschrocken. »Wo bist du gewesen?«

»Auf dem Klo«, sagte ich ausweichend. Eine Lüge, aber das brauchte er nicht zu wissen. »Du hast mich heute Nacht bei der Vorspeise sitzen lassen.«

Anthony verzog seine Miene. »Ich bin eingeschlafen.«

»Genau. Ich war noch nicht fertig mit dir.« Mein Gesicht näherte sich ihm. Bereitwillig hielt er mir seine Lippen hin. Wir küssten uns, während ich mich auf ihn setzte und mich an ihm rieb. Ein Stöhnen entglitt ihm, als sich seine Erektion bildete.

Ich brauchte dringend etwas, um dieses unangenehme Gefühl in mir loszuwerden, daher reagierte ich mich den ganzen Vormittag noch an ihm ab. Mittags machten wir eine Pause, um etwas zu essen, zu duschen und ein wenig Kraft zu schöpfen. Aber abends ging es wieder zur Sache. Es war ja nur noch eine Woche. Die musste ich ausnutzen.

Greg war wahrscheinlich genauso viel beschäftigt wie ich, denn er meldete sich nicht. Nachdem ich Anthony zum Flughafen gebracht hatte, hockte ich wieder allein in meinem Haus, das mir plötzlich viel zu groß vorkam. Einige Male liebäugelte ich mit dem Gedanken, einfach ein paar Tage Urlaub zu machen und nach New York zu fliegen, doch dann verwarf ich es und stürzte mich lieber in die Arbeit.

An einem sonnigen Montagmorgen saß ich im Büro. Vor mir lag ein Stapel von Papieren. Auf dem Laptop waren mehrere Dateien gleichzeitig geöffnet. Ich musste mir einen ungestörten Tag gönnen, um ein Projekt fertigzumachen, hatte auf dem Handy die Rufumleitung zum Sekretariat aktiviert und Sabine, meine Sekretärin, gebeten, mich nicht zu stören.

Mir entkam daher ein missmutiges Grummeln, als es an der Bürotür klopfte und Sabine ihren Kopf herein streckte.

»Verzeihung, Herr Wengenmaier. Ein Anruf von Mister Barnes. Er sagt, es sei wirklich dringend.«

Ich seufzte und lehnte mich im Sessel zurück. Meine Glieder waren verspannt. Da ich nun schon aus der Konzentration herausgerissen war, nickte ich. »Stellen Sie durch!« Bei Greg war immer alles dringend. Ob er nur jemanden zum Quatschen brauchte oder ob wirklich die Kacke am Dampfen war. Insgeheim freute ich mich aber auch über diese Pause. Ich war müde und erschöpft, meine geistige Aufmerksamkeit beinahe gänzlich verbraucht.

Das Festnetztelefon auf dem Schreibtisch klingelte, als Sabine den Anruf zu mir durchgestellt hatte. Ich ging sofort ran.

»Hey, altes Haus«, begrüßte ich ihn freudig. Trotz der ungewollten Störung freute ich mich auf seine Stimme. »Was gibt es denn so Dringendes?«

»Stephan hat einen Selbstmordversuch unternommen«, kam Greg sogleich zur Sache.

Ich sprang mit einem entsetzten »Was?« auf die Beine, rempelte dabei heftig gegen meinen Schreibtisch, der daraufhin einen erschrockenen Satz nach vorne machte, sodass die Schreibtischlampe gefährlich ins Wanken geriet und schließlich herunterfiel. Der Stuhl hatte einen harten Schups mit den Kniekehlen erhalten. Mit einem dumpfen Krachen landete er an der Wand hinter mir.

Ich keuchte vor Schreck. Mein Herz schlug rasend schnell. Ohrenbetäubend laut rauschte das Blut durch meine Adern.

»Warum?«

»Ich hatte gehofft, dass du mir das beantworten kannst«, kam es wenig nett zurück.

»Ich?« Das Herz wollte mir fast aus der Brust springen. Angst quoll jäh und unbarmherzig in mir hoch.

Ich hörte ein Schnaufen durch das Telefon, als Greg offenbar einen tiefen Atemzug genommen hatte.

»Vor ein paar Tagen kam er abends zu mir und kündigte«, begann er zu erzählen. »Einfach so. Ohne mir Gründe zu nennen. Ich riet ihm, es noch einmal zu überdenken und fragte ihn auch, ob er Probleme habe und wenn, dass ich ihm gerne helfe. Er war nicht gewillt darüber zu reden. Da ich ihn nicht gehen lassen wollte, akzeptierte ich die Kündigung nicht. Vorgestern Nacht nahm er sich den Porsche und bretterte damit mit 300 Sachen auf dem Highway gegen eine Felswand. Er hatte verdammtes Glück, dass die Leitplanke an der Stelle besonders verstärkt war, den Großteil des Aufpralls abgedämpft hat und er das deswegen überlebte. Ein Porsche ist nicht für seine Fahrgastsicherheit bekannt. Es stand kurzzeitig scharf an der Kippe. Doch inzwischen ist er stabil, aber er will nicht mehr. Er wehrt sich gegen die Behandlung, reißt sich die Infusionsnadeln aus den Adern, verwehrt die Nahrung und führt sich auf wie ein Wahnsinniger. Ich habe das leise Gefühl, dass dies etwas mit dir zu tun hat.« Seine Stimme war anklagend.

Hitze überkam mein Gesicht. »Ich? Wieso?«

Wieder vernahm ich ein tiefes Schnaufen.

»Weißt du eigentlich, dass es im Gäste-Wellnessbereich Kameras gibt?«

Meine Beine wurden weich. Ich taumelte rückwärts, stieß an den Stuhl und plumpste hart hinein.

»Nicht, um mir Wichsvorlagen für einsame Nächte zu verschaffen«, redete Greg weiter. »Sondern als reine Vorsichtsmaßnahme, weil sich vor einiger Zeit einmal ein Gast an den Habseligkeiten andere Gäste und Angestellter bedient hatte. Von den Kameras wissen auch nur ein paar Leute und die Aufnahmen bekomme nur ich zu sehen. Als du letztens etwas von der Sauna erzählt hast, dachte ich mir, dass ich die Aufnahmen mal wieder ansehen müsste. Ich war verzweifelt wegen Stephan, wusste nicht mehr, was ich tun sollte und wollte mich einfach ein wenig ablenken. Was ich da zu sehen bekam, war wirklich sehr interessant.« Er machte eine Pause, in der er sich offenkundig erst wieder sammeln musste. »Lenny, wie konntest du nur!«, schalt er schließlich los. »Du hast ihm Hoffnungen gemacht. Damned, Lenn! Das nehme ich dir verdammt übel. Wie kannst du so was nur machen?«

»Hoffnungen …?« Dieses Wort hallte wieder und immer wieder durch meinen Kopf.

»Verflucht noch mal, Lennart!«, schrie Greg. »Der Kerl ist seit vier Jahren bis über beide Ohren in dich verknallt. Und als er das mit dir und deinem neuen Freund erfuhr, ist er ausgerastet. Kein Wunder, nach dem, was du da in der Dusche mit ihm abgezogen hast. Wenn ich das gewusst hätte, wäre ich nicht mit dir in den Club gegangen. Was glaubst du, warum ich letztens erwähnt habe, dass Stephan auf dich steht? Und ich Idiot erzähle ihm auch noch das mit dir und diesem …« Greg verstummte, als ihm offenbar einfiel, dass er den Namen des Kerls nicht kannte.

Mir versagte es die Sprache. Ich war nicht fähig, auch nur ein Wort geschweige denn einen Ton von mir zu geben.

»Schaff deinen Arsch gefälligst in den nächsten Flieger und komm her!«, verlangte Greg unnachgiebig.

»Warum tust du das?«, wollte ich wissen. Meine Stimme hörte sich rau und verbraucht an.

»Komm her und ich erzähle es dir«, erwiderte er, wesentlich ruhiger und gefasster, als wollte er damit zu verstehen geben, dass mir nur noch eine Chance blieb, um meinen Hals aus einer sich allmählich zuziehenden Schlinge zu ziehen.

»Okay«, keuchte ich.

Es klickte. Greg hatte ohne ein weiteres Wort aufgelegt.

Ich brauchte einen Moment, ehe ich den Hörer auf die Ladestation warf, den Rechner runterfuhr, meine Utensilien zusammenraffte und das Büro verließ.

»Sabine!«, rief ich hektisch. Plötzlich glaubte ich, keine Zeit mehr zu haben. Mir brannte es unter den Fingern. Sie rann mir davon, wie Sand in einer Sanduhr. »Buchen Sie mir den nächsten Flug nach New York, egal welchen!« Ich nahm auch mit einem Geflügeltransporter vorlieb, wenn es sein musste. »Wenn möglich für heute noch. Und rufen Sie mich an, wenn Sie das Ticket am Flughafen hinterlegt haben.«

Sabine blickte mich erschrocken an. »Ist etwas passiert?«

»Notfall in der Familie«, erklärte ich kurz. Greg war meine Familie, damit Stephan ebenso. »Tut mir leid, das mit dem Projekt muss ein anderer zu Ende bringen.« Mit dieser Aktion riskierte ich meinen Job, das wusste ich, aber das war es mir wert. Noch ehe sie ein Widerwort oder etwas anderes sagen konnte, war ich draußen. Ich düste nach Hause und raffte in Windeseile meine Sachen zusammen. Aus lauter Verzweiflung kontrollierte ich schon das dritte Mal, ob ich alles eingepackt hatte, als Sabine mich anrief und die Hinterlegung des Tickets bestätigte.

Der Flug ging in vier Stunden. Genug Zeit, um zum Flughafen zu fahren und während der Wartezeit durchzudrehen. Die Zeit im Flugzeug kam mir als die unerträglichste vor, die ich je überstehen musste. Ich glaubte, Jahre in dem dröhnenden Flieger verbringen zu müssen, ehe er endlich in New York landen konnte. Dreizehn Stunden in der Business-Class einer nordischen Fluggesellschaft, auf beschränktem Raum eingepfercht, mit quälendem Zwischenstopp in Reykjavik, der mich fast um den Verstand brachte, entließen mich am Zielflughafen als wandelnder Zombie. Ich hatte keine Sekunde lang geschlafen. Unter meinen Augen standen dicke, dunkle Ringe. Mein Kreislauf lief seit vielen Stunden auf Hochtouren, wie auch die Produktion von Adrenalin. Ich hoffte nur, dass ich noch rechtzeitig ankommen würde, bevor Stephan …

Nein, daran mochte ich nicht denken.

Ich war schuld, wenn er es nicht schaffte.

Am JFK nahm ich mir ein Taxi und ließ mich zum Krankenhaus bringen. Auf der Fahrt rief ich Greg an und teilte ihm mit, dass ich auf dem Weg war. Wir wollten uns dort treffen.

Er kam mir im Foyer entgegen und geleitete mich nach oben.

Wir schwiegen, selbst im Aufzug brachte keiner ein Wort heraus. Als wir vor der Tür standen, hinter der Stephan mit dem Tode rang, hielt Greg mich auf.

»Sie mussten ihn gestern in ein künstliches Koma versetzen«, berichtete er. »Weil er zu starke Schmerzen hatte. Ich hab ihm nicht gesagt, dass du kommst. Vielleicht hätte ich es tun sollen, dann ginge es ihm eventuell etwas besser.« Er biss sich auf die Unterlippe und drehte einen Moment den Kopf weg. Er nahm einen tiefen Atemzug, ehe er sich wieder an mich wandte. »Warum hast du das getan, Lenny?«, wollte er von mir wissen. Seine Stimme klang sanft, jedoch schwangen deutlich ein Flehen und die Sorge um seinen Mitarbeiter mit.

»Ich weiß es selbst nicht«, gestand ich. Das war die Wahrheit. Auf dem Weg hierher hatte ich mir immer wieder diese Frage gestellt. Warum hatte ich das getan? Was hätte es verhindert, wenn es nicht passiert wäre?

»Er fasziniert mich … schon immer.«

»Du bist so blind«, gab Greg von sich. Ein Zittern begleitete seine Stimme. »So blind, du glaubst es gar nicht, *wie* blind du bist. Manchmal frage ich mich, ob du überhaupt etwas siehst.«

Ich sah verdutzt hoch. »Was meinst du damit?«

Greg seufzte tief. »Stephan schmachtet dich schon seit Jahren an. Ich amüsiere mich schon seit längerer Zeit darüber, dass du das gar nicht bemerkst. Ich dachte die ganze Zeit, du ignorierst ihn lediglich, weil er für mich arbeitet. Aber als ich die Aufnahmen sah, da …« Er schüttelte langsam den Kopf, als könne er es selbst nicht fassen. »Dass er schon seit über einem Jahr geschieden ist, wusste ich nicht. Er hat es mir nie erzählt. Er erzählte mir auch sonst wenig über sein Privatleben. Er war immer sehr verschlossen. Ich dachte, es ist, weil er … in dich verknallt ist und in gewisser Weise auf mich eifersüchtig. Ist sicherlich auch so, denn die Ehe ging wahrscheinlich deinetwegen in die Brüche. Miriam, seine Ex-Frau, erzählte mir, dass es so ziemlich genau vor vier Jahren angefangen hat. Da bist du das erste Mal bei uns aufgetaucht. Außerdem …« Greg drehte sich einfach um und platzierte sich in einen der Drahtsessel, die für Besucher bereitstanden. Er deutete mit einem Blick neben sich. Widerwillig setzte ich mich.

»Das hatte ich dir immer verschwiegen. Stephan ist …« Er zögerte. »Ich suchte damals einen erfahrenen Piloten, einen älteren Herrn mit viel Flugerfahrung. Er bewarb sich bei mir, doch beim Studium seiner Unterlagen fielen mir einige Ungereimtheiten auf. Ich lud ihn zum Bewerbungsgespräch, weil ich meine Vermutung bestätigt haben wollte und weil es mich irgendwie reizte, ihn bloßzustellen. Er dachte vermutlich, einen rotzlöffeligen, gerade zwanzig gewordenen Neureichenschnösel vor sich zu haben, der mehr mit sich selbst beschäftigt ist, als mit den Belangen seiner Mitmenschen und den er locker über den Tisch ziehen konnte. Ich sprach ihn darauf an, dass er seine Unterlagen gefälscht hatte. Um die Voraussetzungen für den Job erfüllen zu können, hat er sich ganze acht Jahre älter gemacht und Erfahrungen angegeben, die nicht sein konnten. Ich hätte ihn wegen Urkundenfälschung ans Messer liefern können, doch stattdessen gab ich ihm den Job. Er hat mich beeindruckt, mit seiner gefassten Art, mit der er die Situation gemeistert hat. Er war absolut beherrscht gewesen, kühl und besonnen. Er wusste genau, dass ich ihn eigentlich in der Hand hatte und ihn niederschmettern konnte. Doch er war derart gefestigt, dass mich das sehr beeindruckte. Wenn er sich während eines turbulenten Fluges genauso benahm, hatte ich den besten Piloten, den man sich denken konnte. Und so war es auch. Stephan enttäuschte mich nicht ein Mal. Er ist zu einem meiner besten Mitarbeiter geworden und ihn zu verlieren würde mir sehr weh tun.«

Ich schluckte hart. Dass Stephan nicht knapp vierzig, sondern erst dreißig war, freute mich. Damit war der Altersunterschied doch nicht so groß, wie ich zunächst dachte. Es konnte mich jedoch nicht so besänftigen, um mir die erdrückende Last der Angst um ihn und das schlechte Gewissen zu nehmen.

»Was ist da eigentlich genau passiert, in der Dusche?«, wollte Greg wissen.

»Wie meinst du das?« Es musste doch ziemlich offensichtlich gewesen sein, was zwischen Stephan und mir geschehen war. Wir hatten uns gegenseitig einen runtergeholt.

Greg seufzte laut. »Lenny!« Er fuhr sich mit den Händen über das Gesicht und atmete noch einmal tief durch. »Wenn du nicht so blind wärst … Was glaubst du, wie oft ich mir gewünscht habe, dass du mich nur ein einziges Mal so ansiehst, wie du Stephan dort unter der Dusche angesehen hast.« Er blickte mich an. Sein Gesicht war bleich und emotionslos, dennoch konnte ich ein Glitzern in seinen Augen erkennen. Ich starrte ihn an, als mir die Erkenntnis seines letzten Satzes mehr und mehr kam.

Meine Augen wurden groß, als ich endlich das ganze Ausmaß dessen, was er gesagt hatte, begriff.

Gregs Miene wurde versteinert. »Machst du das absichtlich, oder bist du wirklich so blind?«

Wut keimte in mir auf, weil er das stetig aufs Neue erwähnte.

»Was mich betrifft, dachte ich, dass du einfach nicht bereit bist, dass wir unsere Beziehung einfach von der falschen Seite her aufgezäumt haben. Wir hätten uns vielleicht erst einmal ineinander verknallen sollen, ehe wir ins Bett gestiegen sind. Aber als ich das mit Stephan sah, bin ich nun davon überzeugt, dass du es gar nicht sehen willst. Du willst keine Bindung, richtig? Du willst nur Gelegenheitsficks, sonst nichts.«

Ich sprang wütend auf meine Beine und wäre am liebsten vor Zorn davongelaufen, wenn mir nicht der Ernst der Lage bewusst geworden wäre. Wenn mir nicht im selben Augenblick klar geworden wäre, dass ich schon vor langer Zeit mehr hätte bekommen können. Wenn es mir bewusst geworden wäre, dass ich geliebt wurde, hätte ich vielleicht auch mehr in mir heraufbeschworen. Doch ich hatte es weder gemerkt noch erkannt. Sicher war ich auch zu sehr mit mir selbst beschäftigt, um es zu erkennen. Womöglich war ich auch nur zu sehr geblendet von dem grandiosen, inkonsequenten Leben, das mir Greg bot, das Leben, in das er mich einfach so hineinzog und in welchem ich mich staunend bewegte wie ein Kind durch die glitzernden Lichter einer weihnachtlich geschmückten Einkaufsstraße voller Spielzeug- und Süßigkeitenläden.

Zu all dem fehlte aber immer noch die zweite, entscheidende Komponente – nämlich: ich. Ich liebte Greg nicht. Nicht so, wie es für eine richtige Beziehung sein sollte. Ich mochte ihn, doch Liebe, so absolut heiße, brennende, tief in Herz und Seele dringende Liebe, die einem rosa Zuckerwattewolken ins Hirn zaubert, konnte ich ihm nicht entgegenbringen. Er war für mich wie ein Bruder, wie ein sehr guter Kumpel.

Das änderte aber noch lange nichts daran, dass ich jetzt zwei Männer unglücklich gemacht hatte. Einer rang mit dem Tode, der andere würde mir für alle Ewigkeit böse sein.

Zwei Stühle weiter sank ich wieder nieder, stützte meine Ellbogen auf den Knien ab und vergrub das Gesicht in den Händen.

»Scheiße!«, entkam es mir.

»Du bist demnach so blind.«

»Hör auf damit!«, fauchte ich. Ich konnte es nicht mehr hören. Doch dann raffte ich mich auf, nahm die Hände vom Gesicht und blickte Greg an. »Warum tust du das? Du hättest mich nicht anzurufen brauchen. Es wäre doch ein Leichtes gewesen, Stephan einfach so verschwinden zu lassen und dich dann an mich heranzumachen.« Ich wusste selbst, dass meine Worte sehr hart klangen, doch die Wut köchelte noch immer in mir. Es war mir gar nicht möglich, einen anderen Ton anzuschlagen oder andere Worte zu wählen.

Greg erhob sich, schob seine Finger in die Vordertaschen seiner Jeans und blickte für einen Moment gedankenverloren auf seine Schuhspitzen, ehe er den Kopf wieder anhob und mich ansah. »Du kennst mich verdammt schlecht, mein Lieber.« Seine Stimme klang genauso hart und anklagend wie meine zuvor, jedoch schwang in ihr ein deutlicher Schmerz mit. Meine Worte hatten ihn verletzt. Im ersten Moment freute ich mich darüber, dass ich ihn so getroffen hatte. Doch als mich sein strafender Blick traf, fühlte ich mich nur noch elend. »Du verdammter Idiot. Du verdammter blinder Idiot!«, redete Greg weiter. »Ich dachte, die Zeit, die wir miteinander verbracht haben, wäre ausreichend, um einander kennenzulernen. Dass du mir so etwas zutraust, kränkt mich. Ich bin kein eiskalter Schnösel. Ich ficke, was mir vor die Flinte kommt, aber ich gehe nicht über Leichen.« Er fauchte leise, schien sich gewaltsam zu beruhigen. Sein Brustkorb bebte. Sein Kiefer mahlte vor Wut. Nur langsam fiel der Zorn von ihm ab.

Ich wartete geduldig ab, beobachtete ihn stumm, war nicht fähig, mich zu verteidigen oder seine Rede mit etwas Ähnlichem zu erwidern. Es gab nichts zu sagen. Greg war wirklich kein Killer. Er nahm sich, was ihm die Gelegenheit vor die Füße warf, aber nicht um jeden Preis.

Als Greg fortfuhr, war von der Wut nichts mehr zu hören. Eher Bedauern, Mitgefühl, Verzweiflung. Unweit von uns kämpfte ein Mann um sein Leben, den wir beide ins Herz geschlossen hatten.

»Ich tu es für Stephan. Er ist mir wichtig. Auch wenn wir eine gewisse Distanz hegen, weil ich der Boss und er der Mitarbeiter ist, ist er zu einem Bruder geworden. Ich habe ihm immer alles erzählt. Während der Fahrt, während eines Fluges – wenn wir allein waren. Er hat mir zugehört.« Er räusperte sich. »Vielleicht hätte ich auch hin und wieder mal ihm zuhören sollen. … Ich vertraue ihm mein Leben an, täglich, jeden Tag aufs Neue. Dafür schulde ich ihm einiges. Das Mindeste ist, dass ich alles tun werde, um ihn am Leben zu erhalten.« Er blickte noch einmal kurz auf den Boden. »Er braucht dich jetzt nötiger als ich«, fuhr er fort. »Aber sei gewiss. Wenn das mit ihm in die Brüche gehen sollte, stehe ich auf der Matte.«

Während seiner Rede war mein Herz kurz stehen geblieben, um gleich darauf noch heftiger loszurasen, als es ohnehin schon tat.

Ich erhob mich ebenfalls und kam auf ihn zu. Für einen langen Augenblick standen wir uns schweigend gegenüber, wussten nicht, was wir sagen sollten. Dann streckte ich die Arme nach ihm aus und zog ihn an mich.

»Ich liebe dich«, sagte ich ergriffen und kämpfte meine Tränen nieder. Eine Floskel, die mir einfach so über die Lippen geflossen war. Erst als sie draußen war, schien mein Verstand darüber nachdenken zu wollen. Ich liebte ihn, aber nicht so, wie Greg es gerne hätte.

»Ich weiß«, antwortete er tonlos, umarmte mich jedoch nicht.

Ich ließ ihn los. Greg hielt seinen Kopf gesenkt, schien es nicht fertigzubringen, mir ins Gesicht zu sehen. Ich kannte ihn gut genug, um zu wissen, dass ihm Tränen in den Augen standen, die er mich nicht erkennen lassen wollte. Er drehte auch seinen Kopf zur Seite, als er ihn anhob und in die Richtung der Tür deutete, hinter der Stephan lag. Im selben Moment ging sie auf und eine Krankenschwester kam heraus.

»Er erwacht«, sagte sie auf Englisch. »Wenn Sie zu ihm gehen möchten, Mister Barnes?«

Er nickte nur und senkte erneut den Kopf. Greg würde nicht zu ihm gehen, das hatte ich bereits erkannt. Ich klopfte ihm sanft auf die Schulter, hauchte ihm einen Kuss und ein aufrichtiges »Danke« auf die Wange und ließ ihn dann stehen. Als ich mich noch einmal umdrehte, ehe ich das Zimmer gänzlich betreten konnte, war er schon ein ganzes Stück den Flur entlang gegangen.

Langsam wandte ich mich wieder zu Stephan um. Er sah grauenhaft aus. Vor lauter Verbänden, Gips, Drähten, Kabel, Pflaster, Elektroden und dergleichen war kaum noch was von ihm zu sehen. Überall an den freien Stellen konnte ich Abschürfungen, offene oder verschorfte Wunden erkennen, Blutergüsse und Schrammen. Über dem linken Auge war eine vernähte Verletzung. Die schwarzen Fäden ragten heraus wie kleine Stacheln. Das Auge war leicht angeschwollen. In seinem Mund steckte ein Beatmungsschlauch. Um ihn herum waren auf fahrbaren Gestellen zahlreiche Geräte angeschlossen, von denen Drähte zu ihm herüberreichten und alle möglichen Körperfunktionen in piependen oder blinkenden Signalen anzeigten. Als ich noch näher kam, erkannte ich auch, dass weiße Baumwollbandagen seine Hände und Füße an das Bett fesselten, damit er sich nicht mehr selbst verletzen konnte.

Hitze überkam mich. Gepaart mit panikartiger Angst vor dem, was ich sah, und der nagenden Sorge um den Mann, der mich einfach nicht mehr losließ.

Langsam trat ich näher.

Stephan atmete ruhig. Eines der Geräte kommentierte jeden der Atemzüge mit einem gleichmäßigen Piepen. Seine Augen waren geschlossen, doch hinter seinen Lidern schien er in helle Aufruhr zu sein. Die Augäpfel wanderten unruhig hin und her.

Ich stellte mich an sein Bett, betrachtete ihn mit wachsender Sorge. Er sah aus, als sei er dem Tod gerade noch von der Schippe gesprungen. Wie verzweifelt musste jemand sein, wie verletzt musste sich jemand fühlen, der zu so einem Schritt fähig war?

Schuldgefühle schossen in mir empor. Es war meine Schuld, dass wir alle um sein Leben bangen mussten.

Zögerlich nahm ich seine Hand, ließ meine Finger durch seine gleiten und verschränkte sie miteinander – so wie wir es in der Dusche gemacht hatten. Da hatten wir lange mit ineinander verflochtenen Fingern gestanden, und erst als ich mich losgerissen hatte, war die Verbindung getrennt worden.

Ich konnte seine Hand wegen der Fesseln nicht hochheben und sie an mich pressen, daher ließ ich sie einfach dort liegen und drückte sie.

Seine Augen öffneten sich.

Erst blickte er wirr umher, dann fokussierte sich sein Blick und er erkannte mich.

Sofort piepte das Gerät zu seiner Rechten hektischer. Auch ein anderes Gerät schien die aufkeimende Aufregung mit aufgeregten Pieptönen bekannt geben zu wollen.

Ich drückte seine Hand fester, auch auf die Gefahr hin, dass ich ihm vielleicht noch mehr Schmerzen zufügte, als er ohnehin schon erleiden musste.

Vorsichtig beugte ich mich über ihn und küsste ihn ganz behutsam auf eine freie Stelle an seiner Wange. Der Geruch von Desinfektionsmitteln und sterilisierten Verbänden stieg mir in die Nase, als ich mich ihm so weit näherte.

»Es tut mir so leid«, flüsterte ich. »Ich bin ein verdammter Idiot.« Ich küsste ihn abermals. Der piepende Automat geriet in regelrechte Panik. »Bitte beruhige dich!«, bat ich und blickte ihm in die hellen Augen, in denen es zu glitzern begann. »Ich weiß, ich kann nichts von dir verlangen. Ich habe dir zu weh getan, aber wenn du mir bitte noch eine Chance gibst. Ich möchte es dir so gerne beweisen.« Ich küsste ihn ein weiteres Mal.

Er reagierte nicht, sondern starrte mich einfach nur an. Er konnte wahrscheinlich auch gar nicht reagieren, denn in seinem Rachen steckte ein Schlauch, der ihm jegliches Sprachvermögen nahm. Es dauerte einen unsagbar langen Moment, ehe ich Bewegung an der Hand spürte. Seine Finger krümmten sich um meine und drückten sie fest.

»Jetzt wird alles wieder gut«, raunte ich ergriffen. Ich hätte ihm am liebsten alles Mögliche gesagt, vielleicht auch sogar, dass ich ihn liebte, eigentlich schon immer geliebt hatte, doch ich brachte es nicht fertig. Sein Zustand war mehr als bedenklich. Ich wollte ihn nicht noch mehr aufregen, als er es durch meine Anwesenheit ohnehin schon war.

Die Tür ging auf und die Krankenschwester von vorhin kam herein. Rasch kam sie näher und musterte den Patienten. Ich wich zwar von Stephans Bett zurück, behielt jedoch seine Hand. Ich konnte mich auch gar nicht losreißen, denn ein harter Griff hielt meine Finger fest umklammert.

»Mister Dillinger?«, wandte sie sich an ihn und vergewisserte sich mit einem Blick zu mir, dass sich nun etwas geändert hatte. Sie schien eingeweiht zu sein. Erleichtert nickte sie mir zu. »Soll ich Ihnen den Beatmungsschlauch entfernen?«

Er blinzelte müde, was ihr offenbar als Antwort genügte. Seine Augen waren nur kurz von mir abgerückt und kehrten sogleich wieder zu mir zurück. Er schien Angst zu haben, dass ich wie eine Fata Morgana verschwand.

»Ich bin bei dir«, versprach ich ihm und legte die andere Hand auf die, die sich festhielten, als wollten sie sich nie wieder trennen.

Ich hielt Wort. Während die Schwester mit Unterstützung einer weiteren Krankenschwester den Beatmungsschlauch aus Stephans Rachen zog, hielt ich seine Hand. Es dauerte einige Minuten, ehe er wieder normal atmen konnte, ohne zu husten. Sprechen würde noch etwas länger dauern, versicherte uns die Frau. Als Stephan ruhig liegen blieb, ohne an seinen Fesseln zu zerren, entfernte sie nach Rücksprache mit dem Oberarzt sogar die Baumwollbandagen.

Stephan verhielt sich entspannt. Sein Blick war direkt auf mich gerichtet.

Erst als wir allein waren, traute ich mich wieder, etwas zu sagen. Meine Stimme klang bestimmt genauso kläglich wie Stephans, wenn er versucht hätte zu sprechen.

»Ich bleibe bei dir«, versicherte ich ihm und beugte mich vor, um ihn auf die wunden Lippen zu küssen. Er zuckte leicht zusammen, als wir uns berührten. Seine Augen hielten mich noch immer gefangen. »Und wenn du wieder gesund bist, reden wir oder auch mehr, wenn du möchtest.« Ich küsste ihn abermals.

Endlich schlossen sich seine Augen. Eine einzelne Träne bahnte sich ihren Weg von seinem Augenwinkel zum Ohr. Rasch fing ich sie mit meiner Zungenspitze auf. Sie schmeckte genauso gut wie seine salzige Lust, die ich ihm aus der angeschwollenen Eichel gesaugt hatte.

9

Es war ein langer und beschwerlicher Weg zurück ins Leben. Ich blieb bei ihm, so oft und so lange ich konnte. Als ich Bilder vom vollkommen geschrotteten Porsche sah, war ich davon überzeugt, dass mindestens ein Dutzend Schutzengel Schwerstarbeit geleistet haben mussten, um Stephans Leben zu retten. Es grenzte an ein Wunder, dass er noch lebend aus diesem vollkommen zerknüllten Haufen Altmetall geborgen werden konnte.

Die Knochenbrüche verheilten. Die tiefen Schnittwunden ebenso, hinterließen aber sichtbare Narben, die ihn für den Rest seines Lebens daran erinnern würden, was er getan hatte. Sie hielten aber auch mir jeden Tag deutlich vor Augen, zu was ihn die Verzweiflung getrieben hatte – zu was ich ihn getrieben hatte.

Langsam ging es bergauf. In der Reha-Klinik machte Stephan dank der Fürsorge der Pfleger und Ärzte noch einmal einen gewaltigen Schritt nach vorn. Er hatte sich wieder dem Leben zugewandt, da ich nun an seiner Seite weilte. Der gelegentliche Besuch seiner Kinder gab ihm einen zusätzlichen Schub. Miriam hielt zu mir Abstand, körperlich wie auch persönlich. Der Ton mir gegenüber war kalt und distanziert. Sie sah es gar nicht gern, wenn ich mich den Kindern widmete.

So oft ich es möglich machen konnte, war ich bei Stephan und half ihm, so weit ich es konnte. Ich hielt seine Hand, wenn die Schmerzmittel nachließen. War einfach da, sobald sein Blick verriet, dass ihn die Strapazen zu überfordern drohten.

An einem warmen Septembersonntag saßen wir im Garten der Klinik auf einer Bank und beobachteten die Spaziergänger, die an uns vorüber flanierten. Gedankenversunken lauschten wir den knirschenden Schritten auf dem Kiesweg oder dem Zwitschern der Vögel. Unsere Hände waren miteinander verschränkt. Etwas, das wir oft taten, sobald uns ein trauter Moment die Gelegenheit dazu gab. Stephan schien diesen Kontakt zu brauchen. Aber ich auch, denn es war derzeit die einzige Verbindung, die ich zu ihm aufbauen konnte. Er verhielt sich noch sehr zurückhaltend und vermied es nach Möglichkeit, in der Öffentlichkeit und außerhalb seines Zimmers Zärtlichkeiten zu zeigen. Es war für ihn neu und er schien sich erst daran gewöhnen zu müssen, nun für homosexuell gehalten zu werden.

Das Verhältnis zu ihm wurde trotz seines Zögerns auf eine gewisse Weise inniger und vertrauter, jedoch noch lange nicht so intim, wie wir bereits gewesen waren. Küssen, Streicheln, Händchen halten oder Kuscheln, wenn ich in seinem Krankenzimmer übernachtete – mehr war nicht drin. Ich drängte ihn nicht, denn er hatte genug damit zu tun, seinen Körper wieder auf Vordermann zu bringen. Die Schmerzmittel machten ihn oft träge und müde, sodass wir oft nur nebeneinander saßen und uns anschwiegen. Wenn wir mal miteinander sprachen, dann meist über die Fortschritte seiner Genesung, das Wetter, seine beiden Kinder oder über meine Arbeit. Das Thema Selbstmordversuch umschifften wir wie ein gefährliches Riff. Weder Stephan noch ich schienen es anschneiden zu wollen. Ich wusste von den vielen Gesprächen mit Psychologen, die Stephan wegen seines Suizidversuchs absolvieren musste. Er hatte jedoch nie mit mir darüber geredet. Jedes Mal, wenn die Gefahr drohte, dass unser Gesprächsthema darauf hinauslief, stülpte sich unvermittelt Schweigen über uns. Aber mehr als der Beweggrund, warum er das getan hatte, schwelte in mir die Angst, ihm auf seinem weiteren Genesungsweg nicht länger nahe sein zu können. Denn das häufige Pendeln zwischen New York und München hatte den Resturlaub für dieses Jahr wie auch meine finanziellen Reserven aufgebraucht. Daher musste ich mich bald drastisch einschränken, noch ehe er als wieder vollständig hergestellt bezeichnet werden konnte. Mein Job stand auf dem Spiel. Mein Leben in Deutschland war gefährdet und ich wusste beim besten Willen nicht, wie ich es mit dem von Stephan verbinden konnte.

»Es gibt ein Problem«, brach ich die Stille zwischen uns. »Ich kann nicht mehr so oft zu dir kommen.« Stephans Hand ruckte leicht, als er offenbar zusammenzuckte. Ich drehte meinen Kopf in seine Richtung und musterte sein Profil. Die Verletzungen waren allesamt weitgehend verheilt.

»Mein Urlaub ist aufgebraucht, und wenn ich noch öfter einfach wegbleibe oder Aufträge verzögere, kassiere ich die Kündigung. Die Geduld meines Chefs ist am Ende.« Ich kniff kurz die Lippen zusammen. Mir tat es leid. Am liebsten hätte ich in Deutschland alle Zelte abgebrochen, um mich voll und ganz Stephan zu widmen. Doch etwas in mir hielt mich davon ab. Ob es meiner Bodenständigkeit oder der Wurzeln, die mich trotz der vielen Flugmeilen mit meiner Heimat verbanden, zu verdanken war, konnte ich nicht sagen. Es fühlte sich wie ein Fehler an, obwohl mein Herz und das hektische Flattern in meinem Bauch etwas anderes sagten.

»Ich finde eine Lösung«, fuhr ich fort, als Stephan weiterhin schwieg. Dass die Lösung sehr nahe lag und den Namen Greg trug, verbannte ich vehement aus meinem Kopf. Ich hatte ihn schon genug verletzt, sodass ich es nicht wagen konnte, ihn um diesen Gefallen zu bitten.

Stephans Hand wurde kalt. Seine Finger legten sich fester um meine und pressten sie so hart zusammen, dass sich in meiner Kehle ein Schmerzenslaut bildete. Ich hielt ihn jedoch zurück. Er hatte Angst, mich zu verlieren.

»Warum hast du es getan?«, platzte es aus mir heraus, noch ehe ich darüber nachdenken konnte. Mir war plötzlich, als hätte mich eine Flutwelle genau in jenes Riff geschleudert, das wir seit Monaten zu vermeiden suchten. Seine Hand wurde schlagartig eiskalt. Ich konnte förmlich sehen, wie alles in ihm gefror.

»Bitte«, flehte ich. »Ich will es wissen.«

Sein Brustkorb hob und senkte sich rasch. Sein Puls musste rasen. Auf seiner Stirn bildeten sich Schweißperlen. Seine Lippen zitterten, öffneten sich einen kleinen Spalt, als wollten sie einen Laut in die Freiheit entlassen. Doch dann pressten sie sich so fest zusammen, dass sie kaum noch als solches zu erkennen waren. Ich ließ ihm den Moment, den er brauchte, um sich zu sammeln und eventuell zu antworten. Aber er schwieg weiterhin, ließ das Kinn auf die Brust sinken und schien mir die Erklärung vorzuenthalten.

»Du hast mir vier Jahre hinterhergeschmachtet«, begann ich schließlich und versuchte, in meiner Stimme keine Anklage oder einen Tadel zu verstecken. Mit den Auswirkungen seiner Tat hatte er noch lange Zeit zu kämpfen. Eine Strafe, die lebenslang anhielt. »Deine Ehe ging deswegen in die Brüche. Du hast vier Jahre lang zugesehen, wie Greg und ich …« Den Rest des Satzes ersparte ich ihm, als er sich prompt versteifte. »Warum?«, fragte ich nur.

Stephan nahm einen tiefen Atemzug durch die Nase, bevor er die verkrampften Lippen löste und endlich den Mund aufmachte. »Eigentlich hatte ich es nicht vor«, gestand er leise. Seine Stimme war kraftlos und träge, als müsste er jedes Wort mühsam hervorstoßen. »Dafür liebe ich das Leben und meine beiden Kleinen zu sehr. Dafür habe ich zu viel riskiert, um es einfach wegzuwerfen.« Ich nickte lahm, als ich mich an den Betrug bei seiner Bewerbung erinnerte.

»Ich wollte einfach nur weg. Ich ertrug es nicht mehr länger.« Er musste einen weiteren tiefen Atemzug machen, bevor er weiterreden konnte. »Die Kündigung erschien mir als beste Möglichkeit, dem zu entrinnen, nicht ständig vor Augen zu haben, dass du unerreichbar für mich bist. Aber Mister Barnes wollte mich nicht gehen lassen. Ich wusste wieso und fühlte mich auch geehrt, dennoch konnte ich nicht mehr unter seinem Dach bleiben. Die Gefahr, dass ich dir begegne, womöglich noch mit deinem neuen Freund, war zu groß und ich war mir sicher, dass ich diesen Anblick nicht ertragen konnte. Also entschied ich mich dazu, abzuhauen. Ich hätte auch einfach meine Koffer packen und mich in den nächsten Zug oder Bus nach irgendwo setzen können. Doch in dem Moment, wo ich diese Entscheidung fällte, stand ich gerade vor dem Porsche, und ich sagte mir, wenn ich es nicht jetzt sofort tue, werde ich es niemals schaffen. Ich liebe den Job und ich mag Mister Barnes. Er war bisher der beste Boss, den ich hatte. Trotz seiner Eigenheiten und trotz dass er ständig mit dir zusammen war. Also stieg ich ein und fuhr einfach los. Auf dem Weg ging mir alles Mögliche durch den Kopf. Meine Gefühle wirbelten durcheinander, von Wut bis Enttäuschung. Von Trauer bis Todessehnsucht. In einem solchen Augenblick erschien wie aus dem Nichts diese Felswand und ich ergriff den Impuls. Die Lösung erschien mir plötzlich sehr einfach. Ich kann mich nicht mehr an viel erinnern, nur an diesen Felsen, der auf einmal aus der Dunkelheit der Nacht auftauchte. In diesem Augenblick dachte ich auch nicht weiter darüber nach. Nur noch ein einziger Gedanke herrschte in meinem Kopf: Dass es unendlich weh tat, dich mit diesem anderen zu wissen.«

»Das war nur eine flüchtige Affäre«, erklärte ich mit belegter Stimme. »Nichts von Bedeutung. Ein geiler Kick.«

Stephan sah hoch und blickte mich mit einem Ausdruck im Gesicht an, den ich nicht zu deuten wusste. Schmerzte es ihn, dass ich herumfickte wie ein Kaninchen auf Viagra? Dachte er, dass ich ihn auch für einen geilen Kick hielt? Oder bedauerte er es, dass ich nicht ihn für dieses unbedeutende, amouröse Abenteuer ausgewählt hatte?

»Mister Barnes sagte, dass du jetzt mit jemandem zusammen seist.« Seine Hand zitterte. Ich strich mit dem Daumen über seinen Handrücken, um ihn zu besänftigen. Ein Gefühl rann durch mich hindurch, das mich mit quälend schlechtem Gewissen erfüllte, aber ebenso mit der Erkenntnis, dass ich wohl doch so blind war, wie Greg es behauptete. Ich hatte nicht erkannt, dass ich damit sowohl Greg als auch Stephan verletzt hatte.

Auch wenn Greg jede Gelegenheit genutzt hatte, die sich ihm bot, sehnte sich sein Herz nach mir und fühlte sich verraten. Ich war niemand Rechenschaft schuldig und kämpfte innerlich darum, mir selbst eine Rechtfertigung für meine Tat zurechtzuschustern. Was Greg konnte, konnte ich ebenso. Dennoch war dieses Gefühl, einen Fehler begangen zu haben, nicht einfach wegzuwischen. Zumindest Stephan hatte ich sehr weh getan.

»Du bist Gregs Angestellter«, versuchte ich meine Ansicht darzulegen. »Was in der Dusche vorgefallen ist, bedaure ich keinen einzigen Moment lang. Aber es war trotzdem falsch. Ich weiß nicht, was ich hätte tun können, um es zu verhindern. Ich denke, es hätte nichts gegeben. Du hast mich fasziniert und ich konnte nicht anders. Es war wunderschön. Dennoch …« Ich brach ab, als ich merkte, dass ich meine Beweggründe nicht nachvollziehbar erläutern konnte. Ich hatte impulsiv und schwanzgesteuert gehandelt. Was aber nicht hieß, dass mich diese Erkenntnis davon abhielt, es noch einmal zu tun. Die Erinnerung an Stephans Schwanz in meinem Mund kehrte deutlicher denn je zurück und ich spürte, wie in meinem Unterleib etwas pochend erwachte.

»Warum hast du dich geweigert, dich behandeln zu lassen?«

»Weil es mir unsagbar peinlich war und ich Mister Barnes nicht noch mehr Unannehmlichkeiten bereiten wollte.« Er benetzte hastig die Lippen. »Als ich wieder zu mir kam, wurde mir schlagartig klar, dass ich großen Scheiß gebaut hatte. Das Beste wäre gewesen, wenn ich gestorben wäre. Aber ich wusste, dass Mister Barnes nichts unversucht lassen würde. Außerdem wollte ich nicht mit dem Wissen weiterleben, dich an der Seite eines anderen zu wissen.« Unsere Blicke trafen sich. Die hellen Augen begannen zu leuchten. Es war wie das Aufblühen einer dunklen Nacht, wenn die Wolken davonzogen und einen glitzernden Sternenhimmel zurückließen. »Als ich dich dann sah, dachte ich, ich sei im Himmel. Ich konnte es nicht glauben, dass du gekommen warst.«

»Greg sagt, ich sei blind.« Diese Aussage nagte noch immer an meiner Ehre, dennoch begann ich mehr und mehr an deren Bestand zu glauben. War ich wirklich zu blind, um die wahre Liebe zu erkennen?

»Da hat er nicht ganz unrecht.« Stephan verzog seine Mundwinkel. »Er ist selbst in dich verliebt. Doch du hast es nie gesehen.« Zu meiner Überraschung nahm er meine Hand hoch und führte sie zu seinen Lippen. Bevor er einen Kuss auf meine Knöchel hauchen konnte, schien ihn der Mut zu verlassen und er ließ seine Hand wieder sinken. Sein Blick hastete über die Umgebung, suchte offenbar nach einem Anlass, der ihn davon abhielt, mich zu küssen. »Das war ein weiterer Grund, warum ich gegen die Behandlung rebellierte. Ich wusste, dass er dich liebt und insgeheim darauf wartet, dass du es bemerkst. Ich war durch meine Tat geliefert, hatte das Recht verwirkt, weiterzuleben. Ich hatte mein Leben weggeworfen. Aber deines und das von Mister Barnes standen erst am Anfang.«

Ich ließ den Blick sinken, denn ich wusste noch immer nicht, ob ich in der Lage gewesen wäre, so etwas wie Liebe Greg gegenüber in mir aufkommen zu lassen. Ich mochte ihn sehr, mehr als einen Bruder, mehr als einen besten Freund. Er war fast wie ein Seelenverwandter, der genau wusste, wie es mir erging und was ich brauchte. Ein Partner, für den ich wahrscheinlich bittere Tränen vergossen hätte, wenn er an Stephans Stelle gewesen wäre. Aber Liebe …?

Greg hatte mehr verdient, etwas viel Besseres als mich. Auch wenn der Sex mit ihm Spaß machte und ich es vermutlich vermissen würde, war ich doch noch immer der Landbursche, der ihm in keiner Weise das Wasser reichen konnte.

»Ich weiß nicht, warum ich es nie gesehen habe«, gestand ich und beobachtete mich dabei, wie mein Daumen über seinen Handrücken streichelte. Unser beider Hände lagen zwischen unseren Schenkeln, nahezu verborgen vor den Blicken der anderen Spaziergänger. »Vielleicht, weil ich die Möglichkeit nie in Betracht gezogen habe.«

»Er war schon vom ersten Moment an in dich verliebt«, erläuterte Stephan mit einem Ton in der Stimme, der von Eifersucht gleichermaßen wie von Tadel geprägt war. Ich nickte lahm, da mir Gregs Worte in den Sinn kamen. Er hatte seinem Chauffeur alles erzählt, ihm seine Gefühle offenbart. »Ich ebenso«, fügte Stephan leise an. »Mir wurde dies jedoch nicht sofort klar. Ich brauchte eine lange Zeit, um es zu begreifen. Miriam hat …« Er verstummte. Sein Kinn sank auf die Brust. »Es war auch für sie nicht einfach, dies zu begreifen. Doch ich konnte nicht mehr mit ihr zusammen sein. Immer musste ich an dich denken … Sie wollte die Scheidung.«

»Warum hast du das Greg verschwiegen?«

»Ich hielt es für mein persönliches Versagen. Außerdem hatte ich Angst, dass er mich rauswirft, wenn er den Grund erfährt.«

Ich räusperte mich leise. »Er war nicht so blind wie ich. Er hat mir erzählt, dass du auf mich stehst. Ich weiß nicht, wieso er mir das verraten hat, obwohl er selbst …« Ich unterbrach mich. Es war müßig, darüber nachzudenken. Greg handelte oft für mich unverständlich, überraschte mich nicht nur mit einem Ausflug zu einem Public Viewing. Manchmal war dieser Mann für mich ein Mysterium, das ich nie richtig zu deuten wusste. Ich hatte mir aber auch nie viele Gedanken darüber gemacht, sondern einfach den Umstand genossen, dass so jemand wie er sich mit so jemandem wie mir abgab.

Wir schwiegen uns eine ganze Weile an. Ich wusste nicht, wie ich es brechen konnte. Über Gregs Beweggründe und Handeln zu philosophieren erschien mir unsinnig. Mir war bewusst, dass er uns beide mochte, Stephan ebenso wie mich und dass er keinen von uns beiden verlieren wollte. Greg war kein schlechter Mensch, obwohl er sich oft wie ein überheblicher Großkotz benahm. Aber er hatte das Herz auf dem rechten Fleck. Etwas, das ich durch Stephans Unfall mehr als deutlich vor Augen gehalten bekommen hatte.

Aus irgendeinem Grund ärgerte mich Gregs Aussage, dass ich blind sei, immer mehr. Dabei konnte ich nicht sagen, ob aus verletztem Stolz oder dem Umstand, dass ich ihm nicht zustimmen wollte. Aus einem anderen Grund wollte ich nicht weiter darüber nachdenken und wischte es gedanklich beiseite. Es war nebensächlich geworden, denn nun musste ich dafür sorgen, dass Stephan wieder auf die Beine kam. Und damit tauchte erneut das Problem auf, dass ich nicht mehr länger bei ihm bleiben konnte. Mein Rückflug ging bereits in zwei Tagen und dann würden wir uns eine lange Zeit nicht mehr sehen können.

Ich nahm die Hand, die noch immer mit meiner verschränkt war, und legte sie für alle sichtbar auf meinen Schenkel. Stephan zuckte überrumpelt zusammen und schien sie wegziehen zu wollen. Doch ich hielt sie fest und sah ihm tief in die hellen Augen. Er kniff die Lippen zu einem schmalen Spalt. Sein Blick huschte ein paar Mal zur Seite, auf der Suche nach Passanten, die sich daran stören könnten. Doch als sich niemand über diese harmlose Geste aufregte, entspannte er sich. Es würde für Stephan noch ein langer Weg werden. Nicht nur mit dem fertig zu werden, was er getan hatte, sondern auch seine Gefühle zu akzeptieren und sich zu entfalten. Ich wollte ihm in diesem Prozess helfen, ihn sanft in diese neue Welt einführen. Dabei erinnerte ich mich daran, wie schwer es war, als Schwuler auf dem Land aufzuwachsen. Möglichkeiten, es auszuleben, gab es nicht. Erst mit Greg erfuhr ich, wie es sein konnte, lernte die Freiheiten kennen und bekam sozusagen gleich einen Crashkurs. Denn er nahm mich einfach mit in seine Welt, ohne mich viel darauf vorzubereiten. Oft fühlte ich mich wie Alice im Wunderland, weigerte mich aber strikt, die roten Schuhe anzuziehen, um mich aus diesem Zauber zu befreien. Inzwischen war die Magie längst verflogen. Ich hatte mich in gewissem Maße angepasst und genoss es in vollen Zügen.

Stephan stand erst an der Schwelle. Aber ich war gewillt, ihn zu mir zu holen und ihm zu zeigen, wie wundervoll diese Welt sein konnte.

Doch wie, wenn sechseinhalbtausend Kilometer uns trennten?

Schweren Herzens musste ich ihn allein die Reha beenden lassen. Ich versuchte den Kontakt per Telefon, Chat oder E-Mail beizubehalten, um ihm das Gefühl zu geben, dass ich trotz der großen Distanz bei ihm war. Greg um Hilfe zu bitten, fiel mir nicht einmal im Traum ein.

Es war ein Tag vor Weihnachten, als ich allein in meinem Haus saß und mir überlegte, was ich nun tun sollte. Den Gedanken, meinen Job hinzuschmeißen, alles zu verkaufen und hinter mir zu lassen und zu Stephan zu ziehen, verwarf ich jedes Mal aufs Neue, wenn er drohte aufzukeimen. Dieses Risiko war ich nicht bereit einzugehen. Dafür war mir ein gesichertes Leben zu wichtig.

Ich hatte Stephan nun schon seit über acht Wochen nicht mehr leibhaftig gesehen. In unseren Telefongesprächen, die wir meist via Internet führten, war die Sehnsucht nacheinander mehr und mehr spürbar. Wir sprachen nicht mehr über das Geschehen oder die Hintergründe der Tat. Stephan war es noch immer unangenehm und ich drängte ihn nicht dazu. Bei unserem letzten Gespräch hatte er mir stolz mitgeteilt, dass er erst vor Kurzem wieder zu arbeiten angefangen hatte, fast ein halbes Jahr nach dem Geschehen. Etwas traurig hatte er angefügt, dass er mit Greg über die Feiertage in Hongkong sein würde. Somit war es das erste Weihnachten seit vier Jahren, das ich allein verbringen musste. Denn früher hatte ich die Festtage bei Greg verbracht, doch dieses Jahr hatte er keine Einladung ausgesprochen, geschweige denn sich gemeldet, um etwas mit mir auszumachen. Wahrscheinlich hatte Greg daher nicht angerufen, weil er wusste, dass er dieses Jahr nicht zu Hause sein würde. Ich bezweifelte auch, dass er sich melden würde, denn ich war nun mit Stephan zusammen.

Von weißen Weihnachten war dieses Jahr weit und breit nichts zu sehen. Der Winter schien vor zwei Wochen sein gesamtes Potenzial an Schnee über das Land geworfen zu haben. Noch letzte Woche kämpfte ich täglich mit einem halben Meter Schnee, den ich aus meiner Einfahrt schippen musste. Doch seit zwei Tagen regnete es lediglich ununterbrochen und von der weißen Pracht war nichts mehr zu sehen. Ich war ohnehin nicht in Weihnachtsstimmung. Meine Behausung sah aus wie immer, kein Weihnachtsbaum, kein Adventskranz, nicht einmal Kerzen. Für wen sollte ich es auch schmücken? Ich stand nicht unbedingt auf diesen Kitsch. Die Aussicht, das Fest vollkommen allein zu verbringen, stimmte mich nicht gerade weihnachtlich – eher traurig.

Ich hielt mich selbst nicht für ausgesprochen romantisch. Dennoch war mir danach, den Kamin anzuzünden und mich mit einer Tasse Kakao mit einem großzügigem Schuss Wodka davor zu setzen und sehnsüchtig ins Feuer zu starren. Etwas anderes konnte ich nicht tun. Zu meinen Eltern zu gehen würde ich mir tunlichst verkneifen. Allerhöchstens rief ich sie an. Was meine Brüder machten, interessierte mich nicht die Bohne. Ich war nicht scharf darauf, von ihnen runtergemacht oder an Zeiten erinnert zu werden, in denen ich beinahe täglich mit Kuhdung getauft worden war.

Wie lange ich ins Feuer gestarrt und mich selbst bemitleidet hatte, wusste ich nicht, als es plötzlich an der Haustür klingelte. Missmutig stellte ich meine Tasse beiseite und machte auf. Vor mir stand niemand geringerer als … Stephan.

Sogleich flog ich ihm in die Arme.

Welch eine Überraschung.

Nachdem wir uns ausgiebig begrüßt und draußen im Regen geknutscht hatten, bis uns kalt geworden war, bat ich ihn endlich rein. Er schien selbst so von Sehnsucht erfüllt zu sein, dass er nicht an die Möglichkeit dachte, beobachtet zu werden. Ich hatte auch keine Sekunde gezögert, und erst als ich ihn in mein Haus zog, fiel mir auf, dass sich Stephan nicht zu entziehen versuchte. Die Wiedersehensfreude war einfach zu groß, um noch weiter darüber nachzudenken, sodass ich den Gedanken beiseiteschob und im nächsten Moment auch schon vergessen hatte.

»Ich dachte, du bist mit Greg in Hongkong!«, rief ich zappelig vor Freude. Wenn ich nicht ein Kerl wäre, wäre ich wie ein Gummiball auf der Stelle herumgehüpft und hätte freudig kreischend in die Hände geklatscht.

»Ja, dachte ich auch«, erwiderte er zerknirscht und überreichte mir seinen nassen Mantel, den ich an meine Garderobe hängte. »Aber dann änderte sich das Ziel plötzlich und wir flogen nach Deutschland. Als Mister Barnes meinte, wir können einen kurzen Abstecher hierher machen, freute ich mich sehr. Doch als wir hier waren, warf er mich aus dem Wagen, kündigte mir fristlos wegen unüberbrückbarer Differenzen, setzte sich selbst ans Steuer und fuhr weg. Ich stand da draußen auf der Straße und wusste nicht, wie mir geschah …« Er sah mich an, noch immer unsicher und verwirrt von den Geschehnissen.

Mir blieb der Mund offen stehen. »Wegen unüberbrückbarer Differenzen …?«, wiederholte ich fassungslos.

»Ich weiß«, fuhr mir Stephan barsch ins Wort, nahm seine Wut jedoch sogleich wieder zurück, »weswegen er das gemacht hat. Er wollte, dass wir Zeit miteinander verbringen können. Aber deswegen muss er mir doch nicht kündigen.«

Er sah wirklich verzweifelt aus.

»Meinst du, er hat das ernst gemeint?«

Stephan zog die Schultern hoch. »Er benahm sich in letzter Zeit irgendwie merkwürdig, richtig zugeknöpft. Als ich wieder zu arbeiten anfing, dachte ich, dass alles wieder so wird wie früher …« Er senkte den Blick. »Ich bat ihn mehrmals um Urlaub für die Feiertage, hätte sogar Lohnverzicht akzeptiert. Aber er hat ihn mir verweigert, meinte, vor den Festtagen gäbe es viel zu tun. Außerdem muss ich den Ausfall reinarbeiten und auch den beschädigten Porsche bezahlen. Sein seltsames Verhalten mir gegenüber fiel selbst den anderen Angestellten auf. Ich erkannte ihn kaum noch wieder.«

Stephan sah wirklich absolut verzweifelt aus. Die Situation verunsicherte und überforderte ihn. Hilflos stand er in meinem Flur, seine Haare nass vom Regen. Er musste eine Weile draußen gestanden haben, scheinbar fassungslos den Rücklichtern von Gregs Wagen hinterherstarrend, ehe er zu mir ins Haus kam.

Ich freute mich so tierisch auf diese Überraschung, dass ich fast kein Verständnis für Stephans prekäre Situation aufbringen konnte. Endlich waren wir mal ganz allein, nur wir beide, ohne Krankenhauspersonal oder Greg in der Nähe zu wissen. Und wir hatten alle Zeit der Welt.

»Ich weiß nicht, was ich jetzt tun soll«, gestand Stephan und kaute unsicher auf seiner Unterlippe herum. »Es ist alles so …« Er verstummte und sah mich mit einem flehenden Blick an.

»Du bleibst erst mal bei mir.« Ich schlang meine Arme um ihn und zog ihn an mich. »Nach den Feiertagen sehen wir weiter. Wer weiß … womöglich erlaubt sich Greg nur einen seiner berüchtigten Scherze.« Ich küsste ihn liebevoll auf den Mund. Er zögerte kurz, schien sogar zurückweichen zu wollen, doch dann gab er nach und erwiderte ihn. Seine Lippen waren kalt, ebenso wie seine Wangen und seine Hände, die sich zögerlich auf meine Seiten legten. Die Kälte drang rasch durch meinen Pullover und ich begann zu frösteln. »Willst du was essen?«, fragte ich fürsorglich. »Oder auch einen Kakao mit Schuss? Der wärmt von innen. Oder ist dir Kaffee lieber? Ich hab alles da.« Ich fühlte mich großartig und hätte ihn am liebsten vor Freude in Grund und Boden gefaselt.

Stephan lächelte unsicher.

Ich schmiegte mich an ihn. Die Aussicht, ihn ein paar Tage lang, vielleicht sogar für immer in meiner Nähe zu haben, versetzte mein Inneres in helle Aufregung. In meiner Hose begann es zu pochen. Als ich mich an ihn drückte, versuchte ich jedoch, meinen Unterleib von ihm fernzuhalten, da ich ihn nicht bedrängen wollte. Er hatte ohnehin schon genug Probleme, die er erst einmal verkraften musste.

»Komm erst mal rein«, sagte ich und zog ihn mit mir ins Wohnzimmer. Das Kaminfeuer knisterte leise vor sich hin und verbreitete eine wohlige Wärme. Ich bot ihm einen Platz auf dem Sofa an. Stephan setzte sich zögerlich.

Er war zwar schon öfter in meinem Haus gewesen, doch stets nur, um Greg abzuholen, und das im Flur oder im Wohnzimmer bereitgestellte Gepäck hinauszutragen und im Wagen zu verstauen. Während Greg unzählige Male bei mir übernachtet hatte, war Stephan stets in einer Pension in der Nähe untergebracht, da wir ungestört sein wollten. Nun war er zum ersten Mal aus privaten Gründen hier. Er blickte sich um, als befürchtete er, etwas Unrechtes zu tun.

»Entspann dich!«, besänftigte ich ihn, goss ihm einen tüchtigen Schluck Wodka in seinen heißen Kakao und reichte ihm die Tasse. Seine Hände zitterten leicht, als er die Tasse entgegennahm. »Genieße die paar freien Tage. Danach sehen wir weiter. Ich werde versuchen Greg zu erreichen und ihn zur Rede stellen. Doch jetzt sollten wir das erst einmal auf sich beruhen lassen.« Ich lächelte erfreut. »Ich freue mich tierisch, dass du da bist. Ich dachte schon, die Feiertage allein verbringen zu müssen.«

»Hast du keine Familie?«, wollte er wissen und nippte vorsichtig an seiner Kakaotasse.

»Du bist meine Familie«, antwortete ich. »Und eigentlich auch Greg«, schob ich etwas leiser hinterher. »Aber jetzt hat sich viel geändert. Ich bin jetzt mit dir zusammen.«

Er ließ die Tasse auf seinen Schoß sinken und beobachtete einige Augenblicke lang nachdenklich die kleinen Schaumkronen auf der Oberfläche des Kakaos. Seine Hände zitterten nach wie vor leicht. Ich bezweifelte jedoch, dass es noch immer von der Kälte kam, die seinen Körper durchschüttelte.

»Ist er deswegen so merkwürdig zu mir?« Er sah hoch. »Weil jetzt wir beide …?«

Ich räusperte mich. Es wäre eine Lüge oder Augenwischerei, wenn ich behaupten würde, dass Greg selbstlos gehandelt hatte, als er Stephan kündigte. Sicherlich lag es auch daran, dass wir uns schon lange kannten, er in mich verliebt war und mir das Glück gönnte. Doch ich war mir sicher, dass er einen Hintergedanken dabei hegte. Genaueres würde ich allerdings erst erfahren, wenn ich ihn anrief. Dies jedoch zu seiner Zeit.

Im selben Moment gab mein Mobiltelefon, das auf dem Wohnzimmertisch lag, ein Summen von sich, gefolgt von einem Signalton, der eine SMS ankündigte. Ich nahm es hoch und las den Absender … Greg.

»*Sag Stephan, dass er noch eine erstklassige Referenz und eine großzügige Abfindung erhält. Ich lasse ihn nicht hängen. Frohe Weihnachten euch beiden. G.*«

Ich sah hoch. »Es sieht aus, als hätte er uns ein Weihnachtsgeschenk gemacht«, sagte ich und las die SMS laut vor. »Aber es hätte gereicht, wenn er dir ein paar Tage Urlaub genehmigt hätte.«

»Stattdessen setzt er mich bei dir aus«, knurrte Stephan ungehalten und stellte seine Tasse auf den Tisch. »Gerade, dass er mir noch gestattete, meine Sachen aus dem Wagen zu holen. Ich kenne ihn ja inzwischen schon ziemlich gut und für das, was ich getan hatte, verdiente ich eine Strafe, aber das hatte ich ganz und gar nicht erwartet.«

»Vergiss es einfach«, versuchte ich ihn zu beruhigen und legte das Telefon auf den Tisch zurück. »Zumindest für ein paar Tage. Was auch immer Greg damit bezweckt, er wollte, dass wir Weihnachten miteinander verbringen.« Ich rückte mich näher an ihn und legte eine Hand auf seinen Schenkel. »Genießen wir es. Endlich haben wir mal ein paar Tage für uns.«

Als ich meine Hand auf sein Bein gelegt hatte, bemerkte ich, wie er sich augenblicklich versteifte. Seine Lippen pressten sich zu einem dünnen Strich zusammen und er schien meine Hand direkt zu beobachten, als befürchtete er, dass sie etwas Unsittliches tun könnte.

Ich nahm meine Hand wieder zurück und sah ihn fragend an.

»Ist irgendetwas?«, erkundigte ich mich verwirrt.

Stephans Kinn kam hoch. Er blickte mich beinahe erschrocken an. Er schüttelte den Kopf und räusperte sich verlegen.

»Du bist so verkrampft«, merkte ich an. »Ich kann mir vorstellen, dass die Situation mit Greg etwas ärgerlich ist, aber es wird sich regeln. Dessen bin ich mir sicher. Mach dir keine Gedanken. Das wird sich wieder einrenken.«

»Das klang sehr endgültig.« Stephan seufzte tief und strich mit der Handfläche über den Schenkel, den ich wenige Minuten zuvor berührt hatte.

War es ihm unangenehm, von mir berührt zu werden? Unter der Dusche hatte er wenig Bedenken deswegen gehabt. Und eben an meiner Tür war es, als kenne er keine Hemmungen. Ich hatte seine Hände auf meinem Rücken und meinem Hintern gespürt. Doch nun schien die Euphorie der Wiedersehensfreude verflogen zu sein und seine gewohnte Zurückhaltung hatte ihn wieder in Besitz genommen.

»Aber das ist es nicht«, fuhr er fort und seufzte abermals tief. Er sah mich mit seinen hellen blauen Augen an. Ein Flehen lag darin, als sehnte er sich nach Hilfe, nach Unterstützung, wusste nicht, wie er es lösen konnte. »Ich wollte es dir schon länger sagen. Ich …« Er brach ab und ließ den Kopf sinken. »Es ist nur so, ich … war vorher noch nie … mit einem Mann zusammen.« Er hob den Kopf wieder und sah mich direkt an. »Ich möchte es … mit dir … aber ich weiß nicht, was ich tun soll. Es fühlt sich … merkwürdig an.« Er schluckte hart. Ich konnte es sogar hören.

Mein erleichtertes Auflachen war nur mühsam zu unterdrücken. Wenn es weiter nichts war, was ihn bedrückte, dabei konnte ich ihm helfen. Ich wusste, dass Stephan sehr wohl mit einem Mann konnte. Die Erinnerungen an das Erlebnis im Gäste-Wellnessbereich von Gregs Anwesen, wo er vermutlich gar nicht an seine Hemmungen gedacht hatte, ließ die Hoffnung groß werden. Ich nahm seine Hand und verschränkte meine Finger mit seinen. »Denk an die Dusche«, gab ich verständig von mir.

Er lächelte unsicher. Sein Gesicht färbte sich rot. Es sah an ihm so wunderschön aus, dass ich kaum widerstehen konnte ihn zu küssen. Ich merkte jedoch, dass es gerade nicht der richtige Zeitpunkt hierfür war, da ihm offenkundig noch mehr auf der Zunge lag.

»Das war das Schönste, was mir bisher passiert ist«, gestand er. Sein Gesicht glühte förmlich. »So etwas hat noch nie jemand mit mir getan … das mit dem Mund. Das war einfach … unbeschreiblich.«

Mein Mund blieb offen stehen. »Nicht einmal deine Frau?«

Er schüttelte traurig den Kopf. »Sie ekelte sich davor.« Sein Blick sank auf seinen Schoß und verharrte dort einen Moment, ehe er sich einen Ruck gab, und weitersprach und von sich erzählte. »Wir kennen uns schon seit der Schulzeit. Nach unserem Abschluss heirateten wir. Als ich meine Anstellung bei Mister Barnes erhielt, zog sie mit mir nach New York. Ich dachte, ich hätte das große Los gezogen … eine wunderbare Frau, die meine Kinder unter ihrem Herzen trug, einen einzigartigen Job. Ich konnte die ganze Welt bereisen. Doch dann kamst du und alles wurde anders. Wir stritten immer mehr und schließlich ging es in die Brüche. Ich kannte mich selbst nicht mehr wieder, wusste nicht, was mit mir geschah.« Er machte eine Pause, in der sich Schweigen über uns senkte. Nur das Feuer prasselte leise vor sich hin. Ich ließ ihm die Zeit, die er brauchte, um sich zu sammeln und weitersprechen zu können. »Es war unerträglich, dich mit Mister Barnes zu sehen. Ich weiß nicht mehr, wie oft ich schon kurz davor war, zu kündigen, weil ich es nicht mehr mit ansehen konnte. Dabei war es unerklärlich für mich, warum ich eifersüchtig auf meinen Boss war. Was sollte ich mit einem Mann? Ich bin doch nicht …« Er verstummte abrupt, bevor er es laut aussprechen konnte. Röte war in sein Gesicht gestiegen. Er drehte den Kopf zur Seite, da es ihm offenbar unangenehm war. »Ich wusste selbst, dass das in der Dusche nichts zu bedeuten hatte. Mister Barnes schleppt auch ständig einen Kerl an, mit dem er es dann lautstark treibt. Warum nicht auch du? Ich hatte kein Recht, auf dich sauer zu sein, dennoch konnte ich nicht anders. Es war so ergreifend gewesen. So etwas hatte ich noch nie erlebt. Als Mister Barnes mir erzählte, dass du jetzt mit jemandem zusammen bist, einen Freund hast, war das wie ein Messerstich ins Herz. Ich glaubte sterben zu müssen. Es tat so weh. Ich konnte einfach nicht mehr so weitermachen und habe gekündigt. Doch …« Den Rest ersparte er uns beiden. Ich drängte auch nicht weiter auf das Ende der Geschichte. Ich kannte es bereits. Stattdessen war ich froh, dass er sich mir endlich öffnete.

»Wir haben alle Zeit der Welt«, sagte ich verständnisvoll, als Stephan weiterhin schwieg und vor sich ins Leere starrte. Unsere Finger waren noch immer miteinander verschränkt. Ich zog die Hand an mich und legte sie auf meinen Schenkel. »Wir werden es ganz langsam angehen lassen und wir werden nichts tun, was dir unangenehm ist.«

Er sah hoch und blickte mich mit Tränen in den Augen an. »Es tut mir leid. Ich weiß, du bist anderes gewöhnt, aber ich kann das nicht.«

»Was ich gewöhnt bin oder nicht, ist absolut nichtig«, erwiderte ich energisch.

»Manchmal denke ich, es ist nur ein Traum«, philosophierte er weiter, ohne auf mein Gesagtes einzugehen, »und ich brauche nur aufzuwachen, damit alles wieder ist wie früher. Es scheint mir so surreal und absurd, dass ich mich in einen Mann verlieben konnte, sodass ich nicht glauben kann, dass es tatsächlich real ist. Ich habe Angst, aufzuwachen und festzustellen, dass es kein Traum ist, ebenso wie ich Angst davor habe, aufzuwachen und festzustellen, dass alles nur ein Traum war. Insgeheim möchte ich, dass es nicht real ist, andererseits weiß ich nicht damit umzugehen …«

»Hey«, unterbrach ich ihn und zog ihn an der Hand dichter an mich heran. Stephan verkrampfte sich leicht, zögerte, sich mir zu nähern, doch dann gab er nach und ließ es zu, dass sich meine Stirn an seine legte. »Schließe die Augen«, sagte ich sanft. Stephan gehorchte, wenn auch zögerlich und blinzelte, ehe er die Lider tatsächlich schloss. »Entspann dich und denke an die Dusche damals! Stell dir vor, du stehst wieder unter dem Wasserstrahl, kurz nachdem ich dich dabei erwischt hatte, wie du dir selbst einen runterholst.«

Ich hatte die Augen geöffnet, um ihn zu beobachten und die Reaktion zu sehen, die meine Worte bei ihm bewirkten. Erwartungsgemäß schoss die Röte in sein Gesicht.

»An was hast du dabei gedacht?« Obwohl ich es mir denken konnte, wollte ich es aus seinem Mund hören.

»An dich«, erwiderte er kleinlaut.

Freude schoss durch mich hindurch, als er meine Vermutung bestätigte.

»An was genau?«, bohrte ich weiter.

»Wie du dich vor mir entblößt hast und vollkommen nackt vor mir standest«, gestand er. Seine Stimme war während seines Satzes immer leiser geworden, bis es schließlich in einem Flüstern endete.

Mit einem Schmunzeln erinnerte ich mich an seine großen Augen, die er gemacht hatte, als ich mein Handtuch abgelegt hatte.

»Hat dir gefallen, was du gesehen hast?« Ich widerstand der Versuchung in seinen Schritt zu fassen, um mich persönlich davon zu überzeugen.

»Mhm«, gab er verkrampft von sich.

»Dann denke an das, was danach passiert ist«, flüsterte ich ebenso.

Sein Atem wurde schneller. Seine Lippen öffneten sich, als würde er mich in seiner Vorstellung wieder küssen wollen. Ich reckte mein Kinn und machte aus der Fantasie Realität. Als sich unsere Lippen trafen, fuhr er leicht zusammen, entspannte sich jedoch rasch und erwiderte den Kuss, wenn auch etwas unbeholfen.

Diesmal ließ ich meine Hand in seinen Schoß sinken, langsam und vorsichtig. Er erschrak, als ich zielstrebig seine Härte fand, die sich mir unter dem schwarzen Stoff seiner Fahreruniform entgegenwölbte. Sanft streichelte ich sie, bemerkte, wie sie die Kapazität der weiten Bundfalten vollständig auszunutzen gedachte, und spürte, wie sie pochend nach mehr verlangte.

Stephan löste sich mit einem Keuchen von dem Kuss und wich zur Seite aus. »Ich müsste mal«, presste er mühsam hervor und schob sich auf dem Sofa noch ein Stückchen von mir weg.

»Erster Stock, zweite Tür rechts«, antwortete ich, innerlich fluchend und fauchend, versuchte jedoch mich zu fassen und wieder auf den Teppich zu holen. Es würde nichts nützen, Stephan zu drängen. Ganz im Gegenteil. Seine Flucht hatte mir bewiesen, dass er noch nicht so weit war.

Schnell war er aus dem Wohnzimmer verschwunden, flüchtete regelrecht vor mir und dem, was unweigerlich auf uns zugekommen wäre, wenn er nicht die Notbremse gezogen hätte. Ich ließ mich mit einem tiefen Seufzen an die Lehne zurücksinken. Es würde ein verdammt hartes Stück Arbeit werden, Stephan so weit zu lockern, dass wir eine normale Beziehung führen konnten – mit allem, was dazu gehörte. Denn ich sehnte mich danach, endlich näher mit ihm zusammen zu sein und nicht nur in seiner unmittelbaren Nähe oder seine Stimme zu hören. Ich wollte dieses Gefühl wieder auf der Zunge spüren, das ich während der Dusche hatte. Mich lechzte es danach, seine Hände auf meiner Haut, auf dem Schwanz und seinen Orgasmus direkt auf meinem Körper zu fühlen.

Mit einem Ruck setzte ich mich wieder auf und suchte nach meinem Telefon. Dem Ständer nach zu urteilen, den Stephan eben gehabt hatte, würde es eine Weile dauern, ehe er pinkeln und wieder zurückkehren konnte. Ich wählte Gregs Nummer und zählte stumm die Klingeltöne mit, die er verstreichen ließ. Er nahm nicht ab. Erst beim fünften Versuch schien er Erbarmen mit mir zu haben.

»Hast du Nervensäge denn gerade nichts Besseres zu tun?«, fuhr er mich sogleich an.

»Was soll der Scheiß?«, gab ich ebenso zurück. »Hätte es nicht gereicht, ihm einfach ein paar Tage Urlaub zu genehmigen?«

»Ja«, erwiderte Greg gedehnt, als sei er nicht davon überzeugt. »Vielleicht«, schob er einen Augenblick später hinterher. »Dann wäre das ganze Gejammer nach Urlaub zwei Monate später wahrscheinlich von Neuem losgegangen. Das bringt doch nichts. So ist es für alle Beteiligten besser. Hör auf zu meckern und genieße das Weihnachten in trauter Zweisamkeit!«

»Ob wir das genießen können, wage ich zu bezweifeln«, seufzte ich. »Immerhin ist er jetzt arbeitslos. Keine schönen Aussichten für einen Neuanfang.«

Greg lachte kurz auf. »Mann, Lenny, du Jammerlappen. Glaubst du wirklich, ich lass ihn einfach im Regen stehen …? Ich meine so wirklich, dass er aufs Sozialamt muss, oder so? Ich hatte eben ein Gespräch mit dem Betreiber eines Münchner Flughafen-Shuttle-Service, der zuverlässige Fahrer sucht. Der Job ist ihm so gut wie sicher. Das wollte ich aber erst an Weihnachten verraten. Jetzt hast du die Überraschung verdorben.« Er kicherte leise. »Ich weiß, dass er lieber über den Wolken fliegt, und habe meine Fühler auch schon danach ausgestreckt. Aber den Typ erreiche ich erst im Januar, da er gerade mit seiner Jacht irgendwo auf hoher See rumschippert. Jetzt schiebt mal keine Panik.«

»Du bist ein verrückter Scheißkerl«, schimpfte ich. Sosehr ich es auch versuchte, ich konnte ihm nicht wirklich böse sein. Im Grunde hatte er uns beiden einen Gefallen getan.

Greg lachte nur. »Ich liebe dich, Lenny. Das weißt du. Ich mag auch Stephan sehr gerne, aber mir blieb keine andere Wahl.«

»Ich dachte, du wartest nur darauf, dass es mit Stephan und mir ein Ende hat.«

»Ja«, pflichtete er mir bei. »Aber nicht auf die Tour. Womöglich gibst du noch mir die Schuld, wenn es in die Brüche geht, weil ich ihm den Urlaub vorenthielt. Ich weiß genau, dass es nicht lange hält. Ich kann warten.«

»Warum bist du dir da so sicher?«

Abermals lachte Greg. »Stephan ist ein Hetero. Ich weiß nicht, ob ihm wirklich klar ist, worauf er sich da einlässt. Du wirst ihn mit allen Begleiterscheinungen in die Szene einführen. Spätestens, wenn ihm Probleme und Hindernisse in den Weg geworfen werden, an die er nicht einmal im Traum gedacht hat, wird er sich das noch einmal überlegen.«

»Ich denke nicht, dass Stephan …« Ich verstummte, als mir sein Zögern in den letzten Wochen einfiel. Es war alles neu für ihn und er musste sich auf Dinge einstellen, die vorher nicht existiert haben. Nicht jeder kam sogleich damit klar.

»Wir können ja eine Wette abschließen.« Ein Kichern war zu hören. »Genießt es, solange es anhält. Stephan wird sehr bald merken, dass dieses schwule Lotterleben, das wir beide ihm vorleben, nichts für ihn ist. Ich habe Geduld. Aber jetzt entschuldige mich bitte. Ich bin auf dem Weg zu einer Skihütte. Da warten eine Menge Skihasen auf mich … und ich meine damit keine weiblichen.« Er lachte froh gelaunt. »Habt ein schönes Fest.« Im nächsten Augenblick unterbrach er die Verbindung. Er legte unvermittelt auf und ließ mich mit meinen weiteren Kommentaren oder Anliegen einfach stehen.

Typisch Greg.

Selbst ich wurde manchmal nicht schlau aus ihm.

Andererseits hatte er mir und Stephan die Möglichkeit geboten, endlich mal zusammen zu kommen.

Apropos Stephan …

Er war schon über eine halbe Stunde auf der Toilette. Was machte er da? Brauchte er so lange, um wieder runterzukommen?

Kaum hatte ich das gedacht, kam er auch schon um die Ecke. Er trug eine hellgraue Trainingshose und ein schwarzes T-Shirt, das seine Muskeln reizvoll zur Schau stellte. Durch den Unfall und die lange Zeit im Krankenhaus, in der er sich kaum bewegen geschweige denn trainieren konnte, hatte er stark abgenommen und auch Muskelmasse abgebaut. Dennoch wirkte seine Figur noch immer sportlich und kräftig und brachte mich dazu, dass ich beeindruckt aufkeuchte. Seine Haare waren feucht. Einige Strähnen standen wie kleine Stacheln vom Kopf ab. Ein einziger Wassertropfen bahnte sich seinen Weg vom Haaransatz an der Schläfe zum Kinn. Hatte er etwa geduscht?

Ein Schmunzeln huschte um meine Mundwinkel. »Holla«, gab ich anerkennend von mir. »Hast du was vor?« So wie es aussah, hatte sich Greg gewaltig getäuscht, denn Stephans Absichten waren mehr als eindeutig.

Er lächelte verlegen und blickte einen Moment auf seine nackten Füße. Nur kurz konnte ich die Röte in seinem Gesicht sehen, ehe er den Kopf gesenkt und den Anblick vor mir verborgen hatte.

Mit dieser Bewegung lenkte er auch meinen Blick tiefer. Meine Augen wanderten von seinem Brustkorb über seinen Bauch direkt zu seiner Mitte, wo sich seine Erregung deutlich abzeichnete.

Diese Entdeckung ließ die Hitze in mir emporschießen. Ich musste mich verkrampfen, um mich nicht auf ihn zu stürzen. Stattdessen zwang ich mich dazu, langsam auf ihn zuzugehen. Meine Hände zitterten, als ich sie anhob und auf seine Brust legte. Er zuckte leicht zusammen. Der Kopf war noch immer gesenkt, als schämte er sich seiner Gefühle. Ich hob ihn an und zwang ihn, mir in die Augen zu sehen.

»Dann weihe mich in deine Pläne ein«, sagte ich sanft. Innerlich kochte ich jedoch bereits. Am liebsten hätte ich ihn einfach geschnappt, aufs Sofa geworfen und genommen. Doch er war nicht Greg und ich musste ihn erst behutsam vorbereiten, ehe wir irgendwann in die Vollen gehen konnten. »Was möchtest du, dass ich tu?«, erkundigte ich mich.

Seine Lippen pressten sich zu einem schmalen Strich zusammen. Seine Augen fixierten mich, schienen sich in meinem Blick festkrallen zu wollen. Sein Kiefer bebte vor Anspannung. Ich küsste ihn zärtlich, versuchte, ihn etwas zu lockern. Er verkrampfte sich bei der Berührung, fuhr regelrecht erschrocken zusammen. Es schien, als sei Stephan zu allem entschlossen, wurde jedoch von seiner eigenen Courage im Stich gelassen. Sanft küsste ich das bebende Kinn, saugte mich kurz an der glatt rasierten Haut fest. Er schmeckte nach Seife und Rasierwasser, wenn mich nicht alles täuschte, mein eigenes, das oben im Badezimmer auf der Glasablage stand. Meine Lippen arbeiteten sich Millimeter für Millimeter seinem Mund entgegen, den er noch immer fest zusammenpresste. Als ich schließlich an meinem Ziel angekommen war, küsste ich mich zärtlich vom Mundwinkel bis zur Mitte der Lippen. Nur allmählich schien er aufzutauen, und als ich ihm einen längeren Kuss mitten auf den Mund setzte, entspannte er sich endlich ein wenig.

Meine Hände wanderten über seine Brust, die sich hektisch hob und senkte. Ich konnte den schnellen Herzschlag darunter spüren. Sein Kreislauf lief auf Hochtouren, schien davonrasen zu wollen. Ich schob mein Becken ein wenig vor, berührte vorsichtig die Härte mit meiner, die sich ebenso sichtbar in meiner Hose aufwölbte. Abermals zuckte er zusammen, schien zurückweichen zu wollen, sogar zu flüchten, doch er verharrte und blieb stehen.

Seine Atmung beschleunigte sich, als ich ihn dort unten berührt hatte. Seine Augen hatten sich geweitet.

»Was soll ich für dich tun?«, fragte ich interessiert, meine Stimme nur ein Flüstern.

Er öffnete seinen Mund, als wollte er antworten, doch es dauerte noch weitere Momente, ehe er endlich etwas sagen konnte.

»Das, was du … unter der Dusche …«, keuchte er.

Ich lächelte wissend, verabschiedete mich mit einem letzten Kuss, nahm ihn bei der Hand und führte ihn zum Sofa. Stephan ließ sich zu der Sitzgarnitur ziehen, umdrehen und sich seines Shirts entledigen. Noch bevor der schwarze Stoff den Boden erreichen konnte, gab ich Stephan einen sanften Schubs, worauf er in das Polster plumpste, als hätte er plötzlich sämtliche Kraft aus den Beinen verloren. Entschlossen bog ich seine Knie auseinander und zwängte mich dazwischen. Stephan verfolgte dies mit hochgezogenen Augenbrauen und leicht geöffneten Lippen, so als überraschte ihn das Geschehene. Er ließ mich jedoch walten.

Ich lehnte mich auf seine Brust, küsste ihn zärtlich auf den Mund. Dabei drängte ich mich tief zwischen seine Schenkel, drückte meine Erregung auf seine und ließ die beiden sich freudig begrüßen. Ich fühlte den Ruck, der durch ihn hindurch ging, und begann leicht das Becken hin und her zu bewegen, sodass die beiden Beulen in unseren Hosen aneinanderrieben.

Der Unfall hatte auf Stephans makellosem Körper Narben hinterlassen. Einige waren fast verblasst und lediglich eine Erinnerung. Andere hingegen noch deutlich zu sehen und bereiteten ihm auch nach dem knappen halben Jahr Probleme. Eine dünne vernarbte Linie zog sich oberhalb seiner rechten Augenbraue über die Stirn. Ich streckte mich ein wenig und folgte ihr mit der Zungenspitze. Stephan schloss die Augen und hielt still. Eine weitere, blassrote, kaum sichtbare, leicht gebogene Linie zog sich von der rechten Schläfe bis zu seinem Wangenknochen. Auch ihr folgte ich mit der Spitze der Zunge, vorsichtig, behutsam, als befürchtete ich, ihm wehzutun. Doch wusste ich, dass dies die Verletzungen waren, deren Heilung ihm am wenigsten Schwierigkeiten bereitet hatten.

Tatsächlich fühlte ich eine Mitschuld an dem Unfall, den er absichtlich begangen hatte. Eifersucht, Verzweiflung, Hoffnungslosigkeit hatten ihn dazu gebracht, seinem Leben ein Ende setzen zu wollen. Wäre ich nicht so blind gewesen, hätte ich es vielleicht verhindern können. Einerseits fühlte ich mich geehrt, dass jemand meinetwegen zu solch einer Tat fähig war, andererseits beschämte es mich zutiefst. Meine Blindheit, die Unfähigkeit, Stephans tiefe Zuneigung und seine brennende Sehnsucht zu erkennen, hätte beinahe ein Menschenleben gefordert.

All dies wollte ich wenigstens ein klein wenig abgelten, indem ich die Narben in seinem Gesicht und an seinem Körper mit zärtlichen Küssen, Streicheleinheiten und vorsichtigem Knabbern bedachte. Er zuckte immer wieder zusammen, wenn meine Lippen seine feuchte Haut berührten. Ich konnte die Hitze förmlich in seinem Körper pulsieren spüren. Mit jedem Kuss begehrte sie höher und höher auf, bis sie sich in Form eines Keuchens hörbar bemerkbar machte. Als ich mich an seiner Brustwarze festsaugte, sie gierig zwischen meine Lippen sog und meine Zähne vorsichtig in die Haut trieb, entkam ihm sogar ein erregtes Stöhnen.

Langsam arbeitete ich mich tiefer und bepflanzte beinahe jeden Quadratzentimeter seiner Vorderseite mit heißen Küssen. Ich knabberte und saugte an der von der Dusche noch feuchten Haut, ließ meine Zungenspitze in den Bauchnabel gleiten und spielte ein klein wenig mit den Härchen, die am unteren Bereich seines Bauches sprossen. Mit den Zähnen zupfte ich an dem Gummibund der Trainingshose, wagte es jedoch noch nicht, ihn davon zu befreien. Stattdessen ließ ich mein Kinn sanft über die stramme Beule gleiten, streichelte sie durch den Stoff, zärtlich, behutsam, wie die Berührung eines Schmetterlings. Er war so hart, dass es ihn bestimmt schmerzte und er um Erlösung lechzte. Doch so einfach wollte ich es ihm nicht machen. Ich wollte es genießen, den Augenblick, in welchem ich seine pralle Eichel in meinen Mund gleiten ließ, so gut wie möglich vorbereiten. Auf jenen Moment freute ich mich nicht weniger als er. Ein Schmunzeln huschte um meine Lippen, als ich bemerkte, wie er mir sein Becken entgegenhob, in der Hoffnung, dass ich ihn endlich fester berührte, dort, wo er es sich am sehnsüchtigsten wünschte. Doch ich wich zurück und begann stattdessen meine Wange an seiner Hüfte und seinem Schenkel zu reiben.

Er stöhnte unwillig, ließ mich jedoch gewähren.

Dies war mein Spiel. Ich entschied, was geschah und wann etwas geschah.

Dennoch wütete in mir dieselbe Leidenschaft, derselbe Hunger. Meine Finger vergriffen sich im Hosenbund. Sie umklammerten ihn beinahe krampfhaft, als wollten sie sich schon mal für den Ernstfall positionieren und ihren Posten erst aufgeben, wenn ich ihm die Hose ausgezogen hatte. Es dauerte auch nicht lange, bis mich das Streicheln seiner Beine durch den Stoff der Hose nicht mehr befriedigte, und so packte ich den Bund fester und zog ihn langsam herunter.

Es war keine Überraschung für mich, dass mir sein angeschwollener Schwanz direkt entgegensprang. Ich hatte regelrecht erwartet, dass er darunter nichts trug. Stephans Absichten waren so deutlich, dass Unterwäsche ein lästiges Übel und die wirkliche Überraschung gewesen wäre.

Ich lächelte süffisant, als sein Penis erwartungsvoll vor meinem Kinn wippte. Die Spitze glänzte feucht. Die Haut der Eichel war so fest gespannt, dass mich der Anblick selbst schmerzte. In mir baute sich der enorme Drang auf, dieses Paradebeispiel der männlichen Erregung in mir aufzunehmen und es tief in meinen Rachen zu schieben. Ich wollte die Lust aus ihm herauszusaugen. Doch ich kämpfte gegen das Begehren an. Ich konnte mich noch gut an das letzte Mal erinnern. Ein heißer Schub raste durch mich hindurch, als sich meine Gedanken mit erotischen Bildern und lustvollen Eindrücken füllten. Und wie beim letzten Mal keimte auch heute wieder der Wunsch auf, ein anderes Körperteil von mir für unser Liebesspiel zu benutzen. Doch anders als damals in der Dusche, konnte ich derzeit viel weniger darauf eingehen. Stephan war noch nicht so weit. Wir standen erst am Anfang eines langen Weges.

Gefühlvoll ließ ich mein Kinn über den harten Schaft gleiten. Die Haut war so weich und samtig, dass ich befürchtete, ich könnte sie mit den kratzigen Stoppeln verletzen. Deswegen öffnete ich meinen Mund und beendete die Streicheleinheit mit der Zunge. Ein leises Stöhnen entkam seiner Kehle. Seine Hände lösten sich endlich von dem Polster und legten sich auf meine Schultern. Die kochende Hitze, die in seinen Adern wütete, konnte ich selbst durch den Stoff des Pullovers spüren, jedoch gedämpft, wie durch einen Filter.

Hektisch fuhr ich hoch, riss mir das Kleidungsstück und das T-Shirt vom Leib und beugte mich wieder über seinen Unterleib. Stephan zögerte, seine Hände auf meine nackte Haut zu legen, doch dann traute er sich. Ich fuhr zusammen, als sich fast schon fiebrige Finger auf meine Schultern legten. Er war im wahrsten Sinne des Wortes absolut heiß. Es machte mich an, dass er vor Erregung brodelte und bebte und innerlich verbrannte. Es ließ meine eigene Lust emporschießen, die Hitze in mir aufkochen und einem gefährlichen Vulkan gleichkommen. Meine Adern füllten sich mit Verlangen, die Nervenenden vibrierten erwartungsvoll. Meine Muskeln spannten sich an, wollten wie zu einem Sprint ansetzen. Doch ich hielt mich zurück, bremste mich gewaltsam. Es würde zu schnell vorbeigehen, wenn ich diesem Drang nachgab. Stephan war nicht Greg und wusste diese Gier in mir nicht zu lenken und in noch höhere Sphären zu schießen. Es lag an mir, Stephan in die Stratosphäre ungeahnter Lust zu katapultieren. Daher kämpfte ich den Trieb in mir nieder und konzentrierte mich darauf, diesem Mann auf meinem Sofa, diesem unglaublich gut aussehenden Kerl, der meinetwegen sein Leben auf den Kopf gestellt hatte, einen unvergesslichen Abend zu bescheren.

Meine Zunge fing einen Tropfen Feuchtigkeit ein. Der Geschmack seiner salzigen Lust ließ die Entscheidung, mich zurückzuhalten, enorm ins Wanken geraten. Prickelnde Begierde entfaltete sich auf meiner Zunge. Eigentlich hatte ich vor, ihn noch eine Weile zu lecken und auch seine Hoden mit der Zunge zu umkreisen. Ich konnte mich aber nicht mehr davon abhalten, diese harte, beinahe zum Bersten angeschwollene Eichel in den Mund zu schieben. Langsam ließ ich sie an meinem Gaumen entlang tiefer gleiten, presste sie mit der Zunge regelrecht dagegen, vorsichtig, um den Vulkan, der unter der weichen Haut brodelte, nicht vorschnell zu wecken. Ein lang gezogener Laut entwich Stephans Kehle und seine Finger krallten sich in meine Schulter. Sein Becken hob sich ein wenig an, schien sich mir entgegenzurecken, mich zu animieren, noch mehr von ihm zu kosten, ihn noch tiefer aufzunehmen. Tatsächlich hatte sich sein gesamter Körper angespannt. Seine Muskeln verkrampften sich geradezu, was zur Folge hatte, dass er sich versteifte und zwangsläufig mit dem Unterleib hochkam.

Ich saugte ihn willig und tief in mich, schob ihn, so weit ich konnte, hinein. Dies war auch für mich ein Moment der Erfüllung. Stephans Penis fühlte sich so gut an, schien perfekt zu meinem Mund zu passen. Er schmiegte sich angenehm an meinen Gaumen und die Zunge, sodass ich aufpassen musste, mich nicht in diesem Gefühl zu verlieren. Ich ertappte mich selbst bei dem Gedanken, bis in alle Ewigkeit so zu verharren, sein prall angeschwollenes Glied tief in meinem Rachen versunken. Ich musste mir Gewalt antun, den Kopf wieder anzuheben, um die Lippen sanft über die weiche Haut gleiten zu lassen.

Abermals überflutete mich die heiße Vorstellung, welche Wonne es mir bereiten würde, wenn sich dieser Schwanz in meinen Hintern versenken würde. Dabei schoss ein weiterer Schub brennender Lust durch meinen Unterleib und in meiner eigenen Hose wurde es verdammt eng.

Ein neuerliches tiefes Stöhnen drang zu mir. Seine Finger krallten sich noch fester in meine Schultern, als wollten sie mich daran hindern, ihn aus dem Mund zu entlassen. Ich versuchte, ihn zu besänftigen, indem ich mit der Zunge über die Eichel und den Schaft strich und seine Hoden in den Mund saugte. Sein Becken zuckte, als ich sie wieder entließ.

»Oh Gott!«, stöhnte er kehlig. »Das ist so was von geil.«

Ich unterdrückte ein Kichern, denn ich wusste selbst, wie erotisch ein Blowjob sein konnte. Greg beherrschte es grandios, mich nur mit dem Mund zum Kommen zu bringen. Er reizte mich stets, bis ich vor Lust winselte. Dasselbe hatte ich auch mit Stephan vor.

Noch bevor er sich wieder sammeln konnte, hatte ich mich erneut über ihn gestülpt und ließ ihn tief in meiner Mundhöhle versinken. Zudem spannte ich die Lippen an, um den Ring eng um den Schaft zu ziehen, während ich ihn wieder entließ. Stephan schnaufte heftig. Sein Herzschlag beschleunigte sich abermals. Ich konnte den Puls direkt in seinem Penis spüren. Sein gesamter Körper pulsierte im Rhythmus des rasenden Herzens. Schweiß trat ihm aus den Poren und würzte meine Küsse noch zusätzlich. Seine Beine zuckten vor Erregung. Sein Bauch hob und senkte sich in rascher Folge, während sich seine Finger im Gleichklang meines Taktes verkrampften und entspannten.

Immer wieder machte ich eine kleine Pause, um die Erregung in ihm etwas abflauen zu lassen. Ich wollte nicht, dass er vorschnell kam, wollte es so weit wie möglich hinauszögern. In den Pausen küsste ich seinen Bauch und die Schenkel. Streicheleinheiten begleiteten die Küsse. Sanft knetete und massierte ich seine Hoden, spielte mit den Härchen an seinem

Unterbauch und um seine Scham und zupfte an ihnen. Verspielt kräuselte ich sie um meine Finger und die Zungenspitze. Mich störte die Behaarung nicht, ganz im Gegenteil. Es brannte in mir, zu erfahren, wie es sich zwischen den Haarwurzeln anfühlen konnte. Greg rasierte sich bis auf die Kopfbehaarung am ganzen Körper. Mein Bartwuchs wie auch die Haare an Brust, Bauch und Scham hielt sich in argen Grenzen. Hin und wieder hatte ich Greg den Gefallen getan und sie entfernt, meist stutzte ich es auf annehmbare Kürze. Stephan hingegen schien dem Wuchs ihren natürlichen Lauf zu lassen, es wirkte bei ihm jedoch nicht übermäßig. Ich hatte aber bei anderen flüchtigen Bekanntschaften schon Wunderliches erlebt, bei denen der Wildwuchs sogar störend gewesen war.

Mir gefiel es, in Stephans dunklem Flaum zu wühlen, die Haut darunter zu suchen und mit sanften Streicheleinheiten zu liebkosen. Er stöhnte und keuchte über mir, stieß immer wieder mal einen erregten Laut aus und schien es ebenfalls in vollen Zügen zu genießen.

Irgendwann nahm ich auch meine Hände zu Hilfe, um seine Erregung noch höher zu puschen. Ich umfasste den harten Schaft, pumpte ihn einige Male, ehe ich meine Lippen wieder über ihn stülpte. Stephan keuchte immer lauter. Sein Bauch senkte und hob sich rascher. Seine Beine zuckten, als könnten sie sich nicht entscheiden, ob sie mich quetschen oder mir vollen Zugang gewähren sollten. Als ich merkte, wie sich seine Hoden zusammenzogen, sein Keuchen in einen kehligen Laut überging und sich sein Unterleib immer mehr verkrampfte, intensivierte ich meine Bemühungen. Nach ein paar weiteren Bewegungen brach es aus ihm heraus. Er schien sich noch rechtzeitig zurückziehen zu wollen, damit er mir seine Erregung nicht in den Rachen spritzte, indem er sein Becken ins Polster drückte, doch ich hatte es vorausgesehen. Ich wollte es. Es gierte mich regelrecht danach, es in mir aufzunehmen. Ein Geschenk, das ich mir nicht entgehen lassen wollte. *Es gehörte mir.*

Ich krallte mich an ihm fest, folgte seinen zuckenden Bewegungen simultan und saugte selbst noch das letzte Pochen aus ihm heraus. *Es gehörte alles mir.*

Stephan schnaufte heftig, während er versuchte, nach seinem Ausbruch wieder Boden unter den Füßen zu erlangen. Ich wischte die Feuchtigkeit von meinen Lippen, richtete mich auf und kletterte rittlings auf seinen Schoß. Ich zögerte jedoch, ihn zu einem Kuss zu mir heranzuziehen – so wie Greg und ich es für gewöhnlich getan hatten. Es war nicht jedermanns Sache, den Geschmack eines Ergusses auf der Zunge zu haben. Daher drehte ich mich kurz nach der längst erkalteten Tasse Kakao um, die Stephan dort hatte stehen lassen, und nahm einen tüchtigen Schluck. Erst dann legte ich die Hände in seinen Nacken und zog ihn an mich.

Stephan öffnete seinen Mund nicht gleich. Offensichtlich schien er Schlimmes zu befürchten, doch als er merkte, dass nur der Geschmack von alkoholgeschwängertem Kakao zu ihm wanderte, entspannte er sich und erwiderte den Kuss.

Es würde noch ein langer Weg werden, ihm alle Annehmlichkeiten näher zu bringen.

Ich freute mich regelrecht darauf.

10

Nach einem langen leidenschaftlichen Kuss löste ich mich von ihm. Obwohl das der erste wirklich aufrichtige, von Verlangen erfüllte Kuss zwischen uns war, trennte ich mich von seinen Lippen und sah ihm tief in die hellblauen Augen. Sie glitzerten in der Beleuchtung meines Wohnzimmers, beeindruckt von dem Erlebnis und angefüllt mit Hoffnung und Glück.

»Entsprach das in etwa deinen Vorstellungen?«

Er nickte schwach. »Hat es übertroffen.« Seine Stimme klang rau und verbraucht. Auch hatte er sehr leise gesprochen, sodass ich es gerade noch verstehen konnte. Er kam von sich aus meinen Lippen näher und drückte mir einen Kuss auf, wollte scheinbar die Vereinigung fortsetzen, die ich vorhin getrennt hatte.

Ich wich leicht zurück. »Hast du noch einen Wunsch?«, erkundigte ich mich interessiert.

Unsere Blicke trafen sich. Er kniff einen Moment die Lippen zusammen, ehe er sie einen Spalt öffnete. Es kam jedoch nur ein kaum hörbares Keuchen zum Vorschein. Er schluckte hart, schien noch einmal Mut schöpfen zu müssen, ehe er hervorbringen konnte, was ihm weiterhin auf dem Herzen lag.

»Ich hätte nie gedacht, dass ich mich so sehr in einen Mann verlieben könnte«, gestand er, während sich seine Hände auf meinen Rücken legten, als befürchteten sie, ich könnte flüchten. »Du hast mein ganzes Leben, meine Überzeugung, alles, was ich bisher glaubte für richtig und wichtig gehalten zu haben, auf den Kopf gestellt. Mir war schon lange klar geworden, was dies bedeutete, doch ich konnte den Gedanken nicht ertragen, dies ohne dich durchmachen zu müssen. Du bist der Auslöser gewesen. Dein Anblick, die Liebe zu dir hat mich gezwungen, diese Seite in mir zu erkennen und zu akzeptieren. Ich sah dich immer mit Mister Barnes, wusste genau, was ihr macht, konnte es sogar hören. Es war schmerzhaft und nagte an mir, war aber dennoch auszuhalten, weil ich mir einbläute, dass jemand wie ich nie eine Chance bekommen würde. Doch als ich erfuhr, dass du nun einen Freund hast …« Er verstummte, atmete tief ein und drückte mich mit seinen Händen näher an sich heran. »Es tut mir leid, dir so viel Ärger gemacht zu haben. Ich wollte nicht …«

Ich schloss seinen Mund mit einem Kuss. Erst wehrte er sich dagegen, schien weiterreden und sich auch den Rest von der Seele reden zu wollen, dann erschlaffte seine Gegenwehr und er erwiderte den Kuss ebenso leidenschaftlich. Plötzlich erinnerte ich mich daran, wie Stephan mir erschienen war, als Greg mich in dem SM-Club zum Höhepunkt gevögelt hatte. Vielleicht sollte ich öfter die Maske aufsetzen, um endlich richtig sehen zu können, um die Gefühle anderer und vor allem meine eigenen erkennen zu können.

Wir küssten uns lange und leidenschaftlich. Unsere Zungen vollführten einen wilden Tanz, während unsere Hände unsere Körper erforschten, streichelten und aneinanderdrückten. Wie gerne hätte ich ihn jetzt genommen, wäre in ihn gefahren, um die aufgestaute Lust über ihn hereinbrechen zu lassen, die er in mir entfachte. Das konnte ich jedoch nicht.

Mein Leib begann vor unterdrücktem Verlangen zu beben. Ich rieb mein Becken an ihm. Doch aufgrund dessen, dass ich noch die Hose trug, verschaffte es mir nicht die Erfüllung, nach der es mich sehnte und die ich in diesem Augenblick so sehr brauchte. Ich wäre notfalls sogar in meiner Hose gekommen, auch wenn ich dieses nasse, klebrige Gefühl hasste. Aber die Hose verhinderte einen näheren Kontakt. Der dicke Stoff der Jeans spannte sich, wenn ich meine Beine spreizte.

Stephan schien meine Nöte zu erkennen und löste sich von mir. »Jetzt bin ich an der Reihe, dir einen Wunsch zu erfüllen«, sagte er atemlos und machte sich an dem Hindernis zu schaffen.

Der Knopf war schnell offen, der Reißverschluss nach unten gezogen, noch ehe ich Einwände dagegen hervorbringen konnte – sofern ich überhaupt etwas einzuwenden gehabt hätte. Doch als er mich zur Seite drückte, neben sich auf das Sofa, und sich anschickte mir die Hose von den Hüften zu ziehen, hielt ich ihn auf.

»Bist du dir sicher, dass du das willst? Immerhin …« Ich unterbrach mich selbst. Stephan war zu allem entschlossen, dennoch war ich mir sicher, dass es nicht zu den entscheidenden Aktionen kommen würde. Schließlich war dies sein erstes Mal, dass er mit einem Mann bewusst so intim wurde. »Du kannst es auch mit der Hand machen«, schlug ich daher vor.

Amüsiert verzog er sein Gesicht zu einem bezaubernden Grinsen. »Es ist nicht nötig, mich mit Samthandschuhen anzufassen.« Er riss mir förmlich die Beinkleider vom Leib, zerrte sie von meinen Knöcheln und warf sie einfach fort. Dann entfernte er auch seine Hose endgültig, schob sie hastig herunter und trat mit einem Fuß auf den Stoff, um sie tretend und strampelnd loszuwerden. Schließlich legte er sich auf mich, platzierte sich zwischen meinen Beinen und ließ unser beider Penisse aneinanderschmiegen.

Etwas überrascht von seiner ungestümen Art konnte ich mich nicht eines dummen Spruches erwehren. »Gibt es neuerdings bei der Volkshochschule einen Kurs für Schwulensex?«

Stephan lachte nur und fing meinen Mund zu einem Kuss ein. »Nee«, antwortete er, als er endlich von mir ließ. »Aber das Internet ist voll davon. Außerdem besitzt mein Ex-Boss eine üppig ausgestattete DVD-Sammlung.«

Ich musste ebenso lachen, aber eher, da er eine empfindliche Stelle an meinem Hals erwischt hatte, die einen Gänsehautschauer über meinen Rücken jagen ließ. Ich kannte Gregs Sammlung exquisiter Gay-Pornos. Dass Stephan diese als Schulungsmaterial genutzt hatte, stimmte mich noch heiterer, aber auch neugierig.

»Dann zeig mal, was du gelernt hast«, forderte ich ihn daher auf.

Ein Grinsen machte sich auf seinem Gesicht breit. Es konnte sich jedoch nicht lange halten und wich bald einem verunsicherten Blick. »In der Theorie ist ja alles bestens. Aber ich befürchte, mir fehlt es gehörig an Praxis.«

Abermals musste ich lachen, legte die Arme um ihn und zog ihn fester an mich. Ich schlang die Beine um seine Hüfte und drückte sie direkt auf meinen Schoß. »Wenn's weiter nichts ist …«, flüsterte ich anzüglich, »stehe ich dir gerne als Übungsobjekt zur Verfügung.«

Unsere Lippen fanden sich ein weiteres Mal zu einem innigen Kuss, den Stephan allerdings bald wieder beendete. Er bahnte sich küssend einen Weg von meinem Mund über den Hals zur Brust und versuchte sich an meinen Brustwarzen. Er war jedoch äußerst zaghaft, sodass es eher kitzelte und ich einem Lachanfall erlegen wäre, wenn ich mich nicht zusammengerissen hätte.

»Keine Samthandschuhe«, erinnerte ich. »Wir sind Kerle.«

Er grummelte leise und saugte sich fester. Mit einem kleinen stechenden Schmerz raste eine Lustwelle durch mich hindurch und ließ mich leicht aufbäumen. Seine Lippen arbeiteten sich weiter nach unten, während seine Hände meinen übrigen Körper erforschten. Als ob es absolutes Neuland wäre – was es für ihn sicherlich auch war – schien er jeden Quadratzentimeter meiner Haut erkunden und erobern zu wollen. Nach und nach wurde er forscher und mutiger und traute sich bald, zwischen meine Beine zu fassen und die Hoden in die Hand zu nehmen, um sie sanft zu massieren. Als er meinen Penis immer wieder außer acht ließ, nahm ich einfach seine Hand und legte sie auf meine Härte. Erst widersetzte er sich der Berührung, doch als ich nicht lockerließ und seine Hand mit meiner umschloss, sodass er ihn packen musste, gab er schließlich nach.

»Da will ich dich haben«, flüsterte ich und küsste seine Schulter. Langsam rieb ich meine Hand mit seiner an meinem Glied. Es war vorhin, als ich Stephan zum Höhepunkt brachte, schon ziemlich gespannt und sehnte sich nach Erlösung. Seine Hand auf meinem Schwanz rief wieder die Erinnerungen an das Erlebnis unter der Dusche zurück. Und mit ihnen einen weiteren Schub an Lust und Hitze. »So wie damals«, fügte ich an. »Mach es!«

Er beugte sich herunter und übersäte meinen Bauch mit heißen Küssen. Jeder einzelne Kuss hinterließ einen brennenden Punkt, der sich tief in mich bohrte und mir direkt in den Unterleib fuhr. Am liebsten hätte ich es mir selbst gemacht, während er mich weiterhin küsste, und begann heftiger zu pumpen. Stephan schob meine Hand weg und machte weiter, glitt immer tiefer und kam schließlich in meinem Schoß an. Als zaghaft eine Zunge über die harte Eichel leckte, sog ich zischend die Luft ein.

»Du musst das nicht machen«, keuchte ich. »Das ist für dich das erste Mal …« Ich verschluckte jegliche weitere Konversation und biss mir auf die Lippen, als meine Härte mit einem Mal in glühende Hitze getaucht wurde. Fassungslos, dass er mich tatsächlich tief in seiner Mundhöhle verschwinden lassen hatte, hob ich den Kopf an, um mich mit eigenen Augen davon zu überzeugen. Schließlich begann er mit seiner Arbeit, beinahe so, wie ich es vorher gemacht hatte. Er saugte mich tief in sich hinein, um den Ring seiner Lippen eng am Schaft entlang zu ziehen. Kurz bevor er die Eichel entließ, legte er sogar die Zunge noch fester an und strich behutsam über das geschwollene Ende meines Glieds.

Ein lang gezogener Laut entkam mir. Das gefiel mir mehr als gut.

»Entweder bist du ein Naturtalent oder lernst verdammt schnell.« Meine Finger vergruben sich in seinem feuchten Haar und streichelten über die Kopfhaut. So zögerlich und zurückhaltend, wie er sich vorher gegeben hatte, so unerschrocken und mutig machte er sich nun ans Werk. Offenbar hatte er sich dazu entschlossen, einfach in die Vollen zu gehen.

Mir sollte es recht sein. Wie es den Anschein hatte, konnte man aus dem Internet oder von Pornos jede Menge lernen.

Ein leises schmatzendes Geräusch ertönte, als er den Kopf anhob und mich angrinste. »Ich bin kein Mann von halben Sachen. Entweder mache ich es ganz oder gar nicht.«

»Mach weiter!«, keuchte ich glücklich und hob ihm mein Becken entgegen. Insgeheim war ich heilfroh, dass er so unerschrocken an die Sache ranging. Ich hatte mir dieses Einführen wesentlich langwieriger und vor allem schwieriger vorgestellt. Wie lange musste er sich damit beschäftigt haben, um nun alle Scheu vor dem doch ganz anders geschaffenen Körper abwerfen zu können? Noch wenige Minuten vorher hatte er sich davor gescheut, mich zu küssen. Nun saugte er mich in sich ein, als hätte er seit Jahren nichts anderes gemacht.

Wahnsinn!

Die Überraschung war ihm echt gelungen.

Da ich ohnehin schon ziemlich erregt war, brauchte er auch gar nicht lange, um mich zum Höhepunkt zu katapultieren. Ich war mir nicht sicher, ob er es wirklich bis zum Ende durchzog, hoffte es jedoch inständig. Doch kurz vorher verlor ich die Courage, entzog mich ihm blitzschnell und spritzte meinen Saft zur Seite. Milchige Tropfen verteilten sich auf dem Couchtisch und auf dem Teppich. Aber das war mir egal. Ich hatte schon so oft die Hinterlassenschaften von Greg und mir aus dem Vorleger, dem Sofa und anderen Möbeln entfernen müssen, da kam es auf ein paar weitere Tropfen nicht mehr an.

Keuchend kam ich wieder zur Ruhe. Mein Unterleib pulsierte wummernd. Die Hitze flaute allmählich ab. Mit verschleiertem Blick sah ich hinunter zu Stephan, der mich mit einer Mischung aus Enttäuschung und Missmut ansah. Er schien es anscheinend doch bis zum Schluss durchhalten zu wollen und zeigte sich nun ungehalten, weil ich ihm dieses Vergnügen vorenthalten hatte.

Mit grimmiger Miene nahm er einen Schluck aus seiner Tasse mit dem kalten Wodka-Kakao und beugte sich wieder über meinen Schoß, um den erschlaffenden Penis zwischen die Lippen zu schieben. Die kühle Flüssigkeit umspülte die Eichel. Ich konnte die Zunge spüren, wie sie über die Öffnung an der Spitze strich. Dann saugte er sich fest und sog den Rest an Erregung aus mir heraus, um die Mischung schließlich geräuschvoll zu schlucken.

Als er wieder hochkam, fixierte er mich mit einem herausfordernden, kühlen Blick.

»Du erschreckst mich«, gestand ich.

Der Ausdruck in seinem Gesicht lockerte sich sofort und machte Verblüffung Platz. »Erschrecken? Oder überraschen?«

Ich schnaufte tief. »Erschrecken. Ich befürchte, ich habe ein Monster geschaffen.«

Stephan gab ein kurzes, humorloses Lachen von sich und richtete sich auf. »Du? Wohl eher ich.« Er blieb zwischen meinen Knien sitzen, lehnte sich mit dem Rücken an mein rechtes Bein, das angewinkelt an der Rückenlehne lag. Zärtlich strich er mit einer Hand über das andere Bein, das sich über seinen Schenkeln erstreckte. »In mir wütete die letzten Monate ein ständiges Hin und Her, zwischen »*Wow! Es hat endlich geklappt. Ein Traum ist in Erfüllung gegangen.*« und *»Das kann einfach nicht wahr sein. Wenn ich erwache, ist alles wieder wie früher und ich sitze mit Miriam am Küchentisch und diskutiere über Kinderwagenmodelle, Stromkosten und Zahnungsprobleme.«* Als ich eben oben in deinem Badezimmer stand, fällte ich eine Entscheidung … *Dass es kein Traum ist!* … Mir wurde klar, dass ich dich nicht mehr länger hinhalten und auf Distanz halten kann. Ich glaubte, noch nicht so weit zu sein, und fürchtete mich davor, dass diese wundervolle Seifenblase eines Tages zerplatzt und ich feststellen muss, dass ich mir das alles nur eingebildet habe.« Seine Hand glitt über meinen Oberschenkel näher an meine Leiste heran. Doch bevor sie die Genitalien erreichen konnte, verharrte sie, als ob sie sich nicht mehr weiter traute. »Oft wünschte ich mir, mit Mister Barnes tauschen zu können, vor allem, wenn ich euch hören konnte.« Er räusperte sich. »Im Privatjet war es besonders schlimm. Vicky und Luigi, der zweite Pilot, tauschten dabei jedes Mal über Bordkommunikation Anzüglichkeiten aus, und ich wäre am liebsten aus dem Fenster gesprungen … oder hätte meinen Boss aus dem Fenster geworfen.« Sein Gesicht färbte sich leicht rötlich. Er senkte den Kopf für einen Moment, doch dann schien er sich wieder aufzuraffen und begegnete meinem Blick. »Ich will dich«, eröffnete er mir mit ernster Miene. »Mit allem, was dazugehört. Vielleicht stelle ich mich hin und wieder etwas ungeschickt an, aber ich will es versuchen. Ich will dich glücklich machen und dich nicht enttäuschen, damit du es nicht bereust, dich mit mir abzugeben. Ich habe so lange auf diesen Augenblick gewartet.«

»Du musst mir nichts beweisen«, entgegnete ich, richtete mich ebenfalls auf und legte eine Hand auf die von Stephan, die nach wie vor auf meinem Oberschenkel ruhte. Ich zog sie höher, verschränkte die Finger mit seinen und zog ihn damit näher an mich heran, bis sich unsere Gesichter dicht voreinander befanden. »Vergessen wir einfach alles, was geschehen ist, und konzentrieren uns auf die Zukunft«, schlug ich vor. »Vergessen wir, dass du absoluter Anfänger bist, der mehr Ahnung von Blasen hat als so mancher Homosexueller. Unser beider Zukunft existiert ab diesem Abend. Also halt endlich die Klappe und mach weiter.« Ich zog ihn zu einem Kuss heran und ließ mich mit ihm zusammen auf das Sofa zurückfallen. Zwangsläufig musste er sich auf mich legen. Sein Gewicht drückte mich ins Polster und nahm mir für einen Moment die Luft zum Atmen. Doch das war egal. Stephan war in seiner ganzen Erscheinung atemberaubend. Wahrscheinlich würde mir noch öfter die Luft wegbleiben.

Wir küssten uns wieder leidenschaftlich und wild, als gäbe es kein Morgen. Stephan schien alles nachholen zu wollen, was er sich die letzten Monate verwehrt hatte. Seine Hände waren überall an mir, auch an den intimen Stellen. Er rieb meinen Penis, strich über meinen Hintern, packte die Backen hin und wieder fest und drückte mich an sich, doch in den Spalt schien er sich nicht zu wagen. Ich hetzte ihn nicht, ließ ihn einfach machen, wozu er Lust hatte. Es war auch so wundervoll.

Diesen Mann auf mir zu spüren. Wenn sein warmer Atem über meine Haut strich, rannen heiße und kalte Schauer über den Rücken. Wenn sich seine Finger in mein Fleisch vergriffen, entkam mir ein lustvolles Keuchen. Jede seiner Berührungen, seiner Küsse und seiner sanften Bisse ließen meine Nervenenden stärker und heftiger vibrieren. Ich wand mich bald unter ihm, stöhnte und seufzte voller Verlangen. Es war herrlich. Ich schwelgte auf einer Wolke und fühlte mich unglaublich glücklich und zufrieden. So als wäre ich endlich nach einem langen, beschwerlichen Weg dort angekommen, wo ich schon ewig sein wollte. Vergessen waren die Monate der Unsicherheit, der Zweifel und der Skepsis, ob ich das Richtige tat, indem ich Stephan und mir eine Chance gab. Ich fragte mich nicht mehr, ob ich ihn etwa überforderte oder nicht gar den Fehler meines Lebens machte. Für ihn hatte ich das lockere, unbeschwerte schwule Lotterleben – wie Greg es genannt hatte – aufgegeben. Von nun an gab es für mich nur noch auf diesen Mann, der nun auf mir lag und über sich selbst hinauszuwachsen schien.

In diesen hellen Augen, die mich stark an einen klaren Winterhimmel erinnerten, erkannte ich Freude und erfüllte Sehnsucht. In diesem kantigen, männlichen Gesicht, das nun von einer sichtbaren Narbe gezeichnet war, sah ich die reine pure Liebe, etwas, was ich noch nie bei einem Mann gesehen hatte. Nicht einmal bei mir selbst.

Liebe war etwas, was ich nicht gebrauchen konnte, was sich stets wie ein bitterer Nachgeschmack auf meine Zunge gelegte, wenn ich einen Kerl getroffen hatte, der mir mehr als üblich gefiel. Einzig bei Greg hätte ich nichts dagegen gehabt, wenn mein Herz nicht nur wegen der körperlichen Anstrengungen beim Sex heftiger gepoltert hätte. Oft hatte ich mir gewünscht, ich könnte ihn lieben, aber nicht, weil ich es für mich persönlich wollte, sondern weil er es verdient hätte. Greg hatte so viel für mich getan, mir ein Leben ermöglicht, das ich mir selbst niemals hätte erwirtschaften können oder zumindest sehr lange Zeit dafür gebraucht hätte.

Ganz anders war es nun mit Stephan. Die Schmetterlinge in meinem Bauch tanzten Polka, wenn er mich mit diesem sehnsüchtigen Blick ansah. Hitze schoss in meinen Unterleib, wenn seine Hände über meinen Körper streichelten. Prickelnde Impulse jagten durch meine Adern, wenn er mir sanfte Worte ins Ohr flüsterte.

Ich zerschmolz unter diesen Worten. Worte, die bedeutungslos dahin gesagt waren, aber auch ein Gewicht besitzen konnten, das einen erschlagen konnte. Ich wollte von diesen Worten schachmatt gesetzt, eingenommen und erfüllt werden. Sie gefielen mir und schmeichelten mir, und als ich mich dabei ertappte, wie ich sie in sein Ohr flüsterte, kam es mir vor, als hätte ich das schon vor langer Zeit tun sollen. Es fühlte sich fremd und ungewohnt an, aber ich war mir in diesem Moment noch nie so sicher. »Ich liebe dich auch«, floss es so eindringlich und ehrlich über meine Lippen, als hätte ich mein Leben lang nur darauf gewartet.

Stephan war dazu übergegangen, den Wodka geschwängerten Kakao auf meinen Bauch zu tropfen und ihn genüsslich abzulecken. Das führte dazu, dass ich mich noch mehr unter ihm wand und wir in unserer Leidenschaft irgendwann vom Sofa fielen und auf dem Boden landeten. Wir hielten nur kurz inne, lachten gleichzeitig auf und machten dort weiter, wo uns unser Sturz unterbrochen hatte.

11

Es war schon sehr spät, weit nach Mitternacht, als wir eng umschlungen vor dem Kamin lagen und unseren Gedanken freien Lauf ließen. Mein Kopf lag auf Stephans Schulter. Ich lauschte seinem gleichmäßigen Herzschlag. Er hatte seine Augen geschlossen. Doch ich wusste, dass er nicht schlief, denn seine Fingerspitzen streichelten hin und wieder sanft über meinen Arm. Ein Bein hatte ich um das von Stephan geschlungen, während meine Hand auf seinem Bauch lag und zärtlich der geschwungenen Linie einer Narbe folgte, die der Unfall hinterlassen hatte. Fasziniert beobachtete ich das Heben und Senken der Bauchdecke. Ich hatte nicht gewusst, wie schön und befriedigend es sein konnte, einfach dazuliegen und sich beiderseits beim Atmen zu belauschen. Oder wie hinreißend es sein konnte, die kleinen Härchen auf der Haut zu begutachten, die sich elektrisiert aufrichteten, wenn man bestimmte Stellen am Körper berührte. In den Stunden, in denen wir vor dem Kamin lagen, uns gegenseitig liebkosten, küssten und erkundeten, hatten wir nicht mehr viel geredet, hauptsächlich unsere Hände und Gefühle sprechen lassen.

Das Knistern des Kaminfeuers erfüllte das Schweigen im Raum mit Leben. Meine Gedanken galoppierten freudig davon, rasten von den Erinnerungen an die letzten Stunden bis hin zum morgigen Weihnachtsabend. Ich nahm mir vor, am verkaufsoffenen Vormittag noch einen Baum zu besorgen, um unser erstes gemeinsames Weihnachtsfest angemessen zu gestalten. Dann brauchte ich auch etwas für das Essen und ein Präsent für Stephan – wobei ich keinerlei Ahnung hatte, was ich ihm schenken sollte. Mit dem Aussuchen eines passenden Geschenkes hatte ich schon immer meine Probleme. Meist kam ich erst am letzten Tag drauf oder es fiel mir erst hinterher ein. Greg hatte zum Glück nie darauf bestanden, von mir beschenkt zu werden. Er hatte auch nie etwas für mich. War auch nie nötig gewesen, denn er bezahlte so viel für mich und lud mich so oft ein, dass es mir falsch vorkam, noch Präsente zu Geburtstag oder Weihnachten zu erhalten. Meiner Familie war es seit meinem Outing ohnehin gleichgültig.

Den Blumenstrauß, den ich meiner Mutter am darauffolgenden Muttertag überreicht hatte, fand ich einen Tag später in der Mülltonne, sodass ich mir weitere Aufmerksamkeiten ersparte.

Aber bei Stephan überkam mich förmlich das Bedürfnis, ihm eine Freude machen zu müssen, mit irgendetwas, was er sich schon so lange wünschte. Zeitgleich wurde mir aber klar, dass dieser Wunsch bereits in Erfüllung gegangen war … ich.

»Wie ist es?«, wollte er plötzlich wissen. Seine Augen gingen auf. Er legte eine Hand unter seinen Kopf und blickte mich fragend an.

Ich hob den Kopf an und erwiderte seinen Blick. »Wie ist was?«

»Miteinander zu schlafen«, erläuterte er.

Ein Schmunzeln huschte um meine Mundwinkel. »Hast du das nicht eben selbst erlebt?«

Stephan verzog leicht sein Gesicht. »Du weißt schon, was ich meine«, gab er etwas zerknirscht von sich. »Ich würde es gerne mit dir tun … ich meine, ich möchte, dass du es mit mir tust.«

»Du musst nicht das ganze Schwulenkamasutra an einem Abend durchmachen.«

Er gab einen undefinierbaren Laut von sich, ehe er die Hand unter seinem Kopf hervor brachte, sich auf einen Ellenbogen stützend aufrichtete und mir direkt ins Gesicht sah, als er antwortete.

»Ich meine es ernst.«

Ich lächelte milde. »Das glaube ich dir gerne. Aber weißt du, dass ein Großteil der Homosexuellen gar keinen Analverkehr praktiziert?«

Stephan sah mich mit einem undefinierbaren Ausdruck im Gesicht an, ehe er den Kopf senkte und schließlich die angehaltene Luft mit einem Zischen ausstieß. »Ich meine es wirklich ernst«, bekräftigte er leicht zerknirscht. »Ich möchte gerne, dass du mindestens ebenso viel Spaß an der Sache hast, wie mit …« Er brach abrupt ab, als wolle er seinen Vorgänger nicht in diesen romantischen Augenblick mit hineinziehen. Seine Hand, die zwischen uns gelegen hatte, wanderte langsam in meine Richtung und legte sich behutsam auf meine Hand. Mich überkam der Eindruck, dass er mich um Verzeihung bitten wollte, für ein Versagen oder eine Enttäuschung, die vielleicht noch kommen mochte.

Ich seufzte tief, nahm seine Hand und zog ihn näher an mich heran. »Du bist kein Ersatz für Greg«, entgegnete ich mit Nachdruck. »Und ich möchte auch nicht, dass du ihm nacheiferst oder denkst, du musst es ihm gleichtun. Du bist nicht Greg.« Ich zwang ihn auf den Rücken zurück, schob mich auf ihn, um mich rittlings auf ihn zu setzen, und beugte mich zu ihm. »Ich will dich«, bekräftigte ich und fing seine Lippen zu einem Kuss ein. »Hattest du wirklich den Eindruck, ich hätte die letzten paar Stunden mit dir keinen Spaß?«

Stephan wand sich unter meinem prüfenden Blick.

»Ich hab euch gehört«, gab er kleinlaut von sich. Seine Hände legten sich zögerlich auf meinen Rücken, als wollten sie mich festhalten, für den Fall, dass ich mich von ihm zu lösen gedachte. Das hatte ich allerdings nicht vor.

Ich konnte mir gut denken, was Stephan von uns gehört hatte. Meine Schreie, wenn Greg den besonderen Punkt in mir getroffen und meine Erregung tausend Stufen in die Höhe katapultiert hatte, waren sicherlich weithin zu hören gewesen. Doch das war nicht, was ich mit Stephan auf Biegen und Brechen ebenso haben wollte. Mit Greg hatte ich bedenkenlosen Sex – aber nichts weiter … Zumindest von meiner Seite aus.

Was ich mit Stephan haben wollte, waren Gefühle und Liebe. Die Schmetterlinge in meinem Bauch sehnten sich danach, von ihm umgarnt und liebkost, von zärtlichen Worten gestreichelt und mit Zuneigung eingedeckt zu werden. Ich, der eigentlich nicht auf dieses Kitschzeug stand und sich immer davor gedrückt hatte, jemanden so nahe an sein Herz heranzulassen. Der vor Enttäuschungen panische Angst hatte und daher gar nicht erst zuließ, dass er sich verliebte, wollte plötzlich all das. Wie Greg mir im Krankenhaus gesagt hatte, hatte ich eine gewisse Blindheit dafür entwickelt. Ich sah es nicht, wenn mir jemand nahe sein wollte. Erst Stephan hatte mir diese unsichtbare Maske vom Gesicht gerissen.

»Willst du einfach nur puren Sex oder geliebt werden?«, fragte ich ihn daher eindringlich.

Abermals sah mich Stephan mit einem seltsamen Gesichtsausdruck an. Beinahe so, wie er mich die vier Jahre, in denen er mir stets in distanzierter Höflichkeit begegnet war, angesehen hatte. Reserviert, kühl, abwartend. Doch dann schien in ihm ein Wechsel einherzugehen. Seine Gesichtsfarbe wurde rötlich. Er senkte kurz seinen Blick, so als ob er sich plötzlich für einen Fleck auf meinem Kinn interessierte, ehe er wieder zu den Augen zurückkehrte. Zeitgleich begann es in den seinen zu glitzern.

»Ich will dich lieben«, antwortete er schließlich.

Ich lächelte erleichtert. »Dann ist es doch egal, ob ich vor Lust schreie oder keinen einzigen Laut von mir gebe, weil ich im Stillen genieße.« Seine Lippen erschienen mir plötzlich so verlockend. Ich küsste ihn sanft und genoss die Berührung. »Solange wir das tun, wonach uns ist«, raunte ich an seinen Lippen.

Seine Hände rutschten zu den Schulterblättern und drückten mich fest an sich. Gleichzeitig hob er leicht seinen Kopf an, presste seine Lippen auf meine und küsste mich hart. Es wirkte fast, als sei auf einmal die Leidenschaft mit ihm durchgegangen, als müsse er den Druck abbauen, den ein geborstenes Ventil in seinem Inneren verursacht hatte. Eine seiner Hände rutschte noch höher, vergrub sich in meinem Haar und liebkoste die Kopfhaut, während wir uns wild küssten. Die andere wanderte tiefer, legte sich auf meinen Hintern und drückte ihn auf seinen Schoß.

»Ich will dich«, keuchte es an meinen Lippen. Für diese drei Worte nahm er sich kaum die Zeit, sie vollständig auszusprechen, geschweige denn, seinen Kuss dafür zu unterbrechen. Wenn ich diese Worte nicht schon oft aus der Kehle anderer Kerle gehört hätte, hätte ich sie nicht verstanden. Dennoch war mir bewusst, dass ich sie nicht mit denen anderer Typen vergleichen konnte. Ich hatte die Sehnsucht, das Verlangen darin deutlich ausgemacht. Stephan trieb mehr an als pure Sexgier, als das nüchterne Abreagieren eines Begehrens.

»Ich bin dein«, nuschelte ich zurück, denn Stephan bot mir keine Gelegenheit, meine Antwort verständlich auszudrücken. Ich hätte auch nichts zu sagen brauchen. Meine Handlung war Erwiderung genug. Mein Unterleib begann nach seinen Worten wie von selbst auf ihm hin und her zu rutschen und damit über seinen Penis zu reiben. Aus seiner Kehle drang ein tiefes Brummen. Die Vibration seiner Stimmbänder ging auf mich über und versetzte mir elektrische Impulse, die sich von meinem Mund aus über den ganzen Körper ausbreiteten.

Plötzlich fiel mir wieder das Bild ein, wie Stephan und ich unter der Dusche im Gäste-Wellnessbereich standen und ich mir nichts sehnlicher wünschte, als seinen prächtigen Schwanz in meinem Hintern. Bei dieser Erinnerung jagte eine heiße Welle durch mich hindurch, die mich lustvoll aufstöhnen ließ. Wie gut hatte er sich in meiner Hand und meinem Mund angefühlt. Ich wollte ihn nun auch tief in mir spüren.

Jetzt.

Ich musste mich mit Gewalt freimachen, denn Stephan war nicht bereit, den Kuss aufzugeben.

»Nicht davonlaufen«, flüsterte ich ihm sinnlich ins Ohr.

Er verzog leicht seinen Mundwinkel und sah mir hinterher, als ich aufstand und ins Schlafzimmer sprintete, um nach Kondomen zu suchen. Erst als ich in der Schublade eine leere Verpackung vorfand, erinnerte ich mich wieder daran, dass Anthony und ich die letzten aufgebraucht hatten, und ich vergessen hatte für Nachschub zu sorgen. Im Badezimmerschrank befanden sich auch keine mehr. Fluchend wühlte ich in den Fächern, kippte sogar das eine oder andere aus, doch es ließ sich kein Päckchen finden.

Hoffnungsvoll kehrte ich ins Schlafzimmer zurück, um meine Hosentaschen zu durchsuchen. Ich war jedoch restlos blank. Als ich die Sockenschublade durchsuchte, erschien Stephan in der Schlafzimmertür. Er stand nackt wie Adonis persönlich im Türstock und beobachtete mich verwirrt.

»Suchst du was?«

Ich zuckte nur mit den Schultern. Es war ziemlich offensichtlich. Das Chaos, das ich auf meiner Suche nach einem Präservativ im Schlafzimmer angerichtet hatte, war nicht zu übersehen.

»Ich bin ein lausiger Liebhaber«, jammerte ich und krempelte zum wiederholten Male die Schublade im Nachtkasten um. »Keine Kondome mehr da.«

Stephan holte eine Hand hinter seinem Rücken hervor und hielt ein kleines, rotes Päckchen hoch. Deutlich war ein silberner Penis mit knallroter Fliege darauf zu erkennen, der sich sichtlich freute, bald zum Einsatz zu kommen. Ich erkannte Gregs Lieblingsmarke sofort.

Ich hielt inne und grinste ihn breit an.

»Wie lange habt Greg und du diesen Besuch geplant?«, wollte ich wissen.

Stephan stieß sich vom Türstock ab und kam langsam näher. Das Kondompäckchen ließ er spielerisch durch seine Finger gleiten. »Als Mitarbeiter von Mister Barnes muss man auf alles vorbereitet sein«, erklärte er mit einem gequälten Lächeln. »Es kam oft vor, dass er sich einfach jemanden einlud. Daher hatte ich dafür zu sorgen, dass Sachen wie diese in ausreichender Form vorhanden sind.«

»Ich denke nicht, dass er was dagegen hat, wenn wir uns eines ausborgen«, sagte ich und nahm ihm das Päckchen aus der Hand.

»Ich bezweifele, dass er es danach zurückhaben will«, erwiderte Stephan lächelnd.

Mit einem wissenden Kopfschütteln schloss ich die Distanz zwischen uns, legte die Arme um ihn und presste ihn an mich. Meine Hände landeten zielstrebig auf seinem Hintern, packten die prallen Rundungen und drückten zu. Stephan gab einen erschrockenen Laut von sich, ließ mich aber gewähren.

»Was hattest du damit vor?«, erkundigte er sich interessiert.

In meinen Augen musste es erwartungsvoll glitzern, als ich seinen Blick suchte und an mich heftete.

»Schon in der Dusche, als ich meinen Mund über deinen Schwanz stülpte, wünschte ich mir nichts sehnlicher, als ihn in mir aufzunehmen.« Ich nahm eine Hand von seinem Hintern, legte sie in seinen Nacken und zog sein Gesicht so nahe an mich heran, dass sich unsere Nasen berührten. »Das wollte ich endlich tun.« Unsere Lippen fanden sich zu einem Kuss. Ich packte ihn fester und führte ihn rückwärts gehend zum Bett, ohne ihn aus meinem Griff zu lassen oder den Kuss zu unterbrechen.

Als wir an die Bettkante stießen, drehte ich uns beide um und drückte ihn rücklings auf die Matratze.

»Sagtest du vorhin nicht, dass viele Homosexuelle keinen Analsex …?«, brachte er atemlos hervor, als er für einen Moment das Gleichgewicht verlor, auf das Laken plumpste und dadurch seinen Mund freibekam. Ein weiterer Kuss gebot ihm erneut, zu schweigen.

Mir war es egal, was andere schwule Typen taten oder unterließen. Ich wollte in diesem Augenblick nur eines. Natürlich war diese Art von Sex nicht gänzlich ohne Unannehmlichkeiten. Doch der Spaß und die Lust, die man hierbei empfinden konnte, überwog für mich. Dabei hatte ich mich noch nie zwischen Top und Bottom entscheiden können. Beides hatte seine Reize. Es kam stets auf den jeweiligen Partner an und wie man das Spiel gestaltete. Selbst Greg, der häufiger den dominanten Part übernahm, lag ebenso gern auch mal unten und ließ sich willig vögeln. In diesem Moment war es auch nicht wichtig für mich, ob sich Stephan irgendwann einmal dazu durchringen könnte, sich von mir penetrieren zu lassen. Selbst wenn er es strikt ablehnte, war das in Ordnung für mich – solange wir beide zusammen waren und uns genießen konnten.

Ich setzte mich wieder rittlings auf ihn, rieb den Unterleib an ihm, ließ mein Becken auf seinem Schoß kreisen und trieb damit seine Erregung in die Höhe. Deutlich spürte ich, wie sein Schwanz anschwoll, sich unter meinen Bewegungen regte und erwartungsvoll zu pochen begann. Aus Stephans Kehle entkam hin und wieder ein Stöhnen, gefolgt von einem kehligen Knurren, das in mir weitervibrierte und meine eigene Erregung hochpuschte. Seine Hände streichelten und rieben mehr oder weniger grob über meinen Rücken und die Beine. Oder sie legten sich auf meinen Hintern, um ihn mit der vollen Handfläche in Beschlag zu nehmen und das Fleisch zwischen seinen Fingern zu kneten. Ich hätte ihn ebenso gern gestreichelt und mit meinen Händen erforscht, doch ich musste mich abstützen, um mich auf seinem Unterleib bewegen zu können.

Irgendwann löste ich den Kuss, denn mir war danach, mir seinen Körper zu eigen zu machen. Ich zog eine Spur aus Küssen von seinem Kinn über den Hals zu seiner Brust, die sich unter meinen Berührungen zitternd hob und senkte. Jede einzelne der Narben wurde von mir mit sanften Küssen beschenkt. Bei einigen zuckte Stephan schmerzerfüllt zusammen, bei anderen entkam ihm ein wohliges Keuchen. Meine Zunge leckte genussvoll über die verblassenden Striemen, neckte an den aufgerichteten Nippeln, bis sie so hart wie kleine, dunkle Kieselsteine waren. Bei jedem Kuss, jeder Berührung spürte ich den hektischen Herzschlag unter der Haut, fühlte die Hitze, die von ihr ausging und schmeckte den Schweiß, den seine Erregung aus den Poren trieb. Mit der Zungenspitze fuhr ich weiter die Konturen der Muskelpakete auf seinem Bauch nach und leckte jeden Schweißtropfen aus den Kuhlen. Einem spontanen Einfall folgend bohrte ich sie schließlich in den Bauchnabel, worauf Stephan einen erschrockenen Laut von sich gab. Noch ehe er mich daran hindern konnte, den Nabel weiter zu inspizieren, trennte ich mich davon und schob mich ein kleines Stückchen tiefer. Stephans Penis wippte erwartungsvoll vor meinem Kinn. Glänzende Tropfen erster Lust hatten sich bereits an der Öffnung an der Eichel gebildet. Ich leckte sie genussvoll ab und schob schließlich die pralle Endung tief in meinen Rachen.

Ein lang gezogenes Zischen gab mir die Bestätigung dafür, dass es ihm gefiel. Ich hätte gerne weitergemacht, denn sein Schwanz fühlte sich einfach großartig auf meiner Zunge an. Das samtige Fleisch schmiegte sich herrlich an meinem Gaumen an und brachte meine Sinne zum Jubilieren. Doch ich hatte etwas anderes damit vor.

Widerwillig entließ ich ihn aus meinem Mund, suchte nach dem Kondompäckchen, riss es hektisch auf und rollte es über dem Penis ab. Stephan hob den Kopf und beobachtete mich stumm, jedoch mit einem Gesichtsausdruck, der seine Bedenken wie auch seine Unsicherheit widerspiegelte. Nachdem ich eine großzügige Portion Gleitgel darauf verteilt hatte, kroch ich wieder höher und legte die harte Eichel an meinem Eingang an.

Stephans Hände hielten meinen Hintern fest. In seinen Augen glitzerte Furcht. Er presste die Lippen zusammen, als wollte er die Ängste gewaltsam unterdrücken. Seine Hände zitterten, waren nicht bereit, mich mein Vorhaben ausführen zu lassen. Hatte er Angst um mich?

»Schließ die Augen!«, riet ich und versuchte ihn mit einem Kuss zu besänftigen. »Und stell dir vor, ich wäre Miriam.«

Ein protestierendes Keuchen entkam ihm. Endlich öffnete er die Lippen und sah mich an. Sein Gesicht hatte sich augenblicklich versteinert. »Ich will nicht sie, sondern dich«, gab er halb laut von sich. In seiner Stimme lag Verärgerung. »Ich hab Angst, dir wehzutun.«

Ein Schmunzeln entkam mir. »Keine Sorge. Ich kenne meine Grenzen.« Stephans Prügel war um einiges dicker und länger als der von Greg. Aber genau das war der Grund, warum ich ihn unbedingt in mir haben wollte. Ich wollte mich von ihm ausfüllen lassen, genauso wie er meinen Rachen füllte. Mich sehnte es danach, zu spüren, wie er mich dehnte und mich mit süßem Schmerz überschüttete. Mich verlangte es danach zu erfahren, wie es war, von ihm genommen zu werden.

Mein Blick glitt nach oben, an das Kopfteil des Bettes, wo ein altes, dunkelgraues T-Shirt lag, das ich gelegentlich als Pyjama-Ersatz in der Nacht trug. Ich wickelte es zu einem Strang und legte es ihm über die Augen. Stephan wollte es erst abschütteln, doch als ich ihn besänftigend küsste, ließ er es mit sich geschehen.

»Vertrau mir«, flüsterte ich an seinen Mundwinkeln, »und lass dich einfach fallen.«

Er stieß einen angehaltenen Atemzug aus. Heiße Luft strömte an meinem Kinn vorbei. Schließlich setzte ich die Eichel neu an, hielt den Schaft fest, bis der erste Widerstand überwunden war, und ließ dieses Gefühl auf mich einwirken, das der unwillkürlich aufkommende Schmerz in mir anrichtete. Zunächst kämpfte ich gegen das heiße Brennen an, da ich in meiner Gier vergessen hatte, den Muskel vorzubereiten und zu lockern. Ich biss mir auf die Zunge, bis das unangenehme Ziehen nachgelassen hatte, und schob mich schließlich vorsichtig tiefer und tiefer auf ihn … bis ich es geschafft hatte, ihn gänzlich in mir aufzunehmen.

Ich wurde nicht enttäuscht. Stephans Schwanz dehnte mich mehr als Gregs Penis und brachte mich damit an meine Grenzen. Ein gewaltiger Druck hatte sich in meinem Unterleib aufgebaut, der sich zu einer elektrisierenden Hitzewelle verwandelte, die vom Hintern ausgehend über den gesamten Körper rollte. Auch wenn ich mir vorgenommen hatte, mich mit meinen Lauten zurückzuhalten, um Stephan nicht zu verunsichern, konnte ich das lustvolle Stöhnen nicht unterdrücken, das meiner Kehle entkam. Es war ein zu ergreifendes Erlebnis, als dass ich es der Welt vorenthalten könnte.

»Oh Gott«, stieß ich überwältigt aus und biss mir sogleich wieder auf die Zunge, als ich merkte, dass Stephan unruhig wurde. »Du bist einfach großartig«, fügte ich rasch an, um seine Bedenken zu zerstreuen, beugte mich nieder und verwickelte seinen Mund in einen leidenschaftlichen Kuss, noch ehe er Widerstand laut werden lassen konnte.

Zeitgleich begann ich mit einem langsamen Rhythmus. Das heiße Ziehen in meinem Schließmuskel verwandelte sich mit jedem Pumpen meines Unterleibes mehr und mehr in pulsierende Lust, die mich ergriff und von innen heraus abkochte. Ich nahm seine Hand von meinem Hintern, die sich dort besorgt in mein Fleisch verkrallt hatte, richtete mich wieder etwas auf und legte sie auf meinen Penis. Er war angeschwollen und freute sich über die Berührung.

»Wie fühlt sich das an?«, wollte ich wissen, nachdem Stephans Keuchen lauter wurde. Das T-Shirt lag noch immer auf seinen Augen. So wie ich damals, als mir Greg die Augen mit der Ledermaske verdeckt hatte, musste sich Stephan nur auf seine Empfindungen verlassen. Trotz aller Erwartungen schien es ihm nun zu gefallen, denn er leckte sich immer wieder über die Lippen, keuchte und stöhnte leise, wenn ich mich gänzlich auf ihm niedergelassen hatte. Erwartungsvoll hielt er die Luft an, wenn ich mich anhob und er bis zur Eichel aus mir herausrutschte.

»So eng …«, schnaufte er erregt, »und heiß«, fügte er nach einer kleinen Pause an.

Mit einem wissenden Lächeln auf den Lippen wollte ich ihm das Shirt vom Gesicht nehmen, doch Stephans Hand schnellte hoch und hielt mich fest.

»Nein, nicht«, presste er hastig hervor. »So ist es intensiver … und es riecht nach dir«, erklärte er, bevor ich ihn nach dem Warum fragen konnte.

Auch wenn es mir lieber gewesen wäre, in seine vor Lust verklärten Augen zu sehen, seine Erregung direkt aus dem Gesicht abzulesen und ihn dabei zu beobachten, sobald er kam, ließ ich ihm dieses Vergnügen.

Ich hatte am eigenen Leib erfahren, wie schön es sein konnte, blinden Sex zu haben. Die Sinne wurden geschärft, die Gefühle intensiver. Alles rückte näher. Man fühlte sich in einem Raum voller Empfindungen, die aus allen Richtungen unerwartet auf einen einprasselten. Der Überraschungseffekt war dabei ausschlaggebend. Nicht zu wissen, wann und wo und was als Nächstes passierte, versetzte einem einen gewissen Kick, der überaus anregend sein konnte.

Daher beugte ich mich tiefer und berührte mit meinen Lippen hauchzart sein Kinn. Stephan stieß einen erschrockenen Seufzer aus, entspannte sich jedoch sogleich und drehte den Kopf, sodass mein nächster Kuss auf seinen Lippen landen sollte. Doch ich reagierte schnell genug, zuckte rechtzeitig zurück und küsste ihn stattdessen auf die Nasenspitze. Daraufhin hob Stephan den Kopf an, versuchte, meine Lippen einzufangen. Ich ging auf dieses Spiel ein, neckte ihn, biss ihn leicht ins Ohr, als er mich zum wiederholten Male verfehlte. Zum Trost presste ich schließlich meinen Mund auf seinen, drängte die Zunge zwischen seine Zähne und forderte seine Zunge zu einem wilden Tanz heraus. Während dessen behielt ich den gleichmäßigen Rhythmus bei, der uns beide stetig dem Höhepunkt näher brachte.

Als sein Keuchen und Stöhnen lauter und heftiger wurde und seine Bewegungen hektischer, packte ich ihn bei den Schultern und drehte mich mit ihm herum, sodass er nun in Missionarsstellung auf mir lag. Das Shirt rutschte ihm bei der Drehung vom Gesicht. Er riss seine Augen auf und starrte mich verwirrt an, so als ob er erst in diesem Moment wirklich mitbekam, was wir beide da taten. Er kam vor Überraschung aus dem Takt, wusste anscheinend nicht mehr, was er tun sollte, lag unbeweglich zwischen meinen Beinen und starrte mich irritiert an. Daher nahm ich das T-Shirt, stülpte es ihm einfach über den Kopf und zog ihn daran an mich. Ich bog meine Knie eng an den Brustkorb, wodurch mein Hintern hochkam und ihn tief in mich einließ.

»Mach schon!«, flüsterte ich erregt. Seine Stirn lag nun schwer auf meiner Brust, als müsse er sich abstützen. Sein Atem ging stockend. Er keuchte wie nach zwanzig Bahnen Wettschwimmen. Sein ganzer Körper bebte vor Anspannung. Er schien sich zu verkrampfen, nicht mehr den Mumm zu haben, weiterzumachen – jetzt, da die Initiative bei ihm lag. Für einen Moment schalt ich mich dafür, ihn überrumpelt zu haben. Offenbar war er noch nicht so weit.

»Mach schon!«, forderte ich erneut. »Du kannst mir nicht wehtun.« Ich hielt einiges aus. Für Rücksicht war es jetzt ohnehin zu spät.

Nur stockend nahm er den Takt auf, zog sich langsam zurück und drängte ganz behutsam wieder in mich.

»Hey«, schalt ich ihn. »Ich bin kein Mädchen, sondern ein Kerl.« Damit legte ich meine Hände auf seinen Hintern und gab den neuen Rhythmus vor. Stephan zierte sich erst, doch als ich dem Pumpen standhielt, schien er mehr Vertrauen zu entwickeln. Mich ehrte diese Vorsicht ebenso, wie sie mich nervte. Stephan hatte Recht, als er sagte, ich wäre anderes gewöhnt.

In diesem Moment stellte ich für mich selbst fest, dass ich tatsächlich ungeduldig war und es lieber hart wollte.

»Tu es einfach«, spornte ich ihn an, während meine Hände noch immer den Takt und die Intensität angaben. »Lass es laufen, gib dich hin. Ich halte es aus.«

Stephan hielt inne und ließ sich auch nicht von meinen Händen, die hart in sein Becken griffen und ihn für den nächsten Stoß zurückdrängen wollten, dazu animieren, sich zurückzuziehen. Er ließ sein Gewicht auf mich niedersinken, sodass mir für einen Moment die Luft wegblieb, und blieb dann ruhig auf mir liegen.

»Es ist alles in Ordnung«, beruhigte ich ihn, versuchte, seinen Kopf anzuheben und ihm ins Gesicht zu sehen. Ich nahm ihm das T-Shirt ab und blickte geradewegs in sein verkrampftes Antlitz. »Stephan?«, rief ich leise und voll Besorgnis. »Alles in Ordnung?«

Er nickte langsam. »Es geht … zu schnell«, keuchte er vor Anspannung und ließ seinen Kopf wieder auf meine Brust niedersinken.

Wenn die Situation in diesem Moment nicht so prekär gewesen wäre, hätte ich lauthals losgelacht. Ich musste mir auf die Zunge beißen, um nicht loszuprusten, und vergrub das Gesicht an seiner Schulter. Mein ganzer Körper bebte, weil ich den Lachkrampf gewaltsam unterdrücken musste. Ich hätte ihn damit gewaltig vor den Kopf gestoßen.

Sein Kopf kam wieder hoch und suchte meinen Blick. Sein Atem ging immer noch stoßweise. Ich gönnte ihm diesmal die Ruhe, spornte ihn nicht weiter an.

»Sorry«, keuchte er. »Als du uns umgedreht hast, verpasste mir das so einen gewaltigen Schub, dass ich fast gekommen wäre. Ich will aber nicht, dass es so schnell zu Ende ist.«

Ich lächelte milde, als ich ihm sanft über die Wange streichelte. »Du gibst jetzt den Takt an«, verfügte ich, schob eine Hand in seinen Nacken und küsste ihn zärtlich. Zum Zeichen, dass ich mich ihm fügen würde, legte ich meine Arme schließlich über den Kopf.

»Du bist so eng«, raunte er, während er eine Spur von Küssen an meinem Kiefer entlang zum Ohr legte. Nach jedem Wort folgte ein Kuss. Beim letzten war er am Ziel angekommen und nahm das Ohrläppchen neckisch zwischen seine Lippen. Es versetzte mir einen prickelnden Impuls, der mir bis in die Zehenspitzen ging, und ich fuhr leicht zusammen.

»Daran wirst du dich gewöhnen müssen«, erwiderte ich. Eigentlich hätte mir etwas anderes auf der Zunge gelegen – dass sein Schwanz eine beachtliche Größe besaß. Doch damit hätte ich vermutlich seine Befürchtungen wieder angeschürt.

»Und du bist dir sicher, dass ich dir nicht wehtue?«, wollte er wissen, als hätte er meine Gedanken gelesen.

Ich seufzte hörbar. »Auch wenn es ganz und gar nicht hierher passt, aber du bist nicht der Erste, der mich fickt«, gab ich leicht unwirsch von mir, nahm sein Gesicht in meine Hände und zog ihn nahe an mich heran. »Hast du bei deiner Frau auch solche Zicken gemacht?« Ich küsste ihn, ehe er protestieren konnte, und brachte ihn damit zum Schweigen, noch bevor er eine Antwort geben konnte. Ich wollte sie auch gar nicht hören. »Mach dir deswegen keinen Kopf. Ich melde mich schon, wenn es mir zu viel wird. Außerdem hast du doch selbst mitanhören können, wie viel ich aushalten kann. Also fickst du nun weiter oder brechen wir das Ganze ab?«

Es war nicht ganz fair, gab ich selbst zu. Aber in mir brodelte es gewaltig. Stephans Schwanz pochte hart fordernd in meinem Hintern und stachelte damit meine Geilheit unentwegt an. Ich wollte von ihm gefickt werden, es zu Ende bringen und mich von ihm ausfüllen lassen. Seinen Orgasmus tief in meinem Unterleib zu spüren, war etwas, was ich mir schon damals unter der Dusche gewünscht hatte. Aber wie auch immer sich Stephan entschied, ich würde es akzeptieren, selbst wenn er sich nun zurückzog.

Zu meiner Freude machte er tatsächlich weiter, nahm zunächst einen geruhsamen Takt auf, ehe er rasch schneller wurde. Zwischendurch wurde er langsamer, schien noch für den knapp bevorstehenden Orgasmus Kräfte sammeln zu wollen, ehe er plötzlich begann hart und in rasch aufeinanderfolgenden Stößen auf mich einzuhämmern. Ich widerstand jeglicher Regung, die nichts mit Lust, Verlangen oder Befriedigung zu tun hatte. Hin und wieder raste eine Schmerzwelle durch mich hindurch, die sich jedoch rasch in loderndes Begehren verwandelte und mich mit einem Feuer überschüttete, das mich hart an meine Grenzen brachte. Ich verkniff mir meine Laute, verschluckte meine Schreie, um ihn nicht zu verunsichern, konnte mich aber eines lang gezogenen kehligen Geräusches nicht erwehren, als ich schließlich selbst kam.

Stephans Orgasmus tobte sich pochend in meinem Unterleib aus. Ich genoss jedes einzelne dumpfe Klopfen, schloss die Augen und sog diese Empfindung gierig in mich auf. Es war, wie ich mir vorgestellt hatte: Intensiv, hart, heiß und überwältigend.

Das unangenehme Brennen, das von meinem Hintern ausging, nachdem der Orgasmus abgeflaut war und die Empfindungen wieder ungetrübt auf mich einprasselten, schob ich ganz weit von mir weg. Insgeheim zählte ich es zu den Risiken und Nebenwirkungen, die es zwangsläufig mit sich brachte, wenn man von so einem Prügel gevögelt wurde.

Stephan sank atemlos auf mir nieder. Ich genoss die süße Last auf mir, auch wenn es mir das Atmen erschwerte. Sofort schlang ich die Arme um ihn, hielt ihn fest und sog die kommenden Augenblicke voll ausgeglichener Erschöpfung und Glück in mich ein. Sein Herzschlag ging auf mich über. Ein rascher Trommelschlag, der mich mit jedem Pochen tiefer und tiefer in die Zufriedenheit sinken ließ.

Ich war angekommen, hatte einen Menschen gefunden, den ich lieben konnte, ohne Angst haben zu müssen, enttäuscht zu werden oder jemanden zu enttäuschen. Ich fühlte mich frei und blickte zum ersten Mal in meinem Leben in eine Zukunft, deren Weg ich kannte.

Einen Weg, den ich zusammen mit Stephan gehen würde.

Ich schloss die Augen und stellte mir vor, wie wir Hand in Hand einen Weg entlangschlenderten. Wir lächelten uns glücklich an, spazierten frohen Mutes einem Sonnenuntergang entgegen. Doch im Augenwinkel entdeckte ich plötzlich eine Gestalt, an einer Kreuzung stehen. Als wir näher kamen, erkannte ich Greg.

12

Mit einem Schreckenslaut fuhr ich aus dem Schlaf hoch und blickte mich verwirrt um. Irgendwo im Haus klingelte ein Telefon. Es dauerte eine Weile, bis ich erkannte, von woher es kam. Mein Handy, das im Wohnzimmer lag.

Ich drehte mich um. Neben mir lag Stephan, noch süß im Schlummer versunken. Seine kurzen Haare standen wirr wie Igelstacheln von seinem Kopf ab und verliehen ihm ein verwegenes Aussehen. Ich beugte mich vor und hauchte einen behutsamen Kuss auf seine Wange, die vom Schlaf noch leicht zerknittert war. Er regte sich murrend, wachte aber nicht auf.

Abermals ertönte der Klingelton vom Erdgeschoss zu mir herauf.

Nach einem Blick auf meinen Wecker grummelte ich missmutig, dankte jedoch dem Anrufer. Denn er hatte mich rechtzeitig geweckt, damit ich für unseren Weihnachtsabend noch etwas besorgen konnte. Eigentlich wollte ich den Anruf ignorieren, denn ich hatte keine große Lust, mich an Weihnachten mit den Problemen der Entwicklungsabteilung herumzuschlagen. Ich hatte Urlaub und wollte ihn mit allen Sinnen und ungestört genießen.

Als die Klingelmelodie erneut ertönte, ging ich schließlich doch nach unten und nahm das Gespräch an.

»Rette mich!«, schallte mir sogleich Gregs Stimme entgegen. Ich ohrfeigte mich innerlich selbst, trotz meiner sonstigen Gewohnheit, nicht auf das Display gesehen zu haben. Vermutlich hätte ich den Anruf nicht angenommen, wenn ich es vorher erkannt hätte. Denn das, was ich jetzt am wenigsten gebrauchen konnte, war Greg.

»Häh?«, gab ich verwirrt zurück. Seine Stimme klang kläglich, als sei er wirklich in Gefahr. Doch ich kannte ihn gut genug, um dahinter eine List vermuten zu können.

»Rette mich!«, wiederholte Greg verzweifelt. »Hol mich hier raus!«

Er schaffte es tatsächlich, dass Besorgnis in mir aufkam. »Wo bist du?«

»In irgendeinem beschissenen Provinzkrankenhaus«, kam es zurück. »Sie geben mir kein Morphium.«

»Was?« Mein Herz schlug plötzlich rasend schnell. Was um alles in der Welt war mit ihm passiert, dass er so einen Schmerzmittel-Hammer wie Morphium brauchte? »Was ist los?«, wollte ich wissen.

»Ich bin bei einer Pinkelpause gestern Nacht in einer verdammten Eispfütze ausgerutscht«, berichtete er. »Jetzt liege ich in einem winzigen Kaff in einem Krankenhaus und vergehe vor Schmerzen. Ich kriege kein Morphium, verdammt noch mal!«, fluchte er. »Ich will hier raus. Kommt her und rettet mich! Ich will auf meine Skihütte.«

Ich biss mir hart auf die Lippen, sonst hätte ich laut losgeprustet. Greg hätte es mir niemals verziehen, wenn ich ihn durch das Telefon ausgelacht hätte, zumal er absolut verzweifelt klang. Ich kannte ihn zwar so gut, dass ich wusste, dass er haltlos übertrieb, dennoch war seine Verzweiflung echt. Greg mochte es nicht, jemandem anderen ausgeliefert zu sein oder wenn seine Pläne von unvorhergesehenen Ereignissen umgeworfen wurden.

»Schnapp dir Stephan und kommt her!«, forderte Greg abermals. »Er muss noch die Schlüssel vom Wagen haben. Der steht irgendwo auf einem Parkplatz. Kommt her und holt mich hier raus! Ihr könnt danach gerne mit auf die Skihütte kommen.«

»Ich weiß nicht …«, antwortete ich und meinte eigentlich eher die Skihütte, denn ich wollte mit Stephan allein sein und nicht inmitten von anderen ausgelassenen Skihasen eine Hüttengaudi erleben.

»Schaff deinen Arsch gefälligst hierher!«, wetterte Greg. »Du kannst nicht ernsthaft in Erwägung ziehen, mich hier in diesem Nest verrotten zu lassen.«

»Ist ja schon gut«, gab ich klein bei. Mir war jedoch nicht wohl bei der Sache. Immerhin entschied ich über Stephans Kopf hinweg. Ein Geräusch machte mich darauf aufmerksam, dass ich nicht mehr allein im Wohnzimmer war. Ich drehte mich um und entdeckte Stephan in der Tür. Er sah mich fragend an. Mit wenigen knappen Worten erklärte ich ihm den Sachverhalt. Er nickte sofort. »Wir kommen«, sagte ich daher. »Halt dich von den Pflegern fern, sonst jagen sie dir das Morphium direkt in deinen Arsch.«

»Wenn hier nur ein Pfleger wäre«, seufzte Greg. »Aber das sind alles Dominas im weißen Kittel, die wenig Respekt vor den Nöten eines schwer verletzten schwulen Millionärs haben.«

Ich lachte kurz auf. »Also so schlimm ist es bestimmt nicht.«

»Oh doch. Selbst die Oberärztin ist ein Drache mit Titten. Beeilt euch!«

Mir entkam abermals ein Lachen. »Okay, Siegfried! Wo genau bist du?«

Er gab mir eine detaillierte Beschreibung seines Standortes und der seiner Limousine. Ich notierte mir alles auf einem Zettel, den ich Stephan hinhielt. Als dieser nickte, redete ich weiter. »Wir kommen mit dem Zug«, entschied ich spontan, da wir ja zuvor Gregs Wagen abholen mussten. »Entspann dich, es kann Abend werden, je nachdem welche Zugverbindung wir bekommen.« Es war Heiligabend. Ich bezweifelte, dass an diesem Tag die Regelpläne galten.

»Ich erwarte euch sehnsüchtig«, flötete Greg zurück, ehe er schließlich mit einem Seufzen auflegte.

Ich ließ mein Handy sinken und drehte mich zu Stephan um. So viel zu unserem gemeinsamen Weihnachten, das ich mir ein ganz klein wenig anders vorgestellt hatte.

»Sieht so aus, als würden wir die Feiertage auf einer Skihütte in Südtirol verbringen«, entgegnete ich etwas traurig.

»Solange ich den Schlafsack mit dir teilen darf«, gab Stephan zurück, schmiegte sich an mich und küsste mich zärtlich auf den Mund.

»Es hätte mir gefallen, mit dir allein vor dem Kamin zu liegen«, gestand ich mit gewissem Bedauern. *Und mich von dir ficken zu lassen,* fügte ich im Stillen hinzu.

»Vielleicht gibt es dort auch einen Kamin«, versuchte Stephan mich aufzumuntern.

Ich seufzte hörbar und kuschelte mich an ihn. Seine Arme schlossen sich um mich und drückten mich an seine harte Brust. Er roch noch immer nach Schweiß und Sex und ließ die Erregung in mir aufleben. Ich nahm einen tiefen Atemzug und genoss es, dass sich wohlige Wärme in mir ausbreitete.

»Was hältst du davon, wenn du wieder ins Bett gehst und da auf mich wartest? Ich hoffe, dass ich nicht zu lange brauche, um die Zugkarten zu ordern.« Vollkommen gleichgültig, wann der Zug losfuhr, die Zeit mit Stephan war auf jeden Fall drin. Greg befand sich nicht in unmittelbarer Gefahr. So konnte er getrost noch etwas länger warten, auch wenn die Aussicht, den Weihnachtsabend im Krankenhaus oder in einer großzügigen Limousine zu verbringen, nicht gerade erquickend war. Aber das war es mir wert.

Stephan lächelte wissend, ging zu seiner Reisetasche und holte ein paar weitere Kondome heraus. Mit einem breiten Grinsen wedelte er provozierend damit herum, ehe er das Wohnzimmer verließ. Ich schickte ihm ein Knurren hinterher und beeilte mich, die Tickets für uns zu bestellen. Zum

Glück ging der nächste Zug Richtung Brixen erst um halb zwei, sodass uns noch ein paar Stunden blieben, die wir besser zu nutzen wussten, als auf zugigen Bahnhöfen zu warten.

Als ich ins Schlafzimmer kam, lag er wie befohlen wieder im Bett, die Decke gerade mal bis zum Bauchnabel hochgezogen und die Arme unter dem Kopf verschränkt. Ein erwartungsvolles Grinsen erschien auf seinem Gesicht, als ich eintrat. Knapp unterhalb des Saumes hatte sich ein Zeltchen aufgerichtet, was mir mehr als deutlich Aufschluss darüber gab, wie es in seinem Inneren aussah.

Genau das brauchte ich jetzt.

Auf dem Weg ins Schlafzimmer hatte ich noch im Bad haltgemacht und meine Kehrseite ausgiebig mit kühlender Salbe eingecremt. Es war zwar nicht unbedingt schmerzhaft, doch da ich vorhatte, mich noch einmal von Stephan penetrieren zu lassen, konnte es nicht schaden, wenn ich schon mal vorsorgte.

»In knapp vier Stunden geht unser Zug«, erzählte ich und krabbelte neben ihn auf das Bett. »Da bleibt uns ne Menge Zeit, das von gestern zu wiederholen.« Ich zog die Decke von seinem Körper. Wie erwartet, empfing mich ein prachtvoller Ständer. Es gefiel mir, wie sehr ich ihn erregen konnte, allein wenn ich nackt vor ihm herumspazierte. Unter meinen Küssen und Streicheleinheiten wuchs sein Penis noch weiter an und begann sogar zu tropfen.

Genüsslich leckte ich die Feuchtigkeit von der Eichel und dem Bauch, zupfte mit den Lippen keck an den Schamhaaren und nahm den Schaft in den Mund, um gierig daran zu saugen. Stephan beobachtete mich dabei mit hinter dem Kopf verschränkten Armen wie ein Pascha, der sich von seinem Sklaven verwöhnen ließ. Mir war die Rolle, die er mir in diesem Moment zugedachte herzlich egal. Für mich zählte nur, dass ich ihn scharf genug machte, damit er in mich fahren und es mir besorgen konnte. Ich hätte auch einen Strip hingelegt oder ihm schmutzige Worte ins Ohr geflüstert, wenn ihn das schneller an den Grad heranbrachte, den er brauchte, um sich in mir versenken zu können. Ich schielte auch nach dem alten T-Shirt, das zusammengeknüllt neben dem Kopfkissen lag und überlegte, ob es nötig war, um seine Erektion schneller voranzutreiben. Doch Stephan schien sich gut an dem Bild aufzugeilen, wie ich seinen Schwanz immer wieder in meinem Mund verschwinden ließ.

»Gefällt dir das?«, fragte ich, als er ein leises Stöhnen von sich gab.

»Merkt man doch«, gab er knapp zurück.

Ich musste daran denken, dass ich ihm in der Dusche den ersten Blowjob seines Lebens verpasst hatte, und verkniff mir ein Grinsen. Nun schien er Gefallen daran gefunden zu haben, denn sein Blick verriet, dass ich alles andere tun durfte, nur nicht aufhören.

Als ich fand, dass Stephans Härte weit genug vorangeschritten war, griff ich nach den Kondomen und riss eines der Päckchen auf.

»Mach weiter«, bat er mich.

Unbeirrt seiner Bitte streifte ich das Gummiding über seinen Penis, tropfte eine große Portion Gleitmittel drüber und legte mich bereitwillig auf den Bauch und mit gespreizten Beinen neben ihn. »Dafür ist später Zeit, doch jetzt brenne ich darauf, dich noch einmal in mir zu spüren.«

»Du gehörst wohl nicht zu dem großen Anteil an Homosexuellen, die keinen Analsex wollen, oder?«, gab er trocken von sich.

»Ganz bestimmt nicht«, erwiderte ich entschlossen.

»Hast du schon mal einen getroffen, der das ablehnt?«

»Mehrere«, antwortete ich und grinste ihn schief an. Provokativ hob ich mein Becken an. Stephan schien diese Bewegung zu gefallen, denn sein Augenmerk wanderte abrupt von meinem Gesicht zu meinem Hintern. Doch dies animierte ihn nicht dazu, sich dem Wunsch zu beugen. Er blieb liegen und begnügte sich damit, den wackelnden Hintern zu beobachten.

»Was findest du daran?«, wollte er schließlich wissen.

»Müssen wir das jetzt ausdiskutieren?«, schnaufte ich leicht gereizt.

»Ich will es wissen.«

»Wenn du dein erstes Mal hattest, wirst du es wissen«, gab ich schroff zurück. »Allerdings würde ich dir raten, dir dafür einen kleineren Schwanz auszusuchen als meinen.«

»Warum?«, erkundigte er sich neugierig.

Ich verzog mein Gesicht. »Wenn du mich schreien gehört hast, dann sicherlich auch Greg jammern.«

Stephan sah mich etwas erschrocken an. Sein Kehlkopf hüpfte kurz auf und ab, als er schluckte. In seinem Kopf schien es heftig zu arbeiten, denn er zog leicht die Augenbrauen zusammen und legte die Stirn in Falten. Ein Anblick, der mir nicht gefiel. Er sollte mich ficken, nicht darüber nachdenken, wieder hetero zu werden.

»Deinen oder keinen«, gab er schließlich entschieden von sich. In seiner Stimme schwang ein Hauch von Groll mit. »Du meinst das doch nicht wirklich ernst, oder? Dass ich mir jemand anderen suchen soll.«

Ich ließ mit einem Stöhnen den Kopf auf die Unterlage sinken. »Nein«, gestand ich aufrichtig. »Hab ich nicht ernst gemeint.« Ehrlich gesagt wusste ich selbst nicht mehr, warum ich ihm quasi geraten hatte fremd zu gehen. Wir waren jetzt fest zusammen. Wenn es in unserer Beziehung dazu kam, dass Stephan entjungfert wurde, dann würde das nur durch mich sein.

Ich erinnerte mich plötzlich an mein erstes Mal. Nein, nicht an den gierigen Oskar Brauer, meinem Schwarm auf der Uni, der mich bei einer Studentenparty unter dem Einfluss von jeder Menge Wodka-Cola im Badezimmer befummelte. Es wäre wahrscheinlich zu mehr als ein paar Fingern gekommen, wenn mir vor lauter Aufregung nicht so schlecht geworden wäre, dass ich mich übergeben musste, worauf Oskar das Interesse an mir verloren hatte. Ich meinte mein wirklich erstes Mal, das einige Zeit später mit Greg stattfand. Ich war den Tränen nahe gewesen. Mein Magen hatte rebelliert, weil ich an die Sache mit Oskar denken musste. Greg war jedoch so einfühlsam, mich behutsam vorzubereiten und in die Angelegenheit einzuführen. Dank ihm liebte ich es inzwischen, obwohl ich zugeben musste, dass ich hin und wieder mit dem Gedanken liebäugelte, es aufzugeben. Vor allem nach durchliebten Nächten, wenn mir der Hintern so wehtat, dass ich kaum sitzen geschweige denn mich auf wichtige Vorlesungen oder später auch Konferenzen konzentrieren konnte.

»Es tut mir leid«, entwich es mir, ohne dass ich länger darüber nachgedacht hätte. Haltlos war es aus mir herausgerutscht, rann über meine Lippen, wie die Flüssigkeit in einem randvollen Glas, deren Oberflächenspannung plötzlich nachgab. »So war das wirklich nicht gemeint.«

Er lehnte sich zu mir und küsste mich sanft auf die Schulter. Seine Lippen blieben dort eine Weile liegen, als könne er sich nicht von mir trennen. Schließlich seufzte er leise, trennte sich endlich von meiner Schulter und richtete sich gänzlich auf. Als Nächstes nahm er die Tube mit dem Gleitmittel und verteilte etwas auf seinem noch immer eingepackten Penis und ließ auch ein paar Tropfen in meine Spalte gleiten. Ich zuckte zusammen, als die kalte Flüssigkeit auf meine Haut traf, in die Gesäßspalte rann und auf meine Hoden tropfte.

Die Matratze wankte, als er sich zwischen meine Beine legte. Ich versuchte, mich zu entspannen, den Druck von mir zu nehmen und mich nur auf Stephan zu konzentrieren. Sein Gewicht legte sich schwer auf mich. Abermals küsste er meine Schulter, dieselbe Stelle, die er einen Augenblick zuvor schon geküsst hatte. Wohlige Wärme machte sich auf meinem Rücken breit, dort wo sein Körper mich berührte, und umhüllte mich, wie mit einer angewärmten Decke. Ich schloss die Augen, spreizte die Beine ein Stückchen mehr und ließ diese Empfindungen auf mich einwirken. Seine Härte legte sich der Länge nach an meinen Spalt, presste sich zwischen die Backen, als wollten sie einen größeren Zwischenraum schaffen. Schließlich richtete er sich wieder auf und legte an meinem Eingang an.

Erst rieb er behutsam darüber und massierte ihn mit der hart angeschwollenen Eichelspitze. Dann drückte er immer wieder mal etwas fester auf den Muskelring, als wollte er austesten, ob ich ihn schon aufnehmen könnte. Schließlich zog er sich zurück, um abermals darüber zu reiben. Bis er endlich mutig genug oder der Meinung zu sein schien, dass es Zeit dafür war und sich energischer tiefer drängte.

Ich genoss jede dieser Berührungen. Sie waren zaghaft und wie ganz besondere Streicheleinheiten. Sie sorgten dafür, dass ich mich entspannte und der Drang, ihn unbedingt in mir spüren zu wollen, schwand und ich mich innerlich lockerte. Auf einmal war es nicht mehr wichtig, dass er in mich fuhr. Ich wollte ihn nur noch fühlen, egal wie und egal wo.

Mit einem erregten Keuchen schob er sich langsam tiefer. Dank des Gleitmittels ging es beinahe mühelos. Das obligatorische Brennen, wenn der Muskel gedehnt wurde, empfand ich nun nicht ganz so unangenehm, da sich mit ihm auch noch das besänftigende Gefühl der Zuneigung in mir ausbreitete. Es dämpfte den Schmerz, verwandelte ihn in dumpfe Hitze, die sich von meinem Hintern aus über meinen gesamten Körper entfaltete. Mit jedem Zentimeter, den Stephan tiefer in mich glitt, wurde dieses lindernde Gefühl intensiver. Irgendwann freute ich mich sogar über jeden weiteren Zentimeter und wünschte, er könnte ganz mit mir verschmelzen.

Als er schließlich gänzlich in mir versunken war, senkte er sich abermals auf meinen Leib nieder. Nicht nur dank des Gewichtes, das nun auf mir lastete, stieß ich die Atemluft hörbar aus, die ich unbewusst angehalten hatte. Seine Hände schoben sich unter meinen Achseln hindurch zu den Schultern, wo er sich einhakte und festhielt wie an einem Rettungsanker. Mit seinen Hüften führte er ganz vorsichtige Bewegungen aus, rollte sich auf mir leicht hin und her, wie auf einem Gummiball. Es war mir nicht mehr wichtig, gefickt zu werden. Mir genügte es, ihn tief in mir zu spüren und das Pochen seiner Erregung in meinem Unterleib zu vernehmen. Es war wundervoll, den Druck, den er auf meinem Anus ausübte, zu fühlen und sein Gewicht auf mir zu haben. Ich genoss es in vollen Zügen. Einfach nur zusammen sein, innig verbunden, förmlich miteinander verschmolzen, enger als eine Umarmung sein konnte. Er hätte ewig so liegen bleiben können, ohne mit dem Akt beginnen zu müssen.

Mir war nur noch wichtig, dass er da war.

Ich wollte nicht mehr einfach nur gevögelt, sondern geliebt werden.

Heiße Lippen hinterließen auf meiner Schulter und dem Hals brennende Stellen, die noch lange nachhallten und mich daran erinnerten, geküsst worden zu sein. Jeder einzelne Kuss war sinnlicher, erotischer und anregender als jeder Fick, jeder noch so gute Porno, jeder noch so attraktiver Pin-up-Boy.

Ich kniff die Augen zusammen, doch es genügte mir nicht. Ich wollte absolute Dunkelheit um mich, um diese Empfindungen so intensiv es ging auf mich einwirken zu lassen. Daher langte ich blind nach dem T-Shirt und presste es auf meine Augen. Das durch meine Lider ohnehin schon gedämpfte Licht verschwand gänzlich und tauchte mich in Schwärze. Ich konnte nur noch Stephans Gewicht auf mir und seine Härte in mir spüren. Eine Hitzewelle rollte durch mich hindurch, als sich meine Sinne sensibilisierten. Mit jeder Bewegung, die seine Hüften auf meinem Hintern ausführten, mit jedem leichten Hin- und Herwackeln jagte eine weitere Welle durch meine Adern. Meine Nervenenden stellten sich auf. Elektrisierendes Prickeln erfüllte jede Pore meines Körpers. Ich konzentrierte mich auf das wenige, das mir geblieben war, nachdem ich mir das Licht genommen hatte. Ich brauchte es nicht. Stephans Liebe genügte mir, um wirklich sehen zu können.

Seine Lippen arbeiteten sich millimeterweise von der Schulter über den Hals zur anderen Schulter. Gänsehautschauer ließen die Härchen in meinem Nacken aufstellen und sorgten dafür, dass die Hitzewellen, die stetig durch mich hindurchrollten, heißer und intensiver wurden.

Meine Nase nahm den herben Geruch unseres Schweißes auf, vermischt mit dem betörenden Duft von vergangenem Sex. Sein Atem strich wie Höllenfeuer an meinem Nacken entlang und versengte die aufgerichteten Härchen. Als ich spürte, wie sich dumpfe Zähne vorsichtig in meine Schulter verbissen, stieß ich einen erstickten Laut aus. Eher vor Schreck, doch zeitgleich überspülte mich diese Empfindung mit einer weiteren heißen Welle, die sich geradewegs in meiner Libido sammelte und meinen Schrei in ein lustvolles Stöhnen verwandelte.

Als sich irgendwann seine Hüfte anhob und sich dadurch sein Penis ein Stückchen aus mir herausbewegte, war es, als verließe mich ein guter Freund. Ich keuchte entsetzt auf, wurde jedoch sogleich wieder besänftigt, indem er sein Gewicht auf mich niedersinken ließ, und damit erneut gänzlich in mir versank.

Abermals entkam mir ein Stöhnen.

Gemächlich begann Stephan mit seinem Takt, ließ sich jedoch sehr viel Zeit. Ich gönnte ihm jeden einzelnen Augenblick, den er sich nahm, um die Eindrücke vollends auskosten zu können. Immer wieder drückte er sich so fest auf mich, dass ich dachte, unter dem Druck zerquetscht zu werden, doch als er sich wieder anhob, erfasste mich eine unangenehme Leere.

Ich konnte seinen Herzschlag in meinem Rücken spüren. Mein eigenes Herz pochte ebenso aufgeregt wie seines. Ich fühlte genau, wann er einen Atemzug nahm. Sein Brustkorb spannte sich in einem gleichmäßigen Rhythmus an und machte sich auf meinem Körper breiter und mächtiger. Ich begrüßte jeden einzelnen seiner Atemzüge, auch wenn sie mir bewiesen, dass ich in diesem Augenblick derjenige war, der sich dominieren ließ.

In diesem Moment war es mir so etwas von gleichgültig. Ich war glücklich und zufrieden.

Fühlte sich so Liebe an?

Fühlte es sich so an, wenn man bereit war, eine Beziehung zu führen?

Wenn dem so war, dann: *Herzlich willkommen, feste Beziehung!*

Ich ließ mich in die Dunkelheit fallen, denn ich wusste, dass ich aufgefangen wurde. Stephan hielt mich. Seine Liebe stützte mich, barg mich in ihrem schützenden Netz und bewahrte mich vor dem Absturz. Ich konnte es fühlen, mit jedem Kuss, den er auf meine Haut brannte, mit jeder Bewegung in meinem Hintern, mit jedem Atemzug und mit jedem Herzschlag.

Ich wurde geliebt. Endlich konnte ich es sehen – und erwidern.

Plötzlich raste ein gleißender Blitz durch mich hindurch und füllte mich mit tausend Grad heißer Lava. Von einer Sekunde auf die andere brannte ich lichterloh. Ein Schrei entkam mir. Mein Innerstes schmolz schmerzhaft. Ich verkrampfte mich reflexartig. Obwohl ich genau wusste, was eben in mir vorgegangen war, war ich nicht darauf vorbereitet. Stephan hatte unbewusst mein Lustzentrum tief in meinem Unterleib gefunden und angestupst. Es war bei mir scheinbar sehr leicht zu finden. Ich keuchte und wand mich unter ihm, hätte ihn beinahe von mir gestoßen, ihn abgeworfen wie ein bockiges Pferd. Doch er hielt mich fest, klammerte sich an mich, drückte mich mit seinem Gewicht rhythmisch auf die Unterlage. Der Griff um meine

Schultern wurde stärker. Er presste mich unter sich, nagelte mich förmlich unter sich fest, hämmerte mich mit seinem Schwanz auf das Laken. Ich biss die Zähne zusammen, als mit dem härteren Takt auch der Schmerz zunahm. Zwar verwandelte er sich sogleich in pulsierende Lust, die jede Faser meines Körpers mit Hitze füllte. Dennoch hatte ich arg damit zu kämpfen, dass mein zuvor schon beanspruchter Schließmuskel nun Höchstanforderungen ausgesetzt wurde. Mit festem Hüftschwung rammte er sich tief in meinen Unterleib und beschleunigte noch den Takt. Schließlich packte er mich härter an den Schultern, um sich noch ein wenig höher und damit tiefer in mir versenken zu können.

Heißer Atem strich in immer schneller werdenden Stößen an meinem Hals entlang und setzte die betroffenen Regionen in Brand. Als ich glaubte, die Hitze nicht mehr aushalten, dem Feuer in mir nicht mehr standhalten zu können, geriet ich sogar in Panik und versuchte abermals unbewusst Stephan von mir abzuwerfen. Er interpretierte dies vermutlich anders. Wahrscheinlich glaubte er, dass ich mich aktiv an diesem Akt beteiligte, denn er grollte kehlig und krallte seine Hände noch fester in meine Schulter. Mit derben Stößen trieb er mich auf die Matratze zurück.

Mit dem zweiten Blitz, der ebenso überraschend durch mich hindurchzuckte, starb meine Gegenwehr. Ich brüllte meine brennende Lust in das Kissen, erstickte den Schrei in den Daunen und presste das Shirt fest vor meine Augen.

Als Stephan in mir kam, war es nicht nur eine Erleichterung. Es war wie eine Erfüllung, wie der lang ersehnte Wunsch, der mir endlich gewährt wurde. Damit meinte ich allerdings nicht das Ende dieses Geschlechtsaktes, sondern dass Stephan das bekommen hatte, was er sich wünschte – mich vor Lust zum Schreien zu bringen.

Atemlos und erschöpft von seinem Orgasmus sank er auf mich nieder und drückte mich mit seinem Gewicht erneut auf das Laken. Mir fiel das Atmen schwer, ich genoss es dennoch. Mein Hintern brannte. Mein ganzer Körper loderte wie Feuer. Ich stand förmlich in Flammen. Ich glaubte zu verbrennen und genoss es trotzdem.

Es war so ganz anders als mit Greg. Intensiver, tiefgehender, emotionaler. Ich hatte das Gefühl, nicht nur einfach in den Hintern penetriert worden zu sein, sondern in jede einzelne Faser. Ich spürte Stephan überall an mir. Mit jeder Pore, die sich vor Anstrengung geöffnet hatte und Schweißtropfen absonderte, schien auch ein winziges Fragment von ihm in mich übergegangen zu sein.

Wenn ich nicht schon vollkommen verausgabt und überbeansprucht gewesen wäre, hätte ich ihn darum gebeten, es zu wiederholen. Es war ein überwältigendes Gefühl.

Als sich heiße Lippen auf meine Schulter legten und dort liegen blieben, als könnten sie sich nie wieder von mir trennen, entkam mir ein zufriedenes Seufzen.

Erst jetzt erkannte ich es tatsächlich, was es hieß, geliebt zu werden und zu lieben. Erst in diesem Moment wurde mir richtig bewusst, dass ich mich verliebt hatte – wirklich heftig, mit allem Drum und Dran. Die Schmetterlinge in meinem Bauch flatterten freudig umher. Mein Herz begann vor Aufregung zu rasen. In meinem Kopf herrschte vollkommene Leere. Ich fühlte mich wie im Rausch, umgeben von knisternder Watte.

»Ich liebe dich«, flüsterte es an meiner Schulter.

Ich hob den Kopf an, drehte ihn zur Seite und sah ihm einen Augenblick lang intensiv in die hellblauen Augen. Sofort versetzte mich dieser Anblick in ein Wolkenmeer, das hoch am Himmel von einer seichten Brise angetrieben dahinschwebte. Ich fühlte mich schwerelos, nur gehalten von seinem Gewicht und seinen Augen, die sich an mich bannten und mir bis tief in die Seele sahen.

Am Abend zuvor hatte er mir diese Worte schon einmal liebevoll ins Ohr geflüstert. Doch da hatte ich es nicht so wahrgenommen. Nicht so, wie ich sie jetzt wahrnahm. Entgegen zu gestern waren es einfach nur Worte gewesen, zwar mit Gefühl ausgesprochen, die mich ehrten und schmeichelten, doch erst jetzt erkannte ich, wie gewichtig sie waren. Drei entscheidende Worte, die mich nun in einen Zustand versetzten, vor dem ich stets zurückgeschreckt war. Verliebt sein, bis über beide Ohren verknallt, sich wie ein verrückter Idiot aufzuführen, dumme Dinge tun und romantisches Gefasel von sich zu geben und blöde grinsen …

Mein Mund öffnete sich. Erst wusste ich nicht, wie ich es anstellen sollte, doch dann brach es aus mir heraus.

»Ich liebe dich auch«, hauchte ich. Einen Augenblick später fanden sich unsere Lippen zu einem leidenschaftlichen Kuss.

13

Am liebsten hätte ich Greg in diesem Provinzkrankenhaus verrotten lassen. Aus dem Bett zu krabbeln und mich mit Stephan auf den Weg zum Bahnhof zu machen, fiel mir sehr schwer. Ich kannte mich selbst nicht wieder, als ich meine Finger in seine verschränkte und Hand in Hand mit ihm durch die Station marschierte. Stephan lächelte unsicher. Sein Blick schweifte stetig umher und seine Hand wurde immer kälter, je tiefer wir in den Bahnhof eindrangen. Doch niemand störte sich an uns und so verlor er allmählich seine Hemmungen. Ich hätte sie auch nicht losgelassen, selbst wenn er an ihr gezerrt hätte. Im Zug hielt ich die Hand, als hätte ich Angst, ihn zu verlieren, wenn ich ihn losließ. Denn immer, wenn wir uns zwangsläufig loslassen mussten, fühlte ich mich auf einmal verloren und allein.

Sicherlich grinste ich auch jeden dümmlich an. Das ältere Ehepaar, das sich bereits im Abteil befand, packte seine Sachen und verzog sich in das nächste. Wahrscheinlich war ihnen mein Grinsen nicht ganz geheuer.

Während der Fahrt schmiegte ich mich an seine Schulter und wäre über ihn hergefallen, wenn nicht immer wieder Leute an unserem Abteil vorbeigekommen wären. Hin und wieder fanden wir uns zu einem Kuss, rieben unsere Knie aneinander und geilten uns mit Blicken auf. Zu meiner Erleichterung und Verwunderung taute Stephan ganz allmählich auf. Seine Blicke waren zunächst scheu und seine Wangen liefen rötlich an, wenn ich mir lasziv über die Lippen leckte. Doch bald lächelte er ebenso anzüglich zurück, mit einem Blick, der mein Blut in der Körpermitte ansammeln ließ.

Im Geiste meuchelte ich Greg mehrmals nieder, der die Frechheit besessen hatte, mir erst ein Weihnachtsgeschenk zu machen und es mir dann wieder wegzunehmen, indem er verlangte, dass wir ihn abholten. Ich war zufrieden mit mir und meiner Welt und wollte nur noch eines – ein Zimmer mit Stephan in einer abgeschiedenen Gegend, wo uns niemand stören konnte.

Die dreieinhalb Stunden Zugfahrt zogen sich endlos hin, doch als wir in Brixen ankamen, kam es mir plötzlich viel zu kurz vor. Wir nahmen uns ein Taxi, das uns zu dem Parkplatz brachte, auf welchem Greg ausgerutscht war und sich den Fußknöchel gebrochen hatte. Wie er das geschafft hatte, war uns schleierhaft, doch die Parkfläche war nicht befestigt und übersät mit Löchern, die Witterung und Autoreifen verursacht hatten. Einige von ihnen waren mit einer dicken Eisschicht bedeckt, die man bei Dunkelheit übersehen könnte.

Am späten Nachmittag hatte mir Greg eine SMS geschickt, mit einer Kurzfassung der Prognose und der Mitteilung, dass er eben eine OP hinter sich gebracht hatte. Als wir uns im Rolls Royce auf den Weg zum Krankenhaus machten, war die Sonne bereits hinter den Berggipfeln untergegangen und hatte die Täler in dunkle Nacht getaucht. Greg fiel mir freudig um den Hals und brachte mich aus dem Gleichgewicht. Wenn Stephan nicht herangesprungen und uns aufgefangen hätte, wären wir auf dem blank polierten Fußboden des Krankenzimmers gelandet.

Greg sah müde aus. Vermutlich kämpfte er noch mit den Nachwirkungen der Narkose. Ich riet ihm zwar, dass er noch eine Nacht im Krankenhaus verbringen sollte, doch er bestand darauf, diese Stätte der Grausamkeit und Missachtung seiner Nöte zu verlassen. Er wollte unbedingt auf die Skihütte. So verfrachteten wir ihn samt seinem dick eingebundenen Fuß und den Krücken, die ihm die Stationsärztin aufdrückte, auf den Rücksitz und düsten Richtung St. Christina, wo er nahe des Gröden eine Hütte gemietet hatte.

Als wir gegen Mitternacht dort ankamen, staunte ich nicht schlecht. Eigentlich sollte ich es bereits wissen, dass sich Greg niemals mit der Schlichtheit einer einfachen Berghütte zufriedengab. Wenn er sich das Vergnügen eines Bergurlaubes gönnte, dann musste es die Krönung von allem sein. Es war keine schlichte Holzhütte, mit Pritschen, uraltem Holzofen und angrenzendem Kuhstall, sondern eine Art Ferienhaus, mit zwei Schlafzimmern, das trotz der späten Stunde hell erleuchtet war. Mir sagte es aber auch, dass Greg niemals vorgehabt hatte die Feiertage in Hongkong zu verbringen. Diese Hütte musste man sicherlich Monate im Voraus buchen. Es war alles von langer Hand geplant, ebenso Stephans Kündigung, wahrscheinlich auch, dass wir heraneilen und ihn retten mussten. Was auch immer Greg damit beabsichtigte, hier hatte er seinen Intellekt eingesetzt, um uns alle hinters Licht zu führen.

Greg wurde bereits sehnsüchtig erwartet. Doch von der Begrüßung bekam er nicht viel mit. Er war auf der Fahrt eingeschlafen. So konnten wir ihn nur noch ins Bett verfrachten und uns zu den anderen Gästen gesellen, die sich im Aufenthaltsraum bei einer Art Strip-Poker vergnügten.

Es waren fünf blutjunge Kerle, die auch einem Hochglanzmagazin für notgeile Twinks hätten entsprungen sein können. Die Bezeichnung Skihasen traf auf jeden von ihnen zu. Ich musste schmunzeln, als ich an Anthony dachte, den zweiundzwanzigjährigen, den jeder wegen seiner schmächtigen Statur für achtzehn hielt. Er wäre aus dieser ausgelassenen Meute sicherlich nicht herausgestochen. Auch wenn es eine lustige Gesellschaft war, fragte ich mich, was Greg damit bezweckt hatte, sich so junge Männer einzuladen. Sie waren zwar alle zwischen achtzehn und zwanzig, aber dennoch zu jung für Gregs Männergeschmack. Wollte er sich etwas beweisen, nachdem ich ihn quasi abgewiesen hatte?

Aber dann erinnerte ich mich daran, dass mir die Zeit mit Anthony auch gefallen hatte, und zwang mich dazu, nicht weiter darüber nachzudenken. Wenn Greg seinen Prügel unbedingt an so frischem Fleisch abreagieren wollte, war das seine Sache.

Erst in den frühen Morgenstunden verkrümelten wir uns ins Bett. Als die Sonne durch die raumhohen Fenster fiel und uns mit ihren wärmenden Strahlen weckte, erkannte ich erst, dass wir ein Schlafzimmer mit einem Panoramafenster ergattert hatten. Allerdings mussten wir das mit einem weiteren Paar teilen, das es noch in der Nacht lautstark miteinander getrieben hatte. Vor dem Fenster breitete sich das Tal mit der Ortschaft aus, die es sich in der Senke gemütlich gemacht hatte. Einige Ausläufer des Ortes krochen bereits die Hänge der Berge hoch und verpassten den Flächen aus Schnee und graugrünen Tannen noch zusätzliche Farbtupfer. Stephan und ich waren todmüde und eng umschlungen eingeschlafen und hatten von den Aktivitäten nicht mehr viel mitbekommen. Wir waren auch zu müde gewesen, um es unseren Mitbewohnern gleichzutun. Außerdem brannte mir noch immer der Hintern, sodass ich die durch die Geräusche aufkommende Lust niederwürgte und darauf verzichtete.

Ich war bereits wach, als Stephan sich aufrichtete und mich wachzuküssen gedachte. Ihm zuliebe stellte ich mich schlafend, doch lange konnte ich dieses Spiel nicht aufrechterhalten. Das Grinsen stahl sich haltlos auf mein Gesicht. Zur Strafe biss er mich sanft ins Ohr, bis ich gespielt um Gnade winselte. Als seine Hände bei der Forschungsreise über meinen Körper meine stramme Morgenlatte entdeckten, war es um unsere morgendliche Ruhe geschehen. Er schlüpfte unter die Decke und widmete sich sofort meinem Schwanz. Ich versuchte ihn davon abzuhalten und schielte zu dem ausklappbaren Sofa, auf welchem das andere Paar genächtigt hatte, doch sie waren nicht mehr da. Eigentlich hatte ich nichts gegen

Zuschauer und Zuhörer, das mit Stephan war jedoch etwas Persönliches, das ich mit niemandem teilen wollte.

Unter Zuhilfenahme von Händen, Zunge, Lippen und Zähnen brachte mich Stephan rasch zum Kommen. Wie beim letzten Mal wollte ich ihm die Unannehmlichkeit ersparen, meinen Saft schlucken zu müssen, und mich rechtzeitig zurückziehen. Doch er hielt mich fest, warf sich förmlich über mich, damit ich ihm nicht entkam, und nahm alles auf. Anschließend hob er den Kopf, wischte mit dem Handrücken über sein feuchtes Kinn und sah mich triumphierend an.

»Hab ich dir schon mal gesagt, dass du mir hin und wieder richtig Angst machst?«, gab ich atemlos von mir, legte eine Hand in seinen Nacken und zog ihn zu einem Kuss an mich heran.

»Ich geb' mich nicht mit halben Sachen ab«, erklärte er entschlossen. »Ich will dich … alles von dir.«

Gierig saugte ich meinen Orgasmus von seiner Zunge, vergrub die Fingerspitzen in seinen Haaren und zerzauste sie noch mehr, als sie es durch den Schlaf ohnehin schon waren. Ich mochte es, wenn sie in alle Richtungen abstanden. Stephan war wahrlich nicht der brave Junge, der er vorgab zu sein, wenn er seine kurze Haarpracht streng nach hinten kämmte. Er war ein verruchtes Miststück, wenn er erst einmal Blut geleckt hatte. Etwas, was mir auch sehr an ihm gefiel. Er war ein Überraschungspäckchen, das immer Neues für mich parat hielt.

Ich ließ es mir nicht nehmen, mit ihm unter die Dusche zu gehen. Merkwürdigerweise begegneten wir keinen von den anderen Gästen, doch als ich einen Blick auf meine Uhr warf, wusste ich wieso. Es war fast Mittag. Alle, bis auf einen der Jungen waren bereits auf der Piste beim Snowboarden. Als wir in den Aufenthaltsraum kamen, saßen Greg und ein blonder Kerl namens Tom auf der Bank einer Essecke aus hellem Holz, fütterten sich gegenseitig mit Gebäckteilen und kicherten über einen Scherz. Auf dem ausklappbaren Sofa, das neben der Eckbank stand, lagen die Habseligkeiten eines der anderen Gäste ausgebreitet, Kleidung, Decken, Hygieneartikel und sogar ein Rasierapparat. Von Weihnachten war im Raum noch nichts zu sehen. Es gab weder einen Baum noch Kerzen oder andere Zierde, die Hinweis auf diesen großen Feiertag geben könnten. Es wunderte mich nicht, denn für das Schmücken des Hauses waren Gregs Angestellten zuständig. Außerdem feierte er dieses Fest eher auf amerikanische Art, am fünfundzwanzigsten mit einem üppigen Festmahl und einem Berg von Geschenken unter einem gigantischen Weihnachtsbaum. Ich war auch nicht unbedingt in Weihnachtsstimmung und vermisste es daher nicht sonderlich. Wenn es nach mir ginge, könnte es auch ausfallen.

»Frohe Weihnachten, ihr Langschläfer!«, rief Greg sogleich und rückte sein verletztes Bein zurecht, das er auf einen Stuhl gelegt hatte. Mit dem Kinn deutete er auf die freien Plätze am Tisch und grinste uns gut gelaunt an. »Tommi kennt ihr ja schon«, plauderte er weiter. »Ich hab gehört, ihr habt gestern Strip-Poker gespielt. Schade, dass ich so fertig war und eingepennt bin. Hätte mir gefallen, euch beide nackt zu sehen.«

»Da gab es nicht viel zu sehen«, erwiderte ich gleichermaßen schnippisch. »Stephan und ich waren so gut, dass wir nicht viel von unseren Klamotten verloren haben. Ich gerade mal Hemd und Socken und Stephan nur seine Socken.« Ich beugte mich zu ihm herunter und hauchte ihm einen flüchtigen Kuss auf die Wange, eher aus Gewohnheit. Doch ich achtete darauf, den Kuss nur anzudeuten und mich auch gleich wieder zurückzuziehen. Ich wusste selbst nicht genau, warum ich plötzlich Distanz wahrte. Vielleicht, weil mir Stephan wirklich wichtig geworden war und ich ihm unbewusst damit einen Beweis dafür geben wollte, dass zwischen mir und Greg nichts mehr lief. Greg merkte es wohl, verzog leicht sein Gesicht, setzte jedoch rasch wieder seine unbekümmerte Miene auf.

»Was man von den anderen Leckerbissen, die du dir eingeladen hast, nicht gerade behaupten kann«, fügte ich an. »Ich hatte das Gefühl, die haben es darauf angelegt, ihre Schwänze und Ärsche zu präsentieren.« Ich grinste Greg breit an und setzte mich ihm gegenüber neben Stephan, der bereits schweigend Platz genommen hatte. »Aus welchem Pornofilm hast du sie rekrutiert?«

Greg lachte lauthals, zog Tom an sich heran und streichelte ihm flüchtig über die Wange. Dieser presste verkrampft die Lippen zusammen, ließ es jedoch mit sich geschehen. »Studenten aus Heidelberg«, erklärte er, als müsse er dem jungen Mann die Sachlage erklären. »Ich kenne sie von einer Studentenverbindung, in der sich überwiegend Homosexuelle zusammengeschlossen hatten. Dort bin ich noch immer Ehrenmitglied und von Zeit zu Zeit lade ich ein paar der Jungs zu einem Ausflug ein.«

»Gruppenvögeln inklusive«, kommentierte ich trocken.

Greg protestierte schnaubend. »Hey, sie sind alle freiwillig hier und außerdem muss niemand vögeln.« Beim letzten Wort bremste er seinen Redeschwung ein wenig ab, sodass er leiser klang als der Rest vom Satz. Es wirkte, als sei es ihm peinlich, dieses unflätige Wort auszusprechen. Etwas, was eigentlich nicht zu Greg passte. Vielleicht wollte er auch nur das Seelenheil des jungen Mannes schützen, indem er diesem Wort eine weniger gewichtige Betonung verpasste.

Ich lachte laut auf und zwinkerte Stephan wissend zu. »Das musst du den beiden Kerlen, die bei uns im Zimmer wohnen aber erst noch mehr verdeutlichen. Ich dachte, die wollen gar nicht mehr aufhören.«

»Und ihr hattet nichts Besseres zu tun, als ihnen dabei zuzusehen, was?« Greg fiel in mein Lachen ein. »Wenn ich gestern nicht so weggetreten gewesen wäre, hätte ich meinen Schönen hier auch ordentlich rangenommen.« Er zog Tom näher an sich und presste seine Lippen auf dessen Mund.

Ich sah, wie sich der Student erschrocken verkrampfte, als sei es ihm unangenehm, von Greg geküsst zu werden. Doch dann entspannte er sich und wagte es sogar, seine Hand zu heben und sie dem anderen in den Nacken zu legen. Als sich Greg wieder von ihm löste, blickte er den Lippen sehnsüchtig hinterher.

Diese Szene hatte mich vollständig über den Sachverhalt zwischen ihnen aufgeklärt. Tom war bis über beide Ohren in Greg verknallt und erhoffte sich an diesem Wochenende mehr als lockere Freundschaft zwischen Studentenkumpels. Doch ich wusste, dass Greg nur mit ihm spielte und ihn benutzte, um seinen eigenen Trieb abzureagieren. Letztendlich ließ er ihn fallen wie alle anderen, die einen kurzen Abstecher in sein Bett gemacht hatten – mit Ausnahme von mir.

»Wie geht es dir heute?«, erkundigte ich mich, um das Gespräch auf ein anderes Thema zu lenken.

»Tut scheiß weh«, gab Greg mit einem gespielt schmerzverzerrten Gesicht von sich. »Ich hoffe, Tommi kann mich nachher noch ausreichend ablenken. Wir müssen doch nachholen, was wir gestern verpasst haben.« Er küsste Tom abermals, diesmal jedoch nur kurz und wandte sich auch gleich uns zu. »Was habt ihr beiden noch vor heute?«

Ich suchte Rat bei Stephan, der schweigend und mit stoischer Miene neben mir saß. »Keine Ahnung«, antwortete ich, als ich nichts aus seinem Gesicht herauslesen konnte. »Vielleicht genießen, dass uns ein tollpatschiger, durchgeknallter, schwuler Millionär das Weihnachtsfest vermiest hat und wir nun hier in der Einöde italienischer Berge festhängen.«

Greg lachte verkrampft und zog den blonden Studenten abermals an sich. Eine Hand legte sich auf dessen Schenkel ab und streichelte ihn sanft. Erneut versteifte sich dieser, blickte den Älteren jedoch glücklich an.

»Besser als allein zu Hause rumzuhocken und spießige Weihnachtslieder zu singen, ist es allemal.« Greg gab ein hämisches Geräusch von sich und ließ seine Hand nahe an den Schritt heranwandern. Er verharrte, als sich die Beine noch fester verkrampften.

Ich schloss für einen Moment die Augen. Am liebsten hätte ich ihn aus Gregs Fängen gerettet, da ich wusste, dass er dem Jungen falsche Hoffnungen machte. Doch als Tom mutig seine Hand auf Gregs Schritt legte und das, was sich darunter befand, in den Griff nahm, verkniff ich es mir.

Um mich abzulenken oder irgendetwas anderes zu tun, holte ich mein Mobiltelefon hervor und warf einen Blick auf das Display. Es interessierte mich eigentlich nicht, wer mich in der Zwischenzeit angerufen haben könnte. Ich wollte es auch nicht wirklich lesen, doch als ich die Nummer meiner Mutter entdeckte, entkam mir ein überraschtes »Ha!«

Ich räusperte mich, klickte mich in die Liste unbeantworteter SMS und löschte die Nachricht, nachdem ich sie überflogen hatte. Viel hatte ich nicht zu lesen, ganze zwei Wörter kalter Unpersönlichkeit und Abweisung. Nicht einmal ein Telefonat war ihr der kurze Weihnachtsgruß wert gewesen. Ich legte das Telefon vor mich hin und starrte das bunte Display gedankenverloren an.

»Es gibt schönere Dinge«, rief Greg froh gelaunt, langte über den Tisch und drehte das Gerät einfach um, sodass nun die silberne Rückseite nach oben lag. Er wusste von den Schwierigkeiten mit meiner Familie. Ich hatte ihm alles erzählt. »Hier soll es erstklassige Skipisten geben. Leider werde ich mich nicht mit meinen Skihasen im Schnee vergnügen können.«

»Wir können dir ja den Schnee reinholen«, schlug Tom vor und räusperte sich verlegen. Sein Gesicht lief rot an, als wir ihn ansahen.

»Du hast dir ganz schön was vorgenommen«, gab ich leicht bissig von mir. Die kurze Nachricht meiner Mutter hatte mir die Laune verhagelt. Verzweifelt versuchte ich, mich davon zu lösen und suchte Hilfe bei Stephan. Unsere Gespräche waren bis vor Kurzem noch sehr oberflächlich gewesen und bisher hatte ich noch keine Gelegenheit gehabt, es ihm zu erzählen. Daher blieb seine Miene ausdruckslos und ich wandte mich wieder an Greg. »Gleich fünf. Denkst du nicht, du übernimmst dich?«

»Als ich das Ganze geplant und gebucht hatte, dachte ich eigentlich, du begleitest mich. Doch dann kam alles anders. Bis ich in dieser blöden Pfütze ausgerutscht bin, freute ich mich darauf, mich mal so richtig zu verausgaben.« Greg lachte kurz, zog Toms Hand an seinen Schritt, nachdem dieser sie wieder an sich genommen hatte, und rieb sie an seinem Unterleib. Ich knurrte leise, denn dieses Geständnis hatte meine Vermutungen bestätigt. »Außerdem bin ich kein alter Knacker und noch gut in Schuss.

Oder?« Er zog Tom an sich und blickte ihm fordernd ins Gesicht. Zunächst schien dieser nicht zu wissen, was von ihm verlangt wurde, dann beugte er sich vor und verwickelte den anderen in einen harten Zungenkuss, der recht bald in eine wilde Knutscherei ausartete. Greg ließ es sich gefallen, auch als sich Tom auf seinen Schoß setzte und sich an seinem Unterleib rieb.

Ich drehte mich mit einem Seufzen zu Stephan um. »Frühstück?«, fragte ich ihn demonstrativ. Dieser nickte stumm.

Ich stand auf und ging zur Küchenzeile. Meine Knie zitterten. Nicht nur, weil die Erschöpfung des letzten Höhepunktes noch in meinen Gliedern steckte, sondern auch, weil mich Verärgerung befallen hatte. Ich ärgerte mich über meine Mutter und über Greg gleichermaßen. Über meine Mutter, weil sie eine so unpersönliche Nachricht geschickt hatte, und über Greg, weil ich seine Absicht hinter dieser ganzen Sache erkannt hatte. Er wollte mich provozieren. Es war ein deutlicher Angriff auf die Beziehung zwischen Stephan und mir. Dadurch, dass er so offen mit Tom vor mir herummachte, wollte er mir auch klarmachen, was genau mir entging.

Ich war gewillt, das Spiel nicht mitzuspielen und zum Gegenangriff überzugehen. Was Greg konnte, dazu war ich ebenso imstande.

Ich kochte für Stephan und mich Kaffee und kehrte mit zwei Tellern, auf denen frisch aufgebackene Brötchen lagen, und den Tassen zum Tisch zurück. Als ich wieder saß, brach ich ein Stück von einem Brötchen ab, nahm es zwischen die Zähne und beugte mich zu Stephan. Dieser reagierte nicht sofort. Erst als ich meine Hand in seinen Nacken legte und ihn an mich zog, öffnete er den Mund und nahm das Stück aus meinem Mund. Provokativ verwickelte ich ihn in einen Kuss. Doch ich merkte, dass er sich dagegen sträubte. In Gegenwart seines ehemaligen Chefs schien es ihm unangenehm zu sein. Ich drängte ihn nicht weiter, verabschiedete mich mit einem flüchtigen Kuss und widmete mich meinem Frühstück. Für den nächsten Morgen nahm ich mir vor, darauf zu achten, dass wir alleine frühstückten – zumindest ohne Greg.

»Vielleicht spazieren wir runter in den Ort, was meinst du?«, wandte ich mich an Stephan, um ein Gespräch zustande zu bringen.

Er nickte nur stumm, während er kaute und den trockenen Bissen mit einem hastigen Schluck Kaffee runterspülte.

»Das ging alles so schnell. Ich bin gar nicht dazu gekommen, dir ein Weihnachtsgeschenk zu besorgen«, plauderte ich weiter. »Vielleicht finden wir etwas …«

Stephan verschluckte sich an seinem Kaffee und stellte die Tasse hart auf den Tisch. Als er hochsah, fühlte ich mich elend. Ein flehender Blick hatte mich getroffen.

»Wir genießen den Tag einfach«, sagte ich, um die Unsicherheit zu überspielen. »Wenn wir schon mal hier sind …« Ich beugte mich zu ihm und küsste ihn auf den Mund.

Stephan hielt still, tat aber nichts, um sich zu entspannen. Greg und Tom waren noch immer damit beschäftigt, sich gegenseitig zu verfrühstücken. Mir war plötzlich der Appetit vergangen. Daher schob ich meinen Teller von mir.

»Sollen wir gehen?« Sein Nicken kam überraschend schnell. Ich schenkte ihm ein Lächeln, erhob mich und räumte das Geschirr in die Küche. Vielleicht wäre es eine Option, in Zukunft im Dorf zu frühstücken oder gleich ein Zimmer dort unten zu nehmen. Ich nahm seine Hand und verließ mit ihm den Raum. Gregs Lachen bekam ich noch mit, kurz bevor die Tür hinter uns ins Schloss fiel.

Arschloch, warf ich ihm gedanklich an den Kopf.

14

In unsere Wintersachen gepackt, mit Schal und Mütze vor der Kälte geschützt, spazierten wir ein paar Minuten später talwärts. Zunächst hatte sich Schweigen zwischen uns ausgebreitet. Ich suchte händeringend nach einem Thema, mit dem ich es brechen konnte. Stephan kam mir zuvor.

»Du brauchst mir nichts zu schenken«, sagte er, zog den Schal enger um seinen Hals und schniefte leise. Es war eiskalt. Der Schnee knirschte bei jedem Schritt unter unseren Stiefelsohlen.

»Ich weiß«, gab ich seufzend von mir. »Ich brauchte nur einen Vorwand, um von da wegzukommen.«

»Er will dich eifersüchtig machen«, hatte auch Stephan erkannt. In seiner Stimme klang Besorgnis mit, aber auch Kampfgeist. Hieß das, er würde mich nicht so einfach stehlen lassen?

»Ich weiß«, seufzte ich abermals. »Wenn ich nicht wüsste, wie sehr er es hasst, gehandicapt zu sein, würde ich annehmen, dass er sich absichtlich den Knöchel gebrochen hat. Verrückt genug wäre er eigentlich dafür.«

»Vor einiger Zeit erzählte er mir, dass du der Einzige wärst, der sein Herz brechen könnte«, berichtete er. »Ich wusste, wie sehr er dich mochte. Ich habe euch beobachtet. Anfangs hielt ich dich für ein arrogantes Arschloch, das sich nur ein wohlhabendes, warmes Nest sucht. Ich dachte, dass du ihn eines Tages verletzen würdest, ihn mit einem anderen betrügen. Insgeheim wartete ich auf den Tag, malte mir sogar aus, dass ich derjenige sei, mit dem du ihn betrügst. Da war ich schon irgendwie in dich verliebt. Mir war es egal, wer oder was du bist. Ich himmelte dich wie ein Star aus einem dieser Pop-Zeitschriften an, die Miriam früher immer gekauft hatte, um Neuigkeiten von ihrem Star zu bekommen. Ich dachte immer, du wärst nicht in der Lage, jemanden zu lieben, dass dir allein daran etwas lag, dich durch sämtliche Betten zu vögeln. Als ich erfuhr, dass du mit einem Kerl zusammen bist, zerbrach dieses Gefüge, das ich mir aufgebaut hatte, um meine Gefühle irgendwie in den Griff zu bekommen oder zu unterdrücken.

Ich erkannte, dass ich falsch gelegen hatte … und dass ich niemals eine Chance bei dir bekäme …«

Ich blieb stehen. Mein Herz klopfte hektisch. Er hatte mir bereits sein Herz ausgeschüttet. Dass ihn dieses Thema nicht losließ, sagte mir, dass er sich selbst noch nicht verziehen hatte.

»Stephan …«, entkam es mir atemlos.

Er blieb ebenfalls stehen, drehte sich langsam um und begegnete meinem Blick.

»Warum hast du dich für mich entschieden?«, wollte er wissen.

»Weil ich Greg nicht liebe«, antwortete ich wahrheitsgemäß. »Nicht so, wie er es verdient hätte. Als er mir erzählte, was du meinetwegen getan hast, war es wie ein Dolchstich ins Herz. Ich dachte, ich müsste sterben vor Angst um dich.« Ich schloss zu ihm auf, legte die Arme um ihn und zog ihn nahe an mich heran. »Es wird ihm nicht gelingen.« Mein Atem verwandelte sich vor meinem Gesicht in eine weiße Wolke, die uns zu trennen gedachte. Da sie mir zu langsam davonschwebte, sich beharrlich zwischen uns hielt, beugte ich mich so nahe an ihn heran, dass meine Lippen seine kalte Wange berührten. »Es wird ihm nicht gelingen«, wiederholte ich flüsternd. *Weil ich ihn nicht liebe*, wiederholte ich in Gedanken. Ich mochte Greg sehr, aber eher wie einen sehr guten Kumpel, mit dem man Pferde stehlen konnte. Für einen Moment forschte ich in mir, lauschte in mein Herz und stellte fest, dass ich es mir nicht vorstellen konnte, mit ihm je so zusammen sein zu können, wie mit Stephan. Irgendetwas an dieser Darstellung stieß mich ab.

Wenn Stephan nicht wäre … vielleicht.

Seine Hände kamen aus den Manteltaschen und legten sich an mein Gesicht. Da wir allein waren, hielten ihn seine Hemmungen nicht davon ab. Er sagte nichts dazu, musste er auch nicht. Das Glitzern in seinen Augen war mir Antwort genug. Unsere Lippen trafen sich, verharrten einen langen Moment aneinander und wärmten sich gegenseitig.

Ein Schauder ging durch ihn hindurch. »Ich frier mir den Arsch ab«, keuchte er bibbernd und schmiegte sich an mich, als wollte er sich an mir wärmen. »Mir ist vorhin der Appetit vergangen. Doch jetzt hab ich Hunger. Können wir irgendwo was essen gehen?«

Ich musste mir ein Lachen verkneifen. Mir war selbst arschkalt und meine Füße fühlten sich an, als wären sie längst zu Eisklötzen gefroren. Dennoch ließ ich es mir nicht nehmen, meine Hände auf seine Kehrseite zu legen und seine Hinterbacken unter dem dicken Mantelstoff fest in den Griff zu nehmen.

»Dann werd ich ihn wohl festhalten müssen«, sagte ich leise. »Dein Arsch ist zu sexy, als dass ich ihn abfrieren lassen dürfte.«

Stephan zuckte leicht zusammen und schien sich im ersten Moment gegen die intime Berührung in aller Öffentlichkeit wehren zu wollen. Sein Blick hastete rasch zur Seite, als glaubte er, von jemandem beobachtet zu werden. Doch schließlich lockerte sich seine Miene und ein unsicheres Lächeln erschien.

»Du findest ihn sexy?« Seine Stimme war leise und zitterte. Offenbar hatte ich ihn mit diesem Kompliment total überwältigt. Seine Augen glänzten und blickten mich unter den dichten Wimpern verliebt an.

Ich küsste ihn sanft und knurrte kehlig. »Absolut! Er macht mich fast wahnsinnig.« Ein weiterer Kuss folgte. Allein schon der Gedanke an seinen Adoniskörper ließ das Brodeln in mir, das bei seinem Anblick ohnehin nie gänzlich versiegte, aufleben und mich mit wohliger Wärme erfüllen. Erregung erfasste mich, als mir Bilder durch den Kopf schossen, was ich mit diesem Hintern alles anstellen konnte. Unter dem Bund meiner Winterjacke wurde es eng, als sich mein Unterleib darauf vorbereitete, meine Gedanken Wahrheit werden zu lassen. Ich presste mich stärker an ihn und rieb meinen anschwellenden Schritt an ihm. Stephan gab ein undefinierbares Geräusch von sich, als er trotz des dicken Mantels deutlich spürte, wie erregt ich war.

Er räusperte sich lauter. Ein Schauder ging durch ihn hindurch.

»Mir ist kalt«, gab er mit belegter Stimme von sich und lächelte mich unschuldig an.

Ein Kichern entkam mir, als ich mich schließlich bei ihm einhakte und an seiner Seite ins Dorf marschierte. In der Fußgängerzone des Ortes entdeckten wir ein nettes Lokal, in welchem wir uns die Bäuche vollschlagen konnten. Dass sich Stephan aus der innigen Haltung gelöst und einen angemessenen Abstand gewahrt hatte, sobald wir die Ortsgrenze erreicht hatten, bemerkte ich zwar, ging jedoch nicht weiter darauf ein. Ich drängte ihn nicht dazu, unsere Beziehung auch in der Öffentlichkeit zu zeigen. Irgendwann würde er sich daran gewöhnen und sich auch außerhalb geschützter Räumlichkeiten offen zu seiner Neigung bekennen.

Wir schlenderten nach dem Essen noch eine Weile durch die Fußgängerzone, betrachteten die Auslage in den Schaufenstern und einige Sehenswürdigkeiten von St. Christina. Als die Sonne hinter einem Berggipfel abgetaucht war, entschlossen wir uns erneut ein Restaurant aufzusuchen, um den Rest des Tages dort zu verbringen. Wir verspürten beide keinerlei Lust, uns zu der Gesellschaft auf der Skihütte zu gesellen. Doch das Summen meines Handys und die darauffolgende SMS-Erkennungsmelodie warf unsere Pläne über den Haufen.

»Wo seid ihr?«, lautete Gregs Mitteilung.

Ich überlegte ernsthaft ihn einfach zu ignorieren, ein Zimmer im Ort zu nehmen und ihn ein für alle Mal zu vergessen. Es war nicht unbedingt fair, das wusste ich selbst, aber wenn ich daran dachte, mich wieder seinen Versuchungen aussetzen zu müssen, überkam mich ein ungutes Gefühl. Ich genoss es gerade in vollen Zügen, mit Stephan zusammen zu sein.

Ein weiteres Mal summte mein Handy, das ich noch unschlüssig in der Hand hielt.

»Santa Claus ist im Anmarsch. Schafft eure Ärsche her, sonst hetz ich euch Knecht Ruprecht auf den Hals.«

Ob ich wollte oder nicht, aber ich musste trotz allem lachen, obwohl sich sämtliche Nackenhaare dagegen sträubten, ein Weihnachtsfest mit Greg und seinen Jünglingen zu verbringen. Ich konnte es mir nicht vorstellen, mit ihnen unter dem Weihnachtsbaum rührselige Lieder von Christi Geburt zu trällern und Berge von Geschenken auszupacken. Außerdem würde es ein höchst seltsames Weihnachten werden, so ganz ohne Baum und Schmuck – was jetzt nicht heißen sollte, dass ich auf solch einen Tand bestand.

Durch die SMS wurde mir wieder bewusst, dass es Greg schaffte, die Traditionen beider Kulturen, in denen er aufgewachsen war, miteinander zu vermischen. Aber auf eine Art, bei der man ihm nicht böse sein konnte – ich zumindest. Es passte zu ihm. Bei unserem zweiten gemeinsamen Weihnachten in seiner Residenz in New York hatte er sich als amerikanischer Santa Claus verkleidet und trug aus einem goldenen Buch unsere gemeinsamen unzüchtigen Untaten vor. An seiner Seite ein abgehalfterter Rübezahl-Verschnitt, der unerwartet aufgetaucht war und sich als ein Callboy herausstellte, mit dem wir später viel Spaß hatten.

Ich bezweifelte, dass Greg einen der Studenten in ein Knecht Ruprecht-Kostüm steckte, um ihn am späteren Abend vernaschen zu können – wenn überhaupt, dann nur diesen Tommy. Dennoch konnte ich mich nicht gegen die Neugier wehren. Greg liebte Überraschungen und ich liebte es, mich von ihm überraschen zu lassen.

Abgesehen davon hatte er uns eingeladen, die Festtage auf der luxuriösen Hütte zu verbringen, mit ihm und seinen Skihasen. Mein Anstand gebot mir daher, mich etwas respektvoller zu verhalten und an seinen Plänen teilzunehmen. Auch wenn ich lieber in die entgegengesetzte Richtung laufen würde, machten wir uns auf den Rückweg. Stephan verkrampfte sich immer mehr, je näher wir dem Bergappartement kamen. Mir war selbst nicht wohl dabei. Ich rechnete damit, dass sich Greg wieder etwas ausdachte, um mir unter die Nase zu reiben, wie viel besser ich es mit ihm hätte anstatt mit Stephan. Doch ich war gewillt, diesen Spitzen keine Aufmerksamkeit zu gönnen.

Ich mochte Greg. Er war mehr als ein sehr guter Kumpel. Aber mein Herz gehörte Stephan.

Die Hütte war hell erleuchtet, als wir eintrafen. Aus dem Inneren ertönte lautstark 80er-Jahre Weihnachtspopmusik, die irgendjemand mitträllerte. Ich verzog angewidert das Gesicht. In meinem Nacken stellten sich die feinen Härchen auf und ein Schauder rann durch mich hindurch. Ich musste mir Gewalt antun, um das Wohnzimmer zu betreten, das während unserer Abwesenheit auf wundersame Weise in einen amerikanischen Glitzer-Weihnachtstraum verwandelt worden war. Mit offenem Mund trat ich ein. Am liebsten hätte ich laut aufgestöhnt, als ich all die Leuchtgirlanden, Christbaumkugeln, Glitzerbänder, Kerzen und kitschigen Mistelsträuße mit roten Schleifen entdeckte, mit denen der Raum angefüllt war. Ein raumhoher mit reichlich Schmuck überladener Weihnachtsbaum stand in einer Ecke. Der Tisch war kunstvoll gedeckt, mit Tannenzweigen, Kerzen, Christbaumschmuck und roten Schleifen verziert. Im Kamin prasselte ein Feuer und erfüllte den Raum mit seiner Wärme.

Greg saß auf der Eckbank, den eingebundenen Fuß auf einem weichen Kissen auf einem Stuhl abgelegt. Fast erweckte es den Verdacht, dass er sich keinen Millimeter von seinem Platz entfernt hatte und dass sich an dem Bild, als wir ihn verlassen hatten, nichts verändert hatte. Doch auf seinem Kopf saß ein ausladendes Rentier-Geweih, an dessen Enden kleine Leuchtdioden in wechselnden Abständen aufleuchteten. Auf seiner Nase klemmte ein roter Leuchtknubbel und um seinem Hals hing eine faustgroße, goldene Glocke. Er selbst war beinahe nackt, trug lediglich Boxershorts, auf der unzählige rote Weihnachtsmänner mit weißen Rauschebärten und roten Nasen abgebildet waren.

»Ach du Scheiße!«, stieß ich fassungslos hervor, als ich mich umsah. Greg hatte sich wieder einmal selbst übertroffen. An Kitsch und Peinlichkeiten war dieses Bild nicht mehr zu überbieten. »Hast du dir neben deinem Knöchel vielleicht auch noch den Kopf angeschlagen?«

Greg grinste breit, als er uns sah. Er zuckte nachlässig mit den Schultern.

»Ich bin unschuldig«, sagte er mit ebensolcher Miene. »Ich habe nur für das Bankett und den Baum gesorgt. Alles andere haben die Jungs organisiert. Du hättest sie mal sehen sollen, wie eifrig sie am Werk waren. Ich dachte eigentlich, dass Weihnachten für die junge Generation out ist, aber die haben sich so ins Zeug gelegt, dass ich nur noch staunen konnte.«

Außer Tom, der in der Küchenzeile den Inhalt von Schüsseln und Warmhaltebehältern eines Feinkostlieferservices auf Platten und Schalen verteilte, war von den anderen Studenten nichts zu sehen. Er drehte sich kurz zu uns um. Sein Gesicht war gerötet. Ich konnte jedoch nicht daraus ablesen, ob von der Vorfreude auf das Fest, der Hitze aus dem Kamin, der aus der Luft im Raum eine Dampfsauna machte, oder von einem heftigen Fick. Vermutlich Letzteres, denn er lief knallrot an und senkte verlegen den Kopf, als sich unsere Blicke trafen. Auch er trug außer einer knallengen, schwarzen Pants und einer lächerlichen rotweißen Weihnachtsmannmütze auf dem Kopf nichts.

Ich hoffte nur, dass wir uns nicht auch noch ausziehen mussten. Abgesehen davon, dass ich keinem der anderen den speichelfördernden Anblick eines nackten Stephan gönnte, war mir das selbst unangenehm. Dank der Hose und einer sitzenden Haltung konnte ich gut verbergen, dass es mir gefiel, wenn Gregs ehemaliger Chauffeur halb bekleidet vor mir hin und her stolzierte. Doch nur in Unterwäsche gehüllt beschwor es förmlich peinliche Momente herauf.

Wobei …

Das, was Greg hier aufgefahren hatte, konnte meine Peinlichkeit bei Weitem überbieten. Aus einem CD-Player krähte noch immer 80er-Jahre-Weihnachtspop. Nach einem alle Jahre wiederkehrenden Klassiker, der ein vergangenes Weihnachten betrauerte, folgte eine klangvoll vorgetragene Hymne an das winterliche Wunderland. Ich verdrehte die Augen. Greg stand auf solche Songs zum Fest. Mir stülpte sich dabei fast der Magen um.

»Wo sind sie eigentlich?«, erkundigte ich mich, setzte mich an die Stirnseite der Eckbank und zog Stephan neben mich. Um beide Platz zu haben, mussten wir zwar nahe zusammenrücken, doch das war mir mehr als recht. Ich verschränkte meine Hand in seiner und drückte sie an meinen Schenkel. Seine Hand war kalt und verkrampft, daher rieb ich meine Schulter besänftigend an seiner. Er lächelte nur gezwungen und war sicherlich noch weniger begeistert von dem Aufgebot als ich. Ich konnte aus seinem

Gesicht ablesen, dass er ebenso wie ich gerne woanders wäre – am anderen Ende der Welt und auf einer einsamen, tropischen Insel. Bei diesem Gedanken huschte die vermeintliche Wärme einer Tropensonne durch mich hindurch und sammelte sich geradewegs wieder in meinem Schritt. Oh nein, auf gar keinen Fall durfte ich mich der derzeit herrschenden Kleiderordnung anpassen.

»Sie haben noch eine Überraschung vor«, erklärte Greg und nickte Tom zu, der eben eine der Schüsseln auf den Tisch stellte. »Soll großartig werden«, fügte er begeistert an. Als ihm Tom nahe genug gekommen war, legte er eine Hand auf den Hintern und streichelte sanft über die Hinterbacken. Tom zuckte merklich zusammen und warf Greg mit hochrotem Gesicht einen glücklichen Blick zu.

Ich verzog das Gesicht, aber nicht, weil ich den Anblick eines vor Liebesglück berauschten Tom nicht ertragen konnte, sondern weil mich der Gedanke an die Überraschung Übles ahnen ließ. Wenn sie nur halbwegs an das anlehnte, was sie hier bereits zum Besten gegeben hatten, dann würde es ein katastrophaler Abend werden. Greg schien sich darauf zu freuen. Er war für verrückte Dinge immer zu haben. Doch ich entschloss mich, gute Miene zum bösen Spiel zu machen und das Ganze einfach über mich ergehen zu lassen. Etwas anderes blieb mir auch nicht übrig. Vielleicht konnte ich es besser ertragen, wenn ich den ganzen Abend Stephans Hand hielt. Ich drückte sie fester und rieb sie leicht an meinem Schenkel entlang. Er drehte den Kopf und sah mich an. In seinem Gesicht stand dasselbe Leiden geschrieben, wie es auch in mir wütete.

Mit einem leisen Seufzen drückte ich seine Hand abermals fest an mich und war gewillt sie nicht mehr loszulassen.

»Unten sollen noch ein paar Kisten Wein stehen«, sagte Greg. Sein Blick fing geradewegs Stephan ein, der sich daraufhin aufrichtete und versteifte. »Würdest du sie bitte holen?«

Stephan zögerte, machte sich aber dann doch mit einem Nicken von meiner Hand frei und erhob sich. Ich sah ihm hinterher, als er den Raum verließ, und überlegte mir, ob ich ihm folgen sollte. Als ich die Hände auf die Tischplatte stemmte, um mich hochzuhieven, legte Greg schnell seine drauf und hielt mich zurück. Ich sah ihn verwundert an. Mein Blick huschte auch rasch zu Tom, der in der Küche weitere Schüsseln und angerichtete Platten holte.

»Habt ihr es schon gemacht?«, erkundigte sich Greg unverblümt bei mir.

»Was sollte dich das angehen?«, gab ich patzig zurück.

»Also nicht«, schlussfolgerte er nüchtern. »Ich sagte doch, dass es nicht einfach mit ihm werden wird. Er ist ein Hetero.«

Ich sog die Luft ein und hielt sie einen Moment in meiner Lunge gefangen, ehe ich sie geräuschvoll wieder ausstieß.

»Ich weiß, worauf ich mich eingelassen habe«, erwiderte ich gereizt. »Tu nicht so scheinheilig. Du hättest auch dagegenarbeiten können, anstatt ihn mir direkt in die Hände zu spielen. Deine Spitzen kannst du dir sparen. Die werden dir auch nicht helfen, dein Ziel zu erreichen.«

»Welches Ziel?«, erkundigte sich Greg unschuldig.

Ich sah ihn nur streng an. Auch wenn er mir vorwarf, blind zu sein und die wirklich wichtigen Dinge nicht zu sehen … das konnte ich sehr deutlich erkennen.

»Ich frage mich ernsthaft, ob dein Knöchel tatsächlich gebrochen ist«, gab ich nachdenklich von mir. »Warum hast du nicht einen deiner Skihasen angerufen, anstatt uns hierher zu ordern? Dich aus dem Krankenhaus holen hätten die Jungs auch machen können.«

»Meinen Wagen fährt außer mir nur Stephan«, gab Greg ernst von sich. »Glaubst du wirklich, ich lasse diese Grünschnäbel ans Steuer meines 350.000 Dollar teuren Royce?« Er lachte kurz auf, als käme ihm dieser Gedanke absolut absurd und lächerlich vor. »Oh Scheiße, Lenny. Da kennst du mich aber sehr schlecht.«

»Warum hast du ihm dann gekündigt?«

»Weil du ihn brauchst.«

Ich schnaufte verzweifelt, ließ für einen Augenblick mein Kinn auf die Brust fallen und dachte darüber nach, was ich als Nächstes antworten sollte. Täuschte ich mich tatsächlich in Greg? Kannte ich ihn wirklich so schlecht? Oder entging mir etwas, was für andere offensichtlich war?

Mein Kopf kam wieder hoch, als Tom an den Tisch zurückkehrte und eine der Schüsseln laut vor mir abstellte. Ein unwirscher Blick traf mich. Ich musste mir ein Schmunzeln arg verkneifen. Natürlich hatte der blonde, hübsche Student die kurze Unterhaltung zwischen uns mitbekommen, trotz *RUN D.M.C.s* ziemlich laut aufgedrehter Christmas-Darbietung. Ich schenkte ihm ein mitleidiges Lächeln und bediente mich einfach aus der Schüssel, die er provokativ vor mir auf den Tisch geknallt hatte. Seine Augen verengten sich kurz, schließlich riss er seinen Blick von mir und ging zur Küchenzeile zurück. Ich blickte ihm flüchtig hinterher.

Einen hübschen Arsch hatte er schon, stellte ich anerkennend fest. Greg hatte wirklich Geschmack. Etwas, was ich ganz narzisstisch behaupten konnte, da er an mir ebenso Gefallen gefunden hatte. Mit einem gedanklichen Grinsen wandte ich mich wieder von dem Anblick ab. Obwohl Toms Hintern durchaus Qualitäten besaß, gefiel mir der von Stephan besser. Abgesehen davon, dass er ausgereifter und praller war, gehörte er ganz allein mir.

»Zehn Cent für deine Gedanken.« Greg kicherte höhnisch, riss mich damit aus der näheren mentalen Betrachtung von Stephans Hinterteil und schaffte es, dass mir die Röte ins Gesicht schoss. »Er gefällt dir, was?«

»Nicht so gut, wie ein gewisser anderer«, gab ich mit belegter Stimme von mir. Ich gönnte mir noch eine Krokette aus der Schüssel und kaute demonstrativ darauf herum.

»Ich befürchte, du meinst nicht mich damit.« Greg richtete sein Bein bequemer und seufzte theatralisch.

»Hör auf damit«, forderte ich barsch.

»Mit was?« Greg zog mit einer Unschuldsmiene die Schultern hoch.

»Du weißt es genau«, gab ich gereizt zurück. »Lass die Spitzen sein. Ich mag es nicht, wenn man mir ständig weismachen will, dass ich mich für den Falschen entschieden hätte. Ich hätte dich nicht für einen so schlechten Verlierer gehalten.«

Greg verzog sein Gesicht und sank ein wenig in sich zusammen. In mir zog sich auch etwas zusammen. Mein Herz verkrampfte sich schmerzhaft. Es tat mir in der Seele weh, ihn so zurechtzuweisen, dennoch konnte ich nicht anders. Greg war mein bester Freund und ich wusste, wie es um seine Gefühle für mich bestellt war. Trotzdem wollte ich mich nicht seinem persönlichen Rückeroberungsfeldzug ausliefern, indem ich seine anzüglichen Bemerkungen duldete.

»Ich bitte dich darum«, fügte ich wesentlich sanfter hinzu. »Mir liegt viel an dir.«

Ich hatte ihm noch nie wirklich gesagt, dass ich seine Freundschaft und seine Nähe schätzte. Kumpels taten so etwas nicht. Ich hatte unsere gemeinsamen Abenteuer genossen und geliebt, auch wenn mich manche an meine Grenzen gebracht hatten. Doch in diesem Moment glaubte ich, ihn zu verlieren, wenn ich ihm nicht seine Grenzlinien aufzeigte. Er würde sie gnadenlos übertreten, wenn ich es ihm nicht deutlich machte.

Er zog einen Schmollmund, der sich bei meinem letzten Satz jedoch wieder verflüchtigte. Sein Gesicht lockerte sich etwas und er sah mich mit jenem Ausdruck an, mit dem er mich auch im Krankenhaus angesehen hatte, als er mir offenbarte, in mich verliebt zu sein. Er tat mir leid, und wenn mein Herz nicht für Stephan schlagen würde, hätte mich spätestens dieser Blick weich gekocht und schwach werden lassen.

Mit einem Grummeln wandte ich mich von seinem Gesicht ab. Tom kam abermals an den Tisch und stellte weitere vollgefüllte Schüsseln und Platten mit erlesenen Köstlichkeiten auf den Tisch. Greg schnappte ihn sich und zog ihn zu sich auf seinen Schoß, um ihn sogleich in einen wilden Kuss zu verwickeln. Den triumphierenden Blick des Blonden erhaschte ich noch, ehe ich meinen Blick zur Seite drehte, wo eben die Tür aufging und Stephan, beladen mit zwei Kisten Wein, hereinkam.

Ich lächelte ihm liebevoll zu, erhob mich und verließ den Raum. Plötzlich war mir nach Luft und Freiraum. Ich wäre vermutlich geplatzt und hätte wie ein angeschossenes Tier herumgebrüllt und Sachen durch die Gegend geworfen, wenn ich geblieben wäre. Irgendetwas hatte mir die Luft zum Atmen genommen und sich schwer und bedrohlich auf meine Brust gesetzt.

Im Badezimmer warf ich mir erst einmal einen Schwall Wasser ins Gesicht, bis es mir wieder besser ging. Ärger kochte in mir hoch. In gewisser Weise konnte ich Gregs Verhalten verstehen. Ich hätte es wahrscheinlich nicht anders gemacht, wenn ich meine Liebe an jemand anderen verloren hätte und nicht loslassen konnte. Ich war noch nie in eine solche Situation gekommen und wusste daher nicht, wie ich es überstehen sollte, ohne dass ich einen Freund verlor oder ein Herz brach. Es war ein Zustand, der mich überforderte und vor Herausforderungen stellte, die ich stets vermeiden wollte. Doch nun war ich mittendrin und musste zusehen, wie ich da wieder herauskam.

Mit einem tiefen Seufzen warf ich mir einen weiteren Schwall Wasser ins Gesicht und keuchte, als die Kälte des Leitungswassers Gänsehautschauer über den Körper rollen ließ. Aber es tat gut und lenkte mich von meinem Ärger ab. Zeitgleich erinnerte ich mich auch an meinen etwas malträtierten Hintern und beschloss, noch ein wenig Salbe draufzutun, damit ich den Abend verbringen konnte, ohne nervös auf dem Sitz herumzurutschen.

Eben, als ich die Salbentube aus dem Waschbeutel geholt hatte und die Hose öffnen wollte, ging die Tür auf und ich zischte wütend. Doch als ich sah, wer ungefragt eintrat, verschluckte ich meinen Groll sogleich wieder.

»Geht es dir gut?«, erkundigte sich Stephan besorgt, trat hinter mich und legte seine Arme um meinen Leib. Ich ließ es mir gefallen, da mich diese Umarmung weiter beruhigte.

Ich nickte und deutete mit einem Blick auf die Tube.

»Darf ich das machen?«, fragte er und streckte schon die Hand nach der Cremetube aus.

Ich nickte abermals und schloss bereits genussvoll die Augen. Stephans Hände auf meinem wunden Eingang würden mir guttun und mich daran erinnern, wie schön es mit ihm war.

Behutsam öffnete er meine Hose, schob sie ein Stück herunter und drückte die Hinterbacken auseinander, damit er besser an den Anus herankam.

»Du darfst dich nicht so von Greg herumschubsen lassen«, drang es auf einmal aus mir heraus. »Er ist nicht mehr dein Boss.«

»Er war es sechs Jahre lang und ich wünschte, er wäre es noch«, antwortete Stephan, während er meinen schmerzenden Schließmuskel sanft mit der kühlenden Salbe einrieb.

Stephans Verhalten war für mich durchaus nachvollziehbar. Er liebte diesen Job, war sogar ein hohes Risiko eingegangen, als er sich unter falschen Voraussetzungen beworben hatte. Ich überlegte, ob ich ihm von Gregs Bemühungen erzählen sollte, entschloss mich aber, es nicht zu tun. Auch wenn er mich zeitweilig nervte, wollte ich ihm nicht auf diese Art in den Rücken fallen oder den Spaß verderben.

»Glaubst du, er nimmt dich wieder auf, wenn du dich so devot verhältst?« Ich biss mir auf die Lippe, als ich meine eigenen Worte hörte, die mir bedenkenlos über die Zunge geflossen waren. Sie klangen bissig und anklagend.

In meinem Rücken ertönte ein Seufzen. Er richtete sich auf und schmiegte sich an meinen Körper, schlang die Arme um mich und ließ die Tube einfach ins Waschbecken fallen.

»Nein«, antwortete er ernst. Sein Kinn kam auf meiner Schulter zu liegen und seine Wange drückte sich an meinen Hals. Ich blickte ihn über den Spiegel hinweg an. Stephan machte ein trauriges Gesicht. Der Drang überkam mich, ihn zu streicheln und zu küssen, bis wieder Frohmut in ihn eingekehrt war. Schließlich seufzte er abermals und setzte ein gequältes Lächeln auf. »Aber ich versuche es zu akzeptieren.« Seine Arme schlangen sich fester um mich und drückten mich an sich. Seine Lippen hauchten einen sanften Kuss auf meinen Hals. Erneut schloss ich die Augen, genoss diese hauchzarte Berührung und ließ den warmen Atem, der dabei über meine Haut floss in mich einwirken. Zeitgleich presste er seine Hüfte an meinen Hintern und mich damit gegen das Waschbecken. Ich fühlte das

Beben in seinen Gliedern. In ihm brodelte es gewaltig, jedoch nicht aus unterdrückter Lust, sondern aus wachsender Unruhe. Er ging in eine ungewisse Zukunft, eine, die er sich vor einem Jahr wahrscheinlich nicht einmal in seinen kühnsten Träumen ausgemalt hatte.

Dann ließ er mich unerwartet los und schob eine Hand in seine Hosentasche. Als er sie wieder hervorbrachte, ballte er sie zur Faust und hielt sie vor meine Brust.

»Ich habe ein Geschenk für dich«, sagte er, wobei seine Stimme ganz leise und brüchig wurde. Er öffnete seine Faust. Eine silberne Kette mit einem ebensolchen Herzanhänger befand sich nun in seiner flachen Hand. »Das hatte ich bereits vor ein paar Jahren gekauft. Es gefiel mir auf Anhieb. Doch da stimmte es bereits zwischen meiner Frau und mir nicht mehr. Es erschien mir falsch, ihr ein solches Geschenk zu machen. Ich liebte sie nicht mehr. Jetzt weiß ich, warum ich es nicht konnte. Es war für dich bestimmt.« Er nahm die Enden der Kette in die Finger und wollte es mir um den Hals legen.

Schnell hielt ich seine Hände fest und hinderte ihn daran.

»Nein«, sagte ich entschlossen. Abgesehen davon, dass ich nicht auf Geschenke bestand, wollte ich keines haben, das ursprünglich für jemanden anderen bestimmt war – auch wenn er sich im letzten Moment umentschieden hatte.

»Es würde mir viel bedeuten«, gestand Stephan. Seine Stimme zitterte. »Als ich es kaufte, dachte ich an dich. Vielleicht war das der Grund, warum ich es ihr nicht schenken konnte.« Er ließ seine Hände traurig sinken. Das silberne Herz schlug mit einem leisen Klirren auf der weißen Keramik auf. Mir war, als wäre es das entscheidende Geräusch gewesen, um mich umzustimmen. Als hätte jemand einen kleinen Gong geschlagen und damit ein neues Zeitalter, eine neue Epoche eingeläutet.

Stephan presste seine Lippen zusammen und blickte mich über den Spiegel hinweg beinahe flehend an. Schließlich nickte ich, ließ es mir anstandslos um den Hals legen und drehte mich in seinen Armen um, nachdem er es verschlossen hatte.

»Frohe Weihnachten«, flüsterte er ergriffen.

»Danke, dir auch frohe Weihnachten«, hauchte ich zurück, kurz bevor sich unsere Lippen zu einem leidenschaftlichen Kuss trafen.

Plötzlich war ich ergriffen von einem Gefühl, das mich zu verbrennen drohte. Eine Last hatte sich auf mir niedergelassen, keine, die mich erdrücken oder zerquetschen wollte wie vorhin, als ich deswegen aus dem

Wohnzimmer flüchten musste. Eine Last, die mir zeigte, wie schwer seine Liebe war, wie viel Gewicht er in diese Beziehung legte und wie bedeutungsvoll ihm meine Liebe war.

Das Silber um meinen Hals fühlte sich zunächst kalt und unangenehm an, doch es passte sich rasch meiner Körpertemperatur an, sodass ich es nach einer Weile kaum noch spürte. Dennoch wusste ich, dass es da war, dass es ein Zeichen seiner lang schwelenden Zuneigung war, die er zurückgehalten, verborgen, verleugnet hatte und nun endlich freien Lauf lassen konnte.

Meine Nervenenden stellten sich prickelnd auf, als ich mir dies bewusst machte. Mein Herz schlug schneller, schien sich ebenso über die Entwicklung und über das Geschenk zu freuen. Das Blut rauschte wie eine reißende Brandung durch meine Adern und erfüllte mich mit einem Verlangen, das ich kaum bändigen konnte. Meine Hände krallten sich in sein Fleisch, wollten alles gleichzeitig in Besitz nehmen. Ich drückte mich an ihn, rieb die Hüfte an ihm. Meine Hose hing noch immer halb über dem Hintern und rutschte ein Stückchen tiefer, als ich mich an ihm rieb. Dabei wurde mein Penis bloß gelegt. Ich spürte den rauen Stoff seiner Hose, den dicken Wulst des Reißverschlusses und die sich darunter ebenfalls aufbäumende Erregung. Ein leises Stöhnen entkam mir, als ich merkte, wie sehr es auch ihn erregte, und wünschte mir, wir wären bei mir zu Hause und könnten ungehemmt tun, wonach es uns war.

Ungestört, ohne lästige Zuschauer oder Mitbewohner.

Prompt flog die Tür auf und eine Gestalt in einem weiten, weißen Glitzerkleid und einem auf dem Kopf wippenden Goldkranz stürmte herein. Einer der ausladenden Flügel auf seinem Rücken blieb am Türstock hängen, worauf die Erscheinung auf seinen hochhackigen Schuhen ins Straucheln geriet und uns beinahe vor die Füße gefallen wäre.

»Sorry«, keuchte das seltsame Engelchen mit der langen, weißblonden Lockenperücke, das ich erst auf den zweiten Blick als Jan erkannte, einen der Studenten. Dieser sah hoch und lief augenblicklich hochrot an, als er uns bemerkte. Das übertrieben aufgetragene Rouge auf seinen Wangen verblasste gegen die Gesichtsröte, die in sein Gesicht geschossen war, nachdem er begriff, wobei er uns eben gestört hatte. Meine Hose hing nach wie vor an den Oberschenkeln. Mein blanker Hintern lag am Waschbecken an. Es war für fremde Augen mehr als offensichtlich. »Oh, sorry«, keuchte er abermals, versuchte hektisch, sich wieder in aufrechte Position zu bringen, verhedderte sich aber in dem weiten Kleid.

Rasch zog ich meine Hose hoch, während Stephan dem Unglücksengelchen auf die Beine half. Jan knickte auf den ungewohnten High Heels immer wieder um und krallte sich Halt suchend in Stephans Arm.

»Die Dinger bringen mich um«, schnaufte Jan, als er endlich sicher stand.

Wenn die Situation nicht so peinlich gewesen wäre – für alle Beteiligten – hätte ich lauthals gelacht. Stattdessen kämpfte ich meinen Ständer in die Hose und verfluchte mich abermals, dass ich Gregs Hilferuf gefolgt war. Wie schön hätte unser Weihnachten werden können, bei mir zu Hause, am Kamin, mit einem guten Glas Rotwein und niemand Weiteren außer uns beiden.

»Was soll das eigentlich werden?«, erkundigte ich mich, als ich es endlich geschafft hatte, den Reißverschluss über meine Beule zu zwängen, und deutete mit dem Kinn auf seine irrwitzige Aufmachung.

»Eine kleine Darbietung«, schnaufte Jan gestresst, stakste unsicher an uns vorbei zur Toilette und hob den Deckel an. »Ich müsste mal kurz …«, druckste er verlegen heraus. Umständlich raffte er das weite, weiße Kleid zusammen und sah uns bittend an.

Rasch verstaute ich noch die Cremetube in meinem Waschbeutel, dann eilte ich mit Stephan aus dem Zimmer. Draußen begannen wir beide gleichzeitig zu kichern, wobei mein Kichern bald in ein genervtes Stöhnen überging. Ich konnte mir wahrlich denken, welche Art von Darbietung uns gleich erwarten würde.

15

Auf dem Korridor erwarteten uns drei weitere Engelchen, die vor ihrem großen Auftritt noch einmal ihre Tanzschritte durchgingen. Als sie uns entdeckten, verharrten sie erschrocken in ihrer ineinander verflochtenen Schwanenseehaltung.

»Keine Sorge, ich verrate nichts«, versicherte ich ihnen breit grinsend, nahm Stephan bei der Hand und zog ihn Richtung Wohnzimmer. Diese Überraschung wollte ich ihnen auf keinen Fall verderben. Greg stand auf solche verrückte Sachen. »Tut mir nur einen Gefallen«, wandte ich mich an die drei Jungs, bevor ich die Tür öffnete. »Behaltet diesmal wenigstens eure Unterhosen an.«

Zwei der Engelchen liefen rot an, während das Dritte breit grinste und anzüglich seinen Rock lüftete. Die beiden, die vor Scham rot angelaufen waren, Paul und Nik, das Pärchen, das bei uns im Zimmer wohnte, knufften dem Dritten, Moritz, in die Seite. Sie hielten ihn auf und zogen ihn zurück, als er noch mehr als seinen silbernen Tanga präsentieren wollte.

»Was?«, rief dieser und tat unschuldig, während er den Rock wieder über seinen Beinen glatt strich.

Ich lachte nur, öffnete schließlich die Tür und schlüpfte mit Stephan im Schlepptau hindurch. Da ich am vergangenen Abend bereits das Vergnügen hatte, Moritz' Schwanz beim Strip-Poker in natura zu betrachten, war ich nicht mehr scharf drauf. Nicht dass er nichts Beeindruckendes vorzuweisen hätte. Gegen Stephans Prügel kam eh keiner an.

Greg hockte noch immer auf der Eckbank auf seinem Platz. Tom hatte es sich rittlings auf dessen Schoß gemütlich gemacht und schien ihn mit rhythmischen Bewegungen des Beckens mächtig anzuheizen. Wenn die beiden nicht noch ihre Unterwäsche getragen hätten, wäre es vielleicht von Erfolg gekrönt gewesen.

Ich unterdrückte ein Stöhnen. Dass es eine Mega-Fickparty werden sollte, hätte mir Greg sagen sollen, als er uns auf die Skihütte einlud. Mich würde es nicht wundern, wenn Greg dies absichtlich verschwiegen hatte, wie die Überraschung mit der öffentlichen Versteigerung. Greg beherrschte es grandios, mich immer wieder in solche Situationen zu bringen.

Die beiden auf der Eckbank kümmerten sich nicht um uns und ich verspürte nicht die geringste Lust, mich zu dem offensichtlichen Akt zu gesellen. Doch der verführerische Duft der kulinarischen Delikatessen, die Greg per Lieferservice aufgeboten hatte und der inzwischen den gesamten Raum eingenommen hatte, ließ meinen Magen rumoren. Mit einem Blick zu Stephan, um mir die Bestätigung zu holen, setzten wir uns trotzdem an den Tisch und bedienten uns aus dem Dargebotenen, bevor es kalt werden konnte.

Noch ehe wir den ersten Bissen herunterschlucken konnten, ging die Tür auf und das Überraschungs-Quartett trat ein.

»Tom!«, rief einer der Engel ungeduldig. »Die Musik …!«

Sie standen etwas unbeholfen im Raum herum, ehe Tom von Greg herunterklettern und zum CD-Player eilen konnte. Sein Gesicht war erhitzt. Die Wangen glühten. An seinem Schritt beulte sich eine stark fortgeschrittene Erregung aus. Es schien ihn nicht im Geringsten zu stören, dass er sein Zelt zur Schau stellte. Ganz im Gegenteil … mit einem triumphierenden Blick zu mir stolzierte er wie ein Pfau an mir vorbei und wechselte in Windeseile die CDs.

Ich lachte verhalten. *Glaubte dieser Grünling wirklich, er müsse mit mir konkurrieren?*

Rasch stopfte ich ein großes Stück Braten in meinen Mund, um mich abzulenken und nicht losprusten zu müssen. Wenig später ertönten auch schon die ersten klassischen Klänge.

Greg mochte das Ballett, aber nicht wegen der Musik oder des anmutigen Tanzes, sondern wegen der männlichen Tänzer.

Ich konnte mein Grinsen kaum verbergen. Greg schien dieses Dankeschön der fünf Studenten zu gefallen, denn sein Gesicht hellte sich sichtlich auf. Er rückte sich näher an den Rand der Eckbank, um besser sehen zu können, und folgte der Darbietung der jungen Männer mit wachsendem Interesse.

Die vier Engel begannen zunächst mit dem vor der Tür geübten Schwanenseegehüpfe, mühten sich in ihrem improvisierten Spitzentanz redlich ab und schwangen ihre Beine in bestrebt graziöser Haltung hin und her. Ich musste den Jungs wirklich zugutehalten, dass sie trotz der Stöckelschuhe versuchten, einen einigermaßen passablen Tanz hinzulegen. Dafür mussten sie lange geübt haben. Natürlich gelang ihnen der Spitzentanz nicht, vor allem nicht in den hochhackigen Schuhen. Es sah trotzdem sehr elegant aus, wie sie in ihren weißen Kleidchen und in einer fast geraden Reihe den Tanz der kleinen Schwäne hinlegten. Eine Darbietung, die eher auf einen Junggesellenabschied gepasst hätte, denn auf einen Weihnachtsabend. Es war aber eine Show für Greg, nicht für mich. Daher hielt ich mich mit jeglichen Kommentaren zurück. Da sie High Heels anstatt Ballettschühchen gewählt hatten, vermutete ich, dass sie noch mehr vorhatten.

Kaum hatte ich diesen Gedanken in meinem Kopf ausformuliert, verstummte der Schwanengesang und wich neben einem mitreißenden Rhythmus auch einer ziemlich lauten, lasziven Frauenstimme, die höchst erregt aus den Lautsprechern stöhnte. Ich brauchte einen Augenblick, um zu erkennen, dass es nicht *Donna Summer*, sondern ein Mann mit einer sehr hohen Stimme war, der sich da seinem Orgasmus entgegen sang.

Die vier Engel lösten sich aus ihrer engen Formation und begannen nun mit einem höchst anzüglichen Herumgetänzel. Wie in einem schlechten Erotik-Club schwangen sie demonstrativ ihre Hüften, schwenkten ihre Flügel in der Gegend hin und her, drehten sich und wirbelten über die relativ beengte Tanzfläche. Ihre Kleidchen flatterten hoch, wenn sie schnell rotierten, und gaben die darunterliegende Reizwäsche zum Besten. Ich musste arg an mich halten, um nicht lauthals loszulachen. Auch in Stephans Gesicht hatte sich die sonst starre Mimik gelockert und ein amüsiertes Schmunzeln huschte um seine Mundwinkel.

Moritz' knappen, silbernen String hatte ich vorhin schon präsentiert bekommen. Unter Pauls Glitzerkittelchen versteckte sich dasselbe Model in Schwarz. Als Jans Röckchen etwas höher wehte, wusste ich, warum er sich vor uns nicht entkleiden und seiner vollen Blase entledigen wollte. Er trug ein ledernes Nichts über seinem Schritt, das bei dem flüchtigen Blick, der sich mir beim Herumwirbeln offenbart hatte, eher aussah, als hätte er sich lediglich ein paar Gürtel um und zwischen die Beine geschnallt. Niklas war der Verhüllteste unter ihnen. Er trug einen handbreiten Latex-Slip in Neongrün, der jedoch auf der Vorderseite einen breiten, silbernen Reißverschluss besaß.

Greg war begeistert und wippte im mitreißenden Takt der Musik mit. Seine Augen glänzten. Er genoss die Darbietung in vollen Zügen und leckte sich hin und wieder über die Lippen. Wären wir in einem Comic-Strip, wäre ihm sicherlich der Sabber aus den Mundwinkeln geronnen und die Zunge quer durch den Raum gerollt.

Tom hatte sich neben ihn gestellt und vollführte seinen eigenen improvisierten Balztanz. Dabei bog und wand er seinen Körper, wiegte mit den Hüften, streichelte und berührte sich an markanten Körperstellen selbst, kokettierte mit seinen Reizen und schickte immer wieder laszive Blicke in Gregs Richtung. Dieser wusste nicht, wo er zuerst hinsehen sollte. Alle fünf Studenten boten einen hinreißenden Anblick, präsentierten ihre leckeren Teilchen wie auf einer Animierbühne. Niklas und Paul hatten angefangen, sich gegenseitig anzuheizen und sich tanzend aneinander zu reiben. Währenddessen tänzelten Moritz und Jan umeinander herum und heizten sich mit frechen Augenaufschlägen und anzüglichen Bewegungen auf. Dabei versuchten sie aber immer wieder Gregs Aufmerksamkeit auf sich zu lenken. Tom tat seines, um Greg von sich zu überzeugen, doch gegen die Engelchen-Aufmachung, die mit ihren keck versteckten Reizen spielte, schien er in seiner schlichten Unterwäsche keine Chance zu haben. Irgendwann begannen sie auch sich langsam auszuziehen, verloren zuerst die goldenen Heiligenscheine, dann die ausladenden Flügel. Als schließlich die Kleidchen dran waren, hievte sich Greg mühsam auf die Beine und humpelte mit schmerzverzerrtem Gesicht, jedoch mit kaum zu verbergender Begeisterung näher an die Tänzer heran. Tom half ihm zunächst, anschließend verfiel er wieder in seinen Tanz und rieb sich im Takt der Musik an ihm.

Es war wirklich ein köstliches Bild, als die vier Studenten in ihrem Hauch von Nichts durch das Wohnzimmer tänzelten. Gregs Mund ging nicht mehr zu. Er war absolut begeistert, streckte seine Hände nach den angebotenen Körpern aus und berührte sie auch an unsittlichen Stellen. Die jeweiligen Männer kommentierten dies mit einem breiten Lächeln oder einem Kichern, das allerdings in der voll aufgedrehten Musik unterging.

Wenn ich zuvor wenig von den Studenten gehalten hatte, so konnte ich mich nun nicht mehr dagegen wehren, ihnen Sympathie entgegenzubringen. Sie machten sich für Greg zum Affen und genossen es sichtlich. Ein ausgelassener Haufen, der seinen Spaß daran hatte, sich einfach gehen zu lassen und etwas Verrücktes zu tun, um jemandem eine Freude zu bereiten. Dass sie damit bei Greg voll ins Schwarze getroffen hatten, war nicht zu übersehen.

Ich rückte meinen Stuhl näher an Stephan heran, nahm unter dem Tisch seine Hand und drückte sie an den Schenkel. Die Darbietung hatte auch mich angeheizt. In meinem Schoß wütete die Lust. Am liebsten wäre ich mit ihm zu einem einsamen Plätzchen verschwunden. Sein Lächeln war aufrichtig und liebreizend, sorgte dafür, dass es in meinem Unterleib noch heißer wurde. Als er sich näher beugte und mich küsste, war ich überrascht, nahm das Angebot jedoch sogleich an. Meine Hand schnellte hoch und hielt ihn im Nacken fest, als er sich zurückziehen wollte. Ich öffnete den Mund, klopfte mit der Zungenspitze an seinen Lippen an und forderte ihn zu einem Tanz unserer Zungen heraus. Bereitwillig ging er darauf ein und ließ sich zu einem leidenschaftlichen Kuss verführen.

Meine Hand wurde von meinem Oberschenkel gezogen und traf auf seinen Schritt, wo er meinen Handrücken auf eine harte Beule drückte. Ich verkniff mir ein wohliges Stöhnen, hielt ihn nur fester im Nacken und ließ mich gänzlich in diesen Kuss fallen. Genussvoll schloss ich die Augen und sog jeden einzelnen Augenblick gierig in mich auf. Ich wusste, dass ich hier im Wohnzimmer, unter den Augen seines Bosses, nicht mehr von ihm bekommen würde. Meine Hand machte sich selbstständig und rieb sanft an der harten Ausbuchtung in seiner Hose auf und ab. Erst als er leise brummelte, wurde mir dies bewusst und ich stoppte sofort meine Aktion.

Zu meiner Überraschung führte er die Bewegung nun selbst durch. Er rieb meinen Handrücken an seiner Härte, die sich unter diesen Berührungen noch mehr versteifte, und drückte sie auch hin und wieder dagegen. Während *Jimmy Somerville* in den höchsten Sphären seiner Stimmlage von der Liebe sang, die er gerade empfand, begann es auch in mir zu kochen. Dies nicht nur, weil ich merkte, wie sich Stephan immer mehr versteifte und sein Atem sich beschleunigte. Ob er sich so weit von mir treiben ließ, dass er unter diesen derben Streicheleinheiten kam, konnte ich nicht voraussagen, ich hoffte es jedoch. Ich wünschte es ihm.

Ein besseres und schnelleres Ergebnis hätte ich erzielen können, wenn ich meine Hand in seine Hose geschoben hätte, doch ich bezweifelte, dass er das zuließ. Immerhin waren wir nicht allein und Greg stand nur wenige Meter neben uns. Dessen Aufmerksamkeit war zwar gänzlich auf etwas anderes gerichtet, dennoch könnte er sich jederzeit davon abwenden und uns beobachten. Ich wollte Stephan auch nicht dazu drängen. Das *schwule Lotterleben* lernte er noch früh genug kennen, aber ich wusste bereits jetzt, dass es nichts für ihn sein würde. Er war in dieser Beziehung zu konservativ und einfach noch nicht weit genug in dieses neue Leben vorgedrungen.

Mir war es recht, Hauptsache, ich war mit ihm zusammen. Mehr würde ich in der derzeitigen Situation auch nicht bekommen. Daher überließ ich ihm die Führung. So ließ ich meinen Handrücken weiterhin von ihm über den Stoff der Hose reiben, unter welchem sich sein Penis freudig aufgerichtet hatte. Hin und wieder ging ein Brummeln durch ihn hindurch. Er schien es ebenso zu genießen.

Unter dem lustvollen Gesang aus dem CD-Player, dem Stöhnen der Tänzer und den Berührungen an seinem Schritt kochte Stephans Erregung stetig höher. Ich konnte das Beben seines Körpers spüren. Sein Atem wurde heißer und strich in immer schnelleren Schüben über meine Wange. Seine Hand, die mich an seinem Schoß rieb, wurde schwitziger. Die andere Hand hatte sich unbemerkt auf meinen Rücken gelegt und sich unter das Hemd geschoben, soweit es die Stuhllehne zuließ. Seine Finger verkrampften sich hin und wieder, zerrten leicht am Hosenbund, als wollten sie sich unbedingt darunter stehlen. Doch ich wusste, erkannte aus seinen zittrigen Bewegungen, dass er mehr begehrte, als er sich derzeit zugestand, in der unmittelbaren Nähe seines Chefs weniger erlaubte, als seine Erregung verlangte.

Die Darbietung von *I feel love* kam allmählich zum Ende und somit wahrscheinlich auch der Auftritt der vier Engel. Stephans Höhepunkt schien noch in unerreichbarer Ferne zu sein. Ich verstärkte den Druck, rieb heftig an seinem Schritt, versuchte so bald wie möglich das Ziel zu erreichen, ehe die Aufmerksamkeit wieder anderem zufiel und es bekannt wurde, was wir in aller Heimlichkeit veranstalteten. Anscheinend hatte es Stephan wirklich auf einen Ausbruch abgesehen, denn er machte mit, presste meine Hand mit seiner fester in den Schoß. Sein Atem ging stockend. Seine Bewegungen wurden hektischer, voller Ungeduld und Gier. Unsere Zungen waren mittlerweile in einen wilden Kampf verwickelt. Während unsere Lippen ungehemmt voneinander naschten, sich gegenseitig vereinnahmten und liebkosten, wuchs das Verlangen in uns so stark an, dass ich ebenso zu keuchen begann. Ich konnte nicht leugnen, dass mich Stephans Geilheit antörnte. Am liebsten hätte ich mir selbst einen runtergeholt und wäre gleichzeitig mit ihm gekommen. Doch das wäre dann zu offensichtlich gewesen.

Daher konzentrierte ich mich auf Stephan, rieb meinen Handrücken im raschen Takt der Musik an ihm. Ich schaffte es schließlich, dass er beinahe zeitgleich mit dem Sänger kam, der in höchsten Tönen sein Gefühl heraussträllerte. Unser wilder Kuss geriet für einen Moment ins Stocken.

Stephans Finger krallten sich schmerzhaft in meine Seiten, als könne er den Ausbruch seiner Erregung nicht verkraften. Sein Atem löste sich keuchend aus seiner Kehle. Ich schmeckte Schweiß auf meinen Lippen und leckte sie gierig ab.

Mit den letzten Tönen aus dem CD-Player entspannte sich auch Stephan. Von Glück beseelt verfielen wir wieder in unseren wilden Kuss. Ich zog ihn am Nacken fest an mich heran, presste seine Lippen auf meine, gab ihm keine Möglichkeit, sich zurückzuziehen. Niemand brauchte zu wissen, was wir eben getan hatten. Am allerwenigsten Greg, der noch immer knapp zwei Meter neben uns stand und mit Tom in einem lasziven Schlangentanz verwickelt war – zumindest soweit es seine derzeitige Behinderung zuließ.

Ich hatte nur kurz geblinzelt, die Situation für einen flüchtigen Moment überflogen, um zu sehen, wie weit das allgemeine Geschehen fortgeschritten war. Was die Tanzdohlen machten, war mir vollkommen egal. Im Grunde eigentlich auch Greg. Dennoch hatte es mich interessiert, ob unser Gastgeber etwas von unserer Aktion mitbekommen hatte. Doch der schien gänzlich in dem engen Tanz versunken zu sein und nichts mehr um sich herum zu bemerken.

Erleichtert rieb ich noch sanft über Stephans Schritt, die abschwellende Erektion liebkosend. Ein Brummeln ging durch ihn. Seine Finger entspannten sich und streichelten mich nun liebevoll über die Seite, schoben sich ein kleines Stückchen unter den Hosenbund und kostete die Hautpartie aus, die er dabei erreichen konnte. Er war nahe an mich herangerückt. Unsere Schenkel pressten sich aneinander. Ich genoss jede Berührung, ließ alles in mich einwirken und mich einnehmen. Meine Nervenbahnen waren noch in helle Aufruhr, fühlten sich an wie stramm gespannte Gitarrensaiten. Jede seine Bewegungen, jeder heiße Atemzug, der an meiner Wange entlangstrich, brachte sie zum Schwingen und ließ die unbefriedigte Erregung in mir aufs Neue aufleben. Ich musste mir später selbst einen runterholen oder Stephan bitten, diese Arbeit zu erledigen, um den Druck loszuwerden, der sich in mir aufgebaut hatte.

Als die Musik endlich verstummte, trennten wir uns atemlos voneinander, ließen jedoch unsere Finger ineinander verschränkt auf dem Schoß liegen. Mit meiner nun frei gewordenen Hand, weil ich sie von Stephans Nacken heruntergenommen hatte, angelte ich eine Krokette aus der Schüssel und hob sie vor seine Lippen. Bereitwillig ließ er sich füttern, ohne mich dabei aus seinem Augenmerk zu lassen. Er biss ganz zaghaft hinein und teilte mit seinen Zähnen sorgsam den frittierten Teig, als habe er Angst ihr wehzutun. Mir wurde dabei erneut heiß, weil ich genau erkannte, was er damit beabsichtigte. Wenn er so weitermachte, würde ich es nicht mehr bis zur Nacht aushalten, wo wir uns im Bett vergnügen konnten.

Aber so wie das aussah, würde es noch ein ziemlich langer Abend werden. Seufzend schob ich mir den Rest des angebissenen Kartoffelstückes in den Mund und angelte nach der nächsten. Obwohl wir am Mittag ausgiebig gegessen hatten, knurrte mein Magen hungrig. Meiner Figur zuliebe wünschte ich, er würde eher nach Sex hungern, als nach Kalorienhaltigem. Damit schien sich mein Verdauungstrakt aber nicht zufriedengeben zu wollen. Er grummelte missmutig, als ich mich entschloss, mich zurückzuhalten. Greg hatte keine Kosten gescheut, erlesene Köstlichkeiten auf den Tisch bringen zu lassen. Auch wenn sie durch die Verzögerung inzwischen nur noch lauwarm waren, schmeckten sie hervorragend.

»*Fantastic!*«, rief Greg noch immer begeistert von der Vorstellung und ließ sich von Tom zu seinem Sitzplatz geleiten. Dieser hätte sich gerne auf den Stuhl daneben niedergelassen, doch Greg platzierte dort sein eingebundenes Bein, noch ehe der Platz von Toms Hintern in Beschlag genommen werden konnte. Mit einer leicht beleidigten Miene zog sich der Student einen weiteren Stuhl heran, um sich neben dem Objekt seiner Begierde setzen zu können. Seine Augen waren auch unentwegt auf Greg geheftet. Der schien aber die Anwesenheit des Blonden gar nicht mehr zu bemerken.

»Hat es Spaß gemacht?«, fragte Greg unvermittelt. Ich fuhr ertappt zusammen, kämpfte darum, mir nichts anmerken zu lassen. Als ich meinen Kopf anhob, zwinkerte er mir wissend zu. Ich schenkte ihm einen flüchtigen bitterbösen Blick, ehe ich mich wieder in Stephans Blick versenkte. Wenn Greg auch nur ein Wort darüber verlauten ließ, würde ich ihn vor den Augen aller erwürgen.

Als er weiterzusprechen begann, befürchtete ich bereits das Schlimmste.

»Lenny, warum hast du nie so für mich getanzt?«, wollte er zu meiner Überraschung wie auch Erleichterung von mir wissen, die Warnung offenbar ernst nehmend.

Ich trennte mich widerwillig von Stephans hellblauen Augen und setzte ein gefälliges Grinsen auf, als ich mich Greg widmete. »Weil ich in diesen Stelzen ein paar Zentimeter größer als du gewesen wäre. Das konnte ich dir großer Meister nicht antun.«

Meine Wortwahl und der Ton waren etwas bissig, gab ich offen zu. Aber ich war gewillt, mich von Greg nicht zu einem Ex-Lover abstempeln zu lassen, auch wenn er es gerne so gesehen hätte. Dass er es nicht lassen konnte, ständig seine höhnischen Spitzen zum Besten zu geben, ärgerte mich inzwischen.

Dennoch fühlte ich mich mies dabei, konnte mein schlechtes Gewissen kaum noch unterdrücken. Ich hatte ihm viel zu verdanken, letzten Endes auch Stephan. Hätte er nicht freiwillig auf mich verzichtet, wären wir beide nun nicht zusammen. Nur einen Moment lang erlaubte ich mir, darüber nachzudenken, was passiert wäre, wenn er mich nicht angerufen und zu Stephan ans Krankenbett beordert hätte.

Liebte er etwa auch Stephan?

So wie er mich liebte?

Gewaltsam riss ich mich von diesem Gedanken los. Dafür gab es keinerlei Anzeichen. So blind konnte selbst ich nicht sein.

Greg zog eine beleidigte Schnute und schmollte ganze zwei Sekunden lang, bis er sich an Toms Schulter warf und theatralisch jammerte.

»Ich bin einfach zu großartig für diese Welt«, heulte er oscarreif, konnte aber die Scharade nicht lange aufrechterhalten und lachte nun über die Situation. »Ihr seid einfach überwältigend gewesen«, lobte er die vier Studenten. Seine Augen leuchteten, als er jeden einzeln von ihnen mit einem anrüchigen Blick bedachte. »Die ideale Vorspeise für ein hervorragendes Mahl. Beginnen wir, ehe es ganz kalt wird.«

Moritz erhob sich von seinem Platz und umrundete um den Tisch. »Und ich hab die passende Nachspeise«, gurrte er, drückte seinem Gastgeber seinen nackten Hintern beinahe ins Gesicht und wackelte verführerisch damit herum. Er schob zwei Daumen in den dünnen, silbernen Streifen oberhalb seiner Pobacken und wollte dieses glitzernde Nichts über die Rundung ziehen, als ihm Tom mit der flachen Hand eines hinten drauf klatschte. Moritz schrie erschrocken auf. Tom zischte wütend.

»Schieb deinen Arsch woanders hin!«, fauchte er drohend und schubste Moritz von sich und damit auch von Greg weg. Dieser lachte nur über dieses missgünstige Gerangel zwischen den jungen Männern, legte eine Hand unter Toms Kinn und zog ihn nahe an sein Gesicht heran.

»Du bist so süß, wenn du eifersüchtig bist.« Damit küsste er ihn hart auf den Mund und drängte auch seine Zunge zwischen dessen Zähne.

Tom ließ es sich gefallen, rückte sich sogar noch näher an Greg heran und warf Moritz, der schmollend auf seinen Platz zurückkehrte, einen triumphierenden Blick zu, ehe Greg seine ganze Aufmerksamkeit einforderte.

Ich wandte mich von diesem Schauspiel ab und suchte Stephans Blick. Der saß stumm neben mir, kaute bedächtig auf seinem Essen herum und lächelte leicht gequält, als sich unsere Blicke trafen. Er war es gewohnt, anwesend zu sein, ohne wahrgenommen zu werden. Wie oft hatte ich ihn stumm und im angemessenen Abstand darauf warten sehen, dass sich Greg an ihn wandte. Oft war mir erst dann aufgefallen, dass sich Stephan ebenfalls im Raum befand, wenn sein Chef ihn angesprochen hatte.

Mit einem Seufzen beugte ich mich zu ihm und hauchte ihm einen Kuss auf die Wange. Ich wusste selbst nicht, wieso mir danach war, ihm diesen Beweis meiner Zuneigung zu schenken. Mir war nach seiner Nähe, nach seinem Duft und seiner Wärme. Am liebsten würde ich daran anknüpfen, wo wir vorhin aufgehört hatten, denn noch immer pulsierte die Erregung in mir und wollte erlöst werden.

Er erwiderte meinen Kuss, indem er sein Gesicht leicht zu mir neigte und mich glücklich anlächelte. Dann schob er sich einen weiteren Bissen in den Mund, als ginge ihn das alles um uns herum gar nichts an und nur wir beide existierten. Ich bewunderte ihn dafür, dass er alles andere einfach ausblenden konnte. Es musste für ihn dennoch ziemlich unangenehm sein, in Anbetracht dessen, dass sich von seinem eben erlebten Orgasmus ein feuchter Fleck in seiner Hose befinden musste. Ich konnte so etwas nicht lange ertragen. Irgendwann, wenn es begann, zu trocknen, würde es verkleben und so fürchterlich jucken, dass man kaum ruhig sitzen konnte.

16

Während des Essens wurde hauptsächlich über den Auftritt geredet. Die Studenten erklärten ausführlich, wie sie auf die Idee gekommen waren und welche Diskussionen sie bezüglich der Ausführung geführt hatten. Wenn zufällig vorbeispazierende Wanderer durch das Fenster hereingesehen hätten, wären sie vermutlich mit einem Kopfschütteln oder gar einem gehörigen Schreck davongeeilt. Die vier Studenten in ihren Reizhöschen boten einen ungewohnten Anblick. Tom, der nach wie vor nur die schwarze Pants trug. Greg, auf dessen Kopf das Rentiergeweih blinkte und der hin und wieder die Glocke um seinen Hals schüttelte, damit sie ertönte. Daneben Stephan und ich in normaler Alltagskleidung, als würden wir nicht dazugehören …

Wer nicht wusste, dass hier eine illustre Runde von schwulen Kerlen Weihnachten feierte, würde uns für durchgeknallt halten. Aber dies war ganz normal für eine Feier mit Greg. Es lief nie konservativ mit Glühwein, Plätzchen und Weihnachtsliedern ab. Für so spießige Traditionen hatte er nichts übrig. Mir hatte es stets gefallen. Es war ein Ausbruch aus meinen eigenen festgefahrenen Bräuchen und Gewohnheiten. Es war so ganz anders als das, was ich erlebt und womit ich aufgewachsen war. Daher genoss ich selbst so verrückte Weihnachten wie diese, wo man vom eigentlichen wichtigsten Fest der Christen nicht mehr viel erahnen konnte.

Mancher mag es für einen Frevel halten. Doch für mich war es Erlösung, Rettung, ein Energiekick für meine Zukunft. Im Grunde war ich ihm dankbar dafür, dass er uns hierher geholt hatte. Ich wäre wahrscheinlich wieder in alte Muster verfallen und hätte mich am Ende des Weihnachtsabends mit einem tüchtigen Glühweinrausch ins Bett verfrachtet.

Dieses Weihnachten war noch ein weiterer Kick dazugekommen – Stephan.

Der Player rödelte wieder einen Weihnachtssong nach dem anderen von der 80er-CD herunter. Ich versuchte, die Musik auszublenden und mich nur auf Stephan und auf die Unterhaltungen mit den anderen zu konzentrieren. Irgendwann schickte Greg Tom auf sein Zimmer, etwas zu holen. Dieser ging schmollend, gehorchte jedoch und kehrte nach einigen Minuten mit einer ledernen Reisetasche zurück, die er vor dem Gastgeber auf den Tisch stellte. Zunächst wühlte dieser einen Augenblick darin herum, als könne er sich nicht entscheiden, welches der Dinge, die sich in der großen Tasche befanden, er hervorholen sollte. Oder aber er suchte nach etwas, das zwischen den anderen Sachen verloren gegangen war. Als er seine Hand wieder herauszog, hielt er eine Visitenkarte in der Hand, die er Stephan entgegenhielt.

»Ein kleines Weihnachtsgeschenk«, gab er mit einem feierlichen Grinsen von sich. »Nach den Feiertagen wird dich die Shuttlegesellschaft anrufen und alles Weitere besprechen.«

Stephan nahm die Karte mit zusammengekniffenen Lippen entgegen. Ich konnte das Knirschen seiner Zähne bis zu mir hören, selbst durch die laute Musik, die nach wie vor aus dem CD-Player plärrte. Ein seltsam kühler Blick traf mich, als er kurz zu mir sah. Ich hatte ihm nichts von Gregs Vorhaben verraten, um diesem die Überraschung nicht zu vermiesen, dennoch schien Stephan zu ahnen, dass ich Bescheid wusste.

Greg wühlte ein weiteres Mal in der Tasche herum und brachte diesmal ein schwarzgoldgemustertes, mit einem goldenen Geschenkband umwickeltes, flaches Päckchen zum Vorschein, das er mir hinhielt.

Ich riss die Augen auf, denn ein Geschenk von Greg hatte ich ganz und gar nicht erwartet. Nicht nach allem, was in den letzten Wochen und Monaten passiert war.

»Du brauchst nicht …«, druckste ich verlegen heraus. Ich wollte das Päckchen nicht, gleich was es war. Ich hatte Stephans Verspannung gespürt, als Greg es mir über den Tisch näher schob. Zudem hatte ich Toms Gesicht gesehen, das erst kreidebleich angelaufen und dann knallrot geworden war.

»Es ist auch kein Weihnachtsgeschenk in dem Sinne«, erklärte Greg und schob es noch näher. »Das wollte ich dir schon lange geben.« Er zwinkerte mir leicht zu. »Damit du besser siehst …«

Ich kämpfte gegen den heißen Drang an, der in mein Gesicht schoss. Mit diesem letzten Satz wusste ich genau, was sich in dem flachen Karton befand. Nichts um alles in der Welt hätte ich es vor den Augen der anderen geöffnet. Daher legte ich eine Hand auf die dünne Schachtel und zog sie näher an mich heran, murmelte ein leises »Danke«, das aber bestimmt im allgemeinen Lärm aus den Lautsprechern unterging. Die Aufforderungen der jungen Studenten, nachzusehen und ihnen zu zeigen, was Greg mir geschenkt hatte, ignorierte ich einfach, bis sie es schließlich aufgaben und sich wieder ihren eigenen Gesprächen widmeten. Nur Toms giftiger Blick lastete ungerührt auf mir.

Greg grinste breit, fühlte sich höchstwahrscheinlich großartig. Wieder einmal hatte er es geschafft. Ich hätte ihn dafür umbringen können. Nicht nur, dass er seinen jungen Gespielen gegen mich aufgebracht hatte, ich würde auch mit Stephan Probleme bekommen – dessen war ich mir sicher.

Als ich meinen Kopf leicht zur Seite drehte, um Stephans Blick einzufangen, hatte dieser ihn gesenkt und brütete vor sich hin. Am liebsten hätte ich etwas gesagt oder getan, um ihn zu trösten oder die Sachlage aufzuklären, oder noch viel besser – das bescheuerte Geschenk gleich in die Mülltonne entsorgt.

Es war aber auch eine beschissene Sache, und ich war in diesem Moment wieder so weit, mich selbst dafür zu schelten, Gregs Angebot angenommen zu haben. Er brachte mich sehr häufig in solche unmöglichen Situationen, forderte mich bis an die Grenzen meiner Geduld und stieg wie der Sieger daraus hervor. Auch wenn ich es eigentlich längst gewöhnt sein sollte, ärgerte es mich jedes Mal aufs Neue.

Toms Blick bohrte tiefe Löcher in meine Haut. Ich fühlte mich immer unbehaglicher. Dabei sollte ich mir keiner Schuld bewusst sein. Greg war derjenige, der uns alle gegeneinander ausspielte und unweigerlich eine Katastrophe heraufbeschwor. Denn ich bezweifelte, dass sich Tom so einfach geschlagen gab, auch wenn es keinen Grund hierfür gab. Ich meldete keinerlei Ansprüche an und hätte ihm Greg ohne Weiteres überlassen. Abgesehen davon suchte sich der heißblütige Latino seine Liebhaber aus, nicht umgekehrt.

Ich seufzte leise und wünschte mir, ich könnte diesen Abend endlich enden lassen. Es dauerte jedoch noch eine schier unendlich lange Zeit, ehe die Tischrunde aufgelöst wurde und sich die Personen im Raum verteilten. Niklas und Paul wischten alles, was auf dem Klappsofa gelegen hatte, auf den Boden und ließen sich dort eng umschlungen nieder. Während ich die beiden dabei beobachtete, überlegte ich mir, ob ich mir Stephan schnappen und einfach gehen sollte. Er war sehr schweigsam gewesen, hatte stoisch vor sich hingestarrt und sich an keinem der Gespräche beteiligt, als gehöre er nicht zu dieser Gesellschaft. Es war für ihn sicherlich auch schwierig. Noch vor wenigen Tagen und Wochen war er lediglich Gregs Angestellter gewesen. Er fühlte sich sichtlich unwohl, ein Gefühl, das mehr und mehr auch auf mich überging. So packte ich schließlich doch eine Gelegenheit, in welcher Greg von Tom in Beschlag genommen worden war, nahm Stephan an der Hand und verließ einfach das Wohnzimmer.

Ich hielt es nicht mehr länger aus.

Nicht nur Stephans leidende Miene, auch die gesamte Atmosphäre. Sie war aus einem unerklärlichen Grund erdrückend geworden, obwohl die allgemeine Laune dank reichlich Wein und Glühpunsch ziemlich ausgelassen geraten war. Ich fühlte mich gequetscht, bekam keine Luft mehr – was sicherlich nicht an der Raumtemperatur lag. Kaum dass wir die Tür hinter uns schlossen, fiel auch der Druck von mir ab und ich atmete tief durch.

Stephan folgte mir bereitwillig, blieb schließlich ebenfalls im Korridor stehen, als ich angehalten und die Augen für einen Moment geschlossen hatte. Ich genoss die relative Ruhe. Die Kühle der Winternacht und der frische Windhauch, der durch den Flur strich, taten mir gut. Die Musik dröhnte zwar noch immer durch die Tür und brachte die Luft im Flur zum Schwingen, dennoch wirkte es lange nicht mehr so überwältigend. Ich schnaufte einige Male tief durch, ehe ich die Augen wieder öffnete und mich umdrehte.

»Wir hätten nicht herkommen sollen.« Ich seufzte schwer und zog ihn an mich. In der anderen Hand hielt ich das schwarzgoldene Päckchen. Stephans Augenmerk bedachte es kurz und klärte mich damit über seine Gedanken und unausgesprochenen Fragen auf. »Es ist …«, begann ich zögerlich und überlegte fieberhaft, wie ich es ihm erklären konnte, ohne ihm wehzutun. Was genau Greg damit beabsichtigte, war mir nicht ganz klar. Aber dass er mir die lederne Augenbinde von unserem gemeinsamen Abend in diesem SM-Club zum Geschenk gemacht hatte, war eine weitere Anspielung darauf, dass wir zwei eine Menge Spaß miteinander hatten. Etwas, das ich nicht leugnete, aber ein Beweis dafür war, dass Greg sich als schlechter Verlierer entpuppte.

»Weißt du noch? Am Abend, nachdem wir beide in der Sauna …?« Ich verkniff mir den Rest, als Stephan langsam nickte. »Greg und ich waren nicht nur einen Trinken gewesen, sondern auch …«

Abermals nickte Stephan. »Ihr seid im *Swatter* gewesen«, eröffnete er mir, als sei es etwas ganz Natürliches, dass sein Boss mit seinen Gästen in einem solchen Club verkehrte.

Ich sah ihn fragend an.

»Er hat es mir erzählt«, erklärte Stephan. »Als wir dich ins Bett brachten.«

»Bist du deswegen am nächsten Morgen sauer auf mich gewesen?« Ich erinnerte mich an sein versteinertes Gesicht und die schroffe Haltung mir gegenüber. Dieser Gedanke verdrängte die Scham, die mich bei der Vorstellung überkam, dass er über unsere tatsächliche Unternehmung Bescheid gewusst hatte.

»Nein«, presste Stephan zwischen den Zähnen hervor und senkte verlegen den Blick. »Im Grunde war ich auf mich selbst sauer. Dort in der Dusche war ich kurz davor gewesen war, es dir zu sagen, meine Gefühle dir gegenüber zu gestehen. Ich habe aber gezögert. Und als du gegangen bist, hätte ich mich selbst ohrfeigen können. Ich hatte die Chance vertan, auch wenn ich mir sicher war, dass du mich dann nur auslachst. Als du später mit Mister Barnes ausgegangen bist und er mir bei eurer Rückkehr erzählte, wo ihr gewesen seid, war ich erst recht wütend auf mich selbst. Ich hatte mir eingebildet, dass du etwas für mich empfindest. Ich war mir nicht sicher, auf wen ich wirklich sauer sein sollte, auf mich oder dich. Ich dachte mir, wenn ich unhöflich zu dir sei und dich verärgere, würde es mir helfen, mich von dir zu lösen.« Er verstummte, kniff die Lippen zu einem schmalen Spalt zusammen und senkte verlegen den Kopf.

Ich ließ die Schachtel fallen, umfasste seinen Nacken mit beiden Händen und zog ihn an mich heran. Mit einem tiefen Atemzug sog ich meine Lungen mit seinem Duft voll und genoss das warme Gefühl, das von diesem angenehmen Geruch ausging. Meine Lippen fanden den Ansatz zwischen Hals und Schulter, dort wo der Hemdkragen ein klein wenig abstand. Ich vernahm ein leises Brummeln, das durch seinen Körper ging und an meinen Lippen vibrierte. Schließlich kamen seine Hände hoch, legten sich auf meinen Rücken, ließen sich bis zum Steiß heruntergleiten und drückten mich an sich.

So standen wir eine Weile, genossen es einfach nur, uns zu umarmen und die Nähe des Anderen zu spüren. Ich hatte meine Augen geschlossen, klinkte alles um mich herum aus. Selbst die Musik verstummte, existierte für diesen sinnlichen Moment nicht mehr. Es gab nur noch mich und ihn, unser beider Herzschlag und das leise Rauschen unserer Atmung.

»Was ist in dem Päckchen?«, flüsterte er.

Ich konnte mir ein Kichern nicht verkneifen, löste mich von ihm, hob die dünne Schachtel auf und öffnete sie. Es war tatsächlich die lederne Augenmaske, die ich in diesem SM-Club getragen hatte. Ich nahm sie heraus und hielt sie andächtig in den Händen.

»Gefällt dir so etwas?«, wollte er wissen.

Ich wand mich unter meiner Antwort. »Es war sehr interessant«, wich ich aus. »Eine Erfahrung, die man vielleicht einmal gemacht haben muss. Ich müsste lügen, wenn ich behaupten würde, es hätte mir nicht gefallen.«

Ich sah hoch und suchte nach einem Hinweis von Argwohn oder Groll in Stephans Gesicht. Immerhin hatte ich ihm eben gestanden, dass mir dieser Soft-SM-Sex mit Greg Spaß gemacht hatte.

Doch Stephan lächelte mich hinreißend an. »Hattest du vor, das auch mit mir zu machen?«

Ein Grinsen stahl sich auf mein Gesicht. Dieser Gedanke beflügelte mich sofort. »Hatte ich nicht erst heute Morgen erwähnt, dass du mir manchmal Angst machst?« Ich musste lachen, zog ihn an mich und raubte ihm einen Kuss. »Bring mich nicht auf dumme Ideen«, gurrte ich an seinen Mundwinkeln.

»Stets zu Diensten, Herr Wengenmaier«, gab er ebenso zurück.

Unsere Lippen fanden sich erneut zu einem Kuss.

»Jetzt. Sofort«, raunte Stephan. Seine Hand löste sich vom Rücken, fuhr in mein Haar und vergrub sich tief zwischen den Haarwurzeln, um mich dort fester in Besitz zu nehmen.

»Kann es sein, dass in dir ein nimmersattes Ungeheuer geweckt wurde?«

»Es hat enormen Hunger«, raunte er kehlig. »Jede Stunde, jede Sekunde.«

Ich keuchte erregt auf, als er mich grob am Hinterkopf packte und meinen Kopf zur Seite zog, um mir sanft in den Hals zu knabbern.

»Hattest du vorhin nicht schon?«, erinnerte ich ihn.

Stephan gab nur ein knurrendes Geräusch von sich und verbiss sich fester in meinem Hals. Nicht, dass ich etwas dagegen gehabt hätte. Die Vorstellung, mich mit ihm über das Doppelbett zu wälzen, überflutete mich mit einer Hitze, die meine Knie weich werden und mein Herz schneller schlagen ließ. »Mit oder ohne Maske?«, wollte ich atemlos wissen.

»Mit«, kam es grollend aus seiner Kehle. »Ich will dich genauso fertig sehen. Und ich will dich vorher tanzen sehen … nur für mich.«

Meine Augen weiteten sich. »Wie bitte?«

Stephan ließ von meinem Hals ab und blickte mich beinahe entschuldigend an. »Vorhin, da …« Er räusperte sich leise. »Da hab ich mir vorgestellt, wie du für mich tanzt. So wie die Jungs … in diesem scharfen Outfit, wie du deine Hüften wiegst und mich dabei wieder mit diesem Blick ansiehst, wie damals in der Dusche.«

Mir wurde ganz anders. Ich und tanzen … vorher brachte ein Wildschwein einen Tango aufs Parkett.

»Da überkommt dich eher ein Lachkrampf, als die Lust, mich zu vernaschen«, keuchte ich vor Grauen.

»Macht nichts«, tat er es belanglos ab. »Ich werde es trotzdem lieben.«

»Ich bin auf einem Bauernhof groß geworden«, erklärte ich, während er erneut begann meinen Hals mit sanften Bissen zu necken. »Die einzige Gelegenheit, zu Musik tanzen zu können, war Sonntagvormittag in der Kirche. Sonst blieb keine Zeit dafür.«

Er knurrte leise, während er seine Zähne behutsam unterhalb meines Kehlkopfes in die Ränder der kleinen Kuhle am Halsansatz schlug.

»Stephan …«, keuchte ich, als mir dieser Biss geradewegs zwischen die Beine fuhr. »Sollen wir nicht besser aufs Zimmer gehen?« Ich war immer wieder überrascht, wie ausgewechselt er sich benahm, wenn wir allein waren. In der Anwesenheit von Greg und den anderen verhielt er sich schweigsam und stoisch. Doch kaum gab es nur noch uns beide, verwandelte er sich in einen leidenschaftlichen Liebhaber, der nicht genug von mir bekommen konnte.

Gegen diese Wandlung hatte ich nicht das Geringste einzuwenden – mir gefiel es, wenn er über mich herfiel und mich regelrecht vernaschte. Es war genau das, was ich mir immer von unserer Beziehung erhofft hatte. An diese 180 Grad-Wendungen musste ich mich allerdings erst einmal gewöhnen. Vermutlich legten sie sich auch irgendwann, dessen war ich mir sicher. Stephan musste sich mit der neuen Situation erst einmal vertraut machen. Dass er sich mit dem Leben eines schwulen Mannes arrangieren konnte, bezweifelte ich inzwischen längst nicht mehr. Ich war aber auch entschlossen, es ihm so schmackhaft wie möglich zu machen.

17

Kaum hatten wir das Schlafzimmer erreicht, packte Stephan den Saum meines Shirts und zog es mir kurzerhand über den Kopf.

Ich schaffte es gerade noch, den Schlüssel umzudrehen, ehe meine Hände im Stoff verschwanden und nach oben gezogen wurden.

»Wer soll sie tragen?«, erkundigte ich mich und zerrte die Augenmaske aus dem Ärmel, da es mir nicht mehr rechtzeitig gelungen war, sie loszulassen.

»Ich«, entschied er, nahm sie mir aus der Hand und marschierte damit zum Bett, um sie auf die noch von der letzten Nacht zerwühlte Decke zu werfen.

»Hat dir gefallen, was?« Ich grinste anzüglich, dabei an das Erlebnis in meinem Schlafzimmer denkend, bei dem ich ihm ein T-Shirt über das Gesicht gelegt hatte.

»Und wie …« Er erwiderte mein Grinsen. Es verschwand jedoch, als er sich seiner Klamotten entledigte und den Kopf senkte, um seine Hose zu öffnen. Sofort entdeckte ich den feuchten Fleck auf seiner dunklen Unterwäsche. Er kratzte auch flüchtig darüber, kurz bevor er sie ebenfalls einfach auszog.

Mich hätte dieses Gefühl in den Wahnsinn getrieben. Doch Stephan hatte die ganze Zeit keine Miene verzogen.

»Wie kannst du das nur aushalten?«, wollte ich wissen und deutete mit einem Blick auf seinen schon wieder erigierten Penis, an welchem noch die Reste seines letzten Ergusses klebten.

»Disziplin«, erklärte er knapp, »und der Gedanke an dich.«

Ich war überwältigt und beeindruckt zugleich. Doch bevor ich etwas Rührseliges sagen konnte, verschwand er in dem kleinen Duschbad, das dem Zimmer angegliedert war, um die juckenden Überreste zu beseitigen. Ich folgte ihm langsam und blieb an der Tür stehen, um ihn dabei zu beobachten, wie er seinen verklebten Unterbauch und seinen angeschwollenen Penis unter die Duschbrause hielt und wusch.

»Vergebliche Liebesmüh«, gab ich rau von mir. Der Anblick erregte mich. Wenn ich daran dachte, wie gut sich sein praller Schwanz in meinem Mund anfühlte, lief mir das Wasser zusammen.

Stephan grinste nur süffisant und führte seine ausführliche Waschung in aller Ruhe fort, als hätte er plötzlich alle Zeit der Welt. Ich schalt mich selbst, etwas gesagt zu haben. Hätte ich meinen Mund gehalten, hätte er sich wahrscheinlich beeilt. Doch so gönnte er mir den Anblick und ließ mich seine Reize, die er immer wieder provokativ unter den Wasserstrahl hielt, ausgiebig betrachten.

»Schuft«, zischte ich daher, drehte mich um, marschierte zum Bett und ließ mich rücklings darauf fallen. Als mir einfiel, dass ich immer noch meine Hose trug, erhob ich mich wieder und streifte sie schnell ab. Wenig später kehrte auch Stephan zurück und krabbelte zu mir auf die Matratze.

Der Geruch von Seife drang in meine Nase, als er seine Arme um mich schlang und mich an sich zog. Gemeinsam sanken wir nieder. Ich schmiegte mich wohlig an ihn.

»Was habt ihr da eigentlich genau gemacht … in dem Club?«, wollte er wissen.

»Stehst du auf SM?«

Er schüttelte langsam den Kopf. »Aber dir scheint es gefallen zu haben. Du bist total fertig gewesen. Auf deinem Gesicht hat ein äußerst glückseliger Ausdruck gelegen. Du sahst so wunderschön aus.«

Ich überlegte, ob ich ihm wirklich davon berichten sollte. Es war in der Tat ein sehr ergreifendes Erlebnis gewesen, das ich gerne wiederholt hätte. Aber Stephan zu erzählen, wie geil mich dieses besondere Sexerlebnis mit seinem Vorgänger gemacht hatte, erschien mir nicht fair.

»Es war nicht das, was man für gewöhnlich in einem solchen Club macht«, wand ich mich umständlich heraus. »Wir haben lediglich ein paar Sachen ausprobiert. Unter anderem die Ledermaske.«

»Und was noch?«, hakte er nach, als ich verstummte und nicht weitersprach.

»Willst du das wirklich wissen?«

Er nickte langsam.

»Bist du dir sicher? Ich meine, das waren Erlebnisse, die stattfanden, während du hoffnungslos in mich verliebt …«

Seine Lippen brachten mich mit einem flüchtigen Kuss auf die Mundwinkel zum Schweigen.

»Ich will es wissen«, flüsterte er. »Ich will alles ganz genau wissen. Ich will wissen, was ihr getan habt, während ich in der Pilotenkanzel gesessen und versucht habe, mich auf den Flug zu konzentrieren. Wenn du erfahren willst, woher ich gelernt habe, dieses unangenehme Gefühl nach einem Samenerguss zu ignorieren, dann solltest du wissen, dass ich beinahe jedes Mal gekommen bin, wenn ich dich vor Lust habe schreien hören.« Er richtete sich leicht auf, wälzte sich auf mich drauf und bannte mich unter sich. »Du hast das alles meinetwegen aufgegeben. Das Mindeste, das ich tun kann, ist, dich ebenso glücklich zu machen. Ich will, dass du es nicht bereust, dich für mich …«

Diesmal war ich es, der ihn mit einem Kuss zum Verstummen brachte.

»Sieht das hier aus, als würde ich es auch nur eine Sekunde lang bereuen?«, fragte ich ihn beinahe vorwurfsvoll. Ich konnte mich gerade noch zurückhalten, scharf die Augenbrauen zusammenzuziehen und ihn streng anzusehen. Ich warf mich herum, wälzte mich auf ihn, setzte mich rittlings auf seinen Schoß und bannte seine Arme über den Kopf. Bereitwillig ließ er sie nach oben biegen und sah mich erwartungsvoll an, als mein Gesicht nahe vor seinem verharrte.

»Wenn dem so wäre«, raunte ich verheißungsvoll an seinen Lippen, die sich mir entgegenstreckten. Ich wich leicht zurück. »Dann wäre ich jetzt nicht hier und kurz davor, dich zu vernaschen.«

Stephan schloss die Augen, als wartete er nur auf genau diese Aussage und darauf, dass ich mein Vorhaben ausführte. Ein Keuchen entkam ihm. Seine Lippen öffneten sich ein klein wenig. Ich konnte die Zungenspitze durch den Spalt entdecken, sie kam jedoch nicht zum Vorschein. Daher lockte ich sie mit zarten Küssen auf die Lippen und sanften Streicheleinheiten meiner Zunge. Als sich sein Mund weiter öffnete, drang ich einfach ein und forderte sie direkt heraus. Dabei begann ich mich auf seinem Schoß zu bewegen. Ich spürte seinen harten Prügel an meinem Bauch, der sich begrüßend an meinen schmiegte. Das ungeduldige Pochen seiner Erregung ging auch auf mich über und sorgte dafür, dass die Temperatur in mir rapide anstieg.

Ich stützte mich auf seinen Oberarmen ab, nagelte sie damit über dem Kopf fest, obwohl das gar nicht nötig war. Er leistete keinerlei Widerstand. Als ich bemerkte, dass er sich gänzlich in meine Hand begab, ließ ich von seinem Mund ab. Küssend, knabbernd und kleine Hautpartien zwischen meine Lippen saugend arbeitete ich mich über sein Kinn zum Hals vor, um jeden Quadratzentimeter zu vereinnahmen. Sein Keuchen wurde hektischer, als ich der Schlagader näher kam. Ich konnte das heftige Pochen darunter spüren. Als ich meine Lippen auf diese kleine aufgeregte Partie seines Halses legte, bemerkte ich, wie heiß das Blut durch seine Adern schoss. Ich schmeckte Schweiß, leckte ihn gierig und mit breiter Zunge auf und entlockte ihm damit ein leises Stöhnen.

»Lennart«, floss es rau über seine Lippen.

Bisher hatte ich noch nicht ausreichend Gelegenheit gehabt, seine empfindlichen Stellen auszukundschaften. Aufgrund seiner Reaktion war ich mir sicher, nun eine gefunden zu haben. Neugierig machte ich mich auf die Suche nach weiteren empfindsamen Zonen an seinem Körper. Stephans Brustkorb weitete sich mit jedem Atemzug, den er vollführte, stetig hektischer, in immer schnellerem Rhythmus, je länger ich seine Brust mit Küssen überzog. Wenn ich kleine Partien seiner Haut zwischen meine Zähne nahm und leicht daran zog, entkam ihm ein leises Seufzen. Er genoss es sichtlich.

Ich arbeitete mich immer weiter nach unten, saugte mich kurz an den Brustwarzen fest, um sie zwischen meine Lippen zu nehmen oder daran zu knabbern. Als ich mir den untersten Rippenbogen vornahm, versuchte, ihn durch die gespannte Haut zu erhaschen, ging ein weiteres Stöhnen durch ihn hindurch. Ein Gänsehautschauder, der seinen ganzen Körper zum Beben brachte, folgte dem Laut. Offenkundig hatte ich einen weiteren Punkt gefunden, an welchem ich seine Lust anstacheln konnte.

Stephan wand sich unter mir und bog seinen Rücken durch, als ich den Rippenbogen fester zwischen die Zähne nahm. Er versuchte, seine Beine aufzustellen, um den Reiz zu kompensieren, der durch seine Adern geschossen war. Doch mittlerweile saß ich auf seinen Knien, sodass er sich kaum bewegen konnte. Ich schob mich tiefer, kitzelte mit der Zungenspitze seinen Nabel und umkreiste ihn keck. Dann ging ich zum Ansatz der Schamhaare über, die sich unterhalb des Nabels bis hin zu seinem prallen Glied kräuselten. Mein Kinn stieß dabei an die Eichel, worauf ihm erneut ein lustvolles Stöhnen entwich.

Genussvoll leckte ich die ersten Lusttropfen von der Spitze und ließ mir den bittersalzigen Geschmack auf der Zunge zergehen. Ich wusste, dass er es mochte, wenn ich ihn mit dem Mund verwöhnte. Da ich aber anderes im Sinn hatte, ließ ich wieder davon ab und suchte nach weiteren Stellen, die ihn zum Stöhnen bringen konnten.

Eine weitere entdeckte ich in der Leistengegend, in der weichen Region zwischen Oberschenkel und Schambereich. Stephan zuckte mit einem leisen Schrei zusammen und wollte sich den gierigen Lippen entziehen. Doch ich umklammerte seine Beine mit meinen und stieß seine Hände weg, als er mich davon abhalten wollte, erneut meine Zähne in den Bereich zu schlagen.

Er jammerte leise, wand sich unter mir und keuchte erregt. Sein Schwanz wippte ungeduldig auf seinem Bauch und vergoss weitere Tropfen der Lust. Ich ignorierte ihn, leckte mit breiter Zunge über die empfindliche Stelle, worauf Stephan erneut leise seufzte und ein Schauer über seinen Körper rann.

»Lennart, bitte«, flehte er. Seine Hände hatten sich auf meine Schultern gelegt. Seine Finger krallten sich in meine Haut, schienen nicht recht zu wissen, ob sie mich abhalten oder dazu anhalten sollten, weiterzumachen.

Ich lachte leise, ließ endlich von ihm ab und kroch wieder nach oben zu seinem Mund. Meine Forschungsreise war aber längst nicht beendet. Ich gönnte ihm lediglich eine Pause. Wie lange diese anhielt, wusste ich selbst noch nicht.

Seine hellblauen Augen sahen mich lustverhangen an. Ich konnte die stark angewachsene Erregung förmlich darin erkennen. Seine Lippen öffneten sich, als wollte er mir etwas sagen, doch ihnen entkam nur seine Zungenspitze, die hastig die trockenen Lippen befeuchtete.

Aus dem Augenwinkel heraus entdeckte ich die Ledermaske. Ich schnappte sie mir kurzerhand und legte sie ihm über die Augen. Stephan ließ es mit sich geschehen, hob sogar den Kopf an, als ich den Riemen an seinem Hinterkopf schloss. Schließlich beugte ich mich tiefer zu ihm herunter, bog seine Arme erneut über den Kopf und hauchte ihm einen flüchtigen Kuss auf die Mundwinkel.

»Bin gleich wieder da. Nicht bewegen!«, befahl ich flüsternd.

Stephan nickte leicht, blieb reglos liegen, als ich aus dem Bett kletterte. Eilig suchte ich nach Kondomen und Gleitgel und zog den Gürtel aus einer unserer Hosen, die auf dem Boden lagen. Erst als ich ein Ende um Stephans Handgelenke wickelte, erkannte ich, dass es meiner war. Milde lächelnd band ich seine Hände zusammen und stopfte die Schnalle zwischen Kopfteil und Matratze, damit es wenigstens einen kleinen Widerstand gab. Wenn er wollte, hätte er sich jederzeit davon befreien können. Die Schlinge war nicht sonderlich fest um seine Gelenke gezogen und das Ende lag nur lose unter der Matratze. Stephan ließ alles anstandslos mit sich geschehen. Sein Atem war ein klein wenig schneller gegangen, als er die ledernen Fesseln an seinen Händen spürte. Sein Kehlkopf hüpfte aufgeregt einmal auf und ab, ehe er seine Lippen zusammenpresste und der Dinge harrte, die ich mit ihm vorhatte.

»Du wolltest es wissen«, raunte ich und verharrte über ihm.

Tatsächlich wusste ich einen Moment lang nicht, was genau ich nun mit ihm tun sollte. Der Anblick dieses wehrlosen Mannes, der sich gänzlich in meine Gewalt begab, ließ ein gewisses Machtgefühl in mir aufsteigen. Bedenkenlos und ohne Scheu gab er sich mir hin, als besäße er keinerlei Angst vor dem, was auf ihn zukam. Gleichzeitig war ich mir aber auch bewusst, dass ich es vermasseln konnte, wenn ich die falschen Dinge tat und die falschen Knöpfe drückte. Stephan lag so willenlos und wunderschön unter mir, dass mich ein Hauch von Mitleid überkam. Ich hatte keine Erfahrungen mit solchen Spielchen, dennoch reizten sie mich, lockten mich mit ihren süßen, verbotenen Früchten und beflügelten meine Gedanken.

Langsam beugte ich mich zu ihm nieder und setzte meine Lippen auf seine. Er zuckte leicht zusammen, reckte aber dann sein Kinn und erwiderte den Kuss. Meine Hände wanderten beinahe automatisch über seine Arme, streichelten sanft über seine Achseln, worauf er abermals zusammenzuckte und sich anspannte. Ein zittriges Keuchen war ihm entwichen, als meine Finger die Rippenbögen an seinen Seiten und die verspannten Muskeln berührten.

»Wenn ich aufhören soll, sag es mir«, bat ich ihn leise.

Er nickte nur und leckte sich abermals über die Lippen, die von unserem Kuss noch feucht und leicht angeschwollen waren. Sein Kinn kam hoch, um ihn fortzuführen, doch ich hatte mich längst zur Seite geschoben und mich über seinen Hals hergemacht. Als er dies bemerkte, fuhr er erneut erschrocken zusammen, drehte aber dann seinen Kopf zur Seite, damit ich besser herankam.

Ein weiteres Mal bedachte ich die empfindliche Stelle an seinem Hals, dort wo hektisch das Blut pulsierte, mit einem sanften Kuss, ehe ich sie mit der Zunge reizte. Stephan stieß ein leises Seufzen aus und wollte mich, als es ihm offenbar zu viel wurde, mit dem Kinn wegschieben. Rechtzeitig wich ich zurück und widmete mich dem Ansatz an Hals und Schulter. Dadurch, dass seine Arme nach oben gebogen waren, bildete sich dort ein kleiner Hautwulst, den ich gierig zwischen meine Lippen saugte und sanft mit den Zähnen bearbeitete. Stephan schmiegte seine Wange an meine. Bartstoppeln kratzten rau aneinander.

Ich riss mich von dieser Stelle los und wanderte wieder tiefer, knabberte an verschiedenen Regionen an seiner Brust und nahm auch die Nippel vorsichtig zwischen die Zähne. Genüsslich leckte ich über die harten Knubbel, die mir wie kleine süße Rosinen vorkamen. Als ich wieder bei dem Rippenbogen ankam, verkrampfte sich Stephan in Erwartung eines neuerlichen Lustschubes. Doch diesmal setzte ich ein kleines Stückchen tiefer an und schlug meine Zähne in das weiche Fleisch zwischen Hüftknochen und Rippen. Prompt wurde es ganz schnell hart, als er die Muskeln dort anspannte.

Innerlich lächelnd bewegte ich mich küssend, leckend und knabbernd tiefer. Sein Glied reckte sich mir erwartungsvoll wippend entgegen, doch ich ignorierte es, denn ich hatte es auf die empfindliche Stelle in der Leistengegend abgesehen. Als Stephan meine Absicht erkannte, versuchte er zu entkommen, doch ich klemmte seine Beine wieder zwischen meinen Knien fest.

Ein jammernder Laut entwich ihm, als ich über die zarte Haut leckte. Der Duft von Seife strömte in meine Nase, vermischt mit Schweiß, der ihm vor Erregung aus den Poren drang. Ich nahm einen tiefen Atemzug von dieser Mischung und schloss genussvoll die Augen.

»Ich komm gleich, wenn du da weitermachst«, keuchte er warnend.

Mit einem Grinsen ließ ich schließlich von der Stelle ab und widmete mich den Schenkeln bis hinunter zu den Zehen. Zärtlich streichelte ich den Flaum auf seinen Beinen und strich bedächtig über die strammen Muskeln an seinen Waden und den Narben von seinem Unfall. Genussvoll sog ich das angenehme Gefühl der weichen Haut an der Innenseite seiner Schenkel in mich auf. Mir war danach, jeden einzelnen Quadratzentimeter seines Körpers kennenzulernen und einzuprägen. Ich wollte ihn vereinnahmen, ihn scannen, diesen durchtrainierten Leib annektieren und – wenn es möglich gewesen wäre – auf jede einzelne Pore besitzergreifend meinen Namen schreiben.

An den Innenseiten seiner Schenkel arbeitete ich mich wieder nach oben. Ich stellte seine Beine auf und bog die Knie auseinander, damit ich besser herankam. Stephans Atem ging schneller, je höher ich kam. Ich merkte auch, dass er sich stetig mehr verkrampfte. Als ich mich seinen Hoden widmete, zischte er erschrocken auf und presste für einen Moment die Knie zusammen. Doch als ich sie behutsam wieder auseinanderbog, ließ er es mit sich geschehen. Ich wusste, warum er kurz in Panik geraten war. Zärtlich glitten meine Finger über die Stelle an seinem Oberschenkel, knapp neben dem Damm. Stephan verkrampfte sich abermals. Ein Keuchen war zu hören. Ich sah, wie er den Bauch anspannte und seine Atmung ins Stocken geriet. Besänftigend streichelte ich weiter über die Stelle, während ich die Hoden und die Peniswurzel mit sanften Küssen und zarten Streicheleinheiten meiner Zungenspitze bedachte. Dabei arbeitete ich mich mit den Fingern immer näher an den Damm heran. Als ich es schließlich wagte, eine Fingerspitze zwischen Hoden und Anus zu legen und die Stelle sanft zu massieren, keuchte Stephan erschrocken auf.

»Ich gehe nur so weit, wie es für dich in Ordnung ist«, erinnerte ich ihn. »Sag mir rechtzeitig Bescheid, wenn es zu viel wird.«

»Es ist ungewohnt«, gestand er atemlos.

»Soll ich aufhören?« Mir widerstrebte es, meinen Finger von der Stelle zu nehmen. Dennoch würde ich es tun, wenn er es verlangte. Ich wusste, wie unangenehm es werden konnte. Mein erstes Erlebnis mit Oskar kam mir wieder in den Sinn. Ich hatte es als absolut unschön empfunden, als er mir zielstrebig zwischen die Beine gegangen war. Nicht nur, dass seine Finger kalt und unnachgiebig gewesen waren. Ich hatte mich vor Angst total verkrampft. Als er hart einen Finger in meinen Schließmuskel drückte, hatte mein Magen aufbegehrt. Dasselbe wollte ich Stephan auf keinen Fall antun.

»Nein«, erwiderte er. »Mach weiter!«

»Bist du dir sicher?«

»Ja«, hauchte er. »Mach weiter.«

Ich verstärkte den Druck auf den Damm leicht, massierte die Stelle liebevoll, bis sie sich entkrampfte, während meine Lippen weiterhin die Hoden und die Peniswurzel liebkosten.

Schließlich rutschte ich ein wenig höher und nahm die Eichel in den Mund. Ein Zischen entkam ihm, als ich meine Mundhöhle tief über ihn stülpte. Ich spürte auch, wie er sich vor einschießender Lust verspannte, sich sein Körper aufzubäumen begehrte und er sich gewaltsam zurückhalten musste. Sicherlich war er kurz davor, zu kommen. Seine Hoden hatten sich zusammengezogen. Sein Schwanz war hart wie Stein. Ich verharrte, bis seine Atmung wieder regelmäßiger ging und er sich etwas lockerte. Sanft führte ich meine Arbeit weiter, ließ den angeschwollenen Schaft aus dem Mund herausgleiten und leckte zum Abschluss über die glänzende Eichel. Stephan stöhnte leise.

Beim nächsten Mal ging ich etwas bedächtiger ran, ließ ihn ganz langsam in mich hineingleiten und entließ ihn ebenso behutsam. Seine Erregung war bereits weit fortgeschritten. Ich musste vorsichtig sein, wenn ich es noch eine Weile hinauszögern wollte.

Meine Finger zogen bei ihrer Massage des Damms immer weitere Kreise, bis sie auch den Schließmuskel berührten. Beim ersten Mal fuhr Stephan sichtbar zusammen und presste erschrocken die Knie an meine Schulter. Ich hielt inne, bis er sich wieder entspannt hatte, die Knie zur Seite fallen und mich gewähren ließ. Ich wartete noch einen weiteren Moment, bis er sich vollständig locker gelassen hatte, ehe ich einen neuerlichen Versuch wagte. Beim nächsten Mal fiel seine Reaktion nicht mehr so heftig aus. Lediglich ein Zischen kam über seine Lippen, als ich den wulstigen Eingang berührte.

Ich machte mir keine Gedanken darüber, ob ich ihn bereits an diesem Abend so weit bringen konnte, dass er sich penetrieren ließ, oder überhaupt. Es war mir auch nicht wichtig. Ich wollte ihn nur dort streicheln und dieses intime Gefühl genießen. Während ich weiterhin seinen Penis sanft mit dem Mund bearbeitete, wurde ich mit dem Finger ein kleines Stückchen mutiger, indem ich ihn auf den Wulst drückte und vorsichtig massierte. Ich hatte nicht vor einzudringen und ihn mit dem Finger zu entjungfern. Ich wollte lediglich den verkrampften Muskel entspannen und ihm das Gefühl geben, dass es in Ordnung war, sich gehen zu lassen. Ich gönnte ihm auch den Genuss, bedenkenlos die Berührungen an Regionen zu erdulden, die für andere zuvor absolut tabu waren – selbst für seine Frau.

Ich bezweifelte, dass sie ihn jemals an dieser Stelle berührt hatte. Da sie sich geweigert hatte, ihn mit dem Mund zu befriedigen, hatte sie diese Körperregion wahrscheinlich gerade mal bis zur Schwanzwurzel erobert – wenn überhaupt.

Meine Gedanken waren für einen Moment abgelenkt. Dies erkannte ich aber erst, als sich Stephan plötzlich am Kopfteil abstieß, tiefer schob und seinen Unterleib meiner Hand entgegenreckte. Mein Finger drang damit ein kleines Stückchen in seinen Eingang ein. Gleichzeitig stieß er einen erstickten Laut aus.

Ich sah verwundert hoch. Er biss die Zähne zusammen und ließ den Laut in einem Zischen ausklingen.

»Stephan?« Ich wollte den Finger wieder aus ihm herausziehen, als ich merkte, wie er sich anspannte, als weigerte er sich, ihn herzugeben.

»Ich will es«, keuchte er. »Ich will dich. Bitte.«

»Dafür ist später auch noch Zeit. Wir müssen nichts überstürzen.«

Er antwortete mit einem neuerlichen Zischen.

»Ich will dich nicht überfordern.«

»Ich halte einiges aus«, erwiderte er leicht mürrisch.

Mit einem prüfenden Blick in sein Gesicht, um seine Absichten abzuschätzen, verharrte ich noch einen Augenblick, schließlich zog ich meinen Finger aus ihm heraus.

Stephan fuhr zusammen und presste abermals die Knie an meine Schulter.

»Bitte, Lennart«, flehte er und wollte seine Arme herunternehmen, um mich festzuhalten. Doch durch den Zug auf den festgeklemmten Gürtel schien er wieder daran erinnert zu werden, dass ich ihn gefesselt hatte. Er ließ die Arme sinken und stieß abermals ein flehendes »Bitte!« aus.

Seinen Wunsch ignorierend richtete ich mich auf, angelte nach der Geltube und verteilte etwas davon auf meinem Finger. Als ich die angefeuchtete Fingerkuppe wieder an seinem Eingang anlegte, ging ein erleichtertes Seufzen durch ihn hindurch.

»Warum willst du es unbedingt?«, erkundigte ich mich. Meine Stimme war nur ein Flüstern. Dennoch kam sie mir so dröhnend vor, als hätte ich geschrien. Das Wummern der lauten Weihnachtsmusik aus dem angrenzenden Wohnzimmer drang bis zu uns durch. Trotzdem glaubte ich, dass meine Stimme dies noch übertroffen hatte. Meine Ohren dröhnten. Oder war es mein eigener Puls, der so laut in meinen Gehörgängen schallte?

»Ich liebe dich«, entkam es ihm sogleich. »Mit allem, was dazugehört.«

»Das ist nicht nötig.« Ich schob mich höher und legte mich neben ihn. Sanft drückte ich sein Knie gegen meine Seite und presste vorsichtig den feuchten Finger in seinen Eingang.

Stephan hielt sichtbar die Luft an. Ich küsste ihn besänftigend auf das Kinn, so lange, bis ich meinen Finger bis zum ersten Gelenk in ihm versenkt hatte.

Als ich angehalten hatte, entspannte er sich spürbar.

»Du brauchst mir nichts zu beweisen«, wies ich ihn sanft darauf hin. »Mir nicht und auch sonst niemandem.«

Er drehte seinen Kopf in meine Richtung. Unweigerlich trafen sich dabei unsere Lippen. Sofort verwickelte er mich in einen leidenschaftlichen Kuss, hungrig und voller Erregung.

»Aber mir«, hauchte er und suchte mich mit seinem Mund blind, als ich zurückwich.

»Das ist ebenfalls nicht nötig«, erwiderte ich. Als ich meinen Finger etwas bewegte, verzog er leicht sein Gesicht, entspannte sich jedoch sogleich wieder.

»Doch ist es«, widersprach er.

»Nein, ist es nicht«, blieb ich beharrlich. »Du stehst nicht in Konkurrenz zu Greg … zu niemandem.« Ich küsste ihn sanft auf das Kinn. »Ich wäre auch mit dir zusammen, wenn du es strikt ablehnen würdest. Ich …« Meine Stimme versagte, bevor ich aussprechen konnte, was mir auf der Zunge lag. Es war trotz allem schwer für mich, so ganz anders, als wenn ich es Greg ins Ohr flüsterte. Da war es nur so dahin gesagt, im Rausch der Lust, im Überschwang unserer Erregung. Doch wenn ich es Stephan sagte, hatte es ein Gewicht, das mich zu erdrücken drohte. Da lag ein bestimmtes Gefühl zugrunde, aufrichtig und kostbar, das zwei Menschen bis an ihr Lebensende aneinanderschweißen konnte. Nicht dass ich mich davor scheute. Dieses Gefühl, diese berühmten drei Worte wollten aus mir herausdrängen, es ihm sagen, damit er wusste, was ich für ihn empfand. Ich war mir in diesem Moment nur nicht sicher, ob ich es richtig sagte, sodass all das, was mir am Herzen lag, auch wirklich so bei ihm ankam. Ich hatte nicht viel Übung darin und war daher unsicher.

»Ich liebe dich«, gestand ich ihm schließlich mit dem zweiten Anlauf und fühlte mich gleich viel besser. Erleichtert, ihm mein Herz ausgeschüttet zu haben. »Daher ist es vollkommen gleichgültig, ob du es zulässt oder nicht.«

»Ich will es aber. Ich will dich in mir spüren.«

»Vielleicht warten wir damit, bis wir wieder bei mir zu Hause sind …«

»Nein«, schnitt er mir schroff ins Wort, noch ehe ich weitere Argumente hervorbringen konnte. »Jetzt! Tu es!«

Ich beugte mich wieder über ihn und fing seinen Mund zu einem weiteren Kuss ein, während ich meinen Mittelfinger noch tiefer in ihn bohrte. Stephan verspannte sich kurz, ließ aber dann sogleich wieder locker. Er war wirklich gewillt, das durchzuziehen, erkannte ich beeindruckt. Ich musste daran denken, wie wankelmütig ich bei meinem ersten Mal gewesen war. Anfangs dachte ich, das wie ein Mann durchzustehen. Bei den ersten Berührungen in meiner intimen Gegend schmolz meine Willenskraft jedoch dahin wie Eis in der Sonne. Ich hatte noch versucht, mich aufzuraffen, mich nicht wie ein Hasenfuß zu benehmen und es auszuhalten. Doch als Oskar wenig gefühlvoll seine Finger in meinen Hintern gerammt hatte, brach ich regelrecht zusammen.

Stephan war in dieser Hinsicht ganz anders. Er besaß eine so stoische Selbstbeherrschung, dass ich immer wieder aufs Neue davon überwältigt war. Allein schon vier Jahre lang mit anzusehen, wie der Mann, den er liebte, mit anderen ins Bett ging. Beinahe tagtäglich hatte dabei zusehen und -hören müssen, wie dieser es quasi vor seinen Augen trieb. Sich stets höflich und unnahbar zu verhalten, obwohl er lieber unter dessen Fingern vergehen wollte. Ich war mir sicher, dass Stephan die wenig angenehme Prozedur des ersten Mals mit derselben äußerlichen Gelassenheit überstand, wie er mir die letzten vier Jahre begegnet war. Wie es allerdings in seinem Inneren aussah, würde ich wahrscheinlich nie erfahren.

Mein Finger versank langsam tiefer in seinem Anus. Ab und an verspannte sich Stephan für einen Moment, ließ aber sogleich wieder locker. Ein Keuchen entkam ihm, als ich vorsichtig versuchte, den harten Ring zu dehnen. Schließlich zog ich ihn heraus. Er seufzte enttäuscht.

Um einen zweiten Finger mit dem Gleitgel zu benetzen, musste ich mich aufrichten, da ich mich auf den Ellbogen gestützt hatte. Stephan reckte das Kinn nach mir, als ich den Kuss löste und mich erhob, um nach der Tube zu greifen.

»Bitte«, flehte er leise. »Tu es!«

Ich beugte mich wieder zu ihm. »Ich tu es«, versprach ich und küsste ihn erneut. Mich hatte noch niemand angebettelt, ihm die Jungfräulichkeit zu nehmen. Selbst ich hatte Greg nicht darum gebeten, es zu tun. Es war einfach passiert, in enthemmender Alkohollaune und der Gier nach dem Körper des anderen. Erst später war mir bewusst geworden, was da eigentlich geschehen war.

Auf einmal musste ich auch an Anthony denken, der seine Unschuld immer wieder aufs Neue für viel Geld verkaufte.

Aus Stephans erstes Mal wollte ich etwas Besonderes machen. Er sollte es weder als unangenehme Erinnerung zurückbehalten, noch denken, dass es etwas Alltägliches war.

Ich richtete mich auf, träufelte Gleitmittel auf meine Fingerspitzen und schob nun zwei Finger in das Rektum. Abermals verspannte sich Stephan und lockerte sich sogleich wieder. Er keuchte verhalten, knirschte leise mit den Zähnen, als ich mich langsam, aber bestimmt in ihn schob und den Muskel immer weiter dehnte. Vorsichtig begann ich auch, mich in ihm zu bewegen, wieder herauszuziehen und erneut vorzustoßen. Dabei massierte ich zeitgleich mit der Daumenkuppe sanft den harten Ring und animierte ihn dadurch, sich etwas zu lockern. Stephan kommentierte jede meiner Bewegungen mit leisen Geräuschen, hielt aber ansonsten still und ließ alles über sich ergehen. Schließlich versuchte ich, den dritten Finger dazuzunehmen. Während dessen streichelte ich ihm besänftigend über den Bauch, küsste und knabberte an allen leckeren Stellen an ihm herum und verführte ihn immer wieder mal zu einem Kuss.

Dann endlich kletterte ich zwischen seine Beine, bog die Knie auseinander und ließ eine weitere Portion Gleitmittel auf seinen Eingang träufeln. Stephan seufzte leise, als die kalte Flüssigkeit zwischen seine Hinterbacken rann und auf das Laken tropfte. Rasch stülpte ich ein Kondom über meinen Penis, rieb ihn ebenfalls mit Gleitgel ein und legte ihn an seinem Eingang an. Abermals verkrampfte sich Stephan und zerrte an den Fesseln, die nur nachlässig über seinem Kopf befestigt waren. Das Gürtelende rutschte aus seiner lapidaren Verankerung. Er ließ die Hände aber über dem Kopf liegen. Ich hatte innegehalten, als er vor Schreck zusammengefahren war. Nun beugte ich mich vor und berührte mit meinen Lippen sanft einen angespannt bebenden Muskel auf seiner Brust.

»Bereit?«, erkundigte ich mich, hob meinen Kopf an und suchte in seinem Gesicht nach einer Antwort.

Stephan nickte langsam. Seine Zungenspitze kam zum Vorschein und befeuchtete hastig die Lippen. Sein Atem ging rasch, wie nach einem schnellen Lauf oder zwanzig Bahnen Wettschwimmen. Ich beobachtete ihn ein paar Augenblicke lang. Der Anblick war so wunderschön, dass ich beinahe vergaß, was ich eigentlich vorhatte. Er lag vor mir, mit weit gespreizten Beinen, willig und bereit eine Hürde zu überspringen, die ihn sicherlich enorme Überwindung kostete. Jeder Muskel seines durchtrainierten Körpers war gespannt und zitterte vor Erwartung. Sein Brustkorb weitete sich mit jedem Atemzug und fiel mit einem hörbaren Keuchen wieder in sich zusammen. Die Muskelpakete an seinem Bauch wölbten sich im raschen Takt des Atems. Der Kehlkopf hüpfte einige Male auf und ab, ehe sich sein Mund zu einer Äußerung einen schmalen Spalt öffnete, die seine Lippen jedoch nicht überschritt. Sein Schwanz ragte prall und glänzend von ihm ab, wie ein Speer, der mehr oder weniger geduldig auf sein Opfer wartete.

Dieser Mann war ein Geschenk, so begehrenswert und sexy, so betörend und lustvoll. Von diesem Anblick wie hypnotisiert, starrte ich ihn einige Sekunden lang an, sog jede Regung gierig in mich auf, jedes Keuchen, jedes Zittern seiner Gliedmaßen, jedes Wippen seines Gliedes. Fasziniert beobachtete ich, wie ein kleiner glitzernder Tropfen aus der Öffnung an der Eichel quoll und mit einem langen Silberfaden auf den Bauch tropfte.

Erst als er flehend meinen Namen laut werden ließ, konnte ich mich von diesem Anblick losreißen und beugte mich wieder vor.

»Sorry«, hauchte ich, erregt von dem Bild, das er mir geboten hatte. »Du siehst so scharf aus.« Im selben Moment, wie ich diesen Satz ausgesprochen hatte, fiel mir auch ein, wo ich ihn zuletzt gehört hatte … Von Greg, als wir in diesem SM-Club waren und er mich vor Verlangen fast wahnsinnig gemacht hatte. Erst in diesem Moment wurde mir klar, was er damit gemeint hatte. Ein schier vor Erregung platzender Mann sah einfach zum Anbeißen scharf aus. Stephan insbesondere. Allein sein Anblick ließ mir die Lust heiß wie Lava durch die Adern schießen.

Stephans Mundwinkel zogen sich für einen Moment zu einem Lächeln auseinander, ehe ihm abermals ein Keuchen entkam.

Endlich drängte ich mich fester an seinen Eingang und drückte vorsichtig meine harte Eichel durch den engen Ring. Er bäumte sich stöhnend auf, als ich den Durchgang schließlich passiert hatte. Ich verharrte, bis seine Atmung wieder eingesetzt hatte, und wagte mich ein klein wenig tiefer.

Es gab ja noch viele weitere Möglichkeiten, wie ich ihm dieses erste Mal so angenehm und sinnlich wie möglich gestalten konnte. Ich bezweifelte jedoch, dass sich Stephan noch lange hinhalten lassen wollte, indem ich ihn zuerst mit der Zunge vorbereitete. Dies würde ich mir für das nächste Mal aufheben. Darauf freute ich mich schon … auf viele weitere Male mit ihm, bei denen ich meiner Kreativität freien Lauf lassen würde.

Seiner Kehle entwich ein gepresster Laut, als ich mich allmählich tiefer schob. Ich merkte, wie er sich anspannte, aber immer wieder versuchte, die Verkrampfung in sich zu lösen. Wie er keuchend um Fassung rang und sich der Situation und dem unwillkürlich eintretenden brennenden Ziehen stellte. Er reckte mit einem Zischen das Kinn, als ich mich nach einer kleinen Pause wieder in ihn drängte.

»Ich liebe dich«, flüsterte ich ergriffen, beugte mich etwas vor und küsste die bebende Brust.

»Fuck«, entkam es ihm wenig schicklich. Er biss sogleich die Zähne zusammen, bis sie knirschten, und schickte seinem Fluch ein Zischen hinterher.

Ich hielt inne und wartete geduldig ab, bis er sich wieder im Griff hatte. Als die Schmerzwelle überwunden schien und er mir sein Becken entgegenreckte, schob ich mich weiter in ihn. Abermals entkam ihm ein Zischen.

Langsam beugte ich mich vor, nachdem ich mich in meiner ganzen Länge in ihm versenkt hatte und meine Hüften auf seine Hinterbacken trafen. Ich stützte die Ellbogen links und rechts seines Körpers ab und hauchte ihm einen Kuss auf die schweißnasse Wange.

»Ich liebe dich«, entkam es mir abermals. Ein Bedürfnis, das ich nicht zurückhalten konnte. Es floss regelrecht aus mir heraus. In mir hatte sich eine gigantische Flut aus heißen Gefühlen angesammelt, die nach draußen drängten. Ich musste ihm einfach sagen, wie sehr es mich ehrte, wie tief es mich berührte, dass er mit mir schlafen wollte. Dieses intensive Gefühl in mir war nicht anders zu bezeichnen, als mit »Ich liebe dich.« Es brannte förmlich in mir, stichelte mich mit glühenden Spitzen, versetzte meinen ganzen Körper in höchste Aufruhr. Es war am ehesten mit der Esse eines Schmiedes zu vergleichen, in die ein gigantischer Blasebalg ständig Luft hineinjagte. Hoch loderten die Flammen auf, drohten mich innerlich zu verbrennen, mich zu verzehren. Am liebsten wäre ich gänzlich in Stephan versunken, um dieses Feuer in mir zu besänftigen, doch ich wusste, dass dies unmöglich war. Ich wollte ihn verschlingen, ihn im Ganzen vereinnahmen, damit endlich die aufgeregte Schar von Schmetterlingen in meinem Unterleib aufhörte, gegen die Bauchdecke zu fliegen.

Stephan legte seine gefesselten Hände um meinen Nacken und zog meinen Kopf zu sich heran. Ich ließ mich auf ihn niedersinken, sank tief zwischen seine Beine und drückte sie damit noch weiter auseinander. Bereitwillig öffnete er seine Schenkel, bog die Knie nach oben und hakte seine Füße in meinem Rücken ineinander. Gegen den Druck seiner Fersen auf meinem Hintern zog ich mich ein Stück aus ihm heraus und ließ mich wieder langsam in ihn gleiten.

Ein Seufzen entkam ihm, als ich in seinem Inneren gegen die weichen Wände drückte. Seine Lippen suchten mich blind. Ich kam ihnen entgegen und ließ mich von ihnen zu einem leidenschaftlichen Kuss verführen. Seine Zunge drängte gierig in meinen Mund und forderte mich zu einem Duell heraus, während ich den Takt meiner Lenden ganz langsam und vorsichtig eröffnete. Mit jedem Vordringen entkam ihm ein Seufzen, das mit jedem Mal mehr und mehr zu einem Stöhnen wurde.

In mir wütete das Feuer so stark, dass ich es kaum eindämmen konnte. Mein Orgasmus hatte sich bereits mit einem heißen Ziehen angekündigt. Doch ich kämpfte ihn verbissen nieder. Ich wollte noch nicht kommen, ich wollte das noch eine Weile genießen. Ich wollte dieses Gefühl bis ins letzte Detail auskosten. Immer wieder musste ich innehalten und die Welle ausbranden lassen.

Irgendwann war es einfach nicht mehr zu bremsen. So sehr ich auch darum kämpfte, mich zurückzuhalten, die Kontrolle war mir unweigerlich entglitten. Die Flutwelle meines Ergusses war nicht mehr aufzuhalten.

Mit einigen raschen, hektischen Schlägen des Unterleibes katapultierte ich mich schließlich über den Abgrund, bereit für den freien Flug, und ergoss mich stöhnend in ihn. Fast gleichzeitig spürte ich auch, wie sich Stephan aufbäumte, für einen Moment unseren wilden Kuss vergaß und sich heiße Flüssigkeit zwischen uns ausbreitete. Mit der Erkenntnis, dass er ebenfalls gekommen war, rollte eine zweite Welle über mich hinweg. In einem Reflex stemmte ich mich gegen den Klammergriff in meinem Nacken. Die Fesseln an seinen Handgelenken hielten. Ich musste bei dem Ruck, den ich mit meinem Kopf gemacht hatte, den harten Ledergürtel ziemlich unsanft in sein Fleisch getrieben haben. Stephan schien auch nicht gewillt gewesen zu sein, mich frei zu geben. Seine Arme hatten sich ruckartig angespannt und mich wieder an sich gezogen, um meinen Mund einzufangen.

Langsam legte sich die Aufregung in uns und wir sanken atemlos in uns zusammen.

»Das war einfach großartig«, keuchte Stephan begeistert an meinem Mund. Schweiß glänzte auf seiner Wange. Ich küsste die glitzernden Tropfen genussvoll weg.

»Du bist großartig«, entgegnete ich anerkennend. Seine Beine umklammerten mich noch immer. Auch wenn ich es gewollt hätte, ich hätte mich nicht zurückziehen können. Mir war danach, in seine hellen Augen zu sehen, daher zerrte ich die Maske von seinem Gesicht. Er blinzelte geblendet und suchte mich schließlich mit zusammengekniffenen Lidern. Ein glückliches Lächeln erfüllte sein Gesicht. Ein erschöpfter, jedoch absolut zufriedener Ausdruck gesellte sich hinzu. In seinen Augen glitzerte es ergriffen, als er mich an seinen gefesselten Handgelenken wieder an sich zog und zu einem weiteren Kuss verführte. Inzwischen waren meine Lippen vom Küssen angeschwollen und leicht wund, dennoch ließ ich mich darauf ein. Er schmeckte einfach wunderbar, ebenso wie es sich wunderbar anfühlte, in ihm zu sein oder an seinen verschwitzten Körper gedrückt zu werden.

»Jederzeit wieder zu Diensten, Herr Wengenmaier«, hauchte er an meinem Mund. »Ich liebe dich, Lennart.«

Ich schmolz dahin, ließ mich in diese sinnliche Verschmelzung fallen. In mir begann es erneut aufzubegehren, als er seinen Unterleib bewegte, in welchem ich immer noch steckte. Hastig kämpfte Stephan seine Handgelenke aus der Gürtelschlinge und warf sich mit mir herum, sodass er auf mir zu sitzen kam. Mit anreizenden Bewegungen seines Beckens brachte er mich ein weiteres Mal zum Kommen. Ich hoffte inständig, dass das

Kondom standhielt. Erschöpft schmiegten wir uns aneinander, kuschelten noch eine Weile miteinander und streichelten uns und schliefen irgendwann ein.

In dieser Nacht träumte ich davon, wie ich auf einer Veranda saß, Stephan neben mir, und wir eng umschlungen einen Sonnenuntergang betrachteten. Hin und wieder sah ich ihn an, zählte die kleinen Fältchen um seine Augenwinkel und freute mich darüber, dass ich mein Leben mit ihm verbringen durfte. Als ich mein eigenes Gesicht berührte, um es nach Falten zu untersuchen, bemerkte ich, dass ich die Ledermaske trug. Eigentlich durfte ich weder ihn noch die Abenddämmerung sehen. Als ich meinen Kopf wieder zu Stephan drehte, hatte sich sein Gesicht verwandelt. Nun blickte mich nicht mehr der smarte Ex-Chauffeur an, sondern …

18

Mit einem Schrei stieß ich mich von dem Gesicht ab, das sich über mich gebeugt hatte. Gleichzeitig versetzte ich ihm einen heftigen Stoß und flüchtete in die entgegengesetzte Richtung, sodass ich trotz des Doppelbettes auf der einen Seite herausfiel und Greg auf der anderen.

»Scheiße«, stieß ich laut hervor und raffte hektisch die Bettdecke um mich, die ich geistesgegenwärtig mit vom Bett gerissen hatte. Ich brauchte noch einen weiteren Moment, um gänzlich in die Wirklichkeit zurückzukehren.

»Sag mal, hast du nicht alle Tassen im Schrank?« Meine Stimme war schrill geworden, zeugte von dem Schreck, den mir sein unerwartetes Auftauchen verschafft hatte.

Ich schnaufte hektisch. Das Entsetzen war mir bis tief in die Glieder gefahren. Dabei wusste ich selbst nicht genau, warum es mir so einen kalten Schock verpasst hatte, Gregs Gesicht so nahe vor mir zu sehen.

Hatte er mich eben geküsst?

Was wollte er von mir?

Wo war Stephan?

Ich raffte mich auf und schlang die Bettdecke um mich, denn plötzlich schämte ich mich meiner Blöße. Greg hatte mich schon oft nackt gesehen. Dennoch war es mir wichtig, mich vor ihm zu verhüllen. Wir waren nicht mehr zusammen und wenn uns Stephan so sähe, würde es gewaltigen Ärger geben. Dessen war ich mir sicher.

Ich blickte mich suchend um. Stephan war nicht im Zimmer.

»Was tust du hier, verdammt noch mal?«, fuhr ich Greg wütend an.

Dieser erhob sich ächzend und schob sich schwerfällig zurück auf die Matratze. Er verzog sein Gesicht, als ihm bei dieser Aktion der Schmerz in die Glieder fuhr. Vorsichtig zog er sein verletztes Bein heran und blickte mich mit grimmig zusammengezogenen Augenbrauen an.

»Woher kann ich wissen, dass du so emotional reagierst?«, blaffte er säuerlich und rieb sich den Ellbogen. »Ich wollte dich nur zum Frühstück wecken.«

»Musst du dazu zu mir ins Bett krabbeln?« Es wunderte mich stark, dass der sonst flügellahme Kerl, der seine Verletzung zum Anlass nahm, die Studenten für alle möglichen Dinge einzuspannen, auf einmal selbst Weckdienst spielte. Warum hatte er nicht einen der Jungs geschickt?

Ich keuchte verärgert, denn ich erinnerte mich auch daran, seine Hände auf meinem Körper gespürt zu haben. Im selben Moment wurde die Tür zum angrenzenden Duschbad aufgerissen und Stephan stürmte erschrocken herein. Er musste meinen Schrei gehört haben. Auf seiner Haut glänzten Wassertropfen. Die Haare klebten ihm noch voller Schaum am Kopf. Das Handtuch hatte er sich lediglich hastig um die Hüfte geschlungen und hielt eisern die Enden fest. Seine Augen wurden groß, als er uns entdeckte. Sein Blick glitt erst zu mir, dann zu Greg.

»Was soll die Aufregung?«, maulte Greg, angelte umständlich nach seinen Krücken und stellte sich auf die Beine. »Seit wann bist du so empfindlich?«

Ich raffte die Decke enger um mich und blickte ihn trotzig an.

»Seit wir beide nicht mehr zusammen sind«, warf ich ihm entrüstet an den Kopf.

Stephan war langsam in den Raum gekommen. Seine Füße hinterließen auf dem Holzboden nasse Abdrücke. Er kam zu mir, legte einen Arm um mich, als wollte er mich trösten oder seine Besitzansprüche deutlich machen, und zog mich an sich.

»Er gehört jetzt zu mir«, sagte er tonlos und fixierte Greg mit einem finsteren Blick.

Der Latino war um einiges schmaler und schmächtiger als Stephan. Dieser schien dennoch seine körperliche Überlegenheit und seine derzeit vorherrschenden Ansprüche noch zusätzlich hervorheben zu wollen, indem er die Brust schwellte und mich mit einem warnenden Knurren näher an sich heranzog.

Greg sagte nichts mehr dazu, starrte seinen ehemaligen Angestellten nur stumm und emotionslos an. Dann stieß er einen angehaltenen Atemzug aus und humpelte wortlos aus dem Zimmer. Erst als sich Greg Richtung Ausgang bewegt hatte, bemerkte ich, dass wir inzwischen weitere Zuschauer erhalten hatten. Im Türstock stand Tom, dessen Gesicht vor kochender Eifersucht rot angelaufen war. Ebenso waren unsere Mitbewohner aufgewacht, die verwirrt hochsahen. Wie die trotz der abgeschlossenen Tür hereingekommen waren, erschloss sich mir in diesem Moment noch nicht. Vielleicht würde ich es irgendwann erfahren. Das war mir jedoch vollkommen gleichgültig.

Greg hatte Tom einfach zur Seite gestoßen, als er das Zimmer verließ. Doch den absolut finsteren Drohblick des jungen Studenten hatte ich noch mitbekommen, bevor die Tür mit einem lauten Knall zugefallen war.

Ich stieß ein verärgertes Geräusch aus. Greg war eindeutig zu weit gegangen.

»Wie kommen die eigentlich hier rein?«, wollte ich mit einem Nicken in Richtung der beiden verschlafenen jungen Männer auf der ausziehbaren Couch wissen. Eine Frage, die ich allgemein in den Raum stellte. Stephan antwortete.

»Ich hab ihnen in der Nacht aufgemacht«, erklärte er vollkommen ruhig, als sei eben nichts weiter passiert. »Ihr andauerndes Klopfen nervte.«

Davon hatte ich nichts mitbekommen. Mein Schlaf war tief und erholsam gewesen, mit einem wunderschönen Traum, der jäh geendet hatte.

Mit einem Seufzen schälte ich mich aus Stephans Umarmung und setzte mich auf das Bett. »Scheiße«, stieß ich abermals aus und wischte mir mit der Handfläche über das Gesicht.

»Macht es dir was aus, wenn ich noch rasch fertig dusche? Ich tropfe hier alles voll und ehrlich gesagt, wird es mir allmählich kalt.«

Ich stand wieder auf, ließ die Bettdecke fallen und nickte Stephan zu. »Ich komm mit.« Dass ich nun vollkommen nackt den halben Raum durchquerte und von den beiden anderen Männern mit offenem Mund angestarrt wurde, war mir scheißegal. Ich hoffte, durch die Dusche den Schreck von mir zu waschen.

Kaum dass die Tür hinter uns zugegangen war, legte ich meine Arme um Stephan.

»Geht es dir gut?«, erkundigte ich mich und ließ die Hände über seinen Rücken auf das Gesäß rutschen, um ihm deutlich zu machen, was ich mit meiner Frage genau meinte.

Er grinste breit. »Alles bestens.«

»Warum bist du ohne mich in die Dusche? Es wäre mir ein Vergnügen gewesen, dich persönlich von den Überbleibseln unserer Nacht zu säubern.«

»Du hast noch so süß geschlafen.«

Meine Augen weiteten sich pikiert. *Süß geschlafen?*

Bevor ich einen Protest lautwerden lassen konnte, verschloss er meinen Mund mit einem Kuss. Ich merkte schnell, dass meine Lippen von der vorherigen Nacht noch wund waren. Dennoch ließ ich mich in die Berührung fallen und genoss das leichte Brennen. Dieser süße Schmerz entfachte sogar das Feuer in meinen Lenden neu. Von aufbegehrendem Verlangen ergriffen, rieb ich meinen Unterleib an ihm. Ein wohliges Knurren entkam ihm. Er nahm die Herausforderung an und scheuerte seinerseits seine Hüfte an mir. So innig umschlungen traten wir unter die Dusche. Als uns der Wasserstrahl traf, fuhr ich erschrocken zusammen, denn er war nur lauwarm, fast schon kalt.

Ein Schauder überkam mich und ließ den Schreck von vorhin wieder aufleben. Erst als ich die Temperatur hochdrehte und heißes Wasser über uns rieselte und damit auch die Empfindungen in uns anheizte, ließ das unangenehme Gefühl in mir nach. Stephan wusste nur zu gut, mich abzulenken. Er war vor mir auf die Knie gesunken und hatte meinen Schwanz in Empfang genommen. Während seine Zunge über mein pralles Fleisch tanzte und mich in höhere Sphären katapultierte, löste sich auch der letzte kalte Impuls in mir auf.

Wir entschlossen uns, nach dem Frühstück zu gehen. Doch Greg entschuldigte sich aufrichtig für sein Verhalten und versprach, sich in Zukunft zu benehmen.

»Ich muss mich erst noch umstellen«, erklärte er ernsthaft und zwinkerte mir zeitgleich zu. »Außerdem konnte ich einfach nicht widerstehen. Du hast so süß geschlummert, da …«

Ich schnaufte entrüstet und brachte ihn damit zum Schweigen. Auch hatte sich Stephan versteift und seine Kaffeetasse etwas härter abgesetzt. Zum Glück ersparte uns Greg weitere Erklärungen. Im Augenwinkel bemerkte ich, wie Tom sich zurücklehnte und sein Frühstücksmesser fester umklammerte. Wollte er mich damit bedrohen?

Ich schenkte ihm einen herausfordernden Blick. Dieser Fatzke konnte mir keinesfalls Angst einflößen.

»Bleibt doch noch bis Silvester«, bat er. »Da ist hier eine tolle Party geplant. Die Jungs haben versprochen, eine zweite Aufführung zum Besten zu geben.«

Mit einem Blick zu Stephan gab ich schließlich nach. Er presste die Lippen zusammen und schob sein Knie näher an mich heran. Wahrscheinlich wäre es ihm lieber gewesen, wenn ich standhaft geblieben wäre, doch in Gegenwart von Greg begehrte er nicht auf.

»Kannst du Ski fahren?«, fragte ich ihn daher.

Er nickte, wenn auch mit verbissener Miene. Ich nahm mir vor, mich von Greg fernzuhalten, ihn nicht weiter als nötig an mich heranzulassen und den Ausflug in die Berge zu genießen. So gingen wir später ins Dorf St. Christina, wo wir trotz des Weihnachtsfeiertages ein Sportgeschäft fanden, bei welchem wir die nötige Ausrüstung ausleihen konnten. Der Tourismus war um den Jahreswechsel in vollem Gange und der Ort voller Leute. Am Nachmittag preschten wir bereits über die Pisten. Meine Skikünste waren etwas eingerostet und ich hatte Mühe, Stephan hinterherzukommen. Dennoch ließ ich mir den Spaß nicht nehmen. Vermutlich würde ich am nächsten Tag einen dicken Muskelkater davontragen, doch das war es mir absolut wert.

Greg hielt sich wie versprochen zurück und ließ sich von Tom reichlich bespaßen. Etwas, was er wahrscheinlich ohnehin vorgehabt hatte. Mich überkam sogar der Eindruck, dass die beiden mehr verband als körperlicher Hunger. Sie turtelten oft so innig herum, dass ich glaubte, einen Hauch von Eifersucht zu spüren. Rasch wischte ich dieses Gefühl wieder von mir. Es sollte mir egal sein, mit wem es Greg trieb. Es hatte mich noch nie interessiert, welche Sahneschnitten er sich ins Bett holte, wenn wir beide nicht zusammen waren. Warum gerade jetzt, wo er so offensichtlich mit Tom turtelte?

Energisch trennte ich mich von diesen Gedanken. Greg hatte es wirklich drauf, mir ein schlechtes Gewissen einzuimpfen. Ob er es absichtlich machte oder nicht, stand nicht zur Debatte. Das mit Greg und mir war vorbei.

Silvester.

Stephan und ich hielten uns aus den Vorbereitungen weitgehend heraus. Vormittags waren wir eh auf der Piste, und als wir nachmittags geschlaucht von den Anstrengungen zur Hütte zurückkehrten, hatten die Studenten den Wohnraum längst in eine Partymeile verwandelt. Aus dem CD-Player plärrte uns bereits heitere Dancefloormusik entgegen und überall, wo man hinsah, hingen zwischen all den Weihnachtsdekorationen noch zusätzlich quietschbunte Girlanden und Luftschlangen. Ein weiteres Mal war ich von dem Eifer der jungen Männer beeindruckt, auch wenn mich die Fülle an Deko schier erschlug. Der Catering-Service musste ebenfalls bereits eingetroffen sein, denn der Tisch war überladen mit Leckereien. Offensichtlich dachte Greg, dass wir am Verhungern seien, oder er hatte sich beim Durchzählen der Personen gründlich verkalkuliert. Vom Weihnachtsbuffet zehrten wir noch mehrere Tage lang.

Wie versprochen führten die jungen Studenten einen weiteren anzüglichen Engelchentanz auf. Diesmal traten aber alle fünf auf. Wobei Tom in seinem improvisierten Kostüm, einem zusammengerafften Bettlaken und einem Heiligenschein aus künstlichen Stechpalmen und Tannenzweigen ziemlich lächerlich aussah. Anscheinend war es gar nicht vorgesehen, dass er bei den Tänzchen mitmachte. Greg gefiel es trotzdem und er himmelte den jungen Mann begeistert an. Ich hielt mich mit Stephan im Hintergrund. Als die eigentliche Party begann, erfüllte ich sogar Stephans Wunsch und tanzte in einer Ecke nur für ihn. Dabei unterließ ich es jedoch, mich gänzlich auszuziehen. Ich beschränkte mich auf das Ablegen meines Hemdes und das Öffnen der Hose. Als ich Anstalten machte, sie über meine Hüften zu ziehen, hielt er mich ohnehin auf und zog mich zu einer engen Umarmung, die in eine wilde Knutscherei ausartete.

Wein, Champagner und mit starken Alkoholika versetzte Bowle floss reichlich durch unsere Kehlen. Mitternacht konnten wir alle schon nicht mehr geradeaus gehen und wankten ausgelassen lachend nach draußen, um das Feuerwerk zum Jahreswechsel anzusehen. Arm in Arm zählten Stephan und ich den Countdown herunter. Bei null umschlangen wir uns und wünschten uns gegenseitig ein frohes neues Jahr. Ich fühlte mich glücklich. Ein neues Jahr mit neuen Perspektiven, mit einem Mann an meiner Seite, der mich absolut glücklich machte und für den ich bereits seit Jahren die Erfüllung seines Lebens war. Wie in meinem Traum konnte ich mir nichts Besseres vorstellen, als mit ihm alt zu werden. So wie es gerade zwischen uns stand, waren diese Aussichten gar nicht so aussichtslos.

Ich freute mich jedenfalls auf die gemeinsame Zeit, auch wenn sie wegen seines neuen Jobs vielleicht etwas holprig anlaufen würde. Aber ich war mit ihm zusammen und nur das zählte für mich.

Wurde ich melancholisch?

Nie im Leben!

Ich erfreute mich nur meiner derzeitigen Situation. Alles war perfekt. Stephan war perfekt. Mein Job war es. Mein Leben ebenso.

Unvermutet umarmte mich jemand von hinten und drückte einen eiskalten Kuss in meinen Nacken. Ich fuhr mit einem Schreckenslaut zusammen.

»Ein frohes neues Jahr«, wünschte mir Greg und hielt Stephan die Hand hin. »Euch beiden«, fügte er feierlich an. Noch ehe ich ihn wegen des Kusses zur Rechenschaft ziehen konnte, war er bereits weitergezogen und hatte sich von Tom vereinnahmen lassen. Dieser wankte gefährlich, musste sich sogar an Greg festhalten, sonst wäre er auf dem vereisten Boden ausgerutscht.

Ich schüttelte nur den Kopf und tat dies einfach ab. Wir hatten alle ein wenig zu viel getrunken und Greg konnte schlichtweg nicht aus seiner Haut heraus. Daher hakte ich mich wieder bei Stephan ein, hauchte ihm einen zärtlichen Kuss auf die Wange und begutachtete mit ihm den Rest des Feuerwerks.

Irgendwann wurde es uns zu kalt und wir verzogen uns wieder nach drinnen, wo noch immer lautstarke Dancefloormusic aus den Lautsprechern wummerte. Ich legte meine Hände in Stephans Nacken und verführte ihn zu einem Tänzchen. Er verhielt sich zunächst etwas widerwillig, doch allmählich taute er auf. Eigentlich mochte ich Tanzen nicht. Dieses mehr oder weniger kontrollierte Gewackel war noch nie mein Ding gewesen, aber unter Alkohollaune tat ich auch Dinge, die mir später ziemlich peinlich waren. Stephan wurde ebenfalls immer lockerer und so bewegten wir uns bald inmitten der anderen Partygäste ausgelassen zur Musik. Er war ein ausgesprochen guter Tänzer, musste ich zugeben, wobei ich wenig Ahnung davon hatte. Seine geschmeidigen Bewegungen gefielen mir jedenfalls sehr gut und ließen die Hitze in meinem Inneren anschwellen.

Tom war der Erste, der dem Ganzen nicht gewachsen war und einfach auf der ausziehbaren Couch im Partyraum zusammensackte und einschlief. Paul und Niklas verzogen sich keine halbe Stunde später aufs Zimmer. Ich überlegte, ob wir es ihnen gleichtun und uns ins Bett verziehen sollten, als Stephan sich auf die Toilette verabschiedete. Es war kurz nach vier Uhr morgens und ich hatte auch schon zum fünften Mal hintereinander gegähnt. Sobald Stephan außer Sicht war, hängte sich Greg an mich.

»Bring mich ins Bett!«, lallte er mit schwerer Zunge. Dabei blickte er mich so hilflos und unschuldig an, dass ich nicht anders konnte, als ihm diesen Wunsch zu erfüllen. Greg hatte ziemlich gebechert und konnte sich kaum auf den Beinen halten. Die Krücken knickten ihm weg, weil der Alkoholpegel die Kraft in den Armen schmälerte. Also schob ich mich unter seine Achsel und schleppte ihn in sein Zimmer.

»Hilf mir beim Ausziehen!«, bat er mich und fingerte unbeholfen an seiner Kleidung herum. Seufzend tat ich ihm auch diesen Gefallen. Es war schließlich nicht das erste Mal, dass ich ihn entkleidete. Doch wenn ich gedacht hatte, dass er sich damit zufriedengab, hatte ich mich gewaltig getäuscht. Ich hatte ihm eben die Hose vorsichtig über den verletzten Fuß gezogen, als er mich plötzlich von hinten am Hosenbund packte und zu sich aufs Bett zerrte.

Von dieser Aktion überrascht verlor ich das Gleichgewicht und fiel schwer auf ihn. Ich hörte, wie er unter meinem Gewicht zischend die Luft ausstieß. Noch ehe ich mich von ihm freimachen und wieder aufrichten konnte, hatte er mich fester gepackt, zur Seite geschoben und unter sich auf das Bett gebannt. Sofort war sein Mund auf meinem und brachte meinen Protestlaut zum Verstummen. Ich versuchte, ihn von mir zu stoßen, doch Greg war auf einmal so schwer, dass mir selbst die Luft wegblieb. Zudem zeigte er ungeahnte Kräfte. Mir blieb kaum Bewegungsfreiraum. Ich wand mich unter ihm, bäumte mich auf, kämpfte darum, ihn von mir zu schieben, doch nichts veranlasste ihn dazu, von mir zu lassen. Ganz im Gegenteil. Je verbissener ich gegen ihn ankämpfte, desto hartnäckiger nagelte er mich unter sich auf das Bett. Er fing meine Hände ein und bog sie nach oben. Dort hielt er sie mit einer Hand fest, während die andere zielstrebig in meinen Hosenbund fuhr und meinen Schwanz umfasste. Seine Beine umschlangen die meinen, um mein Gestrampel einzudämmen. Die Verletzung behinderte ihn auf einmal nicht mehr.

Ich keuchte vor Schreck und Fassungslosigkeit. Auch war ich über seine plötzlichen Körperkräfte erstaunt. In der Vergangenheit hatten wir uns oft über den Boden gewälzt, spielerisch gerungen, waren auch mal im Sex etwas ruppiger miteinander umgegangen. Ich war oft mit ihm in seinem privaten Fitness-Center gewesen, hatte ihm beim Trainieren zugesehen und kannte daher die Anzahl der Gewichte, die er an den Geräten auflegte. Aus diesem Grund hatte ich seine Körperkräfte stets einigermaßen einschätzen können. Doch jetzt war ich absolut überrascht, wie stark er plötzlich geworden war. Der Alkoholgehalt in seinem Blut schien ihn nicht zu schwächen, sondern eher zu stärken, seine Kräfte zu aktivieren und seine Willenskraft und seinen Ehrgeiz ordentlich zu puschen.

»Lass mich los!«, zischte ich an seinem Mund. Es war mir kaum möglich, mich verständlich auszudrücken, denn sein Mund verschlang mich regelrecht. »Greg!«, rief ich wütend.

Statt endlich nachzugeben, packte die Hand in meiner Hose fester zu. Ein Schmerzenslaut entkam mir und meine Gegenwehr erstarb augenblicklich.

»Du gehörst mir!«, grollte er kehlig und begann meinen Penis grob zu stimulieren.

Ich keuchte entsetzt, wartete notgedrungen die Schmerzwelle ab, die von meinem Unterleib aus über meinen gesamten Körper rollte. Mein Herz schlug wild gegen den Brustkorb. Das Adrenalin rauschte wie eine Droge durch meine Sinne und ließ meine Wahrnehmung leicht verschwimmen. Ich wusste plötzlich nicht mehr, was ich tun sollte, musste auf einmal an Stephan denken und betete, dass er nicht ins Zimmer kam und uns entdeckte. Früher hatte ich keinen einzigen Gedanken an Treue oder Vertrauen in einer Partnerschaft verschwendet, da ich keine wirkliche Beziehung aufweisen konnte. In meiner Vergangenheit gab es schon Zeiten, in denen ich länger mit einem Partner zusammen gewesen war als eine oder zwei Nächte. Aber diese Zeiten basierten alleinig auf der körperlichen Seite dieser Beziehung. Wenn wir die Nase voneinander voll hatten und wir uns langweilig geworden waren, verlief es sich beinahe wie von allein im Sand. Gut, bei Greg war ich noch nicht an dem Punkt angelangt, an welchem es drohte, überdrüssig zu werden – ebenso andersherum.

Aber ich war nun mit Stephan zusammen und auf einmal stand Treue an oberster Stelle. Es gab nur ihn und mich. Mein Körper, mein Arsch und mein Schwanz waren alleinig für ihn reserviert, ohne lange darüber nachzudenken oder irgendwelche Absprachen mit mir oder sonst wem abzuhalten. Es war mir sogar unangenehm, dass mich Greg dort anfasste, obwohl er das wirklich nicht zum ersten Mal tat. In mir kamen unverhofft Widerwillen und Ekel hoch, je länger er mich küsste und versuchte mich mit seinen Lippen zu verschlingen. Obwohl ich ihn früher gerne roch und mich selbstredend an seinen Körper geschmiegt hatte, konnte ich ihn jetzt nicht mehr ertragen.

Dabei war Greg wahrlich weder skrupellos noch brutal. Er nahm sich gern, wonach ihm war, jedoch niemals zu jedem Preis. Jemanden zu vergewaltigen oder sexuell zu belästigen, widersprach seinen Prinzipien. Alkohol und Eifersucht schienen die Hemmungen in ihm pulverisiert zu haben, sodass ich ihn nicht mehr wieder erkannte.

»Geh von mir runter!«, forderte ich bestimmter. »Du bist betrunken und weißt nicht mehr, was du tust. Lass mich los!«, keifte ich, doch Greg schien meine verbale Gegenwehr nur noch mehr anzustacheln. Seine Hand bewegte sich heftiger und rieb zwischen unseren Leibern beinahe wie im Wahn. Zeitgleich machte er sich so schwer wie ein Betonklotz. Seine Beine legten sich wie die stählernen Klammern eines elektronischen Greifers um die meinen.

»Hör auf damit!«, bat ich und versuchte, mich seinem Griff zu entwinden, doch er bannte mich so fest unter sich, dass ich mich nicht einmal zur Seite schieben konnte. Für einen Moment fragte ich mich, wie er es trotzdem schaffte, seine Hand zwischen uns zu bewegen. Doch als er zeitgleich meine Hoden in die Finger bekam und sie schmerzvoll quetschte, gab ich diesen Gedanken einfach auf.

»Greg, bitte«, flehte ich nun und hielt still. Ich hatte begriffen, dass er in seinem alkoholumnebelten Wahn um ein Vielfaches stärker war als ich. Meine einzige Chance bestand darin, an den normalen Greg in ihm zu appellieren. »Du tust mir weh!«, sagte ich schließlich. »Lass mich los!«

»Du hast es doch gerne mal ein bisschen grob«, knurrte er. »Was zierst du dich auf einmal? Bist du jetzt zu einem Weichei geworden, weil du es nur noch mit Heteros machst?« Er lachte kehlig und verstärkte den Druck auf meine Hoden. Die Zunge war schwer. Seine Worte holperten träge wie Felsbrocken aus der Kehle.

Ich stöhnte schmerzerfüllt auf und biss mir sogleich auf die Zunge. Auch wenn ich mich dagegen wehrte, ich konnte es nicht leugnen, dass diese derbe Behandlung eine Reaktion in mir erzeugte. Vielleicht waren es auch nur einfach Gregs stetige Pumpbewegungen, die meinen Schwanz zum Anschwellen brachten und Hitzeschübe im Unterleib verursachten. Ich unterdrückte ein weiteres Stöhnen.

»Ja«, hauchte Greg begeistert. »Ich weiß, dass du das magst. Niemand kennt dich so gut wie ich. Dein Schwanz wird ganz hart.«

Ich verfluchte mich selbst, weil ich auf Gregs ruppige Bemühungen reagierte. Dabei sträubte sich alles in mir. Ich wollte das nicht.

»Ich spüre, wie es nass wird da drinnen«, keuchte Greg selbst erregt. »Das ist geil. Du bist einfach nur scharf. Ich …« Der Rest des Satzes ging in einem lauten Schrei unter. Denn der Kopf wurde unvermittelt hart hochgerissen. Ich sah noch, wie sich eine Hand in Gregs Haaren vergriffen hatte und ihn daran brutal von mir herunterriss. Gregs Hand, die sich in meiner Hose befunden und meine Genitalien umschlungen hatten, verkrampfte sich für einen Moment vor Schreck und Schmerz. Mein eigener Laut gesellte sich zu dem von Greg, ehe er von mir fortgerissen wurde.

Ich erkannte die Gestalt, die sich unbemerkt und drohend wie ein Unhold über uns aufgebaut hatte. Ich sah, wie sie mit einer Hand zur Faust geballt, ausholte und sie mit einem wütenden Funkeln in den Augen genau in Gregs Gesicht donnerte. Greg plumpste hintenüber, verlor das Gleichgewicht und purzelte wenig schicklich über den Rand des Bettes, wo er an die Wand prallte und sich mit einem dumpfen Klang den Kopf anschlug. Mit einem weiteren Laut sank er in sich zusammen und verschwand aus meinem Blickfeld.

Keuchend blieb ich auf dem Bett liegen, zunächst unfähig meine Gedanken zu sortieren oder zu realisieren, was eben passiert war. Als ich eine Bewegung ausmachte, zwang ich meine Sinne dazu, klarzuwerden. Ich entdeckte Stephan neben dem Bett stehend. Sein Gesicht war vor Wut rot angelaufen, seine Lippen zu einem grimmigen Strich zusammengekniffen. Seine Augen glitzerten vor Zorn. Noch immer hielt er seine Fäuste geballt, funkelte mich mit hasserfüllter Miene an. Mich überkam der Eindruck, dass er knapp davor war, mich ebenfalls seine harte Rechte schmecken zu lassen. Seine Faust zuckte gefährlich. Doch ehe er dem Drang nachgeben konnte, wirbelte er herum und verließ mit ausholenden Schritten das Schlafzimmer.

Scheiße!

Das war das Einzige, das sich noch halbwegs klar in meinem Kopf realisieren ließ. Das Einzige, das gerade so gut zu der Situation passte, wie ein Maßanzug für einen Bodybuilder.

Ich rappelte mich auf, rieb meinen Schritt, der noch immer von Gregs festem Griff vor Schmerz wummerte, und folgte Stephan. Das leise Stöhnen hinter dem Bett ignorierte ich. Mir war es scheißegal, ob Greg bei dieser Aktion der Kiefer gebrochen oder der Schädel eingeschlagen worden war. Er hatte die Beziehung zwischen Stephan und mir gefährdet – was sicherlich auch seine Absicht gewesen war.

Als ich unser Schlafzimmer betrat, war Stephan gerade dabei, hektisch seine Habseligkeiten in seine Tasche zu stopfen. Das Zimmer war hell erleuchtet. Die beiden anderen schlummerten jedoch tief und fest, wahrscheinlich selig dem Alkoholkonsum erlegen.

»Stephan!«, rief ich erschrocken. Seine Absichten waren unmissverständlich. Das wollte ich aber nicht zulassen. »Wir reisen heute ab«, entschloss ich kurzerhand, weil mir nichts anderes einfiel, um die Situation zu entschärfen. Ich hatte mich zu ihm begeben und wollte ihn in den Arm nehmen. Als er jedoch mit einem warnenden Zischen die Hände abwehrend vor sich hob, verharrte ich und starrte ihn mit pochendem Herzen an.

»Tu mir einen Gefallen und lass das sein«, bat er mich mit einem Beben in der Stimme. Er musste sich offenbar gewaltsam unter Kontrolle halten. Sein Kiefer zitterte vor Anspannung. Einen Moment blickten wir uns stumm in die Augen, dann riss er sich davon los und führte seine Handlung fort.

»Wo willst du hin, um vier Uhr morgens?«, fragte ich vorsichtig.

»Scheißegal«, knurrte er, während er derb seinen Waschbeutel in die Tasche stopfte. Plötzlich hielt er inne, als sei ihm etwas eingefallen. Sein

Kopf kam hoch. Sein Blick suchte mich. Schmerzlich verzog sich sein Gesicht, als er mich gefunden hatte. »Du wirst hart, während er dich quasi vergewaltigt?«, fragte er, als könne er diesen Umstand nicht um alles in der Welt fassen.

»Ich … äh …«, stammelte ich verwirrt. Mir wollte partout keine plausible Erklärung einfallen. »Ich …« Ich verstummte, als er abermals seine Hände hob und mir seine Handflächen zeigte, als wollte er mich von sich schieben.

»Sorry, aber damit kann ich einfach nicht mithalten«, brachte er mühsam hervor.

»Musst du auch nicht«, erwiderte ich sofort. Ich fühlte die Felle davonschwimmen. Ich würde Stephan verlieren, wenn ich nicht schnellstens etwas unternahm. »Greg war betrunken. Er wusste nicht …«

»Oh, er war nicht betrunken«, fuhr mir Stephan barsch ins Wort. »Jedenfalls nicht so stark, dass er nicht genau wusste, was er tat. Hast du nicht gemerkt, dass er den Großteil seiner Getränke in Tom gefüllt hat?«

Verwirrt schüttelte ich den Kopf. »Ich hatte nur Augen für dich«, gestand ich mit pochendem Herzen. Meine Pumpe raste aber nicht wegen dieses Liebesgeständnisses, sondern vor Angst, Stephan zu verlieren.

»Und er für dich«, gab er zurück. »Den ganzen Abend lang. Er hat nur den richtigen Moment abgepasst, um dich allein zu haben. Ich kenne ihn gut genug, um seine Absicht recht präzise voraussagen zu können. Ich hatte nur nicht erwartet, dass er es so bald macht.«

»Warum bist du dann so sauer?«, wollte ich anklagend wissen. Wenn er eh schon damit gerechnet hatte, warum schob er mir den Schwarzen Peter zu?

»Weil er dich aufs Bett schmeißt und du nichts Besseres zu tun hast, als ihm das mit einem Ständer zu danken«, blaffte er wütend, »und dann auch noch in alter Gewohnheit vor Lust stöhnst.«

Ich schnappte nach Luft. »Ich hab nicht vor Lust gestöhnt, sondern weil er mir den Schwanz gequetscht hat.«

»Ist das nicht dasselbe?«

Ich brauchte einen Moment zu lang mit meiner Antwort. »Nein«, presste ich mühsam hervor. Doch da war es bereits zu spät. Stephan griff sich seine Tasche und den Mantel und verließ das Zimmer. Die Tür fiel laut hinter ihm in Schloss. Die beiden Mitbewohner schraken aus ihrem Schlaf und blickten sich wirr um.

Ich knurrte wütend, riss die Tür wieder auf und rannte Stephan hinterher.

»Halt, warte!«, schrie ich in den kleinen Flur. »Bleib stehen!« Er war schon an der Haustür. »Du kannst nicht einfach abhauen, nur weil es etwas unbequem geworden ist.«

Er schnaufte, blieb tatsächlich stehen. Mit der Hand auf der Klinke drehte er sich wieder um. »Wann wird es nicht unbequem sein?«, grollte er finster. »Ich hatte wirklich gedacht, ich wäre das, was du brauchst. Aber da täuschte ich mich. Du brauchst einen Gleichgesinnten, keinen Hetero, der glaubt, sich in einer Welt behaupten zu können, die nicht für ihn geschaffen ist.«

»Das ist nicht wahr«, widersprach ich entrüstet.

»Weißt du eigentlich, dass er dich nur ausnutzt? Dass ihr beide euch nur gegenseitig benutzt? Wenn euch der Sinn danach ist, benutzt ihr euch wie einen Rasierapparat oder eine Kaffeemaschine. Tut mir leid, aber unter einer Beziehung verstehe ich etwas anderes.«

Gegen diese Behauptung hatte ich kein Gegenargument einzuwenden. Ich war mir selbst bewusst, dass ich Greg wie einen Gebrauchsgegenstand nutzte. Ich liebte ihn nicht, dennoch mochte ich den Sex mit ihm. Ich war ihm dankbar für seine Starthilfe, ohne die ich beruflich nicht da wäre, wo ich letztendlich angelangt war. Dafür erhielt er ebenfalls die Gegenleistung, die er sich von mir wünschte – zumindest weitgehend, denn Liebe konnte ich ihm nicht entgegenbringen.

Aber das andere, dass eine Liebesbeziehung etwas anderes war als ein gegenseitiger Nutzen, war mir erst durch Stephan so wirklich klar geworden. Da unterschieden sich homosexuelle Partnerschaften in nichts von verschiedengeschlechtlichen. Ich hatte niemals vorgehabt, ihn für irgendwelche Zwecke auszunutzen – abgesehen von der Tatsache, dass ich mit ihm meine Zukunft wunderschön gestalten wollte.

»Das mit uns ist etwas anderes als das mit Greg«, stellte ich klar.

»Ist es das?« Er sah mich skeptisch an. »Ich bin mir nicht ganz sicher, ob du nicht auch irgendwelche Zwecke verfolgst, indem du dich mit mir abgibst. Ich konnte euch beide lange Zeit beobachten. Ihr macht nichts, ohne dass ihr euren Nutzen daraus ziehen könnt. Ihr treibt Spielchen mit anderen Leuten, um zu eurem Ziel zu gelangen.«

»So verhält sich Greg, aber nicht ich.«

»Ich bin mir noch nicht ganz sicher, ob du mich benutzt, um dich bei Greg Barnes interessanter zu machen«, sagte er mir auf den Kopf zu. »Oder um dich ihm gegenüber zu behaupten. Du lässt dich immer wieder von ihm um den Finger wickeln. Deswegen denke ich, dass du im Grunde nicht mich willst, sondern ihn. Dass du verzweifelt versuchst, sein Spiel in deines zu verwandeln. Aber das wird dir nicht gelingen. Dafür ist Mister Barnes zu gerissen.«

Ich war baff, starrte ihn nur mit offenem Mund an.

»Im Grunde bist du doch nur sein Spielball, der ein klein bisschen Eigenleben hat und versucht einen eigenen Basket zu finden. Ich bin nicht der geeignete Korb für so etwas.«

»Ich …« Ich schluckte. »Das ist nicht wahr.«

Stephan schüttelte nur leicht den Kopf, ehe er in seinen Mantel schlüpfte und die Tasche aufnahm. »Mister Barnes sagte, du seist blind. Ich verstehe jetzt erst, was er damit meinte.«

Abermals musste ich schlucken. Das konnte doch alles nicht wahr sein.

»Ich bin nicht …«, versuchte ich mich ein weiteres Mal zu behaupten. Ehe ich mich versah, war seine Hand an meinem Nacken. Ohne ein weiteres Wort zog er mich an sich und presste seinen Mund hart auf meinen. Ich verharrte verdutzt, war zu keiner Bewegung fähig, geschweige denn die Chance zu ergreifen, ihn festzuhalten und nicht wieder loszulassen. Als ich es endlich schaffte, mich aus meiner Starre zu lösen, war er auch schon zurückgezuckt, herumgewirbelt und durch die Tür verschwunden. Ich blieb mit einem merkwürdigen Gefühl zurück, konnte lange Minuten die Wahrheit nicht realisieren. Mein Herz war immer wieder ins Stocken geraten. Meine Beine wurden weich. Ehe ich zusammenklappte, riss ich mich davon los und stürmte zurück in Gregs Zimmer.

Mit einer Schimpfkanonade auf den Lippen warf ich die Tür auf und wollte schon loslegen. Ich war auch gewillt, ihn mit Fäusten zu traktieren, bremste meinen Lauf jedoch abrupt ab, als ich Greg erblickte. Er hatte sich zurück ins Bett geschleppt und lag laut schnarchend quer über die Matratze ausgestreckt. Als ich ihn dort so liegen sah, friedlich schlafend, seinem Rausch erlegen, kochte mein Ärger noch mehr hoch. Er sah so unschuldig aus, die Gesichtszüge vollkommen entspannt, die Lippen leicht geöffnet. Die Unterlippe war ein wenig geschwollen. Ein kleiner Blutstropfen rann von der Stelle, die Stephan mit seiner Faust getroffen hatte, über den Kiefer in den weißen Kissenbezug.

Wie oft hatte ich ihn im Schlaf beobachtet, das Spiel der Augen unter den geschlossenen Lidern verfolgt, dabei überlegt, wovon er gerade träumen könnte. Dennoch wusste ich, so unschuldig und unscheinbar, wie Greg im Schlaf aussehen mochte, so gerissen und verschlagen konnte er im Wachzustand sein. Er hatte die Beziehung zwischen Stephan und mir gezielt gestört und ihr mit seiner letzten Handlung den Todesstoß versetzt.

Es würde vergebliche Liebesmüh sein, ihn zu wecken und zur Rechenschaft zu ziehen. Greg würde es auch nicht verstehen und einsehen, wenn er bei wachem Verstand gewesen wäre.

Daher wirbelte ich herum und ging ins Wohnzimmer zurück.

Tom schnarchte auf dem Ausziehsofa wie ein ganzes Sägewerk. Die beiden anderen, Jan und Moritz, hockten am Tisch und rissen Witze über Toms Schlafgewohnheiten. Von den Geschehnissen in dem anderen Zimmer schienen sie nichts mitbekommen zu haben. Wie auch. Der CD-Player plärrte noch immer ziemlich laut, ausgelassene Dancemusik zu einer Party, die schon längst gelaufen war. Ich nickte den beiden mürrisch zu, schnappte mir eine der herumstehenden, angebrochenen Weinflaschen und kippte den restlichen Viertelliter auf einmal in mich hinein. Mir war nach Hochprozentigerem, doch der Wodka war gänzlich in der Bowle gelandet, von der nichts mehr da war. Erst auf den zweiten Blick entdeckte ich eine Whiskeyflasche auf dem Boden neben dem Ausziehsofa stehen. Es war zwar auch nicht mehr viel drin, gerade mal zwei Finger breit. Es verschaffte mir jedoch das gewisse Brennen in der Kehle und einen Schleier in meinem Kopf. Er half mir, die letzten Minuten in einen Nebel der Vergessenheit zu tauchen, um die aufkommenden Schmerzen nicht allzu heftig werden zu lassen.

Die Tränen, die immer wieder darum kämpften, hervordringen zu können, schluckte ich vehement hinunter. Kerle heulten nicht. Und ich war verdammt noch mal ein Kerl. Ein absolut hoffnungslos verliebter und zu Tode betrübter Kerl.

Schlaf konnte ich in dieser Neujahrsnacht nicht mehr finden. Noch ehe Greg seinen Rausch ausgeschlafen und aufstehen konnte, hatte ich die Hütte verlassen. Ich wollte nur noch weg von ihm und nichts mehr mit ihm zu tun haben.

19

Gregs Anrufe ignorierte ich, so wie Stephan die meinen überging. Ich wollte mich mit ihm versöhnen, ihm alles erklären, irgendwas tun, um uns wieder zusammenzubringen. Aber entweder hatte er seine Nummer gewechselt oder übersah mich absichtlich. Vermutlich Letzteres, denn sein entschlossener Gesichtsausdruck, kurz bevor er gegangen war, war mehr als unmissverständlich gewesen und mir noch lange im Gedächtnis haften geblieben. Es verfolgte mich in jeder einzelnen Sekunde der nachfolgenden Tage, bis in meine Träume. Das war das Einzige, was mir von ihm verblieben war, zusammen mit der silbernen Halskette, die ich hütete wie einen Schatz. Sie war der letzte Rettungsanker, der letzte verzweifelte Draht zu ihm. Nachts lag ich lange wach und hielt das kleine Herz in meinen Fingern. Ich streichelte das von meiner Haut gewärmte Silber und betete zu allem, was mir einfiel, in der Hoffnung, es möge mir Stephan zurückbringen.

Meine Bitten wurden jedoch nicht erhört. Stephan kehrte nicht zurück.

Irgendwann war ich so von Gregs Telefonterror angenervt, dass ich schließlich doch ranging.

Der Tag war auch schon nicht so gut gelaufen. Ein Projekt hatte Unsummen an Geld gekostet und war letzten Endes im Sand verlaufen. Mein Boss hatte sich beherrscht gezeigt, ich konnte die dicken Falten auf seiner Stirn jedoch sehr gut deuten und würde mich in Zukunft ziemlich anstrengen müssen, um den Verlust zu kompensieren.

»Sei froh, dass ich nicht die Kohle besitze, dir ein Killerkommando auf den Hals zu hetzen!«, blaffte ich Greg sogleich entgegen, nachdem ich den Anruf angenommen hatte.

»Gib mir Stephan!«, bellte Greg zurück.

Ich hätte ihm am liebsten die Augen ausgekratzt. Doch da er sich weit entfernt aufhielt, wahrscheinlich in New York oder sonst wo auf der Welt, konnte ich ihm nur laut entgegenlachen.

»Guter Scherz!«, lachte ich wenig humorvoll. »Du kannst mich mal!«

»Gib ihn mir. Sofort!«

Etwas an dem barschen Ton machte mich stutzig. Er schien nicht zu wissen, dass es mit uns aus war.

»Stephan ist der Meinung, dass es für mich besser wäre, mir von dir den Schwanz zerquetschen zu lassen, als seinen zu lecken«, gab ich bissig von mir. Der Schmerz wütete noch immer in meinen Adern. Jetzt, da Greg mich auf ihn ansprach, kam alles wieder hoch. Ich musste schlucken und die Trauer und die verzehrende Sehnsucht gewaltsam hinunterwürgen. Auf einmal erinnerte ich mich auch an die vielen einsamen Nächte zurück, in denen ich im Schlaf nach ihm gesucht hatte und enttäuscht aufschreckte, als ich ihn nicht fand.

»Shit!«, kam es aus dem Handy. »Du weißt also nicht, wo er ist?«

»Woher soll ich das wissen?«, raunzte ich wütend. »Du hast ihn mit deiner grandiosen Vorstellung an Silvester in die Flucht gejagt.«

»Und du hast nichts Blöderes zu tun gehabt, als ihn ziehen zu lassen«, gab er ebenso zurück.

»Du kannst so ein verdammtes Arschloch sein«, erwiderte ich beleidigt.

»Ich weiß. Deswegen liebst du mich ja so«, entgegnete Greg schnippisch.

Ich knurrte nur. Mir war dieses Spiel zu kindisch.

»Was ist denn los?«, wollte ich stattdessen wissen.

»Er hat den Job beim Flughafen-Shuttle-Service abgelehnt«, berichtete Greg sachlich, als wäre nie ein Groll zwischen uns gestanden. »Auch die Fluggesellschaft, die sich mit ihm wegen eines Pilotenjobs in Verbindung setzen sollte, kann ihn nicht erreichen. Ich hab mir Mühe gegeben, ihm einen adäquaten Ersatz zu organisieren, doch er zieht es vor, unterzutauchen. Aber ich finde ihn schon.«

»Vielleicht will er mit schwulen Arschlöchern nichts mehr zu tun haben.« Im Gegensatz zu Greg schaffte ich es nicht, den Biss aus meiner Stimme zu nehmen. Ich war zutiefst beleidigt und der Schmerz wütete nach wie vor in mir.

»Gut möglich«, kommentierte Greg trocken.

»Weiter hast du nichts zu sagen?«

»Was meinst du?«, gab er sich unschuldig.

»Greg, du Oberarschloch!«, bellte ich wütend ins Telefon. Mir war der Kragen geplatzt. »Für das, was du getan hast, wäre zumindest eine Entschuldigung angebracht. Du bist ein verdammt schlechter Verlierer. Du hast dich absichtlich immer wieder zwischen mich und Stephan gedrängt, um uns auseinanderzubringen. Ich hätte von dir niemals gedacht, dass du dich so fies verhältst. Gut möglich, dass dein Kopf für mich zu schlau ist und ich manchmal schlecht hinter deine Absichten komme, aber das, was du getan hast, ist aller unterste Schublade.«

»Ich befinde mich immer noch auf der Gewinnerstraße …«

Mit einem animalischen Schrei klickte ich das Gespräch weg und warf mein Handy wutentbrannt neben mich. Ich konnte mir sein diabolisches Grinsen förmlich vorstellen. Greg war in der Tat ziemlich schlau und verschlagen. Er nutzte seine hohe Intelligenz, um sich durchs Leben zu mogeln und das zu erschleichen, wonach ihm war. Dabei musste er seinen kleinen Finger nicht einmal krümmen, so geschickt ging er vor. Manchmal merkte man es sogar nicht einmal, dass man von ihm manipuliert wurde. Ich hatte auch ziemlich lange gebraucht, um das zu kapieren. Beide hatten Recht, Stephan und Greg. Ich war blind gewesen. Zu blind, um Greg zu durchschauen und auf meinen eigenen Weg zu achten.

Das Telefon klingelte wieder. Ich ignorierte es mit einem Knurren. Mir war die Lust vergangen, mich noch einmal mit Greg zu messen. Ich würde abermals den Kürzeren ziehen, wenn ich es wagen sollte, das Gespräch anzunehmen.

Nachdem es eine ganze Stunde beinahe permanent schrillte, ging ich schließlich vollkommen entnervt ran. Ich hätte auch abschalten, auf lautlos stellen oder weiterhin ignorieren können, doch ich wusste, dass Greg dann persönlich bei mir auftauchen würde, wenn ich das täte.

»Ich hasse dich!«, grollte ich als Begrüßung.

»Ich dich auch«, hörte ich Gregs liebevoll säuselnde Stimme. »Hör mir zu, Lenny. Bitte!«

Dieses *Bitte* löste einen Knoten in mir. Er bat mich selten um einen Gefallen und so inständig und flehend schon gar nicht. Es musste ihm wirklich etwas auf dem Herzen liegen, wenn er mich so anflehte.

»Was?«, grummelte ich unfreundlich.

»Du weißt, ich liebe dich«, begann er schließlich. »Ich habe nie einen Hehl daraus gemacht, dass ich dich liebe. Du hast es nur nie bemerkt. Als Stephan diesen Unfall hatte, fand ich es besser, mich fürs Erste zurückzuziehen. Ich habe dir gesagt, dass ich auf der Matte stehen werde, wenn es mit euch nichts wird. Ich habe aber nie erwähnt, dass ich geduldig warten werde. Ich liebe dich und du kannst nicht so naiv sein zu denken, dass ich nichts unversucht lassen würde, um dich wieder zurückzubekommen. Gut, das was Silvester passiert ist, hätte nicht so sein sollen. Da hatte ich mich nicht mehr unter Kontrolle. Dich und Stephan die ganze Zeit zu sehen, wie ihr absolut verliebt herumturtelt, war einfach zu viel. Ich brannte vor Eifersucht und hätte ihn am liebsten mit meinen eigenen Händen erwürgt. Es war wirklich nicht die feine englische Art, gebe ich offen zu. Dafür entschuldige ich mich aufrichtig. Ich hoffe, du siehst es mir irgendwann nach. Aber ich bin nicht minder in dich verknallt, wie du es in Stephan bist. Ich liebe dich und ich will dich an meiner Seite.«

»Das hast du gründlich vergeigt«, knurrte ich verärgert.

»Hört sich aber nicht so an«, unterstellte er sachlich.

Ich gab nur ein schnippisches »Pff!« von mir, wollte mich dazu nicht weiter äußern. Stephan verloren zu haben, hatte mir einen glühenden Dolch ins Herz gestoßen. Greg auch noch zu verlieren, tat nicht minder weh. Ich fühlte mich verlassen, wie an der Klippe zu einem tiefen, bodenlosen Loch.

»Ich kann leider erst Anfang Mai nach Deutschland kommen«, eröffnete er mir. »Da bin ich in Hamburg und nehme mir ein paar Tage für dich frei. Ich möchte das gerne mit dir bereinigen. Was meinst du?«

»Vergiss es!«, knurrte ich. Die Vorstellung, ihn persönlich zu treffen, versetzte mir eiskalte Schauer. Ich wollte ihn nicht in meiner Nähe haben – noch nicht.

»Dann sehen wir uns«, überging er meine Antwort einfach. »Ich liebe dich, Lenny.«

Abermals entgegnete ich nur ein eingeschnapptes »Pff!«. Denn ich wusste, dass sich Greg nicht aufhalten lassen würde. Anfang Mai würde ich Besuch erhalten, das war so sicher wie das Amen in der Kirche.

Für eine kurze Zeit überlegte ich mein Haus zu verlassen und ins Ausland zu flüchten. Weit weg, wo er mich nicht finden konnte. Dass dies kindisch und gleichermaßen sinnlos war, war mir selbst bewusst. Durch seine Kontakte, die sich wie ein Spinnennetz über die ganze Welt verteilten, würde er mich schneller gefunden haben, als eine Zecke einen saftigen Blutwirt.

Aber bis Greg bei mir auftauchen konnte, überschlugen sich bei mir auch beruflich die Ereignisse. Ich setzte ein weiteres Projekt in den Sand. Ich wusste selbst nicht, wieso ich so unkonzentriert und unstrukturiert war. Mir unterliefen Fehler, die ich zuvor nicht gemacht hätte. Liebeskummer diagnostizierte ich irgendwann für mich. Dagegen gab es leider kein Kraut.

Nur ein bestimmter Mensch würde mich davon heilen können. Doch der zog es vor, sich schmollend in ein Schneckenhaus zu verziehen und sogar seinen Mobil-Anschluss zu wechseln. Denn irgendwann beantwortete eine elektronische Stimme meine Anrufe, die mir emotionslos mitteilte, dass die Telefonnummer nicht mehr existierte. Meine Sehnsucht nach Stephan schlug in Groll um. Er distanzierte sich absichtlich von mir und Greg. Ob dieser ihn inzwischen gefunden hatte, wagte ich zwar zu hoffen, ich hätte mir aber eher die Zunge abgebissen, als Greg nach den Ergebnissen seiner Bemühungen zu fragen.

Am Abend des vierzehnten Mai klingelte es schließlich an meiner Wohnungstür. Ich hatte einen beschissenen Tag hinter mir. Ein heftiger Streit mit meinem Chef hatte damit geendet, dass ich die Schnauze vollhatte und ihm die Kündigung direkt vor die Füße warf. Ich wollte nur noch allein sein und mich in eine Decke einkuscheln. Noch viel besser wäre es, den Inhalt einer Flasche goldgelben Whiskeys in mich hineinzuschütten, um ich mich am nächsten Morgen so elend zu fühlen, dass ich alles vergessen konnte.

Ich war auch nahe dran, es wie Stephan zu machen, mein ganzes Zeug zu packen und mich weit weg, irgendwo auf der Erde in irgendein Loch zu verkriechen. Einzig der Gedanke, dass es mich nicht von meinem Elend befreien würde, hielt mich davon ab, dieses Vorhaben in die Tat umzusetzen. Als es klingelte, wusste ich auch sofort, wer es war. Ich wollte ihn aber nicht sehen.

Dennoch stand ich auf, nur um die Tür zu öffnen und gleich wieder zuzuwerfen. Ich schalt mich selbst einen Idioten. Warum hatte ich nicht sitzen bleiben und drauf warten können, dass Greg vor meiner Haustür elendig verrottete?

Rasch steckte er einen Fuß in die Tür, ehe sie wieder zufallen konnte. Ich drehte mich einfach um und ging zurück, um mir die Flasche zu schnappen und einen tüchtigen Schluck zu trinken. Der Whiskey rann heiß meine Kehle herunter und verbreitete in meinem Magen ein brennendes Gefühl. Ich wusste selbst, dass Alkohol mein Problem nicht auflösen konnte, dennoch war es herrlich, in einen Nebel zu versinken, der um vieles besser war, als diese hundsgemeine Welt.

»*Oh Mann!* Ich hätte nicht gedacht, dass du so sehr vor Selbstmitleid zerfließt«, kommentierte Greg das Bild, das ihm geboten wurde. Sein Blick glitt hastig im Raum umher. Ich hatte mir die letzten Tage nicht die Mühe gemacht, aufzuräumen oder mich auf Besuch einzustellen. Die Klamotten der letzten Tage lagen entgegen meiner sonst peniblen Art auf dem Boden herum. Es interessierte mich nicht, wie sie in die Waschmaschine, beziehungsweise gewaschen und sauber gebügelt wieder in meinen Schrank gelangten. Ebenso störte mich das schmutzige Geschirr, das bereits seit einer Woche auf dem Tisch stand, nicht die Bohne. Ich wollte von alldem nichts wissen.

Er nahm mir die Flasche aus der Hand. Ich wehrte mich nicht dagegen. Dann gönnte er sich selbst einen Schluck und stellte sie außerhalb meiner Reichweite auf den Tisch. »Sieht so aus, als würdest du dringend Aufmunterung brauchen.«

»Verzieh dich!«, zischte ich verächtlich, zog mir die Decke bis ans Kinn und kauerte mich auf dem Sofa zusammen.

»Hey, Lenny. Ich bin es«, rief er amüsiert.

»Das weiß ich sehr wohl. Verzieh dich. Geh dahin zurück, wo dich geile, scharfe Engelchen umgarnen können.«

Das schallende Lachen, mit dem sich Greg neben mich plumpsen ließ, ärgerte mich nicht so viel, wie der Umstand, dass ich dies gesagt hatte. Ich war auf keinen Fall eifersüchtig auf die fünf Studenten. Ganz im Gegenteil. Sie konnten mir gestohlen bleiben. Der Alkohol hatte meine Zunge gelöst und mich wirres Zeug reden lassen. Ich musste besser aufpassen, was ich sagte, gut nachdenken, ehe ich etwas von mir gab. Das war allerdings nicht so einfach. In mir kochten die Emotionen über. Mit Gregs Erscheinen brannte die Sehnsucht nach Stephan erneut auf.

Greg legte einen Arm um mich und zog mich an sich. »Hey, komm her, Honey!«, sagte er sanft, bettete meinen Kopf an seine Brust und drückte mich liebevoll an sich. Seine Hände streichelten tröstend über meinen Rücken.

Obwohl ich mich innerlich gegen diese Berührung, gegen den Trost zur Wehr setzte, tat es mehr als gut. Obgleich ich es nicht wahrhaben wollte, war es scheinbar genau das, was ich in diesem Moment brauchte. Als ich schließlich die ersten Tränen über meine Wangen rollen spürte, kuschelte ich mich sogar noch näher an ihn. Ich kroch auch fast auf seinen Schoß. Ich wollte ihn spüren, seine Wärme in mich aufsaugen, seinen Atem und seinen Herzschlag hören. Ich begehrte danach, seinen Duft in mich aufzunehmen und mich daran zu ergötzen und zu laben wie ein Schmarotzer. Ich benutzte ihn, um meine Kräfte wieder aufzufüllen. Ich gebrauchte ihn wie eine Steckdose, wie einen Gebrauchsgegenstand – wie Stephan bei unserem letzten Gespräch erklärt hatte. Greg hielt still und ließ sich benutzen. Er gab mir das, was ich brauchte. Ich war mir jedoch auch sicher, dass er sich dann das nehmen würde, wonach es ihn verlangte – mich.

Ich wusste nicht, wie es geschehen konnte. Als ich die Augen aufschlug, fand ich mich auf dem Sofa wieder. War ich eingeschlafen? Hatte ich mich in den Schlaf geheult? Neben mir lag Greg. Oder besser gesagt, hinter mir. Er hatte sich an meinen Rücken geschmiegt. Wir waren beide nackt. Seine Arme waren um mich geschlungen, als wollte er mich davon abhalten, von dem doch recht schmalen Polstermöbel zu fallen. Sein oberes Bein lag über meinen Beinen, hielt mich noch zusätzlich fest. Ich bewegte mich leicht, hob etwas den Kopf an. Sein Oberarm hatte mir als Kissen gedient. Er zog mich im Schlaf wieder an sich, kuschelte sich an mich und seufzte leise. Als er seinen Unterleib an meinen Hintern drückte, spürte ich ein leichtes Brennen.

Oh, Mann. Ich hatte mit ihm geschlafen.

Scheiß Alkohol. Es schien doch mehr gewesen zu sein, als ich gedacht hatte. Mein Blick fing unvermittelt die Whiskeyflasche ein, die unter dem Sofatisch auf dem Boden lag – leer. Als hätte der miese Geschmack nach einer durchzechten Nacht nur darauf gewartet, dass meine Gedanken diesen Passus meiner Vergangenheit erreichten, machte er sich mit einem würgenden Gefühl bemerkbar. Im nächsten Moment legte ich auch bereits einen Sprint in die Küche zum Spülbecken hin, wo ich meinen Mageninhalt entleerte. Irgendwann vor geraumer Zeit hatte ich mich doch mal dazu entschlossen, mich nie wieder zu besaufen. Oder?

Jedenfalls ärgerte ich mich über mich selbst, dass ich mich so weit hatte gehen lassen. Es war wenig mannhaft, mit krampfendem Magen und ziemlich unschönen Geräuschen mit dem Kopf im Spülbecken zu hängen und sich zu wünschen, dass man starb. Ich hasste es, weil ich dabei jedes Mal an den Zwischenfall mit Oskar denken musste.

Als sich mein Magen wieder beruhigt hatte, spülte ich den Mund gründlich aus, gurgelte einige Male und wusch mir das Gesicht mit kaltem Wasser. Ich drehte mich um und wäre beinahe mit Greg zusammengeprallt.

»Es ist zwar absolut unpassend«, sagte er sanft. »Aber du siehst selbst, wenn du kotzt, unheimlich scharf aus.«

Ich gab nur ein wenig beeindrucktes »Pah!« von mir und wollte mich an ihm vorbeischieben. Greg hielt mich auf, schlang seine Arme um mich und drückte mich an ihn.

»Ich meine das ernst«, bekräftigte er. Ich zuckte zurück, als er mir einen Kuss auf den Mund drücken wollte.

»Lass das!«, zischte ich. »Ich stinke noch immer schlimmer aus dem Mund als der Misthaufen bei uns zu Hause.«

Mit einem Lachen durchbrach er meine Abwehr und küsste mich ohne Scheu. »Du bist einfach hinreißend, selbst wenn du wie ein ätzender Schnapsladen stinkst.« Dann ließ er mich los, schubste mich zur Küche hinaus und gab mir noch einen Klaps auf den Hintern. Da ich nackt war, gab es ein klatschendes Geräusch. Ich protestierte laut.

»Ich steh nicht auf SM«, schimpfte ich, rieb mir den Hintern, der weniger schmerzte, als ich vorgab, und trottete nach oben ins Badezimmer, um mich zu duschen und gründlich die Zähne zu putzen. Ich konnte mir auch nach der Dusche nicht vorstellen, wie das passieren konnte, wie ich mich Greg hingeben konnte, ohne dass ich ihm zuvor die Augen ausgekratzt hatte. Dass etwas passiert war, dafür war mein lädierter Hintereingang ein mehr als deutlicher Beweis. Jede Bewegung, jeder Schritt verursachte ein leichtes Brennen, das erst nachließ, als ich die wundgescheuerten Stellen mit kühlender Heilsalbe einbalsamierte. Dabei kam auch Wut in mir auf. Dass Greg es wirklich mit mir in einem umnachteten Zustand getan hatte, ärgerte mich. Hatte er es drauf angelegt? Hatte er mich absichtlich abgefüllt, um leichter an meinen Hintern zu kommen? Jedenfalls dürfte ich ihm nicht viel Widerstand geleistet haben, denn ich konnte keinerlei Kratzer, Narben oder blaue Flecke erkennen.

Ich betrachtete mich im Spiegel und verachtete mich selbst. Was war ich nur für ein Weichei, ein rückgradloser Waschlappen, der sofort in die Knie ging, wenn jemand wie Greg kam und seine starke Brust anbot. Verdammt noch mal, ich war doch ein Kerl. Warum konnte ich nicht endlich mein eigenes Leben leben? Warum schaffte ich es nicht, mich von ihm loszusagen und mir einen Mann zu suchen, der mir das gab, wonach es mich sehnte?

Stephan schien doch Recht gehabt zu haben. Ich war zu schwach. Ich ließ mich immer wieder von Greg um den Finger wickeln, mich von ihm zu Aktionen verleiten, die ich zuvor abgelehnt hatte. Sicherlich hatten gestern Abend mein labiler Zustand und der Alkoholpegel im Blut entscheidend zu meinem Wankelmut beigetragen. Dass ich ihm trotz allem Groll nichts abschlagen konnte, war ein weiterer Aspekt, der es Greg möglich machte, mich zu steuern und zu manipulieren. Ich ärgerte mich über mich selbst, dass ich nicht so willensstark war, wie ich mich gerne gab. Greg schien dies eher erkannt zu haben als ich. Demnach war ich tatsächlich so blind, wie er von mir behauptete.

Wütend streckte ich meinem Spiegelbild die Zunge raus und knurrte mich missgelaunt an, wie ein Kater, der im Spiegel einen Rivalen erkannte anstatt sich selbst.

Tatsächlich hatte das Bild, das sich mir im Spiegel bot, wenig mit dem Lennart zu tun, den ich kannte. Wie eine verzerrte Karikatur meiner selbst sah ich aus. Grauenvoll. Meine Haare waren zu lang, versuchten in ihrer Euphorie über die Missachtung, die ich ihnen hatte zuteilwerden lassen, in alle Richtungen abzustehen. Dabei formierten sich die hartnäckigen Locken zu einer Art Bausch, der sich Afrolook-mäßig um meinen Kopf ausbreitete und mir das Aussehen einer Barbiepuppe verpasste, die man in die Steckdose gesteckt hatte. Mein Gesicht war kreidebleich, trotz der heißen Dusche. Dunkle Ringe hatten sich unter den Augen ausgebreitet, als hätten mir die Erlebnisse der letzten Wochen ein paar Veilchen verpasst. Mein Bartwuchs hielt sich relativ in Grenzen, doch der Fünf-Tage-Bart, der nun Wangen und Kinn zierte, legte mein Gesicht zusätzlich in tiefe Schatten. Die Lippen waren blass und kaum noch zu sehen. Ich sah aus, wie ich in zwanzig Jahren aussehen musste, alt, fahl, verbraucht und absolut fertig. Ich konnte schwerlich verstehen, dass man diese Fratze, die mir aus dem Spiegel entgegenblickte, attraktiv oder scharf finden konnte. Greg musste selbst ziemlich benebelt oder verschlafen sein. Vermutlich war er noch nicht ganz wach gewesen.

Ich warf mir kaltes Wasser ins Gesicht. Doch auch dies bewirkte nicht, dass ich mich schöner und begehrenswerter fand. Ich blieb eine Vogelscheuche auf zwei Beinen, mit brennendem Arsch und einem Herzen, das so schwer und träge war, dass ich es kaum ertragen konnte.

Ich hätte Stephan nicht für so feige gehalten, gleich bei der ersten großen Attacke Gregs den Rückzieher zu machen und sich zu trollen. Bei jemandem, der vier Jahre auf seine Chance wartete und imstande war, sein eigenes Leben zu beenden, erwartete man eigentlich mehr Widerstand und Entschlossenheit. Er sollte für das kämpfen, wonach er sich schon seit Langem sehnte. Aber Stephan hatte aufgegeben, ohne einen Versuch zu wagen, eine Erklärung oder die Wahrheit hinter der Sache zu finden – so sehr sie auch schmerzen mochte. Er gab auf wie ein geprügelter Hund, wie jemand, der keine Kraft mehr hatte und keine Perspektive mehr sah. Wie jemand, der die Lust an einem verloren hatte. Meinen Freund beim Fremdgehen zu erwischen wäre auch für mich ein Grund gewesen, das Handtuch zu schmeißen. Aber Stephan kannte Greg besser als ich. Er hätte es besser wissen müssen. Dabei schob ich mir selbst einen nicht unerheblichen Teil der Schuld zu. Ich hätte mich energischer zur Wehr setzen, Greg entschlossener die Grenzen aufzeigen sollen. Aber auch Stephan hätte seinem Ex-Boss mehr als einen harten Haken bieten können. Vier Jahre lang hatte er mir hinterhergeschmachtet und in einer einzigen Nacht einfach wieder alles hingeworfen.

Traurig beugte ich mich über das Waschbecken und keuchte, als abermals Tränen in meine Augen drängten.

Es war vorbei. Ich brauchte mich nicht mehr verzweifelt an einen Traum zu klammern, der längst verpufft war. Fast fünf Monate war es her, seit Stephan die Tür hinter sich zugeworfen und sich für immer aus meinem Leben verabschiedet hatte. Nur kurz war unser gemeinsames Paradies gewesen. Viel zu kurz. Nichts war mehr geblieben, nichts außer Erinnerungen … und eine silberne Kette, die um meinen Hals lag und mich jeden Tag daran erinnerte, wie schön es mit uns gewesen war.

Ich sah wieder hoch und blickte im Spiegel auf meinen Hals.

Plötzlich kam sie mir wie eine Fessel vor. Sie schnürte mir die Luft ab, versperrte mir den Weg in die Zukunft. Ich musste mich endlich davon lösen, nach vorne sehen, mir etwas anderes suchen. Mir wurde auf einmal klar, dass ich mich nicht daran festklammern konnte. Ich musste die Fesseln abstreifen, sie hinderten mich daran, das Glück zu finden, das noch irgendwo auf mich wartete. Daher nahm ich die Kette ab und warf sie fast verächtlich einfach in den Waschbeutel. Für einen Moment fühlte es sich seltsam an, verloren, einsam, als hätte ich die Hand, die mich führte, losgelassen, um meinen eigenen Weg zu gehen. Einen Weg ins Ungewisse, in ein Abenteuer, das noch dunkel und undurchschaubar vor mir lag. Doch dann legte sich das Gefühl. Erleichterung machte sich in mir breit. Ich war frei, hatte mich von den Ketten der Vergangenheit befreit. Ich war bereit für Neues, für eine neue Liebe. Bereit, das alte schwule Lotterleben wieder aufzunehmen, mich durch alle Betten zu vögeln und hemmungslos zu genießen.

Frei … und einsam.

Bei meiner Rückkehr in die Küche, frisch rasiert und bereit für mein neues Leben, empfing mich sofort verführerischer Kaffeeduft. Der Tisch war gedeckt. Greg hatte sich richtig Mühe gegeben, geschnittenes Brot, Marmelade, Butter, Honig und sogar Unterteller und Tisch-Sets hervorgekramt, die schon seit Jahren nur im Küchenschrank vor sich hingegammelt hatten. Ich wusste gar nicht, dass ich so viele Sachen im Haus hatte. Für gewöhnlich benutzte ich nicht mehr als einen einfachen Kaffeebecher und einen Teller, auf welchem ich meine morgendliche Stulle schmierte.

Wenn Greg nicht nackt gewesen wäre, wäre er vermutlich auch in den Garten gegangen und hätte ein paar Blumen gepflückt, um sie als Deko auf den Tisch zu stellen. Ich war sichtlich beeindruckt. Es machte mich jedoch auch stutzig.

Ich schob meinen Hintern auf einen Stuhl und überflog misstrauisch das Szenario.

»Gibt's einen besonderen Anlass, Schatz?«, erkundigte ich mich mit genügend Hohn in meiner Stimme, um klarzustellen, dass ich mehr als skeptisch war und mir die Entwicklungen nicht ganz geheuer vorkamen. Gestern waren wir noch spinnefeind und heute Morgen ein eingefahrenes Liebespaar.

Greg füllte meine Tasse mit dampfender schwarzer Flüssigkeit und lächelte mich so hinreißend an, dass meine Libido erfreut aufhüpfte.

»Dich«, antwortete er knapp, strich die noch vom Schlaf und Sex verstrubbelten, dunklen Haare mit einer beiläufigen Bewegung zurück und setzte sich mir gegenüber. Seine schokobraunen Latino-Augen leuchteten, als er seine Hand über den Tisch näher schob und sie auf meine legte. »Dich«, wiederholte er betonter.

»Du hast mich ausgenutzt«, sagte ich ihm auf den Kopf zu. »Du hast meine selbstbemitleidende, schnapsvernebelte Phase ausgenutzt und mit mir geschlafen.«

»Du hast mich angebettelt.«

»Das kann ich mir nicht vorstellen.« Der Blackout hatte seinen Tribut gefordert. Ich konnte mich an nichts von dem erinnern.

Greg grinste nur, streichelte bedächtig mit dem Daumen über meinen Handrücken und strahlte mich an, als hätte ich ihm eben das schönste Geschenk auf Erden gemacht.

»Was willst du von mir?«, wollte ich wissen. Mir kam das Ganze absolut nicht mehr geheuer vor. Greg hatte früher oft bei mir übernachtet. Aber er wäre eher mit leerem Magen gegangen, als sich unaufgefordert in meiner Küche nützlich zu machen und mir ein Frühstück zu bereiten. Greg war ein verwöhnter Kerl, der nur mit dem Finger zu schnippen brauchte, wenn er etwas wollte. Er hatte eine ganze Heerschar an Angestellten, die ihm jeden Wunsch von den Augen ablas.

»Dich«, eröffnete er mir strahlend. »Ich will dich.«

Ich zog eine Augenbraue hoch. »Was bedeutet das im Klartext? Du hattest mich doch schon heute Nacht. Und so wie ich dich kenne, wirst du mich noch öfter haben.«

»Ich will dich für immer.« Er legte die andere Hand auf den Tisch. Erst hatte er sie zur Faust geballt. Als er sie umdrehte und öffnete, befand sich ein Ring auf seiner Handfläche.

Meine Augen weiteren sich vor Entsetzen, als mir klar wurde, was genau das bedeutete. Vor Schreck sprang ich vom Stuhl. Er fiel krachend um. Das knallende Geräusch ließ mich erneut zusammenfahren.

»Spinnst du?«, kreischte ich beinahe hysterisch. »Jetzt drehst du völlig durch.«

Gregs Strahlen schwand einen Moment. Doch er schien mit meiner Reaktion gerechnet zu haben und sah mich entschuldigend an.

»Ich bitte dich, mein Mann zu werden«, sagte er feierlich. »Ich liebe dich und könnte mir nichts Schöneres wünschen, als dass du jeden Morgen neben mir erwachst, bis wir beide alt und grau sind.«

Ich keuchte fassungslos und konnte nichts anderes tun, als Greg und den Ring anzustarren. Mein Blick wanderte ständig von einem zum anderen, unfähig, sich für eines zu entscheiden. Das Herz wummerte mir bis zum Hals. Es schlug so schnell und rasend, dass mir schwindlig wurde. Ich musste mich am Tisch festhalten.

»Das … das …«, stammelte ich sprachlos. Ich konnte keinen klaren Gedanken fassen.

»Ich liebe dich, Lenny«, bekräftigte Greg. Seine Hand lag noch immer auf der Tischfläche. Der kleine silberfarbene Ring glitzerte auffordernd im Licht der Morgensonne. Ein Vogel zwitscherte draußen im Garten. Mein Herz pochte so laut, dass ich den fröhlichen Gesang des Vogels kaum ausmachen konnte.

»Ich weiß nicht, was du an mir findest«, brachte ich ratlos hervor. »Ich bin doch nur ein tumber Bauernlümmel, und du …« Ich schnaufte hilflos, weil ich nicht mehr weiterwusste.

»Du bist der hinreißendste, verführerischste, bestaussehende und liebenswerteste Bauernlümmel auf der ganzen Welt«, erwiderte Greg. Er stand auf, ging um den Tisch herum und beugte ein Knie, wie ein Ritter, der seine Liebste anflehte.

»Greg …«, keuchte ich ergriffen, widerstand aber dem Impuls zurückzuweichen. »Nicht …«

»Bitte werde mein Mann, Lennart Wengenmaier«, sagte er abermals, diesmal mit so viel Ernsthaftigkeit und Entschlossenheit in seiner Stimme, dass meine Knie weich wurden. Er hielt mir den Ring hin und sah mich mit einem so flehenden Blick an, dass ich beinahe zerfloss.

Dabei mussten wir wirklich ein lächerliches Bild abgeben. Zwei nackte Männer, die in einer Küche standen oder besser gesagt, einer stand zur Salzsäule erstarrt, der andere kniete davor und hatte einen so herzerweichenden Blick drauf, dass einem die Seele wehtat.

»Ich …« Ich biss mir auf die Unterlippe, weil meine Gedanken so durcheinanderwirbelten, dass ich nicht einmal mehr wusste, wer ich war. Ich hatte tatsächlich kurz überlegt, wen er eigentlich meinte und wer dieser Lennart Wengenmaier war. Greg sprach mich selten so an.

»Bitte sag ja, Lenny«, hörte ich sein flehendes Flüstern.

Ich schnaufte heftig. Einerseits rührte es mich bis in die Tiefe meiner Seele. Ich hätte in Tränen ausbrechen können, wenn mir nicht die Ernsthaftigkeit dieser Situation klar wäre. Andererseits schrillte irgendwo in meinem Inneren eine Alarmglocke. Wenn ich einwilligte, würde ich für alles andere gesperrt sein. Aus war es mit Exzessen in die schwule Lotterwelt. Aus mit Gelegenheitsficks mit knackigen Kerlen in abgedunkelten Hinterzimmern von einschlägigen Clubs. Aus war es auch für Stephan.

Ich zögerte.

»Lenny?« Er sah mich herzerweichend flehend an.

Mit Stephan war es ohnehin aus. Er wollte nichts mehr von mir wissen.

»Ja«, hauchte ich und konnte selbst kaum glauben, was ich gesagt hatte. Hatte ich eben wirklich eingewilligt? Es musste so sein, denn Greg sprang mit einem Jubelschrei hoch, riss mich in seine Arme und küsste mich ungestüm. Er wirbelte mich herum, hob mich an und drückte mich so fest an sich, dass mir die Luft wegblieb. Als ich keuchend protestierte, löste er sich abrupt von mir, nahm meine Hand und streifte mir mit zitternden Händen den Ring über den Finger.

Es hätte mich gewundert, wenn er nicht gepasst hätte. Dafür war Greg zu pedantisch und hatte diese Aktion sicherlich von langer Hand vorbereitet.

»Ich liebe dich, Lenny«, rief er begeistert und riss mich wieder in seine Arme.

Ich antwortete nichts darauf. Ich mochte Greg – wirklich sehr sogar. Er hätte mir ernsthaft gefehlt und mein Herz wäre unendlich schwer geworden, wenn wir uns tatsächlich getrennt hätten. Doch von Liebe vermochte ich nicht zu sprechen. Dafür fehlten eindeutig die aufgeregten Schmetterlinge.

Aber Greg war das Beste, was mir nach Stephan begegnen konnte.
»Ich dich auch«, raunte ich schließlich und erwiderte die Umarmung und den Kuss.

20

Meinen Job war ich ohnehin los. Mit meiner Familie hatte ich gebrochen. Mein Haus ließ sich gut verkaufen und dank Gregs hervorragenden Kontakten, konnte ich meinen geliebten BMW problemlos mit nach Amerika nehmen. Mich hielt nichts mehr in München und so zog ich bei Greg ein. Mit ein bisschen Glück und Gregs Beziehungen würde ich bestimmt bald eine Anstellung in einer New Yorker Ingenieursagentur erhalten. Ich war jedenfalls zuversichtlich.

Die Gästesauna auf Gregs Anwesen betrat ich nur ungern. Denn jedes Mal wurde ich an Stephan erinnert. Manchmal glaubte ich sogar, ihn auf den hölzernen Bänken liegen zu sehen. Deutlich sah ich vor mir, wie der Schweiß an seinem trainierten Körper herunterrann oder wie er seine Bahnen im Schwimmbecken zog, um sich fit zu halten. Es waren Hirngespinste, Halluzinationen, die mein sehnsüchtiges Unterbewusstsein heraufbeschwor. Ich vermisste ihn mit jedem Mal, wenn ich das Schwimmbad betrat, mehr und mehr. Vielleicht war das auch der Grund, warum ich irgendwann beinahe täglich schwimmen ging und mir regelmäßig eine Bahn mehr drauf legte.

Die Tage und Wochen vergingen. Jeden Morgen erwachte ich mit einem seltsamen Gefühl. Mir war, als wartete ich auf etwas Besonderes, als wüsste ich genau, dass an diesem Tag etwas passierte, das meine Zukunftspläne über den Haufen warf. Ich brauchte viele Wochen, um dieses Gefühl zu erkennen und zu deuten. Ich wartete tatsächlich auf etwas – nämlich auf Stephan. Auch wenn ich den Gedanken weit von mir wies, weil ich mich für Greg entschieden hatte, musste ich mir eingestehen, dass ich darauf lauerte, gerettet zu werden. Doch die Wochen und Monate vergingen, ohne dass etwas passierte. Kein Stephan auf einem weißen Ross, kein wütender Anruf, um mich zurechtzustutzen. Kein aufgebrachter, eifersüchtiger Kerl, der die Haustür eintrat, mich über die Schulter warf und davontrug.

Warum wollte ich das eigentlich? Ich schalt mich selbst, schämte mich für diese Gedanken. Ich hatte mich Greg versprochen, seinen Ring angenommen und ihm Hoffnungen auf ein langes Leben an meiner Seite gemacht. Ich verachtete mich selbst, wenn ich aus dem Bett krabbelte, ans Fenster ging und nach etwas Ausschau hielt, das nicht sein durfte. Man konnte mir vieles nachsagen, doch unehrenhaft war ich sicher nicht. Ich hielt mein Wort und würde es durchziehen – auch ohne Schmetterlinge.

Unsere Vermählung besiegelten wir am ersten Dezember in der berühmten *Gay Chapel of Las Vegas*, ganz unspektakulär und Greg-untypisch in einem kleinen Rahmen und nur mit auserlesenen Gästen. Unter ihnen befanden sich sowohl die Studenten aus Heidelberg als auch Tom, der eine Leidensmiene zog, als hätte man ihm atomar verseuchte Petersilie in den Morgenkaffee getan. Warum er gekommen war, obwohl er vor Eifersucht platzte, erschloss sich mir nicht. Ebenso, aus welchem Grund ihn Greg eingeladen hatte. Um ihm zu zeigen, dass er nun vergeben war?

Als die Fünf auf der späteren Feier ihren Engelchentanz aufführten, wusste ich, wieso Greg ihnen die Ehre zuteilwerden ließ, dieser kleinen privaten Gesellschaft beizuwohnen. Mir tat Tom, der seinen Auftritt und die Bewunderung der Zuschauer nicht genießen konnte, richtig leid. Erst als sich ein junger Kellner seiner annahm und die beiden irgendwann miteinander verschwanden, fühlte ich mich besser.

Obwohl ich mir redlich Mühe gab und alles von mir schob, was mich auch nur im Entferntesten an Gregs früheren Chauffeur erinnerte, konnte ich ihn nicht vergessen. Immer wieder ploppte die Erinnerung an ihn auf wie eine lästige Reklame auf Webseiten und pries die schönen Zeiten mit ihm in rosaroten Tagträumen an. Sicher hatte es auch damit zu tun, dass Greg keinen Ersatz fand. An jedem Bewerber hatte er etwas auszusetzen. Insgeheim hoffte ich, dass er nie jemanden finden würde – vermutlich aus Angst, dass der Nachfolger zu viel Ähnlichkeit mit Stephan aufweisen könnte. Ich war sogar froh, dass Greg dazu übergegangen war, sich selbst ans Steuer zu setzen und für Flüge die Dienste von Fluggesellschaften in Anspruch zu nehmen.

»Hast du eigentlich noch was von Stephan gehört?«, wollte ich eines Abends von Greg wissen. Wir saßen beim Essen. Eben war der Nachtisch aufgetragen worden. Es war Frühling geworden, selbst in New York, wo man oft vor lauter Smog nicht einmal den Himmel sehen konnte.

Greg brauchte einen Moment, ehe er antwortete, tupfte sich geziert den Mund mit der Serviette ab und lächelte mich achselzuckend an.

»Er arbeitet jetzt als Co-Pilot bei einer britischen Fluggesellschaft. Aber erzähl ihm das nicht, sonst kündigt er wieder.«

Ich nickte, auch wenn ich mir sicher war, dass ich keine Gelegenheit bekommen würde, ihm dies zu erzählen. Der Kontakt war mit jenem Abend komplett abgebrochen. Zu keiner Zeit hatte ich Zweifel an der Tatsache besessen, dass er ihn fand. Dafür besaß er zu gute *Connections* an den richtigen Stellen. Gregs Aussage sagte mir aber auch, dass er seine Finger im Spiel gehabt hatte, damit Stephan diesen Job bekam, und dass dieser absolut ahnungslos war.

»Was steht heute noch auf dem Programm?«, wollte ich froh gelaunt wissen, um das Thema auf etwas anderes zu lenken. Ich hatte sehr wohl bemerkt, dass ich mit meiner Frage geradewegs in einem hohlen Zahn gestochert hatte. Für einen Moment hatte ich die Eifersucht in seinen Augen aufblitzen sehen. Ich wollte ihm jedoch keinen Grund dafür geben, eine Szene zu machen, daher wischte ich dieses Thema einfach mit einer anderen Frage vom Tisch.

»Was meinst du?«, erkundigte sich Greg verwirrt.

»Du hast vorhin so Andeutungen gemacht, dass du etwas Zerstreuung gebrauchen könntest«, erinnerte ich ihn an seine eigene Aussage, als er von seiner Arbeit nach Hause gekommen war. Ich zwinkerte ihm keck zu. Ein definitives Angebot, dass ich nicht abgeneigt wäre, mich mit ihm an ein lauschiges Plätzchen zu verziehen.

»Ach ja«, seufzte Greg und grinste breit. »Wie wäre es mal wieder bei Rick?«

»Aber diesmal trägst du die Schnallen«, ging ich sofort darauf ein.

»Immer gerne, Meister«, konterte er ergeben, beugte sich zu mir und küsste mich liebevoll. Ich erwiderte den Kuss und ging sogar noch einen Schritt weiter, indem ich herrisch zwischen seine Lippen drängte und den Mund eroberte. Meine Finger verfingen sich in seinem Haar und bogen seinen Kopf zu mir.

Unser letzter Besuch bei Rick lag schon so lange zurück, dass ich mich nicht mehr erinnerte, wann das gewesen war. Doch als ich das Etablissement betrat, glaubte ich, dass es erst gestern geschehen sein musste. Mir kam sofort der Duft nach Leder, Schweiß und Sex bekannt vor, die Geräusche, die aus allen Ecken auf uns einströmten, und die Räumlichkeiten selbst. Mein letztes Erlebnis in diesem Sex-Club rief sich sofort wieder hautnah in Erinnerung, sodass ich ernsthaft überlegte, ob es wirklich schon über zwei Jahre her war.

Als Greg in der Umkleide seine Jeans auszog, musste ich lauthals lachen. Denn er trug jenes lederne Nichts, das Jan auf der Silvesterfeier unter seinem weißen Röckchen getragen hatte.

»Ach du Scheiße!«, entkam mir vor Überraschung. Dieser Lederstring hatte an Jan schon ziemlich lächerlich ausgesehen, und der war um einiges schmaler und schmächtiger als Greg. An ihm sah es aus, als wäre es zu heiß gewaschen worden, viel zu eng. Es konnte dessen Gemächt kaum aufnehmen. Gregs kleiner Mann wurde von den dünnen Riemen nur nachlässig verborgen und arg gequetscht, sodass er mir sogar leidtat und meine Finger zuckten, um ihn zu retten. »So lass ich dich nicht durch den Club laufen«, entschied ich. »Die zeigen uns wegen Exhibitionismus an.«

Greg lachte nur und wackelte lasziv mit den Hüften.

Ich näherte mich ihm, legte gierig meine Hände an seine Seiten und strich über die dünnen Riemen, die sich hart in das Fleisch drückten. »Du weißt schon, dass diesmal ich derjenige bin, der etwas sieht?« Trotz allem bot dieser Anblick etwas unheimlich Scharfes, etwas, das meine Erregung bereits im Vorfeld anstachelte. Dieser dünne Lederstring, kaum mehr als fingerdünne Riemen, der mehr zeigte, als er verhüllte, ließ seinen ohnehin schon heißen Body außerordentlich sexy aussehen. Mir lief das Wasser im Mund zusammen. In meinen Lenden stieg die Hitze wie in einem Dampfkessel empor. »Weiß Jan, dass du ihm das Ding geklaut hast?«, säuselte ich erregt an seinem Ohr.

»Irgendwie muss ich meinen Mann ja bei Laune halten«, antwortete er unschuldig und rieb seine arg gequetschte Männlichkeit am Reißverschluss meiner Jeans, in der sich bereits ein gewaltiger Druck aufbaute.

»Pah«, machte ich abwehrend. »Dazu reicht es schon, wenn du die Hosen runterlässt … oder mich einfach hinreißend anlächelst.« Ich beugte mich zu ihm, hauchte ihm einen sanften Kuss auf den Mund und erwiderte den Druck an unserer unteren Region.

Greg grinste breit, drehte sich leicht zur Seite, ohne aus meinem Griff zu gleiten, fasste in seine Jackentasche, die im Spind hing, und brachte ein pinkfarbenes Stoffknäuel zum Vorschein.

»Das ist für dich«, eröffnete er hämisch.

Ich zuckte zurück, als ich erkannte, was er mir da vor die Nase hielt. Greg breitete es auch noch in seiner vollen Größe – oder besser gesagt in seiner vollkommenen Winzigkeit aus, denn das war eines dieser knappen Höschen, welche die Engelchentänzer zur Schau getragen hatten. Jenes mit dem Reißverschluss im Schritt, nur in Knallpink.

»Nie im Leben«, keuchte ich entsetzt. »Da seh ich ja aus wie …« Ich wagte nicht, es auszusprechen. Wenn es wenigstens eine andere Farbe gewesen wäre, wie das Neongrün von Moritz' Slip.

»Soll ich vielleicht auch noch Stöckelschuhe anziehen und mit einer rosafarbenen Federboa wedeln?« Ich verzog bei diesem Gedanken angewidert das Gesicht.

»Eine grandiose Idee«, ging Greg sofort darauf ein und grinste anzüglich.

»Du Schuft«, schimpfte ich halbherzig. »Ich wusste, dass an dieser ganzen Sache ein Haken sein muss.«

Greg lachte nur, legte die Hände an meinen Hosenbund und schickte sich an, ihn zu öffnen.

»Komm schon, Lenny«, munterte er mich auf, während er einen Knopf nach dem anderen an der Jeans öffnete. »Mach doch auch mal was Verrücktes. Du bist manchmal so spießig.«

»Hey, was erwartest du eigentlich von mir? Ich bin auf dem Bauernhof aufgewachsen«, protestierte ich halbherzig. Ich machte keine Anstalten, ihn davon abzuhalten, mich zu entkleiden. Im Grunde hatte ich nichts gegen dieses Höschen, auch wenn ich es aller Wahrscheinlichkeit nach verfluchen würde, sobald ich es endlich anhatte. Mich störte nur die Farbe. Wenn er wenigstens etwas anderes gewählt hätte. Knallpink stand mir nicht sonderlich gut. Vermutlich sah mein Hintern darin aus wie der eines Pavians.

Greg lachte erneut, schmiegte sich nahe an mich, schob seine Handflächen unter die Hose auf mein Gesäß und zog damit den Stoff über meine Hüften. »Ich freue mich schon auf deine Melkkünste«, säuselte er süßlich.

Ich verkniff mir ein Grinsen, als mir eine bestimmte Vorstellung im Kopf aufkam. »Ich bezweifle, dass Melkmaschinen sehr erotisch sind.«

»Das wäre auszuprobieren«, erwiderte Greg an meinen Lippen.

Die Jeans rutschte über meine Oberschenkel zu den Knien und blieb dort hängen. Dieses Bild sah für Außenstehende sicherlich noch viel bescheuerter aus als ich in leuchtend rosa Pants. Also trennte ich mich von der Hose, streifte sie ganz ab, entriss Greg das heiße Höschen und schlüpfte rasch hinein. Ich wollte nicht länger als nötig mit blankem Arsch in der Umkleide herumstehen. Wobei ich anschließend mehr Probleme damit hatte, das enge Stretch-Ding über meine Formen zu ziehen und so zurechtzuzupfen, dass es aufhörte, mich an allen Ecken, Enden und Nähten zu zwicken. Meine Hoden fühlten sich extrem beleidigt, als sie zusammengequetscht wurden, und mein bereits leicht erigierter Penis wollte partout nicht innerhalb des knapp bemessenen Stoffes bleiben. Vorne war zwar eine Ausbuchtung vorhanden, um Platz für das männliche Geschlechtsteil zu bieten, doch allenfalls für eine Miniausgabe. Zudem drückte der breite Reißverschluss unangenehm auf meinen empfindlichen Schwanz. Es würde wahrscheinlich noch viel unerfreulicher werden, wenn er noch mehr anschwoll und sich beim Entfalten an dem rauen Zipper rieb.

Für was waren diese Dinger eigentlich konzipiert? Um erotische Gefühle aufkommen zu lassen, wohl eher nicht. Im höchsten Fall für denjenigen, der zuschaute, keinesfalls für den, der sie trug.

Greg war dennoch zufrieden und strahlte mich mit leuchtenden Augen an. Ich musste zugeben, es sah schon scharf aus. Wir beide sahen scharf aus. Diese Reizwäsche für Herren verfehlte auf keinen Fall ihre Wirkung. Man sollte nur den Aspekt der Unbequemlichkeit wegrechnen.

Der Vorhang zum Eingang öffnete sich und ein Pärchen trat ein. Ihr Gespräch verstummte sofort, als sie uns bemerkten. Beiden – Mann und Frau – gingen die Augenbrauen nach oben, als sie unsere Aufmachung sahen. Die Frau bekam ganz glasige Augen. Ihr Blick war fest auf mein pinkes Höschen gebannt, während der des Mannes auf Greg gepolt schien. Auf beiden Gesichtern machte sich ein anzügliches Grinsen breit. In ihren Köpfen konnte ich wahrlich sehen, wie sie sich bereits das gemeinsame Schäferstündchen zu viert ausmalten.

Ich räusperte mich verlegen, denn diese Fleischbeschau war mir absolut peinlich. Nicht dass ich etwas dagegen hätte, von lüsternen Augen begafft und abgemessen zu werden. Dabei genoss ich die weiblichen Blicke ebenso wie die männlichen. Früher, als ich noch allein unterwegs war, hatte ich es genau darauf abgesehen, mich wie ein stolzer Hahn in Positur gebracht und meine Reize zur Schau gestellt, doch heute war das anders. Ich war nun mit Greg verheiratet und meine Vorzüge gehörten allein ihm. Vielleicht war ich in diesen Dingen für das schwule Lotterleben, das ich an Gregs Seite lebte, etwas zu konservativ und spießig, aber dagegen konnte ich nichts tun. Es war mir eingeimpft und wollte einfach nicht ausgemerzt werden.

Daher verbarg ich mich hinter Greg, der seine Hüften leicht hin und her wog, um den beiden ein kleines Schauspiel zu bieten. Ich räumte meine Jeans in den Spind und ließ mir dabei viel Zeit. Sollte er sich doch anbieten. Ihm lag das eher als mir. Andererseits keimte in mir auch so etwas wie Eifersucht auf. Mir gefiel es überraschenderweise nicht mehr, dass die beiden Greg so unverhohlen anglotzten und sich an ihm aufgeilten. Daher schlug ich den Schrank zu, fasste in Gregs Haar, bog seinen Kopf in den Nacken und drehte ihn so, dass er mich ansehen musste.

Erschrocken riss er die Augen auf und starrte mich einen Moment irritiert an.

»Dass eines klar ist, Honey«, maßregelte ich ihn mit dunkler Stimme und betonte das »Honey«, sein Kosewort für mich, zusätzlich. Dabei sprach ich absichtlich englisch, damit das Pärchen die Botschaft verstehen konnte. »Der Einzige, den du heute Abend bedienen wirst, werde ich sein.«

Es dauerte einen Moment, ehe ein Lächeln auf seinen Lippen erschien. Ich verbarg es schnell mit einem harten, wenig gefühlvollen Kuss, ehe es die beiden anderen sehen konnten. Sie hatten sich auch bereits umgedreht und beschäftigten sich rasch mit Umkleiden. So ließ ich Greg wieder los, schubste ihn derb in die Richtung des zweiten Vorhanges und gab ihm sogar einen lauten Klaps auf den Hintern. Greg protestierte nicht, sondern trottete ungerührt weiter.

An diesem Abend war nicht viel los. Bridget stand in ihrer gewohnt aufgetakelten Aufmachung hinter der Bar, mixte Drinks und zwinkerte uns zu. An der Theke saß nur ein Pärchen, das sich tief in die Augen blickte und für uns Neuankömmlinge nichts übrig hatte. Es war auch recht ruhig, kein Stöhnen aus den Separees, keine Peitschenschläge oder Schreie von den Gequälten. Anscheinend verzichteten sie heute auf die gewohnte Hintergrundbeschallung. Und das an einem Freitagabend, wo man meinen könnte, dass man nach einer arbeitsreichen Woche andere Aktivitäten als Zuhause hocken vorhaben könnte. Ein Blick auf den kleinen Monitor hinter Bridget klärte mich dann über den Grund der Leere in Ricks Club auf. Heute war ein Spiel der *Giants*, und damit verschoben sich die Prioritäten der New Yorker auf andere Vergnügungen als den rein körperlichen.

Das männliche Turteltäubchen an der Bar schielte auch immer wieder zu dem Monitor, um sich über die Ergebnisse zu informieren. Er hatte sich jedoch so weit im Griff, um sich seine stetig abschweifende Aufmerksamkeit nicht anmerken zu lassen.

Mich persönlich hatte auch der deutsche Fußballsport und der ganze damit verbundene Hype nicht interessiert, so ließ mich das stumm geschaltete Bild hinter Bridget vollkommen kalt. Anders Greg, der mit einem überraschten »Oh!« um Bridget herum linste, um etwas von der Sendung zu erhaschen. Erst ein unsanfter Rempler in die Seite brachte ihn wieder zu mir zurück. Schuldbewusst ließ er kurz den Kopf hängen und seufzte leise. Es war hart für einen New Yorker, einem Spiel seiner Lieblingsfootballmannschaft nicht folgen zu können. Doch das hätte er sich früher überlegen müssen. Wir waren nicht zu Rick gekommen, um in Reizwäsche ein Spiel anzusehen. Dagegen sträubte ich mich vehement.

Ich gönnte Greg dennoch ein paar Minuten Football-Vergnügen und dirigierte ihn zur Bar. Mir war danach, das giftige Gefühl von vorhin auszumerzen und ihm mit Hochprozentigem den Garaus zu machen. Er schob seinen nahezu nackten Hintern auf einen der ledernen Barhocker und nickte Bridget begrüßend zu. Ich traute mich nicht, mein prall gefülltes Höschen auf dem Hocker zu platzieren, aus Angst, der ohnehin schon straff gespannte Stoff würde reißen. So lehnte ich mich eher dagegen und bestellte für uns beide Bourbon.

Ich versuchte auch nicht, Greg in ein Gespräch, einer Umarmung oder einen Kuss zu verwickeln, denn ich wusste, dass er nur halb bei der Sache sein würde. Gegen die *Giants* hatte ich keine Chance. Dieser Illusion gab ich mich nicht hin. So tranken wir schweigend unseren Whiskey, genossen die Ruhe und brüteten für ein paar Minuten über unseren eigenen Gedanken. Wobei ich wohl bemerkte, dass Greg hin und wieder zusammenzuckte, wenn die *Giants* den Ball verloren. Als ihnen schließlich ein nervenaufreibender Touchdown gelang, wäre er am liebsten mit einem Jubelschrei aufgesprungen. Auch der andere Mann konnte sich gerade noch mit Mühe zusammenreißen und seine Freude im Zaum halten.

Mit einem Schmunzeln entschied ich, dass ich Greg nun genug persönliches Vergnügen gegönnt hatte, und kippte den Rest des beißenden Saftes in mich hinein. Ich vergriff mich wieder in seinem Haar und zog seinen Kopf an mich heran. »Können wir, Honey?«, säuselte ich an seinen Lippen.

Dass ich ihn mit seinem Kosenamen für mich ansprach, schien ihm zu gefallen. Ich hatte für ihn keinen. Das war mir auch zu dumm. Diese Verniedlichung eines gestandenen Mannes war nicht mein Ding. Dennoch gefiel mir die Bezeichnung »Honey«, weil Greg mich manchmal so honigsüß anlächeln konnte, dass es mir ganz anders wurde. So wie jetzt, wo mich eben jenes Lächeln absolut ungeduldig werden ließ.

»Stets zu Diensten«, säuselte er ergeben zurück.

Diese Antwort versetzte mir einen schmerzhaften Stich ins Herz. Abrupt, als hätte ich mich an ihm verbrannt, ließ ich ihn los.

Sofort kaschierte ich meine heftige Reaktion mit einem barschen Befehl.

»Na, dann mal los!«, bellte ich herrisch und warf ihm einen strengen Blick zu. Ich gefiel mir eigentlich nicht so gut in der Rolle des Herrn, obwohl ich beruflich einige Leute unter mir hatte, denen ich eine gute Führungskraft sein sollte. Sobald wir die Tür hinter uns zugemacht hatten, würde ich diesen Part auch schon wieder abgeben. Greg zu dominieren, passte mir ganz und gar nicht. Mir war nach einer harmonischen Liebesbeziehung auf absolut gleicher Ebene, kein Herr-und-Sklave-Verhalten. Auch wenn wir im Bett schon mal energischer waren, unseren jeweiligen Willen durchdrückten und den anderen in Positionen oder zu Taten zwangen, die der andere nicht unbedingt wollte. Mich musste man manchmal förmlich mit sanfter Gewalt zu meinem Glück überreden. Ebenso war auch Greg nicht davon abgeneigt, sich einfach fallen zu lassen und was Neues auszuprobieren. Letzteres kam eher selten vor, denn ich war da im Grunde konservativer. Dennoch prallte Gregs Vorschlag, das Schwulen-Kamasutra durchzuprobieren, bei mir an keine allzu harte Wand. Die eine oder andere Stellung war durchaus interessant.

Er folgte mir die schmale Wendeltreppe hinunter. Ein weiteres Mal fiel mir der warme Stahl unter den Füßen auf. Es musste wirklich beheizt sein. Die Wärme, die durch meine nackten Fußsohlen in den Körper strömte, sorgte auch dafür, dass ich mich beruhigte. Kaum hatte ich die letzte Stufe überschritten, war von der bissigen Dominanz, mit der ich Greg angeherrscht hatte, nichts mehr zu spüren. Ich schnappte Hilfe suchend Gregs Hand und zog sie an mich.

»Auf was hast du Lust?«, wollte ich wissen. Da der Club heute dürftig besucht war, hatten wir nahezu freie Auswahl. Auf dem Sofa im Untergeschoss lungerte das Pärchen, das uns in der Umkleide so unverhohlen angegafft hatte. Die Frau saß rittlings in weißen Strapsen und Spitzentorselett auf dem Schoß ihres Partners und knutschte heftig mit ihm herum, während sie mit ihrem Unterleib auf seinen Schenkeln vor und zurückrutschte. Der Mann gab stöhnende Laute von sich. Seine Hände spielten mit den Strapsen und fuhren immer wieder mal über die Konturen ihres Pos.

Ich riss mich von dem Anblick los, denn knutschende Hetero-Paare törnten mich nicht gerade an, obwohl das Outfit der Lady ziemlich aufreizend war. Gregs Erscheinung war trotz allem leckerer und ließ mir das Wasser im Mund zusammenlaufen. Obwohl das Lederteil um seinen Unterleib wirklich lächerlich aussah und die Bezeichnung Reizwäsche wegen seiner Geringfügigkeit absolut nicht verdiente, rückte es seinen

Körper in genau jenes Licht, das mir die Sinne raubte. Fast so, als wenn es erotischer wäre, nur ein kleines bisschen zu verhüllen, als gar nichts. Freiwillig würde ich das aber nicht zugeben. Unsere Aufmachung war so etwas von peinlich, dass ich diesen Effekt eher verleugnet hätte, als anerkennend zu loben.

Jedenfalls standen wir nun beide ratlos in dem großen Raum, unfähig, aus dieser Fülle an Angeboten das Richtige für uns herauszusuchen.

Beim ersten Mal hatte der Anblick dieser ganzen Instrumente und Gerätschaften noch einen gewissen Horror hervorgerufen. Doch wenn ich jetzt meinen Blick über die Sachen schweifen ließ, erschien es mir als nichts mehr Weltbewegendes, wie alter Tobak, der schon tausendmal durchgekaut worden war. Ich liebäugelte sogar damit, Greg in einen der Käfige zu sperren und ihn mit meinen Reizen so lange zu locken, bis er darum bettelte, genommen zu werden. Vielleicht aber sollte ich ihn an diese von der Decke herabhängenden Ketten fesseln und ihn kitzeln, bis er vor Lachen zusammenbrach. Greg war an einigen Stellen äußerst kitzlig und ich kannte sie alle.

Vielleicht sollte ich ihn auch auf diese mit schwarzem Lederpolster überzogene Kniebank bannen und ihn so oft rannehmen, bis er um Gnade schrie. Oder ihn unzählige Male die Kletterwand rauf und runter jagen … oder dieses spanische Pferd … oder der Hundekorb, den ich hinter der Wendeltreppe entdeckte …

Es gab so viele Möglichkeiten, dass ich mich nicht entscheiden konnte. Auch Greg schien unschlüssig zu sein. Überwältigt oder noch immer in seiner untergebenen Rolle gefangen, stand er einfach neben mir und wartete geduldig darauf, dass ich einen Entschluss fasste.

»Und?«, fragte ich erneut und rüttelte ihn damit aus seiner Lethargie. »Bist jetzt du derjenige, der Schiss hat?« Sein Gesicht war trotz des rötlichen Lichtes hier unten blass geworden.

»Schiss nicht gerade«, gab Greg leicht gedankenverloren von sich. »Ich überlege gerade, ob ich Rick um ein paar Eiswürfel bitten soll.« Damit zwinkerte er mir frech zu.

Mit einem abfälligen Geräusch knuffte ich ihm in die Seite. Greg lachte kurz auf und erweckte hierdurch die Aufmerksamkeit des Pärchens. Die Frau löste sich aus dem Kuss und drehte sich zu uns um. Ihre Augen wurden so groß wie Wagenräder, als sie uns erkannte. Ihrem Blick nach zu urteilen, war sie abermals dabei, sich einen flotten Vierer vorzustellen. Anscheinend machte sie der Gedanke von drei Männern gleichzeitig genommen zu werden, total an. Ihre Augen wurden glasig. Ihre Lippen öffneten sich ein wenig. Ihr Lippenstift war verschmiert. Ein Anblick, der mein Lustzentrum mit einem wenig begeisterten Impuls absacken ließ.

Sofort war die Dominanz wieder da. Ich packte Greg am Kragen und zog ihn demonstrativ in die entgegengesetzte Richtung, weg von dem Sofa, weg von dem Pärchen, das sich bereits anschickte, sich von dem Polstermöbel zu erheben. Es war eine regelrechte Flucht. Ich hatte nichts gegen die Frau. Sie war wirklich hübsch und besaß Kurven an den richtigen Stellen, die sie mit dem Spitzentorselett noch zusätzlich zur Geltung brachte. Mein Problem dabei war, dass ich nicht mit Frauen konnte. Da ging gar nichts. Sie konnten noch so ansehnlich, willig oder verrucht sein, es funktionierte einfach nicht. Ein Vierer mit ihr würde unweigerlich in einem Fiasko enden.

Meine planlose Flucht endete in einem Raum, der allein schon von seiner Farbgebung her eine Explosion der Sinne war. In Ricks Club überragten weitgehend die dezenten Erdtöne, doch hier sprangen einem gleich die lilafarbenen Wände und der in derselben Farbe gehaltene üppige Vorhang entgegen, der ein riesiges schwarzes Doppelbett umsäumte. Die hellbeige Decke und die gleichfarbigen, rechteckigen Teppichflecken auf dem anthrazitfarbenen Schieferboden kompensierten die gigantische Masse an Lila nicht gänzlich. Ich blieb fassungslos stehen und starrte wie benommen auf das Bett mit dem Vorhang. Erst als die Tür hinter uns ins Schloss fiel, konnte ich mich von dem Anblick losreißen und fuhr herum.

Greg hatte die Tür zugeworfen. Mit hochgezogenen Augenbrauen grinste er mich nun an. »Gute Wahl!« Zielstrebig marschierte er auf ein von der Decke herabhängendes Gebilde zu, das an eine Mischung aus Schaukel und halber Hängematte erinnerte. Greg schob seinen Hintern auf die Lederriemen, umfasste die Ketten, mit denen es an der Decke befestigt war, und ließ sich rücklings niedersinken. Es schaukelte hin und her, als er die Füße vom Boden nahm und über sich an die Ketten legte.

»Das Ding ist echt geil«, gab er begeistert von sich. »Komm her!«

Es war wirklich ein absolut geiler Anblick. Gregs blanker Arsch zeigte genau in meine Richtung. Ich brauchte nur mein eigenes Gerät auszupacken, einzuparken und ihn so richtig ranzunehmen. Bei diesem Gedanken begann das Höschen noch heftiger im Schritt zu zwicken. In meiner Mitte lehnte sich etwas gegen das enge Stretchteil auf, das es fest an meinen Unterleib bannte. Der Reißverschluss quetschte sich schmerzhaft auf meinen Schwanz.

Doch so lecker dieser Anblick auch sein mochte, der lilafarbene Vorhang drückte mir so penetrant aufs Gemüt, dass ich mich spontan umdrehen musste. Das Lila war jedoch überall, umgab mich, als wollte sie mich nicht aus ihren Fängen lassen. Dabei hatte ich nichts gegen die Farbe. Im Grunde war ich in puncto Lieblingsfarbe absolut leidenschaftslos, wenn es nicht gerade grellgelb, pink oder schweinchenrosa war, was ein Mann natürlich niemals näher als zehn Meter an sich heranlassen würde. Doch die Wände und dieser wuchtige Vorhang aus purpurfarbener, hauchdünner Seide, der sich wie ein Wall um das schwarze Bett bog, waren so erdrückend, dass mir glatt die Luft zum Atmen wegblieb.

»Können wir woanders hin?«, fragte ich daher.

»Wenn du den beiden da draußen direkt in die lüsternen Arme laufen willst, gerne.« Greg erhob sich wieder von der Schaukel und kam zu mir. Seine Arme legten sich beschützend um mich. Sofort fühlte ich mich besser.

Ich wusste selbst nicht, was mit mir los war. Der Vorhang und die Wände hatten mir nichts getan, mich nicht tätlich angegriffen oder sonst was. Sie befanden sich noch immer an derselben Stelle. Ich schloss die Augen.

»Was ist los?«, wollte Greg besorgt wissen, hob mein Kinn an und küsste mich auf die Nasenspitze, worauf ich meine Lider wieder öffnete und ihm direkt in die dunklen Latino-Augen sah.

»Es ist etwas überwältigend«, wich ich unsicher aus. Mich wegen einer penetranten Farbe so narren zu lassen. Es ärgerte mich und ich kämpfte dagegen an.

»Ich weiß«, erwiderte Greg sanft und küsste mich erneut auf die Nase. »Dieses scheußliche Violett. Das hat mich schon beim ersten Mal gestört, aber glaub mir, wenn du erst einmal in Ekstase bist, siehst du es nicht mehr.«

Unwillkürlich musste ich kichern. Gregs Frohmut hob auch meine Laune wieder an und ließ die Last von mir fallen. Dieses erdrückende Lila war damit zwar nicht besiegt, jedoch besser zu bewältigen.

Unsere Lippen trafen sich zu einem ersten zaghaften Kuss, der sich rasch wiederholte und schließlich zu einem leidenschaftlichen Zungenkuss wurde. Ich schloss die Augen, um alles um mich herum auszuklinken. Es war wahrlich nicht der richtige Ort, um sinnliche Lust zu erleben. Vermutlich sollte diese Farbe Aggression fördern, die Emotionen anstacheln und dadurch die Begierde erhöhen. Doch auf diese Art von Lust stand ich nicht sonderlich.

Ich war festen Willens, mich nicht von einem Wandanstrich unterkriegen zu lassen. Und der seidige Vorhang konnte mich erst recht. Das, was Greg mit seinen Händen an mir machte, kompensierte die Wirkung der Farbe. Endlich brachte ich es fertig, mich in unser erotisches Abenteuer fallen zu lassen.

21

Heiße Küsse pflasterten meinen Körper vom Mund bis zum Unterleib. Greg schien meinen gesamten Leib in einzelne Rubriken unterteilt zu haben, die er genüsslich eine nach der anderen bearbeitete. Mit Händen, Zähnen, Zungenspitze und Lippen brachte er mich Stück für Stück in Sphären, die mich immer wieder mal aufseufzen ließen und die Hitze in mir weiter anstachelten. Er schob mich bald rückwärts und bugsierte mich zu einem schwarzen Ledersofa, das zwischen der Tür und einem halbrunden, fast raumhohen Käfig, der an der Wand befestigt war, stand. Unter Gregs Führung ließ ich mich in die weichen, anschmiegsamen Polster sinken, schloss die Augen und genoss seine Liebkosungen. Doch je höher die Temperatur in mir stieg, desto schmerzlicher wurde der Druck an meinem Unterleib. Es war der grobe Reißverschluss, der sich so ungeschickt in meinen anschwellenden Penis drückte, dass ich immer unruhiger unter Greg hin und her rutschte.

»Könntest du bitte …?«, hauchte ich irgendwann, als ich glaubte, es nicht mehr aushalten zu können. Vermutlich hatte sich mein aufrichtender Penis längst an dem rauen Zipper wund gescheuert. Zumindest fühlte es sich so an. Höchst unangenehm. Wenn Greg nicht sogleich auf meine Bitte reagiert hätte, wären meine eigenen Hände zur Tat geschritten, um meine Männlichkeit zu retten. Vorsichtig schob Greg eine Hand zwischen den stark angespannten Stoff und das geschwollene Glied und öffnete den Verschluss. Sofort wurde ich von einer Erleichterung überflutet, die mir einen lauten Seufzer entlockte. Ein weiterer folgte, als mein gepeinigter Schwanz in seinem sengenden Mund verschwand. Ein gewaltiger Schub an kochend heißer Lust war dabei durch meine Adern geschossen. Ich bäumte mich auf, bog ruckartig mein Kreuz durch, als mein gesamter Unterleib plötzlich in Flammen stand und ich dachte, sofort kommen zu müssen.

»Greg …«, flüsterte ich erschrocken. Meine Hände legten sich auf seine Schultern und schoben ihn leicht von mir. Er entließ mich aus seinem Mund und wich zurück.

Ein gewohntes, leicht überheblich wirkendes Grinsen, das seine dunklen Augen zum Leuchten und meine Lenden zum Glühen brachte, erschien um seine Mundwinkel. Es wich jedoch bald einem teilnahmslosen Blick, ehe er für einen Moment den Kopf senkte, als wollte er für seinen Frevel um Verzeihung bitten.

»Womit möchtest du denn bedient werden?«, erkundigte er sich interessiert. Seine Stimme besaß einen unterwürfigen Klang, der ganz und gar nicht zu ihm passte. Beinahe im Reflex richtete ich mich auf und hieb ihm leicht mit den Fäusten in die Schulter, sodass er nach hinten kippte und auf seinem Hintern landete.

»Ich darf doch wohl noch fragen, womit ich meinen Mann glücklich machen darf …!«, protestierte er, verfiel aber gleich in ein Kichern und hievte sich zurück auf seine Knie. »Ich hab dir schon mal gesagt, dass du absolut scharf aussiehst, wenn du so erregt bist.«

Ich beugte mich vor und schnappte mir einfach seine Lippen zu einem verlangenden Kuss. Greg zog mich zu sich herunter. Zusammen fielen wir auf den warmen Schieferboden und rollten eng umschlungen und uns gegenseitig verschlingend ein wenig hin und her. Es sah aus, als wüssten wir nicht, wer von uns beiden die Oberhand behalten sollte. Doch dann wälzte ich mich über ihn und nagelte ihn unter mir fest.

Unsere Nasenspitzen berührten sich, als ich den Kuss löste und ihm tief in die dunklen Augen blickte. Greg hob sein Kinn an, um den Kuss fortzusetzen, doch ich wich zurück.

»Was ist?«, wollte er verwirrt wissen.

»Das können wir auch zu Hause in unserem Schlafzimmer machen«, erklärte ich trocken und hob den Kopf an. Als ich mich über ihn gebeugt und geküsst hatte, war mir am Rande meiner Wahrnehmung etwas an dem Himmelbett mit dem erschlagenden lilafarbenen Vorhang aufgefallen. Nun erkundigte ich mich, ob ich richtig gesehen hatte. Tatsächlich entdeckte ich dort Eisenringe am Bettgestell herabhängen, die der Stoff zuvor verborgen hatte. Mit einem breiten Grinsen kehrte mein Blick zu Greg zurück.

Ich erhob mich, hielt ihn jedoch an den Händen fest, half ihm auf die Beine und schob ihn zum Bett. Dort bugsierte ich ihn in die Mitte kniend und deutete an, dass er seine Arme auf der Seite hängen lassen sollte. Anschließend blickte ich mich suchend um.

Hier in diesem Zimmer gab es keinen mit allerlei Spielzeug vollgestopften Schrank. Die Ausstattung bestand unter anderem aus dem schwarzen

Sofa, der Schaukel und dem wuchtigen, mit schwarzem Kunstleder überzogenem Doppelbett. Ein halbrunder Käfig an der Wand, eine Art mittelalterliche Streckbank und eine ungefähr ein Meter große und circa zwanzig bis dreißig Zentimeter breite Kommode oder Nachtschrank aus schwarzem Lack mit drei Schubfächern neben dem Bett, vollendeten die Einrichtung. Ich öffnete die erste Schublade und entdeckte dort Kondome, Feuchttücher, Lappen, Handtücher und kleine Plastikflaschen mit Desinfektionsmittel. Ich nahm von fast jedem etwas und warf es auf das Bett.

In der nächsten befanden sich die gesuchten Manschetten, Lederbänder, Stricke und Ketten. Ich suchte zwei Handgelenkfesseln und ein paar Haken heraus und warf es zu den anderen Sachen. In der untersten lagen Stoffbahnen, Augenbinden, ein paar kleinere Lederpeitschen, einige Dildos in verschiedenen Ausführungen und auch ein Zahnrad, das an Reitsporen erinnerte. Ich zog die Augenbrauen hoch, als ich es sah. Meine Finger berührten es leicht, ehe sie zur Seite glitten und eine der schwarzen Augenbinden herausnahmen.

Greg hatte mich die ganze Zeit stumm beobachtet. Dabei schienen in seinem Kopf die lüsternen Gedanken auf Hochtouren weitergelaufen zu sein, denn sein Penis stand stramm von ihm ab.

In aller Seelenruhe befestigte ich die Ledermanschetten an seinen Handgelenken und schloss sie an die Ringe, die an Ketten vom Gestell des Himmelbettes herunterbaumelten. Greg ließ alles widerstandslos mit sich geschehen. Seine Zungenspitze kam immer wieder mal zum Vorschein und benetzte seine Lippen. Ab und an küsste ich ihn sogar leicht, hauchte ihm einen flüchtigen Kuss auf den Mund oder leckte meinerseits über seine trockenen Lippen. Sein ganzes Inneres schien sich darauf vorzubereiten. Ich konnte förmlich sehen, wie er sich auf das nun Kommende freute.

Kurz bevor ich ihm die Augenbinde aufsetzte, verharrte ich und blickte ihm noch einmal tief in die Augen.

»Ich liebe dich«, flüsterte er ergriffen. Seine Stimme zitterte vor Erregung.

»Ich dich auch«, gab ich zurück und fing die Worte mit meinem Mund auf, ehe sie sich verflüchtigen konnten. Es war eine knisternde Atmosphäre im Raum entstanden. Man konnte die Erotik und die Lust direkt spüren. Ob es am Club, an der Ausstattung oder an uns beiden lag, wusste ich nicht zu differenzieren. Ich war selbst so erregt und voller Erwartung, dass ich mich zusammenreißen musste, um langsam und bedächtig vorzugehen. Am liebsten hätte ich ihn einfach genommen – oft und hart. Doch das war es nicht, wonach es mich sehnte – wonach es uns beiden sehnte.

Wie ich vorhin gesagt hatte. Ein normales Liebesspiel konnten wir auch in unserem Schlafzimmer abspulen. Doch hier befanden wir uns in einem anderen Ambiente. Eines, das wir nutzen sollten.

Schließlich verband ich ihm die Augen. Gregs Atem ging heftig, als ich ihn in Dunkelheit hüllte. Er kniete nun auf der Matratze, die Arme zu beiden Seiten in die Luft gestreckt und an Ketten fixiert. Sein Leib bebte vor Erwartung.

Ich schmiegte mich an seinen Rücken, um ihn mit meiner Wärme zu erfüllen. Doch als ich bemerkte, wie der grobe Reißverschluss des Höschens an seinem Hintern rieb, zog ich es schnell aus und kehrte zurück. Er seufzte leise, als ich ihn auch von seinem Lederstring befreite. Achtlos warf ich das Nichts von mir, schmiegte mich an seinen Rücken, rieb die Brust an seinen Schulterblättern, während meine Hände um ihn herum glitten und seinen Bauch streichelten. Dabei ignorierte ich absichtlich seinen Penis. Denn ich wollte noch eine Weile mit ihm spielen.

»Wie ist das?«, erkundigte ich mich flüsternd, während ich meine eigene Härte an seinem Hintern rieb. »Ist das okay für dich?«

Greg nickte und drückte mir sein Gesäß entgegen.

»Ich meine das mit den Fesseln.« Dabei ließ ich meine Hände über seine Brust zu den Armen gleiten und strich sanft über die angespannten Muskeln an seinen Oberarmen, als sie sich erschrocken über die Berührung anspannten.

»Sag mir, wenn es unangenehm wird«, erinnerte ich ihn. Mir kam das letzte Mal in den Sinn, als ich in den Fesseln hing. Meine Hände waren dabei irgendwann taub geworden. Das wollte ich Greg wenn möglich ersparen.

Meine Lippen berührten seine Schulter und seinen Hals, bedeckten die Partien mit sanften Küssen. Er seufzte immer wieder leise, drapierte die geküssten Stellen sogar an meine Lippen, forderte mich damit auf weiterzumachen. Ich wich zurück und bedachte eine andere Stelle mit einem Kuss und überraschte ihn stets auf Neue. Ich wusste selbst, dass wenn man des Augenlichtes beraubt war, die Umgebung anders wahrnahm. Alles rückte irgendwie näher heran und gleichzeitig ewig weit weg. Und stets ist man erstaunt, wenn man an Stellen berührt wird, die man nicht erwartet hatte.

Ich rieb weiterhin meine Härte der Länge nach an seinem Spalt, gedachte jedoch noch lange nicht in ihn einzudringen. Würde ich das tun, würde ich fast sofort kommen, denn dieses sinnliche Spiel trieb auch meine Lust in die Höhe. Für die Penetration eines der Gummiglieder aus der Schublade zu nutzen, würde mir nicht einmal im Traum einfallen. Ich mochte diese Dinger nicht. Sie konnten einen richtigen Schwanz niemals ersetzen, auch nicht zum Spaß.

Meine Hände wanderten von den Armen zurück über seine Brust, wo ich mich einen Moment an den Nippeln aufhielt, um sie zwischen meinen Fingerspitzen zu zwirbeln und leicht zu zwicken. Dann ging ich zum Bauch über, der unter meiner Berührung zurückwich, als hätte er es nicht erwartet. Abermals ignorierte ich seine Geschlechtsregion, strich an den Seiten entlang zu den Schenkeln und den Flanken, bedachte beinahe jeden Quadratzentimeter mit Streicheleinheiten. Aus Gregs Kehle entwich immer wieder ein leises Seufzen. Ich konnte den schnellen Herzschlag, der sein heißes Blut in Rekordgeschwindigkeit durch seine Adern jagte, an meinem Leib spüren.

»Gefällt dir das?«, flüsterte ich. Mein Atem strich heiß über seinen Nacken, worauf sich dort eine Gänsehaut bildete und ein Schauer durch seinen Körper rollte.

»Ich bin am Durchdrehen«, keuchte er atemlos.

Ein mildes Lächeln huschte um meine Mundwinkel. Ich wusste genau, wie ich ihn abkochen konnte. Wenn ich es wollte, konnte ich ihn sogar allein mit diesen Streicheleinheiten zum Kommen bringen. Doch dies erst irgendwann später.

Bis dahin wollte ich ihn so weit treiben, dass er darum bettelte. Und es würde mir ein Vergnügen sein, ihn betteln zu hören.

Ich musste über mich selbst lachen, als mich diese Gedanken durchfuhren. So sadistisch veranlagt kannte ich mich gar nicht. Vielleicht lag es doch an der Umgebung, mit all dem Leder, den Ketten, den Käfigen …

Aus heiterem Himmel kam mir auch dieses Zahnrad wieder in den Sinn und ich trennte mich ruckartig von Greg. Er keuchte erschrocken auf, drehte sogar den Kopf in die Richtung, in die ich entschwand.

»Lenny?«, rief er verwirrt.

»Bin da …«, beruhigte ich ihn, etwas abwesend, über die Schulter. Ich riss die Schublade auf, kramte in den Sachen herum, bis ich das Teil gefunden hatte, und kletterte zurück auf die Matratze. Er gab einen erschrockenen Laut von sich, als das kalte Metall seine schweißnasse Haut berührte. Ich schalt mich selbst, denn ich hätte es ihm vorher sagen sollen.

»Keine Angst«, beruhigte ich ihn. Er hatte kurz den Atem angehalten. »Es ist so etwas Ähnliches wie die Cowboys an ihren Stiefeln tragen«, erklärte ich süffisant. »Vielleicht kann ich dich spanisch-italienischen Hengst damit ein wenig antreiben.«

Seine Mundwinkel verzogen sich angespannt, ehe sich seine Lippen öffneten und ein gequälter Laut hervorkam. Ich war langsam mit dem Rad vom Hals abwärts über seine Brust gefahren, drückte dabei die einzelnen Zacken ganz vorsichtig in die Haut, ohne ihn zu verletzten. Die Spitzen waren abgerundet und blank poliert, sodass ich wirklich grobe Gewalt hätte anwenden müssen, wenn ich ihn hätte verletzen wollen. Doch das wollte ich nicht.

Die Muskelstränge zogen sich wie Mimosen zusammen, als sie von dem kalten Metall berührt wurden. Sein Keuchen wurde stärker, je näher ich dem unteren Bereich kam. Kurz bevor ich in die gefährliche Gegend kam, machte ich kehrt und absolvierte einen Bogen. Ich fuhr den Schenkel hinab bis zum Knie, um zurückzukehren und auf der anderen Seite seines Körpers dasselbe zu tun.

Greg stemmte sich in die Fesseln, als ich die Zacken über die Leistengegend fahren ließ. Kleine, weiße Punkte bildeten sich dort, wo sich der kalte Edelstahl in die Haut gedrückt hatte, wurden jedoch sofort von heißem Blut wieder aufgefüllt. Schweißperlen sammelten sich zu kleinen Rinnsalen und bahnten sich ihren Weg durch die angespannten Muskeln. Ich ließ das Rad auch über die Arme laufen. Die Ketten klirrten, als er an ihnen zerrte. Ich berührte vorsichtig seine Hände mit den Fingerspitzen, um zu prüfen, ob noch Blut in ihnen war. Sie waren heiß und pulsierten förmlich vor Hitze.

Schließlich ließ ich das Zackenrad auch über seinen Rücken laufen. Er verkrampfte sich und keuchte erregt, als ich den Druck in der Lendengegend etwas verstärkte und die kleinen Zahnräder noch tiefer in die Gesäßmuskeln drückte.

»Gefällt dir das?«, erkundigte ich mich interessiert. Seine Reaktion war mir eigentlich Antwort genug. Greg hätte schon längst protestiert und den Abbruch verlangt, wenn ihm das unangenehm gewesen wäre.

»Das ist geil«, stöhnte er ergeben. »Mach weiter!«

Das Rad wanderte an der Außenseite des Schenkels über die Waden bis zu den Fußsohlen. Er zuckte kurz, als ich die Zacken in die Sohlen drückte. Er war dort kitzelig. Mit einem Schmunzeln erlöste ich ihn davon und kehrte an der Innenseite zurück bis zu den Hoden. Ihm entkam ein erschrockener Laut, als ich die Metallzacken über den Hodensack laufen ließ. Es schien fast, als wollte er mir vom Bett springen. Die Ketten klirrten alarmierend. Er fasste sich jedoch wieder und entspannte sich. Dabei hatte ich mich gerade an dieser Region äußerst vorsichtig verhalten. Die Zacken hatten die Hoden kaum berührt. Wenn Greg dies bei mir gemacht hätte, hätte ich ihn wahrscheinlich wütend angeschrien, denn diese Region war bei jedem Mann unglaublich empfindlich.

Als ich von meinem Weg von den Fußsohlen zurück abermals über die Hoden kam, reagierte er weitaus weniger heftig. Es entkam ihm nur ein erregtes Keuchen.

Bei den Muskeln an seinem Hintern wandte ich erneut etwas mehr Kraft an, drückte die abgerundeten Zacken tief in das Fleisch, ohne es zu verletzen. Dies hinterließ eine Spur aus weißen Punkten, die sich rasch rötlich färbten und wenige Augenblicke später verschwunden waren.

Greg stöhnte, seufzte und keuchte abwechselnd, als könnte er sich nicht für einen der Laute entscheiden. Dazwischen grollte er auch immer wieder kehlig oder gab Geräusche von sich, die ich nicht zu deuten wusste. Er war gänzlich in seiner Lust gefangen. Es schien ihm absolut zu gefallen, was ich da mit ihm machte.

Schließlich ließ ich das Rad über seine Seiten und den Achseln wieder über seine Brust laufen und schmiegte mich dabei an seinen Rücken. Ein Schauer durchlief ihn, als die Hitze meines Körpers auf ihn traf. Es versetzte auch mir ein elektrostatisches Prickeln, das dafür sorgte, dass ich innerlich zusammenfuhr und die Libido tief in meinem Unterleib einen heftigen Schub erhielt. Fast automatisch rieb ich mein Becken an ihm, trieb meine Härte in seine Spalte und bewegte mich an ihm, drang jedoch nicht ein. Ich wollte noch nicht in ihm sein. Ich hatte noch nicht genug von diesem Spielchen.

Das Zahnrad rollte langsam auf seine Mitte zu. Sein Penis wippte erwartungsvoll. Daher tat ich ihm den Gefallen und berührte ihn vorsichtig mit einem der metallenen Zähne. Greg seufzte erregt und hielt vor Anspannung ganz still.

Mein Atem strich abermals über seinen Hals, als ich über die Schulter hinweg an ihm nach unten sah, um meine Bewegungen zu kontrollieren.

»Soll ich aufhören?«, fragte ich leise, als sich Greg so anspannte, dass das Gestänge, an welchem er aufgehängt war, knirschte.

»Nein«, kam es kaum hörbar von ihm. Seine Stimme war wie ein Flüstern, wie der Hauch des Windes. Er schien seine sämtlichen Kräfte dafür aufbringen zu müssen, das Zahnrad an seinem Penis zu ertragen. Ich konnte jedoch nicht deuten, ob es ihm missfiel oder er in höchstem Genuss schwelgte.

»Ist es unangenehm?«, erkundigte ich mich daher.

»Fester«, schnaufte er schließlich.

Ich tat wie befohlen, drückte die kleinen Metallzähne etwas energischer in das angeschwollene Fleisch. An der Spitze der Eichel ließ ich sogar einen der kurzen Zähne in das Loch gleiten, worauf Greg ein tiefes Seufzen entkam und sein Unterleib zuckte, als stünde er knapp davor zu kommen.

»Noch einmal«, forderte er zu meiner Überraschung.

Ein weiteres Mal ließ ich den Metallzahn in die kleine Öffnung gleiten.

Greg gab einen lang gezogenen Laut von sich, warf den Kopf in den Nacken und stemmte sich hart in die Fesseln, sodass Gestänge und Ketten unter der Last ächzend protestierten. Um Haaresbreite hätte er meine Nase getroffen. Gerade noch rechtzeitig zuckte ich zur Seite, dann spürte ich auch schon heiße Flüssigkeit über meine Hand laufen. Ich sah an ihm herunter und entdeckte auf dem schwarzen Kunstleder kleine milchige Pfützen.

»Hey«, schimpfte ich halbherzig. »Böser Junge. Wer hat dir das erlaubt?«

Ich packte mit der freien Hand die Bänder von der Augenbinde und zog damit seinen Kopf in Positur, um ihm in die Augen sehen zu können, wenn sie nicht verbunden gewesen wären. Ich schalt mich selbst, die Anzeichen nicht richtig gedeutet zu haben. Gerne hätte ich ihn noch ein wenig länger zappeln lassen.

»Schlechter Meister«, keuchte er atemlos von seinem Orgasmus und mit einem schelmischen Grinsen.

Ich knurrte verhalten, packte fester und bog den Kopf in den Nacken, bis Greg aufjammerte. Doch ich gab ihn nicht frei. Stattdessen presste ich einen harten Kuss auf seinen Mund. Als er seine Lippen öffnete, um mich bereitwillig aufzunehmen, löste ich mich wieder von ihm.

»Verspotte mich nur«, zischte ich leicht erbost. Innerlich war ich jedoch nicht böse auf ihn – eher auf mich, weil ich Greg überschätzt und nicht achtgegeben hatte. Nichtsdestotrotz war dies nur ein Spiel, ein höchst erotisches Spiel, mit dem wir noch lange nicht fertig waren. Der Abend war noch lang und ich hatte längst noch nicht genug.

Dennoch drückte ich das Zahnrad aus Strafe etwas fester in die weiche Stelle zwischen Genitalien und Lende, worauf Greg ein jammervolles Quietschen von sich gab und zu flüchten versuchte. Dabei presste er seinen Hintern hart auf meinen Schritt und meinen Schwanz fast direkt auf seinen Eingang.

Prompt reagierte er darauf, rieb seinen Hintern an mir und keuchte erregt.

»Nimm mich«, forderte er.

»Nein«, entschied ich und überlegte, ob ich vielleicht doch eines der Gummidinger verwenden sollte. Schließlich wischte ich den Gedanken wieder von mir. Greg ärgerte mich zwar ebenfalls ab und an mit einem Dildo, doch das heute war mein Spiel. Also nutzte ich meine Art von Spielzeugen.

»Ich kann deutlich spüren, dass du am Platzen bist«, erwiderte Greg und rieb seinen Hintern erneut an mir. Ich wich rückwärts. »Komm schon, Lenny. Tu es!«

»Nein!« Ich löste mich gänzlich, griff um ihn herum und angelte nach der Kunststoffflasche mit dem Gleitmittel. Bevor ich mir etwas davon auf die Finger träufelte, überprüfte ich abermals seine Hände. Sie waren nach wie vor warm. Genussvoll und erleichtert ging ich daraufhin in ein Streicheln über, mit dem ich die Arme bedachte und schließlich über den Rücken bei seinem Hintern landete. Erst strich ich am Spalt entlang, drängte leicht hinein, um mich dann wieder zurückzuziehen und die runden Backen zu massieren. Greg seufzte leise, schien wahrlich zu denken, dass ich ihn bald penetrierte, doch das hatte ich ganz und gar nicht vor.

Ein kleiner sadistischer Gedanke hatte eine andere Idee entworfen und setzte dies nun in die Tat um. Ich schüttete etwas Gleitmittel auf meine Finger und drängte nun tiefer in den Spalt, jedoch immer noch ohne einzudringen. Sanft massierte ich die harte Rosette, lockerte sie mit behutsamen Streicheleinheiten, und als ich schließlich doch mit einem Finger eindrang, entkam Greg ein sehnsüchtiger Laut.

Ein zweiter Finger gesellte sich zum ersten. Ich ließ sie langsam raus- und wieder reingleiten, spreizte sie ein wenig, um den Muskel zu lockern. Greg gab unentwegt lustvolle Laute von sich. Er mochte es, wenn ich ihn so vorbereitete. Er mochte es aber auch, wenn ich ihn einfach mal so überfiel und in ihn eindrang, ohne vorher den harten Ring zu bearbeiten. Er mochte eigentlich alles, was ich mit ihm anstellte.

Das, was ich vorhatte, hatte ich noch nie bewusst getan. Ich wusste daher nicht genau, was ich tun musste. Es war für mich das erste Mal. Doch als Greg unvermittelt einen Schrei von sich gab und mir fast von der Matratze gesprungen wäre, sah ich dies als Bestätigung, dass ich das Richtige gefunden hatte. Im nächsten Moment drückte er sich mit einem langen Stöhnen wieder sehnsuchtsvoll an mich.

Mit einem diabolischen Grinsen ging ich weiter ans Werk. Greg wand sich unter meinen Fingern. Er war hin- und hergerissen zwischen davonlaufen und sich an mich werfen, kaum dass ich die bestimmte Stelle erneut getroffen und mit einem sanften Stupsen stimuliert hatte. Er zerrte so heftig an den Fesseln, dass das gesamte Himmelbett erbebte, und warf sich keine Sekunde später gierig gegen meine Hand.

Seine Laute wechselten stetig von Lustschreien zu kehligem Knurren, von lang gezogenem Stöhnen bis erschrockenem Keuchen. Ich wusste von mir selbst, wenn Greg den bestimmten Punkt traf, dass man rasch die Kontrolle über sich verlieren konnte. Man wurde von einer Hitze überrollt, die an einen Glutofen erinnerte, mehrere Tausend Grad heiß, nicht zum Aushalten. Man fühlte sich, als würde man von innen heraus verbrennen, wollte dem entfliehen und gleichzeitig direkt in die Arme werfen. Es war ein so heftiges Empfinden, dass man glaubte in der Hölle der Lust zu sein. So als würde man für all die Orgasmen, die man verstohlen unter Schulbänken oder hinter verbotener Lektüre gehabt hatte, büßen müssen.

Manche hielten dies nicht lange aus. Für mich persönlich war es auch ziemlich heftig, obwohl es eines der schönsten Gefühle überhaupt war.

Greg schien es zu genießen und zu verfluchen gleichermaßen. Ich hatte ihn aber auch schon zu weit getrieben, als dass es noch eine Umkehr hätte geben können. Als er schließlich mit einem lauten Schrei kam, unter meinen Fingern vor Ekstase zuckte und letzten Endes schlaff und kraftlos in die Fesseln sank, konnte ich nicht anders, als schadenfroh zu lachen.

»Du fiese Ratte«, zischte Greg und schmiegte sich gleichzeitig an meinen Körper. Er atmete heftig, ließ seinen Kopf in den Nacken fallen und legte ihn auf meiner Brust ab. »Ich liebe dich«, keuchte er ergriffen.

Zärtlich küsste ich seine nasse Schulter. »Soll ich dich losmachen?«

»Nein. Fick mich«, verlangte er. »Bitte!«

Diesmal gehorchte ich. In mir war es bereits ebenfalls so gespannt, dass sich alles mit einem heißen Brennen zusammengezogen hatte. Ich stülpte ein Kondom über meinen Penis, befeuchtete alles ausreichend mit Gleitmittel und drang schließlich mit einem einzigen Stoß tief in ihn.

Obwohl wir verheiratet waren und uns Treue geschworen hatten, nutzten wir Präservative, wenn wir uns länger beim Sex vergnügen wollten. Denn weder mir noch Greg gefiel es, den Penis des anderen in den Mund zu nehmen, wenn er vorher in einem After gesteckt hatte. Nur wenn uns die Lust unter der Dusche, in der Wanne oder zu einem Quickie zwischendurch überkam, verzichteten wir darauf. Bevor wir dieses Abkommen schlossen, hatten wir uns auch testen lassen. Wir waren beide negativ. Mir gefiel es, ihn so direkt zu spüren. Ich genoss jede einzelne dieser blanken

Vereinigungen, aber da ich nicht wusste, was uns an diesem Abend noch alles einfiel, nutzte ich lieber ein Kondom.

Greg drängte mir bei jedem Stoß seinen Hintern gierig entgegen. Ich schlang irgendwann meine Hände um seinen Leib und presste ihn noch zusätzlich an mich. Doch es genügte mir irgendwie nicht. Daher machte ich ihn rasch von seinen Fesseln los, warf ihn vor mir auf das Kunstleder und drang wieder hart in ihn ein. Greg gab ein lautes Stöhnen von sich, als ich mich erneut in einem einzigen Hieb meiner Hüfte in ihm versenkte. Er spreizte bereitwillig noch weiter die Beine, damit ich tief in ihn eindringen konnte, hob sogar sein Becken an und schob es mir entgegen, wenn ich zustieß.

Als ich mich schließlich in ihn ergoss, war es die Erfüllung schlechthin. Die Hitze brach aus mir heraus, als wollte sie zu Greg flüchten. Für einen Moment glaubte ich sogar, Sternchen zu sehen. Kraftlos sank ich auf ihm nieder, drückte ihn mit meinem Gewicht in die Polster, das ich jedoch mit einem Ellbogen abzufangen versuchte. Unsere Hände fanden sich, verflochten sich ineinander. Greg zog meine Hände nahe an sich heran. Dadurch verlor ich noch mehr den Halt und ließ mich gänzlich auf ihn sinken.

»Ich liebe das«, säuselte er irgendwann leise, hob den Kopf leicht an, um meine Hand zu küssen, die verschränkt mit seiner vor seinem Gesicht lag, und sank wieder nieder.

In mir flaute es allmählich ab, obwohl mein gesamter Organismus noch immer auf Hochtouren lief. Der Orgasmus hatte mich mit einer gewissen wohligen Erschöpfung erfüllt, die mich sicherlich selig grinsen ließ. Mein Unterleib summte glücklich. In meinen Adern floss pure Glückseligkeit.

»Ich liebe das«, wiederholte Greg und schmiegte sich an mich.

»Was liebst du?«, fragte ich endlich.

Ein Lächeln huschte um seine Lippen. »Von dir geliebt zu werden.«

Ich musste ebenfalls lächeln. Obwohl ich am liebsten an Ort und Stelle eingeschlafen wäre, war mir danach, seinen Nacken und seine Schultern mit heißen Küssen zu bedecken. Greg genoss es sichtlich, auch dass ich noch immer auf ihm lag und er sich kaum bewegen konnte. Er blieb ganz still liegen und schien jeden einzelnen Augenblick in sich aufzusaugen.

22

Dass ich tatsächlich kurz eingenickt war, bemerkte ich erst, als Greg sich unter mir regte und herauszuarbeiten versuchte. Ich schrak förmlich hoch. Spontan bannte ich ihn wieder unter mich und drückte ihn zurück.

Erst als sich meine müden Gedankengänge so weit sortiert hatten, dass ich die Gegebenheit richtig einschätzen konnte, ließ ich ihn los. Ich rutschte zur Seite, schlang die Arme um ihn und zog ihn an mich. Ich wollte ihn riechen, ihn spüren, seine Wärme in mich aufnehmen. Kurzum, ich sehnte mich nach seinem Körper.

Warum ich urplötzlich von dieser Sehnsucht befallen war, konnte ich selbst nicht sagen. Mir war, als musste ich mir auf einmal etwas beweisen, mir klarmachen, dass er derjenige war, der meinem Leben einen Sinn geben konnte. Erst später, als sich Greg in meinen Armen umdrehte und mich zu küssen begann, keimte die Erinnerung wieder auf.

In diesem kurzen Moment, in dem ich eingenickt war, hatte ich geträumt – von Stephan. Er war langsam schlendernd auf mich zugekommen, hatte mich erst gewohnt unnahbar und kühl angesehen, ehe sich seine Gesichtszüge gelockert hatten, und ein Lächeln erschienen war. Ich hatte direkt in die stahlblauen Augen gesehen, mich weit entfernt gewähnt, die kühle Brise des Meeres auf meiner Haut gespürt. Die wohlige Wärme der Sonne war in mich eingedrungen, hatte eine merkwürdige Kälte, ein Gefühl, irgendetwas falsch gemacht zu haben, vertrieben. Das Schlottern meiner Glieder versiegte unter dem liebevollen Blick des ehemaligen Chauffeurs. Ich fühlte mich geborgen. Bis ich mich in meinem Traum daran erinnerte, dass ich mit einem anderen Mann verbunden war.

Just in jenem Moment, in welchem mich Gregs Bewegungen aus meinem Traum rissen und in die Wirklichkeit zurückholten.

Ich gehöre jetzt zu Greg, sagte ich mir im Stillen. Ich war sein Mann geworden, hatte mich ihm versprochen, bis an unser Ende, in guten wie in schlechten Tagen.

Stephan wollte nichts mehr von mir wissen. Er hatte sich mir und Greg verschlossen, ein eigenes Leben begonnen. Er gehörte nicht mehr zu uns. Aus. Vorbei. Weg mit diesen Gedanken!

Dennoch spürte ich etwas in mir, das sich wie Sehnsucht anfühlte. Wenn ich daran dachte, wie schön es wäre, ihn anstatt Greg in den Armen zu halten, überkam mich ein unsagbar schlechtes Gewissen, aber auch brennendes Verlangen.

Greg hatte begonnen meine Lebensgeister wieder aufzuwiegeln und neu zu entfachen. Trotz der Augenbinde, die er nicht abnahm, fand er die Stellen an meinem Körper zielstrebig, auf denen sich scheinbar ein Schalter für Lust befand. Binnen kurzer Zeit hatte er mich wieder so weit, dass ich für eine neue Runde bereit war.

»Ich möchte mit dir auf die Schaukel«, eröffnete er mir zwischen zwei Küssen. Seine Hände bearbeiteten gekonnt meine äußeren Sexualorgane und stimulierten auch die erogenen Zonen, um meine Erregung so rasch wie möglich wieder hochzupuschen. Mir ging es fast zu schnell, dennoch ließ ich ihn walten.

»Schaukel?« Ich sah mich verwirrt um.

»Dieses schwingende Ding in der einen Ecke«, erklärte er und deutete blind in eine Richtung. Er traf sie nicht genau. Ich wusste dennoch, was er meinte. »Bitte, nimm mich noch einmal, während ich da draufliege. Das ist so geil, das Teil. Da fühlt man sich wie schwerelos.«

Ich musste schmunzeln. »Wenn es dir so gefällt, wundert es mich, dass du es noch nicht im Schlafzimmer installiert hast.«

Greg lachte leise. »Damit würde ich Juliana den Schock fürs Leben verpassen.« Seine Lippen senkten sich auf meinen Penis nieder. »Aber vielleicht mache ich das noch. Kommt ganz darauf an, wie es dir gefällt. Bist du schon mal in so einem Ding gefickt worden?«

»Nein«, gestand ich und musste die Luft anhalten, als mein Schwanz in seinem heißen Rachen verschwand. Greg verstand es, meine Hirnzellen mit einem einzigen Lecken außer Funktion zu setzen, mit einem Zungenschlag in Schlacke zu verwandeln. Ich war Wachs unter seiner Zunge und seinen Lippen. Auch wenn ich meiner Antwort noch etwas hinzufügen wollte, ich konnte es nicht. Es war nichts mehr in meinem Kopf, außer Gregs Blaskünste und … Stephan.

Verdammt! Raus hier! So lange hatte er sich nicht mehr in meinem Kopf blicken lassen. Warum jetzt auf einmal? Da war kein Platz mehr für diesen Kerl, so lecker er auch aussehen mochte und so gern ich mit ihm zusammen wäre. Nun spielte Greg die erste Geige oder besser gesagt, die erste Trompete.

»Scheiße …«, entkam es mir. Ich schob ihn von meinem Unterleib und drückte ihn neben mich. »Schalt deinen Turbo runter, sonst wird es nichts mit der Schaukeltour.«

»Seit wann bist du so knausrig?« Er kicherte leise, leckte sich über die Lippen, ließ sich aber ansonsten willig auf den Rücken drapieren. Bereitwillig breitete er sogar die Arme aus, als wartete er darauf, dass ich ihn an die Bettpfosten kettete. Dabei wollte er von mir doch etwas ganz anderes.

Ich kletterte über ihn, setzte mich rittlings auf seinen Schoß. Als ich das Zahnrad entdeckte, schnappte ich es mir rasch und fuhr ihm damit grob über den Bauch. Greg quietschte erschrocken und versuchte blind, es von sich zu schlagen. Doch ich war schneller, wich aus und rollte es immer wieder mal derb über freie Körperstellen, bis er um Gnade winselte.

»Du bist ein frecher, kleiner, aufmüpfiger Junge«, schimpfte ich halbherzig und durchbrach seine Abwehr erneut, um das Zahnrad an seiner Seite anzulegen und damit bis zur Brust zu fahren. Greg keuchte. Er trug noch immer die Augenbinde, hätte sie schon längst ablegen können, doch er schien es gar nicht zu wollen. Er rückte sie sogar zurecht, als sie bei unserer kleinen Rangelei leicht verrutschte.

»Ist ja gut«, kicherte er atemlos. »Ich ergebe mich. Was befiehlt mein Meister?« Er legte seine Arme über sich und gab jede weitere Gegenwehr auf, als ich erneut mit dem Zahnrad über seine Brust fuhr. Er biss jedoch die Zähne zusammen und kämpfte gegen den Drang an, die Metallzähne von sich zu stoßen.

»So ist schon besser«, raunte ich dunkel. »Dir verwöhntes Bürschchen muss man Manieren beibringen.« Ich beugte mich tiefer über ihn. Erst küsste ich sein Kinn sanft, das er mir prompt entgegenreckte, in der Hoffnung einen weiteren Kuss zu erhalten. Ich fuhr meine Zähne aus und biss leicht hinein.

»Du willst doch geschaukelt und hart gevögelt werden«, erinnerte ich ihn, als er einen leisen Protest von sich gab. »Das musst du dir erst noch verdienen.«

»Was immer du willst«, keuchte er. Anscheinend gefiel ihm dieses Spielchen, denn seine Stimme zitterte erregt. Ich spürte auch, wie etwas gegen meinen Bauch drückte und es war nicht meine eigene harte Latte.

Ich war auch über mich selbst überrascht. Diese kleinen Machtspielchen sah ich mir gerne als Porno an, bisher hatte ich jedoch noch keine

Ambitionen gehabt, es selbst anzuwenden. Doch unvermutet fand ich Gefallen daran, Greg meinen Willen aufzuzwingen. Vielleicht lag es auch an seiner Bereitwilligkeit, sich zu fügen. An diesem Abend hatte ich die Fäden in der Hand und Greg schien sich daran zu halten, hin und wieder zwar aufzumucken, aber im Großen und Ganzen mir die Führung zu überlassen.

In unserer Beziehung war eigentlich Greg die treibende Kraft und derjenige, der das Ruder ungefragt in die Hand nahm.

So explizit, wie mir nun klar geworden war, dass ich Meister der Fernbedienung war und das Programm bestimmen konnte. Ebenso klar wurde mir, dass ich keine exakten Vorstellungen hatte, was genau ich von Greg verlangen könnte. Es gab so viele Möglichkeiten und doch nicht eine, die mich wirklich anmachen könnte. Ihn mit Dildos, Fesselspielen oder was auch immer zu peinigen lag mir absolut fern. Das, was wir vor wenigen Minuten gemacht hatten, war echt geil gewesen und würde ich jederzeit wiederholen wollen, doch es gab nichts Greifbares, womit man die letzten Geschehnisse toppen konnte. Nichts – zumindest nichts im normalen Rahmen – was wir noch nicht ausprobiert hatten. Ich war wirklich leidenschaftslos, was meine speziellen Wünsche anbelangte. Ich hatte keine speziellen Wünsche.

War ich so langweilig?

Ich, ein tumber Bauernlümmel, dessen einziges Highlight es früher gewesen war, die Zitzen von Kühen anzufassen und sich vorzustellen, dass es der Schwanz meines Freundes war.

Rasch blickte ich mich um. Der große Vorhang versperrte jedoch den Blick auf den größten Teil des Raumes, doch auch wenn ich es sehen könnte, hätte mich nichts von dem reizen können.

Außer Stephans wundervollem Penis, wie er langsam und genussvoll in meinem Mund verschwand … Aber der war jetzt nicht hier.

»Willst du so viel oder so wenig?«, erkundigte sich Greg, als ich weiterhin schwieg.

Meine Aufmerksamkeit kehrte zu ihm zurück. Heiße Scham schoss in mein Gesicht. Ich beugte mich vor und küsste ihn sanft auf den Mund.

»Das sieht nur so überwältigend aus«, gab ich ausweichend von mir.

»Was? Ich?«, fragte er verwirrt nach.

»Du«, erklärte ich knapp. »Wenn du mal die Klappe hältst und nicht ständig neue verrückte Ideen hast.«

»Ich hab ständig neue verrückte Ideen?« Greg lachte ungläubig. Endlich nahm er seine Hände hoch und schob die Binde von seinen Augen, um erst einmal gegen das Licht anzublinzeln und dann mich skeptisch anzusehen. »Überfordere ich den kleinen Naturburschen?«, fragte er neckisch. In seinen Augen glitzerte Belustigung, aber auch etwas von Verunsicherung. »Was ist los?«, wollte er schließlich wissen, als ich weiterhin schwieg. »Ich hatte nicht den Eindruck, dass es dir missfällt. Ganz im Gegenteil. Ich dachte immer, es gefällt dir, bei Laune gehalten zu werden.«

»Du musst mich nicht bei Laune halten. Das hab ich nie von dir gefordert.«

»Ich habe ständig das Gefühl, dass es dir mit mir langweilig wird«, sagte er mir auf den Kopf zu, nahm meine Hände und zog sie zu seinem Gesicht, um die Fingerspitzen zu küssen.

»Es wird mir nicht …«

»Was geht in deinem Kopf vor?«, wollte er wissen und fiel mir dabei unbeeindruckt ins Wort. »Irgendetwas beschäftigt dich.« Gedankenverloren spielte er mit dem goldenen Ring an meinem Finger. Mir kam es beinahe so vor, als wäre seine Frage rein rhetorisch, als wüsste er längst über meine Gedanken Bescheid und wollte mich durch dieses Spielen mit dem Ring warnen.

Als mich schließlich ein strenger Blick traf, wurde mir ganz heiß zumute.

»Es ist viel passiert in den letzten Jahren«, gab ich ausweichend von mir und riss mich von seinem Anblick los, weil ich diesen Blick nicht mehr länger ertragen konnte. Als ich weiterredete, glaubte ich, mich wieder genug gefasst und meine Stimme gefestigt zu haben. Sie klang aber nach wie vor recht unsicher. »Ich kann es immer noch nicht so wirklich glauben, dass ich nun verheiratet bin … mit dir«, fügte ich rasch an und hob den Kopf, um ihn anzusehen. Seine Miene war unverändert ausdruckslos, abwartend, als befürchtete er das Schlimmste. Ich versuchte mich daher in einem besänftigenden Lächeln, beugte mich vor und küsste ihn sanft auf den Mund. »Ich kann mir keinen besseren Ehemann als dich vorstellen«, flötete ich liebevoll. In mir drin herrschte jedoch ein anderes Gefühl. Schlechtes Gewissen keimte auf. Ich wusste selbst nicht genau, was mit mir los war. Irgendwie hatte mich dieser seltsame Kurztraum absolut aus dem Konzept gebracht.

Greg sah mich skeptisch an. »Aber …?«, hakte er nach und beäugte mich kritisch, als müsse er sich mich entgegen aller Meinungen als unzweifelhaften Vertrauensmann vorstellen. Doch unversehens erschien in seinen Augen ein schelmisches Aufglitzern. »Bist du schwanger? Ist es das, was du mir mitteilen willst, Schatz?«

Obwohl ich durch dieses Aufblitzen in seinen Augen auf eine sarkastische Reaktion gefasst war, musste ich lauthals auflachen. Da er meine Hände festhielt, konnte ich ihn nicht in die Seite knuffen, um ihn für diesen Scherz zu bestrafen. Also biss ich ihm derb ins Kinn. Greg jammerte kläglich und wand sich theatralisch unter mir. Seine halbherzige Gegenwehr wurde echt, als er bemerkte, wie ich mich an seinem Hals festsaugte, um ihm dort einen Knutschfleck zu verpassen. Er mochte dies ganz und gar nicht. Es machte sich schlecht auf dem Hals eines Geschäftsmannes, der mit der Gegenpartei harte Verhandlungen führen wollte. Dieser blaue Fleck ließ ihn lächerlich erscheinen. Doch das war mir in diesem Moment vollkommen egal.

Mit dieser scherzhaften Frage hatte er mich bewusst in die Rolle der Frau gepresst, etwas, was mir entschieden gegen den Strich ging. Auch wenn er oft behauptete, dass ich mich wankelmütig und launisch wie eine Frau verhielt, ließ ich mir das nicht bieten.

Greg jammerte und winselte unter mir, versuchte, meinen Kopf von seinem Hals wegzudrücken. Ich hatte mich aber an ihm festgesaugt, umklammerte mit beiden Händen seinen Kopf wie Schraubzwingen und sog heftig an dem kleinen Stück Haut. Zusätzlich hielt ich es auch noch mit den Zähnen fest, damit es mir nicht entglitt. Er versuchte zudem, mich wie ein bockiges Pferd abzuwerfen, uns beide herumzuwerfen, doch ich war in diesem Augenblick stärker, befand mich in der besseren Position.

»Lenny, bitte!«, flehte er irgendwann inständig. Er wehrte sich immer noch, strampelte und versuchte sich unter mir herauszuwinden. »Tu mir das bitte nicht an.«

Endlich ließ ich von ihm ab. An seinem Hals prangte nun ein daumennagelgroßer, roter, blutunterlaufener Fleck. Diabolisch grinste ich ihn an.

»Du Macho«, spuckte ich ihm mit gespielter Verachtung entgegen.

»Das wirst du mir büßen«, drohte er zurück.

Ich fing seine Hände ein, bevor sie mich packen und herumwerfen konnten, und bannte sie über seinen Kopf.

»Ich bin heute dran«, erinnerte ich ihn scharf.

»Dann tu es doch endlich und lass diese Kinderspielchen sein«, zischte er. Sein Kinn reckte sich mir entgegen und raubte einen Kuss von meinem Mund. Bereitwillig öffnete ich ihn, jedoch, um ihn frech in die Lippe zu beißen.

Greg riss für einen Moment vor Schreck die Augen auf, ehe er sich wieder fasste und mich streng aus zu schmalen Schlitzen zusammengezogenen Lidern ansah.

»Das ist es also«, keuchte er atemlos. »Ich hab mir schon Sorgen gemacht. Dabei spielen nur deine Hormone verrückt. Ganz normal bei einer Schwangerschaft, hab ich mir sagen lassen …«

Er lachte, als ich ihn mit einem wütenden Knurren packte, auf den Bauch und mich ohne Gummi, Gleitmittel oder sonstigen Hilfsmitteln in ihm versenkte und ihm zeigte, was für ein Mann ich war. Hart prügelten meine Stöße auf ihn ein. Greg kreischte und quietschte nur am Anfang protestierend. Ich kannte ihn inzwischen gut genug, um zu wissen, dass seine Gegenwehr nur gespielt war und er meine Reaktion sogar provoziert hatte. Nach ein paar harten Schlägen mit den Lenden versiegte sein Protest und verwandelte sich in lustvolles Stöhnen. Er machte sogar die Beine breiter, hob seinen Hintern an und hielt dagegen, um die Intensität der Stöße zu erhöhen. Ich zog ihn grob auf alle viere, drückte seinen Kopf auf die Matratze und verkrallte mich in seiner Hüfte, um ihn in raschem Rhythmus und derb an mich zu zerren.

Schließlich ergoss ich mich in seinem Unterleib. Zitternd sank ich auf ihm nieder, mit schwerem Atem und schweißnass. Greg ließ uns langsam auf das Polster sinken, umfasste meine Hände, zog sie unter sich und mich damit an sich, als wollte er sich mit mir zudecken oder mich davon abhalten, davonzufliegen. Sein Atem ging ebenfalls schwer, nicht nur, weil mein Gewicht auf ihm lastete. Schweiß hatte sich auf seiner Stirn gebildet. Ebenso auf seinem Nasenflügel, der sich in der Kuhle zur Wange sammelte und langsam Richtung Lippe abperlte. Ich küsste den Tropfen fort, nahm ihn mit der Zungenspitze von meinen Lippen und ließ mir den salzigen Geschmack auf der Zunge zergehen.

»Geht's dir jetzt besser?«, erkundigte er sich interessiert.

»Macho!« Mehr hatte ich nicht für diesen verrückten Kerl übrig. Ich war ausgepumpt, leer, kraftlos.

Ein Kichern aus dem Leib unter mir brachte mich zum Beben.

»Du machst dich über mich lustig«, zischte ich ärgerlich. »Das gefällt mir nicht.«

»Es steht mir fern, mich über dich lustig zu machen«, gab er ernst von sich. Er raffte sich auf, stemmte sich mit einem Liegestütz kraftvoll gegen mein Gewicht und ließ mich seitlich von sich heruntergleiten. Willig rutschte ich neben ihn, rollte auf den Rücken und starrte gedankenverloren zum lilafarbenen Betthimmel hinauf.

»Lenny!«, rief er leise, legte eine Hand auf meine Brust, als wollte er fühlen, ob mein Herz noch schlug. Tatsächlich pochte es nach wie vor heftig und schnell. In meinen Ohren rauschte es laut, sodass ich ihn kaum verstehen konnte.

»Lenny! Honey!«, wiederholte er inständiger. »Es steht mir absolut fern, mich über dich lustig zu machen«, bekräftigte er, beinahe jedes Wort einzeln betonend. »Ich liebe dich von ganzem Herzen. Ich werde verrückt, wenn ich versuche mir vorzustellen, wie sehr ich dich liebe. Es ist nur sehr amüsant, mitanzusehen, wenn du dich damit abmühst, mir oder dir irgendetwas zu beweisen. Du musst das nicht tun. Wenn es dir zu viel wird, dann sag es mir doch einfach.«

»Es wird mir nicht zu viel.«

»Oh doch«, wusste er es besser. »Das tat es schon immer. Du willst es nur nicht zugeben oder wahrhaben. Seit wir uns kennen, versuchst du mit mir mithalten zu können. Manchmal gelingt es dir, manchmal nicht. Ich bewundere dich dafür. Das ist eines der Dinge, die ich an dir liebe. Aber ich merke auch oft, dass du an deine Grenzen kommst. Es ist nicht leicht für einen kleinen, feschen Sportflieger, mit einem Überschallflitzer mitzuhalten.«

Ich drehte den Kopf und sah ihn ungläubig an. »Du hältst mich für einen Sportflieger?«

Ein Lächeln umschmeichelte Gregs Mundwinkel. »So etwas in der Art.«

»Pah«, machte ich beleidigt. Mich als träges Freizeitflugobjekt zu bezeichnen, hatte noch keiner gewagt. Ich musste jedoch zugeben, im Vergleich zu Greg, der tatsächlich mit Überschallgeschwindigkeit durch sein Leben rauschte, war ich wirklich ein lahmes Alltagsteil.

»Sag mir, wenn ich einen Gang runterschalten soll«, bat er und küsste mich sanft auf den Mund.

»Ich will nicht, dass du runterschaltest«, widersprach ich. Das wollte ich tatsächlich nicht. Ich wollte Greg genauso wild, hektisch, verrückt und frech, wie er war. Und nicht anders.

»Ich will dich nicht verlieren«, erwiderte er ernst. »Und das werde ich unweigerlich, wenn ich dich weiterhin überfordere.«

»Du überforderst mich …«

Greg schloss meinen Protest rasch mit einem Kuss. Er schob sich über mich und verwickelte mich in einen leidenschaftlichen Zungenkuss, um die Gegenwehr regelrecht zu ersticken. Tatsächlich hatte mir noch mehr auf der Zunge gelegen, das er jedoch geschickt und mit gekonnten Schlägen seiner Zunge fortwischte. Als er sich atemlos von mir löste und mir tief in die Augen sah, war davon nichts mehr vorhanden.

»Was ist?«, fragte er schließlich. »Kannst du noch einmal? Ich würde das mit der Schaukel wirklich mit dir machen wollen.«

Ich stöhnte kraftlos. Eigentlich war ich ausgepowert, erschöpft, würde mich am liebsten zur Seite rollen und einschlafen. Doch Gregs Hand lag bereits zwischen meinen Beinen und stöberte die müden Lebensgeister wieder auf. Mein Schwanz regte sich unter seinen Händen tatsächlich, jedoch träge und widerwillig.

»Genau die richtigen Voraussetzungen für eine lange ausdauernde Vögelei auf der Schaukel«, bemerkte Greg begeistert.

Ich bezweifelte, dass es für uns beide ein Spaß werden würde. Greg musste durch die letzte Aktion wundgescheuert sein und meine Libido liebäugelte damit, mit dem weißen Fähnchen zu wedeln.

»Willst du wirklich? Ich meine, wir können das gerne …« Ich biss mir auf die Lippe und verschluckte den Rest meines Satzes. Eben hatte ich ihm noch versichert, dass er mich nicht überforderte und nun flehte ich darum, es zu vertagen.

Ich versetzte mir eine imaginäre Ohrfeige. *Du bist ein Kerl,* schalt ich mich. *Dann steh auch gefälligst deinen Mann!*

»Okay!« Ich rollte mich über ihn, bannte seine Arme über den Kopf und stahl mir den Kuss zurück, den er vorhin geraubt hatte. »Du verrückter Überschallrammler«, neckte ich ihn. »Ich werde dir das Hirn rausvögeln. Dein Arsch wird dir noch die nächsten drei Wochen so brennen, dass du dir wünschst, mich nicht darum gebeten zu haben.«

Ein breites Grinsen erschien auf Gregs Gesicht. »Ich freu mich darauf.«

Mir war auch so klar, dass ich ihn mit dieser Drohung nicht beeindrucken würde. Ich knurrte kehlig, packte ihn und schubste ihn in Richtung der Schlingenschaukel. Greg hievte sich auf die Beine, trottete wie ein geschlagener Köter zu der Schaukel und platzierte seinen Hintern vorsichtig auf den Lederriemen. Als er seinen Kopf hob, erkannte ich, dass es in seinen Augen erwartungsvoll glitzerte und auf seinem Gesicht die pure Vorfreude stand. Langsam ließ er sich rücklings in die Riemen gleiten, hob die Beine an und schob sie in die Schlaufen für die Füße. Wie ein Stück williges Fickfleisch lag er nun in der Schaukel. Sein Hintern und sein leicht rötlicher Eingang prangten mir für alle Schandtaten bereit entgegen.

Während ich das Gleitmittel, das noch von den vorhergehenden Aktionen an ihm klebte, über dem Schließmuskel und den Spalt verstrich, pumpte ich an mir selbst, um meine Erregung voranzutreiben. Greg legte seine Hände auf seine Hinterbacken und zog sie auseinander, damit ich besser rankam. Ich verzichtete auf ein Kondom. Da ich ihn vorhin schon ohne genommen hatte, brauchte ich jetzt auch keines mehr. Ich bezweifelte, dass wir an diesem Abend noch einmal dazu kommen würden, es uns ein weiteres Mal oral zu besorgen. Danach würden wir beide absolut fertig sein und nur noch daran denken, einigermaßen glimpflich in unser Bett zu finden, um wie ein Stein hineinzufallen und tief und fest zu schlafen.

Als mein Penis den notwendigen Härtegrad aufwies, setzte ich schließlich an Gregs Anus an. Er stöhnte bereits, bevor ich eindringen konnte. Vermutlich, weil sein ganzer Hintern inzwischen arg in Mitleidenschaft gezogen worden war. Ich schob mich erbarmungslos in ihn, mit dem Gedanken, dass Greg es so wollte. Er nahm es in Kauf, die nächsten Tage nicht ruhig sitzen zu können. Also wollte ich ihn nicht enttäuschen.

Ich presste meine Lenden hart an seine Hinterbacken, um so tief wie möglich in ihn einzudringen, und verharrte einen Moment. Greg hatte sich auf die Lippe gebissen und hechelte nervös, um den Schmerz zu überstehen. Ich wartete ab, bis er sich entspannte, und begann dann meine Arbeit.

Es war wirklich harte Arbeit.

Drei Mal hintereinander …

Ich hielt mich nicht für einen Schlappschwanz, doch dieses dritte Mal war echt eine Herausforderung. Verbissen kämpfte ich mich meinem Ziel näher, pumpte dabei auch Greg seinem Höhepunkt entgegen. Abwechselnd bearbeiteten wir seinen Schwanz. Dazwischen beugte ich mich immer wieder mal nach vorn, küsste seine Nippel, nahm sie keck zwischen die Zähne und knabberte darauf herum, bis er lustvoll aufjuchzte. Die Lederriemen der Schaukel waren absolut hilfreich. Ich verkrallte mich in ihnen, zog Greg daran rhythmisch an mich. Die Aufhängung und die Riemen knirschten. Da die Schaukel jede Bewegung erlaubte, nutzte ich dies, um erneut Gregs empfindlichen Punkt in ihm zu suchen. Er schrie ein paar Mal vor Lust auf, bäumte sich wie ein widerspenstiges Pferd auf. Seine Beine zuckten hin und wieder unkontrolliert, wenn ihn eine gleißende Welle der Lust überrollte. Ich nutzte es schamlos aus, wollte ihn bewusst fertigmachen. So wie er mich damals bei unserem ersten Besuch fertiggemacht hatte. Er sollte es nicht bereuen, mich hierher gelockt zu haben. Im Gegenteil. Ich wollte diesen Abend zu etwas Besonderem machen.

In mir zog sich alles zusammen. Ein Brennen überkam meinen Unterleib. Vorher bemerkte ich noch, wie sich Greg mit einem unartikulierten Laut aufbäumte und seinen Saft über den Bauch spritzte.

Aus einem undefinierbaren Grund musste ich plötzlich an Stephan denken, wie er vor mir lag, als ich ihn in der Skihütte entjungferte. Wie sein pumpender Schwanz milchige Flüssigkeit ausspuckte und über den ganzen Oberkörper verteilte. Er hatte in diesem Augenblick so unglaublich sexy ausgesehen, so scharf, dass ich ihn gleich noch einmal hätte nehmen wollen. Sein im Rausch des Orgasmus leicht geöffneter Mund, um den Laut des Wohlwollens auszustoßen. Die Adern an seinem Hals waren angeschwollen und hatten ihn so kraftvoll, so wunderschön aussehen lassen.

Als es aus mir herausbrach, ich Gregs Unterleib mit meinem Saft füllte, sank ich auf ihn nieder, klammerte mich beinahe verzweifelt an ihm fest.

»Oh Gott, Stephan. Ich liebe dich«, entkam es mir, registrierte kaum, was ich sagte. Ich presste mein Gesicht auf den Leib vor mir, erstickte jeden weiteren Laut. Es tat so weh. In meinem Inneren brannte etwas lichterloh, verzehrte mich, fraß mich auf.

Keuchend kam ich zur Ruhe. Ich brauchte noch einen Moment, ehe ich mich wieder hochhievte und von Greg löste. Dieser lag kraftlos in den Riemen. Die Augen geschlossen, als müsse er sich erst noch sammeln. Sein Atem ging heftig. Sein ganzer Leib bebte vor Anspannung.

Als er seine Augen öffnete und mich ansah, lächelte er zaghaft.

»Alles in Ordnung?«, erkundigte ich mich.

Er nickte stumm, leckte sich hastig über die Lippen und schnaufte einige Male tief durch.

»Ich sagte doch«, erwiderte er atemlos. »Dieses Ding ist einfach geil.«

»Dann besorgen wir uns eines für unser Schlafzimmer«, entschied ich, beugte mich über ihn und küsste ihn sanft auf den Mund. Er zuckte schmerzerfüllt zusammen, als ich mich dabei gegen seinen Hintern lehnte. »Und noch ein weiches Sitzkissen für dich.«

Greg kicherte, legte seine Arme um mich und zog mich fester an sich.

»Bring mich nach Hause, mein stolzer Rammler«, flötete er leise. Dabei blickte er mir tief in die Augen. Für einen Moment dachte ich, etwas Merkwürdiges in seinen gesehen zu haben. Zweifel, Trauer, Missmut. Als er mich gleich darauf in einen wilden Kuss verwickelte, wischte ich diese Gedanken vom Tisch.

Warum sollte er traurig sein? Ich hatte ihm eben einen Wunsch erfüllt, war über mich selbst hinausgegangen und hatte es sogar geschafft, ihn zu überfordern.

Wir säuberten uns notdürftig, machten sauber, huschten in unseren knappen Höschen rasch unter die Dusche des Clubs und fuhren nach Hause. Ich war mir nicht sicher, ob wir noch das Bett erreichten. Mein Film riss, kurz nachdem wir das Schlafzimmer betraten. Am nächsten Tag erwachte ich jedoch in unserem Bett – allein.

23

Juliana, die Haushälterin, empfing mich als Einzige, als ich zum Frühstück erschien.

»Mister Barnes musste geschäftlich fort«, erklärte sie in ihrem gebrochenen Englisch.

»Danke.« Ich nickte ihr zu, wartete, bis sie den Raum verlassen hatte, und schnappte mir das Telefon. Es war fast acht Uhr. Er musste sehr früh aufgebrochen sein. Das war äußerst ungewöhnlich. Meist weckte er mich kurz, wenn er ging, und drückte mir wenigstens noch einen Abschiedskuss auf die Wange.

»Hey, Honey«, flötete mir sogleich Gregs Stimme entgegen. Im Hintergrund dröhnte etwas ziemlich laut, als würde er sich auf einem Flugfeld befinden.

»Wo bist du zum Henker? Warum hast du mich nicht geweckt?«

»Du hast so süß geschlummert. Ich brachte es nicht übers Herz, dich zu wecken.«

»Wo bist du?«, wollte ich abermals wissen. Das Brummen im Hintergrund machte mich extrem stutzig.

»Auf dem Weg nach Venezuela.«

»Was?« Ich sprang auf die Beine. »Warum? Wieso? Warum sagst du nichts?«

»Das kam ziemlich plötzlich. Gestern Abend …« Er schnaufte hörbar. »Ein Anruf, während wir beschäftigt waren. Es ist dringend. Es dauert auch nicht lange. Ich bin mit der Cessna unterwegs.«

»Mit der Cessna?« Dass Greg den Pilotenschein besaß, hatte ich auch erst erfahren, als ich zu ihm gezogen war. Meist nutzte er jedoch den großen Privatjet seiner Firma, weil er sich während des Fluges noch vorbereiten wollte. Das kleine Sportflugzeug war sein Privatvergnügen. »Warum nicht den Firmenjet?«

»Es musste schnell gehen. Außerdem brauche ich noch ein paar Flugzeiten. Mach dir keine Sorgen.«

»Ich mach mir immer Sorgen, wenn du mit diesem Rasenmäher unterwegs bist. Du hättest mich wecken müssen.« Es gefiel mir gar nicht, dass er so sang- und klanglos verschwand.

Greg lachte nur. »Alles ist bestens, Honey«, versicherte er mir. »Alles ist bestens«, wiederholte er in einem merkwürdigen Ton. »Du wirst es schon verstehen.«

»Was soll ich verstehen?«, hakte ich nach.

»Später. Ich muss mich jetzt auf den Flug konzentrieren. Ich liebe dich, Honey. Das wollte ich dir nur noch einmal sagen.«

»Was …?« Ich blieb perplex zurück, hielt das Telefon noch lange, nachdem es leise Klick gemacht hatte, als Greg die Verbindung unterbrach, ans Ohr. Seine letzte Bemerkung war mehr als seltsam. Der Tonfall beinahe alarmierend. Was war mit ihm los?

Wieder einer seiner Verrücktheiten?

Ich schüttelte verwirrt den Kopf. Mir blieb jedoch nichts anderes übrig, als ihn machen zu lassen. Er war auf dem Weg nach Venezuela und würde wahrscheinlich erst in ein paar Tagen zurückkehren. So lange musste ich mich gedulden. Dann würde er es mir genauer erklären und ich es verstehen. Hatte er das gemeint?

Entgegen seiner sonstigen Gewohnheit, mich am Tag mindestens einmal anzurufen, wenn er unterwegs war, wartete ich an diesem Tag vergeblich auf seinen Anruf. Ein Versuch, ihn telefonisch zu erreichen, war erfolglos, da es durchläutete, bis die Mailbox ranging. Ich versuchte es noch einige Male an dem Abend, doch Greg war nicht erreichbar.

Auch am nächsten Tag kein Rückruf von ihm. Meine Anrufe landeten stets in der Mailbox, die ich inzwischen natürlich vollgequatscht hatte.

Seine Sekretärin konnte mir auch nicht weiterhelfen. Die Angelegenheit gefiel mir ganz und gar nicht.

Was hatte Greg vor?

Was wollte er in Venezuela?

Wieder einem Public Viewing beiwohnen?

Das hätte er mir doch sagen können. Ich hätte ihm ganz bestimmt nicht den Kopf abgerissen.

Die Tage vergingen ohne eine Nachricht von Greg. Ich saß wie auf Kohlen. Am liebsten hätte ich mich persönlich auf den Weg zu ihm gemacht, um nachzusehen, ob es ihm gutging.

Am vierten Tag klingelte schließlich das Telefon in meinem Büro. Ich war ohnehin schon unkonzentriert, ging vor Sorgen fast kaputt. Dass sich

Greg überhaupt nicht meldete, passte nicht zu ihm. Sonst hing er wie eine Glucke an mir, sodass ich kaum die Luft zum Atmen hatte. Dass nichts von ihm zu hören war, ließ mich Schlimmes erahnen.

Und tatsächlich. Am anderen Ende der Leitung war einer seiner Stellvertreter. Mit traurigem Tonfall berichtete er mir, dass Gregs kleine Maschine in einen Sturm geraten und abgestürzt war. Die Rettungskräfte bargen die Trümmer, doch von Greg keine Spur. Natürlich ließ ich mich durch nichts abhalten, mich selbst zur Absturzstelle zu begeben und mich davon zu vergewissern. Als ich das Trümmerfeld sah, brach ich zusammen. Die Überreste der kleinen Cessna, die ich so lapidar Rasenmäher genannt hatte, waren über ein Gebiet von bestimmt einem Quadratkilometer verteilt. Es musste einen gewaltigen Aufschlag gegeben haben. Einer der Rettungskräfte nahm sogar das Wort Explosion in den Mund. Dass er mit dieser kleinen Maschine überhaupt so weit kam, war allen schleierhaft. Er musste irgendwo in Florida oder Kuba zwischengelandet sein und aufgetankt haben. Einige der Männer meinten auch, Greg könnte über dem Meer abgesprungen sein. Aber dann hätte es das Flugzeug noch mehrere Hundert Kilometer ins Landesinnere allein schaffen müssen. Mir war es vollkommen gleichgültig, wie der Flieger beschädigt worden und was wirklich passiert war. Mir war wichtig, Greg zu retten – lieber lebendig als tot.

Doch auch nach tagelanger Suche der Rettungskräfte blieb es ergebnislos. Dass kein Leichnam zu finden war, beruhigte mich einerseits. Andererseits könnte die Vermutung der Männer durchaus zutreffen. Vielleicht nicht über dem Meer, aber eventuell war er tatsächlich mit dem Fallschirm abgesprungen und lag nun irgendwo verletzt. Zudem gab es dort sicherlich gefährliche Tiere, die einen hilflosen Leckerbissen zu schätzen wussten.

Die Wochen vergingen, ohne eine Erfolgsmeldung. Ich flog mehrere Male nach Venezuela, graste die Umgebung auf eigene Faust ab, doch ergebnislos. Einer von Gregs Anwälten drängte mich nach vier Monaten vergeblicher Suche, den Verunglückten für tot erklären zu lassen. Ich brachte es nicht fertig. Ich wollte die Hoffnung nicht aufgeben. Wenn ich dem Rat des Juristen folgte, dann starb er wirklich. Ich wehrte mich verbissen dagegen.

Ich hatte Angst. Davor, allein zu sein, ihn zu enttäuschen und der Ehre nicht würdig zu sein, die er mir mit unserer Vermählung erwies. Ich drohte zu verzweifeln, weil ich keine Gelegenheit gehabt hatte, ihm dafür zu danken. Ich war wütend auf ihn, weil er ohne ein weiteres Wort gegangen war, ohne eine Erklärung oder einen Abschied. Ich zerfloss in Trauer, weil ich ihn so sehr vermisste. Jeden Morgen erwachte ich und fuhr geschockt hoch, als ich bemerkte, dass er nicht da war. Ich sehnte mich nach seiner Stimme, seiner Nähe, seinem Lachen und dem Sex mit ihm. Es überforderte mich. Ich war nicht wie Greg, der Stress und ständige Anforderungen mit einem Lächeln und einem flapsigen Spruch wegwischte. Ich wusste nicht, wie ich das alles händeln sollte; Gregs Firma, sein Anwesen, die Dienerschaft, seine Finanzen. Das war alles zu viel für mich und mit jedem Tag wuchs die Angst an, zu versagen. Mit jedem Tag befürchtete ich, fatale Fehler zu machen oder Entscheidungen zu treffen, die sein mühsam aufgebautes Vermögen mit einem Schlag vernichteten. Mit jedem Tag, der ohne eine Nachricht von Greg verging, zweifelte ich stärker an mir, bemerkte jedoch mehr und mehr, dass ich ihn brauchte. Nicht nur für die organisatorischen Dinge, sondern rein psychisch und körperlich. Ob das Liebe war, konnte ich trotz allem nicht sagen. Ich vermisste ihn jedoch so sehr, dass ich nachts stundenlang heulte.

Eines Morgens, als ich beim Frühstücken saß und darüber nachdachte, ob ich noch einen weiteren Versuch machen sollte, Greg zu suchen, trat Juliana vor mich und kündigte mir einen Besucher an. Zuerst dachte ich, Gregs Anwalt wollte mich schon wieder belästigen. Seine Bemühungen, mich zu diesem Schritt zu überreden, wurden immer penetranter. Es nervte inzwischen und ich wimmelte ihn nur noch ab.

Doch es war jemand ganz anderes, der unerwartet gekommen war.

Stephan.

Mein Herz war stehen geblieben, als ich ihn sah. Ich war aufgestanden, brachte es jedoch nicht fertig, mich zu rühren, geschweige denn ihm entgegenzugehen. Wie zur Salzsäule erstarrt, stand ich hinter dem Tisch und starrte ihn einfach nur an, obwohl mein Inneres zum Sprint ansetzen und ihm um den Hals fliegen wollte.

»Hey«, grüßte er mich zaghaft und kratzte sich verlegen am Hinterkopf.

Endlich konnte ich mich lösen. »Hey«, erwiderte ich ebenso und räusperte mich, um mich wieder in den Griff zu bekommen. »Was verschafft mir die Ehre deines Besuches?« Ich wusste selbst, dass diese Begrüßung ziemlich steif und unpersönlich war. Doch ich hatte keine Ahnung, was ihn hierher getrieben hatte. Hatte er erfahren, dass Greg verschwunden war? Glaubte er, jetzt wieder Chancen auf mich zu haben?

Stephan verzog sein Gesicht, als sei es ihm nicht ganz angenehm, darüber sprechen zu müssen. Zögerlich kam er näher und blieb einen Schritt vor dem Esstisch stehen, unsicher, ob er weitergehen sollte.

»Ich erhielt einen Anruf von einem Scott Walden, einem von Mister Barnes' Anwälten.«

Ich nickte. Der Kerl war mir mehr als bekannt. Er war derjenige, der mir ständig in den Ohren lag, Greg endlich für tot erklären zu lassen.

»Er erzählte mir, was passiert war …« Stephan sah hoch. In seinem Blick lag anerkennender Trost. »Das Merkwürdige daran war, dass mir einen Tag zuvor gekündigt worden war, weil angeblich bei meiner Anstellung etwas nicht mit rechten Dingen zugegangen sein soll. Angeblich sei meine Einstellung bevorteilt gewesen, und da dies nicht mit den Grundsätzen der Fluglinie vereinbar sei, hat das Gremium beschlossen, mir zu kündigen. Weißt du etwas darüber?« Sein Ton war mit jedem Satz anklagender geworden. Der strenge Biss schmerzte regelrecht.

Ich nickte. Leugnen war zwecklos. »Greg hatte so etwas angedeutet.«

»Ja, und am nächsten Tag rief mich dieser Scott Walden an und verlangte, dass ich nach New York kommen soll. Er berichtete mir von dem Unglück und dass die Nachlassverwaltung auf mich zukäme.«

»Nachlassverwaltung?« Ich zog die Augenbrauen verwirrt zusammen.

Stephans Blick fiel auf den goldenen Ring an meinem Finger. Er deutete mit dem Kinn drauf. Als er sprach, zitterte seine Stimme.

»Ihr habt es also getan«, sagte er feststellend. Aus seinem Mund klang es wie eine Anklage, als sei er zutiefst verletzt.

Ich nickte nur, weil ich nicht wusste, was ich darauf antworten sollte. Jede Äußerung diesbezüglich hätte den Dorn noch tiefer in sein Herz getrieben. Ich konnte ihm deutlich ansehen, dass ihn dieses Schmuckstück gewaltig störte. Gleichzeitig machte mein Herz vor Freude einen Sprung. Er liebte mich noch immer.

»Was meinte Walden mit Nachlassverwaltung?« Es gab derzeit Wichtigeres. Da Greg noch nicht offiziell tot war, war alles eingefroren. Sein gesamtes Vermögen lag in der Obhut seiner Anwälte, bis die Sachlage geklärt war. Ich legte keinen großen Wert auf Gregs Nachlass. Ich wollte ihn zurück, nicht sein Geld.

Stephan zog nur ratlos die Schultern hoch. »Ich hoffte, du könntest es mir erklären.«

»Walden bedrängt mich schon seit Langem, Greg für tot erklären zu lassen.«

»Ihr seid doch miteinander …« Er ersparte sich den Rest und deutete nur abermals auf den Ring. »Was will er dann von mir?«

»So einfach ist das nicht. Es gibt einen Vertrag. Wir haben getrennte Güter. Deswegen ist alles noch in der Schwebe. Dass ich mich weigere, Greg für tot erklären zu lassen, tu ich nicht, weil ich Angst davor habe, hier rauszufliegen. Ich will die Hoffnung nicht aufgeben. Solange man seinen Leichnam nicht findet, ist er für mich noch nicht gestorben. Ich kann ihn nicht einfach sterben lassen. Ich will sein ganzes Geld nicht. Ich will ihn.«

Stephan machte ein trauriges Gesicht und ließ den Kopf hängen. Es musste ihm wehgetan haben, mich so reden zu hören, doch mir war wichtig, dass er meinen Standpunkt kannte.

»Ich weiß nicht, was er von dir will«, sagte ich, nur um irgendetwas zu sagen und die schwere Stille zu zerstören, die sich auf uns niedergesenkt hatte. »Normalerweise wartet man doch ein, zwei oder drei Jahre, ehe man sichergehen kann, dass der Verunglückte oder Vermisste nicht mehr auftaucht und ihn dann für tot erklärt. Vier Monate erscheinen mir ziemlich übereilt.«

»Vielleicht weiß er mehr, als er sagen darf«, warf Stephan ein. Unsere Blicke trafen sich.

»Was meinst du damit?«, erkundigte ich mich verwirrt.

»Ich kenne Mister Barnes sehr gut«, erklärte Stephan sachlich. »Gut genug, um mit Gewissheit sagen zu können, dass er niemals unvorbereitet einen Flug unternommen hätte. Er war in diesen Dingen sogar ziemlich pedantisch und hat mir oft in meine eigene Arbeit reingeredet. Wenn es darum ging, die Wetterlagen zu kontrollieren und abzuschätzen, dachte er stets, es besser als ich zu wissen. Wir hatten uns sogar einige Male gestritten, weil er meinte, wir könnten fliegen und ich sagte, der Wetterdienst rät zum Umrunden oder umgekehrt. Er lag sogar oft richtig. Deswegen bin ich davon überzeugt, dass er nicht unabsichtlich in diesen Sturm geflogen ist.«

»Du meinst …?« Mir wurde schwarz vor Augen. »Du meinst, er wollte abstürzen?«

»Ich meine damit, dass er das alles inszeniert haben könnte. Ich bin mir nur über den Grund nicht sicher.«

»Warum sollte Greg etwas inszenieren?«

»Habt ihr euch gestritten?«

»Nein.« Meine Antwort kam schnell, beinahe wie aus der Pistole geschossen. Doch zeitgleich keimte etwas in mir auf, das mir Zweifel an der

Reaktion aufkommen ließ. Sofort erinnerte ich mich an unser Erlebnis in Ricks Club, als ich auf seiner Brust ein Liebesgeständnis an Stephan stöhnte. Ich hatte es verdrängt, mir eingeredet, dass ich es mir nur eingebildet hatte, dass Greg es im Rausch seines Orgasmus gar nicht mitbekommen hatte. Noch in der Nacht hatte er sich seine Cessna geschnappt und war Hals über Kopf geflohen. Und womöglich in den Freitod gegangen.

Fassungslos sank ich auf den Stuhl nieder. »Ach! Du! Scheiße!«, floss es über meine Lippen. Glühende Hitze schoss in meinen Nacken und ließ mich zusammenzucken. Schweißperlen rannen die Wirbelsäule herab, verursachten ein höchst unangenehmes Prickeln und verpassten damit meinem Gewissen einen schmerzhaften Schlag in die Magengrube.

»Was ist passiert?«, wollte er wissen. Er kam um den Tisch herum, rückte sich einen Stuhl zurecht und setzte sich neben mich.

»Es ist alles meine Schuld«, räumte ich ein. Ich sah hoch und blickte geradewegs in die hellen blauen Augen, die mich schon immer fasziniert hatten. Abermals lösten sie ein warmes Kribbeln in mir aus, schafften es jedoch nicht, dieses beißende Gefühl in mir zu verdrängen. Ich riss mich gewaltsam davon los und starrte zu Boden.

»Erzähle es mir!«, verlangte er sanft.

Ich holte Luft und erzählte es ihm tatsächlich. Es war mir peinlich und ich fühlte mich wie der schlechteste Mensch auf Erden. Ich hatte Greg die ganze Zeit nur etwas vorgemacht, ihm und auch mir weisgemacht, dass Liebe zwischen uns stand. Stattdessen gehörte mein Herz nur einem einzigen Mann. Und das hatte ich Greg an diesem Abend schmerzlich wissen lassen. In einem Moment, der eigentlich nur uns beiden gebührt hätte.

»Glaubst du, er hat sich umgebracht?«, fragte ich, war mir jedoch nicht sicher, ob ich die Antwort hören wollte. Wenn er sich tatsächlich das Leben genommen hatte, weil er meine Liebe nicht bekommen konnte, würde sein Blut an meinen Händen kleben.

Tränen schossen in meine Augen. Ich wischte sie hektisch weg, ehe Stephan sie bemerken konnte.

Was war ich nur für ein Riesenarschloch!

»Greg Barnes ist ein außergewöhnlicher Mensch«, begann Stephan nachdenklich. »Er ist unberechenbar und schwer einzuschätzen. Gerade deswegen schätzte ich ihn hoch. Es war manchmal wirklich anstrengend, bei ihm angestellt zu sein, doch es war der beste Job, den ich je hatte.« Er sah mich an. Seine Miene war wieder so unnahbar und steif, wie er mir stets als Chauffeur begegnet war. »Du hast ihm das Herz gebrochen«, sagte er mir unverhohlen auf den Kopf zu. »Auch wenn ich ihm auf der Skihütte am liebsten persönlich den Hals umgedreht hätte, so etwas hatte er nicht verdient.«

Ich schnaufte genervt. Salz in der Wunde brauchte ich wirklich nicht.

»Aber ich denke nicht, dass er sich deswegen umbringt. Er ist nicht der Typ für so etwas. Er wird irgendwo schmollen und sich seine Wunden lecken. Er hat dies als Strafe für dich inszeniert. Und dann, wenn du es am wenigsten erwartest, wird er wieder auftauchen.«

Hoffnung keimte in mir auf, obwohl mir die Worte, Stephans Erklärung so schmerzhaft wie ein Stich ins Herz, einleuchteten. »Denkst du?«

»Das hoffen wir alle.«

»Was meinst du mit *wir alle*?«

»Du … ich«, antwortete er gedehnt. »Und er«, fügte er nach einer kleinen Gedankenpause hinzu. »Er hat sich schon einmal zurückgezogen, um mir den Vorzug zu geben. Er ist nicht der Typ, der Nebenbuhlern ein Killerkommando auf den Hals hetzt. Ich wette, er lässt sich irgendwo von knackigen Kerlen trösten, die ihm gerade einen blasen.«

Ich schnaufte amüsiert, obwohl mir gar nicht nach Lachen zumute war. Aber dieses Szenario passte besser zu Greg als das andere, dass ich mir die letzten Wochen ausgemalt hatte, oder jenes, das sich mir erst vor wenigen Minuten eröffnet hatte. Greg und Selbstmord … die beiden Dinge passten nicht zueinander. Stephans Version klang wesentlich plausibler und hoffnungsvoller.

Nichtsdestotrotz hatte sich Greg einfach aus dem Staub gemacht, mich sogar noch angeflunkert, war nicht bereit gewesen, mit mir zu reden oder die Wahrheit zu gestehen, als ich ihn am Morgen angerufen hatte. Was hätte er mir auch sagen sollen?

So long, Honey. Ich werf mich mal für dich an die Flanken eines Berges und spiele toter Mann, bis du wieder zur Vernunft gekommen bist.

Verdammt, Greg! Da wäre es mir lieber gewesen, er hätte mich angeschrien, mich zur Rede oder vor die Wahl gestellt: er oder Stephan, hätte einen Ehekrach riskieren oder mich mit einem Arschtritt aus seinem Leben befördern sollen. Immerhin war ich die treulose Tomate und nicht er und ich hätte mein Säckel packen und gehen müssen, nicht er.

Was bezweckte er damit, dass er mich hier allein zurückließ? Wirklich als Strafe? Als Rache für den Schmerz, den ich ihm an jenem Abend verpasst hatte?

Sofern er das tatsächlich inszeniert und seinen Tod nur vorgetäuscht hatte …

Genaueres würde ich erst erfahren, wenn wir den Anwalt gesprochen hatten.

Am Nachmittag saßen wir tatsächlich in dessen Büro. Scott Walden war ein Endfünfziger mit hoher Stirn und leichtem Bauchansatz. Wie jeder gut betuchte New Yorker hatte auch er ein Dauerabo in einem exklusiven Fitness-Center und eines in einem teuren Golf-Club. Er hatte sich für sein Alter noch sehr gut gehalten, was sicherlich auch einigen talentierten Coiffeuren und Schönheitschirurgen zu verdanken war.

Ich war hypernervös, als der Mann endlich in seinem wuchtigen Ledersessel Platz genommen hatte und uns fast schon siegessicher anlächelte.

»Mister Wengenmaier«, begrüßte er mich. Er hatte meinen Namen schon so oft runtergerattert, dennoch machte ihm dieser bayerische Ausdruck noch immer Probleme. »Mister Dillinger.« Bei Stephan hatte er weniger Mühe. Er sprach ihn einfach englisch aus. »Es freut mich, dass Sie zu mir gefunden haben«, führte er in leicht näselndem Südstaatenakzent aus. Er gab sich Mühe, seine Wurzeln zu verbergen und sprach langsam und betont, konzentrierte sich auf seine Aussprache. Es interessierte mich jedoch nicht die Bohne, woher der Mann stammte.

»Es war dringend nötig, dass wir uns zusammenfinden«, fuhr er fort. »Mister Barnes hat im Falle seines Ablebens einige Vorkehrungen getroffen, die sie beide betreffen.«

»Sind Sie sicher, dass Mister Barnes abgetreten ist?«, stichelte ich. Nach dem Gespräch mit Stephan war ich davon überzeugt, dass uns Greg nur etwas vorspielte.

»Nach vier Monaten kann man von diesem Fall ausgehen.«

»Die Wartefrist ist doch allgemein ein Jahr. Meinen Sie nicht, Mister Walden? Oder wissen Sie mehr? Ist Gregs Leichnam gefunden worden?«

»Nein, ist er nicht«, versicherte er ungerührt. »Ich bin dennoch davon überzeugt, dass Mister Barnes nicht mehr unter uns weilt. Kurz vor seinem Start nach Venezuela rief er mich an und sagte mir, dass es so weit sei. Wir hatten bereits vor einiger Zeit eine Vorgehensweise vereinbart, die auf dieses Stichwort hin in Kraft träte.«

»Stichwort …?« Ich schnappte nach Luft. Wie lange vorher hatte Greg seinen *Selbstmord* geplant? Wie lange hatte er schon geahnt, dass mein Herz eigentlich einem anderen gehört?

Der Anwalt legte eine Akte auf den Tisch, schlug den beigefarbenen Pappdeckel auf und warf einen flüchtigen Blick auf die Papiere. »Mister Barnes erstellte in Zusammenarbeit mit mir diese Dokumente … das war einige Wochen, bevor er eine Partnerschaft mit Ihnen einging.« Dabei sah er mich an. Sein Blick war streng, jedoch nicht anklagend oder herablassend. Offenbar billigte er die Ehe zweier Männer. Er war auch derjenige, der unseren »Ehevertrag« aufgesetzt und beglaubigt hatte. Ich hatte darauf bestanden, weil ich klare Verhältnisse wollte. Gregs Vermögen war zu groß und es stand mir auch nicht zu. Niemand sollte glauben, dass ich mich nur ins gemachte Nest zu setzen gedachte.

»In diesen Dokumenten, die amtlich beglaubigt und anerkannt sind, setzte Mister Barnes Sie, Mister Wengenmaier, im Falle seines Ablebens als Alleinerbe seines Vermögens ein. Mister Dillinger erhält eine lebenslange Anstellung als Chauffeur und Privatpilot, mit der Verpflichtung, Mister Wengenmaier zu jeder Zeit dorthin zu bringen, wohin er verlangt. Zudem gehen unter einer bestimmten Voraussetzung der gesamte Fuhrpark und sämtliche Flugzeuge in den Besitz von Mister Dillinger über. Mister Barnes meinte hierzu, dass Sie der einzige Mensch auf Erden seien, der über all diese Geräte genauestens Bescheid wüsste und sie auch instandhalten könnte.«

»Was für eine Voraussetzung?«, wollte Stephan wissen. Eine Frage, die mir gleichermaßen auf der Zunge brannte. Ich war bisher nur sprachlos gewesen, hatte das Ganze fassungslos über mich hereinbrechen lassen.

Der Anwalt warf einen weiteren flüchtigen Blick auf das Papier vor ihm und räusperte sich dezent. »Dies …« er schnaufte noch einmal verlegen, »kann ich Ihnen nicht sagen … noch nicht«, fügte er hinzu. »Diese Information darf ich Ihnen erst preisgeben, wenn Sie sie selbst herausgefunden haben … so Mister Barnes ausdrückliche Verfügung.« Er tippte auf das Schriftstück vor sich und ließ schließlich die Hand drauf liegen, als wollte er etwas verbergen.

»Wie bitte?« Stephan beugte sich leicht vor. Er gab ein verächtliches Geräusch von sich, erhob sich und marschierte einige Male im Zimmer auf und ab. »Was soll dieses merkwürdige Spiel eigentlich?«, wollte er ungehalten wissen. »Ich will weder die Anstellung noch den Fuhrpark oder sonst etwas. Haben Sie meinen Chef angerufen und ihm gesagt, er soll mir kündigen?«

»Ja«, gab Scott Walden zu. »Auf Anweisung von Mister Barnes.« Dabei warf er einen weiteren Blick auf das Dokument vor sich. »Sie haben die

Anstellung aufgrund einer ausdrücklichen Empfehlung Mister Barnes erhalten. Der Vorsitzende der Fluggesellschaft schuldete ihm noch einen Gefallen, wie Mister Barnes erklärte.« Er lehnte sich in seinem Sessel zurück und blickte Stephan schuldbewusst an. »Das habe ich sicherlich nicht gern getan. Aber ich musste mich an die Anweisungen halten. Dabei konnte ich nicht mehr länger warten. Es hätte schon viel früher geschehen können. Mister Barnes verfügte ausdrücklich, dass dies baldmöglichst nach diesem speziellen Ereignis stattfinden soll, damit es nahtlos übergeht. Doch Mister Wengenmaier verweigerte die Zusammenarbeit mit mir. Ich konnte nicht mehr anders. Dies schien Mister Barnes vorausgesehen zu haben, denn seine Anweisung, wenn dieser Fall eintrat, war unmissverständlich. Er hatte offenbar gehofft, dass Sie seinen Lebensgefährten überzeugen könnten.«

An Stephans Stirn traten Zornesfalten hervor. Er schien knapp davor zu sein, dem Mann, dem eh schon der Schweiß in Strömen floss, den Garaus zu machen. Dabei herrschte dank der Klimaanlage am Fenster eine angenehme Temperatur. Es war aber auch eine verzwickte Situation, die den älteren Mann ziemlich forderte.

Rasch schob ich mich dazwischen. »Dann hat Greg das alles geplant?«, schlussfolgerte ich. »Hat er explizit gesagt, dass er sich umbringen will?«

»Nein«, entgegnete Walden wissend. »Er meinte nur, dass dieser Zeitpunkt irgendwann kommen könnte und er wollte darauf vorbereitet sein. Mir sind die genauen Beweggründe leider auch nicht bekannt. Das ist ehrlich gesagt auch nicht meine Aufgabe. Ich weiß nur, dass Mister Barnes, als er diese Verfügung erließ, im Vollbesitz seiner geistigen Kräfte war. Er meinte es ernst.« Walden betonte seinen letzten Satz noch einmal ausdrücklich.

Dies zweifelte ich auch nicht an.

»Was ist mit seiner Familie? Die werden doch ebenfalls Ansprüche stellen. Nicht, dass ich das Ganze gierig an mich reißen möchte. Aber ich verstehe Greg nicht. Er hat für sein Vermögen schwer geschuftet. Warum wirft er das alles einfach so vor meine Füße? Und ausgerechnet, nachdem ich …« Ich biss mir schnell auf die Zunge, um mich am Weiterreden zu hindern. Der Anwalt musste ja nicht unbedingt wissen, dass dies alles geschah, weil ich Greg im Geiste betrogen hatte. »Ich verstehe Greg nicht«, plapperte ich schließlich weiter, als ich mich gefasst hatte. »Wo ist er? Wo versteckt er sich? Von was will er leben? Warum verschwindet er einfach?«

»Das kann ich Ihnen leider nicht beantworten«, gab Walden hilflos von sich und zog die Achseln hoch. »Mister Barnes hat bereits vor langer Zeit mit seiner Familie gebrochen und festlegen lassen, dass sie keinen Anspruch besitzt.«

Ich nickte. Mich hatte es gewundert, dass er zu unserer Hochzeit keinen aus seiner Familie eingeladen hatte. Greg hatte nur ein entschiedenes »Nein« geantwortet und meinte, dass ich es am besten verstehen würde, warum. Da ich wegen meiner sexuellen Neigung kein gutes Verhältnis zu meiner Familie besaß, beließ ich es dabei. Greg musste ähnliche Erfahrungen gemacht haben, hatte jedoch nie darüber gesprochen.

Dennoch …

»Warum tut Greg so etwas?«

»Das kann ich Ihnen leider nicht beantworten«, sagte Walden abermals. »Ich weiß es nicht. Vielleicht erfahren Sie es, wenn sie beide diese speziellen Voraussetzungen herausgefunden haben.«

»Wissen Sie, was das ist?«, erkundigte sich Stephan erneut.

»Nein«, gab Walden kopfschüttelnd von sich. Aus irgendeinem Grund glaubte ich ihm aber nicht. Vor allem, weil er dabei einen flüchtigen Blick auf den Ring an meinem Finger warf.

Eine vage Vermutung kristallisierte sich in mir heraus. Ich schob den Gedanken jedoch beiseite. Das konnte Greg einfach nicht ernst meinen. Groll keimte in mir auf. Der verflixte Kerl wollte mich selbst aus dem *Jenseits* heraus noch dazu bringen, nach seiner Pfeife zu tanzen.

»Was passiert jetzt?«, erkundigte ich mich verzweifelt. »Ich meine, mit diesem Ganzen …« Ich deutete hilflos auf die Papiere. »Ich habe keine Erfahrung damit, das alles zu verwalten. Das Haus kriege ich ja noch einigermaßen hin, aber ich weiß, dass er Anlagen auf der ganzen Welt hatte. Wie soll ich das alles managen?«

»Mister Barnes' Berater stehen Ihnen jederzeit mit Rat und Tat zur Verfügung«, versicherte mir Walden. »Sie sollten sich jedoch bald dazu durchringen, den letzten Schritt zu tun und Ihren Lebensgefährten …« Er verstummte pietätvoll.

»Wie kann ich das? Er lebt doch noch irgendwo.« Ich wollte das alles nicht, sondern nur Greg, lebendig, an meine Seite und mich entschuldigen für das, was ich ihm angetan hatte. Dass er sich für so einen Schritt entschlossen hatte, hätte ich ihm nie zugetraut. Wut keimte in mir auf. Wut auf Greg, weil er mich ein weiteres Mal zu etwas trieb, das ich nicht wollte und das mir einfach über den Kopf stieg.

Es war zu viel …

Nach der Angst, den Sorgen, dem Trubel, dem Ärger der vergangenen Wochen war es zu viel.

Es überstieg meine Kräfte.

Vor den Augen des Anwaltes brach ich in Tränen aus. Haltlos schoss es aus mir heraus. Sie ließen sich nicht stoppen. Stephan war sofort bei mir, zog mich in seine Arme und gestattete es, mich an seiner starken Brust auszuheulen. Ich war wütend und traurig zugleich. Zorn kochte in mir hoch und drohte mich zu zerfressen, ebenso wie das abgrundtiefe Loch, das sich in mir aufgetan hatte. Ich war wie versteinert, festgefahren in meinen durchdrehenden Gefühlen. Stephan stützte mich. Seine starken Arme hielten mich auf den Beinen, die immer wieder drohten, unter mir nachzugeben, vor allem, als ich endlich die erforderlichen Papiere unterschrieb.

Widerstandslos ließ ich mich von ihm nach Hause fahren, wo er mich auf das Sofa legte und mich trotz der hohen, sommerlichen Temperaturen, die draußen herrschten, in eine Decke wickelte. Ich schlotterte am ganzen Körper, jedoch nicht aus Angst. Ich war vollkommen fertig. Stephan blieb die ganze Zeit bei mir.

»Warum macht er das?«, wollte ich irgendwann wissen, als ich wieder einigermaßen klare Gedanken fassen konnte. »Warum scheuert er mir nicht einfach eine? Oder schreit mich an oder was auch immer. Typisch Greg. Er muss aus allem eine grandiose Vorstellung machen. Ich hab ihn mit dir quasi betrogen. Und dennoch übergibt er uns alles, was er hat. Was bezweckt er damit?«

»Er liebt dich trotz allem sehr«, gab Stephan gefühlvoll von sich. »Vielleicht will er, dass es dir gut geht.«

»Dafür brauche ich sein ganzes scheiß Geld nicht«, maulte ich trotzig.

»Vielleicht sollst du nur drauf aufpassen, bis er zurückkommt«, warf er ein.

Ich sah hoch. »Auf wessen Seite stehst du eigentlich?« Es tat mir jedoch sogleich wieder leid und ich nahm den bissigen Gesichtsausdruck zurück. »Mir wäre es lieber gewesen, er hätte mir gewaltig in den Allerwertesten getreten und mich mit Schimpf und Schande davongejagt. Ich komme mir vor wie der letzte Arsch.«

»Tja«, machte Stephan und setzte ein altkluges Gesicht auf. »Das wird wohl die Strafe sein. Jetzt musst du damit leben, der letzte Arsch zu sein.«

Seine Bemerkung machte mich extrem stutzig. Der Tonfall war mehr als schneidend gewesen. Er nahm es mir offenbar noch immer übel, dass ich mich von Greg hatte anfassen lassen.

»Hast du dich deswegen versteckt und jegliche Hilfe abgelehnt, weil du mit uns beiden Arschlöchern nichts mehr zu tun haben wolltest?«

Stephan drehte den Kopf leicht zur Seite. Offenbar konnte er mir nicht mehr ins Gesicht sehen. »So in etwa«, gab er murmelnd von sich.

»Herr Gott!«, stieß ich wütend aus. »Ich bin mit dir zusammen gewesen. Wo ist der Kerl geblieben, der sich meinetwegen an einem Felsen den Schädel einrennt? Ist dein Kampfwillen mit dem Porsche verschrottet worden?«

»Und du hattest nichts Besseres zu tun, als seinen Antrag anzunehmen«, gab er ebenso bissig zurück. »Ich hatte einfach kapiert, dass ich nichts in dieser Welt zu suchen hatte.«

»Welche Welt meinst du denn? Es gibt nur eine.«

»Es gibt meine und es gibt die von Barnes und seinen Freunden und Geschäftspartnern«, erwiderte Stephan scharf. »Da du zu den Freunden gehörst, kannst du das nicht wissen.«

»Was dich aber nicht davon abgehalten hatte, einen Fuß in diese Barneswelt zu setzen. Die Dusche …«, erinnerte ich ihn daran.

Stephan verzog schmerzvoll das Gesicht. Dieser Tiefschlag war mehr als fies und ganz und gar unnötig gewesen, zudem falsch. Denn ich hatte ihn angebaggert und verführt. Aber in meiner Wut erkannte ich das nicht, sondern legte sogar noch eins drauf. »Und bist dann sauer geworden, als man dich da nicht haben wollte.«

Es war wie ein Stich ins Herz. Ich sah es ganz deutlich. Stephan verzog sein Gesicht und wandte sich um. Im selben Moment war mir, als hätte mir jemand eine Ohrfeige verpasst. Ich fuhr zusammen, weil ich begriff, dass ich den einzigen Menschen vor den Kopf stieß, der mir wirklich etwas bedeutete.

»Stephan!«, rief ich ihn scharf zurück, sprang auf meine Beine und war neben ihm, noch bevor er das Zimmer verlassen konnte. »Es tut mir leid«, beeilte ich mich, zu sagen. »Ich hätte das nicht sagen dürfen.«

»Hast du aber«, gab er verletzt von sich.

Ich atmete tief durch. »Es tut mir aufrichtig leid. Ich bin aufgewühlt, durcheinander und überfordert. Und ich weiß nicht mehr, was ich tun soll.« Stephan wich zurück, als ich meine Hand hob und sie auf seinen Arm legen wollte. Sein Blick war nach wie vor gequält, als hätte ich mit dieser Geste noch zusätzlich in der Wunde herumgewühlt. »Hilf mir, Stephan«, bat ich. Meine Stimme hörte sich kläglich an. Ich gab nicht gerne zu, nicht mehr weiterzuwissen, an einer Kreuzung zu stehen und nicht zu wissen, wohin ich mich wenden sollte. Insgeheim wusste ich, welchen Weg ich wählen musste, doch der war mit einer schier unüberwindlichen Hürde verbaut. Ich konnte kaum über diese Barriere hinweg klettern, vor allem, weil ich sie mir selbst gebaut hatte. Stephan schien unerreichbar, obwohl er nicht einmal eine Handbreit von mir entfernt stand. Sein Blick war flehend, wollte im Grunde dasselbe wie ich. Doch es war zu viel vorgefallen, um die Gefühle zuzulassen.

Ich schloss die Augen und sog einen tiefen Atemzug ein.

Er räusperte sich leise. »Nachdem Mister Barnes verfügt hat, dass ich für dich tätig sein muss, werde ich jetzt an meine Arbeit gehen.« Seine Stimme war kalt und emotionslos. Jedes Wort wirkte wie eine Nadelspitze und bohrte sich tief in meine Haut. Ich unterdrückte den Impuls, ihn wegen der Kälte in seiner Stimme zurechtzuweisen.

»Herr Wengenmaier«, sagte er tonlos und wollte sich damit verabschieden.

»Nein, Stephan!«, rief ich fast schon panisch. »Bitte nicht.«

»Es steht Ihnen frei, mir zu kündigen.«

»Das kann ich nicht.« Seinen höflichen Tonfall ignorierte ich. Damit schien Stephan Abstand zu mir schaffen zu wollen. Aber genau dies machte mir riesige Angst.

»Sie sind jetzt der Boss, Herr Wengenmaier.«

Ich atmete noch einmal tief durch. »Stephan, bitte!«

Er schüttelte langsam den Kopf und wich erneut zurück, als ich meine Hand hob.

»Ich will dich in meiner Welt«, stieß ich hastig hervor. Unsere Blicke trafen sich. Nur zögerlich entspannte sich sein Gesicht. Es dauerte jedoch sehr lange, bis der unnahbare Ausdruck verschwand und deutliche Sehnsucht zu sehen war. Ich fehlte ihm genauso, wie er mir. Diese Erkenntnis gab mir Kraft, weiterzureden. »Ich glaube, ich habe Gregs Antrag nur angenommen, weil ich Angst hatte, allein zu sein«, gestand ich. »Weil ich Angst hatte, über die Trennung von dir nachdenken zu müssen. Ich wollte nicht darüber nachdenken, denn es tat zu weh.« Ich suchte bewusst Stephans Blick, heftete ihn förmlich an mich. In seinen Augen stand Schmerz. Er versuchte es zwar wieder, mit seiner gewohnten stoischen Miene zu vertuschen, doch ich kannte ihn besser. Ich hatte ihm mit meinem Ja-Wort an

Greg eine stark blutende Wunde zugefügt. »Warum hast du nicht um mich gekämpft? Greg hat dir die Möglichkeit gelassen, mit mir zusammen zu sein. Er hat versprochen zu warten.«

Stephan wandte sich um und bewegte sich von mir weg, blieb jedoch bereits nach einem Schritt wieder stehen. Ich musterte sein Profil. Sein Kiefer war zusammengekniffen. Ich hörte das Knirschen seiner Zähne. In seinem Kopf schienen die Gedanken genauso durcheinander zu purzeln wie in mir. Inständig hoffte ich, dass die Gefühle für mich noch nicht versiegt waren. Dann ließ er das Kinn sinken und betrachtete einen Moment stumm seine Schuhspitzen. Seine Hände wanderten in die Jackentaschen, wo er sie anhand der Beulen, die von außen zu sehen waren, zu Fäusten ballte. »Ich weiß«, gab er leise von sich. »Aber …« Seine Stimme brach, noch ehe er den Satz wirklich beginnen konnte. »Als ich euch so sah, seine Hand in deiner Hose und dich lustvoll stöhnen gehört habe, begriff ich, dass ich von einem Kuchen naschte, der nicht für mich gebacken worden war. Er wollte dich von Anfang an und hätte dir wahrscheinlich schon viel früher einen Antrag gemacht, um dich an sich zu binden. Aber er scheint rasch gemerkt zu haben, dass seine Liebe nicht so erwidert wird, wie er es gerne hätte. Er hat oft von dir gesprochen und davon geschwärmt, wie viel Spaß es mit dir macht. Das war vermutlich der Grund, warum ich mich auch in dich verliebt habe.« Er drehte sich zu mir zurück. »Als ich euch so sah, wurde ich erst so sauer, dass ich knapp davor war, ihn zu Brei zu schlagen. Aber dann …«, er presste kurz die Lippen zu einem schmalen Strich, »dann machte ich mir klar, dass es immer etwas geben würde, dass er immer versuchen würde, einen Keil zwischen uns zu zwängen. Greg …« Er fuhr leicht zusammen, als ihm offenbar klar wurde, dass er den Vornamen seines einstigen Vorgesetzten benutzt hatte. Ein Frevel für den Mann mit den hervorragenden Manieren. »Greg nahm sich immer, was er wollte und er ließ nichts unversucht, es sich anzueignen. Er versprach vielleicht zu warten, aber er sagte nicht, dass er bereit war untätig zu bleiben. Er war im Grunde ein verwöhnter Dandy, der nur mit den Fingern zu schnippen brauchte, wenn er etwas begehrte. So hielt er es mit allem. Vor allem mit seinen Liebhabern, dich eingeschlossen. Doch du hast es nie gemerkt. Als ich euch so sah …«, nahm er den Faden erneut auf, »wurde ich mir bewusst, dass ich niemals eine Chance haben würde. Aber ich wollte mich nicht so verletzen lassen. Deswegen bin ich gegangen.« Er ließ den Kopf erneut hängen.

Ich kam näher, wollte abermals eine Hand auf seinen Arm legen. Doch diesmal traute ich mich nicht. Es kam mir irgendwie nicht richtig vor, ihn nun zu berühren, obwohl ich mich so sehr danach sehnte, dass mir die Tränen kamen.

»Die Barneswelt gibt es nicht mehr«, sagte ich.

»Doch gibt es.« Stephans Kopf kam hoch. »Er hat dir alles vermacht. Es ist nun deine.«

»Dann heißt sie ab jetzt Wengenmaierwelt«, verfügte ich. »Und in dieser Welt hast du einen festen Platz, den dir niemand streitig machen kann.«

»Als Fahrer.«

»Nein, als mein Freund, mein Lebenspartner, mein Mann.«

Stephan verzog skeptisch das Gesicht.

»Ich meine es ernst. Mir ist klar geworden, dass ich dich brauche … und dass ich dich liebe.«

»Und Greg?«

Ich atmete tief ein. »Greg hat mir eine gehörige Lektion verpasst. Ich habe ihm Schlimmes angetan und nun muss ich damit leben, dass er mich für einen absoluten Arsch hält.«

»Das ist wirklich ein ganz ansehnlicher Arsch«, kam es zögerlich zurück.

Ich brauchte einen Moment, ehe ich realisierte, was er gesagt hatte. Ein Lächeln zwang sich auf mein Gesicht. Ich hätte aber viel lieber vor Freude schreien wollen. Hatte ich ihn überzeugt?

»Du bleibst?«, fragte ich nach.

»Nach dem, was Greg über uns verfügt hat, werde ich dich überall hinfahren müssen.«

»Du kannst immer noch ablehnen.«

»Will ich aber nicht.« Er sah mich fast schon trotzig an. »Mir wird jetzt erst klar, dass ich um dich hätte kämpfen müssen. Diesen Fehler werde ich nie wieder begehen.« Er kam an mich heran, streckte seine Hände nach mir aus und hielt inne, als wüsste er urplötzlich nicht mehr, ob es gestattet sei. Ich überwand die restliche Distanz, legte meine Arme um ihn und drängte mich an ihn. Es war ein so schönes Gefühl, dass ich mich nur mit Mühe davon abhalten konnte, vor Glück zu jauchzen.

»Dabei wirst du meinen Arsch viel öfter sehen als ich deinen«, raunte er an meinem Kinn, jedoch ohne mich dort zu berühren. Die letzte Distanz schien er nicht wagen, zu übertreten. »Jedes Mal, wenn ich mich auf dem Fahrersitz niederlasse, während du im Fond Platz nimmst.«

»Solange du dabei nichts anhast …?« Ich musste unwillkürlich lachen. Denn schlagartig sprudelte das Glück in mir hoch. Diese Vorstellung, Stephan nackt, gefiel mir absolut. Noch viel lieber würde ich neben ihm sitzen, meine Hand über seine strammen Schenkel wandern lassen und ihm dabei vielleicht auch tief zwischen die Beine fahren.

In mir begann es kribbelnd zu brodeln.

»Glaubst du, du könntest mit so einem neureichen Schnösel wie mir zusammen sein?«

Sein Lächeln wurde breiter. »Ich bin Spezialist für solche Typen.«

Meine Hand schnellte hoch, legte sich in seinen Nacken und zog ihn an mich. Der Kuss fiel unerwartet hart aus, weil er scheinbar dieselbe Idee hatte. Doch das war mir gleichgültig. Ich wollte ihn, seine Lippen spüren, seine Wärme in mich aufnehmen, seinen Duft in meine Lungen inhalieren.

Bestimmt machte ich mich von ihm frei, nahm ihn an der Hand und zog ihn einfach mit mir fort.

»Wo willst du hin?«, erkundigte er sich verwirrt.

»Ins Schlafzimmer.«

Ein Keuchen entkam ihm, aber er ließ es mit sich geschehen.

Es war ohnehin besser, wenn wir es im Schlafzimmer taten. Greg und ich hatten uns irgendwann darauf geeinigt, es nur noch dort zu tun, da man im übrigen Haus leicht vom Personal überrascht werden konnte. Ich würde diese Regel nicht absetzen, denn das, was ich mit Stephan vorhatte, ging niemanden außer uns beiden etwas an.

Im Schlafzimmer angekommen, waren wir bereits eng umschlungen, stießen die Tür hinter uns zu und versanken in einem leidenschaftlichen Kuss. Es war so schön, wieder mit ihm zusammen zu sein, ihn zu schmecken, seine Härte an meiner zu spüren. Ich fühlte, wie erregt er war, wie ungeduldig sein ganzer Leib zitterte und danach strebte, sich mit mir zu vereinigen. Wer wen vernaschte, würde ich dem Schicksal überlassen. Vielleicht kam es zu beidem, wobei mir die Reihenfolge herzlich gleichgültig war.

Ohne auf unsere Umgebung zu achten, plumpsten wir auf das Bett. Dabei flatterte etwas vom Kissen auf und rutschte auf das Laken neben meinem Kopf. Ich drehte mich verwirrt um und entdeckte einen Brief. Unweit davon lag eine lederne Gesichtsmaske auf meinem Kopfkissen.

Schlagartig füllten sich meine Adern mit Adrenalin.

Wir starrten die Sachen an, wussten wir doch beide, was sie zu bedeuten hatten und wer sie dahin gelegt haben könnte.

Meine Finger zitterten, als ich die Hand nach dem Brief ausstreckte. Auf dem Umschlag erkannte ich Gregs Handschrift.

»Scheiße, Greg. Warum tust du das?«, flüsterte ich voller Beklommenheit.

Ich hatte tatsächlich Angst, den Brief zu öffnen. Mir ging gewaltig die Muffe. Ich brachte es kaum fertig, das Papier so ruhig zu halten, dass ich meinen Namen auf dem Umschlag entziffern konnte. Darunter stand sogar der von Stephan, also war dies ein Gruß von Greg an uns beide.

Er wusste Bescheid, erkannte ich sofort.

Er war in der Nähe.

Mein Herz schlug bis zum Hals, als ich den Umschlag aufriss und das Stück Papier herausholte.

Hallo mein Honey, Lenny,

hallo Stephan,

macht euch keine Sorgen um mich, sucht nicht nach mir. Mir geht es gut.
Lass mich los, Lenny. Ich weiß, dein schlechtes Gewissen drückt dich, aber das braucht es nicht. Ich wusste von Anfang an, dass ich nicht derjenige bin, der dein Herz besitzt. Ich habe es trotzdem riskiert, weil ich hoffte, dich vielleicht doch von mir überzeugen zu können. Leider ist mir das nicht gelungen. Das, was passiert ist, musste irgendwann unweigerlich passieren. Ich hätte mir nur gewünscht, dass es noch einige Zeit länger gegangen wäre, ein paar Jahre oder Jahrzehnte. Ich habe jede Minute mit dir genossen, mein lieber Ehemann. Und vielleicht werde ich das eines Tages auch wieder. Denn, wie ich dir bereits einmal sagte, werde ich auf der Matte stehen, wenn es mit dir und Stephan vorbei sein sollte. Auch wenn es bis dahin noch viele Jahre dauert. Bis zu diesem Zeitpunkt will ich dich glücklich sehen.
Ich werde euch beide beobachten. Ich werde auf euch achten, immer in eurer Nähe sein. Aber du, Lenny, wirst mich nicht sehen. Stephan vielleicht, aber du nicht.
Macht euch keine Gedanken darüber, was nun aus mir wird. Ich werde ein neues Leben beginnen, weit weg von euch und dennoch ganz in eurer Nähe.
Stephan, achte mir gut auf Lenny!

Ich liebe euch beide.

Greg

Ich ließ den Brief sinken, unfähig etwas zu sagen oder auch nur einen klaren Gedanken fassen zu können.

»Ich bring ihn um, wenn er es wagen sollte, hier aufzutauchen«, brach es unvermittelt aus mir heraus. Groll keimte in mir auf und meine Hände ballten sich automatisch zu Fäusten.

Stephan nahm mir den Brief ab, ehe ich ihn zerknittern konnte, faltete ihn sorgfältig zusammen, schob ihn in den Umschlag zurück und ließ ihn einfach unter dem Kopfkissen verschwinden. Dann legte er beide Hände an mein Gesicht und zwang mich, ihn anzusehen.

»Jetzt bin ich am Zug«, sagte er anzüglich und lächelte mich liebreizend an. Er war auf einmal wie ausgewechselt. Ein Stephan, der dem vor wenigen Minuten um nichts glich.

»Wie kannst du … nachdem …?« Ich schnappte entrüstet nach Luft. Der Brief war ein eindeutiger Beweis, dass Greg noch lebte.

»Ich nehme meine Chance wahr. Eine weitere werde ich nicht kriegen«, erklärte Stephan. »Ich werde kein zweites Mal den Schwanz einziehen und gehen, anstatt um dich zu kämpfen. Ich war so wütend und so hilflos. Es verging kein Tag, an dem ich nicht an dich gedacht habe, an dem ich mich nicht über mein Verhalten ärgerte. Aber diesen Fehler werde ich nicht noch einmal begehen. Wenn er tatsächlich darauf wartet, dass es mit uns eines Tages aus ist, muss er jetzt gewaltiges Sitzfleisch beweisen. Denn ich werde dich nicht mehr gehen lassen und du wirst mich auch nicht mehr los.« Damit verschloss er meinen Mund mit einem Kuss, drückte mich rücklings auf das Bett und begann mich langsam zu entkleiden.

Ich ließ es mit mir geschehen, überwältigt von den Geschehnissen. Ich kam mir vor wie in einem Traum. Kurz schloss ich die Augen, nur um sie wieder öffnen und feststellen zu können, dass es Realität war.

Stephan war noch immer da. Er hatte sich nicht in Luft aufgelöst.

Ich keuchte seinen Namen, ließ ihn mir zuckersüß wie Honig über die Zunge rinnen.

Er sah hoch und lächelte mich zärtlich an.

»Ich war ein Idiot«, gestand er sich ein. »Ich hoffe, ich kann diesen Fehler wiedergutmachen.« Seine Hände streichelten gefühlvoll über meine nackte Brust, schienen mich erst wieder ertasten, erkunden und erforschen zu müssen. Zaghaft, fast schüchtern berührte er mit den Fingerspitzen die Brustwarzen und umkreiste sie sanft. Unter seinen Berührungen wurden sie hart. Mir entkam ein Seufzen. Es war einfach wundervoll. Es gingen leise prickelnde Impulse, die sich über die Nervenbahnen direkt in meinem Schoß entluden, davon aus.

»Greg ist ein viel größerer Idiot«, entgegnete ich leise.

»Ein absolut verliebter Idiot«, verbesserte Stephan. »So verliebt, dass er dich gehen lässt, anstatt dich dazu zu zwingen, zu deinem Wort zu stehen.«

»Inzwischen wurde die Scheidung erfunden. Warum nutzt er das nicht?«

Stephans Kopf senkte sich langsam auf meinen Bauch. Als mich seine Lippen berührten und eine kleine Partie der Haut in seinen Mund aufnahmen, entkam mir ein weiteres Seufzen.

»Sich von dir scheiden zu lassen würde für ihn bedeuten, dass er dich wegschickt«, wusste er und küsste sanft eine kleine Erhebung neben dem Nabel. Ich hatte die Muskeln angespannt. Stephan hatte sie gefunden und liebkoste sie mit zarten Küssen. »Aber er will dich nicht wegschicken. Er will dich an sich binden. Du gehörst ihm, wie sein ganzes Vermögen, seine ganzen Sachen, jedes einzelne Teil hier in diesem Haus. Er ist nicht bereit, dich wegzuschicken, so sehr du ihn auch verletzt hast.« Sein Kopf bewegte sich ein kleines Stückchen tiefer, dort wo der Hosenbund den Rest meines Körpers verbarg. »Indem er dir seine ganzen Sachen überlässt, zwingt er dich dazu, hier zu bleiben. Denn du würdest es niemals übers Herz bringen, alles zu verkaufen. Du würdest es achten und ehren, bis zu dem Tage, an dem er wieder auf den Plan tritt.« Während seiner Erklärung knabberte er ab und an keck am Hosenbund, an der Knopfleiste und dem Saum der Taschen. Hin und wieder rieb er auch mit dem Kinn an der anschwellenden Beule, die meine Hose so stark spannte, dass ich mir überlegte, sie einfach zu öffnen. Doch ich hielt still und wartete ab, was Stephan vorhatte.

»Ein raffinierter Bursche«, bemerkte ich trocken. In meinem Unterleib pulsierte es heftig. Mir wurde heiß. Ich spürte, wie mir der Schweiß aus den Poren trat. Mein ganzer Körper war froher Erwartung.

»Er macht niemals etwas ohne Hintergrund«, pflichtete er mir bei. »Selbst aus dieser Aktion wird er seinen ganz persönlichen Nutzen ziehen. Wahrscheinlich hat er das bereits von langer Hand vorbereitet und sich irgendwo ein nettes Plätzchen gesichert. Ich kenne ihn. Um ihn brauchen wir uns keine Sorgen zu machen. Eher um uns.«

»Warum um uns?«, erkundigte ich mich verwirrt.

Sein Kopf kam hoch. Unsere Blicke trafen sich. Erst blieb seine Miene so unnahbar und zurückhaltend, wie ich ihn zuvor kennengelernt hatte. Für einen Moment war er wieder der unaufdringliche Bedienstete, der den Gästen seines Arbeitgebers in aller Höflichkeit begegnete. Dann lockerte sich sein Blick, hellte sich auf und ein schelmisches Lächeln kam zum Vorschein.

»Ich schätze mal …«, begann er anzüglich. Sein Lächeln wurde breiter. »Wir werden uns ständig in den Haaren liegen, wer wen zuerst rannehmen darf.« Dabei rutschte er höher, legte sich halb auf mich und fing meinen Mund zu einem Kuss ein. »Das könnte zu einem echten Problem werden.«

»Ja, das denke ich ebenfalls«, gab ich grinsend zurück. »Wie wäre es mit einer Münze?«

»Pah«, machte er verächtlich. Sein Blick glitt plötzlich seitlich an mir vorbei. Rasch holte er die lederne Maske, die neben dem Kissen gelegen hatte, hervor. Noch ehe ich reagieren konnte, hatte er sie mir auf die Augen gedrückt.

»He!«, protestierte ich. Meine Gegenwehr war jedoch nur halbherzig.

»Ich war schneller!« Er kicherte triumphierend, hob meinen Kopf leicht an und schob den Riemen um meinen Hinterkopf. »Heute bin ich der Sieger.« Lippen trafen die meinen, verführten sie zu einem zärtlichen Kuss, brachten meine Gegenwehr damit endgültig zum Versiegen. Ich reckte das Kinn, wollte mehr, doch er wich zurück und ließ mich in der Dunkelheit allein.

Wenig später trafen die feuchten, heißen Lippen mein Kinn, danach den Hals und den Kehlkopf. Immer tiefer bahnten sie sich, eine lodernde Spur legend, bis sie wieder beim Hosenbund angekommen waren. Flinke Hände befreiten das ungeduldig pochende Ding aus meiner Hose und streiften den Stoff über meine Hüfte. Bereitwillig hob ich sogar das Becken an, um es ihm zu erleichtern. Als eine breite Zunge heiß und feucht über meinen Schaft leckte, entkam mir ein sehnsüchtiger Laut.

Oh Scheiße, war das geil.

Ich meine, Greg hatte dieses Spielchen schon so oft mit mir gespielt, unser berühmtes Blinde-Kuh-Spiel, wobei ich dabei lediglich die Augen geschlossen hatte. Doch Stephans Zunge war irgendwie heißer, verlangender, erotischer, prickelnder. Sein Atem war wie das pure Höllenfeuer, das jedes einzelne meiner Härchen versengte und mich in einem Aschehaufen zurückließ. Wenn meine Eichel in seinem Rachen verschwand, war es mir, als wäre ich in lodernde Glut getaucht. Ich musste mich in das Laken krallen, die Zähne zusammenbeißen und die Luft anhalten, sonst wäre ich auf der Stelle gekommen. Er hatte mich mit einem einzigen Schlag seiner Zunge von null auf zehntausend gebracht. Ich stand am Abgrund, bereit zum Absprung. Meine Zehenspitzen ragten bereits über die Klippe hinweg.

Doch bevor es zum entscheidenden Impuls hatte kommen können, entließ er mich aus seinem Mund und schob sich wieder höher, um mein Kinn und meinen Hals mit zärtlichen Küssen zu bedecken.

»Ich will in dir sein«, flüsterte er mir ins Ohr. »Und dich dabei ansehen, wie du vergehst vor Lust. Damals, in deinem Schlafzimmer … das war so schön. Ich will dich sehen.«

»Ich will dich auch sehen«, gab ich zurück. Stephan derweil zu beobachten, wie er vor Lust das Gesicht verzog, war etwas, wonach ich mich seit Monaten, seit unserer Trennung sehnte. Es war betörend, wenn seine halb geöffneten Augen ins Leere blickten und es für ihn nur noch mich und seine überschäumenden Gefühle gab.

Als ich jedoch die Maske abnehmen wollte, hinderte er mich daran.

»So siehst du mich besser«, hauchte er, drückte meine Arme zur Seite und küsste die Schultern, abwechselnd, erst links dann rechts, dann wieder links.

Ich seufzte leise jedes Mal, wenn mich seine Lippen berührten. Des Sehsinns beraubt, drangen die körperlichen Empfindungen intensiver auf mich ein. Mir war, als würden mich nicht einfache Lippen küssen, sondern ein Schlund der Liebe, der Lust, des puren Verlangens. Mit jeder Berührung schoss reines Begehren in meine Adern. Jede einzelne berührte Faser wurde wie mit einer Injektion aufgefüllt und pochte sehnsüchtig.

»Was habt ihr beide nur immer damit?«, maulte ich trotzig. »Ich kann sehr gut sehen. Ich bin nicht so blind, wie ihr behauptet.«

Stephan kehrte zu meinem Mund zurück. »Oh doch«, wusste er es besser. »Vielleicht bist du nicht blind in dem Sinne, dass sich deine Sehstärke verschlechtert und du irgendwann eine Brille brauchst …« Er kicherte leise, während er wieder begann mein Kinn und meinen Hals mit Küssen zu bedecken. »Dein Fokus ist irgendwie anders eingestellt«, erklärte er beinahe wissenschaftlich. »Ich habe noch nicht herausfinden können, worauf du genau achtest oder was für dich wichtig ist. In der Dusche der Sauna überkam mich für einen kurzen Moment der Eindruck, dass du endlich die richtige Einstellung gefunden hattest, kurz bevor du glaubtest sie wieder verstellen zu müssen.«

Unter der Maske zog ich grüblerisch die Augenbrauen zusammen. Eine seltsame Erklärung dafür, dass ich vor Scham und Angst den Schwanz eingezogen hatte und davongelaufen war wie ein Kind, das etwas angestellt hatte. Doch Stephan hatte Recht. Dieser kurze Moment, diese Minuten mit ihm unter der Dusche waren so klar und eindeutig gewesen. Schade, dass ich an meinem persönlichen Teleobjektiv herumfummeln musste und mir damit selbst den scharfen Durchblick verwehrt hatte.

»Ich werde versuchen, in Zukunft meine Finger davon zu lassen«, versprach ich. Meine Hände legten sich auf seinen Rücken und drückten ihn an mich. Seine Haut fühlte sich durch den dünnen Baumwollstoff seines Shirts schwitzig und sengend an.

Heiße Lippen trafen die meinen. »Wehe!«, drohte er. »Ich will deine Hände auf meinem Körper und dort, wo sie mein Verlangen nach dir ertasten können.«

Ich unterdrückte ein Kichern, nahm die Hände von seinem Rücken und fasste ihm zielstrebig zwischen die Beine. Es forderte etwas Konzentration, blind und nicht wissend, in welcher Position genau er auf meinem Körper lag, das Ziel zu erreichen. Ich musste mich auch an seiner Hüfte entlangtasten. Doch als ich es gefunden hatte, umfasste ich es mit der vollen Hand und drückte es sanft. Ein wohliger Laut entkam ihm.

»Wie wäre es, wenn du diesen lästigen Stofffetzen ausziehst und endlich in mich fährst?«, schlug ich vor. »So wie sich das anfühlt, platzt da gleich etwas.«

Stephan grollte nur kehlig und löste sich von mir. Ich hörte das Ratschen eines Reißverschlusses, dann raschelte Stoff. Danach riss er meine Hose gänzlich von den Beinen, schob mich tiefer auf das Bett und legte sich wieder auf mich. Jetzt war er vollkommen nackt.

»Ich bin dein ganz persönlicher Chauffeur«, sagte er bedeutungsvoll. »Bis an mein Lebensende.« Seine Härte drängte gegen meinen Bauch und schmiegte sich an meinen Penis.

»Worauf warten Sie dann noch, James?«, gab ich herrisch von mir. »Parken Sie den Rolls Royce endlich in der Garage.« Demonstrativ stellte ich die Beine auf, spreizte die Knie weit, öffnete damit bewusst das *Garagentor* und ließ ihn tief zwischen meine Schenkel gleiten.

»Stets zu Diensten, Boss«, gurrte er und schob sich langsam tiefer. Seine Zunge tanzte gekonnt über meine Nippel, den Bauch und die weiche, weiße Haut der Leiste. Dann widmete er sich kurz meinem tropfenden Schwanz und leckte die Feuchtigkeit ab, die sich an der Spitze gebildet hatte. Er schob sich noch tiefer, hob meine Beine an, sodass die Knie fast die Brust erreichten, und leckte mit breiter Zunge über die erwartungsvoll zuckende Rosette in meinem Spalt. Ich seufzte verlangend auf, bog die Knie noch weiter nach oben, präsentierte ihm die Pforte zu meiner ganz persönlichen Garage wie auf dem Silbertablett. In mir pulsierte es bereits ungeduldig. Ich wollte sie in mir haben, die Luxuskarosse unter den männlichen Genitalien.

Nicht, dass ich jetzt behaupten würde, Gregs schnittiger Ferrari hätte mir nicht auch Lust verschaffen können. Doch Stephan war etwas Besonderes. Alles an ihm war irgendwie bemerkenswert und berührte mich mehr, als Greg es jemals vermocht hatte.

Auch dessen Zunge, die nun gekonnt meinen Eingang vorbereitete, sich immer mal leicht hineindrängte und wieder zurückzog, um über den harten Muskel zu streichen und ihn allmählich zu erweichen. Es war wie ein Fest für meine Sinne. Mein Unterleib loderte mit jedem Zungenschlag stärker auf. Ich konnte mich kaum noch im Zaum halten. Erneut musste ich die Zähne zusammenbeißen, um die Geduld aufbringen zu können, abzuwarten. Es war Stephans Spiel und ich sein Spielzeug. Ich war der Passive, musste mich fügen und ausharren. So sehr ich ihn auch herumwerfen und mich einfach über ihn stülpen wollte, brachte ich es nicht fertig, dem Drang nachzugeben. Die Sehnsucht brannte verlangender. Ich reckte ihm meinen Hintern immer williger entgegen, lockte ihn förmlich, endlich in mich zu fahren und mir zu geben, wonach es mich verlangte. Er schien jedoch gänzlich in diesem Spiel aufgegangen zu sein, mich vollends auskosten wollend. Ich wand mich unter ihm, begann irgendwann zu jammern, krallte meine Finger in seine Schultern und zerrte ungeduldig an ihm.

Endlich schien er davon überzeugt zu sein, mich genug vorbereitet zu haben. Ich keuchte nur noch vor Erregung. Mein Schwanz pochte hart und schmerzvoll gegen den Bauch.

Stephan richtete sich auf. Ich hörte, wie er ein Kondompäckchen aufriss und das leise Klacken des Verschlusses der Geltube. Als kalte Flüssigkeit auf meinen Anus traf, fuhr ich erschrocken zusammen. Verstärkt durch die Dunkelheit erschien es mir, als hätte er mich in Eiswürfel getaucht. Doch ich fasste mich rasch, bog die Knie noch ein Stück weiter nach oben und hob damit meinen Hintern in die richtige Position. Sanft stupste er seine harte Eichel gegen den Muskel, drängte behutsam ins Innere und schob sich dann mit einem bedächtigen Stoß tiefer, bis seine Hüfte an meine Hinterbacken stieß. Ich war so erregt, dass ich den Dehnungsschmerz kaum noch wahrnahm. Ich war ihn inzwischen auch schon gewohnt und hieß ihn als zugehörige Komponente willkommen. Ein süßer Schmerz, der unsagbare Freude ankündigte. Ich entspannte mich, ließ ihn tief in mich gleiten und lächelte glückselig in die Dunkelheit.

Endlich …!

Stephan in mir zu spüren war die Erfüllung schlechthin. Mir war, als gehörte er dorthin. Als gehörte er zu mir.

Ich stöhnte laut, als er sich wieder in mich schob, nachdem er sich zurückgezogen hatte. Blind fing ich ihn ein, zog ihn zu mir, schlang meine Beine um ihn und presste ihn fest an mich.

»Mach schon!«, forderte ich ihn auf. »Ich bin nicht aus Zucker.«

»Ich will keine Kratzer am Lack riskieren«, keuchte er an meinem Mund.

»Scheiß drauf!«, zischte ich ungeduldig.

Mit einem kehligen Grollen verdoppelte er den Rhythmus seiner Stöße und verdreifachte ihn bald, nachdem ich meine Fersen fest in seinen Rücken drückte, um den Takt vorzugeben. Ich wollte ihn, hart, unnachgiebig, so heftig, wie mich seine Liebe umhaute. Ich wollte schreien, seinen Namen heraus stöhnen, um Gnade winseln. Ich musste ihn spüren, mich von dem Brennen vereinnahmen lassen.

Immer wieder schossen glühend heiße Blitze durch meinen Körper, ließen mich unter ihm aufbäumen und winden, als wollte ich ihn abwerfen. Mit jedem Aufleuchten klammerte ich mich fester an ihn, gestattete der Höllenglut, die mich stetig mehr einnahm, vollkommen zu überrollen. Durch das Gewicht auf mir, die Reibung, die sein auf mich eintrommelnder Unterleib an meinen Geschlechtsteilen verursachte, seine verlangenden Küsse und dem erregten Beben, das auch auf mich überging, kam ich irgendwann. Kurz danach durchzuckte mich ein weiterer Lustblitz und katapultierte mich mit einem letzten Stoß über die Ziellinie zum Höhepunkt. Ich fühlte, wie es zwischen uns pochte und pulsierte und sich heiße Flüssigkeit ausbreitete. Nur ein paar Stöße später stöhnte auch Stephan auf und entlud sich in meinem Unterleib.

Keuchend sank er auf mir nieder, klammerte sich an mir fest.

»Oh Gott, Stephan. Ich liebe dich«, floss es haltlos aus meiner Kehle. Genau dieselben Worte, die ich auf Gregs Brust gestöhnt hatte. Doch diesmal trafen sie auf die richtigen Ohren.

Schweißnasse Lippen fanden meine. Noch immer vom Verlangen erfüllt, naschte er gierig an ihnen, nahm sie zwischen die Zähne und saugte sie kurz in seinen Mund.

»Und ich liebe dich«, flüsterte er ergriffen. Ein Tropfen traf meine Nase und rann über die Wange. Da mir die Maske die Sicht versperrte, konnte ich nicht sehen, ob es eine Träne oder ein Schweißtropfen war. Doch als er leise schniefte, begriff ich, riss mir die Maske vom Gesicht und blickte geradewegs in ein vor Glück tränenerfülltes Antlitz. Er konnte sie nur noch mit Mühe zurückhalten.

»Dass eines klar ist«, sagte ich leise. »Der Ferrari ist für dich tabu.« Damit zog ich ihn zu einem Kuss zu mir, drängte hartnäckig meine Zunge in ihn, schmeckte das Salz seiner ungeweinten, mühsam heruntergeschluckten Tränen. Ich küsste ihn so lange, bis seine Tränen versiegt waren, bis ich ihn von diesem Glück überzeugen konnte. Dann warf ich uns herum, löste mich leicht von ihm und blickte ihm ins Gesicht. Eigentlich nur, um es zu studieren, mich noch einmal persönlich davon zu vergewissern, dass ich nicht träumte.

»Was könnte das für eine Voraussetzung sein?«, wollte er unvermittelt wissen.

Ich wusste genau, was er meinte. Gregs Bedingung, die Stephan zum Besitzer des Fuhrparks machte. Lächelnd hob ich meine rechte Hand vor seine Augen und wackelte mit dem Daumen auf der Innenseite der Handfläche an dem Ring, um ihm zu verdeutlichen, was ich ihm damit sagen wollte.

Stephan sah mich ungläubig und schließlich fassungslos an. Er schien verstanden zu haben.

»Wäre das eine Option für dich?«, fragte ich interessiert. »Irgendwann …?«

Es dauerte einen Moment, ehe er begriff. Sein Gesicht erhellte sich, schließlich kehrten die Tränen in seine Augen zurück. »Stets zu Diensten«, erwiderte er mit deutlichem Zittern in der Stimme, ehe wir uns zu einem weiteren leidenschaftlichen Kuss und einer nächsten Runde in meiner ganz persönlichen Garage fanden.

24

Schon den ganzen Tag hatte die Sonne erbarmungslos auf New York heruntergebrannt und die Millionenmetropole in einen stickigen Hochofen verwandelt. Selbst am späten Nachmittag, als sie sich dem Horizont näherte und die Schatten begannen, sich nach der kommenden Nacht zu strecken, stand die Luft noch immer schwer und drückend in den Straßen des eleganten Upper-Class Vorortes. Das Geäst der Bäume vor den Häusern gut betuchter Anwohner bewegte sich nur schwach. Trocken und träge hingen die welken Blätter herunter und boten kaum eine Möglichkeit, sich in ihren immer länger werdenden Schatten vor der sengenden Sonne zu verbergen.

Ein einzelner Mann stand mit der Schulter an eine Pappel gelehnt, die Kapuze seines schwarzen Shirts tief ins Gesicht gezogen. Die Hände hatte er in den Taschen vergraben. Sein Blick war auf ein offenes Fenster des Hauses gerichtet, aus dem eindeutige Laute zu ihm auf die Straße gelangten. Er befand sich in einer Seitenstraße, die eigentlich eine Zufahrt zum rückwärtigen Gelände, dem Garten des Anwesens darstellte. Doch nur von dieser Position aus konnte er hören, was im Inneren des Hauses vor sich ging.

Die Laute aus dem Haus zauberten Greg ein zufriedenes Lächeln auf die Lippen. Zeitgleich versetzten sie ihm jedoch auch einen schmerzvollen Stich ins Herz. Es blutete schon seit Tagen, Wochen, Monaten. Seit jenem denkwürdigen Abend, an welchem ihm die Liebe seines Lebens einen glühenden Dolch ins Herz gejagt hatte. Dabei konnte er ihm gar nicht böse sein. Er hatte damit gerechnet. Jeden Tag, jede Stunde hatte er erwartet, dass dies passierte. Denn er wusste, dass sie beide sich nur etwas vormachten. Was auch immer er versucht oder unternommen hätte, das Herz seines Liebsten hätte er niemals für sich gewinnen können. Das war ihm bereits in dem Moment klar gewesen, als dieser den Antrag angenommen hatte.

Greg seufzte traurig, zog die Schultern hoch und stieß sich von dem

Baumstamm ab. Es war alles so gelaufen, wie er geplant hatte. Natürlich hatte er damit gerechnet, dass sich der neue Hausherr zieren würde, dass er zögern würde, ihn gehen zu lassen. Aus schlechtem Gewissen oder doch Liebe, das war jetzt vollkommen gleichgültig.

Es war ohnehin nicht mehr zu ändern.

Glück fand seine eigenen Wege. Man konnte ihm einen Pfad bereiten, jedoch niemals weisen. Glück war manchmal genauso störrisch wie diejenigen, die sich danach sehnten. Es besaß seinen ganz individuellen Kopf. Man konnte es weder zwingen noch einfach herbeiwünschen. Es kam wann, wie und wohin es wollte.

Da machte es für niemanden eine Ausnahme, auch nicht für einen Greg Matthew Barnes, der geglaubt hatte, die Welt läge ihm zu Füßen.

Mit einem tiefen Seufzen schlenderte er den Weg entlang zurück zur Straße, wo ein knallroter Sportwagen parkte. Aus dem Inneren tönte laute Rave-Musik. Seinem jungen Begleiter schien es langweilig geworden zu sein, worauf er die Soundanlage des Wagens einem ausgiebigen Test unterzog. Lächelnd spazierte er zum Fahrzeug zurück, öffnete die Fahrertür und ließ sich in den Sitz fallen.

»Hallo Tom«, begrüßte er den Blonden, der ihm sofort ein freudiges Strahlen schenkte. Dabei musste er seine Stimme erheben, um gegen den Lärmpegel anzukommen. »Mir fliegen gleich die Ohren raus. Mach leiser!« Er beugte sich dennoch zu dem Beifahrer und zog ihn zu einem Kuss heran.

Tom drehte die Lautstärke herunter. »Alles in Ordnung?«, erkundigte er sich und ließ seinen Blick kurz über das Anwesen schweifen, an dessen Straßenrand sie gerade parkten. Von der Straße aus konnte man aufgrund der vielen Büsche, der alten, hochgewachsenen Bäume und der hohen Mauern nur wenig vom eigentlichen Gebäude sehen. Dennoch schien er beeindruckt davon zu sein. »Wer wohnt hier?«, wollte er wissen.

»Ein sehr guter Freund«, erklärte der Fahrer ausweichend, startete den Motor und ließ ihn kurz aufheulen. »Und vielleicht irgendwann einmal wieder mein Mann«, fügte er nachdenklich hinzu.

»Ach der«, gab Tom verächtlich von sich und ließ seinen Blick noch einmal über das Anwesen schweifen. »Warum können wir nicht hierbleiben?«

»Weil es Zeit ist für Neues.«

»Warum lässt du das zu? Immerhin ist das doch dein Haus.«

»Ich will es nicht, weil es nicht mehr das ist, was es einmal war. Zu viele Erinnerungen sind darin enthalten. Außerdem treibt es mich weiter.«

Tom drehte den Kopf zurück und sah ihn mit hochgezogenen Augenbrauen an. »Greg?«, sagte er schließlich, die Antwort einfach übergehend, als könnte sein Verstand sie nicht begreifen. Er legte eine Hand auf den Schenkel neben sich und ließ sie frech tief in den Spalt zwischen den Beinen gleiten. »Fahren wir jetzt nach Florida?«

»Was immer du willst«, erwiderte dieser süffisant. »Und du hast versprochen, mir alle zehn Meilen einen zu blasen.«

Tom verzog sein Gesicht. »Wie weit ist es bis Florida?«

»Ungefähr zwölfhundert Meilen.«

»Oh Scheiße.« Toms Miene verzerrte sich noch mehr.

Der Fahrer lachte herzhaft und lehnte sich weit in seinem Sitz zurück, um seine Hose zu öffnen. Dabei fiel sein Blick auf den goldenen Ring an seiner Hand. Sein Lachen erstarb allmählich, als er das Schmuckstück gedankenverloren anstarrte. Für nichts in der Welt würde er diesen Ring abnehmen, für niemanden, auch nicht für den ausgesprochenen Knackarsch Tom. Er war ein Beweis einer Liebe, die noch immer in ihm brannte wie das Höllenfeuer persönlich. Er war das letzte Überbleibsel eines Glücks, das ihn ausgefüllt und befriedigt hatte. Der Ring war ein Symbol und die Erinnerung dafür, dass Hoffnung niemals sterben durfte, so schwer es auch war, daran zu glauben.

»Greg?«, rief sich Tom wieder auf den Plan. »Muss ich dir wirklich 120 Mal einen blasen?«

Abermals musste der Fahrer lachen, öffnete weit seine Hose und holte seinen Penis heraus. »Das hast du dir selbst eingebrockt. Kneifen gibt's nicht. Dann fang mal an. Ich hoffe für dich, dass du genug Spucke hast.«

»Ob du 120 Mal hintereinander abspritzen kannst, bezweifle ich stark«, gab Tom giftig zurück, nahm seine Hand von dem Schenkel und blickte den Mann neben sich herablassend an. »Die Karre ist verdammt schnell und spult die Meile in Nullkommanichts ab. So viel Saft kannst du gar nicht in den Eiern haben.«

»Ich hab niemals behauptet, dass ich die 1200 Meilen an einem Tag fahren werde, mein süßer Lutscher. Wir haben alle Zeit der Welt.«

Tom brauchte einen Moment, ehe er die letzte Bemerkung gänzlich verarbeitet hatte. Schließlich kehrte das glückliche Lächeln auf sein Gesicht zurück. »Und vögeln wir dazwischen auch hin und wieder?«, erkundigte er sich neugierig.

»Was immer du willst«, säuselte Greg, legte eine Hand in den Nacken des jungen Beifahrers und drückte den Kopf in seinen Schoß.

Als sein Penis im Rachen des blonden Mannes verschwunden war, legte er den ersten Gang ein und fuhr los. Die Liebe seines Lebens blieb hinter ihm zurück, in den Armen eines anderen Mannes, den er anders, aber nicht weniger liebte, als Lennart.

ENDE

MAIN Verlag

Ashan Delon

Urugan
Krieger der Elemente

Band 1
ISBN: 978-3-95949-389-5

Band 2
ISBN: 978-3-95949-390-1

Franjo reißt mit 17 von zu Hause aus. Um über die Runden zu kommen, bietet er sich zahlungskräftigen Freiern an. In einer Nacht begegnet er dabei Kieran, einem jungen Mann, der ebenso mysteriös wie anziehend auf ihn wirkt. Beide haben einige Besonderheiten, die sie verbinden. Sie sind Krieger der Elemente … nur wissen sie es noch nicht.

Ashan Delon

Ailen und der Barghest

ISBN: 978-3-95949-361-1

Aus einem einfachen Auftrag wird ein großes Ereignis. Der Halbdämon Ailen wird von der Magiergilde nach Wejym entsandt, um einen Barghest, einen Höllenhund, zu fangen, der in den Reihen der Asoth-Priester ein Gemetzel anrichtet. Dort empfängt man das Mischblut aus Feuerdämon und Elf nicht mit Freuden, weil die Asoth die Erhaltung des Reinblütigen predigen. Aus der Zweckpartnerschaft mit dem Garde-Hauptmann Honon, wird Freundschaft und auch mehr. Gemeinsam jagen sie den Höllenhund. Doch bald kommen Ailen Zweifel an der Glaubwürdigkeit Honons. Ein Ereignis weckt den Verdacht, dass der reinblütige Mensch etwas mit der Bestie zu tun hat. Als er das Geheimnis lüftet, ist auch sein Leben in Gefahr. Denn das Mysterium um die Existenz der Barghest muss um jeden Preis geschützt werden.

Ashan Delon

Rache bis aufs Blut

ISBN: 978-3-95949-312-3

Fürstensohn und Heeresführer Bradley von Bearesberg wird von seinem Vater zum befreundeten König Torwik des Nordlandes geschickt, um dessen Krieger auf Vordermann zu bringen.
Die Warnung seiner ihm verhassten Mutter in den Wind schlagend, bricht Bradley voller Enthusiasmus auf, muss jedoch bald erkennen, dass sie die Wahrheit gesprochen hat. Er ist verkauft worden. Mit seinem Schicksal, der Sklave des Nordmannkönigs sein zu müssen, gibt er sich nicht ab und versucht zu fliehen.
Zwei Fluchtversuche scheitern. Klarik, der Anführer der Nordmannarmee lässt ihn bitter dafür büßen. Bei einer Schlacht wird Bradley vom Pferd abgeworfen und fällt schwer verletzt in einen Felsspalt.
Als er erwacht, kauert eine verwahrloste Gestalt vor ihm.